国家出版基金项目
NATIONAL PUBLICATION FOUNDATION

曹道衡文集

曹道衡文集 卷三

汉魏六朝文学论文集

曹道衡 著

中州古籍出版社
·郑州·

本卷说明

《汉魏六朝文学论文集》为曹先生七十岁时选编,是继《中古文学史论文集》和《中古文学史论文集续编》之后,关于《文选》、乐府诗和两晋南北朝文学其他问题的研究成果精华。为完整真实地再现先生的学术历程,我们尽量保持其写作时的原貌,只对涉及人物生卒年考证失误或史料明显错讹处进行了订正,在编排体例上做了必要的调整。如:在文献引用方面,曹先生引用文献多凭记忆,难免与通行版本不合,但古籍版本众多,异文歧异,很难确定曹先生当年所引用版本究竟为何;人名用字中的个别异体字,如濬与浚,在古代常用于区别人物,贸然改动会造成歧义;对古今地名的考证,多带有鲜明的个人学术特点,工具书中说法也是一家之言,因此不能纯依工具书。又如曹先生叙事,喜欢多加"的"字。这些带有时代特点,也有个人用语习惯因素,在不影响理解的前提下均不做改动。此次编选《曹道衡文集》,对《汉魏六朝文学论文集》所收进行了查重工作,删去了原书中见于其他论著的一篇论文:《关于南北朝文学研究问题之我见》(文参见本文集卷五《南朝文学与北朝文学研究·后记》)。特此说明。

中州古籍出版社
2017年12月

自 序

自 1993 年我的《中古文学史论文集续编》编成以来，忽忽又是五年了。在这期间，我又陆续写出了一些论文。一些同行对我提出意见，认为《续编》由台湾文津出版社出版，在大陆各地很难见到，建议我再出一个大陆版。但在目前情况下，像这种学术著作是很难找到出版机会的。现在蒙广西师范大学出版社不弃，惠予出版我近年的论文，因此在《续编》中选录了七篇我自以为较可参考的文章与其他论文一起编为《汉魏六朝文学论文集》。在这个集子中，我的研究范围主要集中在关于《文选》、乐府诗和有关两晋南北朝文学的其他方面的一些问题上。这些文章虽然可能有某些一得之见，但谬误想必不少，希望得到大家指正。

关于《文选》的研究，近年来似乎颇有复兴之势，许多专家都对此发表了意见。在我则可以说所知甚少，例如近年来国内外出现的许多版本，我都很难得到机会细读。目前仍只能就胡刻李善注和《四部丛刊》影宋本六臣注来做研究。因此近年来在《文选》研究方面的一些新发现，我还只限于一知半解状态。从近几年来召开的《文选》学研讨会上看来，争论得最热烈的，大约是关于《文选》的编者和关于"五臣注"的评价两个问题。关于《文选》的编者，根据历来的说法都认为是梁昭明太子萧统。近年来,日本一些学者则根据《文镜秘府论》所说萧统"与刘孝绰等撰集《文选》",认为古代帝王贵族的著作,大抵只是挂名,而实际的编著者,往往是手下的臣子。因此,他们认为《文选》的编纂者实际上是刘孝绰而不是萧统。持此说最力的应推清水凯夫教授。他发表了不少论文证成此说。但我国的许多学者则激烈地反对这说法。关于这个问题,我至今仍坚持我于1988年和已故的沈玉成教授合写的《有关〈文选〉编纂中几个问题的拟测》一文的论点,即刘孝绰确实参加了《文选》的编纂,并且起了重要的作用,但即使如此,仍不能说《文选》的编纂与萧统无关。因为《文选序》不但是萧统署名,而且全文是用萧统的口吻写的。如果真像清水教授说的那样,《文选》中入选的一些文章是有意讥刺梁武帝,那么萧统既难同意,而且以他的处境也不可能这样做。但是《文镜秘府论》中的记载还是值得注意的。因为据《梁书·刘孝绰传》看来,他与萧统的关系十分密切,而萧统要编选《文选》这样涵盖千年以上的文学全貌的总集,恐怕也很难由他独自完成。在笔者看来,《文镜秘府论》中说到"刘孝绰等"一语,颇可注意,当时参加这一工作的,可能还不止刘孝绰一人,是否有王筠等人参加,都很难说。我们从现有材料看来,至少不能排除刘孝绰曾参加这一工作。笔者这看法是否有些调和折中的味道,还希望大家批评。不过在目前条件下,此说恐还有一定的道理。

  关于"五臣注"的评价问题,笔者的看法是有所变化的。由于个人长期以来比较重视材料和考证,因此和不少同行一样,有尊李善、轻五臣的观点。当初次听到有些研究者发表肯定"五臣注"的意见时,思想上一时很难接受。但经过再次阅读《文选》的"六臣注"和在郑州大学古籍所看到台湾省影印的宋陈八郎刊本五臣注《文选》和韩国奎章阁本六臣注《文选》后,思想发生了一些变化。尤其是近年来读了一些学者的论文,里面引证了许多国外藏的《文选》残卷等材料,证明"五臣注"的版本,在有些地方胜于李善注本。如《文选》中的文体究竟是三十七类、三十八类还是三十九类？陈八郎本五臣注就优于现在通行的李善注本。在注释方面,"五臣注"在个别场合也有不同于李善而胜于李善处。这些也可能是五臣后出,采用了公孙罗等人的见解。这些已难确考,但其长处总之不应抹煞。更使笔者感兴趣的是,从《文选》中《子虚赋》和《上林赋》的文字看,李善本多同于《汉书》而五臣本多同于《史记》；《两都赋》文字,"五臣注"多同于李贤注而与李善有出入,注文也有采自李贤《后汉书注》的。可见"五臣注"并不像李匡乂《资暇录》说的那样全是抄袭李善。这样,就不能不叫人产生许多想法,例如:李善的《文选》学是继承曹宪的学说,而在隋代,还有略早于曹宪的梁代宗室萧该,五臣注是否也参考过萧该的学说？这些都待进一步探讨。像过去那样全盘否定"五臣注",就不妥当。

关于乐府诗的研究,也许可以说有些偶然原因。前些年,人民文学出版社打算出一部《汉魏六朝乐府诗选注》,本拟请先师余冠英先生来编,但余先生年事已高,就改叫我来做这一工作。这个选本,至今还未出版。在从事此书的编注工作时,我把一些心得写成了若干文章,在刊物上发表,现在也都收入本集中了。但我对乐府诗也还有许多想法尚未成熟,还来不及写成文章。例如:关于汉代"相和歌辞"和曹操父子及魏代乐官的关系,很可做进一步的探讨。像《塘上行》这首诗,《玉台新咏》说是曹丕妻甄氏作。这一说法我觉得可能性很小,因为魏乐官如果在"清商三调"中编入此诗,那等于公开显露曹丕的失德,朝廷是不会允许的。值得注意的是现在所能见到的史料中,以《宋书·乐志》为最早,而据《宋书》,却把它归入曹操名下。唐吴兢《乐府解题》亦以为曹操。从诗的内容看来,和曹操的生平和性格确实不符,所以我把它看作无名氏的作品。既属无名氏之作,那么它究竟产生于汉代还是魏代,就很难说。我想:此诗可能本是汉代民歌,经过曹操在文字上或音调上加过些工,令乐官歌唱,就被人们看作曹操之作了。与此相关的是,曹操还有一些游仙内容的诗,如《气出唱》等,其内容也未必和曹操的思想相合。(据曹丕说,曹操对那些方士并不真信)但其中"乘六龙"等,倒和东汉的《太平经》有些类似。因此我想现在题作曹操作的诗中,是否有一些本是汉代民歌,因经他加工,就被算到他名下?还有像《从军行》这个曲调,《乐府诗集》中把王粲之作列为最早。但王粲的《从军诗》,据《文选》并未作乐府收录。另外,左延年有两首《从军行》:"苦哉边地人"和"从军何等乐"。左延年大约是个乐官,年纪小于王粲,然而王粲的《从军诗》第一首开头就是"从军有苦乐",会不会反而是受了这二诗影响?如果是这样,那么那两首诗有可能为汉代民歌,左延年也只是做了加工。像这样具体的问题看起来很细小,联系起"相和歌辞"与魏"清商三调"的关系,就显得重要了。本来从梁启超等人以来,关于"清商曲"的含义就争议不决。当然这些问题还需要进一步研究,掌握充分的证据,才能得出应有的结论。

在乐府诗问题中,还有"吴声"和"西曲"的问题,也可注意。从《宋书·乐志》等诗看来,"西曲"的兴起较"吴声"为晚。这个问题我在《江淹、沈约和南齐诗风》一文中已提到了。但"西曲"的兴起和当时的政局以及东晋南朝政权势力范围的向西扩展以及雍州(襄阳)一带军人在南朝政权中的作用也有密切关系。这个问题,涉及社会史、政治史、经济史等领域,而且必须打通东晋和宋、齐、梁三代的史实,才能得出可靠的结论。笔者对这问题虽有不少想法,但目前还考虑得不够成熟。

有关两晋南北朝文学的其他问题,我现在正考虑南北朝时期南北文风的异同及其原因。其中关于北朝,我已经写了一篇《步履维艰的北朝文学》,刊载于《文史知识》。但关于南朝文学的问题,我还有不少看法。例如上面谈到乐府中"吴声"和"西曲"的兴起,势必涉及东晋以来的许多历史事实。因此我写了《试论东晋文学的几个问题》,这仅仅是开始。在从事这种研究时,我深感有点力不从心。因为东晋文学首先要接触到玄言诗,而要研究玄言诗,就必然会涉及佛、道二教的许多问题,而在这方面,我平常是很少注意的。这样,就不免要补许多知识的不足。这对我这样年龄的人来说,显然是很费力的。我有时感到,魏晋南北朝的文学史资料加起来并不多,但其中要探索的问题,却又无穷无尽。真如《庄子》说的"吾生也有涯而知也无涯"。历代的学者都明知这个道理,却仍然世代相继,不断努力,人类才能有所进步。如果不是这样,学术就无法前进。我在年轻的时候,常听长辈说,治学就像"逆水行舟"。我当时的理解就是"不进必退"的意思。现在看来,恐怕还不止这一层意思。因为"逆水行舟",在江河的下游一般比较宽广平缓,越向上走,急流和险滩就会多起来,所以我现在感到探讨学术问题总是越来越难深入。我想,这感觉也许只是我个人的情况。但像我这样的人,是有其特殊情况的。由于种种客观条件,我自觉在学识上既赶不上师辈,也不如许多年轻同志(他们思路宽广,并且能切实地掌握许多资料,做出合乎事实的结论),这当然不能完全归结为客观原因,但东隅已逝,桑榆非晚,我深信只要努力,还是可以取得一些进步的。

目 录

略论《文选》与"选学"/1

从乐府诗的选录看《文选》/9

论《文选》中乐府诗的几个问题/26

《文选》和辞赋/44

从文学角度看《文选》所收齐梁应用文/60

关于萧统和《文选》的几个问题/77

论《文选》的李善注和五臣注/94

读《资暇录》兼论《文选》李善注与五臣注异同/110

从《文选》和《玉台新咏》看萧统和萧纲的文学思想/133

关于《文选》中六篇作品的写作年代/156

关于《文选》的篇目次第及文体分类/161

南朝文风和《文选》/169

昭明太子和梁武帝的建储问题/186

梁武帝和"竟陵八友"/200

《北山移文》新证/215

关于乐府诗的几个问题/221

乐府诗二题/241

关于乐府民歌的产生和写定/257

试论"铙歌"的演变/264

乐府·古诗和民歌/274

从两首《折杨柳行》看两晋间文人心态的变化/291

试论东晋文学的几个问题/310

北朝文学六考/326

论隋代诗歌/338

陆机的思想及其诗歌/351

陶渊明《述酒》诗臆解/368

从《雪赋》、《月赋》看南朝文风之流变/377

江淹作品写作年代考/390

江淹、沈约和南齐诗风/425

论任昉在文学史上的地位/450

读贾岱宗《大狗赋》兼论伪《古文尚书》流行北朝时间/468

《风俗通义》和魏晋六朝小说/475

论王琰和他的《冥祥记》/489

试论《毛诗序》/509

《盐铁论》与西汉《诗经》学/530

《汉魏六朝辞赋与骈文精品》导论/541

后 记/563

略论《文选》与"选学"

南朝梁昭明太子萧统(501~531)所主持编纂的《文选》,是我国现存最早的一部诗文总集。这部总集的出现在我国文学的发展中曾有过很大的影响。正如唐人李善在《上〈文选注〉表》中所说:《文选》成书以后,"后进英髦,咸资准的",成了士人必读之书。传说李白早年,曾三次拟作《文选》中的诗文;杜甫更明确地告诫他儿子要"熟精《文选》理"(《宗武生日》)。直到宋代,还有"《文选》烂,秀才半"的谚语(见陆游《老学庵笔记》、王应麟《困学纪闻》等书),可以见其盛行的情况。后来理学的兴起,虽曾使人们对《文选》较少重视,但到了清代,由于考证、辑佚之学大盛以及骈体文之复兴,《文选》一书,再度得到人们的重视。以至迄今为止,"选学"成为与"红学"一样以书命名的少数专门之学。由此可见,《文选》一书在我国文学史上的重要地位。

在我国的文学史上,迄今所知的文章总集一般都认为是西晋初年杜预所编的《善文》。此书久佚,它的面目已难详知。从《隋书·经籍志》及某些佚文看来,它大约是专选一些应用文字的书,并且杂取经、史诸部著作,并非文学作品的选本。真正属于文学作品总集性质的书,大约是稍后于杜预的挚虞所编《文章流别集》。据《隋书·经籍志》著录,《文章流别集》凡四十一卷,又有《文章流别志论》二卷。前者当为作品选,后者则为各种文体的专论。此书今亦散佚,学者们从《艺文类聚》等类书中辑出佚文若干条,显系专论性质的文字。但从这些佚文来看,此书对文体的分类有赋、诗、颂、箴、铭、哀辞、碑、图谶等;入选的作品亦与《文选》互有异同,其中如枚乘《七发》、扬雄《解嘲》、史岑《出师颂》等亦见于《文选》,而崔骃《七依》、张衡《应间》之作则为《文选》所未收。大体说来,挚虞的时代比萧统要早出二百多年,而《文章流别集》的卷数又多出《文选》十一卷(萧统原书为三十卷,李善作注才分为六十卷),因此《文章流别集》所收作品应比《文选》更为繁富,可惜全书已佚,我们无从做更详细的比较。但此书对《文选》的影响,显然不可忽视。除此以外,像东晋李充的《翰林论》等书,当然也会对《文选》的编纂有一定影响。

  由于《文章流别集》及《翰林论》等书的散佚,我们已难确知这些选本的采录范围。但从萧统所撰的《文选序》中看来,他所以要强调《文选》不录"姬公之籍,孔父之书"以及"老庄之作,管孟之流"与"记事之史,系年之书",专取古来的诗文篇章,这实际上就是把传统所谓的集部书籍与经、史、子诸部加以区分。他这种做法,在今天看来,虽和我们所谓的"文学作品"仍有不小的区别,如书中还是选录了一些学术文和大量的应用文字,但毕竟较之前人有了一个更接近于今天的文学概念。关于这个问题,近代一些学者,曾断言《文选》选录作品的标准为萧统自己所说的"事出于沉思,义归乎翰藻"二语。但也有些人不同意,认为这两句话在《文选序》中,只是针对史书中的论赞而言,并非泛指一切入选的作品。然而从《文选》全书看来,其中入选之作,大抵都有较深刻的思想内容和富丽的辞藻,因此借用这两句话来说明《文选》的取舍标准,似乎也未尝不可。正因为如此,我们如果从当时的具体历史条件来评价《文选》一书,那么无可否认,它确是一部从战国至梁代作品的好选本。唐代以来许多大作家之所以竭力推崇此书,并不是偶然的。

在《文选》中,萧统把入选的作品分为三十七类,即赋、诗、骚、七、诏、册、令、教、文、表、上书、启、弹事、笺、奏记、书、檄、对问、设论、辞、序、颂、赞、符命、史论、史述赞、论、连珠、箴、铭、诔、哀、碑文、墓志、行状、吊文和祭文。(有的研究者认为是三十八类,也有认为是三十九类的,大体上是因依据不同的版本所做的统计不同)这种分类,和前面谈到的《文章流别论》,以及齐梁间著名文学批评家刘勰在《文心雕龙》中对文体的分类,也有不同。这说明当时人对文体的分类,虽存在着各种不同的看法,但大体上都趋于苛细。历来的论者,对《文选》的分类曾提出不少批评。在今天看来,《文选》的分类当然有一些不太合理的地方(如把枚乘《七发》和曹植《七启》、张协《七命》作为七体),但从《文心雕龙》等书看来,其分类的苛细却也不亚于《文选》,并且在《文心雕龙》中所列举的文体,有些显然不属于文学的范畴,如《书记》中甚至谈到了簿籍、医方、演算、占卜、律令等。从这个意义上说,萧统对文学的理解,似比刘勰进了一大步。更值得注意的是:《文选》中对各类文体的选录,其所占比重也可以看出编者比较看重的还是赋、诗、骚等纯文学的体裁。以篇幅来说,在《文选》中,赋、诗、骚、七等类,在李善注本的六十卷中,共占了三十四卷左右,即全书的一半以上,在其余的二十多卷中,也不乏纯文学之作,如对问、辞之类,其余入选之作,有的虽属应用文,但也有很高的文学价值,不少还是千古传诵的佳作。因此我们如果把《文选》放在当时的历史条件下考察,应该说,萧统和他周围的一些学士们在当时是颇具卓识的文学鉴赏家。

当然,在我们今天看来,《文选》的选录标准也有其不尽满意之处。首先,萧统和他周围的学士们,似乎比较欣赏一些典雅繁缛之

作,而多少忽视了一些清新活泼带有较多民间色彩之作。关于这一点,近人骆鸿凯在《文选学》一书中已经谈到。他说:

> 盖自江左文辞,稍崇华赡,下逮齐梁,骈丽之习成,声病之学成,取青媲白、镂叶雕花,日趋于纤艳,而古初浑朴之意尽失。昭明芟次七代,荟萃群言,择其文之尤典雅者,勒为一书,用以切劘时趋,标指先正。迹其所录,高文典册十之七,清辞秀句十之五,纤靡之音百不得一。以故班、张、潘、陆、颜、谢之文,班班在列,而齐梁有名文士若吴均、柳恽之流,概从刊落,崇雅黜靡,昭然可见。(第32页)

骆鸿凯对萧统等人的做法,显然采取肯定的态度,但他讲的情况确实是存在的。从《文选》中入选的作品看来,所收作品,以陆机为最多,共取诗文六十一篇,其次是谢灵运,共取诗四十一篇,再次是曹植,共取诗文三十八篇。这里每个作家的入选篇数,除了每个人所撰诗文数量有别外,多半取决于编选者的眼光。(如《隋书·经籍志》载,《曹植集》三十卷;《陆机集》梁代时凡四十七卷;《谢灵运集》十九卷。齐梁人对曹植评价未必低于陆机,其间可能有传世作品多寡问题,但以曹植与谢灵运相比,恐仍可看出其选录标准,较重视南朝辞藻富赡之作。)《文选》对南朝一些作家的态度,就很能说明这问题。例如:在选录鲍照的作品时,《文选》舍弃了他的《拟行路难》等名作,却收录了他某些较少特色的徒诗;在选录沈约之作时,虽然采录了《早发定山》、《别范安成》等名篇,却弃富于独创性的《八咏》和优美的情歌《六忆》。这就和萧统等人之过于强调典雅有关。特别是《文选》的不取《六忆》,恐怕和萧统在《陶渊明集序》中指责的《闲情赋》的思想相通。又如在对待乐府诗的问题上,《文选》中选录过某些较少文学意味的郊庙之辞,而不收《陌上桑》、《羽林郎》、《古诗为焦仲卿妻作》等名篇及东晋以后流行于南方的《子夜歌》等民间作品也是这样。

  平心而论,《文选》的选录作品,虽尚典雅,却也不是没有可取的成分。例如在对待谢朓的问题上就是这样。从现存谢朓之作来看,其中最传诵的名句如"大江流日夜"(《暂使下都夜发新林至京邑赠西府同僚》)、"余霞散成绮,澄江静如练"(《晚登三山还望京邑》)等都见于《文选》,而为《文选》所舍弃却为《玉台新咏》所采录的一些咏物诗,则大抵很少可取之处。我们甚至可以说,在对待谢朓的问题上,《文选》是取其精华,《玉台新咏》不免是收其糟粕。同样地,在对待沈约作品方面,《玉台新咏》虽然收了他一些《文选》所遗留的佳作,但所取的咏物诗,有些也很难说有多大艺术价值。又如沈约的《郊居赋》,据《梁书》、《南史》的《王筠传》载,颇得王筠称赏,《文选》却因为它过于艰涩而摒弃不录。在萧统身边的"学士"中,王筠和刘孝绰是最受尊重的,但在编纂《文选》时,既未收《郊居赋》,也没有收刘孝绰的父亲刘绘及舅父王融这两位在当时颇有盛名的文士之作。这说明《文选》的编纂,显然与萧统本人的文学思想有很大关系。从萧统的《答湘东王求文集及〈诗苑英华〉书》和《陶渊明集序》看来,萧统的文学观确有较多的儒学正统思想,这和他的父亲梁武帝萧衍比较一致。《梁书·徐摛传》载,徐摛在创导"新变"体(实即"宫体诗"之先导)时,曾引起萧衍的愤怒。这说明萧统较之弟弟萧纲等人似更接近他父亲的观点。但无可否认的是:萧衍、萧统的思想,虽有一定正统思想的局限,但他们还是具有很高的文学素养和敏锐的艺术感受力。因此《文选》中所收作品,一般均属上乘之作。现今所见许多汉魏六朝作家如潘岳、陆机、谢灵运、谢朓等人的名作,大多保存于《文选》之中。因此唐以后的诗人和骈文家无不奉《文选》为写作圭臬,绝非偶然。我们今天研究汉魏六朝文学,《文选》仍是一部极为重要的必读之书。

正因为《文选》具有种种不可替代的优点,所以唐以来的文人学士对此无不十分重视。早在隋代,就有萧统的族子萧该作《文选音》。到了隋唐之际,又有一位江都(今江苏扬州)人曹宪以《文选》教授弟子,并作《文选音义》十卷。"选学"之名,即由此而起。继之者有许淹、公孙罗等人,到了唐高宗时,李善作《文选注》表上之,遂成为注释《文选》的杰出代表,历来研究《文选》的人,多倍加推崇。李注既出之后,唐代有不少人都曾想从事《文选》的注释,但都远不足与李善相比拟。唐玄宗时,有个工部侍郎吕延祚,组织了吕延济、刘良、张铣、吕向、李周翰等五人,为《文选》作注,号为"五臣注",得到唐玄宗的支持,得以流行。吕延祚在《进五臣集注文选表》中故意诋毁李善注来抬高"五臣注"。实则"五臣注"的价值远不足与李注相比拟。李善注旁征博引,保存了许多唐以前典籍的佚文,是辑佚家们极重要的根据,李注对训诂和史实的解释,也往往精当。"五臣注"远不如李注博雅富赡,而且对六朝史实,往往也茫然无知。例如鲍照的《芜城赋》,据五臣李周翰注,说是鲍照为讽谏临海王刘子顼,劝他不要造反而作。其实鲍照作《芜城赋》,至迟应在宋孝武帝大明五至六年,当时宋孝武帝还健在,刘子顼不过是一个六七岁的小孩,根本不可能有造反的意图。后来刘子顼参加刘子勋反对宋明帝的斗争,其实出于他的僚佐之意,而且这次战乱的起因是由于明帝杀孝武帝子前废帝刘子业而引起,孝武帝健在时根本不可能有此动机。所以此说根本不可能成立。像这样的例子,在"五臣注"中还有一些。当然,"五臣注"也有一定的长处,那就是它较之李注,多一些串讲,对初学者理解《文选》中作品有一些帮助。同时,李注在传抄的过程,难免有缮写中误被羼入的成分。如班固《两都赋》注中,有说《两都赋》作于汉和帝的话,这不合史实,而"五臣注"倒认为是明帝时作,比较正确。然而据清胡克家《文选考异》及近人高步瀛《文选李注义疏》考订,此语实非李善注,乃后人窜入,不能由李善负责。这是我们在研读《文选》时必须弄清的。

不过,《文选》的李善注问题比较复杂,据五代王谠《唐语林》卷二引唐李匡乂《资暇录》云:"代(世)传数本李氏《文选》,有初注成者,有覆注成者,有三注四注者,当初旋被传写之误。其绝笔之本,兼释音训义,注解甚多,匡乂家幸而存焉。"此语合于事实,现在所见的日本古抄本及敦煌出土残卷以及现在流行的宋尤袤刊本、清胡克家覆刊本与各种版本的"六臣注"本所收李注,详略颇有不同,就证明了这一点。这种情况也说明现存李注中,有些可能是李善在定稿时已经删去的字句,亦不应以此责备李善。

正因为李善注存在着种种复杂的问题,所以探索李注的体例是颇为困难的。有些"选学"专家甚至断言"《文选》学就是《文选》李注学"。这话有些片面,但过去不少学者研究《文选》,却不免把主要精力放在对李注的探讨上,并且做出了丰硕的成果,也是无可否认的事实。

当然,《文选》学的研究,显然不能局限于李注。对萧统《文选》原貌的探讨也很必要。在这方面敦煌残卷、日本所藏古抄白文本及《文选集注》等的出现就有着重大的意义。除此以外,现存台湾省的宋陈八郎刊五臣注《文选》也有很高的价值。因为五臣注《文选》保存了萧统三十卷的原貌,而文字及体例也和现今最流行的胡克家刊李注本有较大的出入。从这个意义上说,单"五臣注"本亦有其不可忽视的价值。即以前几年上海古籍出版社所影印的《三谢诗》,即依据五臣注《文选》,与通行本文字颇有异同,足资校勘。近来郑州大学古籍所获得"台湾省"学者游志诚先生所赠陈八郎本五臣注《文选》复印本和韩国学者白承锡先生所赠韩国影印奎章阁本六臣注《文选》,给我们的研究提供了很大方便。近年来国内外学者对《文选》版本的研究,取得了极大成绩,从而打破了自清以来把眼光局限于李善注本的范围,这是很大的进步。

除了关于《文选》的版本、训诂及注释体例等问题外,《文选》本身的文学观点及其在文学史上的影响,也是很值得研究的。杜甫叫他儿子要"熟精《文选》理",这是要继承《文选》中的写作技巧。事实上历来诗文,无不受《文选》的影响。以诗来说,即如理学家朱熹,也认为作诗当从《文选》而来才算好诗。到近人李详,甚至专门探索过杜甫、韩愈之作与《文选》的关系。至于骈文的写作,历来更以《文选》为典范。关于这方面,"五四"以来,人们的看法似失于偏激,例如当时斥责骈文家为"选学妖孽",就有失公允。即以清代而论,有许多骈文家之作,仍有其不可忽视的价值,像汪中的《哀盐船文》等名作,历来传诵,似乎也不是一句话所能否定得了的。我们今天作文,虽然不一定要学骈体,但适当地总结骈文的长处,取法其含英咀华的特色,似乎还颇有借鉴作用。

从乐府诗的选录看《文选》

一

关于《文选》中选录乐府诗的问题,我们首先需要说明的是,在《文选》中,虽在"诗"这一部分中设有"乐府"这一类,但其关于"乐府"的概念和宋郭茂倩《乐府诗集》以及我们今天所一般理解的"乐府诗"有所不同。例如《文选》中所列的"挽歌"一类,在《乐府诗集》中只是作为《相和歌辞》的一种,附于《薤露》、《蒿里》等曲调之后。又如"杂歌"一类中的刘琨《扶风歌》、陆厥《中山王孺子妾歌》,在《乐府诗集》中均收入《杂歌谣辞》一类;"杂拟"一类中袁淑的《效曹子建乐府〈白马篇〉》、鲍照的《代君子有所思》二首,两人所拟曹植原作和陆机原作均属《杂曲歌辞》,并且在《文选》中也列入了"乐府"类中,而拟作却入"杂拟"类,与其他拟古诗放在一类中。还有江淹的《杂体诗》三十首,像《古离别》、《班婕妤·咏扇》等,本亦拟乐府而作。又如曹植的《七哀诗》,据《宋书·乐志》本是晋代乐官所奏的乐曲之一,《乐府诗集》卷四十一引《古今乐录》也说《相和歌辞·楚调曲》就演奏曹植的这首诗。但《文选》和《玉台新咏》却都不作为乐府诗收入。(《玉台新咏》是作为《杂诗》五首的第一首收入的)至于《文选》中"杂诗"一类所录《古诗十九首》中,如《驱车上东门》、《冉冉孤生竹》等几首,据《乐府诗集》也被当作乐府诗收入,而《文选》和《玉台新咏》却也只把它们看作一般的诗歌。可见汉魏以前的"古诗"和"乐府"之间,并不存在什么绝对的界限。其中有些本是民间的歌辞,被乐官"被之管弦"后,后来曲调不再流行,而歌辞尚存,就被视同一般的古诗;有些本来只是文人创作的一般诗歌,却因被乐官配乐歌唱,也就成了乐府诗。例如《乐府诗集》所载《梁鼓角横吹曲·紫骝马》中《十五从军征》一首,据《古今乐录》说是"古诗",清朱乾《乐府正义》则认为它就是《相和曲·十五》的古辞。因为《宋书·乐志》中载有曹丕《登山有远望》一首,被称为《十五》,文中并无"十五"字样,内容也与"十五"无关,所以怀疑此曲本辞原即《十五从军征》,而魏晋乐官却以曹丕诗来取代了它,于是后人就认为它只是一首"古诗"了。又如晋左思的《招隐诗》中"白云停阴冈"等四句,被南朝乐官取来配乐演唱,就成了《清商曲辞·子夜四时歌》中的一首。这说明"古诗"与"乐府"本难截然区别。《四库全书总目》指责《乐府诗集》中所收作品有些并非乐府诗,但所举作品多为梁中叶以后人所作。其实这个问题恐怕在梁以前作品中已经存在。例如《乐府诗集》在《相和歌辞·楚调曲》中收入了陶渊明的《怨诗楚调示庞主簿邓治中》,恐怕就根本没有想被之管弦的用意。据《文心雕龙·乐府》说:"子建、士衡,咸有佳篇,并无诏伶人,故事谢丝管,俗称乖调,盖未思也。"范文澜注:"子建诗用入乐府者,惟《置酒》、《明月》及《鼙舞歌》五首而已,其余皆无诏伶人。士衡乐府数十篇,悉不被管弦之作也。"看来"不被管弦"的乐府诗,其实和普通的古诗并无区别,有的只是用一个乐府的题目而已。所以《文选》中关于乐府的概念与一般的理解有别,似可姑置勿论,因为即使是曾被古人演唱的曲辞,其曲谱唱腔今已无考,我们所能见到的也只有歌辞本身,它们自然与一般的诗并无不同。

值得注意的倒是《文选》所收的"乐府"一类诗歌,其中可以确定为民间作品者甚少,甚至根本没有,其中绝大多数作品则为文人创作,若按范文澜的说法,那么其中绝大部分还都未曾被演唱过。可见萧统和他身边的学士们只是从文学的角度去选诗,并没有真正从音乐角度来着眼。因为若根据《宋书·乐志》看来,《文选》所录的"乐府"类四十首(若据六臣注本为四十一首)诗中大约不过十几首曾被魏晋乐官所谱歌唱;至于其他各首是否被后来乐官所演唱过,由于史料缺乏,很难确考。不过有的诗后来曾入乐也是可能的。如《北史·魏本纪五》载,北魏孝武帝在逃奔长安前,曾在宫中宴饮,"令诸妇人咏诗",有人"咏鲍照乐府曰:'朱门九重门九闱,愿逐明月入君怀。'"这两句诗见于鲍照的《代淮南王》。然而这个事例发生在梁武帝中大通四年(532)即萧统逝世的次年以后,与《文选》中乐府诗是否曾被演唱无干。《文选》选诗的这种做法也许和萧统其人不大喜欢音乐有关。据《梁书·昭明太子传》:"性爱山水,于玄圃穿筑,更立亭馆,与朝士名素者游其中。尝泛舟后池,番禺侯轨盛称'此中宜奏女乐'。太子不答,咏左思《招隐诗》曰:'何必丝与竹,山水有清音。'侯惭而止。出宫二十余年,不畜声乐。少时,敕赐太乐女妓一部,略非所好。"这也许能说明《文选》对乐府诗的选录,实际上只是就诗论诗,并未顾及它们在音乐方面的地位。

二

《文选》所收的乐府诗有一个显著的特点,那就是其中入选之作基本上都属于汉魏时代所已经产生的旧曲名(其中"杂歌"中的刘琨《扶风歌》、陆厥《中山王孺子妾歌》也许是例外,但它们既未归入"乐府"类,而且文体及内容也与后来的南朝乐府民歌不同)。这是一个很可注意的现象,因为从萧统的生活时代而论,当时的南朝乐府民歌包括所谓《吴声歌》和《西曲歌》都早已流行于朝野,为许多达官贵人所欣赏,并且已有不少文人进行过拟作。例如沈约在南齐永明年间所作的《宋书·乐志》已经比较详细地论述了《吴声歌》中的《子夜歌》、《懊憹歌》、《读曲歌》等曲调的来历;并且也曾简略地谈到了某些《西曲歌》的起源问题。如果根据后来徐陵所编的《玉台新咏》,那么早在东晋时代的孙绰、王献之,刘宋时代的谢灵运和宋孝武帝刘骏等人时均已对《吴声歌》有所拟作。尽管有些研究者曾对这些作品的主名有所怀疑,但这许多传说至少能说明《吴声歌》的歌辞,在晋宋间已开始有人仿作。至于《西曲歌》的流行,可能比《吴声歌》稍晚,但至少到宋齐间,亦已有人仿作,如齐武帝萧赜、释宝月等人之作《估客乐》,即其显例。(鲍照之作《采菱歌》,属《江南弄》,诗中多道及汉水、湘江等地景物,或亦近于《西曲》)至于萧统的父亲梁武帝萧衍就曾创作过仿效《吴声歌》、《西曲歌》的作品。可见"南朝乐府民歌"的曲调,当时不但已在文人中流行,而且已深刻地影响到了当时萧氏家族。那么萧统对这种歌曲的曲辞仍视若无睹,必有其原因,应进一步加以探讨。

  关于《文选》不收《吴声歌》、《西曲歌》的原因,是由这部总集本身的编纂宗旨决定的。一般说来,《文选》所选录的作品,大抵都产生于梁武帝天监十二年(513)以前,只有少数几篇如陆倕、徐悱、刘孝标等人的诗文是例外。关于这些作品的入选,很可能和刘孝绰在编纂本书中的作用有关。这一点,笔者过去在《有关〈文选〉编纂中几个问题的拟测》(吉林文史出版社版《昭明文选研究论文集》第32~42页)一文中已有解释,这里不再重复。值得注意的是,萧统对天监十二年以后去世的诗人的作品,并不是完全没有正视过。例如他在《答湘东王求文集及〈诗苑英华〉书》中,曾提到他编过一部《诗苑英华》。这部书据《颜氏家训·文章》中说到刘孝绰"又撰《诗苑》,止取何(逊)两篇,时人讥其不广"。日本清水凯夫教授在《〈文选〉撰(选)者考》中认为:"《颜氏家训》记述刘孝绰撰录的《诗苑》,在昭明太子《答湘东王求文集及〈诗苑英华〉书》是《诗苑英华》,大概和《隋书·经籍志》记作昭明太子撰的《古今诗苑英华》十九卷是同一文集。"(重庆出版社本《六朝文学论文集》第 14 页)笔者对清水教授关于《文选》编纂者问题的看法不完全同意,但说《诗苑》与《诗苑英华》是一部书,应该是正确的。因为萧统生前曾由刘孝绰给自己编过文集,后来编纂《文选》,刘孝绰至少也是主要的负责者之一,所以《诗苑英华》的编定,自然少不了要刘孝绰参加,甚至主要由他来具体编纂。所以颜之推提到刘孝绰编《诗苑》,即是此书,就不难理解。《诗苑英华》其书,今已散佚,无从知其全貌,但它既然选录了何逊的诗两首,那么也必然曾收入过其他卒于天监十二年以后的诗人之作。但在《文选》中,这些作品却只剩下一首徐悱的《古意酬到长史溉登琅邪城》,以至骆鸿凯在《文选学》中认为"齐梁有名文士若吴均、柳恽之流,概从刊落"(第 32 页)。这种现象显然不能用刘孝绰个人的褊狭来解释。倒是萧统自己在《答湘东王求文集及〈诗苑英华〉书》中说《诗苑英华》"上下数十年间,未易详悉,犹有遗恨","未为精核"等语多少可以说明一些《文选》断限问题的原因。这部《诗苑英华》编定时间大约在梁武帝普通中期(522~524)。从此时上溯到天监元年约二十年,再上溯到齐武帝永明(483~493)时代诗风丕变之际,有四十年左右的时间。当萧统编纂《诗苑英华》时,有不少去世不久的或一些尚健在的作家,其创作活动大抵始于南齐时代。因此,在萧统当时,不少齐梁文人的作品,实为那时的"当代"文学。那时人们对一些诗人的评价往往毁誉互异,不易做出定评。因此萧统自己对此书并无把握，只好自称"上下数十年间，未易详悉，犹有遗恨"。后来他编纂《文选》，关于诗的部分自然会以原有的《诗苑英华》为基础，但为了审慎起见，他基本上只收天监十二年沈约去世以前的作品，对此后去世的诗人之作都基本不取。这个断限，倒与钟嵘的《诗品》如出一辙。从这个意义上说，萧统可能受有钟嵘的影响（关于这一点我们下面还要详谈）。笔者过去论到《文选》中不收柳恽、何逊和吴均等人之作，曾比较赞成骆鸿凯所说的"崇雅黜靡"之说，现在看来似不完全这样。这是因为当时人论文，往往要把评议的断限定在离作者较远的一个时期，这样是为了更客观和公允地看待那些过去的诗人，也可以避免一些人事或学说方面的争论。所以和萧统差不多同时的论者，如刘勰《文心雕龙》所论，仅提及东晋以前的人物；钟嵘的《诗品》，只品评到沈约为止；即使像萧子显作《南齐书·文学传论》，本应以谈论南齐一代作家为主，而文中的议论，却着重评论了刘宋的"元嘉体"的代表人物谢灵运、鲍照等人。这大约是齐梁时代多数人论文选诗的通例，萧统编选《文选》可能出于某些原因，改变了《诗苑英华》的做法而采用了当时人的惯例。①

如果说《文选》收录诗文的时代断限基本上和《诗品》一样定于天监十二年沈约去世为止的话，那么萧统此书的编纂宗旨就很有必要加以讨论。因为在南朝的齐梁之交，产生了两部著名的文学批评名著——刘勰的《文心雕龙》和钟嵘的《诗品》。《文心雕龙》的著作

---

① 《诗苑英华》据《答湘东王求文集及〈诗苑英华〉书》说，在萧统给湘东王萧绎写信时，此书已在流传。萧统此书大约作于普通末大通初。那么其成书时间至迟也如上文说的在普通中期，而徐悱的卒年是普通五年，如果《诗苑英华》中也收了徐悱之作，那么《诗苑英华》该是兼录存者之作，为后来的《玉台新咏》开了先例。但此书已佚，现在很难断定。

年代一般认为作于齐末,因为《时序》篇中有"暨皇齐驭宝,运集休明"等语;近年来又有些研究者提出作于梁代之说。不管二说孰是,但《文心雕龙》所总结的文学经验,虽所举例子,限于晋以前,而实际则论到了齐梁,例如其中的《声律》篇,实际上已经和周颙、沈约的"四声说"互为表里。至于《通变》篇说,"揲而论之,则黄唐淳而质,虞夏质而辨,商周丽而雅,楚汉侈而艳,魏晋浅而绮,宋初讹而新。从质及讹,弥近弥淡。何则?竞今疏古,风味气衰也。今才颖之士,刻意学文,多略汉篇,师范宋集,虽古今备阅,然近附而远疏矣",这正是他对齐梁文坛的看法。所以清人纪昀对《通变》篇的总评云:"齐梁间风气绮靡,转相神圣,文士所作,如出一手,故彦和以通变立论。然求新于俗尚之中,则小智师心,转成纤仄,明之竟陵、公安,是其明征。故挽其返而求之古。盖当代之新声,既无非滥调,则古人之旧式,转属新声,复古而名以通变,盖以此尔。"纪昀对齐梁文学的评价以及他对后来明代"竟陵派"、"公安派"的非议是否妥当,我们可以暂置勿论。但他认为《通变》篇的写作,旨在以"复古"为号召来对齐梁文风进行一定的改造,这是有一定见地的。所以《文心雕龙》所论的文学发展情况,实际上也和《诗品》、《文选》一样,把论述的范围截止于齐梁之际。这三部书所以把评论与选录的断限都定在南齐至梁初这一阶段,绝非偶合,也不完全是由于他们三人都活到了或生活于梁代,而是与文学发展的历史实况有关的。因为文学发展到南齐永明年间,诗文的内容和形式都发生了显著的变化。这种变化在形式方面比较明显,那就是自从周颙提出"四声"说以后,王融、沈约等人又进而将此说运用于诗文创作。沈约在《宋书·谢灵运传论》中说:"欲使宫羽相变,低昂互节,若前有浮声,则后须切响。一简之内,音韵尽殊;两句之中,轻重悉异。妙达此旨,始可言文。"这段话可以说是"永明体"的宣言。对于沈约等人的这种主张,刘勰似乎比较赞成,钟嵘则持反对态度。不管他们有多大分歧,但他们都认识到这种主张的出现会在文学的发展过程中引起巨大影响。后来文学史的事实也证明了"永明体"的出现不但对诗歌的格律化及后来所谓"近体诗"的成立导开了先河,也对后世骈体文的发展变化起着巨大的影响。从内容方面说南齐永明时代的一些诗人较之他们的先辈也有所不同。他们的作品中关于妇女生活的题材和咏物诗的比重已显著增加。如沈约的《六忆诗》和陆厥的一些作品,已属很纯粹的艳歌。又如王融、谢朓和沈约的一些咏物诗,也和梁中叶以后所谓"宫体诗"的内容十分相近。梁陈时代的"宫体诗",一般认为始于徐陵之父徐摛。据《梁书·徐摛传》说徐摛"属文好为新变,不拘旧体",又说,"摛文体既别,春坊尽学之,'宫体'之号,自斯而起"。其实所谓"新变",不完全始于徐摛。《南齐书·文学·陆厥传》:"厥少有风概,好属文,五言诗体甚新变。"又同书《文学传论》也有"若无新变,不能代雄"之语。讲求声律和着重写妇女题材及咏物诗,这也是齐代到梁初文学所发生的一种巨大变化。刘勰、钟嵘和萧统都是看到了这种变化的契机,所以把他们的评论和选录断限定在天监十二年沈约去世之年。当然,他们三人对这种"新变"未必赞成,所以刘、钟二人对这些作品都未提及,而萧统则除了陆厥的《中山王孺子妾歌》以外,一概不予收录。如果我们再看《文选》和《玉台新咏》中所选王融、谢朓、沈约三人作品的区别,就更为清楚。以谢朓为例,他的许多名篇如《晚登三山还望京邑》、《暂使下都夜发新林至京邑赠西府同僚》等均见《文选》;而《玉台新咏》中所录则多为《听妓》、《杂咏》一类作品。同样地,二书所收沈约的诗,情况亦与此类似。这说明两人作品中那些在声律方面讲求得还不甚严格,而题材与晋宋以前人作品相近的篇章,大抵都为《文选》所载;而那些接近后来"宫体诗"之作,则大抵为《玉台新咏》所录。其实二书中对刘宋以前诗人之作,差别也很大。《玉台新咏》不收曹操的诗①；对曹植不收《白马》篇、《名都》篇、《赠白马王彪》等篇，而着重选录妇女题材之作；对左思不取其《咏史诗》而取《娇女诗》；对谢灵运的许多山水名篇均摒而不录，只取其不大受人重视的《东阳溪中赠答》；对鲍照诗的选录虽与《文选》有一部分相同，但也仅以与妇女生活有关的题材为限，其中虽选录了《文选》所未收的《拟行路难》的一部分，但又不取像"泻水置平地"、"对案不能食"等名篇。这种种区别不完全是徐陵有意和萧统立异，而是《玉台新咏》旨在"撰录艳歌"。这种"艳歌"正是梁中叶以后直到初唐许多诗人之作的一个特色。从这个意义上说，徐陵也需要为他所提倡的新体寻找历史渊源。这和纪昀评《文心雕龙·通变》篇的话，主旨相反，却都有马克思在《路易·波拿巴的雾月十八日》中所说的"战战兢兢地请出亡灵来给他们以帮助"的用意。因此，我们不妨认为《文心雕龙》、《诗品》和《文选》是对齐及梁初以前文学的总结，主要起承先的作用；而《玉台新咏》则为梁中叶以后文学开创先例，主要起启后的作用。

三

在上文中已经说到《文选》的编纂和《文心雕龙》、《诗品》一样，都有着对梁初以前文学做总结的用意。那么萧统的编纂《文选》，是否受了他的前辈刘勰、钟嵘甚至其他人的影响呢？笔者认为应该是这样的。关于刘勰对萧统的影响，中外的研究者已有不

---

① 《玉台新咏》卷二载甄后《塘上行》，《宋书·乐志》以为曹操作。但据《文选》陆士衡《塘上行》李善注引《歌录》作"古辞"。黄晦闻先生《魏武帝魏文帝诗注》、余冠英先生《乐府诗选》均从之。

少人研讨过,也有不同的说法,但根据《梁书·文学·刘勰传》,刘勰曾"兼东宫通事舍人","昭明太子好文学,深爱接之",刘勰的年辈长于萧统,二人又有较多接触,因此他对萧统的影响似不容忽视。例如一些研究者注意到《文选》的文体分类和《文心雕龙》常有类似处;《文选》所收作品也有不少篇被《文心雕龙》举为例证。但仅仅根据这些现象来论定萧统受刘勰的影响,是比较表面的。因为刘、萧二人的生活时代既然相近,那么关于文体分类的看法及他们二人对某些作家和作品会持有相同或类似的看法是完全可以理解的。日本清水凯夫教授则与此相反,他在《〈文选〉与〈文心雕龙〉的相互关系》一文中认为"刘勰明确表示尚古复古思想是《文心雕龙》一基本理念","至于说《文选》如何,则正好与此相反,它是以诗文是随着时代的变迁而发展的理念编辑的"(《六朝文学论文集》第93页)。此说似与中日两国不少学者的看法很不相同,但从《文心雕龙》的《宗经》、《通变》诸篇和《文选序》相比较,也不能说没有一定的道理。但在《文心雕龙》中也不是全盘否定齐梁以来文学上的某些新技巧,例如《声律》篇之讲音调,《丽辞》篇之讲对仗,《总术》篇之讲"文笔之分",这说明在刘勰的"复古"口号中又包含有若干肯定"新变"的因素。这种现象颇为复杂,例如钟嵘的《诗品》,也有"崇古"的倾向,所以他把列为"上品"的作家断于刘宋以前,而把齐梁诗人中一部分人列入"中品",而更多的人则入"下品"。这种做法,恐怕和当时所崇奉的儒家和道家思想都有较明显的"是古非今"观点有关。这倾向甚至一直持续到"五四"运动以前。但即使在这种传统思想影响下,不论《文心雕龙》还是《诗品》在文学思想上也各有其不同的贡献,不能因为有一些"尚古"倾向而加以否定。以《文心雕龙》而论,在对乐府诗的看法上就互有异同。自"同"的方面而论,《文心雕龙·乐府》篇中虽主要叙述诗和乐的关系及上古至晋代乐府的大致发展情况,但着重评论的作品只限于"魏之三祖"(曹操、曹丕、曹叡)和"子建、士衡"(曹植、陆机)之作,这些诗在《乐府诗集》中都属《相和歌辞》及《杂曲歌辞》的一部分。这和《文选》所收的乐府诗大体相同。至于东晋宋齐间所流行的《吴声》、《西曲》,《文心雕龙》既未提及,《文选》也不收录。这种情况反映了宋齐两代许多上层士族的艺术趣味。《南齐书·王僧虔传》载王僧虔在宋末上书朝廷时就说这部分曲调:"又今之《清商》①,实由铜爵,三祖(即"魏三祖")风流,遗音盈耳,京洛相高,江左弥贵。谅以金石干羽,事绝私室,桑、濮、郑、卫,训隔绅冕,中庸和雅,莫复于斯。"《宋书·乐志》虽然论述了不少《吴声歌》的名目及起源,却不像这部分乐曲那样详载其许多歌辞。可见直到宋齐时代,《吴声歌》等乐曲虽已被士大夫们所欣赏,但还是作为"俗乐",有些人仍不予重视,而当时士大夫们所奉为正宗的乐曲,还是那些汉魏旧曲。同时从萧统所作《陶渊明集序》对《闲情赋》的批评看来,《文选》之不录《吴声歌》等作品,也是很自然的。从"异"的方面来说,《文心雕龙》中还讲到了一些《鼓吹曲》及汉代的《郊祀歌》之类,但《文选》均未收录,这大约是由于在萧统看来如《汉铙歌》这类乐曲,大抵声辞相混,不易理解,而《郊祀歌》又较少文学意味。所以只取了谢朓《随王鼓吹曲》中的《入朝曲》一首;另外专设"郊庙"一类,选录了颜延之的两首《宋郊祀歌》。从总的来说,萧统对《鼓吹曲》、《郊祀歌》不是很重视。这也说明他的选录乐府诗,主要从文学角度,而很少考虑音乐方面的问题。

---

① 这里所谓《清商》,指《宋书·乐志》所载的"荀勖撰旧词施用者"的"清商三调歌诗"(即《平调》、《清调》和《侧调》),在《乐府诗集》中归入《相和歌辞》,与所谓《清商曲辞》不同。

如果说刘勰和萧统的关系还有史籍可稽的话,那么当时另一重要的批评家钟嵘与萧统是否见过面,就无从确考了。但《文选》和《诗品》的文学思想有许多共通之处,却是不可否认的事实。首先,《文选》所收谢朓、沈约等人的诗,大体上都比较长,风格也近于谢灵运、鲍照等"元嘉体"作者的诗,而对于那些篇幅较短(约十句以内),而又很讲究平仄相对的作品选录较少。其次,沈、谢之作较少用僻典,即使用典,也用得较自然平易,正如沈约所强调的"易见事"(《颜氏家训·文章》)的特点较为明显,这是和钟嵘之反对讲求声病和不赞成作诗用典的主张相类似的。因此在《文选》中选录南朝作家的诗时,对谢庄、王融的诗都没有采录,对任昉的诗也所取甚少,这些作家都是钟嵘在《诗品》中所批评过的。如果我们再把《诗品》中对某些作家所列的等第来看,就可以看出和《文选》选诗的不少共同之处。例如:曹操在《诗品》中列于下品,所以在《文选》中仅"乐府"类收其诗两首;曹叡在当时被人将他与父祖并称"魏三祖",而在《诗品》中列下品,《文选》基本上未收他的诗(《伤歌行·昭昭素月明》是作为"古辞"入选的)。晋代的傅玄在《诗品》中亦属"下品",他写了很多乐府诗,其中亦不乏佳作,但《文选》未录一首,而只在《杂诗》中收了他一篇诗。《文选》所收诗作以曹植、陆机和谢灵运三人为最多,这三人在《诗品》中均属上品,而且据《诗品序》说,"陈思为建安之杰","陆机为太康之英","谢客为元嘉之雄",这种情况,显然不是偶合。我们虽然不能据此断言《文选》的选诗标准是依据钟嵘的观点,至少也应看作《诗品》和《文选》对这些诗人的看法是反映了齐末梁初许多人的共识。至于《诗品》中评江淹"诗体总杂,善于摹拟",而《文选》中所收江淹其他诗数量较少,却全取了他的《杂体诗》三十首。更有一点足以发人深思的是《诗品》评王融说:"至于五言之作,几乎尺有所短。"意谓他不善作诗,而《文选》也不收王融的诗,但王融有

《古意》二首("游禽暮知反"和"霜气下孟津")见于《玉台新咏》。正如日释空海《文镜秘府论·集论》中引唐人评语所说:"至如梁昭明太子萧统与刘孝绰等撰集《文选》,自谓毕乎天地,悬诸日月。然于取舍,非无舛谬。方因秀句,且以五言论之,至如王中书'霜气下孟津',及'游禽暮知返',前篇则使气飞动,后篇则缘情宛密,可谓五言之警策,六义之眉首。弃而不纪,未见其得。"这批评很中肯。然而这段话是现存史料中足以证明刘孝绰是《文选》编纂中主要人物之一的最重要根据。在这里批评《文选》,又举出它不收王融诗为巨大缺陷。据《梁书·刘孝绰传》,王融是刘孝绰的亲舅舅,又是第一个赏识他文才的人。刘孝绰对这位舅舅的感恩图报之情应该是不言而喻的。《文选》却偏偏漏了王融这样杰出的诗人。这说明《文选》的编纂,恐怕未必像近来日本某些学者所说的那样,全出刘孝绰一人之手,而是萧统和他周围的那些学士中曾受有《诗品》影响或持有类似钟嵘看法的人对《文选》的取舍也起了不小的作用。

除了《文心雕龙》和《诗品》以外,齐及梁初一些文人对刘宋以前作家的看法,也和《文选》颇有相同之处。如江淹所作的《杂体诗》三十首,其中对张华,拟作《离情》,而《文选》中也取其《情诗》二首,却不收他的《游侠》篇、《壮士》篇诸作。这和《诗品》评张华"犹恨其儿女情多,风云气少"也很相似。江淹对潘岳拟《述哀》,对陆机拟《羁官》,对谢混拟《游览》,对颜延之拟《侍宴》,对谢惠连拟《赠别》,对鲍照拟《戎行》。这些都可以和《文选》中选录潘岳《悼亡诗》,陆机《赴洛》二首、《赴洛道中作》二首,谢混《游西池》,颜延之《车驾幸京口侍游蒜山作》、《车驾幸京口三月三日侍游曲阿后湖作》,谢惠连《西陵遇风献康乐》,鲍照《出自蓟北门行》符合。在这里还没有数到拟左思的《咏史诗》、刘琨的《伤乱》、郭璞的《游仙诗》、陶渊明的《田居》、谢灵运的《游山》等公认为代表这些作家特色的篇章。这也不能据此认为萧统编纂《文选》一定是受了江淹的影响。正如沈约《宋书·谢灵运传论》和钟嵘《诗品序》中所曾列举的从三国到刘宋许多作家的名篇，在《文选》中也几乎全都入选。这也不一定说萧统选诗时完全是根据沈约、钟嵘的意见从事。这种情况，只能说是《文选》的选诗标准反映了南齐到梁初文坛上大多数人的看法。关于这一点，笔者在《汉魏六朝文精选》的《前言》中曾经强调过，许多总集的编选，除了决定于编选者本人的文学观外，还"无法完全摆脱传统的影响"和"受到时代风气的制约"（见江苏古籍出版社1992年版《前言》第2～3页）。这一看法用于解释《文选》选诗的情况似乎也是适用的。

四

如果说《文选》之选录诗歌尤其是乐府诗其观点与江淹、沈约、钟嵘、刘勰诸人颇多相同或类似的话，那么此书和徐陵奉萧统之弟萧纲（梁简文帝）之命而编纂的《玉台新咏》相比较，其不同之处却也很明显。关于二书的不同，清人朱彝尊在《书〈玉台新咏〉后》中曾对一些不同之处做过比较，得出了"然则诵诗论世者，宜取《玉台新咏》并观，毋偏信《文选》可尔"的结论。生活于三百多年前的朱彝尊在当时提出这样的论点，应该说是有胆识的。因为在当时像《玉台新咏》这样一部专选艳体诗的总集，在人们心目中的地位无法与《文选》并提。他在这篇文章中指出《古诗十九首》中《生年不满百》一首是"《西门行》古辞也"，就很有见地。但他认为五言始自枚乘，而批评了《文选序》《诗品序》以为始于李陵之说，却不免"楚则失矣，齐亦未为得也"之讥。因为相传为枚乘、李陵等人之作，其主名本来各有异说，宋齐以来文人就有持怀疑态度的，而五言诗的起源至今尚无定论。笔者根据《史记·项羽本纪》正义引《楚汉春秋》所载虞姬作歌和《汉书·外戚传》所载戚夫人《舂歌》，曾认为五言之起，可能比传统的说法更早，但亦不敢自以为必是。但《玉台新咏》较之《文选》，也确有其长处。这主要表现在二书对待民歌和一些地位低微、声望不高的文人之作的态度上。即以乐府诗部分而论，《文选》所收的乐府诗，主要是建安曹氏父子、陆机、鲍照等名作家所拟作的汉魏旧曲的歌辞，至于号称"古辞"的无名氏作品，据李善注本，仅收三首，其中《饮马长城窟行》（青青河边草），就不大像民间诗歌，而更似文人所作，因此《玉台新咏》说成是汉蔡邕作；《伤歌行》（昭昭素月明）也是这样，而且《玉台新咏》作曹叡诗；《长歌行》（青青园中葵）虽属"古辞"无异说，但其风格与《古诗十九首》等作相近，恐亦非民歌。六臣注本多一首《君子行》，但此诗既讲儒家的"劳谦"，又讲道家的"和光"，还称"周公下白屋，吐哺不及餐；一沐三握发，后世称圣贤"诸语，和曹操一些作品之称述古人相似，恐亦非民间作品。所以《文选》所录诗歌，包括乐府诗基本上都没有收真正的民歌。但是在《玉台新咏》中所录《相和歌辞》像《相逢狭路间》、《陇西行》、《艳歌行》、《双白鹄》等，都是比较典型的民间作品。至于《日出东南隅行》（即《陌上桑》），《文选》不收"古辞"却采取了陆机的拟作和明显地受《陌上桑》影响的曹植《美女》篇；《皑如山上雪》（即《白头吟》），《文选》也不录原辞而选了鲍照的拟作。更应该指出的是千古传诵的长篇叙事诗《古诗为焦仲卿妻作》（即《孔雀东南飞》）这样的名篇，《文选》中也未收入，而靠《玉台新咏》保存下来。同样地对另一些诗歌史上的名篇如辛延年的《羽林郎》、宋子侯的《董娇娆》等诗，虽有主名，大约因为作者地位低下，生平无考，所以只见于《玉台新咏》而不见于《文选》。和这一情况有类似之处的，是对一些即使在文学史上颇有地位的作家之作，因为略带民歌色彩，《文选》也弃而不录。如陈琳的

《饮马长城窟行》,对陆机的同题之作显然有较大影响,而《文选》亦未收入;傅玄的《苦相篇·豫章行》等乐府诗,也只见于《玉台新咏》;鲍照的《拟行路难》十八首,《文选》中也全未选录。这大约是因为《文选》的选诗比较强调"典雅",那些带有民歌色彩的作品,在萧统和他周围的学士们看来,未免有"俗"的嫌疑。这从他们对待鲍照作品的态度来看,就比较明显。因为据虞炎《鲍照集序》,就说鲍照之作"乏精典";《诗品》说他"颇伤清雅之调,故言险俗者,多以附照";萧子显《南齐书·文学传论》也说鲍诗"发唱惊挺,操调险急,雕藻淫艳,倾炫心魂。亦犹五色之有红紫,八音之有郑、卫"。现在看来,《文选》所收鲍照诗,一般都比较典雅,而他的《拟行路难》以及某些写行子、思妇的诗,反映了下层人物的生活和思想,《文选》也都弃而不录。从这个意义上说,骆鸿凯说《文选》"崇雅黜靡",确有其见地。大抵在南齐和梁初文人现存的诗歌中,写较下层人物生活,情调较"俗"的作品,虽已出现,但还不普遍,所以在《文选》中得不到反映。

《玉台新咏》的情况与此不同。它是一部专录艳歌的总集,因此入选作品的题材不免狭窄,所选曹植、阮籍、陆机、张协、陶渊明、谢灵运、谢朓之作,多非这些作家的代表作;对曹操、王粲、刘桢、嵇康、刘琨、郭璞等名家之作均未选录;就是对于民歌,也仅取有关婚恋的内容,至于《宋书·乐志》所载《东门行》、《妇病行》、《孤儿行》等反映重要的社会问题之作,亦付阙如。这不能不说是此书一个缺陷。但由于梁中叶以后文人已多少打破了对南方"俗乐"的偏见,所以在该书的第九卷中选录了产生于晋代的"古辞"《东飞伯劳歌》和《河中之水歌》[1],以及汉代

---

[1] 二诗在《玉台新咏》中作"古辞",后人归之梁武帝,乃从宋代《文苑英华》等书之说,不足信。因为徐陵奉萧纲之命编《玉台新咏》,断无把梁武帝作品误作"古辞"之可能。

以来的某些童谣;第十卷中又选录了许多类似《吴声》、《西曲》的诗歌,特别是载有《近代杂曲歌》五首,所选皆为《西曲歌》,《近代吴歌》九首,所选均系《吴声歌》,还选录了一些文人的拟作。这反映了梁中叶以后文学思潮的变化。产生这种变化的原因,一方面是由于从北方南渡的高门士族与南方的豪强大族已由隔阂而趋向融合。关于这一点,刘跃进同志《永明文学研究》(台湾文津出版社版第31~76页)一书已有评论。另一方面则是由于当时一些身处高位的贵族文人,对诗歌追求典雅之风已表示不满。如萧纲在《与湘东王书》中认为:"未闻吟咏情性,反拟《内则》之篇,操笔写志,更摹《酒诰》之作;迟迟春日,翻学《归藏》,湛湛江水,遂同《大传》。"在《诫当阳公大心书》中,又认为"立身之道,与文章异。立身先须谨重,文章且须放荡"。萧绎在《金楼子·立言》中,认为"吟咏风谣,流连哀思者,谓之文";"至如文者,惟须绮縠纷披,宫徵靡曼,唇吻遒会,情灵摇荡"。这些主张和《文心雕龙》的观点迥异,和萧统《陶渊明集序》也很不相同。徐陵在这些文学观指导下编纂《玉台新咏》,自然既不会排斥《吴声歌》、《西曲歌》等类作品,更不至于歧视"汉世街陌谣讴"。因此《陌上桑》、《羽林郎》等名篇不见《文选》而见于《玉台新咏》,是由当时社会风尚及文学思潮的发展决定的。由《玉台新咏》所开创的诗风,在梁中叶以后直到唐初"四杰"和陈子昂时,才有所变化,也影响了文坛约一个半世纪。这样看来,朱彝尊所说要"取《玉台新咏》并观,毋偏信《文选》"的话,确也有他的道理。当然,《文选》的成就是多方面的,我们也不能因此贬低《文选》在中国文学史上的重要地位。

论《文选》中乐府诗的几个问题

一

《文选》在诗的部类中设立了"乐府"这一子目,分为"上"、"下"两个部分,所收作品据李善注本为四十首,六臣注本为四十一首(多古辞《君子行》一首)。其实《文选》所录乐府诗并不限于此数。若据宋郭茂倩《乐府诗集》的分类,那么其他一些子目如"军戎"(收王粲《从军诗》五首),"郊庙"(收颜延之《宋郊祀歌》二首),"挽歌"(收缪袭、陆机、陶渊明之作共五首),"杂歌"(收《荆轲歌》、《汉高帝歌》、刘琨《扶风歌》、陆厥《中山王孺子妾歌》)),均属于乐府诗的范畴。除此而外,像"咏史"中的颜延之《秋胡诗》,"哀伤"中的曹植《七哀诗》(明月照高楼),"杂拟"中的袁淑《效曹子建乐府〈白马篇〉》、鲍照《代君子有所思》,还有江淹《杂体诗》三十首中拟《古离别》和班婕妤等人之作,也是乐府诗。若根据其他一些书中说法,那么"杂诗"内的《古诗十九首》中一些作品,实亦为乐府诗。

提到"乐府诗",显然应该是可以演唱的歌辞。但从《文选》中所选录的篇目看来,当时尚能入乐歌唱的并不多。例如被列入"乐府"这一子目的,像曹植的四首诗中,只有一首《箜篌引》(置酒高殿上,据《宋书·乐志》作"置酒·野田黄雀行")在晋代曾被演奏过。但据《乐府诗集》卷三十九引《古今乐录》:"王僧虔《技录》有《野田黄雀行》,今不歌。"在智匠生活的陈代,此曲已不演唱,那么在萧统编纂《文选》时,它是否被歌唱就很难说了。至曹植的其他三首(《美女》篇、《白马》篇、《名都》篇)和陆机所作的十七首,据《文心雕龙·乐府》篇云:"子建、士衡,咸有佳篇,并无诏伶人,故事谢丝管。"也就是说并未付诸演唱,只是取其曲调之名。至于谢灵运的《会吟行》和鲍照的八首诗,大约也是这种情况。因此在这一子目中所收的作品根据《宋书·乐志》所载,只有曹操的二首(《短歌行》、《苦寒行》)、曹丕的二首(《燕歌行》和《善哉行》)以及曹植的那首《箜篌引》确实曾被晋代的乐官配乐演唱过。至于所载的三首(或四首)"古辞",在晋代以前,有些也许演奏过(但它们是否"本辞",似乎都存在着疑问,这要在下文中详谈)。因为据《三国志·魏志·武帝纪》注引《曹瞒传》:"太祖为人佻易无威重,好音乐,倡优在侧,常日以达夕。"曹操当时所欣赏的音乐,当是汉代以来的《相和歌》,不等于《宋书·乐志》中所载晋代"荀勖撰旧词施用者"的《清商三调歌诗》亦即用《相和歌》曲调重新配曲或加以改动之作,更不等于王僧虔《技录》所载宋齐间所演唱的乐曲,因为到东晋以后,乐曲又会有所改变(详见下)。所以《宋书·乐志》所载歌辞以外的诗歌和《古今乐录》所说"今不歌"的诗,也未必在汉魏时代也未演唱过。但是反过来说,像《文心雕龙·乐府》篇所论曹植、陆机之作的情况,也是存在的。所以《文选》所立"乐府"这一子目,显然只是因为这些诗具有文学价值而又采用"乐府"题目,并不考虑它们是否还在演奏或曾被演奏过。因此在《文选》中,"乐府"只是作为"诗"的一个子目出现,并不像《文心雕龙》那样在《明诗》篇之外,另立一《乐府》篇。

在《文选》的其他诗歌子目中,情况大致也是这样。例如"郊庙"

一类,只收了颜延之两首《宋郊祀歌》,这显然是刘宋时演奏过的乐曲,却不归入"乐府"。"杂歌"一类中,《荆轲歌》据《史记·刺客列传》确曾唱过,并由高渐离击筑伴奏;《汉高祖歌》(即《大风歌》),也是叫歌童唱过的;而刘琨的《扶风歌》、陆厥的《中山王孺子妾歌》,却无演奏的记载,大约因为称"歌",就被萧统把它们与荆轲、刘邦之作归入一类。关于"军戎"、"挽歌"、"杂诗"、"咏史"几个子目的问题,问题较为复杂,下文将专门讨论。这里我只想指出一点,即《文选》中所录诗歌,都是作者的原文,和《宋书·乐志》及《乐府诗集》所载"晋乐所奏"的歌辞文句出入往往很大,如曹操的《短歌行》与《宋书·乐志》及《乐府诗集》所载"晋乐所奏"不同;《苦寒行》与《乐府诗集》不同,而与《宋书·乐志》则只有个别文字出入(可能《宋书·乐志》已删去了演唱时要重复的字句)。"哀伤"中曹植《七哀诗》和《宋书·乐志》所载《明月·怨诗行》及《乐府诗集》所载"晋乐所奏"的《怨诗行》文句有很大差别。这说明萧统选诗,虽立"乐府"这一子目,却并不考虑这些诗在演唱时所做的改动,而只是选录其原诗。尤其像曹植的《七哀诗》,虽被乐官们改成了歌辞,他还是没有把它当作"乐府"来收入。从这一情况看来,他的把袁淑和鲍照的两首拟乐府之作归入"杂拟"而不算"乐府"也就不难理解。

二

关于《文选》所录"乐府"中的几首"古辞",颇有研究的必要。根据一般的理解,所谓"古辞",当指这一乐曲最原始的歌辞,如《乐府诗集》卷二十七所载《相和歌·薤露》的"古辞":"薤上露,何易晞。露晞明朝更复落,人死一去何时归。"《水经注·河水》引杨泉《物理论》所载民歌:"生男慎勿举,生女哺用餔;不见长城下,尸骸相支拄。"以及《乐府诗集》所载《江南》、《乌生》、《东光》、《平陵东》等民歌本辞。因为据《宋书·乐志》云:"凡乐章古词,今之存者,并汉世街陌谣讴,《江南可采莲》、《乌生十五子》、《白头吟》之属是也。"(按:同书所载"乌生十五子"为"乌生八九子",苏晋仁、萧炼子《宋书乐志校注》云:"按《乐府诗集》二八,《乌生》,一名《乌生八九子》,此'十五'二字,疑为'八九'二字之误。")又说:"凡此诸曲,始皆徒歌,既而被之弦管。又有因弦管金石,造哥以被之,魏世三调哥词之类是也。"所以《宋书·乐志》所录《清商三调歌诗》,说是"荀勖撰旧词施用者"。苏晋仁、萧炼子《宋书乐志校注》认为:"按《隋书·经籍志四》载荀勖撰《晋宴乐歌辞》十卷,《旧唐书·经籍志二》、《新唐书·艺文志一》均作《乐府歌诗》十卷,此处所载'荀勖撰旧词施作'之曲,当即出于其书,亦即《古今乐录》所云'荀氏录'也。"现在我们从《文选》中所见几首"古辞",《饮马长城窟行》属《瑟调曲》,《伤歌行》属《杂曲歌辞》,《长歌行》和六臣注本所载《君子行》则属《平调曲》。《平调》、《瑟调》均属于《清商三调歌诗》,经荀勖整理过,他是否采用民歌本辞,本来就是疑问;至于《杂曲歌辞》之《伤歌行》,据《乐府诗集》卷六十二说:"《伤歌行》,侧调曲也。"这《侧调曲》据《文选》谢灵运《会吟行》李善注引《宋书》佚文云:"第一平调,第二清调,第三瑟调,第四楚调,第五侧调。然今三调,盖清、平、侧也。"那么《伤歌行》当亦属《清商三调歌诗》,经荀勖的手整理过。荀勖整理这些乐曲,用的虽为"旧词",却多非原本的民歌,而更多地代之以曹操父子等人的拟作。其中虽然也有部分采用了汉《相和歌》的原辞如《白头吟》、《雁门太守行》、《艳歌罗敷行》等,但数量不多,更多的则为曹操、曹丕、曹叡和少量曹植之作。所以宋齐间人王僧虔曾云:"又今之《清商》,实由铜雀,魏氏三祖,风流可怀。"(见《宋书·乐志》及《南齐书·王僧虔传》)《文心雕龙·乐府》篇也说:"至于魏之三祖,气爽才丽,宰割辞调,音节靡平。观其北上众引,秋风列篇,或述酣宴,或伤羁戍,志不出于淫荡,辞不离于哀思;虽三调之正声,实韶夏之郑曲也。"刘勰说曹操父子祖孙"宰割辞调",可能指他们对汉《相和歌》原曲已做过修改调整,那么荀勖所撰录的《清商三调歌诗》,其更动汉曲本来面目处,有些可能还是承袭魏时人的故技。这只要看曹丕的《临高台》中杂入古辞《艳歌何尝行》,曹叡的《步出夏门行》中杂有曹操《短歌行》、曹丕《丹霞蔽日行》就很清楚。

值得注意的是:《文选》所录四首"古辞",在其他曲籍中竟都可以找到它们的作者主名。如《饮马长城窟行》,原文云:

> 青青河边草,绵绵思远道。远道不可思,夙昔梦见之。梦见在我傍,忽觉在他乡。他乡各异县,辗转不可见。枯桑知天风,海水知天寒。入门各自媚,谁肯相为言。客从远方来,遗我双鲤鱼。呼儿烹鲤鱼,中有尺素书。长跪读素书,书上竟何如。上有加餐食,下有长相忆。

关于此诗,李善注云:"郦善长《水经》曰:余至长城,其下往往有泉窟,可饮马。古诗《饮马长城窟行》,信不虚也。然长城蒙恬所筑,言征戍之客,至于长城而饮其马。妇思之,故为《长城窟行》。"按:李注所引《水经注》文字,与今本《水经注》不同。检《河水三》有如下一段文字:"其水又西南,入芒于水,西南径白道南谷口,有长城在右,侧带长城,背山面泽,谓之白道。南谷口有城,自城北出,有高阪,谓之白道岭。沿路惟土穴,出泉,挹之不穷。余每读《琴操》,见琴慎相和,《雅歌录》云:饮马长城窟,及其扳陟斯途,远怀古事,始知信矣,非虚言也。"这段文字似只是讲长城旁边的泉窟,而且下文有"疑赵武灵王之所筑也"语,似与秦筑长城无干。而同书同卷又有另一段话:"始皇二十四年,起自临洮,东暨辽海,西并阴山,筑长城,及南越地,昼警夜作,民劳怨苦。故杨泉《物理论》曰:秦始皇使蒙恬筑长城,死者相属。民歌曰:生男慎勿举,生女哺用餔;不见长城下,尸骸相支拄。其冤痛如此矣。"这段话则涉及了秦始皇筑长城的事。《乐府诗集》卷三十八中引了《水经注》中后一段话,也略述了前一段话的大意。又引《乐府解题》曰:"古词伤良人游荡不归,或云蔡邕之辞。若魏陈琳辞云'饮马长城窟,水寒伤马骨',则言秦人苦长城之役也。"据此,郭茂倩似乎也认为《文选》所载"古辞",乃远行者思家的作品,与陈琳之写筑长城时人民的冤痛无关。这大约是他采用了唐以前人对这首古辞的比较一致的看法。五臣本张铣注云:"长城,秦所筑以备胡者,其下有泉窟,可以饮马,征人路出于此而伤悲矣。言天下征役军戎未止。妇人思夫故作是行。"此说与李善相同。至于徐陵所编《玉台新咏》,则把这首诗置于陈琳《饮马长城窟行》之前,定为汉蔡邕之作。此诗是否蔡邕所作,研究者多取怀疑态度。但据《后汉书·蔡邕传》,蔡邕在汉灵帝时,确曾因触怒皇帝,"与家属髡钳徙朔方","居五原安阳县","自徙及归,凡九月焉"。因此《玉台新咏》之说,也未必全无可能。关于这首诗,已故的齐天举同志认为"从风神意蕴看,本篇很像是刚从民歌脱胎的,酷肖《古诗十九首》中的某些篇章,所以前人或认为是拟古诗"(见《汉魏六朝诗鉴赏辞典》,上海辞书出版社本第94页)。此说颇有见地,而《古诗十九首》也大抵是东汉中后期人所作,与蔡邕年代相去不远。但此诗和陈琳的《饮马长城窟行》内容很不相同。陈琳之作,当非拟此而作。但陈诗中也有《水经注》引杨泉《物理论》所载的"生男慎勿举"等四句,杨泉是由吴入西晋的人,他不可能误以陈琳诗句为秦时民歌。最大的可能应是在汉末以前,本有一首民歌《饮马长城窟行》,其中原有"生男"四句,陈琳之作中保存了那首民歌的原文。至于《文选》所收的"古辞",则为无名氏文人或蔡邕之作,后来曾一度被乐官们谱曲演唱过,就被称为《饮马长城窟行》的古辞。其实它本身也许和长城根本没有关系。诗中说到的只是"远道"、"他乡",并非确指长城,更和边地之苦无关。试看《乐府诗集》所载晋代傅玄、陆机的两首同题之作,那么傅诗近于"古辞",陆诗近于陈作。可见两个不同题材的《饮马长城窟行》,在西晋已有,而证以杨泉之说,则《文选》所谓"古辞",只能是"古诗"的同义语,非指乐曲原辞。

关于《伤歌行·昭昭素月明》一首,《文选》和《乐府诗集》虽作"古辞",但《玉台新咏》卷二作魏明帝曹叡。《艺文类聚》卷四十二作"古《长歌行》",而《乐府诗集》则谓《侧调曲》,编入《杂曲歌辞》中。关于这诗,清人吴淇在《六朝选诗定论》中说:"此首从《明月何皎皎》翻出。古诗俱是寐而复起,俱以'明月'作引,俱有'徘徊'、'彷徨'字。但彼于户内写徘徊,户外写彷徨,态在出户入房上。此首徘徊、彷徨俱在户外,中却为离床以后,下阶以前,先写出一段态来,各极其妙。'东西何所之',莫我知也夫;'舒愤诉穹苍',知我其天乎。"此论极有见地,说明此首当作于《古诗十九首》中的《明月何皎皎》之后,乃文人拟古之作,虽未必能断定是曹叡作,至少也是文人作品,并非《伤歌引》的民歌本辞。再说据《文选》李善注引《宋书》佚文,"侧调"本亦《清商三调歌诗》,其中多有"魏三祖"诗,亦可见此诗出于文人拟作。

关于《长歌行》(青青园中葵),虽然《文选》和《艺文类聚》都认为是"古辞",但我认为也有疑问。因为《乐府诗集》卷三十讲到"平调曲"时,引《古今乐录》曰:"王僧虔《大明三年宴乐技录》:平调有七曲。一曰长歌行,二曰短歌行,三曰猛虎行,四曰君子行,五曰燕歌行,六曰从军行,七曰鞠歌行。荀氏录所载十二曲,传者五曲:武帝

'周西'、'对酒',文帝'仰瞻',并《短歌行》。文帝'秋风'、'别日',并《燕歌行》,是也。其七曲今不传:文帝'功名',明帝'青青',并《长歌行》。武帝'吾年',明帝'双桐',并《猛虎行》。'燕赵',《君子行》。左延年'苦哉',《从军行》。'雉朝飞',《短歌行》是也。"这里所谓"今不传"的七曲,当指曲谱不传,至于曲辞并没有都失传,如"明帝'双桐'",即《乐府诗集》卷三十一所引"双桐生空井,枝叶自相加。通泉溉其根,玄雨润其柯"等句。黄节先生和逯钦立先生均已辑录。(见《魏武帝魏文帝诗注》附《魏明帝诗注》和《先秦汉魏晋南北朝诗》)"左延年'苦哉'",即《乐府诗集》卷三十二引《乐府广题》所载左延年《从军行》:"苦哉边地人,一岁三从军。三子到敦煌,二子诣陇西。五子远斗去,五妇皆怀身。"那么所谓"明帝'青青'",疑即今《乐府诗集》卷三十所载古辞《长歌行》中的《青青园中葵》一首,亦即《文选》所录那首诗。因为《乐府诗集》所载古辞《长歌行》有两首,其第二首《仙人骑白鹿》的下半首,逯钦立先生据《艺文类聚》卷二十七考定,诗中"岩岩山上亭"以下,是曹丕的《于明津作诗》。那么《文选》所录的《长歌行》(青青园中葵)为曹叡诗,确有其可能性,至少从此诗风格看,也与《古诗十九首》等作相似。所以此诗是否民歌,也颇可怀疑。

六臣注本《文选》多出的那首古辞《君子行》,据《艺文类聚》卷四十一说是"魏陈思王曹植《君子行》"。此诗是否曹植作,当然很难据此孤证下结论。不过从诗中"周公下白屋,吐哺不及餐;一沐三握发,后人称圣贤"等句看,的确不大像"汉世街陌谣讴"。尤可注意的是所用周公典故,在建安曹氏父子诗中多次出现,如曹操《短歌行》之"周公吐哺,天下归心",曹丕《善哉行》(朝日乐相乐)之"慊慊下白屋,吐握不可失",曹植《豫章行》之"周公下白屋,天下称其贤"。这不能说是一种偶然现象,所以《艺文类聚》把此诗算作曹植作,当有其理由。

综上所述，我们大致可以得出这样一个结论，即《文选》所录乐府诗，并不取"汉世街陌谣讴"，收的只是一些文人拟作。所以像《陌上桑》、《孔雀东南飞》、《孤儿行》、《妇病行》等民歌，辛延年《羽林郎》、宋子侯《董娇娆》等下层文人之作亦未入选。这里涉及萧统的文学思想有崇尚典雅，而反对俗体的倾向。关于这问题，我在《从乐府诗看〈文选〉》一文中已有论述，不必赘言。根据这一情况，我认为《文选》所谓"古辞"，其实与"古诗"是同义语。这一点逯钦立先生《汉诗别录》(《汉魏六朝文学论集》第 28 页)和拙作《乐府与古诗》(《中古文学史论文集》第 435 页)均已论到。正因为如此，《文选》所收作品中也还有本属乐府，而萧统只以普通古诗视之者，我将在下节详论。

三

关于《文选》中有主名的诗，有些也颇可研究。例如班婕妤的那首《怨歌行》，据《文心雕龙·明诗》篇记载，齐梁时代人就怀疑并非班婕妤作。后来学者多持怀疑态度。逯钦立先生认为出于三国魏初年高等伶人之手，王发国先生在《诗品考索》中则认为此诗出现在王粲、徐幹和曹丕之前，因此不当怀疑(见《诗品考索》第 187 页)。其实五言诗的兴盛一般在东汉中期以后，此诗的出现比王粲等人为早，这完全可能，至于是否班婕妤作，却很难断定。但我觉得需要注意的似不在于它是否班婕妤作，而在于它作为《怨歌行》的曲辞。据《文选》李善注："《歌录》曰：'《怨歌行》，古辞。'然言古者有此曲，而班婕妤拟之。"据此，则李善认为此诗并非《怨歌行》的本辞。那么《怨歌行》的本辞究竟是哪首呢？据《宋书·乐志三》，"楚调"中有《明月·怨诗行》，即经过改写的曹植《七哀诗》，据云是"晋乐所奏"。

《乐府诗集》卷四十一引《古今乐录》曰:"《怨诗行》,歌东阿王(即曹植'明月照高楼')一篇。王僧虔《技录》曰:'《荀录》所载古《为君》一篇,今不传。'"又引《乐府解题》曰:"古词云:'为君既不易,为臣良独难。'言周公推心辅政,二叔流言,致有雷雨拔木之变。"这首《为君既不易》,在《乐府诗集》卷四十二作《怨歌行》,列于班婕妤之作后面,题"魏曹植",诗末有"右一曲晋乐所奏"七字。这首《怨歌行》在晋代确实演奏过。《晋书·桓宣附桓伊传》:

> 时谢安女婿王国宝专利无检行,安恶其为人,每抑制之。及孝武末年,嗜酒好内,而会稽王道子昏瞀尤甚,惟狎昵谄邪,于是国宝谗谀之计稍行于主相之间。而好利险诐之徒,以安功名盛极,而构会之,嫌隙遂成。帝召(桓)伊饮宴,安侍坐。帝命伊吹笛。伊神色无迕,即吹为一弄,乃放笛云:"臣于筝分乃不及笛,然自足以韵合歌管,请以筝歌,并请一吹笛人。"帝善其调达,乃敕御妓奏笛。伊又云:"御府人于臣必自不合,臣有一奴,善相便串。"帝弥赏其放率,乃许召之。奴既吹笛,伊便抚筝而歌《怨诗》曰:"为君既不易,为臣良独难。忠信事不显,乃有见疑患。周旦佐文武,《金縢》功不刊。推心辅王政,二叔反流言。"声节慷慨,俯仰可观。安泣下沾衿,乃越席而就之,捋其须曰:"使君于此不凡!"帝甚有愧色。

这段记载亦见《世说新语·任诞》篇注引《续晋阳秋》,虽未收诗句,却也提到"伊抚筝而歌《怨诗》,因以为谏也"。桓伊所歌的《怨诗》,也就是王僧虔所说的"《荀录》所载古《为君》",但并非"不传"。而是至今犹存,他说"不传",可能亦指演奏的曲调。关于此诗作者历来说法不一,王僧虔《技录》、《古今乐录》、《乐府解题》等以为是"古辞",《太平御览》以为是"古诗",《北堂书钞》以为是曹丕作,《艺文类聚》和《乐府诗集》等以为是曹植。后来人大抵相信是曹植作。但我在《乐府和古诗》中曾怀疑这看法。现在看来,此诗作者大约并非曹植。因为据《乐府诗集》卷五十三《魏陈思王(即曹植)鼙舞歌》的说明中引《古今乐录》文字说:"魏曲五篇:一《明明魏皇帝》,二《大和有圣帝》,三《魏历长》,四《天生烝民》,五《为君既不易》,并明帝造,以代汉曲,其辞并亡。陈思王又有五篇……"《宋书·乐志四》也有"魏《鼙舞歌》五篇"之目,与《古今乐录》同,虽未录歌辞,却与"魏陈思王《鼙舞歌》"分开。这是一条很重要的线索,因为魏晋时同一歌辞,本可用不同曲调歌唱。如《宋书·乐志四》所载"《拂舞》歌诗五篇"中有《碣石》篇,即曹操《步出夏门行》;《相和歌》之《弃故乡·陌上桑》(曹丕作),"亦在瑟调《东西门行》"。那么这首《为君既不易》,当即《怨诗·为君既不易》。此诗未必是曹叡作,因为曹叡恐怕不能自作《大和有圣帝》这样的诗,疑是他命所属官员作,也可能采用"古辞"。但这"古辞"当亦无名文人作,其内容亦不像民歌。

从王僧虔《技录》和《古今乐录》的话看来,似乎曹植《七哀诗》和《为君既不易》同属晋代乐官所奏的《怨歌行》或《怨诗》。这当然也有此可能。因为《宋书·乐志三》所载《陌上桑》凡三首,《短歌行》也是三首,《燕歌行》有二首。但这里讲的《怨歌行》,情况不同。根据《古今乐录》,在南朝时所演奏的是《七哀诗》,据王僧虔《技录》,则西晋荀勖时曾奏《为君既不易》,而且东晋时所奏似亦为《为君既不易》(据《晋书》和《世说》注)。为什么到《宋书·乐志》中就只录《七哀诗》了呢?我觉得《宋书·乐志》所载的那首经改写的《七哀诗》,其改定时间最早也应在东晋以后,改编者还可能是南方籍的乐官。因为改写后的歌辞第四解云:

君怀常不开,贱妾当何依。恩情中道绝,流止任东西。

在这里是"依"字与"西"字为韵,这里的"西"字,和后来《广韵》等书中把它列入"齐"韵是一致的。但汉魏人对"西"字的读法完全不是这样。它和"先"是同音字。如《文选》史孝山《出师颂》:"西零不顺,东夷遘逆。"李善注"西零即先零也"。《水经注·河水二》:"湟水又东南流,径龙夷城,故西零之地也。《十三州志》曰:'城在临羌新县西三百一十里,王莽纳西零之献,以为西海郡,治此城。'"史孝山(史岑)为东汉人;郦道元虽为北魏人,记汉事当据汉代的记载,故袭用古字。① 在汉魏六朝诗的用韵中,可以找到许多例子说明这问题。如汉代的民歌《雁门太守行》:"天年不遂,蚤就奄昏。为君作祠,安阳亭西。欲令后世,莫不称传。"曹丕《燕歌行》:"耿耿伏枕不能眠,披衣出户步东西。"曹植《吁嗟》篇:"惊飙接我出,故归彼中田。当南而更北,谓东而反西。"曹叡《步出夏门行》:"商风夕起,悲彼秋蝉。变形易色,随风东西。"左延年《从军行》:"苦哉边地人,一岁三从军。三子到敦煌,二子诣陇西。五子远斗去,五妇皆怀身。"甚至南朝宋袁淑的《效曹子建乐府〈白马篇〉》也有"义分明于霜,信行直如弦。交劝池阳下,留宴汾阴西"等句。袁淑祖籍陈郡阳夏(今河南太康),故仍用中原旧音。至于南朝民歌,则用韵依据吴地方音,"西"字已入"齐"韵。如《子夜歌》第三十六首:"侬作北辰星,千年无转移。欢行白日心,朝东暮还西。"《神弦歌·湖就姑曲》:"湖就赤山矶,大姑大

---

① 《颜氏家训·音辞》讲到南北朝人语言时说:"而南染吴、越,北杂夷虏,皆有深弊,不可具论。"可见南北朝时语音不同。对"西"字的读法,可能南朝已受吴语影响,而北朝当时尚存古音,也未可知。但入隋后北人作诗,亦入"齐"韵,如薛道衡《昔昔盐》"今年往辽西"之"西"与"泥"、"蹄"为韵。

湖东,仲姑居湖西。"梁吴均《与柳恽相赠答六首》其三:"幂䍥蚕饵茧,差池燕吐泥。愿逐东风去,飘荡至辽西。"吴均是吴兴故鄣人,故用"齐"韵。从这里我们可以得出一个结论,即所谓"晋乐所奏"的《明月·怨诗行》(即改编了的《七哀诗》)当出于东晋后南方人之手。至于《怨歌行》和《怨诗行》,本是一曲,《乐府诗集》分为两种,其实并不正确。因为班婕妤的《怨歌行》,《玉台新咏》作《怨诗》;《为君既不易》一首,《乐府诗集》和《曹植集》作《怨歌行》,而《晋书》则作《怨诗》。王僧虔《技录》和《古今乐录》则把《七哀诗》、《为君既不易》都算作《怨诗行》。从目前材料推测,我认为相传为班婕妤的《怨歌行》和那首《为君既不易》的"古辞",入乐当较早,应在三国魏时或更早,尤其前者更可能在建安以前。但这两首诗均非民歌,且亦非《怨歌行》的原辞,这一点《文选》李注已有说明。此外,《乐府诗集》卷四十一还有一首称为"古辞"的《怨诗行》:

  天德悠且长,人命一何促。百年未几时,奄若风吹烛。嘉宾难再遇,人命不可续。齐度游四方,各系太山录。人间乐未央,忽然归东岳。当须荡中情,游心恣所欲。

此首在唐以前典籍中均未提及,但从风格来看似较古朴,大约和《古诗十九首》中的《驱车上东门》、《去者日以疏》、《生年不满百》是一类作品,情调、风格均很近似。它和阮瑀那首《怨诗》:"民生受天命,漂若河中尘。虽称百龄寿,孰能应此身。犹获婴凶祸,流落恒苦辛。"也较相像。我觉得此首恐是《诗品》所说古诗"《去者日以疏》四十五首,虽多哀怨,颇为总杂,旧疑是建安中曹王所制"中的一首。其产生时代大约也在汉魏之间,恐不见得早于班婕妤之作,亦不能说它是《怨诗行》的本辞。

关于"军戎"、"咏史"和"挽歌"三个子目中选的诗,情况各不相同,但有一点可以肯定,即《文选》本来不是以乐府诗视之。"军戎"只取王粲的五首《从军诗》,这五首诗本非一时一事之作(第一首写建安二十年曹操平关中事;第二至五首写建安二十一年伐吴事),也和后来一些人拟作的《从军行》无甚关系。《清商三调歌诗》中《平调曲》有《从军行》,据《乐府诗集》卷三十所引《古今乐录》转载王僧虔《大明三年宴乐技录》提到此曲时称"左延年'苦哉',《从军行》"一语来看,魏及西晋时所歌《从军行》,本为左延年作,不是王粲的《从军诗》;而且左诗除了《乐府广题》所载《苦哉边地人》外,还有一首称"古乐府左延年《从军诗》,见于《初学记》卷二十二,其辞曰:'从军何等乐,一驱乘双驳。鞍马照人白,龙骧自动作。'"现在看来,陆机、颜延之拟作的《从军行》均以"苦哉远征人"开首,明显地模仿左延年,与王粲之作却并无关系。左延年是个乐官,地位不高,据《晋书·乐志》,他生活于魏黄初、太和年间,时间比王粲为晚。这里就产生一个疑问:像陆机、颜延之这样的一代文宗作拟乐府,为什么不拟大名鼎鼎的王粲,而去拟一个位卑名微的左延年?我认为只能说明王粲原作本非乐府歌辞,而左延年之作,即本属歌辞。左延年的诗,今存者还有一首《秦女休行》,风格质朴,近似当时口语,这和《从军行》的风格也相类。看来左延年其人文学修养不高,他这些诗可能只是对民歌做些音乐上的加工。这些诗倒可能原是民歌本辞。我甚至怀疑相传左延年的两首《从军行》一首写"苦",一首写"乐",可能还是较早的民歌。王粲《从军诗》第一首以"从军有苦乐"开首,还可能是从此受的启发。因此《文选》立"军戎"一目,不把王粲诗作乐府,而把陆机《从军行》收入"乐府"目该是对的,《乐府诗集》收王粲之作则是错误的。

关于"挽歌",据《乐府诗集》卷二十五引《古今乐录》记述刘宋张永《元嘉技录》所载《相和》有十五曲,无"挽歌"名目。《文选》李善注在缪袭之作题下引谯周《谯子·法训》,指为起于田横门人。关于谯周此说,《世说新语·任诞》篇注所引尤详,而刘孝标已对此提出反驳。此说是非姑置勿论,但《乐府诗集》把"挽歌"列于《薤露》、《蒿里》之后,大约认为性质相近之故。但《薤露》、《蒿里》均有"古辞",且颇似民歌。"挽歌"则和《文选》一样,以缪袭之作为首。缪诗显然已属较成熟的文人诗,是否演奏过很难确知。《世说新语·任诞》篇记张湛和袁山松曾在酒后和出游时唱"挽歌",是否缪诗,无可考知。至于陆机之作,本来不是演奏所用,陶渊明所作,显然模仿陆机。这些诗既非乐府名目,也不见得演唱,那么不入"乐府"这一子目,当亦合理。关于"咏史"一类,其实只有一首颜延之的《秋胡诗》,被《乐府诗集》收入。《秋胡行》确是《清商三调歌诗》中的《清调曲》之一。《宋书·乐志三》所载曹操《晨上散关山》、《愿登泰华山》二首,《乐府诗集》还载有曹丕所作《秋胡行》三首(《尧任舜禹》、《朝与佳人期》、《泛泛渌池》)都和秋胡故事毫无关系。《秋胡行》本来应该是叙事诗。《文选》李善注只引刘向《列女传》介绍故事情节是对的。因为曹操、曹丕之作仅仅是模仿其曲调。相对来说,傅玄的《秋胡行》倒是符合此曲原意的。"秋胡戏妻"这个在古代相当流行的故事,未必实有其事,但萧统笃信刘向的记载在当时也不难理解。问题在于萧统不取傅玄之作而仅取颜延之的诗,这大约是由他的文学观决定的。傅玄的两首《秋胡行》,前一首不免质木无文,后一首虽较有文采,仍多民歌气息,不如颜作典雅。这正是萧统弃彼取此的主要原因。另外,颜延之此诗在南朝确也是很传诵的名作。《南史·谢弘微附谢庄传》:"庄有口辩,孝武尝问颜延之曰:'谢希逸《月赋》何如?'答曰:'美则美矣,但庄始知"隔千里兮共明月"。'帝召庄以延之答语语之,庄应声曰:'延之作《秋胡诗》,始知"生为久离别,没为长不归"。'帝抚掌竟日。"此事不见《宋书·谢庄传》，不管是否出于传闻，但至少说明《秋胡诗》是当时传诵之作，因此《文选》中所收诗歌虽多为抒情之作，而仅取这一篇叙事诗。从这个事实来看，也更可以理解萧统不录《陌上桑》《羽林郎》《孔雀东南飞》等名篇而仅取颜延之此诗是出于他的过于强调"典雅"。

"杂诗"这一子目，主要涉及《古诗十九首》中一些作品的问题。《古诗十九首》虽非有主名之作，但这问题却与入选的个别有主名的作品有关，而且和某些虽未入选却也颇有影响的诗歌有关。例如《驱车上东门》一诗，在《文选》中只是"古诗"，而《艺文类聚》卷四十一则作古《驱车上东门行》，以它为"乐府古诗"，《乐府诗集》卷六十一作为《驱车上东门行》的《杂曲歌辞》收入。值得注意的是《艺文类聚》中在古《驱车上东门行》之后录入"晋陆机《驾言出北阙行》"、"宋鲍照《驱车上东门行》"二首。其中陆机那首《驾言出北阙行》的起句竟是"驱车上东门"。据冯舒校本云："意是题下注，今混写耳。"《驾言出北阙行》据《陆机集》原文为：

> 驾言出北阙，踯躅遵山陵。长松何郁郁，丘墓互相承。念昔徂殁子，悠悠不可胜。安寝重冥庐，天壤莫能兴。人生何所促，忽如朝露凝。辛苦百年间，戚戚如履冰。仁知亦何补，迁化有明征。求仙鲜克仙，太虚不可凌。良会罄美服，对酒宴同声。（《乐府诗集》所载基本相同，仅个别字有出入。）

此诗一望而知是在着力模仿《驱车上东门行》，所以冯舒的说法显然不误。《乐府诗集》将陆机此诗也紧靠《驱车上东门行》载入，说明郭茂倩和欧阳询一样，认为陆诗是这首古诗的拟作。《艺文类聚》在陆诗下录鲍照《驱车上东门行》，实即《文选》中"乐府"一目下的鲍照

《东门行》。《文选》录《东门行》，李注引《歌录》曰："《日出东门行》，古辞也。"胡克家《考异》云："案：'日'字不当有，各本皆衍。"其实胡氏没有考虑到为什么"各本皆衍"。恐怕他没有考虑到《艺文类聚》的异文，仅凭《鲍参军集》作《东门行》，而《相和歌》中又确有《东门行》的曲调。我怀疑《文选》李注在这里也许有脱误，"日"甚至可能是"车"字之误。至于《乐府诗集》在陆机诗下面载有阮瑀的《驾出北郭门行》，阮瑀卒于汉末，比陆机早，但郭茂倩以陆诗置于阮诗之前，正说明他认为陆诗是直接拟古诗的，阮诗内容不同，故另立一类。我却觉得阮诗与古诗《驱车上东门》还是有模仿关系的。因为"上东门"，本是汉魏洛阳城东最靠北头的城门。《洛阳伽蓝记》杨衒之原序："东面有三门，北头第一门曰建春门。汉曰上东门。阮籍诗曰'步出上东门'是也。"洛阳城北的北邙山，是汉魏至北朝许多达官贵人坟墓所在。古诗所谓"驱车上东门，遥望郭北墓"就是指此，因此不论"《驾出北阙门行》"、"《驾出北郭门行》"还是"《驱马上东门行》"，用意都和《驱车上东门行》相类似。不过陆机是着力模仿，阮瑀、鲍照是略变其意。这和曹操的《薤露》、《蒿里》同是在用一个曲调而注入某些新内容。

　　关于《驱车上东门》的问题，又使人联想起前人争论已久的《生年不满百》问题。清人朱彝尊在《书〈玉台新咏〉后》中曾提出此诗是窜改《西门行》古辞而成，关于这问题，近人古直在《汉诗研究·古诗十九首辨证》中已做了有力的反驳。我过去在《乐府与古诗》(《中古文学史论文集》第436页)中虽不完全同意朱说，却仍怀疑《生年不满百》是从《乐府诗集》所载《西门行》本辞而来。其实那首"本辞"不见于《宋书·乐志》，是否比古诗《生年不满百》为早，颇可怀疑。以"本辞"来说，它原文为：

出西门，步念之。今日不作乐，当待何时？逮为乐，逮为乐当及时。何能愁怫郁，当复待来兹。酿美酒，炙肥牛，请呼心所欢，可用解忧愁。人生不满百，常怀千岁忧。昼短苦夜长，何不秉烛游。游行去去如云除，弊车羸马为自储。

这首诗似乎也是演奏的唱辞，如"逮为乐，逮为乐当及时"这样的句子，如果不是唱辞，很难想象会这样写。再说此诗除大部分句子同于《生年不满百》外，"酿美酒，炙肥牛"很像曹丕《艳歌何尝行》中"但当饮醇酒，炙肥牛"；"可用解忧愁"又近似曹操《短歌行》中"何以解忧"。看来它是一首拼凑出来的诗，可能为晋代乐官改编《生年不满百》时的初稿。所谓"晋乐所奏"，本来比较复杂，上面我已说到像曹植《七哀诗》的改变，大约出于东晋时人之手，还不一定是西晋荀勖等人所改。至于《古诗十九首》中许多作品，陆机已做模仿，陆机时代和荀勖差不多，如果《驾出北郭门行》与《驱车上东门》确有联系的话，那么阮瑀还在荀勖以前。上述情况说明，在汉魏甚至晋代，人们对"乐府"和"古诗"二者的概念是很少区别的，所以《孔雀东南飞》原名就叫《古诗为焦仲卿妻作》。凡是诗歌都能改编成一定曲调歌唱。本来，正如《文心雕龙·乐府》篇所说："凡乐辞曰诗，诗声曰歌。"最早的诗，都是歌辞。《史记·孔子世家》："三百五篇（即《诗经》），孔子皆弦歌之，以求合韶武雅颂之音。"诗和歌的分家，则为从魏晋以后逐步地区分开来的。即使到了萧统、徐陵时，他们有时还承袭前人沿用的名称，不加划分。时至今日，由于史料的缺乏，我们更难把《文选》、《玉台新咏》中所存"古诗"一一加以区别，说某首曾经入乐，某首未曾入乐。至于像朱彝尊那样硬要把无名氏"古诗"定为枚乘所作，就尤属主观武断了。

《文选》和辞赋

一

《文选》和比它成书稍早的文学批评名著《文心雕龙》在文学思想方面颇有异同,这是不少研究者所早已注意到的。这些异同的原因都比较复杂。自其同者来看,二书对文体的分类有许多名目相同或近似,所举的历代名作也有不少相同。这大约和刘勰及萧统都受他们的前辈如曹丕、陆机、李充等人,特别是西晋挚虞《文章流别集》的影响有关。但其中也不无区别,说明当时人对文体的分类和作家、作品的评价也不完全一致。自其异者来看,情况更要复杂一些。这里既与二人的文学观不同有关,更与两书的性质不同有深刻的关系。从表面上看来,《文心雕龙》和《文选》的观点似乎是互相对立的。《文心雕龙》以《原道》、《征圣》、《宗经》开始,并且强调自上古至刘宋的文学"从质及讹,弥近弥淡。何则?竞今疏古,风味气衰也"。刘勰说纠正这种文风日趋衰败的办法是"矫讹翻浅,还宗经诰"。(均见《通变》篇)这论点看来似有浓重的复古倾向。不过,统观全书,其实也不完全如此。刘勰在《时序》篇中说到"歌谣文理,与世推移","文变染乎世情,兴废系乎时序"等语,足见他是认识到文学的发展是要跟着时世而变化的。据《梁书》本传载,他作此书后,"欲取定于沈约",沈约见后"大重之,谓深得文理"。沈约是当时文坛上的新体"永明体"的主要创始人,竟也这样推崇《文心雕龙》,说明刘勰并非一味主张复古。再说《文心雕龙》还有专篇论述"声律"、"丽辞"等,对当时流行的文学新手法都进行了探讨,可见他主张"还宗经诰",意在纠正当时文风的某些缺点,不应全盘否定。至于《文选序》中所揭示的观点,则与刘勰不同。萧统似乎更强调文学的进化。他的著名论点是:"若夫椎轮为大辂之始,大辂宁有椎轮之质;增冰为积水所成,积水曾微增冰之凛。何哉?盖踵其事而增华,变其本而加厉,物既有之,文亦宜然。随时变改,难可详悉。"萧统这种主张,显然受了葛洪《抱朴子·钧世》篇的影响。葛洪曾认为《尚书》不及后来的诏令奏议等文书有文采,《诗经》也不如汉晋辞赋富赡宏丽。这些意见是很有胆识的,但葛洪毕竟只是个思想家,他在举例说明时,对有些作品的评价却不太确当。例如他说《诗经》中《周颂·清庙》、《大雅·云汉》不如郭璞的《南郊赋》,《小雅》中的《出车》、《六月》不如陈琳的《武军赋》,就未必公允。如《清庙》是首祭祀时用的舞歌,比较简单,和铺张扬厉的大赋本是不同的两种文体,很难比较;《云汉》则表现了周宣王在久旱之时求雨的焦急心态,颇具真情,不失为《雅》、《颂》中的名篇;《出车》、《六月》也不乏辞藻,很具气势,可以说是很好的描写战争题材的诗。至于郭璞的《南郊赋》,现在已经残缺,从现存的佚文看,实在不足以显示作者的特长,无非是搬弄一些《诗经》和汉赋中的辞藻,比扬雄的《甘泉赋》、潘岳的《籍田赋》远为逊色,较之郭璞本人所作的《江赋》和《客傲》等,也要差得多。如果用《世说新语·文学》所载谢安评庾阐《扬都赋》的"叠床架屋"四字来评论它,亦不为过。如果说郭璞的辞赋在今天看来,未必是其所长,而古人如李充对他还较推崇的话,陈琳的赋,就更非佳作了。他的《武军赋》今亦残缺,其佚文亦不见佳。曹植在《与杨德祖书》中说:"以孔璋之才,不闲于辞赋,而多自谓能与司马长卿同风,譬画虎不成反为狗也。"曹丕的《典论·论文》、《与吴质书》皆论及陈琳,而不称他能作赋。这些事实都说明葛洪提出后人可以超过前人之说,虽然很有道理,而他对文学的鉴赏才能却不很高明。萧统则不然,他采用了葛洪思想中的合理成分,并扬弃了其中错误的评价。因此对郭璞《南郊赋》、陈琳《武军赋》一类作品,都弃而不录。这说明他在文学上是颇具识见的。本来,文学史的事实说明,在文学的长期发展过程中,随着生活的变化,在思想内容和艺术技巧方面,总的来说是不断地趋向丰富和提高;而具体到某一体裁和题材时,并不能说后代的每一个作品都比前代高明。这个道理,马克思在谈到希腊神话时早已讲过。萧统的做法应该说是对的。他并不是一味地追求繁缛,而能从整体上考虑作品的优劣。在这个方面,刘勰也常有精当之见,如《夸饰》篇之反对过分夸张、《练字》篇之反对"字体瑰怪",认为能"大疵美篇",这些意见也颇能切中某些辞赋的弊病。所以萧统和刘勰的文学观虽不尽相同,而各有其不同的贡献。

正因为刘勰和萧统的文学观不完全一样,两书的性质也不同,所以在对待辞赋的处理上,也有明显的差别。在《文选》中,首先载录的是"赋",其次是"诗",再次是"骚",再次是"七",然后才是其他文章。在《文心雕龙》中,则正如刘勰自己在《序志》篇中所说:"盖《文心》之作也,本乎道,师乎圣,体乎经,酌乎纬,变乎骚,文之枢纽,亦云极矣。"他实际是把《辨骚》列入全书的总纲之中,然后才是《明诗》、《乐府》、《诠赋》等。在这个不同的排列次序中,体现了两书出发点的差别。对《文选》来说,它是一部文学作品的选本。这种文学作品的选本,现在知道的要推西晋挚虞的《文章流别集》为最早。这部书在《隋书·经籍志》和《旧唐书·经籍志》等书中还有著录,但今已散佚，其面貌已不可复见。从现存的《文章流别论》佚文看来，其论文学也与《文选》、《文心雕龙》等书一样，首先谈论诗赋，并主张诗赋同源，其见解与上述二书一样都是祖述班固的论点。但班固自己对诗赋的处理也不完全一致。在《两都赋序》中，他说："或曰：'赋者，古诗之流也。'"这似乎应该是诗在赋先；但他在《汉书·艺文志》中把"诗赋略"分为四类，前三类均为赋，只有末一类为诗歌。这也不足怪，因为汉人把《诗三百》归入了"经类"，剩下的作品就只能以赋为主，诗歌数量甚少，就如钟嵘所说，汉代文坛"词赋竞爽，而吟咏靡闻"。据此推想，在《文章流别集》中，可能也是以赋为第一类。在现今所见的六朝人集子中，比较接近该书原貌的要算鲍照、江淹和庾信三人的文集。这三部书，都是以赋放在最前面，然后是诗，再次则为各类文章。尤其是《江淹集》，全书先列赋，次诗，次乐府，再次为骚，然后才是其他文章。这和《文选》的分类十分相似，只是《文选》把"乐府"作为"诗"的一种收入，并未独立一体而已。据此而论，《文选》按"赋"、"诗"和"骚"的次序选录作品，可能早有先例，也许沿自《文章流别集》或东晋南朝以来人的惯例。从《文章流别论》的佚文来看，挚虞论"七"则和诗赋的议论相类，这与《文选》的处理相近，而与《文心雕龙》之把"七"归入"杂文"有很大差别。《文心雕龙》把"七"和"对问"、"连珠"，以至"典诰誓问"、"览略篇章"、"曲操弄引"、"吟讽谣咏"放在一起，其实"七"这一类作品始于西汉枚乘《七发》。《七发》的铺张夸饰的手法，显然上继《楚辞·招魂》，下开司马相如、扬雄的大赋。这一点，已故的段熙仲先生在《汉大赋产生的历史背景及其政治意义》(《文学遗产》1980年第2期)中早已指出。这和宋玉《对楚王问》、东方朔《答客难》之兼有战国游士影响，《连珠》之发源于《韩非子》的内、外《储说》者不同。因此《文章流别论》和《文选》的处理"七"这文体，似较《文心雕龙》为妥善。

但《文选》把"骚"放在"赋"和"诗"之后,虽然可能是当时较流行的做法,而从文学发展的史实来看,则恐不如《文心雕龙》为合理。因为不管我们承认不承认赋是"古诗之流"或"六义附庸,蔚为大国"的论点,总之汉赋的重要源头之一是《楚辞》,而从司马迁在《史记·屈原列传》中谓"乃作《怀沙》之赋"及说宋玉等人"皆好辞而以赋见称"以来,历来学者无不认为屈原、宋玉等人是辞赋之祖。在这问题上,刘勰认为《楚辞》是"雅颂之博徒,而词赋之英杰"(《辨骚》)。不管他这评语是否正确,总之他认为《楚辞》是辞赋的一种。同样地,在《文选序》中,萧统把"诗"、"骚"和"赋"也是合而论之。他先从"诗有六义"讲起,认为"古诗之体,今则全取赋名",然后讲到屈原被谗而作"骚",再讲到四言、五言之诗。显然他也认为"诗"、"骚"和"赋"是同源的。尽管最早的"诗"是《诗经》,已归入"经"的部分,萧统认为对这部分典籍"岂可重以芟夷,加以剪截",而未加选录,但即使根据他的理论,把"诗"和"骚"置于"赋"之后,总觉在时代次序上不大合理。这种做法,虽未必创始于萧统,但这大约说明了从西晋至梁的许多总集编纂者,都旨在为各种文体选择一些学习的范本,并不想从中体现文学发展的脉络。这和《文心雕龙》要表现他对文学发展过程的看法,因此把《原道》至《辨骚》五篇作为全书的总纲,然后再分论各种文体,最后才论及谋篇、修辞以及文学创作中的一系列理论问题,显得更有完整的体系是不同的。这种不同,当然与二书的性质及编纂目的有关。

二

从《文选》对各种文体的排列次序来看,它把"赋"、"诗"、"骚"、"七"等有韵之文放在前面,这大约和当时人强调"文笔之分",认为

"手笔差易,文不拘韵故也"(范晔《狱中与诸甥侄之书》语)有关。此风虽起于刘宋,但把诗赋看得比其他文体重,恐怕自西晋已然。试看曹丕的《典论·论文》认为"奏议宜雅,书论宜理,铭诔尚实,诗赋欲丽",还是将应用文字放在诗赋之前。大约三国人对文章的看法,还是更重视实用之文。所以西晋初年杜预的《善文》,实为应用文的最早选本,其出现在挚虞的《文章流别集》之前。而陆机作《文赋》,论各种文体的要求,先提"诗"、"赋",然后是"碑"、"诔"、"铭"、"箴"、"颂"、"论"、"奏"、"说",共分十体,较曹丕为细,而有韵的"诗"、"赋"已被放在最先。挚虞的《文章流别论》佚文,今存者以论"诗"、"赋"和"七"者为详,其他文体显得简略。可见重视这些有韵之文的风气,大约始于西晋中期。此风到南朝以后尤盛,如萧绎的《金楼子·立言》中论到文笔,则重文轻笔的观点尤为明显。

《文选》重有韵之文,不仅表现在排列的次序方面,而且表现在各种文体所占的篇幅方面。以现在通行的六十卷本而论,"赋"和"诗"二体就占了三十一卷,加上"骚"和"七"已达三十四卷以上,如果再加上"辞"、"颂"、"赞"、"箴"、"铭"等有韵之文,几乎占了三十六卷,即全书的五分之三。其中尤其突出的是"赋"和"诗"两类,都分设了不少子目。如"赋"分为十个子目,"诗"分为七个子目。这种子目的设立,取决于作品的题材。香港中文大学的杨利成先生在《〈昭明文选〉赋体分类初探》(见《新亚学术集刊》第十三期《赋学专辑》)一文中,将《文选》中"赋"的子目和《艺文类聚》的分部类目做了对比,认为这种分类,和类书的分类颇有共同之点。这看法是很有道理的。不过,杨先生从这一现象推论《文选》的编纂有殷钧和刘杳参加,似难确证。因为从三国缪袭的《皇览》算起,到萧统编《文选》时止,已历三百年左右。在这个时期中,有不少人编过类书。因此《艺文类聚》的分类方法,应该受前代类书的影响,而这些前代类书的分类方法,萧统左右的学士们大约都较熟悉，未必一定要殷、刘参加才能采用。当然，我们也不一定要排除殷钧、刘杳参加《文选》编纂工作的可能性。《文选》对"赋"和"诗"二类分设子目，当然和这两类作品所占篇幅最多有关，同时也说明了编者对它们的重视。相反地，像"辞"、"笺"、"论"、"碑"诸体，所收作品不多，题材和性质也很不一样，从某种程度上说，也表现了编者对它们不像"诗"、"赋"诸体那样重视。从《文选序》之论各种文体来看，其中关于"赋"、"骚"和"诗"的论述比较详细，然而论及一些应用文字时则很简略，只是点到了"诏诰教令之流，表奏笺记之列，书誓符檄之品，吊祭悲哀之作，答客指事之制，三言八字之文，篇辞引序，碑碣志状，众制蜂起，源流间出。譬陶匏异器，并为入耳之娱；黼黻不同，俱为悦目之玩"。这些都仅仅点到这种文体，既未述其源流和发展，也未论其得失。这说明在编纂者心目中，这些文章的重要性并不能和"赋"、"诗"等体并提。这正是"文笔之分"的观点对萧统及其周围的学士们的影响。但在"有韵之文"中，"赋"所占的比重最大，分的子目也最细，似为重点中的重点。

三

《文选》所录作品既以"赋"所占的篇幅为最大，那么这是否说明萧统和其他编纂《文选》的主要参加者刘孝绰都特别重视"赋"呢？恐怕也不尽然。至少从他们现存的作品看来，都没有什么赋传世，更没有写过什么辞赋名作。大约他们也未必曾致力于赋的写作。那么他们为什么在编纂《文选》时，要这样重视"赋"呢？笔者认为，当时的选本可能都习惯于将"赋"放在篇首，而且从汉以来，文人都以作赋相尚，到了三国，余风未息。曹植在《与杨德祖书》中提到"今往仆少小所著辞赋一通相与"。又说:"吾虽德薄,位为蕃侯,犹庶几戮力上国,流惠下民,建永世之业,流金石之功,岂徒以翰墨为勋绩,辞赋为君子哉?"在这里他虽称不想做文人,然而他实际上送给人看的是辞赋;而且把"辞赋"看作了"翰墨"的同义语。那么在他看来,辞赋仍是文学的主要部分,尽管在今天看来,曹植的传诵之作,绝大部分是诗,而他的赋却只有一篇《洛神赋》至今被人称赏。这说明当时人对辞赋的看法,和今人不同。《北史·魏收传》载,魏收和温子昇、邢劭争能,也认为只有能作赋,才算"大才士",大约也是反映了南北朝人较普遍的看法。《文选》和当时的一些总集、别集都把"赋"置于卷首,可能也与此有关。

然而,《文选》的特别重视"赋",也可能还有一个原因。那就是《文选》一书,很可能是在其他几部选本的基础上重新修改编定的。据《隋书·经籍志》记载,有"《历代赋》十卷,梁武帝撰"。又有《古今诗苑英华》十九卷,梁昭明太子撰;在谢灵运《诗英》一书下,又有注说梁时有"《文章英华》三十卷,梁昭明太子撰,亡"。又据《梁书·昭明太子传》,萧统所编的书,有《正序》十卷,所收为"古今典诰文言";《文章英华》二十卷,所收为五言诗;此外就是《文选》三十卷。《梁书》所说《文章英华》二十卷,疑即《隋志》所谓《古今诗苑英华》十九卷,其相差的一卷,恐即目录。至于《隋志》所说的《文章英华》三十卷,可能与《古今诗苑英华》是同一书的两次稿本,因为萧统在《答湘东王求文集及〈诗苑英华〉书》中,曾认为该书编得还不令他满意,后来可能又做过修订。从《梁书·昭明太子传》和萧统答湘东王萧绎的信看来,《诗苑英华》的成书,在梁武帝普通四至五年时已经完成,此书到普通七年丁贵嫔去世,萧统居丧还有二至三年,在这期间,萧统很可能对《诗苑英华》重新做过修订。不过二十卷本和三十卷本究竟何者在先,已难确考。至于《文选》的编定时间,我曾经推测为大通二年至中大通元年末。现在看来,《文选》很可能是在梁武帝的《历代赋》,萧统自己的《诗苑英华》和《正序》三书的基础上重新改编的。因为《历代赋》以"赋"为主,也可以兼及"骚"和"七";《诗苑英华》是"诗";《正序》可以包括许多应用文字,也许今本《文选》中除"论"、"赞"、"史论"等少数文体外,其他文章亦可见于《正序》。这样,这三部书,几乎收录了《文选》所收的绝大多数文体。当然,萧统及其周围的文人,对待这三部书的态度可以有所区别。对待《历代赋》,这是梁武帝的"御撰"(尽管此书也和其他书一样,出于他人之手,仅由梁武帝署名),所以萧统、刘孝绰以及其他学士未必敢于做太大的删削或变动,而今本《文选》六十卷,乃唐李善作注时所分,今本《文选》的赋占十九卷,相当于原来三十卷本的十卷左右。("五臣注"本仍三十卷之旧,则为九卷另加四篇。)再加上古代的书籍在缮写时字体、行款稍加变化,那么在《文选》中"赋"的部分包括《历代赋》的全部内容,也是可能的。即使《文选》与《历代赋》有所出入,亦不可能有太大的差别。因为封建社会的臣子,总是要恪遵君父的意志。因此"赋"这一体,占了《文选》全书的三分之一就不足为奇了。至于萧统及其周围的学士们对他们自己所编的《诗苑英华》和《正序》,就可以比较自由地加以删削或修改,所以现在《文选》所收诗约十二卷,相当于原本六卷左右,只占《诗苑英华》的三分之一,而且据《梁书》本传,"《文章英华》"所收为"五言诗",而《文选》所录的诗,却兼采四言、七言等体。《文选》中其他各类文章,和《正序》的差别大约也不小,至少像"辞"、"设论"、"对问"、"史论"、"史述赞"诸类,都未必属于"典诰文言"的范畴。从今本《文选》所收"赋"、"诗"以外各种文体来看,约占十九卷或十六卷(后一数字是除去"骚"、"七"二体),看来和十卷的《正序》相去不远,其实内容有了变化,其删改程度恐亦不亚于诗。

　　至于说《文选》的编纂曾以《历代赋》等书为基础的推测,是由于

《文选》一书,实际上具有对上古至梁前期的文学进行总结的性质。笔者在另一篇拙文(《关于萧统和〈文选〉的几个问题》)中,曾指出武帝自从代齐以后,经过一二十年的休养生息,使南朝的政治和经济出现了一个相对承平和繁荣的局面;再加上当时和南朝相对立的北魏政权,自天监十五年(516,魏熙平元年)孝明帝即位,政权落入太后胡氏之手后,朝政昏乱,权奸窃据高位,北部边防军人举行起义,使朝廷顾此失彼,已无力量与梁朝争胜。因此梁武帝君臣没有了敌国外患之忧,为表面的升平现象所陶醉,便一心去做那些"删诗书"、"定礼乐"的兴文治之事来粉饰太平。据《梁书·徐勉传》,梁代所定的吉、凶、军、宾、嘉"五礼"的条文,就是在普通五年(524)完成的。当时萧统虽然还只有二十多岁,但第一个文集已由刘孝绰编定,《诗苑英华》也在他的主持下由他周围的学士们编纂成书。这时梁武帝自己已经年逾六旬,他还要组织群臣去编定许多儒家经典和《老子》的注疏,编纂关于佛学的著作及六百卷之多的《通史》,自然已很难再顾及文学,但他自己就是一位文学家,对文学事业不可能漠不关心。于是他把总结历代文学成果的工作交给自己选定的继承人萧统去负责其中的大部分工作是近于情理的。好在关于其中"赋"的部分,已有他自己的《历代赋》起到了示范作用。

梁武帝所以要亲自来主持《历代赋》的编纂工作,也是有他的用意的。这不仅因为当时的总集大抵把"赋"放在卷首,而且因为"赋"这种文体,一般体制比较宏大,文辞富赡,最能体现出国家的繁荣强盛,帝王的威严和尊贵。例如,在《文选》中"赋"这一类中,首先是"京都"、"郊祀"、"耕籍"、"畋猎"这四个子目,这四种题材写的都是帝王的生活,并且都有歌颂的意味,显然很适合梁武帝的口味。在其他各种辞赋中,也颇有些篇章有庙堂文学的气息,如颜延之的《赭白马赋》就是这样。尽管是这样,梁武帝和萧统父子都是具有高度文学修养的人,所以不论其入选的作品有着这样或那样不同的内容和倾向,它们在艺术上都有较高的成就。

梁武帝之所以要亲自主持编选《历代赋》,还有一个极重要的原因,是因为古代人对赋的作用十分重视。如班固在《两都赋序》中盛称文章之事在于"润色鸿业","或以抒下情而通讽谕,或以宣上德而尽忠孝,雍容揄扬,著于后嗣,抑亦雅颂之亚也"。因此不少大赋出现后,许多硕学通人多为之作注。据《隋书·经籍志》载,在梁代所存书目中著录有《二京赋音》二卷,李轨、綦毋邃撰;《子虚上林赋注》二卷,郭璞注;《二京赋注》二卷,薛综注;《二京赋注》一卷,晁矫注;《三都赋注》三卷,张载、刘逵和卫权注,又綦毋邃注三卷;《幽通赋》,项氏注;《海赋注》一卷,萧广济注;《射雉赋注》一卷,徐爱注。另外,至隋犹存的还有《洛神赋》一卷,孙壑注;《二都赋音》一卷,李轨撰;等等。即以那些为大赋作注者而论,薛综是三国吴的通儒,曾师事东汉著名学者刘熙(历来相传《释名》即其著作),并定《五宗图述》,他既是经学家,又是文学家;张载在西晋是著名作家,刘逵、卫权也是学术名人;郭璞不但是大作家,也是大学者,今存《尔雅》、《山海经》等书的注均出自其手;李轨是文字学家,曾为《小尔雅》作注。这些学术大师都来致力于大赋的注释工作,本身就说明这些赋在当时学术和文艺界的地位。我们再看《三国志·魏志·国渊传》载,国渊为了破案,曾称"《二京赋》,博物之书也",为了"开解年少",要派人去就师学习云云。这虽是一种手段,却也说明当时人对《二京赋》的看法。左思作《三都赋序》,很强调赋的认识作用,认为"先王采焉以观土风",读此书可以"居然而辨八方"。据说《三都赋》初成,人们争相传抄,洛阳为之纸贵。这些传抄人的阅读目的,未必尽在欣赏其艺术成就,有不少人可能即因为它是博物之书。《世说新语·文学》载,东晋孙绰曾说:"《三都》、《二京》,五经鼓吹。"刘孝标注:"言此五赋,是经典之羽翼也。"同书《言语》又载，桓玄篡晋后，曾查问虎贲中郎官署应设何处，有人就据潘岳《秋兴赋》作答。可见人们还根据辞赋来考定前朝的典章制度。上面提到的那些赋，在《文选》中都被收入，可见《文选》之重视赋，确有其历史的和现实的原因。

但是《文选》的选录辞赋，和当时人的看法也不完全相同。例如司马相如的《大人赋》，历来被视为赋的名作之一，而《文选》却并未收入。在这一点上，它和《文心雕龙》就有很大的区别。刘勰在《文心雕龙·风骨》中说："情之含风，犹形之包气。""意气骏爽，则文风清也。"在他看来，"风"是决定作品优劣的重要因素。刘勰认为在这方面最好的例子是《大人赋》，所谓"相如赋仙，气号凌云，蔚为辞宗，乃其风力遒也"。刘勰对《大人赋》的评价，显然着重于艺术成就。但也有一些人的看法和他不同，汉王充《论衡·谴告》篇说："孝武皇帝好仙，司马长卿献《大人赋》，上乃仙仙（宜读为'飘飘'）有凌云之气。"因此说："长卿之赋如言仙无实效"，"孝武岂有仙仙之气者"。《文选》之不取《大人赋》，大约是比较同意王充的见解。同时，这个例子可能也正是梁武帝的观点。梁武帝中年信佛，对神仙道教则持否定态度。他在《舍道事佛疏文》中，自称"弟子经迟迷荒，耽事老子，历叶相承，染此邪法。习因善发，弃迷知返，今舍旧医，归凭正觉"。此文作于天监三年，显然在《文选》甚至《历代赋》编纂之前，因此不取《大人赋》，正是梁武帝的意旨。

《文选》不取沈约的《郊居赋》，也是一个很可注意的事实。《郊居赋》在今天看来，的确不能算什么好作品，但在当时，特别是萧统周围的文人中，却有人很称赏。据《梁书·沈约传》，沈约自己是颇以《郊居赋》自夸的。萧统早年曾深受沈约的影响。据《梁书·沈约传》，沈约在天监四年至天监九年（505～510），曾历任太子詹事、太子少傅诸职。当时萧统还不足十岁，正当开始学习文学之时，所以在某种程度上说,萧统可以算是沈约的弟子。萧统编《文选》的主要助手刘孝绰,是沈约的故友刘绘之子,所以沈约对刘孝绰来说是"父执",并且早年对刘就很赏识;至于萧统身边另一个最受赏识的学士王筠,更对沈约的《郊居赋》特为欣赏,据说他读《郊居赋》时,曾"击节称赏",被沈约视为"知音"(《梁书·王筠传》)。根据上述的情况,以萧统和刘、王二人来主持《文选》中辞赋的去取,大约不太可能摒弃《郊居赋》不录。在这问题上,颇令人想到《文选》的收录辞赋,是否以梁武帝的《历代赋》为主要依据。对梁武帝来说,他选录辞赋而不取《郊居赋》,是完全可以的。

四

《文选》虽把"赋"放在各体之首,但对"赋"的选录情况却有一点和"诗"及其他不少文体很不相同,那就是《文选》中各体作品,大抵以收西晋和南朝两个时期的作品为多。这是由于东晋一代玄言之风盛行,作品往往"理过其辞","淡乎寡味",不合乎《文选》取文的标准。所以总的来说着重西晋与南朝,就显出详近略远的特点。至于"赋"的选录,则为先秦和两汉较多,南朝很少,似偏于详远略近。在这里我们不妨把《文选》中所收的"赋"和"诗"的情况做一对比。《文选》所录"赋"中,先秦作品占4篇,加上"骚"则为21篇(因为《文选》不录"子书",所以不收"荀卿赋",那么如果把"骚"另立出来,则4篇已占今存先秦赋的绝大部分,《文选》以外所谓"宋玉赋",多不可信);两汉赋占20篇,加上"骚"和"七"共33篇;三国赋占5篇,加上"七"8篇为13篇;两晋赋18篇,加上"七"8篇共26篇;东晋赋最少,只有2篇,加上"辞"中的陶渊明的《归去来》也才3篇;南朝自宋至梁共 7 篇，但《文选》中并未收南齐赋，而梁赋 2 篇，皆江淹作，实际产生时间为刘宋末被黜为建安吴兴令时。因此《文选》录赋实际只到刘宋为止，并未收齐梁赋。这和选录"诗"的情况就形成了鲜明的对比。《文选》不录先秦诗，因为除《诗经》中的诗以外，先秦古佚诗甚少，且有许多不可信的，因此只能从汉代开始。《文选》中录"汉诗"35 篇，其中还包括所谓"苏李诗"、"班婕妤诗"等历来存疑之作（这些诗包括萧统以前的颜延之、刘勰等已表示怀疑）；录三国诗 66 篇；西晋诗 122 篇；东晋诗 17 篇（其中郭璞、陶渊明两人占 15 篇）；南朝宋齐梁诗合计为 185 篇。大体上说，从刘勰、钟嵘到萧统，都对郭璞、陶渊明以外的东晋诗人评价极低，这是齐梁人共同的看法，从这个数字来看，正好体现了着重选录西晋与南朝的特点。其他文体中也常有这种情况，如"令"、"教"、"文"、"启"、"弹事"、"墓志"、"行状"、"祭文"诸体，全部只录南朝人之作。"表"这一体收文较多，其中录三国文 4 篇、西晋文 3 篇、东晋文 5 篇、南朝文 7 篇。"史论"一体，收汉文 1 篇、东晋文 2 篇、南朝文 6 篇。其中也有南朝文较少于前代的，如"笺"体，收三国文 6 篇、南朝文 2 篇。"书"体收汉文 4 篇、三国文 12 篇、西晋文 4 篇（这一体比较特殊，李善及六臣注本次序极乱，唯南宋陈八郎本，朱浮《与彭宠书》在孔融《论盛孝章书》之前，稍胜）、南朝文 2 篇。"论"体收汉文 4 篇、三国文 5 篇、西晋文 2 篇、南朝文 2 篇。当然，也有只收前朝人之作而不收南朝文章的如"诏"、"册"、"檄"、"对问"、"设论"、"颂"等体。这几种文体，也各有不同情况。如"诏"体，因《文选》不录生人之作，自然不能选梁武帝之文，而西晋至宋、齐的帝王确实很少有能写出能录入《文选》之作的。"册"体全书仅收潘勖的《魏公九锡文》一篇，此后各代虽都有这类文章，都不过亦步亦趋地模仿潘作，且多数受册的人，也并无多大功绩，实为虚饰之辞，加以摒弃是合理的。"颂"这一体，所收内容较复杂，王褒的《圣主得贤臣颂》,尚属西汉盛世;扬雄《赵充国颂》乃思念名将之作;史岑《出师颂》已属东汉趋向衰落之际,此文入选可能由于在晋以前就被视为名篇,所以西晋书家索靖,曾以章草把它写为法帖;刘伶《酒德颂》只是表现其狂放,内容与前几篇完全不同。后来文人作"颂"的事,我们所知寥寥,但他们完全可以用其他文体加以替代,事实上像陆倕的《石阙铭》,歌颂梁武帝之功,就未必较这几篇"颂"逊色。至于"对问",自宋玉之后,无人继作;"设论"则陈陈相因,全仿东方朔、扬雄之作,和"册"的情况相类。这几种文体多选前朝之作,乃根据实际情况,不可一概而论。本来文学的发展,后代常常超过前代,只是就总体而论,不能推广到一切体裁和题材。所以这样的处理,与《文选序》主张的文学进化说并不矛盾。

但是像"赋"这一体的详远略近,其原因却要略作分析。因为南朝的赋,并不像"册"、"设论"那样一仍前人之旧,而是颇有创新和发展的。一般来说,其体制、技巧甚至内容都与古人不同。过去的论者,往往把南朝赋称"俳赋",汉人赋称"古赋";笔者则习惯于把汉代那种排比铺张之作称为"大赋",而把三国以后的那些短小而趋向绮丽之作称为"抒情小赋"。不管怎么说,两者是不同的。大体讲来,大赋到西晋以后,虽有人在写,却已无传作,因此多数散佚。《文选》中所收东晋大赋,只有郭璞的《江赋》一篇,此文艰涩异常,且述长江水系也不合事实,其中虽还有一些佳句,较之木华《海赋》、左思《三都赋》已远为逊色。现在所能见到的南朝人大赋如谢灵运《山居赋》、沈约《郊居赋》大约只是靠他们在诗歌方面享有盛名,才得以保存;就作品本身而论,又远在《江赋》之下。也许,南朝大赋中可称瑰奇伟丽之作的,还推南齐张融的《海赋》,可能由于已有木华《海赋》在前,所以宁取艺术上较差的《江赋》,这和《文选》既分各种子目,不得不照顾各种题材有关。

南朝抒情小赋中其实还有不少佳作,如鲍照、江淹现存的赋,其富有特色的就不限于入选的几篇。此外,像谢庄的《怀园引》、沈约的《八咏》诸作,其文体间于诗赋之间,下开萧纲和徐庾诸人那些多用五七言句的短赋之先声。这些作品文风一般趋向细腻和绮艳,与《文选》中多数作品的风格不一致,所以均未入选。从这个情况来说,《文选》所提倡的文风确是偏于典雅高古的一派。骆鸿凯先生在《文选学》中认为"昭明芟次七代,荟萃群言,择其文之尤典雅者,勒为一书,用以切劘时趋,标指先正。迹其所录,高文典册十之七,清辞秀句十之五,纤靡之音百不得一"(第 32 页)。这段评语,基本上符合《文选》全书的面貌,也更符合《文选》对辞赋的取舍情况。

　　《文选》之趋向典雅而不喜绮艳,正是萧统文学观的一种表现。他在《陶渊明集序》中,给予陶渊明以很高的评价,却不喜其《闲情赋》,认为是"白璧微瑕"。他这种文学观和梁武帝后期的文学思想十分相似。《梁书·徐摛传》载,徐摛创"新变体",被萧纲周围的人所仿效,遂开"宫体"之先河,梁武帝十分恼火。正是这个原因,梁武帝在致力于礼、乐、经典、佛学及史学的编撰时,把文学方面的工作交给萧统去主持,就绝非偶然。因此,不管《文选》所选的辞赋是否完全取自梁武帝的《历代赋》,其文学观,特别是对辞赋的看法,父子二人的见解是完全相合的。

从文学角度看《文选》所收齐梁应用文

我国古代人关于"文"的概念,有一个发展的过程。先秦到两汉现存的无韵之文,大抵不外乎历史或哲学著作以及一些应用文,属于纯文学的散文实在很少见。魏晋以后传诵的散文或骈文名篇亦多为应用文。当时的文论家们大抵都把应用文当作文学作品来论述。如曹丕在《典论·论文》中说到对各种文体的要求时说:"盖奏议宜雅,书论宜理,铭诔尚实,诗赋欲丽。"陆机在《文赋》中说:"诗缘情而绮靡,赋体物而浏亮。碑披文以相质,诔缠绵而凄怆。铭博约而温润,箴顿挫而清壮。颂优游以彬蔚,论精微而朗畅。奏平彻以闲雅,说炜晔而谲诳。"这里所说的各种文章,除了诗、赋两类以外,都大抵有其实用目的。可见在当时人看来,应用文是文学的重要组成部分。我国最早的文章选本——晋杜预的《善文》,从现存的佚文看来,主要选录的是一些应用文。①后来挚虞的《文章流别论》、李充的《翰林论》,都把应用文和诗赋等并列于文学之中。到了南北朝时代,人们开始谈论所谓"文笔之分",以为有韵之文叫"文",无韵之文叫"笔"。这

---

① 始《史记·李斯列传》集解引佚名《与章邯书》,即属应用文。又《隋书·经籍志》著录此书,与《山公启事》、《范宁启事》等并列,亦可为一证。

样，多数应用文就被归入"笔"的一类。然而他们并没有把"笔"放在文学范畴之外。《南史·颜延之传》载颜延之对宋文帝论及他儿子们的才能时说："竣得臣笔，测得臣文。"对二者并不做高下之分。齐梁间文学批评家刘勰在《文心雕龙》中，不但有不少篇幅论到应用文的写作，甚至还论及史书与诸子。梁昭明太子萧统编纂的《文选》，虽然明确地把"经"、"史"、"子"三种典籍放在选录的范围之外，但仍然采录了许多应用文。据他在序中说："又，诏诰教令之流，表奏笺记之列，书誓符檄之品，吊祭悲哀之作，答客指事之制，三言八字之文，篇辞引序，碑碣志状，众制蜂起，源流间出。譬陶匏异器，并为入耳之娱；黼黻不同，俱为悦目之玩。"简文帝萧纲在《与湘东王书》中也说："至如近世谢朓、沈约之诗，任昉、陆倕之笔，斯实文章之冠冕，述作之楷模。"这里提到的任昉、陆倕，传世之作亦多属应用文。这说明在南北朝人提出"文笔之分"以后，应用文被视为文学作品的看法，仍未改变。

从南北朝人现存的文章来看，其中不少名篇，也多属应用文。他们对这些文章的要求也和许多文学作品一样，必须如萧统在《文选序》中所说的那样："事出于沉思，义归乎翰藻。"这是因为当时社会的风气，认为文字的优劣，标志着作者的身份和教养。他们把文章欠佳，看作有失体面。据《宋书·临川王义庆传》载，刘宋临川王刘义庆因为幕下有着袁淑、何长瑜、鲍照等著名文人，所以宋文帝刘义隆"与义庆书，常加意斟酌"。这就使当时的应用文，均讲求辞采。有些文人之所以驰名文坛，似乎主要就在于他们擅长这些文章的写作。如南齐名臣王俭，据钟嵘在《诗品》中说他"既经国远图，或忽是雕虫"，对他的诗并不赞赏，但《南齐书·王俭传》则说他"手笔典裁，为当时所重"。《文选》中选录他的作品，也仅取其《褚渊碑》。同时稍后的王融、刘绘，钟嵘也说他们"并有盛才，词美英净"，但又认为他们不擅长五言诗。梁代的任昉，虽然因为当时流行"任笔沈诗"之说而深以为恨，但同时的诗人范云在写作章表时，却要请他代笔。这些应用文的作者，其实也未始不能作诗，只是他们在文章方面的声名大于诗歌。这说明应用文在当时文学领域里，是不同于诗赋的另一重要组成部分。

南北朝，尤其是齐梁的诗赋和应用文在文体上虽有不同，但在遣辞、造句、用典、讲究对仗和声律等方面，却又有许多共通之处。例如钟嵘在批评当时人作诗用典过多时，认为此风始于刘宋的颜延之、谢庄及齐梁的任昉和王融。这些人在当时，都是写作应用文的名家。他们的应用文正是以善于用典为重要特色。又如声律论的提出，虽始于诗赋，却也推广而运用于骈文。这说明诗赋和应用文的写作技巧，总是不断地互相影响着。我们要研究当时诗赋等纯文学作品的发展情况，似乎也很有必要来对当时的应用文作一些必要的探讨。在这里，我想以《文选》中所录的几篇齐梁应用文为例，谈一些初步看法，请大家指正。

一

南北朝的骈文发展到齐梁时代，由于声律说的出现，才真正成熟。因此从前人写作骈文，常常以齐梁文章为楷模。在齐梁骈文中，有一部分是文人们代帝王草拟的诏令、策文，在当时特别受人重视。奉命写作这些文章，曾被视为"殊荣"，因此多为作者精心构思之作。这种文章不但在风格上要求写得典雅庄重，而措辞更要得当，以便适应帝王的要求。一些文人在写作这些文章时，也多少能显示出他们的才华。例如《文选》所收王融的《永明九年策秀才文》和任昉的《天监三年策秀才文》，是同一体裁的文章，文中也都讲到了农业和国用

问题,却各具特色。王融在文中写道:

> 朕式照前经,宝兹稼穑。祥正而青旗肃事,土膏而朱纮戒典。将使杏花菖叶,耕获不愆;清甽泠风,述遵无废。而释耒佩牛,相沿莫反;兼贫擅富,浸以成俗。若爱井开制,惧惊扰愚民;焉卤可腴,恐时无史白。兴废之术,矢陈厥谋。

这段话,几乎每句一典。"杏花菖叶"等句形象生动,颇有诗意。文中提到了土地兼并问题,也讲到了兴修水利问题。他提出了"爱井开制"和"焉卤可腴"的设想,又讲到了实施时的困难,把齐武帝打扮成一个励精图治又能虚心征求别人意见的样子。其实,"爱井开制"既属空想,而"焉卤可腴"亦乏具体方案。文中说的实为冠冕堂皇的空话,并无实行之意。但这种措辞却有利于美化齐武帝,并且投合了他标榜的"以富国为先"(《南齐书·武帝纪》)的心意。至于任昉的文章,则又是一种口气。他在文中首先夸耀梁武帝起兵时"长驱樊邓,直指商郊",把梁武帝比作周武王。他又斥责齐末之弊为"衣冠礼乐,扫地无余"。他认为当时的情势是"百度草创,仓廪未实",把一切责任推在齐末,接着又发问说:

> 若终亩不税,则国用靡资,百姓不足,则恻隐深虑。每时入刍槀,岁课田租,愀然疚怀,如怜赤子。今欲使朕无满堂之念,民有家给之饶,渐登九年之畜,稍去关市之赋。

这段话显出一副悲天悯人的面目,所提问题比王融的调子更高,而内容则更空洞。因为这篇文章是代一位刚登上皇位的君主说的,更需要笼络人心。文中"每时入刍槀"几句,显然是迎合梁武帝的口味。

因为梁武帝喜欢标榜他"自除公宴,不食国家之食","乃至宫人,亦不食国家之食"(《梁书·贺琛传》)。这种"策秀才文"本是封建社会中的官样文章,它所提出的问题,并不要求切中时弊,但文字却要典雅严整,既能显示帝王的尊严,又要投合他们的心态。这就要求作者既娴于文笔,且须审时度势,善于辞令。这种文章在过去曾受到重视,那是由于当时的历史原因。但在今天看来,其琢句和修辞方面的一些技巧,仍有可以借鉴之处。那些文人代统治者起草的公文中,还有一些诏令,在雕饰辞藻方面,也颇可注意。如:梁任昉所作的《宣德皇后令》,是以南齐文惠太子萧长懋之妻王氏的口吻来颂扬梁武帝"功德"的。这时南齐的大权,实际上已落在梁武帝手中,被尊为"太后"的王氏,不过是个傀儡。因此这篇《宣德皇后令》实际上是在替梁武帝自我吹嘘,但表面上又须装出一副太后褒奖大臣的架势。任昉在文中对梁武帝的才德竭情崇扬,称其:

> 博通群籍,而让齿乎一卷之师;剑气凌云,而屈迹于万夫之下;辩析天口,而似不能言;文擅雕龙,而成辄削稿。

短短四十二字,把梁武帝的学识、武略、口才和文章都一一作了颂扬,又突出了他谦让之德。这里几乎每句都用典,却用得很自然,语气庄重而文字简洁,更符合太后的口吻。这篇文章也颇注意辞采的雕琢。如写到梁武帝攻灭齐东昏侯萧宝卷时说:

> 白羽一麾,黄鸟底定,甲既鳞下,车亦瓦裂。

这里用了《吕氏春秋》和《鹖冠子》中所记周武王伐纣的典故,以"白羽"对"黄鸟",颇为工切,以"甲既鳞下"和"车亦瓦裂"形容萧宝卷军队的溃败,用的是《尚书大传》中的典故,却显得很自然,而且颇有形象性。这样熟练地使用典故和辞藻,也起着丰富文学语言的作用。

二

齐梁时代的一些为统治者藻饰太平或歌功颂德的文章,其内容虽无足称道,可其写作技巧却未必没有可取之处。例如王融的《三月三日曲水诗序》,在当时曾被视为名作,并且名声传到了北朝。现在看来,文中写帝王出行、群臣随从的景象颇为壮观:

> 禁轩承幸,清宫俟宴,缇帷宿置,帝幕宵悬。既而灭宿澄霞,登光辨色,式道执殳,展辂效驾,徐銮警节,明钟畅音。七萃连镳,九斿齐轨。建旗拂霓,扬葭振木。鱼甲烟聚,贝胄星罗。重英曲瑶之饰,绝景遗风之骑,昭灼甄部,駔骏函列。虎视龙超,雷骇电逝,轰轰隐隐,纷纷轸轸,羌难得而称计。

文中写到文武官员盛装随驾,威仪严整,在晨光中侍从皇帝来到芳林园游宴之状,显得气派非凡,突出了"天子之尊"。文中用"灭宿澄霞,登光辨色"八字写早晨天刚亮的景色;用"建旗拂霓"等句形容仪仗之盛,有声有色,颇为生动。这段文字并不长,却与汉代一些辞赋中写帝王出猎的片段有异曲同工之妙。据《南齐书·王融传》载,北魏使者宋弁看了此文说:"昔观相如《封禅》,以知汉武之德,今览王生《诗序》,用见齐王之盛。"可见此文在当时受人称叹的情况。

梁陆倕的《石阙铭》,在过去亦被视为骈文中的名篇。此文是奉梁武帝之命而作。文中写到梁武帝起兵讨伐齐东昏侯时的战绩:

> 夏首凭固，庸岷负阻，协彼离心，抗兹同德。帝赫斯怒，秣马训兵，严鼓未通，凶渠泥首。弘舸连轴，巨槛接舻，铁马千群，朱旗万里。折简而禽庐九，传檄以下湘罗。兵不血刃，士无遗镞，而樊邓咸怀，巴黔底定。于是流汤之党，握炭之徒，守似藩篱，战同枯朽。革车近次，师营商牧。华夷士女，冠盖相望，扶老携幼，一旦云集。壶浆塞野，箪食盈途，似夏民之附成汤，殷士之窥周武。

这段文字夸耀梁武帝的武力之盛和他的得到百姓拥护，颇有溢美之辞。但文章气势雄壮，语言亦颇具雕藻。如以"弘舸连轴"四句，写梁武帝的军队水陆并进，直指建康的情形，其中前二句写水军，后二句写陆军，都很能道出军容之盛。从文字上说，琢句亦颇工巧。其中前两句与后两句都是很工整的对仗，并且采取了"平平平仄"对"仄仄仄平"、"仄仄平平"对"平平仄仄"的句式，完全符合骈体文声律的要求。文中使用的典故亦颇巧妙。如"壶浆"二句，本出《孟子》记商汤伐葛伯时，百姓迎接商军之事。这里在"壶浆"和"箪食"后面加上"塞野"、"盈途"两个形容词，使语气加强。用"壶浆"配"塞野"，以"箪食"配"盈途"亦充分注意到了对句中的平仄声律。文中用"守似藩篱，战同枯朽"形容齐东昏侯的军队不堪一击。这里的"藩篱"与"枯朽"对举，是形容其不坚固。据李善《文选注》说"藩篱"二字出于贾谊《过秦论》，但贾谊原文并无不牢固的意思。此文的用法似和南齐王巾①《头陀寺碑》中"九十六种无藩篱之固"的用法相近。不过一

---

① "巾"，清何焯等人说应作"屮"，是"左"字古写。但据清梁章钜、胡绍煐考证，仍当作"巾"。参看胡氏《文选笺证》卷三十二。

个是说还不如篱笆坚固,一个是把防线比作篱笆,都体现出作者遣辞时的技巧。

三

在封建社会中,碑志一类文章也是文人们经常写作的酬世文字。现存南北朝的碑志,大部分是北朝的遗物。据任昉《为范始兴作求立太宰碑表》说:"昔晋氏初禁立碑",南朝仍沿袭此制,故立碑甚少。《文选》中所收南北朝碑文,仅齐王俭《褚渊碑》、王巾《头陀寺碑》和梁沈约《齐故安陆昭王碑》三篇。但这三篇碑文亦有其特色。因为北朝的碑文,一般都用散体,文字比较质朴。齐梁人作碑文,则多用骈体,颇重辞藻,而且常有文学意味。如王俭的《褚渊碑》在当时颇有名。褚渊其人在宋齐之际官做得很大,政治上却并无多大建树。王俭在碑文中记述他的事迹时,措辞很费苦心。他写到了宋末桂阳王刘休范之乱,对刘休范的声势写得很盛:

> 鼓棹则沧波振荡,建旗则日月蔽亏,出江派而风翔,入京师而雷动。鸣控弦于宗稷,流锋镞于象魏。

这段描写颇为形象。根据史籍的记载,这里所写的状况,基本符合史实。但褚渊在平定这场战乱时,并无突出的功劳。王俭却说:"康国祚于缀旒,拯王维于已坠,诚由太祖(齐高帝萧道成)之威风,抑亦仁公之翼佐。"这样既歌颂了萧道成,也抬高了褚渊,从当时的条件来看,话说得比较得体,也颇有辞藻。文中写到褚渊和萧道成的关系时说:

> 出陪銮躅,入奉帷殿。仰南风之高咏,餐东野之秘宝。雅议于听政之晨,披文于宴私之夕,参以酒德,间以琴心,暧有余晖,遥然留想。君垂冬日之温,臣尽秋霜之戒,肃肃焉,穆穆焉,于是见君亲之同致,知在三之如一。

这里把萧道成和褚渊的君臣关系写得这样融洽,而又很风雅。文中所用典故,大抵出于《尚书》、《礼记》、《左传》等儒家典籍,而用得颇为自然,不见腐气。

同样,沈约的《齐故安陆昭王碑》也是一篇富有辞藻的碑文。所谓"安陆昭王"即齐明帝之弟萧缅。从《南齐书》本传看来,萧缅其人虽做过几任地方官,据云官风尚好,但事迹甚少,在政治上并无突出成绩。沈约在碑文中则大大地崇扬了他的政绩。因此,清人谭献评此文说:"前后谀颂已甚。"但他又说此文"似健于仲宝(指王俭)"。这是因为此文在辞采方面确有可以称道之处。如写到萧缅曾任雍州刺史时说:

> 方城汉池,南顾莫重。北指崤潼,平途不过七百,西接崤武,关路曾不盈千。蛮陬夷徼,重山万里。小则俘民略畜,大则攻城剽邑。晋宋迄今,有切民患,烽鼓相望,岁时不息。椎埋穿掘之党,阡陌成群,憪法侮吏之人,曾莫禁御。累藩咸受其弊,历政所不能裁。加以戎羯窥窬,伺我边隙。北风未起,马首便以南向;塞草未衰,严城于焉早闭。

这里说的是南朝雍州刺史所在地的襄阳。此地既是南北朝的边境,又是当时被称为"蛮"的少数民族聚居之地。在这里任地方官,确有其困难。沈约在这里用百余字的文章,写出了地理环境的险恶、南北朝的军事形势和少数民族强悍不驯的风俗,并无一字说到萧缅。但夸张雍州之难治,却也起到了颂扬身为雍州刺史的萧缅的作用。文中"北风"四句对仗工整,声律调和,却又很形象地突出了边境上形势吃紧的气氛。

在齐梁碑文中,王巾的《头陀寺碑》的性质和上两篇不同。此文被谭献称为"南朝有数名篇"。这篇碑文主要是宣扬佛教的,佛教的教义,素称玄奥难解,而此文用流丽的骈文写成。钱锺书先生曾称赞此文说:"按余所见六朝及初唐人为释氏所撰文字,驱遣佛典禅藻,无如此碑之妥适莹洁者",并且还说此文"叙述教义,亦中肯不肤"。(《管锥编》第1442页)文中写头陀寺的位置说:"南则大川浩汗,云霞之所沃荡;北则层峰削成,日月之所回薄。西眺城邑,百雉纤余;东望平皋,千里超忽。信楚都之胜地也。"文字简洁而有气势。文中又云:

> 亘丘被陵,因高就远,层轩延袤,上出云霓,飞阁逶迤,下临无地。夕露为珠网,朝霞为丹雘。九衢之草千计,四照之花万品。崖谷共清,风泉相涣。金资宝相,永籍闲安;息心了义,终焉游集。

其中"层轩"四句,历来论者早已指出是唐王勃《滕王阁序》中名句"层峦耸翠,上出重霄;飞阁流丹,下临无地"等句所自出。"夕露"、"朝霞"的描绘生动有致。"崖谷"两句,亦深具韵致。此文的铭词,谭献评为"秀出",其中"倚据崇岩,临眄通壑;沟池湘汉,堆阜衡霍。膴膴亭皋,幽幽林薄"诸句,亦很有诗意。以"崇岩"对"通壑","膴膴亭皋"对"幽幽林薄",也很工整。显示出骈文的辞藻之美。

四

在齐梁文中,臣下向皇帝奏事的章表,也都使用骈体。在这方面,《文选》中选录的任昉之文较多。其中比较著名的要算《奏弹曹景宗》。曹景宗是随从梁武帝起兵的将领。天监三年,梁魏间发生战争。曹景宗当时是郢州刺史,奉命率兵去援救被围困的司州刺史蔡道恭。他却逗留不进,致使蔡道恭忧愤发病死于围城之中,司州亦随着失陷。曹景宗在听到司州失守的消息后,仓促败退,使三关也陷于北魏。任昉因此上章弹劾。在这篇弹文中,任昉先讲到了梁军在各战场上的胜利,然后说到司州,把曹景宗的畏缩不前和蔡道恭的固守穷城做了比较。他说:

> 故司州刺史蔡道恭,率厉义勇,奋不顾命,全城守死,自冬徂秋,犹有转战无穷,亟摧丑虏。方之居延,则(李)陵降而(蔡道)恭守;比之疏勒,则耿存而蔡亡。若使郢部救兵,微接声援,则单于之首,久悬北阙,岂直受降可筑,涉安启土而已哉。实由郢州刺史臣景宗,受命致讨,不时言迈,故使猬结蚁聚,水草有依。方复按甲盘桓,缓救资敌。遂令孤城穷守,力屈凶威。虽然,犹应固守三关,更谋进取,而退师延颈,自贻亏衄。疆场侵骇,职是之由。不有严刑,诛赏安置。

这段文字义正辞严,对蔡道恭的颂扬实际上也是对曹景宗顿兵不进的鞭挞。一扬一抑,处处显示出曹景宗对这次战争的失利负有完全责任,笔势凌厉,铿锵有力。文中还指责曹景宗身受梁武帝恩宠,本应竭力效命,却丧师辱国,强调"生曹死蔡,优劣若是。惟此人斯,有靦面目",更是画龙点睛地突出了这种鲜明的对比,给人强烈的印象。正如清人谭献所说,此文"可谓笔挟风霜"。除了《奏弹曹景宗》外,任昉这类文字还有《文选》中所收的《奏弹刘整》和《梁书》所收的《奏弹萧颖达》、《奏弹范缜》。但都不如此文那样文风骏爽,具有强烈的感情。

任昉的另一些奏议则亦有特色。《文选》中所录他所作奏表,大抵是代别人所作。这些表在措辞上常有很大的难度。如他的《为齐明帝让宣城公第一表》,作于齐郁林王萧昭业被废,海陵王萧昭文初立之际。这时南齐朝廷的大权已落入萧鸾的手中。他这次由西昌侯进封宣城郡公并加官为骠骑大将军、扬州刺史,本出于他自己的意志,而且他的目标实为夺取皇位做准备。所以他的辞让封爵,本无诚意,不过是当时的惯例,受封爵以前,应该上表表示谦让。但任昉写作此表时,不能不把他妆点成很诚恳的样子。此表还有一个重要的历史背景是,在齐武帝临死时,萧鸾地位本在竟陵王萧子良之下。根据齐武帝的遗命,是要萧子良对萧昭业"善相毗辅",提到萧鸾时只是说"与鸾参怀共下意"(《南齐书·武帝纪》)。但齐武帝死后,萧鸾却一手排挤萧子良,使之忧惧而死,接着又废黜了萧昭业。任昉对这种情况显然很清楚。他为了给萧鸾开脱,就把萧昭业被废原因说成是"虽嗣君弃常,获罪宣德(太后)"。他又要隐讳萧鸾排挤萧子良,独占政权的事实,因此就把萧鸾打扮成齐武帝临终时惟一的顾命大臣。他以萧鸾的口吻说:

> 何者,亲则东牟,任惟博陆,徒怀子孟社稷之对,何救昌邑争臣之讥,四海之议,于何逃责。且陵土未干,训誓在耳,家国之事,一至于斯。非臣之尤,谁任其咎?将何以肃拜高寝,

虔奉武园？

句句是自责,却又处处回护,处处在抬高萧鸾的地位。这篇文章可谓煞费苦心,显示出任昉之老于刀笔。但萧鸾对此文并不真正理解,竟"恶其辞斥,甚愠,昉由是终建武中,位不过列校"(《梁书·任昉传》)。萧鸾的这种态度是出乎任昉意料之外的。所以谭献评此文云:"绝似血诚喷薄,而出自代言,反以获咎。颠危之世,不合以文字事人,君子慎之。"

任昉还有一篇给人代笔的奏议,亦颇可玩味。这就是他的《为范始兴作求立太宰碑表》。这篇章表是代范云向齐明帝要求给已故的萧子良立碑。萧子良实际上是齐明帝的政敌,但出于种种政治原因,齐明帝并未把这种对立公开化。然而他这时正在杀害齐高帝和武帝的子孙,这是众所共见的。任昉对这种情势有充分的了解。他深知既然要求为萧子良立碑,不得不对他做些颂扬,但这种颂扬,又不要太具体、太热烈,以免触怒齐明帝。因此文中对萧子良的功德只简单地做了几句抽象的褒扬,而着重写的却是范云和萧子良的关系。他说:

策名委质,忽焉二纪,虑先犬马,厚恩不答;而弊帷毁盖,未覆蝼蚁,珠襦玉匣,遽饰幽泉。

这几句话是以范云早年曾在萧子良幕下任职,把范、萧的私人关系作为理由。在封建社会中,这样的要求显得很合情理。文章接着又说:

陛下弘奖名教,不隔微物,使臣得骏奔南浦,长号北陵。既曲逢前施,实仰觊后泽。

措辞十分婉转,又缠绵动人。这样说话,称颂了齐明帝,也就不至于得罪。当然,在当时,要求为萧子良立碑,本难得到允准,此表亦未达到目的。然而从文章的措辞巧妙而论,仍体现了任昉的苦心。所以骆鸿凯在《文选学》中曾认为:"喜辞令美妙之法,法任昉。"(第331页)大约就是指此类文章而言。

五

《文选》中的"书"和"笺"两类文章,在今天看来,均属于书信。只是"书"一般使用于和作者身分相等的人;"笺"则用于地位较高的人。这些文章较之奏议要自由活泼,也常常更能流露作者的真实情感。因此这部分文章的文学价值一般较高。如著名诗人谢朓的《拜中军记室辞隋王笺》,是一篇绝妙的骈文。此文是谢朓在永明十一年秋从荆州被召回建康后,写给隋郡王萧子隆的告别信。据《南齐书·谢朓传》载,谢朓在荆州时,因为萧子隆"好辞赋,数集僚友,朓以文才,尤被赏爱,流连晤对,不舍日夕"。谢、萧二人虽是上下级,交情却很深。但因萧的长史王秀之在齐武帝面前说了谢朓的坏话,因此被召回调职。谢朓对这次调职很不满意。他在信中用形象的比喻来表达自己对萧子隆的眷恋和被调的悲怨:

朓闻潢污之水,愿朝宗而每竭;驽蹇之乘,希沃若而中疲。何则,皋壤摇落,对之惆怅,歧路西东,或以欷歔。况乃服义徒拥,归志莫从。邈若坠雨,翩似秋蒂。

流露出深沉的无可奈何之感。尤其用"坠雨"、"秋蒂"两个形象来表现自己的处境,颇为贴切。他追叙了在荆州时受到萧子隆的厚待,接着笔锋一转,用"不悟沧溟未运,波臣自荡;渤澥方春,旅翮先谢"来比喻萧子隆对自己恩遇方隆,而自己命运不利,竟被召回。文中写到自己被召回后"清切藩房,寂寥旧苹。轻舟反溯,吊影独留。白云在天,龙门不见。去德滋永,思德滋深",更显得情真意切。这篇文章虽然也用典,却用得自然而贴切。清人许梿评此文"通篇情思宛妙,绝去粉饰肥艳之习,便觉浓古有余味"(《六朝文絜》卷六)。这是很确当的。

梁丘迟的《与陈伯之书》,也是齐梁文中的名篇。陈伯之本是梁武帝起兵后归降的南齐将领,后叛降北魏。天监五年,梁军北伐,梁将吕僧珍托丘迟作书招降陈伯之,丘迟就写了此文。陈伯之据《梁书》本传说他"不识书",他后来的复归梁朝,未必是此文起了作用。不过丘迟此文确实写得很富文采。他对陈伯之喻之以理,动之以情,笔锋颇犀利。如对陈伯之前后的处境作对比说:

> 昔因机变化,遭遇明主,立功立事,开国称孤。朱轮华毂,拥旄万里,何其壮也!如何一旦为奔亡之虏,闻鸣镝而股战,对穹庐以屈膝,又何劣邪!

这确实足以使对方汗颜。接着,作者又告诉陈伯之:"将军松柏不翦,亲戚安居,高台未倾,爱妾尚在",打消了对方的顾虑。文中尤其传诵的名句是:

> 暮春三月,江南草长,杂花生树,群莺乱飞。见故国之旗鼓,感平生于畴日,抚弦登陴,岂不怆恨!

陈伯之虽然祖籍济阴睢陵,却长期居于江南,用乡情来打动陈伯之,应该是有力量的。"暮春"四句,短短十六字,写出了江南春天明媚的景色,更为动人。所以历来的文学史著作在讲到六朝骈文时,大抵都以此文为突出的例子,说明这篇文章的文学价值已为大家所公认。

梁刘峻的《重答刘秣陵沼书》,在书信一类中比较特殊。因为刘沼生前曾对刘峻的《辨命论》提出驳难,刘峻曾作过答复。后来刘沼就此又作诘难,刘峻因遭兄丧,未曾见到。等刘沼死后,别人在他家中发现其遗作,刘峻才写了答文。这篇《重答刘秣陵沼书》,据清人何焯说"此似重答刘书之序"(《义门读书记》卷四十九)。钱锺书先生在《管锥编》中亦同意此说。刘峻和刘沼在关于命运问题的论难中是对手,而交谊则颇笃。刘峻说到自己此文写出时刘沼已不及见时称:

若使墨翟之言无爽,宣室之谈有征。冀东平之树,望咸阳而西靡,盖山之泉,闻弦歌而赴节。但悬剑空陇,有恨如何!

这里每句一典,对仗工整,在无可奈何的情况下寄希望于鬼神的存在。但他毕竟不能相信鬼神实有,只能像春秋时季札挂剑于徐君之墓那样,聊表心意。这种惆怅之情,显示了二人间的深情。此类文字,已属纯粹的抒情之作,当然不能因为它是"书"或"序"而否认它是文学作品。

综观我国古代所谓"文",不论是散文或骈文,其中很大一部分均属应用文。即使在唐代韩愈和柳宗元提倡"古文运动"以后,在当时流行的公文中,仍多用骈体,所以应用文在骈文中所占比重尤大。再说古代人论文,常常以辞令之妙作为文章的一大优点。因为古代文人们谋生之道,主要是做官或做幕僚。这就使他们必须善于写作一些应用文字。他们对这种文字的要求,似乎主要是强调其措辞的技巧。例如清人金圣叹评《左传》中的《吕相绝秦》,就明确说:"修辞驾罪何足道,止道其文字。"(《天下才子必读书》)。历来论者重视任昉等人的应用文,采取的也是这个态度。因此"善于辞令"就成了古人论文的一个重要方面。对这种技巧,我们似乎也不应全部否定。

再说应用文与纯文学作品的相互影响是非常明显的。古代不少纯文学作品,实际上是采用应用文的形式,如:汉王褒《僮约》,用的就是当时契约的形式;南齐孔稚珪的《北山移文》,当属游戏之作,但其体裁则和魏晋以后的檄文十分相近;梁沈约的《修竹弹甘蕉文》也是采用应用文的体裁。这样的例子实不胜枚举。还有一些文学散文,实际上导源于应用文和学术著作。如唐柳宗元的《永州八记》等文章,在手法上显然受了梁吴均《与朱元思书》、《与顾章书》及《水经注》中写景文章的影响。相反地,有些应用文,在技巧上也深受纯文学作品的影响。如魏晋六朝以来的祭文,莫不取法《楚辞》以及贾谊《吊屈原赋》、司马相如《哀二世赋》。因此我们今天研究文学史,对待古代的应用文虽不一定要以纯文学作品目之,但它们和纯文学作品间的联系及相互影响还是很值得注意的。

关于萧统和《文选》的几个问题

一、关于《文选》的编定

《文选》一书究竟编定于什么时候,历来说法不一。宋王应麟《玉海》卷五十四引《中兴书目》云:

《文选》,昭明太子萧统集子夏、屈原、宋玉、李斯及汉迄梁文人才士所著赋、诗、骚、七、诏、册、令、教、表、书、启、笺、记、檄、难、问、议、论、序、颂、赞、铭、诔、碑、志、行状等为三十卷。

文末并注云:"与何逊、刘孝绰等选集。"这个说法,今人多不予重视,因为一般都认为《文选》不录存者之作,而何逊据《梁书》及《南史》本传,当卒于梁武帝天监十八年(519)左右。但《文选》所收作品中有刘孝标(卒于普通二年,521)、徐悱(卒于普通五年,524)和陆倕(卒于普通七年,526)之诗文。可见《中兴书目》之说,恐不足信。除了《中兴书目》之外,关于萧统编《文选》的合作者,在日本释空海的《文镜秘府论·南卷·集论》中也有记载。

或曰：晚代铨文者多矣。至如梁昭明太子萧统与刘孝绰等撰集《文选》，自谓毕乎天地，悬诸日月。然于取舍，非无舛谬。方因秀句，且以五言论之，至如王中书（按：指王融）"霜气下孟津"，及"游禽暮知返"，前篇则使气飞动，后篇则缘情宛密，可谓五言之警策，六义之眉首。弃而不纪，未见其得。

这段文字下文又有"皇朝学士褚亮，贞观中"云云，当为唐代人的话无疑。以上两段话，历来论《文选》者都经常引用，但一般来说，研究者都信从后一段话而不采用前一段话。我过去在《有关〈文选〉编纂中几个问题的拟测》（《昭明文选研究论文集》，吉林文史出版社本）中曾认为《文选》的编定时间为梁武帝大通元年（527）末至中大通元年（529）间，就是根据刘孝绰和萧统先后遭母丧及他重入东宫可能协助萧统编纂《文选》的时间推测的。现在看来，这种推测似仍能成立。因为从《文选》所收作品来看，其作者当以陆倕的卒年为最晚，即普通七年（526）。那么《文选》的编定不可能早于这一年。但据《梁书》记载，萧统之母丁贵嫔卒于这年十一月，而按照古代的礼制，如父亲尚在，儿子遭母丧，应服丧一年。那么在普通七年十一月至大通元年十一月间，萧统理当守孝，不能从事《文选》的编纂工作。再往后，到中大通二年（530）正月萧纲调任扬州刺史前至中大通三年（531）七月，即萧统死后三个月萧纲被立为皇太子时，据《梁书·刘潜传》及《刘孝威传》，刘孝绰的同胞兄弟刘潜、刘孝威皆丁母忧，而《刘孝绰传》也有关于刘孝绰在此时丁母忧的记载。此时刘孝绰父刘绘早已死去，据古礼，父亲先死，儿子再遭母丧，应为二十五个月（王肃说）或二十七个月（郑玄说）的服丧期。据《魏书·儒林·李业兴传》，当时北魏用郑玄说，梁用王肃说。据此推算，假使刘孝绰服阕为中大通四年二月，那么至迟在中大通元年底，刘孝绰已丁母忧，如果考虑到刘母病重期间,刘孝绰应当奉侍医药的时间,那么他参加《文选》编纂工作时间最多也只是大通二年初到中大通元年底这两年之间。这个推论正是建立在《文镜秘府论》那段话的基础上。日本清水凯夫教授对《文选》编纂时间的意见,基本上也与此相同。

然而,对于《中兴书目》和《文镜秘府论》这两段话,我过去的理解似还欠深入。例如:《中兴书目》的话是否一无可取?《文镜秘府论》的话,其意义是否仅限于《文选》的编纂者中有刘孝绰?这都可做进一步的考虑。例如《中兴书目》说萧统编《文选》,"与何逊、刘孝绰等选集",其中提到刘孝绰,与《文镜秘府论》相同,应该说并没有错;至于提到何逊,是否纯属臆测,也可研究。因为何逊卒年虽早于刘孝标、徐悱和陆倕,却比沈约等人为晚;而《文选》中所录作品,除刘、徐、陆的五首诗文外,其他作品,都是天监十二年(513)沈约逝世以前死去的人所作。这就不能不使人怀疑《文选》的编纂,是否曾有一个过程,即此书在编纂之初,本限于选录天监十二年以前去世的人之作,而刘孝标等人之作,是后来在编定时加上去的?因为梁人论诗文,确有以天监十二年为断限的例子,如钟嵘的《诗品》就是这样。在笔者看来,《中兴书目》提到何逊,也许是因为在沈约死后,诗坛上声名最大的当推何逊,并且在当时人们常把他和刘孝绰并称"何刘",所以《中兴书目》的作者在论及《文选》的编者时,就想到了他。不过,何逊参加《文选》的编集,大约是无此可能的。因为在现存的萧统文章中有一篇《答湘东王求文集及〈诗苑英华〉书》,在这封信中,尚未提及《文选》的编纂。按:《梁书·刘孝绰传》:"起为安西记室,累迁安西骠骑谘议参军,敕权知司徒右长史事,迁太府卿、太子仆,复掌东宫管记。时昭明太子好士爱文,孝绰与陈郡殷芸、吴郡陆倕、琅邪王筠、彭城到洽等,同见宾礼。太子起乐贤堂,乃使画工光图孝绰焉。太子文章繁富,群才咸欲撰录,太子独使孝绰集而序之。迁员外散骑常侍，兼廷尉卿，顷之即真。"可知昭明太子萧统的第一个文集（今本大约是后人所辑萧统死后其弟萧纲所编的第二个版本的《昭明太子集》佚文，"湘东王"萧绎所求者则为萧统生前所编第一个文集），应在刘孝绰为太子仆以后，任廷尉卿以前。据《梁书·刘孝绰传》及《到洽传》，刘孝绰任廷尉卿，至普通六年（525）即被到洽参奏免官。至于他为太子仆，则据《梁书·昭明太子传》，在普通三年十一月始兴王萧憺去世时，刘孝绰正任太子仆。由此可见，萧统第一个文集，应编于普通初至普通五年（520~524）期间。此时萧统年龄最多不超过二十四岁，萧绎不会超过十七岁。这时何逊已经死去，他不能参加《文选》的编纂是显然的。[据《梁书·何逊传》，何逊是死于江州的，在此以前，他曾遭母丧，服阕才任庐陵王萧续的记室，"复随府江州"，那么即使《文选》编纂始于天监十六年至十七年（517~518），何逊亦无参与的可能。]尽管如此，《中兴书目》的作者提到了《文选》的编集，除萧统、刘孝绰外，还有何逊和其他人。我们可以否定何逊参加编纂的可能，但无法排除萧、刘之外，还有人参加这一工作。

如果《中兴书目》的话不可据的话，那么《文镜秘府论》的话，似尚无人怀疑。但《文镜秘府论》原文明明是说"至如梁昭明太子萧统与刘孝绰等"，这也认为《文选》并非仅出萧、刘二人之手，这和《中兴书目》的意见是一致的。这大约是唐宋以来直到清代人一致的看法。如清人朱彝尊在《书〈玉台新咏〉后》中，认为《文选》中一些问题，"皆出文选楼中诸学士之手也"。朱彝尊对《文选》的一些议论，实难令人置信；但他认为《文选》出于众手，这和历来的看法也没有不同。在这个问题上，笔者过去在作《有关〈文选〉编纂中几个问题的拟测》一文时，似对《文镜秘府论》的话理解有片面之处，即过分强调了萧、刘，尤其是刘孝绰的作用。因为《文镜秘府论》的原话是"刘孝绰等"，说明协助萧统工作的，当不止刘孝绰一人。因此《文选》中篇目的选定，是否完全决定于萧统、刘孝绰的意志,甚至仅仅决定于刘孝绰,则颇可怀疑。在这些协作者中,刘孝绰也许是萧统所最信任的,但不等于其他各人的意见都不起作用。因为《文镜秘府论》原文旨在批评《文选》的选录作品未必都允当,其所举例子即为"王中书"(王融)的"霜气下孟津"和"游禽暮知返"二首。这两首诗,今见《玉台新咏》卷四,题名《古意》二首"。这确是难得的好诗,《文选》弃而不录,不免有点可惜。但我们可以想象,这并非出于刘孝绰的意志。因为刘孝绰是王融的外甥,并且从小受到王融的称赏。《梁书·刘孝绰传》:"孝绰幼聪敏,七岁能属文。舅齐中书郎王融深赏异之,常与同载适亲友,号曰神童。融每言曰:'天下文章,若无我当归阿士。'阿士,孝绰小字也。"王融和刘孝绰既有如此的血缘关系,他又确有好诗,如果刘孝绰在《文选》的取舍方面确有决定权,似不应摈弃不录。当然,在齐梁间,的确有人对王融的诗评价不高,如钟嵘《诗品》,把他和刘绘(刘孝绰之父)同列于"下品"。钟嵘说:"元长(王融)士章(刘绘),并有盛才。词美英净,至于五言之作,几乎尺有所短。譬应变将略,非武侯所长,未足以贬卧龙。"可见就是钟嵘,对王融、刘绘也不完全否定。其实凡《诗品》中提到的人物,虽在"下品",也总有一定的成就,否则就不足加以论列。事实上在《诗品》中被列为"下品"的诗人,如曹操、欧阳建、应璩、张载、殷仲文、范晔、刘铄、陆厥、虞羲,均有诗被收入《文选》,未必因为《诗品》对王融评价不高,就不能入选。再说王融的诗虽未入选,但《文选》所收王融的骈文还不止一篇。至于刘绘,其骈文既被钟嵘所赞扬,而《文选》竟不录一篇,如果刘孝绰真能对《文选》的取舍具有决定权,恐也不会有这种情况。日本的清水凯夫教授在好几篇文章中,都强调《文选》的实际编者为刘孝绰,尤其是在《〈文选〉梁代作品的撰(选)录问题》(《六朝文学论文集》,重庆出版社第19~30页)中甚至认为《文选》选录王巾《头陀寺碑》、任昉《刘先生夫人墓志》二文,都是为了照顾琅邪王氏和彭城刘氏二家。但他偏不照顾自己的父亲和舅父,恐怕未必近于事实。因为直到目前为止,我们所能见到的关于刘孝绰参加《文选》编集工作的记载,主要只有《文镜秘府论》和《玉海》引《中兴书目》两条材料,而二书原文,都有"等"字,说明并非刘孝绰一人。这些人均属"文选楼中诸学士"之列,其地位与刘孝绰并无高下之别,最多只是萧统对他们的信任程度略有不同,不能说他们一概都得听从刘孝绰的意见。清水教授认为:古代以帝王和太子名义编纂的书籍,大抵出于他们的臣下之手,这意见在大体上是不错的。然而在多数场合,参加工作的都不止一人,而且这个挂名的帝王,有时也会参加某些意见。如唐修《晋书》中就有好几篇"制曰",出于唐太宗之手。至于《文选》,情况尤为不同,因为《文选序》是题为萧统所撰。尽管有一个日本所藏的古抄无注本《文选》,在《序》的眉端有批语云为刘孝绰所作。但这个抄本据云是相当于我国元末明初时人所抄,批语亦不知何人所加。我们即使退一步说,这批语完全可信的话,也只是刘孝绰为萧统代笔,其口气仍是萧统的话。所谓"余监抚余闲,居多暇日"云云,只能是萧统的口吻,这说明对这篇序和这部书,萧统还是要负担责任的。他既要使这部总集上不致触犯梁武帝的忌讳,下面又要顾及其他参加者的意见,而不能让刘孝绰一人独自主宰一切。因为《文选》的编纂,毕竟不是唐初修史,萧统既无唐太宗的权力,刘孝绰也不具有魏征、房玄龄和长孙无忌等大臣的地位,他不可能也不至于像清水凯夫教授想象的那样,在入选《文选》的很多作品时,都寓有他发愤抒情或讥刺世事之意。例如:清水凯夫教授在《从〈文选〉选篇看编纂者的文学观》(见时代文艺出版社本《文选学论集》)一文中举出东汉史岑的《出师颂》一文,指出这次出兵实际上是打了败仗,所以是刘孝绰意存讽刺。这话看起来似乎很有道理。因为梁武帝也曾多次出兵伐魏,并且也常遭失败。但我们不能忽视另一个事实,即史岑的《出师颂》,早在萧统和刘孝绰出生以前,就已成为人们所常读的名篇。西晋时著名书法家索靖就曾用章草书写《出师颂》,使之成为有名的法帖。如果把《文选》中入选的作品都理解为刘孝绰有意借此讥讽时事,那么《文选》中也选录屈原的《离骚》、贾谊的《过秦论》,总不能说刘孝绰选录这两篇文章是把梁武帝比作楚怀王和秦始皇吧!试想象《文选》这样的总集,要是连《离骚》和《过秦论》都弃而不录,那还能成为一部千余年来产生了这样巨大影响的名著?再说《文选》中还选录了扬雄的《剧秦美新》,而王莽篡汉和梁武帝代齐,也不无可以类比之处。我们总不能说刘孝绰会把梁武帝比作王莽。如果真是这样,《文选》就成了十足的"谤书",而《文选序》还要由萧统来出面,岂非怪事?本来,萧统原是个孝子,决不会同意别人这样去攻击他父亲。何况根据现有的史料,《文选》的成书年代只能在大通二年至中大通元年间,在这期间,萧统的处境还比较特殊,更不可能有这种情况。

二、关于萧统后期的处境

上面我们说到《文选》的成书时间,应该是在大通元年末至中大通元年底这段时间,那么我们在考虑《文选》是否是刘孝绰发愤抒情之书时,还不能不联系到萧统在这一阶段的特殊情况。这种情况更决定了萧统不可能去为刘孝绰意存讥世的行为担当责任。因为据《南史·梁武帝诸子·昭明太子传》:

初,丁贵嫔薨,太子遣人求得善墓地,将斩草,有卖地者因阉人俞三副求市,若得三百万,许以百万与之。三副密启武帝,言

> 太子所得地不如今所得地于帝吉，帝末年多忌，即命市之。葬毕，有道士善图墓，云"地不利长子，若厌伏或可申延"。乃为蜡鹅及诸物埋墓侧长子位。有宫监鲍邈之、魏雅者，二人初并为太子所爱，邈之晚见疏于雅，密启武帝云："雅为太子厌祷。"帝密遣检掘，果得鹅等物。大惊，将穷其事。徐勉固谏得止，于是唯诛道士，由是太子迄终以此惭慨，故其嗣不立。

这段话，仅见于《南史》，至于《梁书·昭明太子传》及《魏书·岛夷萧衍传》及唐许嵩《建康实录》卷十八的《昭明太子传》，都一字没有提及。这件事在其他史籍中皆不见记载，确实颇令人费解。因为《梁书》作于唐代，时间比《南史》要早。《梁书》的作者姚思廉据《旧唐书》本传，乃陈代吏部尚书姚察之子，陈亡，随父入隋。"在陈为扬州主簿，入隋为汉王府参军。丁父忧解职。初，察在陈，当修梁、陈二史未就，临终令思廉续成其志。"据云：姚思廉在隋，曾上表要求续成父志，得到允准；至唐太宗贞观三年(629)，"又受诏与秘书监魏征同撰梁、陈二史"。这说明从姚察开始修史，到姚思廉完成此书，已经历了陈、隋和唐三个朝代。又《陈书·姚察传》：

> 察所撰梁、陈史虽未毕功，隋文帝开皇之时，遣内史舍人虞世基索本，且进上，今在内殿。梁、陈二史本多是察之所撰，其中序论及纪、传有所阙者，临亡之时，仍以体例诫约子思廉，博访撰续，思廉泣涕奉行。

这段话乃姚思廉述其父撰著梁、陈二史本末，当属可信。从姚思廉的话看来，姚察起草《梁书》，已在入陈以后，对前朝史事，并无讳言的必要。而且，据《陈书·姚察传》，姚察"年十三，简文帝时在东宫"。姚察卒于隋炀帝大业二年(606),年八十四,当生于梁武帝普通四年(523)。至大通元年(527)丁贵嫔下葬时,他已年五岁,对萧统生活后期的事,应当了解比较清楚。他不可能对《南史》所记的事毫无所知。因此《南史》所说萧统生活后期的事情,在《梁书》中没有一言提及,颇可注意。如果此事属实的话,姚察似不会全然不知,姚思廉更是历陈、隋至唐,尤无讳言之可能。这是《南史》记载的第一大疑点。

南北朝的史书,虽然疆域分割,但宫廷中重大史事,往往传闻到对方,见之史籍。如北魏太武帝和太子拓跋晃的矛盾,《宋书·索虏传》和《南齐书·魏虏传》都曾提及。同样地,《魏书》在《岛夷传》中,有关刘劭弑宋文帝,齐武帝死时王融曾想发动政变立萧子良的事,也都有记载。但关于梁武帝和萧统间这场纠纷,《魏书》竟也不及一字。这是第二个大疑点。

《建康实录》的作者是唐代的许嵩,他出身高阳许氏,和东晋许询、梁代许懋、陈代许亨均有血缘关系,应属南朝士人的后裔。其书作于唐肃宗时,较《南史》为后,书中许多材料,特别是关于梁武帝、郗皇后的传说,显然受了《南史》的影响。这说明许嵩是读过《南史》的。许嵩著《建康实录》时,上距梁亡已逾二百年,自然更不可能有所避忌。他所以也不提此事,最大的可能性当属他认为《南史》的记载不太可信,所以不加采用。这是《南史》记载的第三个大疑点。

据《北史·序传》所载李延寿上表自称:"就此八代,而梁、陈、齐、周、隋五书,是贞观中敕撰,以十志未奏,本犹未出。然其书及志,始末是臣所修。臣既夙怀慕尚,又备得寻闻,私为抄录,一十六年,凡所猎略,千有余卷。……唯鸠聚遗逸,以广异闻,编次别代,共为部帙。"可见《梁书》的原文,李延寿是见过的,但他在《梁书》之外,又采录了其他材料,这就是所谓"鸠聚遗逸,以广异闻"。然而,李延寿世居北方,《旧唐书》本传说他"本陇西著姓,世居相州"。《北史·序传》则说他的曾祖李晓,在后魏迁都邺城时,"便寓居清河"(今山东西北部与河北接壤处),祖父李仲举仕齐才居邺,齐亡入关,后终于洛阳;父亲李大师隋末在冀州,因此曾在窦建德部下任尚书礼部侍郎,唐初曾遭流放。这都说明李延寿对南朝的历史并不像北朝那样熟悉,他所增广的异闻,有不少出于小说和传闻,未必全可征信。事实上关于梁武诸子的史事,元帝萧绎曾制造了许多流言蜚语,并笔之于书,来丑化一些人物。如武陵王萧纪在"侯景之乱"中不发兵救援台城,即出于萧绎捏造,这是清代赵翼在《廿二史札记》中早已说到的。现在看来,《梁书》和《南史》关于邵陵王萧纶、武陵王萧纪的许多过失的记载,都有夸张失实之处,而以《南史》为尤甚。我们试将《梁书·邵陵王纶传》和《南史》作一比较,就可以知道。因为《梁书》所载萧纶的过失,还只是一个贵族公子的暴戾恣睢行为。这种人在遭受重大危机时,确有可能幡然悔悟,像他后来在"侯景之乱"中所表现的那样积极抵抗。至于《南史》的记载,则萧纶其人不但暴戾,而且荒唐悖谬,不近人情。从《南史》关于萧纪、萧纶的记载看来,也不能排除其对萧统的记载有不实之处。因为萧纪死于萧绎之手,萧纶也是萧绎借西魏之力所害死;而萧绎亲自害死了萧统之子萧誉,又想害萧詧,结果反被萧詧所杀。他自然对萧詧、萧誉之父也会造谣中伤。如果照《南史》那样记载,那么萧统在大通至中大通间恐怕很难再有心思去从事《文选》的编纂工作了。然而,据《梁书》本传,萧统在中大通二年还曾上疏议论发吴郡、吴兴、义兴三郡民丁开河的事宜。身处忧谗畏讥之境的人,是不大可能发表这种政治见解的。因为这会被人理解成"笼络民心"。尤其像萧统这样的身份,更不能进言。然而这并未引起梁武帝猜忌,却是"优诏以喻焉"。这说明萧统当时的处境,并不算太危殆。关于这一点,笔者在《昭明太子和梁武帝的建储问题》(见《郑州大学学报》1994年第1期)一文中已有详论,这里不再重复。所以笔者认为清水凯夫教授和笔者过去关于《文选》成书年代的推测的文章,还是比较合理的。假如我们放弃这个推测,那么《文选》的成书年代又当在何时呢?照《文选》的情况来看,它只能成书在陆倕逝世之后,丁贵嫔去世以前。但这样的设想,恐怕也是难于成立的。首先,因为陆倕和丁贵嫔都死于普通七年,丁贵嫔死于十一月,陆倕卒于哪个月,则史无明文。因为《文选》的编定据《文镜秘府论》等书,有刘孝绰参加,而刘孝绰在普通六年被到洽参奏后,即被免职在家。据《梁书》本传,元帝萧绎出为荆州刺史,到任后曾写信给刘孝绰,说"君屏居多暇"。萧绎被任命为荆州刺史是普通七年的十月,他从都城建康(今南京)到江陵上任,还需要一段时间,那差不多已到十一月,丁贵嫔已将去世。这样,刘孝绰就不可能有机会参加《文选》的编定工作。其次,陆倕究竟卒于哪个月,在《梁书》中似可找到某些蛛丝马迹,证明在丁贵嫔死后。因为据《梁书·到洽传》载,大通元年到洽死后,萧统曾给萧纲写信说:"明北兖(山宾)、到长史(洽)遂相系凋落,伤怛悲惋,不能已已。去岁陆太常(倕)殂殁,今兹二贤长谢。"又《明山宾传》载,明山宾在大通元年去世,死后,"昭明太子为举哀……"并且写信给殷芸对明山宾表示哀悼。但同书《陆倕传》写到陆倕之死,根本没有提到昭明太子有何表示。我们承认,明山宾在当时是老师宿儒,死时年已八十五,所以萧统要为之举哀,这也许是特例。但陆倕的地位比到洽要高,曾与梁武帝同为南齐萧子良的"竟陵八友"之一。他死后,萧统竟毫无表示,这只能有一个解释,即陆倕死时,萧统正在丧服之中,无从写信。这就说明《文选》不可能成书于普通七年,因为陆倕应该死在丁贵嫔之后。

但《南史》关于丁贵嫔下葬之事,说得这样言之凿凿,也许不完全是无稽之谈。因为《南史》对萧纶的记载,虽不可信,但萧纶早年曾有过失,大约不是假的。丁贵嫔的墓地问题,也许梁武帝和萧统之间,曾经发生过某些矛盾,只是情况并不像《南史》说的那样严重。如果情况是这样,那么萧统在编纂《文选》时,更应谨慎,决不会让刘孝绰把它编成一部"谤书",而事实上《文选》也绝不是什么"谤书"。

三、关于编纂《文选》的历史背景

关于《文选》一书的性质,不少人认为它只是一部普通的选本,是萧统或刘孝绰根据个人兴趣加以选录的。这样的理解,我认为未必合乎事实。《文选》一书,成于众手,而且要由萧统这样一位皇太子来署名,恐怕并非偶然的。这需要从这部书产生的历史背景来加以探讨。

首先,从文学发展的情况来看,《文选》一书编成于梁武帝的大通至中大通初年,这情况就很值得注意。因为南北朝时代关于文学批评的论著,大抵都产生在齐梁之际。例如:刘勰的《文心雕龙》,一般都根据其中《时序》篇所说"暨皇齐驭宝,运集休明"一语,认为它成于齐末;近年也有人认为成于梁初。这个争论,其实相差年数不多,而且刘勰本人活到了梁代,并且与萧统有过来往,这是人所共知的。又如钟嵘的《诗品》,所评作家到沈约为止,沈约卒于天监十二年,其作于梁代,当无疑问。这两部在我国文学批评史上影响最大的著作,都产生在齐末梁初,这问题本来就很值得注意。至于文学的选本,其产生总和文学批评的发展有着千丝万缕的联系。因为选本的取舍毕竟取决于编选者的文学思想。不管萧统的文学观和刘勰、钟嵘有多大的异同,但《文选》的出现与《文心雕龙》、《诗品》的时代相距不远,三者的先后出现,究竟有什么关系?其原因何在?这就需要研究。

一般来说,刘勰、钟嵘和萧统的文学思想都不大一样。刘勰主张

"原道"、"征圣"、"宗经",带有复古色彩;萧统却主张"若夫椎轮为大辂之始,大辂宁有椎轮之质;增冰为积水所成,积水曾微增冰之寒",具有进化的观点。钟嵘反对作诗用典和讲求声律,刘勰则对"事类"和"声律"做了专门的探讨,似乎各不相同。但如果仔细阅读这两部书,就可以发现问题并不这样简单。例如刘勰虽认为文学的发展"从质及讹,弥近弥淡"(《通变》),却偏要把他的著作去就正于沈约,而且对声律这样产生于南齐的问题进行探讨,可见他并不一味主张复古;萧统虽有进化的观点,但选录作品时也不完全详近略远,《文选》中所录作品倒是以西晋时人之作为最多。这些问题都比较复杂,很难用一两个例子来说明谁的思想更有积极意义,也没有必要去进行这种比较。值得研究的倒是在齐梁时代的文坛上,究竟出现了什么变化,才引起这么多人从不同角度、用不同方法来总结当时的文学情况。这个问题似乎比较好回答,那就是南齐时代"永明体"的出现。但我们一提到"永明体",往往就想到"四声八病"或《颜氏家训·文章》所讲到沈约所说"三易"(易见事、易识字、易读诵)的问题,这些其实都仅仅关系到诗歌。但从南齐以后,文风的变化,似不仅在于诗,也及于文,我们试看颜延之、鲍照的一些文章,虽已有骈俪气,但毕竟典雅、古奥,仍不失汉魏以来的气象;宋末江淹之文,较颜、鲍已稍入轻绮,仍不免有古气,如《诣建平王上书》即仿邹阳《狱中上梁王书》,《袁友人传》则仿《史记》中论赞。到南齐文人,即使不算谢朓、沈约与王融,就是孔稚珪、丘迟诸人之文,也显得清绮华美,与晋宋文人大有区别。这种变化,促使了当时的人对文风的转变,做出不同的思考,从不同角度来加以总结。

然而,《文选》对前人文学成就的总结,其性质却和《文心雕龙》、《诗品》不完全相同。《文心雕龙》和《诗品》都是作者个人的著作,可以比较自由地发挥自己的观点。《文选》则多少带有"官书"的性质。

它尽管由萧统一人来署名,却成于众手;而且要力求平稳,既要体现各个时代文学的特色,又要为当时多数人所能接受,更要适应当时统治集团的要求。因为萧统作为一个皇太子,由他来主持这一工作,显然不能仅仅体现他自己的看法,而是要代表统治者对当时的文人提出一种文学的方向或模式。这只要看一下《文选》成书前后的历史背景就很清楚。

原来,梁武帝自从天监元年(502)代齐以后,他早期的统治从总的方面来说,还是比较开明的,经过一个时期的休养生息,南朝的政局还比较稳定,生产也呈上升的趋势。更加上与南朝相对峙的北魏,自从孝文帝元宏死后(499),已趋向衰落,尤其到天监十五年(516)魏孝明帝元诩即位以后,朝政落入胡太后之手,内乱频仍,国力大为削弱,这时的梁朝已经不再有"敌国外患"之忧。正如《梁书·武帝纪》下所说:"征赋所及之乡,文轨傍通之地,南超万里,西拓五千。其中瑰财重宝,千夫百族,莫不充牣王府,蹶角阙庭。三四十年,斯为盛矣。自魏、晋以降,未或有焉。"这些话也许有夸大,却并非全无根据。然而梁武帝和他的大臣们则完全为这种表面的升平现象所陶醉,一味去"删诗书,定礼乐,设重云之讲,开士林之学"(庾信《哀江南赋》语)。据《梁书·武帝纪》下,他曾"造《制旨孝经义》,《周易讲疏》,及六十四卦、二《系》、《文言》、《序卦》等义,《乐社义》,《毛诗答问》,《春秋答问》,《尚书大义》,《中庸讲疏》,《孔子正言》,《老子讲疏》,凡二百余卷";命群臣撰吉、凶、军、宾、嘉五礼一千余卷;制《涅盘》、《大品》、《净名》、《三慧》等佛经的义记几百卷;"造《通史》,躬制赞序,凡六百卷";又有文集及关于阴阳卜筮的《金策》;等等。这些书当然也是叫他的臣下去编写,他只是挂个名。其实这里的记载,还不是梁武帝署名的全部著作。像《隋书·经籍志》所著录的《历代赋》十卷,也题梁武帝撰,就没有见于《梁书》。可见在文学方面,梁武帝也曾注意及之。他这种大兴文治,一方面的确有些自我陶醉,就如庾信所说的"宰衡以干戈为儿戏,缙绅以清谈为庙略";另一方面却也说明他对东晋以来的学术文化成果,做了一番总结。事实是从魏晋以来,由于玄风的盛行,再加上东晋以后佛经的广泛传播,使儒、道和佛教的思想逐步趋向融合,因此当时的学风已经发生了重大的变化。梁武帝主持这些著作的编撰就是对这个变化的总结。这些编著的书籍,有些虽已失传,却对当时学术界起了很大的影响。后来唐代出现的《五经正义》之类,无不是在他的影响下产生的。从这个意义上说,梁武帝当时的"兴文治",也不无积极的作用。

当然,梁武帝作为一个帝王,他所看重的还在于礼乐政教以及历史的著述。这是因为这些学术部门,在当时被看作治国的根本和借鉴,所以必须由帝王亲自来过问。至于文学,虽也是一种重要的事业,正如曹丕所说的"经国之大业",但相对于礼、乐等部门来说,就显得稍为次要。不过梁武帝本人也是一个文学家,他对这方面并非毫无兴趣。他也曾写过不少诗文,甚至创作过一些艳诗。他自然不会放弃对文学的关心。他的文学思想比较复杂,其中可能有一个发展变化。像《玉台新咏》中所录的一些绮艳之作,可能是他早年所作。但到他做了皇帝以后,对这些艳诗似有反感。《梁书·徐摛传》载,徐摛创新变文体,"春坊尽学之,'宫体'之号,自斯而起。高祖闻之怒,召摛加让"。《魏书·温子昇传》载梁武帝见温子昇诗文后,叹息"恨我辞人,数穷百六"。温子昇诗文传入南方,据《魏书》看来,似在永熙间(532~534),即中大通四年以后,此时萧统已死,"宫体诗"已在南方盛行,故有此叹。梁武帝后期的这种文学思想,和萧统是比较一致的。骆鸿凯先生在《文选学》中说《文选》的收录作品是"黜靡崇雅"。萧统在《陶渊明集序》中,竭力推崇陶渊明,却不喜欢《闲情赋》,正是这种观点。所以当梁武帝致力于礼、乐、经学、史学和佛学著作的编纂工作时,把文学方面的事情交给自己的太子去主管是完全可能的。据《梁书·昭明太子传》说,萧统"撰古今典诰文言为《正序》十卷;五言诗之善者,为《文章英华》二十卷;《文选》三十卷"。这些书并非同时完成,而是有所先后的。在《隋书·经籍志》中著录有"《古今诗苑英华》十九卷,梁昭明太子撰",但又说梁代有"《文章英华》三十卷,梁昭明太子撰,亡"。这里说的《古今诗苑英华》,当即萧绎曾向萧统求过的《诗苑英华》;至于三十卷的《文章英华》,《隋志》著录于谢灵运《诗英》之下,当亦为诗的选本,与《梁书》本传的话可相印证。那么《文章英华》和《诗苑英华》当即一书的两个稿本,所以卷数有别。萧统在《答湘东王求文集及〈诗苑英华〉书》中自称该书"上下数十年间,未易详悉,犹有遗恨",所以他有可能前后易稿,产生卷数和书名的差异。《诗苑英华》产生于《文选》以前。《文选》的编选也可能是以梁武帝的《历代赋》、萧统的《诗苑英华》(此书据清水凯夫教授说,即《颜氏家训·文章》中所提到的刘孝绰所编《诗苑》,其说当属可信)为基础,重加编选而成,书中一些应用文字,还可能亦见于《正序》。《梁书·徐勉传》载,徐勉的修五礼上表中,讲到吉、凶、军、宾、嘉五礼的《仪注》都以天监年间开始,至普通五年始告完成。我们从《答湘东王求文集及〈诗苑英华〉书》看来,《诗苑英华》的成书,大约和《五礼仪注》成书时间大致相近。这时梁武帝已年逾六十,在古代已属老龄,他既要致力于礼、乐、经、史,无暇再顾及文学,而把文学方面的事交给儿子萧统去做,也是合乎情理的。从这个意义上说,《文选》应该具有一定的"官书"性质。

正因为《文选》具有这种"官书"性质,所以一般讲,它很适宜于为出入仕途的士人起一种示范作用。《文选》选录的作品,绝大多数都出于天监十二年以前文人之手。值得注意的是唐初史家在《隋书·文学传论》中,强烈地反对梁后期的文学,却对梁初江淹、沈约和任昉颇为推崇。这说明《文选》所代表的文学观,很适合唐代统治者的口味。所以唐初的《文选》之学,最早仅仅流行在东南一隅,如曹宪、李善、公孙罗都是江都(今扬州)人,许淹是句容(今属江苏)人,其地区都在长江下游两岸相近之地。据《旧唐书·曹宪传》载,从他们"相继以《文选》教授,由是其学大兴于代"。又《李邕传》载,李善晚年在"汴郑之间以讲《文选》为业",而《李善传》说"诸生多自远方而至"。于是李善在《上〈文选注〉表》中声称"后进英髦,咸资准的"。这样,《文选》的影响就遍及全国,许多人都来从事《文选》的选注。例如:"五臣注"的参加者之一吕向,据说是泾州(今甘肃平凉一带)人。在唐代,《文选》成了应进士科考试者必读之书,因此《太平广记》卷四百四十七引唐张鷟《朝野佥载》,记国子监助教张简,"曾为乡学讲《文选》"。张鷟是唐代武后至玄宗初年(680~720左右)人,当时《文选》之盛,已普及到乡学。这种影响之大,在当时除了儒家的经典之外,是很少有典籍足以与之相比的。推原其故,即在于《文选》的取舍标准正好符合唐代统治者的要求,而被广大士子视作诗文的典范。后来李德裕反对进士科出身的人,乃自称家中世代藏《文选》,这恰恰从反面证明了《文选》对后人的巨大影响。

论《文选》的李善注和五臣注

长期以来,我们阅读《文选》,用的大多是清代胡克家覆刻宋尤袤所刊的李善注本。现在通行的几种排印本、影印本几乎无一不以胡刻为底本。至于五臣注的单行本,虽然尚存,但至少对大多数研究者来说,已很少见到。至于兼收五臣注的所谓六臣注本,虽然比较容易见到,但其中五臣注已非旧貌,而是经过删节的。就是这一部分五臣注对于一些研究者来说,似乎也不甚重视。例如前几年有位学者给《曹植集》作注,引用了五臣注的意见,却认为是明人杨慎之说(见赵幼文《曹植集校注》关于《七哀诗》"愿为西南风"句注)。这说明即使专门的研究者,有时也很少利用五臣注,即使这一段话,在《四部丛刊》影宋本六臣注中也是有的。

但是近几年来,这种情况又有所改变,主张给予五臣注以较高评价的意见渐渐多起来。有的研究者还认为五臣注的价值并不在李善注之下;但也有些研究者则仍认为五臣注浅陋,不足据。对这些不同的意见,应该怎样看待呢?笔者想提一些不成熟的看法。

一

关于李善注和五臣注之争,从唐代已经开始。早在五臣注刚完成时,吕延祚在《进五臣集注〈文选〉表》中谈到李善注时,就大加诋毁,他说:"往有李善,时谓宿儒,推而传之,成六十卷。忽发章句,是征载籍。述作之由,何尝措翰?使复精核注引,则陷于末学,质访旨趣,则岿然旧文,只谓捴心,胡谓析理。"这种贬抑,的确很令人反感。但是吕延祚这些话尽管说得有些过火,却并非完全出于意气,贬低别人抬高自己,反映了唐代不少人的意见。例如唐玄宗让高力士宣口敕说"比见注本,惟只引事,不说意义";《新唐书·儒林·李善传》也记载当时人称李善为"书麓",笑他不善于写文章,这大约是唐代人比较普遍的看法。其实李善是否不擅长写文章,却是另一个问题,正如骆鸿凯在《文选学》一书中指出的,他的《上〈文选注〉表》"文章遒丽,仿佛齐梁";又如他在注郭璞《游仙诗》和刘孝标《辨命论》时,也富于文学眼光,确像骆氏所说"涉笔成辞,虑周藻密"。(皆见第63页)但他注《文选》时旁征博引,对当时一些只想揣摩词章,并不想把《文选》当作一门学术来研究的人来说,有这种指责也不足怪。吕延祚认为"精核注引,则陷于末学"这种话,在致力于学术研究的人看来,显然毫无道理;而对那些热衷于以词章博取功名的人来说,却是很自然的。

在封建社会中,一般士人的出路无非是求官。特别是科举制度实行以后,人们所热衷的往往是博取功名利禄的手段。不管是唐代的以诗赋取士,宋代的以策论取士,还是明清的以八股取士,绝大多数士人的读书,无非是为了应科举求官,真正有志于学术研究的人毕竟是少数。具体到唐代来说,当时的统治者和社会上一般士人,重视的都是所谓"进士"。关于进士科所试的科目,据《新唐书·选举志》和《唐会要》卷七六记载,有诗、赋各一篇,时务策五道;此外还有"帖经",即默写"五经"及规定的古代注解文字。不过考官们最看重的还是诗赋,所以有人甚至强调"本司考试讫,其诗赋先送中书门下详核"。唐肃宗末,杨绾上疏谈道:"高宗朝,刘思立加进士杂文(指诗赋),明经填帖,故为进士者皆诵当代之文,而不通经史。"(《新唐书·选举志》)后来又有人主张以"箴、论、表、赞代诗、赋",其实质并无多大改变,其重点仍在所谓"词章之学",并且都可以在《文选》中找到范本。所以李德裕反对进士科,自称"家不置《文选》,盖恶其不根艺实"(《新唐书·选举志》)。李德裕的话,历来被视为偏激之论,并且他自己也未必完全不读《文选》。然而,从他这话中,也可以了解到唐代《文选》的盛行与进士科的关系。的确,《文选》一书在唐代影响特别大。据《太平广记》卷四四七引唐张鷟《朝野佥载》,唐时有个叫张简的人,曾在乡学中讲《文选》。这说明《文选》在当时的流行程度。当然,这么多人去读《文选》,不会都想去当"选学家",而主要是学习诗、赋和骈文的手法,以便吟诗作赋,博取功名。对于这些人来说,比较看重的是文章的技巧和辞藻的运用,至于有关名物、训诂以及典故的出处等问题,是比较次要的。因此,像李善注那样旁征博引的注本,并不符合多数人的需要,倒是像五臣注那样不注出处,着重对文义作串讲的注本,更适合广大读者。这是不依个别有志于对《文选》进行研究的人之意志为转移的。所以早在唐代,就有人对这种状况表示不满,却终究无法改变其趋势。例如李匡乂在《资暇录》中,就大声疾呼:"世人多谓李氏立意注《文选》,过为迂繁,徒自骋学,且不解文意,遂相尚习五臣者,大误也。"他认为"五臣所注,尽从李氏注中出。开元中进表,反非斥李氏,无乃欺心欤。且李氏未详处,将欲下笔,宜明引凭证。细而观之,无非率尔"。李匡乂在说这段话时,举出了班固《西都赋》中"许少施巧,秦成力折"二句的注为例,认为五臣注的话,看了本文就可理解,对读者并无帮助。这两句话的李善注是:"许少、秦成未详。"五臣李周翰注是:"许少,古捷人;秦成,壮士也。"从这两条注文来看,其出发点是不同的。李善说"未详",是他不知道"许少"、"秦成"二人的名字见于何书,他们又是哪个朝代的人。这在深入研究《文选》和《两都赋》的人,自然是需要的,如果不了解,只能实事求是地说"未详"。至于五臣注说"许少"是"捷人","秦成"是"壮士",这当然比较简单,但并不能说错,对于一些从事词章的人来说,这样的理解也就足够了。因为吟诗作赋时,即使不了解这两个人的时代及历史资料,仍然可以作为典故来使用。在他们看来,寻根究底,"精核注引,则陷于末学",这是吕延祚早已声明了的。这种不同,用现代人的话说,就是"价值观念"的差别,不必据此深责"五臣"。值得注意的是清人何焯在评点《文选》时,用的虽然是李善注,却也在眉端照录了李周翰的话,可见五臣此注,对何焯这样一位学者,也非全无用处。

二

由于唐人读《文选》,主要是注意词章之学,因此五臣注出现以后,李善注就不大受人重视。李匡乂说人们"相尚习五臣",大约是符合当时实况的。这种风气一直沿袭到五代和宋初。五代人丘光庭在《兼明书》中,斥五臣注为"乖疏",却又认为"盖以时有王张,遂乃盛行于代"。这"王张"二字,有不少研究者认为费解。其实这"张"字当为"章"字,音近而误。《左传·僖公二十六年》载晋文公向周王请求死后用隧道下葬,周王不许,说:"王章也。""王章"当即国家的制度。可能吕延祚在上献五臣注以后,既得到唐玄宗称许,后来就把五臣注作为法定的《文选》注本。所以唐五代直到宋初,人们读《文选》,基本上都用五臣注。现在看来,五臣注本《文选》的被刊版印刷,要早于李善注本七十多年。宋陶岳《五代史补》:"毋昭裔贫贱时常借《文选》于交游间,其人有难色,发愤:'异日若贵,当版以镂之,遗学者。'后仕蜀为宰,遂践其言。"清吴任臣《十国春秋》卷五二:"蜀土自唐末以来,学校废绝,昭裔出私财营学宫,立黉舍,且请后主镂版印九经,由是文学复盛。又令门人句中正、孙逢吉书《文选》、《初学记》、《白氏六帖》,刻版行之。"按:同书卷四九载,后蜀刻石经在后主广政十四年(周太祖广顺元年,951)。他刻《文选》在其后。但据卷五三载,广政二十年(957),毋昭裔已"衰老不任事",那么他刻《文选》,当在广政十五年至二十年间(952~957)。他所刻的《文选》应该是五臣注。因为《文选》一书如果没有注,是很难阅读的。但这部《文选》,显然不是李善注本。据《宋会要辑稿·崇儒四·勘书》载,宋真宗景德四年(1007)八月,"诏三馆秘阁校理分校《文苑英华》、李善《文选》,摹印颁行。……李善《文选》校勘毕,先令刻板"。但这个计划并未得到实施,"未几,宫城火,二书皆烬"。又云:"至(仁宗)天圣中,监三馆书籍刘崇超上言:'李善《文选》援引该赡,典故分明,欲集国子监官校定净本,送三馆雕印。'天圣七年(1029)十一月,板成,又命直讲黄鉴、公孙觉校对焉。"这次刊出的《文选》李善注,大约就是今北京图书馆所藏的残本那个版本。这是李善注第一次付印,因为早在七十多年前,《文选》已有刊本,所以景德四年和天圣年间两次校刻《文选》,都要说明为"李善《文选》"。值得注意的是,五代毋昭裔所刻《文选》的板片,在宋初还存在。《十国春秋》卷五三载,"大中祥符三年(毋昭裔子守素)少子克勤上昭裔所刻《文选》、《初学记》、

《六帖》诸版"。《宋会要辑稿·崇儒四》则谓:"以故国子祭酒知容州毋守素男克勤为奉职。克勤表进《文选》、《六帖》、《初学记》印板,枢密使王钦若闻其事故也。"既然毋昭裔所刊《文选》板片尚存,而宋朝两次校定李善注本必称"李善《文选》",那么毋刻为五臣注,当无疑问。这说明五臣注的刻本出现在李善注之前。"天圣本"当为李善注最早的刊本。

现在流行的各种李善注本《文选》,应该都是依据"天圣本"的。"天圣本"现已残缺,很难说出其全貌。现今北京图书馆所藏残本,又是个递修本,并非全属天圣本原貌。但这个版本既是第一次刊行,又属朝廷所刊,当为后来各本的共祖。从现存的李善注《文选》和一些六臣注《文选》来看,某些错字,很可注意。如卷三一江文通《杂体诗三十首》,"孙廷尉"的"孙"误作"张"(六臣注云:"五臣作孙");卷五九沈休文《齐故安陆昭王碑》注"中朝乱,淮阴令憝过江"的"憝"字,据《南齐书》、《南史》和《通志》均作"整",按:萧整,据《南齐书》等书说字"公齐",显然是"整"而非"憝"。从这两个字的致误原因来推测,天圣刊本所根据的应该是一个用草书缮写的唐抄本。因为唐人抄书时有用草体的,据《新唐书·裴行俭传》,唐高宗曾叫裴行俭用草书写《文选》一部;而现存的唐写本书籍中确有使用草体的。本来,使用草书的底本并不影响版本的优劣。但校勘不精,不能正确辨认字体,就出了错误。当然,个别的字有错,还是难免的。但今存各种李善注本,有若干错误却是一致的。如卷二七《乐府》(古辞)四首,五臣注本、六臣注本同,而李善注本则少了一首《君子行》("君子防未然")。卷二八陆士衡《挽歌诗三首》,五臣注本、六臣注本都是以"流离亲友思"作为第二首,"重阜何崔巍"作为第三首,而各种李善注本却都是与此相反。这实际上是误倒,胡克家在《文选考异》中已经讲到,并认定六臣注(胡克家似乎也没有使用单五臣注本)是对的,而李善注本是错的。卷四一朱叔元《为幽州牧与彭宠书》在孔文举《论盛孝章书》之后,这显然是不对的。因为朱浮是东汉初年人,而孔融则为东汉末年人。关于这一点,清人何焯曾有评语云:"此书在建武中兴之初,而列建安七子之伍,误矣。"这说明他看出了李善注本的错误,但没有见到五臣注本,我们有机会看到现藏台湾省的南宋陈八郎本五臣注本目录,却是朱浮的文章在前,孔融的文章居后,证明错在李善注本,而五臣注本并没有错。这些现象说明,各种李善注本的错误,可能要归结到它们的"共祖"——天圣刊本。这个刊本所据的唐写本,恐怕并非好本子,所以那些脱漏和颠倒,很可能在天圣时代已经存在。当然,这种版本上的错误,只能归咎于后人传抄之误,不能说是李善本人的责任。因此,笔者认为,不论我们怎样评价李善注和五臣注的优劣,但有一点是应当承认的,即现在流行的李善注本在版本上不及现存的五臣注本。

三

说到《文选》注的原貌,这问题就比较复杂了。因为李善注进献于唐高宗显庆三年(658);五臣注进献于唐玄宗开元六年(718),都在雕版技术发明之前。我们知道,在雕版技术发明之前,书籍的流通,主要靠人们手抄。但手抄本和刊本是不同的。刊本的字体和手写的字体有显著的区别,人们在一个刻本上加上一些批语,字迹总是和原书不一样,别人很容易辨别。至于抄本,就不一定了。特别是当某个人在抄写一部书时,见到别的书上的意见,觉得可取,会随手和原文抄在一起。然而这个本子流传到第二个人手中,就出了问题,很可能误以为是本书的原文。这种情况,在今存的李善注中存在得很多。如卷一班孟坚《两都赋序》题下注:"自光武至和帝都洛阳,西京父老有怨,班固恐帝去洛阳,故上此词以谏,和帝大悦也。"这段话,既和李善在"班孟坚"三字下注说班固上《两都赋》在明帝时矛盾,也和五臣注的说法不同。所以胡克家、许巽行、高步瀛等人都指出这段话,既非李善注,也不是五臣注,而是后人随意窜入的。卷一七陆士衡《文赋》的注,黄侃认为:"此篇注经细斠。此篇注多非李善之旧。"(《文选平点》第61页)卷五〇范蔚宗《宦者传论》题下注:"宦者养也。养阉人使其看宫人,此是小臣。后汉用之尊重,故集为传论。"黄侃也认为"题下注必非崇贤之笔",这话看来是有道理的,因为李善的文风一般比较典丽,有骈文气息,不像此处这样浅近。所以在现在流行的李善注中,杂有后人窜入的文字,大约是事实。至于今本李善注是否像《四库全书总目提要》所说,是由六臣注中辑出的,这也存在着争论,笔者比较倾向于程毅中、白化文二先生的意见,对此说不能赞同。但这不等于说今本李善注就是李善的原貌。

如果说李善注已非当时的原貌,那么五臣注的情况又如何呢?应该说,笔者在这方面还没有多少发言权。现存的单五臣注虽还存在,因为不易见到,未能细读。其实目前有些为五臣注鸣不平的研究者,大约也并未真正细读过单行本的五臣注,因此所引用的,大体不出六臣注的范围。

在关于五臣注原貌问题上,台湾省学者游志诚先生是有发言权的,因为他曾读过陈八郎本五臣注和日本古钞三条家藏本五臣注。据他说:"惟欲参五臣,必先得五臣真本,亦必先五臣原貌,否则,徒引现存已经删节窜乱之六臣本,谓五臣即如此,遂盲从前人之攻五臣而复攻之,变本加厉,究非征实之道。"(《五臣注原貌》)从这段话看来,五臣注的原本和经过六臣注本删节窜乱以后的情况并不相同。我们也由此可以推论,在目前五臣注单行本还不很流行的条件下,仅凭六臣注本来谈论五臣注的价值,恐怕是不全面的。但对今天多数的研究者来说,如果要谈论五臣注的评价,恐怕也难免只能以六臣注本为主要依据。

当然,现存的单行本五臣注是否是五臣注的原貌,从情理上推测,恐怕也较难断定。因为即使南宋陈八郎刊本完全符合五代时毋昭裔刊本的原状,也很难保证毋昭裔所刊并无窜乱、删节的可能。因为从开元六年到后蜀广政十五年,毕竟有二百多年,其中缮抄流传很难说全都不出错误。因为据李匡乂说,唐时流行的李善注有几种不同的本子,"赡略有异",据云是李善注易过好几次稿。但他也不否认有"传写之误"。以此推论,那么五臣注在传抄过程中,也可能多少会有些走样。

四

即以现在我们所常见的六臣注本来说,五臣注是否一无可取呢?笔者认为恐怕也不尽如此。例如:卷四三赵景真《与嵇茂齐书》在"赵景真"三字下李善注云:"《嵇绍集》曰:'赵景真与从兄茂齐书,时人误谓吕仲悌与先君书,故具列本末:赵至字景真,代郡人,州辟辽东从事。从兄太子舍人蕃,字茂齐,与至同年相亲。至始诣辽东时作此书与茂齐。'干宝《晋纪》以为吕安与嵇康书,二说不同。故题云'景真',而书曰'安'。"从这段话看来,李善对这两种说法是采取模棱两可的态度,并无明确的态度。但五臣李周翰注的态度是明确的:"干宝《晋纪》云:'吕安字仲悌,东平人也,时太祖逐安于远郡,在路作此书与嵇康。'安(当为"康"之误)子绍集云:'景真与茂齐书。'且《晋纪》国史,实有所凭。绍之家集,未足可据。时绍以太祖恶安之书,又安与康同诛,惧时所疾,故移此书于景真。考其始末,是安所作。故以安为定也。"这个判断无疑是正确的。在这个问题上,即使很轻视五臣注的黄侃,其见解也和"五臣"相一致。他说:"窃疑延祖(嵇绍)讳言也。如非嵇、吕往还,何得有'平涤九区,恢维宇宙'之议,干生之言,得其实矣。"又说:"《思旧赋》注(按:指李善注)引干宝《晋纪》:太祖徙吕安远郡,遗书与康,太祖恶之,追收下狱,康理之,俱死。《魏氏春秋》言安至烈,有济世志。"(并见《文选平点》第246页)这些都是很有见地的话。按:所谓"赵景真《与嵇茂齐书》"中有这样的话:"又北土之性,难以托根;投人夜光,鲜不按剑。今将植橘柚于玄朔,蒂华藕于修陵,表龙章于裸壤,奏韶舞于聋俗,固难以取贵矣。"这些话,对"北土"做了很严重的贬抑,当不会出于代郡(今山西北部)的赵至之手,而更像东平(今山东西南)人吕安的口吻。从这个例子来看,五臣注似较李善为胜。

又如卷四三孔德璋《北山移文》中"值薪歌于延濑"句注,李善云:"薪歌、延濑未闻。"而五臣吕向云:"苏门先生游于延濑,见一人采薪,谓之曰:'子以此终乎?'采薪人曰:'吾闻圣人无怀,以道德为心,何怪乎而为哀也。'遂为歌二章而去,言有坚固如此。"五臣注的缺点在于不注出处,但这个故事决非杜撰。所谓"苏门先生"很可能即《世说新语·栖逸》和《晋书·嵇康传》所记阮籍、嵇康都曾见过的高士孙登。当时关于这些人物的传记和记载数量甚多。吕向生活于唐前期,可能见到了我们现在已无法见到的史料,应该说是补了李善所未详,是有其功劳的。当然,后来的研究者,对此也有不同的看法。清何焯评《文选》云:"延濑,似指延陵季子值披裘公事。"近人黄侃云:"'值薪歌于延濑'句。孙志祖说,当指延陵季子拾遗事。《论衡·书虚》篇云:'披裘而薪',与此薪歌合。"(《文选平点》第250页)按:《论衡》所载延陵季子(即春秋吴公子季札)事,确可为此句作一解,但"延陵"与"延濑"究竟还不全相同,所以不能说吕向注就一定不及何焯、黄侃的说法。

又如游志诚先生指出卷四〇杨德祖《答临淄侯笺》中"《春秋》之成,莫能损益。《吕氏》、《淮南》,字直千金,然而弟子抯口,市人拱手者,圣贤卓荦,固所以殊绝凡庸也"诸句,李善注和"五臣注"所引材料相同,但李善解释云"乃其事约艳,体具而言微也",不如李周翰说的"此皆圣贤用心高大,以殊于凡庸之所由致也"那样明白。(详见《五臣注原貌》一文)这也是很有道理的。

但是,五臣注和李善注不同之处,并非一切都是"五臣"优于李善。如卷一班孟坚《西都赋》"七相五公"句,李善注列举了韦贤、车千秋、黄霸、平当、魏相五人名字之后,又说:"然其余不在七相之数者,并以罪国除故也。"五臣吕向注则还举出了王商和王嘉二人,正好是"七相"。其实,这并不是吕向的创见,而是采自唐李贤的《后汉书·班固传》注。李贤的《后汉书注》成书于李善进献《文选注》以后,吕延祚组织编纂五臣注之前,吕向自然可采用李贤之说,但李善并不见得不知道"七相"中还有王嘉和王商。据《汉书》本传记载,王商和王嘉二人都是被人陷害,忧愤呕血而死的。这里所说的"七相五公",主要是说"七相五公"的子孙,生活放纵豪奢,而王商、王嘉既然"有罪国除",子孙不可能和其他人一样。在这里,李贤为了全举"七相"之名,自然有他的道理;李善考虑到王商、王嘉的情况特殊而不予列举,也未始不是一种办法。我们似不必加以抑扬。

又如卷四三孔德璋《北山移文》,据李善对"世有周子,俊俗之士"二句注:"萧子显《齐书》曰:周颙字彦伦,汝南人也。释褐海陵国侍郎。元徽中,出为剡令。建元中,为长沙王后军参军令,稍迁国子博士,卒于官。"据此,他不认为周颙做过海盐令。但五臣吕向注,却认为周颙做过海盐令。因此,两种注释对孔稚珪此文的"驰妙誉于浙右"句,是很不相同的。李善注:"《宋书》曰:'江水东至会稽山阴为浙右。'"而五臣张铣注则云:"海甸,所理邑近海而在浙江之右也。"按:《南齐书·周颙传》,周颙做过剡令,又曾任山阴令,却并无任海盐令的记载。如果按照现在人的想法,海盐在浙西,因此称"浙右"是可通的;但是周颙是否真做过海盐令,史无明文,而李善注有《宋书》为证,说古代有把山阴一带称"浙右"的情况,也不能说李善注不对。在目前的条件下,我们至少还不能说"五臣"的这一说法胜过李善注。

就是历来研究者大多认为五臣注胜于李善的一些见解,也未始不可作进一步的考订。如卷二〇丘希范《侍宴乐游苑送徐州应诏诗》李善注本"徐州"上有"张"字,五臣注本无。李善注说:"刘璠《梁典》曰:'张谡字公乔,齐明帝时为北徐州刺史。'"(按:"张谡",《南齐书》《梁书》并作"张稷"。)五臣吕向注云:"希范时为中郎,(梁)武帝弟宏为徐州刺史,应诏送王。"显然,这里的"武帝弟宏",当指梁临川王萧宏。关于这首诗,历来评论的人都支持吕向说。如清人何焯评云:"按集题益知为梁时诗。"稍后的叶树藩在"海录轩"刊本下作按语谓:"五臣本题无'张'字。吕向注:'希范时为中郎,武帝弟宏为徐州刺史,应诏送王。'陈与郊云:'张谡,史作张稷,在齐为北徐州刺史,而丘迟在梁始为中书侍郎,则吕向谓刺史是武帝弟宏,未为无据。况章内"匪亲孰寄",岂得指张?酌以诗辞,参之人代,李氏不无小舛。'"黄侃也说:"五臣无'张'字,以'匪亲孰为寄'句观之,是也。然善有'张'字,未可辄改。"(《文选平点》第83页)黄侃似乎较为审慎,不像何焯、陈与郊等人,径谓五臣注胜于李善。其实李善注是有失误的,那就是他认为张稷任北徐州刺史在齐明帝时。考《南齐书·东昏侯纪》,张稷为北徐州刺史实际上是东昏侯永元二年(500)七月,这时齐明帝已死了二年。但五臣的说法,也和史书不合。首先,据《梁书·临川王宏传》,萧宏在天监四年十月出兵北伐,当时他的官职为侍中、中军将军、扬州刺史,出征时加"都督南北兖北徐青冀豫司霍八州北讨诸军事",并非"北徐州刺史",此其一。其次,天监四年那次萧宏出征,丘迟是随行的。这在《梁书·文学·丘迟传》中有明确的记载,所以他不应在送别者之列,此其二。我们再看丘迟原诗:"轻黄承玉辇,细草藉龙骑。风迟山尚响,雨息云犹积。巢空初鸟飞,荇乱新鱼戏。"这些诗句分明是春夏景象,用于永元二年七月,还可以说得过去;用于十月,则完全不可通了。至于"匪亲孰为寄"一语,似乎不一定拘泥于皇帝的亲属,试看张载《剑阁铭》:"形胜之地,匪亲勿居。"其实晋初也没有派一位司马氏的宗室去镇守蜀地。所以李善注虽然有可疑之处,至少五臣吕向的注也未必没有可议的地方。至于五臣注有李注做根据,本来应该注得比李善更精确一些,然而事实常常不是这样。举一个例子说,宋洪迈《容斋随笔》卷一:"东坡诋五臣注《文选》,以为荒陋。予观《选》中谢玄晖《和王融诗》云:'阽危赖宗衮,微管寄明牧。'正谓谢安、谢玄。安石于玄晖为远祖,以其为相,故曰'宗衮'。而李周翰注云:'"宗衮"谓王导,导与融同宗,言晋国临危,赖王导而破苻坚。"牧"谓谢安,亦同破坚者。'夫以'宗衮'为王导固可笑,然犹以和王融之故,微为有说。至以导为与谢玄同破苻坚,乃是全不知有史策,而狂妄注书,所谓小儿强解事也。唯李善注得之。"看来洪迈对五臣注这段话的批评已经说得很清楚了,不必再加太多补充。但有一点却必须指出,即洪迈在这里,虽批评了五臣注,却仍不免上了五臣注的当。因为谢朓此诗,本为《和王著作八公山诗》,李善注本和《艺文类聚》所载此诗,都没有提到王融,只有五臣注本,才把"王著作"说成王融。其实根据《南齐书·王融传》所叙王融生平,他根本没有到过寿春的八公山。所谓王融登八公山的事,纯是李周翰根据误本而来的误注。再说诗中有"再远馆娃宫,两去河阳谷",实指谢朓作此诗时,已两次离开京城建康。考《南齐书》的

《武帝纪》、《随郡王子隆传》和《谢朓传》，谢朓第一次离开建康去外地做官，当为永明八年八月跟从随郡王萧子隆去荆州，回建康是永明十一年的秋初，此时王融已被杀害，他回都并未能与王见面。第二次离建康是在齐明帝建武二年夏，出任宣城太守。因此这首诗最迟当作于建武二年（495），当时王融已死了将近二年。所以王著作为王融的可能性很小。曹融南先生是相信王融说的。但他明知与"再远"、"两去"二句不合，只能说是建武二年谢朓在宣城追和王融在永明七至八年间之作（见《谢宣城集校注》第459页）。但谢朓为什么要追和王融此诗，而且王融实际上又是死于齐明帝之手的，这似乎也很难解释。笔者认为倒不如陈庆元先生的说法更好，即史书并未说王融任著作，即使他任此官，年代也很早，不会在谢朓两次离开京城以后。因此陈先生认为此诗作于宣城，"王著作"不是王融（见《中古文学论稿》第141~142页）。当然，谢朓自宣城回都，在建武三至、四年间，至四年冬才出为南东海太守，因此说此诗作于建武二至四年间似都可以，不一定确指为宣城时作。

在这首诗中，五臣注还有一个错误，那就是"风烟四时犯，霜雨朝夜沐"二句。这两句主要是讲自己在外，冒犯风露，而吕延济却别出心裁，认为"朓四出外职而四时皆犯风烟，昼夜皆沾霜雨也"。其实谢朓到外地做官，根据《南齐书》本传仅三次：荆州、宣城和南东海，如果说有别处的话，大约是指湘州，集中有《将游湘水寻句溪》、《忝役湘州与宣城吏民别》二诗为证。但那是从宣城去的。如果这也算上一次，那么那首《和王著作八公山诗》，应为建武四年到南东海以后所作。但他为什么偏在这时要追和王融之作，就很难解释。何况把"四时"说成"四出外职"本身就欠通。

五臣注最不近情理的例子大约是关于卷一一鲍明远《芜城赋》的注。据李周翰注："沈约《宋书》云：鲍照，东海人也，至宋孝武帝时，临海王子顼镇荆州,明远为其下参军,随至广陵。子顼叛逆,照见广陵故城荒芜,乃汉吴王濞所都。濞亦叛逆,为汉所灭。照以子顼事同于濞,遂感为此赋以讽之。"按:这条注,可以说明李周翰毫无历史常识。他虽然引了沈约《宋书》,但《宋书》绝没有说刘子真在孝武帝时已有"叛逆"的事。在这问题上,李善注当然也有错,即错在把临海王子顼误作"子真"。其实临海王刘子顼,是孝武帝第七子,而始安王子真为第十一子。据《宋书·临川王义庆附鲍照传》、虞炎《鲍照集序》,鲍照后来曾入临海王子顼幕,并无入始安王幕事。刘子顼在孝武帝时,出任荆州刺史,当时年仅六岁,根本谈不上"叛逆"的事。荆州的治所在江陵(今属湖北),与广陵(今江苏扬州)根本不是一个地方,而任荆州刺史,决无去广陵之理。再说临海王子顼后来起兵反对朝廷,是因为孝武帝死后,明帝刘彧杀孝武帝子前废帝子业自立,江州刺史晋安王子勋起兵讨伐明帝,子顼的部下也起来响应。刘子勋与子顼同岁,起兵时也不过十岁,是他的长史邓琬等定下起兵之计,至于孝武帝时,连刘子勋也无"叛逆"的可能,何况刘子顼?李善注虽然把临海王子顼之名误作"子瑱",但根本没有提及孝武帝时刘子顼已有"叛逆"的意图,其说基本上是对的。李善注还在《芜城赋》题下注曰:"《四言集》云:'登广陵故城。'"可见李善只认为是吊古之作,并无讽谏"叛逆"之意。现在看来,李善基本上是正确的,而五臣注可以说是完全错误的。

当然,这些例子也许是较少的,五臣注在绝大多数地方,只是承袭了李善注,在个别地方,"五臣"纠正了李善的错误,但也有些地方,却增加了新的错误。总的来说,五臣注只是使李善注通俗化,并无多少新的发展。因此对它做过高的评价,是不适合的;然而既有一些可取之处,也不应全盘否定。在版本方面,五臣注有胜过李善注的地方,这在前面我们已谈到一些例子。此外,像《文选》的分为三十八类文体或三十九类文体,李善注本却只有三十七类。即使我们不信单五臣注的三十九类说,也得承认黄侃所加的"移"一类吧,因为这在日本古抄无注本中是可以找到根据的。

五

五臣注本既然有一些长处,尤其版本方面有着较多可取之处,但长期以来,一直隐而不彰,很少有人加以注意,这是什么原因呢?笔者的看法是,这是和各个时代的学风有关的。从唐以后,直到宋代,尽管在一个时期,人们见到的《文选》仍以五臣注为多,但事实上,宋代自从欧阳修等人提倡散文,而王安石又主张以策论代替诗赋以后,应科举的人渐渐地不太注意去读《文选》,元明以后,尤其是理学盛行,不但五臣注,连李善注也不见得很受人注意。人们重新看重《文选》是和清代的考证学兴起有关的。清代一些骈文大家如汪中、洪亮吉等,本人就是著名的考据家。他们的重视《文选》,开始时是从李善注中辑录佚书,校勘古籍入手的,后来才对骈文发生兴趣。在他们进行辑佚、校勘等工作时,李善注显然是个宝藏,而五臣注由于不注出处,很难合用。所以长期以来,有不少研究者甚至认为"《文选》学"即是"《文选》李注学",正是反映了这个状况。在这种情况下,五臣注虽存,却无人注意。即以现存台湾省的宋陈八郎刊本五臣注而论,早年就藏在江浙一带私人家中,却很少有人知道。这正像李善注在唐五代不为人重视一样。我们对于过去人的成见,既不应盲目追随,也不必矫枉过正。在这里,最需要的似乎还在于实事求是地进行分析。

读《资暇录》兼论《文选》李善注与五臣注异同

长期以来,人们研读《文选》,用的几乎都是清代胡克家覆刻的宋尤袤刊李善注本。至于五臣注则很少有人留意。到目前为止,国内保存的单五臣注本,只有藏在台湾省的一部南宋陈八郎刊本。至于国外,也仅有日本所藏的一部朝鲜旧刻本。但后者更少为人所知,多数国内学者至今未见其面目。现在一些研究者谈论五臣注,基本上都是根据流行的六臣注本中所载五臣注文字。据台湾学者游志诚先生说,六臣注本并不能反映五臣注全貌,这当然是很有可能的。因为六臣注本对五臣注难免有所删节。但就是这部分文字,也时常被人忽略。例如:赵幼文先生在《曹植集校注》中,对曹植《七哀》诗中"愿为西南风"句的解释,引用了五臣李周翰注"西南坤地,坤,妻道,故愿为此风飞入夫怀",却又误指为明人杨慎之说(见该书第 314 页)。笔者本人在一篇小文中也曾误以五臣张铣对贾谊《过秦论》"陈利兵而谁何"句的望文生义之见为今人过失。这种疏失的根本原因虽属缺乏严谨的学风,但平素忽视五臣注,认为它无足轻重也是一个重要的因素。

五臣注在唐宋时代曾经颇为流行,它在当时的影响,甚至超过了李善注。它的被雕版流传,根据现有的史料,大约要比李善注本早七十多年。至于五臣注的地位下降及李善注地位上升的原因,主要是由于自唐宋至清代学术风气的变迁。关于这问题,笔者在《论〈文选〉的李善注和五臣注》(《江海学刊》,1996年第2期)一文中已经谈到。不过,人们对五臣注的轻视,显然也受到了唐宋以来一些学者的影响,其中最著名的是唐五代的李匡乂、丘光庭,宋代的苏轼、洪迈。在这四人中,当以李匡乂的《资暇录》为最早,而且说得最为具体,因此对后人造成的印象也最深。他对五臣注的一些议论未始没有道理,却不免有其片面性,应该有分析地看待。

平心而论,李匡乂生当人们"相尚习五臣"的唐代,能够独排众议,表彰李善的《文选注》,应该说是有眼光的。尤其是他的议论和唐玄宗派高力士所宣口敕迥异,更见胆识。事实上李善《文选注》的学术价值显然远高于五臣注,而且五臣注的内容在很大程度上依赖于李善注,这都无可否认。李匡乂的议论所以有片面性,似在下列三个方面:一、五臣注的原文是否任意窜改李善注本;二、五臣注的注释,是否仅仅依据李善注一家之说;三、五臣注有不同于李善或其他前人之处,是否一无可取。此外,李匡乂在论述李善注所引前人旧注方面的意见,似亦有不尽合乎事实的地方。在这里笔者想提出一些不成熟的说法,请大家指正。

一、关于李善注和五臣注的《文选》原文

李善注本的《文选》原文和五臣注本的《文选》原文颇有不同,这是人所共见的事实。但这个问题相当复杂,因为不论李善注或五臣注都成书于雕版技术发明以前,其原稿早已散佚,中间经过多次传

抄,直到五代和北宋才被刊刻。即使雕版出现以后,各本也并不一致。以李善注本而论,现藏北京图书馆的北宋刻残本和尤袤刊本就不大一样;五臣注的日藏朝鲜旧刻和陈八郎本,据见过的先生说亦颇有不同。因此孰为真李善,孰为真"五臣",本来就无法说清。何况今天我们大多数人还无从看到真正的五臣注,只能从通行的六臣注中略窥其一斑(应该说,通行的六臣注本即《四部丛刊》影宋本,在六臣注各本中远不如现藏日本的明州本和韩国的奎章阁本)。但即使如此,我们也还可以发现六臣注本凡不同于李善注本处,常常有优于李善注之处。这些不同,大抵都与六臣注采自五臣注本有关。这种情况,据清胡克家《文选考异》说,并不是李善注不如五臣注,而是李善注本原本和五臣注都作某字,而后人在传写中误作另一个字。这就造成了今本李善注在某些地方不如"五臣"或"六臣"的情况。在这里不妨举一些例子。如班固《两都赋序》题下有这样一段话:"自光武至和帝都洛阳,西京父老有怨,班固恐帝去洛阳,故上此词以谏,和帝大悦也。"这段话据说是"李善注",其实并不是。其理由高步瀛先生在《文选李注义疏》中已有详尽的考证。又如阮籍的《咏怀诗》中有好几处异文,都是六臣注本优于李善注本。如《文选》所录第五首("天马出西北")中的"春秋非有讫"句,五臣注本作"讫",今李善注本作"托"。据胡克家《文选考异》云:"茶陵本云:'五臣作讫。'袁本作'讫',云:'善作托。'案:各本所见皆非也。善引郑《礼记注》:'讫,止也。'可见亦作'讫'。沈约曰:'春秋相代,若环之无端,所谓非有讫矣。'作'托'但传写讹。今各本注中亦讹'托'。考所引即《礼记·祭统》'讫其嗜欲'注之'讫犹止也'。不得为'托'明甚。"胡绍煐在《文选笺证》中也同意胡克家之说。又《文选》所录第九首("昔闻东陵瓜")中"连畛距阡陌"句,六臣注本据五臣注本作"畛",而今李善注本则作"畛"。胡绍煐《文选笺证》(卷二十二)云:"注:善曰:

'"轸",当为"畛"。'宋衷《太元经注》曰:'畛,界也。'《说文》:'畛,井田中陌也。'按:正文本作'畛',善乃易为'轸'。"这一例子似说明李善所见本子有误,而他的意见却与五臣注所用本子相同。又如《文选》所录第十一首"昔年十四五"中"乃悟羡门子"句,李善注本"悟"作"悞"。按:"悞"据《玉篇》和《广韵》都以为同"误"字,从文义来看,显然是六臣注本作"悟"为优。但也有相反的例子,如同首的"志尚好书诗"句,李善注本、六臣注本作"书诗",六臣注本云:"'五臣'作'诗书'。"胡绍煐《文选笺证》认为:"按:此与下'期'、'思'韵,'诗书'二字宜乙转,六臣本不误。"这里"六臣本"不误,即因为它从了李善注本。又如同首"开轩临四野"句,"轩"字五臣注本作"都",孙志祖在《文选理学权舆》中指出:"'开都'误,刘良谓'出于都外'乃强解耳。"胡绍煐也同意孙氏的说法。此外,不论阮籍《咏怀诗》或《文选》中其他作品,李善注本和五臣注本的文字常有出入,其中有一部分是李善注本较好,另一部分是五臣注本较好,还有一部分则虽有不同,却无须分优劣。这些异同,有的可能是李善和"五臣"所据底本就有不同,有的则是传抄中的错误。但总的来说,上述情况,主要只能说明从今天我们所常见的六臣注本中所反映的五臣注本和李善注本的异同,还不足以说明在唐代李匡义所见李善注本和五臣注本的差别。不过,在笔者看来,即使是唐代流传的李善注本和五臣注本,所据底本恐怕就是有较大不同的。李匡义把这种不同归结为五臣注随意改动李善注本的文字。凡李善注中说到"某字或作某字"处,"五臣"就改成"或作"的字;凡李善所未注而"五臣"又不懂的地方,就又轻易改字。李匡义举出曹植《名都》篇中"寒鳖炙熊蹯","五臣"本改"寒"为"炰",《七启》中"寒芳莲之巢龟","五臣"本改"寒"为"搴",都是由于"五臣"不懂"寒"字的意思之故。这个例证如果孤立地看,也许有些道理,但经不起推敲。因为李善在《名都》篇注中对"寒"字的意思是作了解释,并且举了《盐铁论》中文字加以证实,"五臣"只要看了李善注,应该是能懂得的,未必会像李匡义说的那样,由于不懂而随意窜改。事实上恐怕是"五臣"所据底本原作"㲻"字,才照"㲻"字作注。因为从现在常见的六臣注本中可以看出,李善注和五臣注的文字不同,有时并不出现有费解之处。在这里我们不妨举司马相如《子虚赋》中一段文字为例:

楚使子虚使于齐,王悉发车骑,与使者出畋。畋罢,子虚过姹乌有先生,亡是公存焉。

这段文字,六臣注本根据的是李善注本,其文字与胡刻李善注本相同。据六臣注本的校语,五臣注本在"齐"字下还有一个"齐"字,"发"字下有"境内之士备"五字,"骑"下有"之众"二字,"姹"字作"侘","乌有"作"焉有","亡"字上多一"而"字。在这里,"乌有"作"焉有"是五臣注本独有的现象,并且在《子虚赋》全文中,凡涉及"乌有先生"处,六臣注本一律注云:"五臣作'焉'。"这个"焉"字,显然是错的。因为据今存各本《史记》和《汉书》的司马相如传,所载《子虚赋》一律作"乌有"。不但如此。《史记·司马相如列传》在引载《子虚赋》前,就有"'乌有先生'者,乌有此事也"一语;《汉书》中也同样有这句话。另外,《汉书·叙传》中还有"文艳用寡,子虚乌有"的话。可见各书所载《子虚赋》,均作"乌有先生",五臣注本如果不是依据底本,而故意改"乌"为"焉",岂非有意闹笑话? 更值得注意的是,上面所引的一段《子虚赋》文字,六臣注本和李善注本所载,基本上全同于《汉书》,而五臣注本的文字,又完全和《史记》所载相同。李善注本和《汉书》的差别,只是"姹"字《汉书》作"侘"。查《说文》有"姹"字而无"侘",疑《汉书》本亦作"姹"。再看李善注:"张揖曰:'姹',

夸也,丑亚切,字当作'诧'。"《汉书》注则云:"师古曰:'姹',夸狂之也,音丑亚反,字本作'诧'也。"又《史记集解》引郭璞说:"'诧',夸也。音托夏反。"《索隐》则说:"音敕亚反。夸诧是也。"可见张揖、颜师古、司马贞的读音一致,郭璞的读音略有不同,而意思也一样,说明"妊"或"姹"都不过是同音假借,本字当从《史记》作"诧"。这样看来,李善注本的文字,应该说实际上和《汉书》并无不同。于是,李善同于《汉书》,"五臣"又同于《史记》,而《史记》和《汉书》的文字,显然并非出于任何人随意窜改。

又如六臣注本《子虚赋》中有下面一段文字:

其东则有蕙圃蘅兰,芷若射干,芎䓖菖蒲,茳蓠蘪芜,诸柘巴苴。

六臣注本云:"芷","善作'茞'";"善无'射干'字"。查胡刻李善注本文字,正和六臣注本校语相符。由此可见六臣注本正文当据五臣注本。这段文字中有"射干"字样,与《史记》合;但《史记》"蘅"作"衡","茞"作"芷","柘"作"蔗","巴"作"猼"。可见五臣注所据底本虽近于《史记》,却和《史记》仍有不少异文。至于《汉书》中文字,则基本与李善注本一样,只是"茳"、"蓠"、"苴"三字没有草字头。

《子虚赋》下文又云:"其北则有阴林巨树,梗楠豫樟,桂椒木兰,檗离朱杨,樝梨樗栗,橘柚芬芳。"这段文字亦录自六臣注本。据六臣注本校语云:"'巨',善作'其'。"这和胡刻李善本情况也基本一样(胡刻"樟"字无木旁)。但不论胡刻或六臣注本都有李善注云:"本或'林'下有'巨'字,'树'下有'则'字,非也。"此条据胡克家《考异》,应该是说"林"下的"其"字作"巨"不对。但胡氏对此有怀疑,因为《史记》、《汉书》和五臣注本均作"巨",所以他说:"或本作'巨'。"

从这些情况看来,尽管李善本文字近于《汉书》,"五臣"本文字近于《史记》,但李善既不等于《汉书》,"五臣"亦不等于《史记》。所以李善和"五臣"的文字有出入,恐怕是所据底本有别,却不能认为是"五臣"据《史记》以改李善注。因为五臣注本文字有时虽不同于李善注而近于他书,但在别处则又和他书有出入。这情况在班固《西都赋》中也有例子。如其中的"度宏规而大起"句,今天所见的李善注本(如胡刻本)和六臣注本并无不同。然而两本均有李善注云:"《小(尔)雅》曰:'羌,发声也。''度'与'羌'古字通,'度'或为'庆'也。"这句话很奇怪。因为"度"和"羌"在古书中并无相通之例,只有"庆"才可以和"羌"相通。李善在这里分明为"庆"字作注,却又说"度或为庆",显然不合作注的常例。所以胡克家在《考异》中说:"案:'度'当作'庆',必善'庆''五臣''度'。袁、茶陵二本所载'五臣'铣注云:'度大规矩',作'度'无疑。各本失著校语,尤以之乱善也。注亦失旧,见下。"又云:"陈云:'度当作庆',是也。各本皆误,下同。'庆'当作'度'。案:云'庆与羌古字通'者,正文作'庆',与所引《小雅·广言》之'羌'古字通也。'云庆或为度'者,此赋作'庆',或本为'度',如今《后汉书》之作'度'也。'五臣'因此改'庆'为'度'。后来合并,又倒此注以就之,不可通矣。今特订正。"这一意见和胡绍煐的《文选笺证》、王煦的《文选李注拾遗》相类似。从文义上说原文作"度"或"庆"均可通,但李善注本和《后汉书》及五臣注本必然不同。"五臣"作"庆",与《后汉书》相同,却未必是据《后汉书》以改李善注。尽管五臣本与《后汉书》相同处还不止这一处,像"雕玉瑱"的"瑱"字,五臣注本和《后汉书》皆作"瑱",与李善注异,但像赋中的"众流之隈,汧涌其西"两句,却是《后汉书》所无。胡克家《考异》因为这两句李善无注,怀疑李善注本原来也无此二句,与《后汉书》同。如果真是如此,那么此处倒是李善注本同于《后汉书》;即使胡氏的猜测不对,也说明五臣注的文字和《后汉书》亦颇不同。"五臣"所据之本,显然也不是《后汉书》。它应该是和李善注本及《后汉书》均有不同的一个抄本。

再说李善注和五臣注本的《文选》,其差别还不限于一些字句。最明显的例子像卷二十七"乐府"类,六臣注本和五臣注本比李善注本多一首《君子行》。值得注意的是六臣注本此首只有"五臣"的注文,而无李善的注文。根据胡克家对《西都赋》"众流"二句的推测,我们同样可以设想李善注原本很可能就没有收此诗。事实上我们现在所见的各种李善注本如中华书局影印宋尤袤刊本、汲古阁刊本和胡克家刊本(此本虽称覆刊尤刻,却和尤刻颇有差别。其突出的例子就是木华的《海赋》,尤刻比胡刻多出十六个字)等都不见此首。又如卷二十八陆机《挽歌诗》,李善注本以"重阜何崔巍"为第二首,"流离亲友思"为第三首;五臣注本和六臣注本则恰恰相反。根据胡克家《考异》的说法,还是五臣本和六臣本的次序为是。再如卷四十一"书"类,李善注本和六臣注本都是孔融的《论盛孝章书》在前,朱浮的《为幽州牧与彭宠书》反在其后;但陈八郎刊五臣注本则朱文在孔文之前,其年代次序显得较为合理。这些显然不是一两个字的差异,更不能归结为某人或某些人任意窜改。所以李匡乂说"五臣"随便改李善注本的字句,恐怕是不合事实的。

二、关于《文选》李善注和唐以前及唐代几部史书注的关系

这里所谓唐以前及唐代的几部史书注,主要是指晋以前人所作的《汉书音义》、南朝宋裴骃的《史记集解》和唐初颜师古的《汉书

注》,这几部书,都产生在李善以前,李善注《文选》都或多或少地采用了他们的说法。此外,唐章怀太子李贤的《后汉书注》,在一些地方曾采用和参考过李善的《文选注》;同时,"五臣"在注班固《两都赋》等作品时,也曾采用李贤的说法。至于司马贞的《史记索隐》和张守节的《史记正义》,都成书于《文选》的李善注和五臣注之后,对二书并无影响,但其中个别地方对理解李善和郭璞及《汉书注》的关系有帮助,所以也要附带涉及。

关于李善注和这几部史书注的问题,虽然只涉及《文选》中少数篇目,但从这些例子中多少可以看出李善注《文选》的某些方法和体例;同时也可以对了解五臣注怎样承袭李善注以及五臣注本身的优缺点有所帮助。我们在下文论五臣注与李善注异同时,必然要联系到这个问题,为了行文方便起见,先来谈论这个问题。

李善在注《文选》时,凡是该作品已有较好的旧注的,他常常先照录旧注,只是旧注有所遗漏或李善自己有不同看法时,才加以补充或订正,加"善曰"二字以志区别。所以李匡乂在反驳一些人指责李善注"过为迂繁"时说:"所广征引,非李氏立意,盖李氏不欲窃人之功,有旧注者,必逐每篇存之,仍题元注人之姓字。或有迂阔乖谬,犹不削去之。苟旧注未备或兴新意,必于旧注中称'臣善'以分别。"(《资暇录》上卷《非五臣》)李匡乂所说李善注引用旧注的情况大致是符合事实的。例如今本李善注《文选》中,张衡《两京赋》用薛综注,左思《三都赋》用刘逵注(其实李善自注谓《魏都赋》是张载注),《楚辞》中作品用王逸注,阮籍《咏怀诗》用颜延之和沈约注,都是这样。但有时也有例外,像他注司马相如的《子虚赋》和《上林赋》时,题"郭璞注",然而其注文中引用郭璞的话并不多,用得较多的倒是三国人张揖的意见。这样的情形虽属个别,却很可以看出李善注《文选》时的某些特点和用心,值得我们探索。

首先，李善注《子虚赋》和《上林赋》，题"郭璞注"而较少引用郭璞之说，那么这题法是否有误？照笔者看来，恐怕不是这样。我们在上文说到，《文选》李善注本所载《子虚赋》等作品的原文大体上和《汉书》一样而和《史记》有较大区别。再看《隋书·经籍志》等书目，在李善以前，人们为《汉书》作音注的人很多，至少有十五种，而为《史记》作音注的较少，仅三种。又颜师古的《汉书注叙例》开列他所曾参考引用过的"诸家注释"则凡二十三家之多。颜师古据《旧唐书》本传，卒于唐太宗贞观十九年（645），下距李善上表进献《文选注》的高宗显庆三年（658）仅十几年。颜师古见到的书，李善大致都能看到。在颜师古开列的人名中如张揖，据云"止解《司马相如传》一卷"；郭璞则"止注《相如传序》及游猎诗赋"。显然，李善为司马相如作品作注，必然要特别重视二人的成果。但张、郭二人的著作，情况不同。郭璞著作曾单独成书，据《隋书·经籍志》："梁有郭璞注《子虚上林赋》一卷。"《新唐书·艺文志》："司马相如《子虚上林赋》一卷。"（《旧唐书·经籍志》有"《上林赋》一卷，司马相如撰"，疑即此书）两《唐书》所说的一卷本《子虚上林赋》，很可能也有郭璞的注，因为《隋书·经籍志》所称"梁有"而后来亡佚的书，到唐时重新出现的例子是很多的。至于张揖的著作，未见有单独著录的，很可能见于《汉书音义》等别人的著作中。因为在南朝宋裴骃的《史记集解》中，屡次称引《汉书音义》一书，而所称引的文字，根据颜师古《汉书》注和李善《文选》校勘说明就是张揖的话。如"岑崟参差，日月亏蔽"句，《史记集解》："《汉书音义》曰：'高山壅蔽，日月亏缺半见。'"《文选》李善注引张揖的话与此相同，只是"见"下多一"也"字；《汉书》注则和《史记集解》的引文完全相同。又"琳瑉琨珸"句（《文选》和《汉书》"琨珸"作"昆吾"），《史记集解》："《汉书音义》曰：'琳，球也。瑉，石次玉者。琨珸，山名也，出善金。《尸子》曰"昆吾之金"者。'"

查《文选》李善注引张揖曰:"琳,珠也。瑉者,石之次玉者。昆吾,山名,出美金。《尸子》曰:'昆吾之金。'"颜师古《汉书》注引张揖曰:"琳,玉也。珉,石之次玉者也。昆吾,山名也,出善金。《尸子》曰:'昆吾之金。'"这三段引文,只是对"琳"字解释有不同。(但其中《汉书注》和《史记集解》的引文可以相通。因为《说文》云:"琳,美玉也。"《尚书·禹贡》:"球琳琅玕。"伪孔安国《传》以为"球、琳"都是美玉。只有《文选注》所引有出入。然唐人抄书常用草体,"珠"、"球"二字极易混淆,疑《文选注》"珠"字即"球"字之误。)又"其东则有蕙圃衡兰"句,《史记集解》曰:"《汉书音义》曰:衡,杜衡也。其状若葵,其臭如蘪芜。芷,白芷。若,杜若。"《文选》李善注曰:"张揖曰:蕙圃,蕙草之圃也。蘅,杜蘅也。其状若葵,其臭如蘪芜。芷,白芷也。若,杜若也。"《汉书》颜注曰:"蕙圃,蕙草之圃也。衡,杜衡也,其状若葵,其臭如蘪芜。芷,白芷。若,杜若也。"这三段文字更少出入,只是《史记集解》少引了关于"蕙圃"二字的注,足证《汉书音义》大多即张揖的意见。甚至此句《史记索隐》引张揖说"衡,杜衡,生下田山",恐亦出同一来源。所以《史记索隐》说:"案:《汉书》注此卷多不题注者姓名,解者云是张揖,亦兼有余人也。"今查颜师古《汉书注》、《司马相如传注》还是题注者姓名的,那么司马贞所说的"《汉书注》",当即指裴骃所谓"《汉书音义》"。但查《隋书·经籍志》等书,名为"汉书音义"的著作数量较多。《隋书·经籍志》著录的有:(一)"《汉书集解音义》二十四卷,应劭撰";(二)"《汉书音义》七卷,韦昭撰";(三)"《汉书音义》十二卷,国子博士萧该撰"。《旧唐书·经籍志》除了这三种外,又有:(一)"孟康撰,九卷";(二)"孔氏《汉书音义抄》二卷,孔文详撰";(三)"刘嗣等撰,二十六卷"。《新唐书·艺文志》又多出:(一)"晋灼《汉书音义》,十七卷";(二)"崔浩撰,二卷"。其中崔浩所作,据《旧唐书·经籍志》和颜师古《汉书注叙例》,乃《汉纪音义》,《新唐书》有误。萧该、孔文详、刘嗣是隋以后人,裴骃不可能引用。应劭乃汉末人,较张揖为早,不会收入三国时人张揖之说,所以均可排除。剩下的只有孟康、韦昭和晋灼的著作,有可能采取张揖的说法。[①] 这三家的书,裴骃既能见到,那么郭璞自然也能见到。所以郭璞在为《子虚》、《上林》二赋作注时,应该是参考和采用过张揖的注解的。根据六朝到唐代一些人为史书作注的通例,都是首先引用前人的说法,然后申述自己的见解。有时则要罗列几家前人旧说,然后加以判断说"某说是"。这种方式不论在裴骃的《史记集解》或颜师古的《汉书注》中都是这样。不过一般来说是颜注较详,裴注较略而已。即使裴松之的《三国志注》和刘孝标的《世说新语注》,重点在补充史料而较少训释,而其体例亦大致如此。李善的《文选注》,用的也是这种体例。不过,他似乎较前人更为严谨一些。然而即使像颜师古和李善,用了别人的意见而没有说明的例子也是在所难免的。例如:《子虚赋》中"樝梨梬栗"句的"梬",颜师古注:"梬枣即今之㮕枣也。"李善注则引《说文》:"枣,似柿而小,名曰梬,而兖切。""檗离朱杨"句中的"朱杨",颜师古注说:"朱杨,赤茎柳也,生水边。"李善注则引郭璞云:"朱杨,赤茎柳也。有盖山之国,有树赤皮干,名曰朱木杨柳也。"这就说明了颜师古的两条注,实出于《说文》和郭璞注。然而即使是李善注,有时也会用别人意见而未加注明。如《上林赋》中"肆乎永归"句,李善注云:"郭璞曰:'怀亦归变文耳。'杜预《左传注》曰:'肆,放也。'言水奔放而长归于渊海。"我们再看颜师古《汉书注》,就可以知道李注末句即用颜注"言水放流而

[①] 韦昭是吴国人,生活于三国末,被孙皓所害,比"魏太和中为博士"(《汉书注叙例》)的张揖为晚。他作《吴鼓吹曲》,全仿魏缪袭的《魏鼓吹曲》。因此他也可能收张揖的说法。

长归也"的意思。这样的例子,恐怕各家的注都不可免。以此来推测郭璞的《子虚上林赋注》,应该也有此情况。如果是这样,那么《文选》李善注中虽提"郭璞注"而事实上引张揖等人的注更多就不难解释了。李善很可能是因为郭璞注本身就用的前人旧说,于是就不说郭璞而说是别人。如果我们把李善《文选注》中有关《子虚》、《上林》二赋的解释与别人对一些史书的注相比勘,就可以得到例证。如《子虚赋》"獠于蕙圃"句中的"獠",《史记集解》和《索隐》都引郭璞说:"獠,猎也。"但李善注云:"《说文》曰:'獠,猎也。'"查今本《说文》和李善所引同,说明郭说实本《说文》,所以李善题《说文》而不题郭璞。《上林赋》"扈从横行"句,《史记集解》云:"郭璞曰:'言跋扈纵恣,不安卤簿矣。'"《索隐》和《文选》李善注则云:"晋灼曰:'扈,大也。'张揖曰:'跋扈纵横,不案卤簿也。'"这里郭注全用张揖说,所以李善就题张揖而不提郭璞。《文选》注中常常引张揖说,其中可能有不少和郭璞相同,李善因张揖在前,就只提张揖。其他像《子虚赋》"其北则有阴林巨树"句,李善和颜师古都引服虔说:"阴林,山北之林也。"《史记集解》则云:"郭璞曰:'林在山北阴也。'"李善用服不用郭,亦同此理。

除此以外,李善的用别人注而不用郭注,还有几种情况。如《子虚赋》"莲藕觚卢"句的"觚卢",李善注:"张晏曰:'觚卢,扈鲁也。'"颜师古注引张晏说同,但下文又有:"郭璞曰:'苽,蒋也。卢,苇也。'师古曰:'书不为苽卢字,郭说非也,但不知觚卢于今是何草耳。'"李善大约同意颜说,认为郭说有误,所以不引。又如《上林赋》"卢橘夏熟"句,《史记集解》引郭璞云:"今蜀中有给客橙,似橘而非,若柚而芬香,冬夏华实相继,或如弹丸,或如拳,通岁食之,即卢橘也。"这里说"冬夏华实相继",不如李善注引应劭说贴切,所以不取郭说。又如《子虚赋》"限以巫山"句的"巫山",《史记集解》云:"郭璞曰:巫山今在建平巫县也。"李善《文选注》和颜师古《汉书注》则都引张揖说："巫山在南郡巫县也。"按：郭璞说的"建平"是晋代郡名（见《晋书·地理志》）。这郡名到南朝宋时还存在（见《宋书·州郡志》），所以裴骃仍用郭注。但到了唐代，据两《唐书·地理志》，巫山在夔州巫山县，已和郭注地名不同，所以颜、李二人改用张揖注，虽不合唐代地名，却符合汉代情况，且出处较古。又同篇"桂椒木兰"句，李善注引了郭璞对"木兰"二字的注，却不引他对"桂"字的注。据《史记正义》："郭璞云：'桂，似枇杷叶而大，白花，花而不著子，丛生岩岭间，无杂木，冬夏常青。'"这几句话乃《尔雅·释木》注中的话，未必是《子虚赋》的注，可能是张守节采《尔雅注》来注《子虚赋》，所以李善不采。又如"秋田乎青丘"句，《史记集解》引郭璞云："郭璞曰：'青丘，山名。亦有田，出九尾狐，在海外矣。'"李善注则云："服虔曰：'青丘国在海东三百里。'《山海经》曰：'青丘，其狐九尾。'"不用郭注而用服虔及《山海经》原文，也是取其出处较早。又如"垂雾縠"句，《史记集解》引郭璞曰："言细如雾，垂以覆头。"颜师古《汉书注》则引张揖曰："縠绉如雾，垂以为裳也。"李善《文选注》也引张揖说，而"绉"作"细"。（从"五臣"刘良说的"雾縠，其细如雾，垂之为裳也"看，似以李善所引为是。）縠这东西本是一种丝织品，以之"覆头"和"为裳"似都无不可。李善所以同意张揖、颜师古而不同意郭璞、裴骃，是因为宋玉《神女赋》中有"动雾縠以徐步兮"之句，既与"徐步"联系起来，当以"为裳"为是。根据上述诸例，可以看出李善注《子虚》、《上林》二赋时，虽也采用郭璞注，却并不全同意郭说。如果把李注和一些史书的注相比较，也可以证明李匡乂说李善对前人之说"或有迂阔乖谬，犹不削去之"的话未必完全合乎事实。

从李善对《子虚》、《上林》二赋的注释看来，他的见解和颜师古比较接近，而和裴骃多有不同。至于较李善为后的司马贞《史记索隐》和张守节《史记正义》则见解往往与裴骃近似,看不出他们参考过李善《文选注》的痕迹。即使有若干相似的见解,恐怕二书主要还是受了颜师古的影响。

相对于司马贞和张守节来说,在稍后的史书注中,像章怀太子李贤的《后汉书注》,则有不少地方明显地采用李善的意见。不过李贤在文字上往往做了修改。如班固《西都赋》"则南望杜霸,北眺五陵"二句,李善注说:"《汉书》曰:'宣帝葬杜陵,文帝葬霸陵,高帝葬长陵,惠帝葬安陵,景帝葬阳陵,武帝葬茂陵,昭帝葬平陵。'"李贤注则说:"杜、霸谓杜陵、霸陵,在城南,故'南望'也。五陵,谓长陵、安陵、阳陵、茂陵、平陵,在渭北,故'北眺'也。"两注相较,自然是李贤注更清楚地表达了班固的原文。同赋"逴跞诸夏"句,李善注:"逴跞,犹超绝也。逴音卓,跞,吕角切。《论语》:'子曰:夷狄之有君,不如诸夏之亡也。'"李贤注则说:"逴荦,犹超绝也。逴音卓。荦音吕角反。诸夏,谓中国也。"李贤在文字的音注方面完全采用了李善的意思,而对"诸夏"二字的训释,则比李善的引一句《论语》更为简洁明了。又如"五都之货殖"句,李善注说:"《汉书》曰:'王莽于五都立均官,更名雒阳、邯郸、临淄、宛、成(六臣注本、胡刻本误作"城",依《考异》改)都市长安,皆为五均司市师。'"这段文字说王莽在洛阳等地都和长安一样设立"五均司市师",内容并不错,而文字未免艰涩。李贤注则云:"《前书音义》曰:'五都谓洛阳、邯郸、临淄、宛、成都也。'"这句话读起来就一目了然。从这些例子看来,李匡乂讲到当时人认为李善注"过为迂繁,徒自骋学,且不解文意",多少也有点道理。后来五臣注中有时颇参用李贤的见解,也就可以理解了。

三、五臣注是否"尽从李氏注中出"

若论五臣注对《文选》中字句典故的解释绝大多数都采自李善注,这大约是事实。只是五臣注的体例和李善注不同。李善注更接近历来学者对"经"、"史"、"子"等书的注释,对书中的名物训诂、典故出处都要一一注明来历,旁征博引。正因为这样,李善注才成了保存古代文献资料的宝库,为学者辑佚和校勘提供了方便。然而这种注本对于一些只想从《文选》中学习写作技巧而无意于学术研究的人却不见得适用。所以出现了当时人"相尚习五臣"的现象。现在来看五臣注,实际上是将李善注的文字加以简化。例如《子虚赋》注,李善对赋中所举芳草、其他草木以及鸟类、猛兽之名,一一列举张辑、苏林、司马彪、郭璞等人的说法,辨别其形状和特性。五臣注的体例与此不同,它只是简单地说"余皆香草名"、"余皆果木名"或"余皆猛兽名"等语了之。这显然是为那些学作诗文以应科举考试者而作,无意于深究那些鸟兽草木之名。从这个角度来看,像李匡乂所指责的《西都赋》注中"许少施巧,秦成力折"二句,五臣注仅云"许少,古捷人;秦成,壮士也"就不足为奇了。当然,"五臣"这种做法有时确有弊病,如《东都赋》中"必临之以《王制》,考之以风雅,历《驺虞》,览《驷驖》,嘉《车攻》,采《吉日》"等句,李善注和《后汉书》李贤注都引据《毛诗序》,对各篇的篇义及分属《国风》、《小雅》的情况作了说明。五臣注则不然,它只说那些诗"皆风雅章名",根本不区别何者为"风",何者为"雅"。更不应该的是刘良竟说,"风雅,《诗·小雅》章",连"国风"和《小雅》也弄混了。因此说"五臣尽从李氏注出",李善如果地下有知,恐怕不会认可的。

其实五臣注的底本和李善注颇有不同,这是上文已经说明了的。由于底本不同,注释自然不可能完全一致。在这里不妨以洪迈所举的一事为例。洪迈说:

> 东坡诋五臣注《文选》,以为荒陋。予观《选》中谢玄晖《和王融诗》云:"阽危赖宗衮,微管寄明牧。"正谓谢安、谢玄。安石于玄晖为远祖,以其为相,故曰"宗衮"。而李周翰注云:"'宗衮'谓王导,导与融同宗,言晋国临危,赖王导而破苻坚。'牧'谓谢安,亦同破苻坚者。"夫以"宗衮"为王导固可笑,然犹以和王融之故,微为有说。至以导为与谢玄同破苻坚,乃是全不知有史策,而狂妄注书,所谓小儿强解事也。唯李善注得之。(见《容斋随笔》卷一)

这段话未免过于尖刻,但说王导参与了他死后四十多年的淝水之战,确是抓住了要害。不过洪迈毕竟是宋代人,他习见的《文选》一般都是五臣注,因此还相信谢朓那首《和王著作八公山》诗是和王融之作。其实在李善注本中,"王著作"未必指王融。检《南齐书·王融传》,王融既无任"著作郎"的记载,也没有到过八公山的事。再看《谢朓传》,也没有谢朓在永明年间(即王融死前)到过八公山的记载。谢朓比王融后死六七年之久;王姓又是南朝的大姓,焉知"王著作"不是另一位诗人而必为王融?这显然是五臣注本在"王著作"下多了个"融"字,才出现这种误解。从这个例子看,"五臣"的历史知识的确相当贫乏。这在前面提到的贾谊《过秦论》中"谁何"二字的注中,也可以看得出来。因为像汉代派郎官分五夜盘问夜行者的制度,是《汉旧仪》中有明确记载的。李善在注《过秦论》时,已经提到了"谁何卒"的事,"五臣"既不细读李善注,又望文生义,显然不能说是根据

"李氏注"。又如《西都赋》中的"连乎蜀汉"句,李善注早已指出"蜀汉"指蜀郡和汉中郡,而"五臣"刘良却说:"蜀汉,秦川二郡名。"其实《汉书·地理志》只有蜀郡,却并无"汉郡",而且蜀郡和汉中郡也不属于秦川的范围。像这样的错误举不胜举,说明五臣注并非全本李善。

上面说的都是五臣注的一些错误。不过,五臣注也有与李善注不同而未必错误的例子。如《西都赋》"度宏规而大起"句,因为"五臣",本作"度",所以和李善注不同。又如"历十二之延祚,故穷泰而极侈"二句,"五臣"张铣注曰:"始自高祖,终于平帝,为十二世,世增修饰,故至穷极奢侈。"这里的"始自高祖"至"为十二世"十二字,全部抄自李贤的《后汉书注》,只是李贤避唐太宗讳,以"代"字代替"世"字。又如"七相五公"句的注,李善注以为"七相"是韦贤、车千秋、黄霸、平当、魏相等,只举了五人,说"其余不在七相之数者,以罪国除故也"。至于"五公",李善认为是张汤、杜周、萧望之、冯奉世和史丹。但李贤《后汉书注》则以为"七相"是:车千秋、黄霸、王商、韦贤、平当、魏相、王嘉,"五公"是田蚡、张安世、朱博、平晏和韦赏,二说不同。五臣注对"七相"的注,采用了李贤说;"五公"注则用李善注。这大约是因为李善注没有举出七个相来,而李贤注的"五公"中有田蚡,其实做过相。五臣注这样考虑问题,还是说明他们并非完全率尔操觚,而是有所斟酌的。但"七相五公"一语,其实不必拘泥"七"和"五"的数目。据李善注和《后汉书注》,当时迁徙到"杜霸"和"五陵"的包括三种人,即"吏二千石、高赀富人及豪杰兼并之家"。其中"吏二千石"指官俸在二千石以上的人,据《汉书·百官公卿表》,不但包括丞相、御史大夫及诸将军,还包括"九卿"等人,决不仅限于"七相五公"之家。即以李善注与李贤注所举,"相"有八位,"公"除去张安世与张汤是一家外,还有九位,所以不能看作定数。五臣注的作者其实并不懂得这道理,所以在注"三选七迁"的"三选"时,就把"七相五公"当作三种人中的一种,不知"吏二千石"的概念要远比"七相五公"为大。这也说明五臣注的作者历史知识之贫乏。

由于五臣注的底本和李善注不尽相同,因此对字义的训释有时也不一样。如《西都赋》"防御之阻,则天地之隩区焉"句,李善注云:"《说文》曰:'隩,四方之土可定居者也。'"按:这里所引的《说文》与今本不同。今本云:"隩,水隈崖也。"检《尔雅·释丘》:"隩,隈。厓内为隩,外为隈。"又云:"浘为厓。"郭璞注:"谓水边。"今本《说文》的话与《尔雅》可以相互发明,可见不误。那么李善注的引文恐怕不可据。从文义来看,"隩"字作"四方之土可定居者也"解,和上句"防御之阻"不相呼应。至于"五臣"吕延济注则云:"言四塞之险,易为备御。隩,犹深险也。"这解释却显得文从字顺,令人信服。这个解释和李贤的《后汉书注》也是符合的。李贤云:"防御谓关禁也。扬雄《卫尉箴》曰:'设置山险,尽为防御。'奥,深也。言秦地险固,为天下深奥之区域。"吕延济的注当采自李贤。这一情况还使人想到五臣注的"隩"字,可能也是后人据李善本误改。五臣注原本应当与《后汉书》一样作"奥",所以训释也相同。我们今天用六臣注本与《后汉书》相校,即可发现"五臣"作某的字,往往同于《后汉书》。因此五臣注虽然在大多数场合都采用李善注,却也不是"尽从李氏注中出",也曾参考过别的书。例如《上林赋》中"灏溔潢漾"几句的注,吕向云:"已上皆水之深盛相激,涌沸奔流之貌。"这话与其说出于李善注,倒不如说出于颜师古的《汉书注》。因为《汉书注》有"言水之流如爨鼎沸也"、"言水放流而长归也"等语,与此相近。

无可否认的事实是:五臣注虽然引据的资料不算很多,但也不会仅仅只利用李善注一书的见解,不然就无法解释《文选》五臣注中确有一些是李善未注或说"未详"的典故,"五臣"却作了注释的事实。

尽管这些注释往往不说明出处,这是五臣注的体例决定的,但既然注出了典故本身,总之说明他们查阅了李善所没有见到或未曾注意的典籍。显然,李匡义说五臣注"尽从李氏注中出",不免歪曲事实。至于《四库总目提要》在论到《资暇录》时,更发展李匡义之说认为"五臣注《文选》尽据李善注之本",连五臣注本在版本上和李善注不同的事实也加以抹杀,这未免有失公允!

四、五臣注不同于李善注之处是否一无可取

五臣注中一些不见于李善注或不同于李善注之处,是否都一无可取?笔者认为不应该笼统地对待,要具体分析。五臣注中确有谬误,像洪迈所提到的谢朓《和王著作八公山》诗,当然是不对的。但在一些情况下,五臣注亦颇可补李善注之缺,甚至正李善之误。这大致有几种情况:一种是在李善看来比较好懂,因此未加详说,但五臣注的阅读对象不同,需要适当照顾一些见闻较少的读者,所以加了注。如陆厥《奉答内兄希叔》诗"渤海方淫滞,宜城谁献酬"二句,李善注引《汉书》,说"渤海郡有南皮县","即徐、吴游之所也",又引曹植《酒赋》,说明宜城出美酒,却没有说明"徐、吴"是什么人,和"淫滞"有何联系。李善这样做是无可厚非的。因为曹丕的《与朝歌令吴质书》是传诵名篇,且已收入《文选》,文中已讲到曹丕和吴质在南皮游览之事。然而也有一部分读者,未必会把"南皮"和曹丕此文联系起来。更不知"徐"指徐幹,"吴"指吴质。所以"五臣"刘良注说:"勃海郡,文帝(曹丕)与吴质、徐幹所游处。宜城出美酒。喻兄盼(即顾希叔)事邵陵王为淫滞之乐,而此美酒无人相与献酬也。"这段注不但无误,而且对有些人很有用处。又如沈约《齐故安陆昭王碑文》中"萧曹扶

翼汉祖,灭秦项以宁乱;魏氏时乘于前,皇齐握符于后",李善注只为"宁乱"、"时乘"和"握符"三词作注,是由于对水平较高的读者来说,这里的"魏氏"指曹魏是没有问题的,但对某些人来说,"魏氏"也容易误解成战国时的魏国,所以"五臣"吕向注就专门指出了曹魏为曹参之后,萧齐为萧何之后,这样注也有其道理。

另一种情况是李善未注或说"未详"而"五臣"作了补注的。如卢谌《答魏子悌》诗"倾盖虽终朝,大分迈畴昔"二句,李善注只对"倾盖"、"终朝"、"大分"、"畴昔"四个词引例证作注。"五臣"刘良注则云:"昔孔子遇程子于途,虽倾盖而语终朝。至于大论分义,我与悌过于昔人。"此注所引典故见《韩诗外传》卷二。这条注虽未说明见于何书,但解释诗句却简明扼要。又如孔稚珪《北山移文》中的"值薪歌于延濑"句,李善注云:"延濑未详。""五臣"吕向注则云:"苏门先生游于延濑,见一人采薪,谓之曰:'子以此终乎?'采薪人曰:'吾闻圣人无怀,以道德为心,何怪乎而为哀也?'遂为歌二章而去。"这则故事也没有说明出处,但不见得是虚构。作为唐人所述的故事,自然出于唐以前书的记载。五臣注所记的轶事,其史料价值是不容否定的。因为一些古代典籍自有其体例,并不能因为不注出处就否认其价值。例如宋代编的类书《册府元龟》,所引史料一律不注出处,但它仍不失为研究古代政治史的重要资料汇编。

事实上五臣注中所注典故,有时可以和李善注互相发明。如陆机《豫章行》"三荆欢同株,四鸟悲异林"二句,李善注释"三荆"云:"《古上留田行》曰:'出是上独西门,三荆同一根生,一荆断绝不长。兄弟有两三人,小弟块摧独贫。'"(《考异》云:"'独'当作'留'。")"五臣"刘良注:"昔有田广、田真、田庆兄弟三人将别无以分(清王煦《文选李注拾遗》卷二引作议分宅庭),明日,欲分庭有荆树,荆树经宿萎黄,乃相谓曰:'荆树尚然,况我兄弟乎?'遂不分,荆复悦茂。故云'欢同林'。"据王煦考证,此事见《续齐谐记》。关于"四鸟"注,李善注引了《孔子家语》载孔子在卫和颜渊的对话,此事亦见《说苑》等书。王煦所见六臣注本以善注并入刘良注,遂称"善无注",并引《说苑》作补。现在看来,王煦不免冤枉了李善,但此例也说明五臣注有李善注或《说苑》为根据,不是向壁虚造。不过,李善注所无而五臣注所补的典故,有时也可能是李善原有,而在传写或翻刻时遗漏了李善注。例如孙楚《为石仲容与孙皓书》中"又南中吕兴"句文字,流行的六臣注本没有李善关于"吕兴"的注,却有张铣的注。于是王煦就从《华阳国志·南中志》中为五臣注找到了出处。其实胡刻本李善注这一条是有注的,所据为《三国志·吴志·三嗣主·孙休传》。李善注原文为"《吴志》曰:'交址郡吏吕兴等,杀太守孙谞,使使如魏,请太守及兵。'"今按:《吴志》作"吕兴既杀孙谞,使使如魏请太守及兵"。至于称吕兴为"郡吏",则当据《华阳国志》。可见李善曾参考过《华阳国志》。至于五臣注则"孙谞"仍作"谞",不像《华阳国志》作"孙靖",可见实从李善注来。这说明我们在断言李善无注而"五臣"作补时,要十分慎重,可能李善原来有注,而后来散佚,原注的意见却保存在五臣注中。因此,我们不能轻易否定这些五臣注,因为否定这些五臣注,其实倒是否定了李善注。

笔者还认为,从总体上说,五臣注的价值远逊于李善注,这大约没有疑问。但具体到一些注文,却也有例外。如《子虚赋》中的"鹜于盐浦,割鲜染轮"二句,李善注云:"张揖曰:'海水之厓多出盐也。'李奇曰:'鲜,生也。染,濡也。切生肉擩车轮盐而食之也。'"这条注,与颜师古的《汉书注》完全相同。《史记集解》只是把张揖和李奇的见解说成郭璞之说,而内容却并无不同。《史记索隐》对"盐浦"无注,而对"割鲜染轮"的注亦引李奇说,意见亦与李善、颜师古、裴骃相同。只有"五臣"吕向提出了不同解释:"海出盐,故言盐浦。鲜,牲也。谓割牲之血染于车轮也。"这说法和前人的分歧在于李奇、郭璞等人认为"染轮"是到车轮上去蘸盐吃肉;而吕向则以为是切割猎获禽兽时的血溅染在车轮上。若依情理而论,车轮上就算沾上了盐,也是不干净的,古人即使不讲卫生,也不至于用它来调味。何况海边的土壤虽含盐,却不是车轮碾过一下上面就染上盐可以蘸食。可见李奇等人的说法,很难成立。裴骃、颜师古和李善信用此说,未免食古不化,倒不如五臣注更近事理。所以五臣注的意见,有时亦不宜一笔抹杀。《四库总目提要》评五臣注云:"然其疏通文意,亦间有可采。唐人著述,传世已稀,固不必竟废之也。"这些话,笔者认为是比较公允的。

从《文选》和《玉台新咏》看萧统和萧纲的文学思想

我国现存的两部文学作品选集《文选》和《玉台新咏》都成书于梁代。值得注意的是这两部书不管体例和宗旨有怎样显著的区别,却都是在梁武帝的两个儿子的影响下产生的。《文选》根据历代的著录,都说是昭明太子萧统所编。近年海外的学者有认为它成于刘孝绰之手的说法,但未可视为定论。况且此说主要的根据是日释空海在《文镜秘府论》中说的"至如梁昭明太子萧统与刘孝绰等撰集《文选》"一语。这句话本身就没有否定萧统在编纂《文选》时的作用。至于《玉台新咏》,历来都说是成于徐陵之手,但人们大抵认为徐陵的编集此书,是受了梁简文帝萧纲之命。其主要根据是唐刘肃《大唐新语》卷三的记载:

> 先是,梁简文帝为太子,好作艳诗,境内化之,浸以成俗,谓之宫体。晚年改作,追之不及,乃令徐陵撰《玉台集》,以大其体。

这段记载出于中唐人手笔,近人颇多持怀疑态度。现在看来这段话确有可疑之处。如萧纲"晚年改作"之说,在萧纲现存的作品中,很难找到这种迹象;再说萧纲仅活了49岁,究竟从何时起是他晚年也很难说。如果把他陷入侯景之手后称作"晚年",那么当时徐陵已不在他身边,而被扣留于北齐,自然无从奉命编书。但《玉台新咏》的成书和萧纲的关系仍然是无可怀疑的。因为据《隋书·经籍志》的著录,《玉台新咏》确为徐陵所编;《艺文类聚》载有《玉台新咏序》,也题徐陵之名。这些典籍的成书,都上距徐陵不远,很难随便怀疑。徐陵和萧纲关系密切,是人所尽知的。何况徐陵的文风与萧纲确系同一流派,更是确切不移的事实。我们如果看《玉台新咏》一书选录的作品,以萧纲之作为最多,并且称之为"皇太子圣制",多少也可以成为此书曾提呈萧纲过目的一个旁证。因此通过《文选》和《玉台新咏》,我们多少可以看出萧统和萧纲两兄弟在文学思想上的不同。在这里,笔者企图通过《玉台新咏》中所选若干作家的作品与《文选》所录诗歌部分作一些比较,指出其异同,并对其不同的原因作一些初步的解释,请大家指正。

一

萧统的思想不同于萧纲,《文选》的宗旨不同于《玉台新咏》,这是人们都共知的事实。但这两位作家及两部总集的具体异同究竟有哪些,似乎很少有人予以详论。一般来说,《文选》旨在对前人创作进行总结,因此对入选作家不录存者,书中所收作品的作者除刘孝标、徐悱和陆倕三人卒于普通年间外,其他作家都卒于天监十二年(513)沈约去世以前,因此基本上可以说是对"永明体"以前的文学进行总结。《文选》编纂的目的似乎是为了给当时的士大夫文人提供一个吟诗作文的范本,因此它几乎包括了当时所有的各种文体,其中有很大一部分现在看来是属于应用文的范畴。以"诗"类来说,根据通行的60卷本,共占12卷,其中所分各类,大体各占一卷至二卷,而其中"赠答"一目比较特殊,几乎独占三卷。此外,还有"献诗"、"公宴"、"祖饯"诸目,亦具酬酢应用的性质。这说明《文选》的编纂,确有为士大夫们出入朝野,应付各种社会活动所需的文体提供样板的作用。与此同时,由于士大夫们对流于民间的乐歌多少存在轻视的态度,再加上这些作品一般亦不适合于士大夫们相互唱酬之用,因此,《文选》中对流行于汉魏的民歌和下层文人之作如《白头吟》、《陌上桑》、《羽林郎》、《董娇娆》、《古诗为焦仲卿妻作》等以及流行于东晋南朝的"吴声歌"、"西曲歌"等均未入选;而这些作品则大抵为《玉台新咏》所选录。从这一意义上说,《玉台新咏》确有其胜于《文选》之处。

《玉台新咏》据徐陵在序中所说,专门"撰录艳歌",以供宫廷中的妇女阅读,所谓"至如青牛帐里,余曲未终,朱鸟窗前,新妆已竟;方当开兹缥帙,散此绦绳,永对玩于书帷,长循环于纤手"。徐陵公开声明这个选本和正统的文学虽然性质不同,却可以并行不悖。所谓"曾无忝于《雅》、《颂》,亦靡滥于风人,泾渭之间,若斯而已"。正因为徐陵抱着这一宗旨选诗,所以对历代的名家名篇,只要不是写妇女生活和男女之情的内容,都一概摈弃不录;至于一些艳歌中被封建道德所不容的如沈约的《六忆诗》,甚至在我们今天看来也不能算健康的如萧纲的《娈童》,却都能采录①。正因为如此,《玉台新咏》颇受到后世论者的指责。如南宋人刘克庄云:

> 徐陵所序《玉台新咏》十卷,皆《文选》所弃余也。六朝人少全集,惟赖此书略见一二。然尚好不出月露,气骨不脱脂粉,雅人庄士见之废卷。昔坡公笑萧统之陋,以陵观之,愈陋于统。如

---

① 这里主要依据明寒山赵氏覆宋本《玉台新咏》,通行本为后人窜乱,不足据。

> 沈休文《六忆》之类，其亵慢有甚于《香奁》、《花间》者。然则自《国风》、《楚词》而后，固当继以《选》诗，不易之论也。（见《后村诗话·前集》卷1。）

刘克庄这段话，未免过于道学气，像沈约《六忆诗》一类作品，其实并无什么不健康的内容，而且在艺术上也颇有特色，不该予以否定。至于像萧纲的《娈童》之类，那毕竟是极少数，自不能以偏概全，据此否定全书。不过，《玉台新咏》确实有它的缺陷，那就是全书所录，主要限于"艳歌"，不可能反映自汉到梁所有作家的主要成就，更由于内容的狭窄，在艺术技巧方面也多少显得单调。然而，它也有其特色，由于此书旨在倡导一种新的诗风，因此其入选的作品并不限于已故的作者，全书十卷，至少有二卷全取存者之作，还有两卷，也选录了不少当时人的作品。从这一事实可以看出此书的主要目的在于"开来"，而不像《文选》那样只是"继往"。正由于此，《玉台新咏》的性质和《文选》很不一样，我们不应该简单地用评价《文选》的尺度来衡量此书的得失。

为了说明《玉台新咏》与《文选》的不同，我们不妨把两书对魏晋迄梁一些主要作家之作的选录情况作比较，就多少可以看出其异同。（在这里，由于汉代文人诗数量甚少，《文选》又不录民歌，因此无法进行比较；梁天监以后尚健在的诗人，由于《文选》未加收录，自然也无从加以对比。）

二

在三国诗人中，最有名的莫过于曹操父子和所谓的"建安七子"。在"三曹"中，曹操的诗中没有艳歌，因此《玉台新咏》并未选录他的作品;《文选》则选录了他的《短歌行》、《苦寒行》等名作。这是两书的宗旨不同所决定的,我们似乎没有必要加以抑扬。曹丕的诗,《文选》共选四首,其中《善哉行》、《芙蓉池作》和《杂诗》均非"艳歌",《玉台新咏》没有入选是可以理解的;《燕歌行》,《文选》仅取"秋风萧瑟天气凉"一首,《玉台新咏》却还选录了"别日何易会日难"。此外,还收入他的《于清河见挽船士新婚与妻别》及《又清河作》。上述这种情况说明,《文选》注意到了曹丕作品的各个方面,而《玉台新咏》则致力"撰录艳歌",宗旨不同,而二者在选录《燕歌行》(秋风萧瑟天气凉)则是一致的。在今天看来,《燕歌行》确是曹丕作品的代表作。至于《文选》和《玉台新咏》所选录的其他各首,在曹丕诗中,亦均可列为上乘之作。因此选录篇目不同,主要取决于二书各自的性质,很难评其优劣,也不能据此说明萧统和徐陵对曹丕看法的区别。相对于曹丕来说,二书对曹植作品的选录,情况略有区别。曹植在建安诗人中,现存的作品最多,历来人对他的评价也最高。《文选》收曹植诗凡 30 首,《玉台新咏》则收 10 首。其中相同的有《七哀诗》[《玉台新咏》作《杂诗》(明月照高楼)]、《杂诗》(西北有织妇)、《杂诗》(南国有佳人)、《情诗》[《玉台新咏》作《杂诗》(微阴翳阳景)]和《美女》篇,凡五首。在这里,我们可以看到凡是《文选》中所录有关艳情和妇女生活的诗,《玉台新咏》均已收入。此外,《玉台新咏》还多收了《杂诗》(揽衣出中闺)、《种葛》篇、《浮萍》篇、《弃妇诗》和《妾薄命》五首。至于曹植的一些名篇如《赠白马王彪》、《名都》篇、《白马》篇、《杂诗》(高台多悲风)等,虽经《文选》收录,而由于不合该书的性质,所以《玉台新咏》没有入选。这种情况说明萧统和徐陵一样,都对曹植的评价甚高,其选录作品有不同,仍是由两书的性质决定的。

至于两书对"建安七子"作品的选录,似乎差别较大。《文选》中所录"七子"的诗,有王粲之作 11 首,刘桢 10 首,应玚 1 首。《玉台新咏》并不收这三人的作品，却选录了陈琳的《饮马长城窟行》和徐幹的诗7首。这种情况也是由《玉台新咏》的性质决定的。因为从南朝以来，凡是论到"建安七子"的，都认为王粲和刘桢二人的成就最高，这一点徐陵恐怕也未必有什么异议。但像王粲的《七哀诗》、刘桢的《赠从弟》这样的名篇，都和艳歌无涉，不可能收入《玉台新咏》。至于陈琳和徐幹的诗，在南朝人心目中，似乎不算高。《诗品》把徐幹列入下品，而对陈琳甚至不加品题。但是我们还是应该承认，《饮马长城窟行》确是一首好诗，不过诗风较为质朴，可能不合萧统的眼光。南朝人对徐幹总的评价虽然不高，但对他的《室思》一诗还是很重视的。如《乐府诗集》卷69所载，宋齐间人仿作其第三章的就有宋孝武帝刘骏和刘义恭、颜师伯、鲍令晖、王融和虞羲，梁代又有范云。《诗品序》中所举历代名句，也有其中的"思君如流水"。我们可以说，《文选》看重王粲、刘桢是因为他们在总的成就方面可以作为"七子"的代表；《玉台新咏》选取陈琳、徐幹之作，是因为他们写出了优秀的情诗。这种差别基本上还是来自两书的性质差异，而不能说明萧统和徐陵对"七子"的评价有何不同。

稍后于建安的正始诗人的代表人物是阮籍和嵇康。《文选》收阮籍诗17首，全归入"咏怀"一目；收嵇康诗7首。《玉台新咏》不取嵇康的诗，这显然和嵇康没有写艳体诗有关；另外，嵇康之诗，长于四言，而这种诗体在梁代已不甚流行，除了朝廷之上有时还有人写作外，已很少有人问津。再说嵇康的主要成就毕竟在散文方面，所以不收嵇诗也不足为病。至于阮籍的《咏怀诗》，今存的有82首，此外像《魏书·李彪传》所载李彪对齐武帝所诵逸句，尚在其外，可见原来数量还要多些。然而《玉台新咏》所选的二首，却都包括在《文选》所录的17首之中。其他15首之没有入选，只是因为它们并非艳歌。从这个情况看来，徐陵对嵇、阮的评价似乎也很难说与萧统有何不同。

《文选》和《玉台新咏》二书中对西晋一代最著名的几位作家的诗歌,其选录情况似乎和上述情况也较类似。例如:《文选》收张华诗凡6首,《玉台新咏》则收7首,其中《文选》所收两首《情诗》,就是《玉台新咏》5首中的第三和第五首。至于《文选》所录《杂诗》和《玉台新咏》所收的两首不同,是因为前者不是艳歌;《励志诗》和《答何劭》更非《玉台新咏》所能选录。这样,二书载张华之作,相同者已达三分之一左右。在这里,《文选》显然要考虑反映张华诗的各个方面;《玉台新咏》则专取艳体。根据钟嵘《诗品》评张华"犹恨其儿女情多,风云气少"的话来看,《玉台新咏》的做法似乎不无道理,而考虑到两书的不同性质,我们也很难说萧统和徐陵对张华的评价有何不同。同样地,对于潘岳的诗,《文选》收有10首,《玉台新咏》收有4首,其中最著名的《悼亡诗》,二书均已入选。《文选》中所收《关中诗》、《在河阳县作》、《在怀县作》和《金谷集作诗》等虽都为历来论者所重视,却与《玉台新咏》所要选录的内容无涉。潘岳的诗本来不算太多,而从江淹《杂体诗三十首》看来,其代表作当即《悼亡诗》,从这个意义上说,同样不能认为萧统和徐陵对潘岳的看法存在分歧。

对于被视为"太康之英"的陆机,其作品入选《文选》的最多,仅诗一类就有25首。《玉台新咏》则选有陆诗14首,在晋宋以前诗人中也是较多的(仅次于鲍照的17首)。值得注意的是《玉台新咏》所录的诗中,竟有12首与《文选》相同,只有《为周夫人赠车骑》和《燕歌行》二首不见《文选》。至于《文选》中所录陆机名作如《赴洛诗》、《赴洛道中作》等,没有被《玉台新咏》所收录,那是完全可以理解的。从二书选录陆诗的情况来看,萧统和徐陵显然都认为陆机是一位非常杰出的作家,而且在他的诗中,应以哪些为代表作,二人的见地也十分类似。

除了张华和潘、陆以外,西晋的诗人中要推左思和张协为最著。

对这两位诗人的作品,《文选》和《玉台新咏》的选录情况似乎有较大的不同。但如果对这种现象进行深入的思考,也很难据此认为萧统和徐陵的观点有什么原则的区别。左思诗歌的代表作显然是他的《咏史诗》,这是刘勰在《文心雕龙·才略》、钟嵘在《诗品序》中一致肯定的;江淹的《杂体诗三十首》,拟的也是这一组诗。《文选》全录这八首诗,显然是很有见地的。但像《文选》所载左诗如《咏史》、《招隐》之类,又和《玉台新咏》所要搜集的艳歌毫不相干。但是左思又是一位非常重要的作家,大诗人谢灵运甚至说过"左太冲诗,潘安仁诗,古今难比"(见《诗品》卷上)。因此要把左诗全部弃而不录,显然是不妥的。徐陵高明之处正在他录取了左思那首别具一格的《娇女诗》。这样,既没有遗漏一位重要作家,又向读者展示了左思诗歌的另一方面,并且对后代诗人也产生了不小的影响。因此,徐陵对左思的做法,不但不能说和萧统立异,而且也没有和南朝人对左思的看法相违反。《玉台新咏》对张协作品的选录,其实和《文选》的做法也没有原则的矛盾。从现象上看,《文选》录张协《杂诗》10 首,《玉台新咏》仅收 1 首;但事实上张协的诗至少迄今所存,主要限于这 10 首《杂诗》,而在这 10 首诗中,可以和艳情多少有些联系的则仅有这第一首("秋夜凉风起")。这是由客观事实决定的,更不能说明徐陵的主张和萧统有何不同。

在西晋作品中,《文选》所收和《玉台新咏》有较显著区别的,恐怕主要是傅玄的诗。《文选》所收傅玄诗仅 1 首,即卷 29 所收《杂诗》("志士惜日短")。此诗在艺术上确有很高的成就,但只此一首,多少说明了萧统对傅玄的评价不高。这大约因为傅玄多数的诗未免失于质直粗放,缺乏足够的雕润之故。《玉台新咏》则与此不同,共选录傅诗 15 首之多。这恐怕和傅玄的诗中较多描写妇女生活的题材有关。在今天看来,傅玄这些诗不但对妇女具有同情,而且像《豫章行·苦相》篇、《怨歌行·朝时》篇和《明月》篇等都颇有特色,从这一点说,《玉台新咏》确实可以补《文选》的缺憾。当然,《玉台新咏》在对待傅玄的诗上,也有其不足之处。这表现在它所收傅玄所写妇女题材的诗,只取其哀怨悲凄的作品,至于那些描写强毅刚烈的妇女的诗如《秦女休行》就没有入选。同样地,在傅玄之前的左延年也写有《秦女休行》一首,内容和傅诗相类,也未被收录。这是因为这种有反抗性格的妇女,对那些上层士大夫来说,尽管从当时的道德标准出发无从加以非议,但在感情上却很难加以欣赏。他们当然更不愿用那些诗去供宫廷中的妇女阅读。

从南朝以来,论者对东晋一代的诗歌大抵评价甚低。所以《文选》和《玉台新咏》二书选录的这一时期的作品都比较少。但入选二书的作家颇为不同。如东晋初期的刘琨和郭璞,都是文学史上很重要的诗人;后期的殷仲文和谢混,都是从玄言诗向山水诗转化时的关键人物。但这些人的作品,我们只能从《文选》中读到,至于《玉台新咏》,则连他们的名字也没有提及。对于东晋的玄言诗人如袁宏、许询等人的诗,《文选》和《玉台新咏》都没有收录,这大约是因为这些人的诗"辞趣一揆",不见特色。在这一点上二书是完全一致的。《玉台新咏》有一个很大的贡献是它全录了杨方的5首《合欢诗》。这5首诗实在是很难得的情歌名篇,不但感情真挚热烈,而且比喻奇妙,辞采亦颇优美,在玄风盛行,诗歌淡乎寡味之际,出现这样的佳作,实在是值得充分肯定的。《文选》不录此诗的原因,可能因为它写爱情很大胆,甚至有"但愿长无别,合形作一躯;生为并身物,死为同棺灰"等句。这和陶渊明《闲情赋》中一些句子颇有异曲同工之妙。这种思想在我们看来是不顾封建礼教的羁束,而在萧统看来则觉得过分了。他作《陶渊明集序》,对陶渊明倍加推重,惟独对《闲情赋》深致不满,就可以知道他的思想。在这一点上看,萧纲和徐陵对妇女的态度虽有其弊病，但对于是否要受礼教约束这一点，其看法多少胜于萧统，所以在《玉台新咏》中可以选录繁钦《定情诗》和杨方《合欢诗》这样的作品。此外，《玉台新咏》还选录了王鉴的《七夕观织女诗》和曹毗的《夜听捣衣》诗。这两首诗虽未必可称为十分精彩之作，却是写这些题材的较早的诗，可以和王僧达、颜延之写七夕之作及谢惠连的《捣衣诗》相比照，看出诗人相互的继承与借鉴的轨迹。相对来说，《文选》选录诗歌，往往对同一题材之作，仅取一首，如：选了颜延之的《秋胡诗》，就不取傅玄的《和班氏诗》；取了鲍照的《白头吟》，就不取汉《相和歌辞·白头吟》等。从这个意义上说，《文选》在反映各个作家的多方面成就上显然优于《玉台新咏》；而在反映某些题材的前后发展过程时，《玉台新咏》也有其长处。

关于东晋大诗人陶渊明的作品，《玉台新咏》所选的陶诗，自然远不如《文选》所录的多。《文选》收陶诗7首，而《玉台新咏》仅收1首，即《拟古》（"日暮天无云"）。看来，这也许可以说是萧统和萧纲、徐陵文学思想不同的表现。因为萧统是第一个对陶渊明大加表彰的人，而萧纲、徐陵的文风则与陶相去甚远。但事实恐怕也未必如此。萧纲对陶诗的推崇，其实也不亚于乃兄。《颜氏家训·文章》记刘孝绰佩服谢朓，"常以谢诗置几案间，动静辄讽味。简文爱陶渊明文，亦复如此"。和萧纲属于同一流派的徐陵，大约也未必不喜陶诗。只是因为严格地说陶渊明的诗中并无艳歌，即使这首《拟古》亦未必真正合乎《玉台新咏》的要求，说不定徐陵还是为了存其人而录此一首的。

《文选》和《玉台新咏》对刘宋前期一些作家的态度，也是表面上看来颇为不同，而实质上未必有太大的区别。这种矛盾现象主要表现在对谢灵运作品的态度上。《文选》录谢灵运诗达40首之多，如果单计诗歌一类，那么他被收入的作品数量最多。这显然和他作为"元嘉之雄"的地位是相符的。但《玉台新咏》却仅在第十卷中收录了他的《东阳溪中赠答》首短诗。这两首诗本身并不算精彩,比起谢灵运那些奇妙的山水诗来,简直难以同日而语。但从现存谢灵运的诗看来,可以称得上艳歌而入选《玉台新咏》的也只此两首。在某种程度上说,徐陵之选录《东阳溪中赠答》,也许和他收左思的《娇女诗》、陶渊明的《拟古》类似。但左、陶之作,本身确为好诗,而谢灵运这两首却不是这样。《玉台新咏》之所以选谢灵运诗甚少,是否和萧纲说"谢(灵运)故巧不可阶"(见《与湘东王书》)有关?笔者认为未必如此。因为萧纲在《与湘东王书》中说:"谢客吐言天拔,出于自然。"可见他还是推崇谢灵运的,只是谢的天才极高,很难效法,容易弄成画虎不成反类狗。根本原因仍在于谢灵运几乎没有从事艳歌的写作。

  在刘宋早期的诗人中,除了谢灵运外要数他堂弟谢惠连和好友颜延之最有名。(鲍照虽被严羽列为元嘉三大家之一,其实已活到大明、泰始文风变化之后,所以只能放在后面论列)谢惠连的诗才深得谢灵运称赏,他现存的诗虽远比他堂兄少,然亦不乏名篇,而且他的诗中确有写到妇女生活之作,适于《玉台新咏》选录,所以《玉台新咏》所录他的诗有 3 首,数量较乃兄为多。《文选》所收则有 5 首,但其中《七月七日咏牛女》和《捣衣》两首是相同的。至于《秋怀诗》、《泛湖归出楼中玩月》、《西陵遇风献康乐》诸诗,和妇女生活无关,自然不能为《玉台新咏》所收。此外,《玉台新咏》还录有他的《代古》1首,乃模仿《古诗·客从远方来》之作,在艺术上逊于《捣衣》等诗。从这个情况看来,《文选》中所收与妇女生活有关的诗作,《玉台新咏》也都收入了。这说明二书所收篇目虽不尽相同,主要是由于书的性质,而不在于徐陵的看法与萧统有异。二书对颜延之诗歌的选录情况与此亦相类似。《文选》录颜延之诗 15 首,《玉台新咏》则收了两首,这样看起来差别似乎较大。但《文选》所收颜诗名篇如《五君咏》五首,《北使洛》、《还至梁城作》等,其内容均不符合《玉台新咏》

的要求,未能收入是完全可以理解的。其他像《宋郊祀歌》二首,不仅性质问题,连技巧方面也显得平板拙滞,很少有可取之处。颜诗中最精彩的篇章,只有《秋胡诗》和《为织女赠牵牛》两首是涉及男女之情的。《文选》为了避免题材重复而未取后一首,但其选录《秋胡诗》则与《玉台新咏》相同。这说明《文选》和《玉台新咏》在选取颜延之这一类诗歌方面,眼光也是近似的。

综上所述,我们至少可以看出:《文选》和《玉台新咏》在对待从三国到刘宋初的一系列主要诗人时,其评价并无显著的分歧。这是因为这些作家的作品流传已久,在人们心中差不多已有定评。我们试看沈约的《宋书·谢灵运传论》和钟嵘《诗品序》中所列举的一些名家名篇,大抵很少出入,江淹的《杂体诗三十首》所模拟的诗人,也和二者出入甚少,就可以知道在当时,人们对刘宋以前作家,已有比较一致的看法。所以《隋书·文学传》说:"自汉魏以来,迄乎晋宋,其体屡变,前哲论之详矣。"我们今天来讨论《文选》和《玉台新咏》在文学思想上的异同,恐怕主要应着眼于刘宋晚期以后的作家。

三

我国文学发展到南朝曾发生了不少变化。我们论到这一个时期的文学时,经常把"晋宋"与"齐梁"并提,似乎文风的变化始于南齐时代。当然,南齐时"永明体"的出现是文学史上的一件大事。但细推算其发展的轨迹,则这种变化其实在刘宋中叶已经开始。关于这一点,梁代人裴子野在《雕虫论》中早已指出:

> 宋初迄于元嘉,多为经史。大明之代,实好斯文。高才逸

韵,颇谢前哲,波流相尚,滋有笃焉。自是闾阎年少,贵游总角,
罔不摈落六艺,吟咏情性。学者以博依为急务,谓章句为专鲁,
淫文破典,斐尔为功。无被于管弦,非止乎礼义,深心主卉木,远
致极风云,其兴浮,其志弱,巧而不要,隐而不深,讨其宗途,亦有
宋之遗风也。

裴子野在文学方面是比较保守的人,他对文学上的这种变化取否定的态度。但他作为一个史学家,对这种历史现象的判断应该是正确的。我们试看诗文的用典和讲究声律的问题,此前虽已有人提到(如颜延之、范晔等),但真正在这方面下功夫的则是刘宋人谢庄等,此后的"永明体"作家正是继承和发展了他们的文风。至于萧纲和徐陵等"宫体"诗人则又是从"永明体"发展而来。尽管在发展的各个阶段,各有其不同的特色,正如萧子显在《南齐书·文学传论》中所说:"若无新变,不能代雄。"但溯其源流,则当上推到刘宋。所以《周书·王褒庾信传论》在批评庾信文风时,也认为"然则子山之文,发源于宋末,盛行于梁季"。庾信和徐陵虽然后来地分南北,早年则一同出入萧纲的东宫,又是两代世交,在文学上属于同一流派。因此徐陵在编纂《玉台新咏》时,对宋中叶至梁初一些作家的选录,往往和《文选》在取舍标准方面有显著的区别,这种不同不仅体现在作品的题材方面,同时也体现在艺术风格方面。这种差异说明,直到徐陵编纂《玉台新咏》时为止,由于时代还比较相近,人们对这些作家虽然在总的方面已有较一致的看法,至于究竟哪些作品可以算是某人的代表作,似乎还不完全相同。正是在这种条件下,徐陵才能更无拘束地通过编选《玉台新咏》来表现他那一派的文学主张。

在这里所说的宋后期至梁初的作家,主要指鲍照、江淹、谢朓和沈约等人。其中江淹一般被视为梁代人,其实他的卒年虽比谢朓为

晚,生年却远早于谢,从年龄上说,他虽比沈约小了 3 岁,但其创作活动基本结束于宋末齐初,而沈约则直到梁代还在进行创作。因此江淹基本上是代表了"永明体"产生以前的文风,应该把他放在沈、谢之前来论述。

关于鲍照的诗,《文选》所录共 18 首,《玉台新咏》所录则为 17 首,其中只有两首是二书相同的,即《玩月城西门廨中》和《代白头吟》。从体裁方面说,《文选》所录鲍诗全为五言,而《玉台新咏》所收,则杂言诗有 8 首之多,几乎占了半数。这些杂言诗在《乐府诗集》中,有的属于"杂曲歌辞",有的属于"舞曲歌辞"。"杂曲歌辞"的内容比较复杂,产生的时间也有先后。其中有一部分产生于汉魏时代,并已得到士大夫们的重视和仿作。如《文选》所录曹植的《白马》篇、《名都》篇和《美女》篇,《玉台新咏》所录的《妾薄命》均属这一范畴,此外《乐府诗集》所载曹植的此类作品相当不少。《文选》所录陆机的乐府诗中像《君子有所思行》、《齐讴行》、《悲哉行》、《前缓声歌》也属于这一类。可见并不是所有的"杂曲歌辞"都被当时的士大夫文人所轻视。然而《文选》和《玉台新咏》中所录鲍照的"杂曲歌辞"有 4 首,即《出自蓟北门行》、《结客少年场行》、《苦热行》和《升天行》,这 4 种曲调,都有曹植的同题作品在先,可见早已在士大夫文人中流行。《玉台新咏》所收的鲍照"杂曲歌辞"的情况却与此不同。《玉台新咏》共收其《拟行路难》4 首。这种曲调在当时士大夫中却不受重视。据《世说新语·任诞》注引《续晋阳秋》曰:"袁山松善音乐。北人旧歌有《行路难曲》,辞颇疏质。山松好之,乃为文其章句,婉其节制。每因酒酣,从而歌之,听者莫不流涕。"《续晋阳秋》是刘宋人檀道鸾所撰,可见直到刘宋时,人们还认为爱好此曲是怪僻行为。所以鲍照作这些诗,在当时人看来是"俗调"。像《诗品》等称鲍诗为"险俗",盖由于此。《玉台新咏》能打破时人偏见,选录这类诗歌①,不能不说有胜于《文选》之处。至于"舞曲歌辞"的情况,也是这样。从现有的史料来看,前代文人写作舞曲除了庙堂的乐舞之外,只有"俞儿舞歌"、"鼙舞歌"等几种宣扬帝王威德的舞曲,至于《玉台新咏》所收鲍照的《淮南王》、《白纻歌》等,则起于江南民间,后来才为上层所接受。因此仿作这些舞曲,也始于鲍照。《文选》对这些作品均未收录,而《玉台新咏》则加以采择。这不能不说是体现了萧纲、徐陵一派文人和萧统有着不同的文学主张。

除了对鲍照杂言诗的态度不同外,《玉台新咏》的选录鲍诗还有一点颇可注意,那就是《玉台新咏》所录鲍诗只有两首和《文选》相同。其中《白头吟》一首,确是杰出之作,而且内容也是有关妇女的哀愁,入选《玉台新咏》是完全可以理解的。问题是那首《玩月城西门廨中》,只是一首闲适的写景诗,和艳情并无联系,而徐陵却破例予以收录。这大约是因为诗的首六句用"玉钩"、"蛾眉"来刻画初月之状,手法颇见细腻;"归华先委露,别叶早辞风"两句,又显得俊秀,多少与齐梁以后的诗风相近。从这个例子可以看出徐陵在编纂《玉台新咏》时,多少有意识地在提倡那种纤细绮丽的风格。

在《玉台新咏》所选鲍诗中还可以看出,徐陵尽管能对当时的"俗体"较少偏见,但主要还是从上层社会的眼光来看待这些作品的。例如在鲍照的《拟行路难》18首中,涉及男女之情的诗其实并不限于《玉台新咏》所收的4首。像"今年阳初花满林"和"春禽喈喈旦暮

---

① 香港邝健行先生《论颜延之对鲍照的贬评》(香港文史哲出版社版《魏晋南北朝文学论集》)中认为颜氏贬鲍照为"俗",是由于他写过《吴歌》、《采菱》等诗,其实这些诗与"吴声"、"西曲"风格不很一样,且为数甚少,不足概括鲍诗特点。这些诗,《玉台新咏》也一概未选录。

鸣"两首,写的也是夫妇相思之情,而且反映的是比较更接近于下层的游子之情。这两首诗的内容和入选《玉台新咏》的《梦还乡》相似,而感情却更深切真挚。但是徐陵宁可收"璇闺玉墀上椒阁"等写上层妇女生活的作品。这也许如徐陵在此书序言中所说,他强调供妇女阅读的作用,所以更注意选录用妇女口吻来写的诗。

《文选》和《玉台新咏》对江淹的诗似乎都不甚重视。《文选》录江淹诗 32 首,但其中属于模仿前人之作的《杂体诗》占了 30 首。这也许能说明萧统和钟嵘一样认为江淹"诗体总杂,善于摹拟",所以取其拟古之作。《玉台新咏》所录江淹诗 4 首,都在《杂体诗三十首》之内。其实江淹写男女之情的诗决不限于这几首,即以他哀悼其妻的《悼室人》就有 10 首;至于《清思诗》的第一首("赵后未至丽")也可以算是"艳歌",但徐陵概不收录,即使《杂体诗三十首》中拟潘岳《悼亡》的那一首,也没有采入。这说明徐陵对江淹诗风并不欣赏。因为江淹的诗风其实更接近元嘉以前的诗人,他的一些写景诗中多次出现古奥的辞语。因此到了齐初,他的诗歌已不大为人们所喜爱,有"才尽"的说法。至于下开梁陈诗风的徐陵自然更不会对他作较高的评价。

《文选》和《玉台新咏》在选录谢朓诗歌时的区别,很值得我们注意。两书对谢朓的诗选录得都不算少,《文选》共收 20 首,《玉台新咏》则收 16 首。两书相同的只有一首《和王主簿怨情》。这首诗在谢朓诗中还称不上最上乘的作品。谢朓最传诵的名篇大抵属于《文选》中所分的"行旅"、"游览"诸目,和艳诗毫不相干,所以这些好诗之不能收入《玉台新咏》是可以理解的。但谢朓在南齐是一位大家,据《诗品序》记载,当时人曾认为他"古今独步",因此徐陵不愿在《玉台新咏》中选录他的诗太少。同时,徐陵又想在谢朓作品中找到和他们这一诗派共同的方面,于是他就选录了像《灯》、《烛》、《席》、《镜台》、《落梅》等咏物诗和《听妓二首》这样的作品。我们知道,萧纲、徐陵一派诗风导源于徐陵之父徐摛,而徐摛现存的诗,几乎都是咏物之作;像《听妓》一类诗题,又是"宫体诗"中常见的内容。这样,徐陵好像使自己所提倡的诗风与谢朓有了渊源关系。但从《玉台新咏》中所能了解到的谢朓诗,却和历来读者所理解的谢朓诗大相径庭。再说这里所收的几首咏物诗,不过是搬弄一些典故,毫无真性情的流露,恐怕算不上什么好作品。但《玉台新咏》在选录谢朓诗方面也有其成功的一面,像《玉阶怨》、《金谷聚》、《王孙游》、《同王主簿有所思》等都是五言小诗的精品,不但有极高的艺术价值,而且为后来的五言绝句导开了先河。在这里还应顺便提到的是,《玉台新咏》所选王融的4首五言小诗和他的《古意二首》亦属难得的佳作。《文选》不收王融这些作品,未免有遗珠之憾。尤其是《古意二首》。其未被《文选》采录的原因,日释空海在《文镜秘府论》中已经指出。不过入选《玉台新咏》的同一作者的《咏琵琶》和《咏幔》两首,均无足称。

《玉台新咏》收录沈约的诗共有31首,而《文选》则仅收13首,超出一倍以上,而且没有一首和《文选》相同的。这情况除了说明两书的性质不同外,还说明徐陵和萧统在对待沈约诗的评价方面有很大的差别。根据历代论者的看法,应该说更近于《文选》的做法。例如钟嵘说沈诗出于鲍照,后来陈祚明又认为出于谢灵运。现在从《玉台新咏》所收的作品看来,却与鲍、谢均无相似之处。这正说明沈约处于诗风转变时期,《文选》所收的诗反映了他继承前人传统的部分,《玉台新咏》所收主要反映了他开启后代诗风的部分。不过,从艺术成就上说,这两部分也都各有所长。《文选》中所录的《别范安成》、《宿东园》、《早发定山》、《新安江至清浅深见底贻京邑游好》诸诗,都可以说是赠别和写景的名篇。《玉台新咏》所收的《八咏》中的《登台望秋月》、《会圃临春风》等开创了一种新体的杂言诗,诗风绚丽而活泼,对后来的抒情小赋及歌行均有不可忽视的影响;《六忆诗》是后来"宫体诗"的嚆矢,如果我们不是站在封建卫道者的立场来看问题,应该说这些诗对美女体态、表情的描写是很成功的。这些诗的出现,丰富了一种诗歌题材的技巧,对其作用应该作充分的肯定。他的3首小诗风格和谢朓、王融之作有所不同,但也颇有特色。但《玉台新咏》中所录沈诗也有些并不算好,如:《拟三妇》等一味因袭模拟;《杂咏五首》也仅仅搬弄一些典故和技巧,是文人们临时卖弄才能之作,带有应酬的性质,称不上什么好诗;至于《十咏》二首即《领边绣》和《脚下履》,可谓格调不高,在咏物诗中也只能算下乘。

　　总的来说,《文选》和《玉台新咏》在文学观点上的不同,主要表现在对宋后期至梁初一些作家作品的选录方面。大体说来,《文选》比较尊重传统,强调典雅,其优点是较好地反映了历代作家的优秀成果,其缺点则不免过于追求典雅,遗漏了一些民间文学精品而又收入了某些平板无味之作。《玉台新咏》比较注意创新,较能重视民间文学及当时视作"俗体"的诗歌,其优点是能打破某些偏见,开创某些新的题材,大大地丰富和发展了情诗及一些诗题的写作技巧,其缺点则在于其所提倡的诗风由于尚处于尝试阶段,在技巧上有时还不够成熟和多样化,而且由于力求新奇,在个别作品中还有不大健康的情调。对于两书各自的优缺点,应该有分析地对待,不能执此非彼。尤其在今天,由于那个时代的作品已经大部分散佚,很多优秀的文学遗产端赖二书得以保存下来,这个功绩更是不可低估。

四

　　《文选》和《玉台新咏》在选录一些作家的作品时表现出如此的

区别,除了二书的性质不同外,也由于萧统和萧纲、徐陵的文学思想有别。关于萧统的文学思想,我们在他现存的一些文章中可以略知其大概。他在《答湘东王求文集及〈诗苑英华〉书》中曾经说到他的文学主张:

> 夫文典则累野,丽亦伤浮。能丽而不浮,典而不野,文质彬彬,有君子之致,吾尝欲为之,但恨未逮耳。

这段话,也同样可以说明他选录《文选》时的标准。所以近人骆鸿凯在《文选学》一书中说萧统"迹其所录,高文典册十之七,清辞秀句十之五,纤靡之音百不得一。以故班、张、潘、陆、颜、谢之文,班班在列,而齐梁有名文士若吴均、柳恽之流,概从刊落,崇雅黜靡,昭然可见"(见《文选学》第32页)。萧统在文学上不但主张典雅,他还很强调文学的社会功能。他的这种主张甚至还偏于正统的儒家思想。在《答晋安王书》中,他说:

> 况观六籍,杂玩文史,见孝友忠贞之迹,睹治乱骄奢之事,足以自慰,足以自言。人师益友,森然在目。

正是从这样的观点出发,他在作《陶渊明集序》时,就强调读了《陶集》"驰竞之情遣,鄙吝之意祛。贪夫可以廉,懦夫可以立。岂止仁义可蹈,抑乃爵禄可辞。不必傍游泰华,远求柱史,此亦有助于风教也"。但同时,他又对陶渊明写《闲情赋》深表不满,认为是"白璧微瑕",惋叹"惜哉,亡是可也"。这种思想也表现在《文选》的编纂工作中,事实上《文选》中除了某些必不可少的名篇以外,所录关于男女之情的作品是较少的。① 这和萧统上述这些思想显然一致。我们再看谢灵运、谢朓的山水诗被大量地录入《文选》,应该说和《梁书》本传说的"性爱山水"不无关系。同样地《文选》很少收"艳歌",也和他"不畜声乐",对女妓"略非所好"的思想相一致。

萧纲的文艺思想与此颇为不同。他也很重视文学的作用。在《答张缵谢示集书》中说:

> 窃尝论之:日月参辰,火龙黼黻,尚且著于玄象,章乎人事,而况文辞可止,咏歌可辍乎?不为壮夫,扬雄实小言破道;非谓君子,曹植亦小辩破言。论之科刑,罪在不赦。

但他重视文学,和萧统是不同的。在《诫当阳公大心书》中,公然认为:

> 立身之道,与文章异。立身先须谨重,文章且须放荡。

这里说的"放荡",就是指突破陈旧的规范,不受传统的束缚。所以在《与湘东王书》中,他批评当时一些人的文体"儒钝殊常"。他不满意这些人的诗文"未闻吟咏情性,反拟《内则》之篇;操笔写志,更摹《酒

---

① 日本学者清水凯夫先生在《六朝文学论文集》(韩基国译,重庆出版社)中主张《文选》全出刘孝绰手,与萧统无关。其中《〈文选〉撰者考》一文就因《文选》中有艳情之作,认为与《陶渊明集序》思想不合。但《文选》中有《高唐》、《神女》、《登徒子好色》和《洛神》4 赋是因为它们在当时已被视为赋的典范。至于《文选》中的诗,只有少数几首写到情,而且仅限于夫妇之情,能称上"艳歌"的更是极少数。看来《文选》的编纂思想倒是和萧统《陶渊明集序》符合的。

诰》之作。迟迟春日,翻学《归藏》;湛湛江水,遂同《大传》"。总之就是不满意从儒家经典中讨生活,追求典雅。这显然不同于萧统。在他的《答新渝侯和诗书》中,更可以看出他欣赏的是哪些作品:

> 垂示三首,风云吐于行间,珠玉生于字里,跨蹑曹左,含超潘陆。双鬟向光,风流已绝,九梁插花,步摇为古;高楼怀怨,结眉表色;长门下泣,破粉成痕。复有影里细腰,令与真类;镜中好面,还将画等。此皆性情卓绝,新致英奇。故知吹箫入秦,方识来凤之巧;鸣瑟向赵,始睹驻云之曲。手持口诵,喜荷交并也。

这里他所赞扬备至的诗歌,显然就是《玉台新咏》中所搜集的"艳歌"。因此《玉台新咏》虽出徐陵之手,却同样地表现了萧纲的文学思想。萧统和萧纲同为梁武帝之子,且同是丁贵嫔所生,而文学思想如此不同,这不能不归因于他们所受的教育有很大的差异。萧统是梁武帝的长子,他出生于梁武帝起兵反对齐东昏侯那年,次年梁武帝就做了皇帝,立他为太子。据《梁书·昭明太子传》,他3岁就读《孝经》、《论语》,"五岁遍读五经,悉能讽诵"。天监五年,他刚6岁,就出居东宫;15岁时,梁武帝就叫他协助处理政务,"内外百司奏事者填塞于前"。这说明萧统受的不但是严格的儒家正统教育,而且是被当作帝王的接班人来培养的。在这种教育之下,萧统的思想自然会倾向于正统的儒家思想,尤其作为协助父亲管理国家的太子,他当然更会注意文学对风化、政教的作用。从萧统的诗文看来,他的文学修养不能说不高,但在《文选》中收入了像韦孟《讽谏诗》这样乏味的说教之作,不能不说是受了这正统观念的支配。同时,由于从小的教育,习与性成,他的不好女乐,不喜"艳歌",大约也是真实的。

萧纲的情况与萧统有很大的不同。他是天监二年出生的,那时萧统已被立为皇太子,因此梁武帝对他的期望也只是做一个藩王而非皇位的继承者。后来萧统的病逝和他被立为太子,继承皇位,并非始料所及,所以对他的要求自然不会像对萧统那样严格。他 8 岁时就离开建康到广陵(今扬州)做南兖州刺史。据《梁书·简文帝纪》说,他"六岁便属文",梁武帝很高兴,说:"此子,吾家之东阿。"他自己也说:"余七岁有诗癖,长而不倦。"《梁书·徐摛传》载,在他 7 岁出戍石头时,梁武帝就叫周舍找一个"文学俱长兼有行者"和他"游处"。结果就派了徐摛。徐摛是一个艳诗的作者,在他影响下产生了"宫体"。对此,梁武帝开始时曾加怒责,但由于徐摛"应对明敏,辞义可观",也就"意释"了。这件事本身说明梁武帝对太子和诸王的要求是不同的。诸王并非皇位继承人,写艳诗似不受太大限制。梁武诸子不仅萧纲,像萧纶、萧绎、萧纪等都写过这类诗,只有萧统一人无这类作品流传,就足以说明这问题。萧纲正当开始写诗时,就受了徐摛的熏陶,自然会成为"宫体诗"的代表人物。徐陵既是徐摛之子,又长期和萧纲朝夕相处,自然持有同样的观点。

  萧统和萧纲文学思想的不同,事实上正体现了梁武帝其人性格中的矛盾。梁武帝早年也是长于文学创作的,他出入南齐竟陵王萧子良西邸,和谢朓、王融等文人号为"竟陵八友"。那时,他也写过不少艳诗,例如《玉台新咏》所收他的艳诗就有 41 首之多,可见他在内心中也是喜爱这些作品的。但是到他做了皇帝以后,为了巩固其政权,不能不注意文学的政教作用。所以他亲自撰写和主持编纂了几乎所有儒家经典的疏义,以儒学的正统自居。这在梁武帝本人,多半是出于矫饰政治的需要。然而从小受这种教育的萧统在编纂《文选》时力图有益于风教,却多半是真诚的。梁武帝对萧纲的写作艳诗,在口头上不能不反对,但从内心来说,又未尝不欣赏,所以对徐摛的斥责也只是草草收兵。至于萧纲作为"宫体诗"的代表人物,当然是由于那时的文学发展势必要产生这一流派,而这一流派自然会找到其代表人物。然而,梁武帝对诸王的宽容及内心中对艳体的爱好促成了他这地位的形成。所以,萧统和萧纲正体现了梁武帝性格的两个方面:萧统反映的是作为皇帝的梁武帝;而萧纲反映的则是作为人和文学家的梁武帝。但是,作为反映社会生活的文学,其内容毕竟应该是多方面的。单纯地选录"艳歌",久而久之也会使人感到厌倦,而题材比较广泛的《文选》毕竟更适应于广大读者的要求。在千余年的历史上,《文选》的影响远远超过了《玉台新咏》,这也绝非偶然。

关于《文选》中六篇作品的写作年代

萧统编纂的《文选》,所收作品绝大多数为南朝梁天监十二年(513)沈约去世以前的人所作,只有六篇是例外,即刘孝标的《重答刘秣陵沼书》、《辨命论》和《广绝交论》,徐悱的《古意酬到长史溉登琅邪城》,陆倕的《石阙铭》和《新刻漏铭》。这三位作者中,刘孝标卒于普通二年(521),一说三年(522),徐悱卒于普通五年(524),陆倕卒于普通七年(526),都比沈约后死;而且陆倕之死,上距沈约卒年凡十三年之久。但比这三位作者死得早的作家如柳恽(卒于天监十六年)、何逊(约卒于天监十八年)、吴均(卒于普通元年)等人的作品都没有入选。这是什么原因呢?骆鸿凯先生在《文选学》中根据《文选》分析道:"班、张、潘、陆、颜、谢之文,班班在列,而齐梁有名文士若吴均、柳恽之流,概从刊落,崇雅黜靡,昭然可见。"(第32页)这是从文风上来解释《文选》不录柳、何、吴之作的原因。此说是很有见地的。因为《文选》的成书最早也得在普通七年陆倕死后,而那一年萧统又遭了母丧,不可能从事《文选》的编纂工作。所以成书至早当在大通元年(527)十一月以后(据梁代礼制,父在为母服丧一年,丁贵嫔死于普通七年十一月,则萧统除服必在次年十一月以后)。据此,《文选》的不录柳恽等人之作,当非由于这些人尚健在。这和钟嵘

《诗品》没有论到这三位诗人,是由于他的卒年和这三人相近,作《诗品》时三人尚在不同。

但刘孝标、徐悱和陆倕三人虽然死于普通年间,而入选的作品,似皆作于天监年间。在这里,我们不妨按三位作者的生卒次序来一一加以考订。

首先,刘孝标其人卒于普通二年,他的文章作于天监时代,本是极容易理解的。其三篇作品中,写得较早的应该是《辨命论》。此文开头一段云:

> 主上尝与诸名贤言及管辂,叹其有奇才而位不迭。时有在赤墀之下,预闻斯议,归以告余。余谓士之穷通,无非命也,故谨述天旨,因言其略云。

这里的"主上"指梁武帝。据《梁书》本传:"高祖招文学之士,有高才者,多被引进,擢以不次。峻率性而动,不能随众沉浮,高祖颇嫌之,故不任用。"关于梁武帝不用刘峻的原因,《南史·刘峻传》还有更详细的记载:"武帝每集文士策经史事,时范云、沈约之徒皆引短推长,帝乃悦,加其赏赉。会策锦被事,咸言已罄,帝试呼问峻,峻时贫悴冗散,忽请纸笔,疏十余事,坐客皆惊,帝不觉失色。自是恶之,不复引见。"这件事,范云尚在,据《梁书·武帝纪》中,范云卒于天监二年五月,则此事当发生在天监元年至二年四月之间。《梁书·刘峻传》则称:"天监初,召入西省,与学士贺踪典校秘书。峻兄孝庆,时为青州刺史,峻请假省之,坐私载禁物,为有司所奏,免官,安成王秀好峻学,及迁荆州,引为户曹参军,给其书籍,使抄录事类,名曰《类苑》,未及成,复以疾去,因游东阳紫岩山,筑室居焉。"不管《梁书》与《南史》所载有何不同,但《梁书》说刘峻"入西省"在"天监初",与《南史》所载合。又据《梁书·武帝纪》中及《安成王秀传》,安成王秀为荆州刺史在天监七年(508)。《辨命论》之作,既为寄托其不遇之慨,而且是在听到"赤墀之下,预闻斯议"的人告知他梁武帝论管辂之事,则其时刘峻尚在建康,应是天监初至七年以前作。而《重答刘秣陵沼书》,当作于《辨命论》既成之后,据《梁书》本传,书成后,刘沼曾加反驳,刘峻再次答辩,最后一次答辩完成时,刘沼已死。据《梁书·文学·刘沼传》说刘沼"天监初,拜后军临川王记室参军,秣陵令,卒"。临川王宏为后将军,据《梁书》本传为天监元年,三年即进号中军将军。详《梁书·文学传》语气,刘沼之卒,距出任秣陵令时间亦不太远。那么此书写作时间,当亦在天监七年赴荆州以前。至于《广绝交论》,写作较晚,当在刘峻离开荆州以后。据《梁书·任昉传》,任昉卒于天监七年,当时他为新安太守。死后"诸子皆幼,人罕赡恤之",所以刘峻为此作论。按:新安治所在今浙江淳安西,靠近皖浙省界;东阳在今浙江金华。刘峻离荆州去东阳,途经新安,见到任昉诸子流离之状,当属任昉死后不久。《广绝交论》中有"缌帐犹悬,门罕渍酒之彦;坟未宿草,野绝动轮之宾。藐尔诸孤,朝不谋夕"诸语,说明作文时距任昉之死不会太久,其写作时间最迟也应在天监十年(511)左右。因为据《梁书·安成王秀传》,天监十一年,萧秀已被调回建康任侍中、中卫将军,领宗正卿、石头戍事,而刘峻离开荆州,则在萧秀回建康以前。

徐悱卒于普通五年,那么他的诗作于普通间的可能性当然是存在的。但据《梁书·徐勉附徐悱传》:"起家著作佐郎,转太子舍人,掌书记之任。累迁洗马、中舍人,犹管书记。出入宫坊者历稔,以足疾出为湘东王友,迁晋安内史。""湘东王"即元帝萧绎,天监十三年七月立为湘东王(据《梁书·武帝纪》中、《元帝纪》)。徐悱此诗为和到溉而作。到溉据《梁书》本传:"起家王国左常侍,转后军法曹行参军,历殿中郎。出为建安内史,迁中书郎,兼吏部,太子中庶子。湘东王绎为会稽太守,以溉为轻车长史、行府郡事。……遭母忧,居丧尽礼,朝廷嘉之。"萧绎为会稽太守时间,史无明文。但据《梁书·到洽传》:"普通元年,以本官领博士。顷之,入为尚书吏部郎,请托一无所行。俄迁员外散骑常侍,复领博士,母忧去职。五年,复为太子中庶子……"到洽为到溉的亲弟,其遭母忧时间离普通元年不久,而且到普通五年又出来做官,那么丁母忧应在普通二年左右。到溉在丁母忧以前,已经随会稽太守萧绎到了会稽,不可能登琅邪城(在建康东北)。那么徐悱和到溉同登琅邪城时间,必在天监年间。据《徐悱传》,徐悱曾"出入宫坊者历稔",到溉也曾为太子中庶子,他们同登琅邪城时间必在天监时期。再看"以足疾出为湘东王友"句,那么他的离开东宫在任"湘东王友"之时。一般来说,藩王的"友",是立为王以后即可任命的。萧绎立为湘东王是天监十三年,那么《古意酬到长史溉登琅邪城》也有可能作于天监十三年以前。

陆倕死得比刘孝标、徐悱都晚,但他的《新刻漏铭》和《石阙铭》却作得较早。《梁书·陆倕传》:"迁骠骑临川王东曹掾。是时礼乐制度,多所创革,高祖雅爱倕才,乃敕撰《新漏刻铭》,其文甚美。迁太子中舍人,管东宫书记。又诏为《石阙铭记》,奏之。敕曰:太子中舍人陆倕所制《石阙铭》,辞义典雅,足为佳作……"按:《梁书·临川王宏传》,临川王萧宏为骠骑将军,在天监六年夏,当年即迁为司徒。那么《新刻漏铭》之作,当在天监六年夏(《武帝纪》中以为是四月)以后,而据《武帝纪》,萧宏为司徒在当年闰十月以前。《石阙铭》之作较此稍后。《梁书·到洽传》:"(天监)七年,迁太子中舍人,与庶子陆倕对掌东宫管记。"这和《陆倕传》载陆倕作《石阙铭》后"迁太子庶子"相合。据此,《石阙铭》之作,当在天监六年冬到天监七年到洽任中舍人以前,因为到洽任中舍人时,陆倕已是庶子了。这样看来,陆倕二文,肯定比徐悱的《古意酬到长史溉登琅邪城》和刘孝标的《广绝交论》为早。

根据上面的考证,我们可以确切地肯定:刘孝标的两篇"论"和一篇"书"及陆倕的两篇"铭"都作于沈约逝世以前。徐悱那首诗,亦肯定作于天监年间,虽不能确定作于沈约死前,却也不能排除这种可能性。如果是这样的话,那么《文选》所录的作品,不是以作者的卒年为断限,而是以天监十二年或天监末产生的作品为断限。其所以不收何逊等人之作,并非由于其人尚健在,而是像骆鸿凯先生说的那样,把柳、何、吴诸人之作视为"纤靡之音",而"概从刊落"。从刘、徐、陆三人的卒年看,显然比柳、何、吴为晚。宋晁公武《郡斋读书志》:"窃常谓统著《文选》,以何逊在世,不录其文。盖其人既往,而后其文克定,故所录皆前人作也。"若论《文选》不录生人之作,这大约是对的。但如果以为何逊尚在而不录其文,那就疏于考证了。

关于《文选》的篇目次第及文体分类

现今所见的《文选》，各种版本的篇目次第都有出入。敦煌发现的唐写本和日本所藏的古抄本均非全帙，而且也不是我们常读的本子，可以姑置勿论。即以我们经常见到的版本而论，一般以清胡克家覆刻宋尤袤刊的李善注本和《四部丛刊》影印宋刊六臣注本（这个本子其实是赣州学本的覆刊本）为最普遍。这两个本子的篇目就不完全一样，例如，卷十七"乐府"一类，六臣注本在《饮马长城窟行》之下、《伤歌行》之前多一首《君子行》，李善注本则缺。六臣注本此首也只有五臣注，无李善注，那么此诗当原见五臣注本。可见在宋代，李善注和五臣注的《文选》篇目已有不同。还有像卷二十八陆机《挽歌诗》三首，六臣注以"流离亲友思"为第二首，"重阜何崔嵬"为第三首；李善注的次第则与此相反。胡克家在《文选考异》中已指出这个差别，并认为当以六臣注本为是。这两个事实说明六臣注本确有胜于李善注本之处。但六臣注本是晚出的书，起初《文选》只有李善注和五臣注，只是宋人把两种注本合刻在一起，才出现了所谓的六臣注。其实宋代的六臣注有两种不同的系统：一种是明州刊本，是五臣注在前，李善注在后；一种是赣州刊本，是李善注在前，五臣注在后。由于这个区别，二者在注文上也有不同。有些注李善和五臣相同。

这是因为李善注成书比五臣注要早六十年左右,五臣注中一些注文,有时承袭李注。在唐代,两种注本各自单行,并不存在互混的问题。六臣注出现后,刻书本删去重复的注,往往只录一种,有时把两种注本混同起来,对《文选》研究增加了新的麻烦。但由于五臣注的式微,后来的人们已很少见到,仅赖六臣注本得以窥其面目。尤其是清代嘉庆年间胡克家刊李善本出现以来,在近二百年的时间内,人们心目中的《文选》,几乎就等于胡刊李注本,仅赖六臣注稍存异同。这又不能不说是六臣注的一大功绩。

六臣注本所以不同于李善注本,就在于它兼用五臣注本。说到五臣注,人们总以为是一部远逊于李善的注本。这当然是事实,早在唐代的李匡义、宋代的苏轼等人已指出。但注释和版本并不是一回事。从注释本身来说,五臣注自然远不如李善注的渊博翔实,而且颇多荒唐可笑之处。但唐宋人读《文选》,多半为了应进士科考试,用意本不在研究学问,对大多数人来说,有一部五臣注就足够了。李善注之旁征博引,在清代和现在的学者来说,实在是一个研究训诂和辑佚的宝库,但那些把《文选》看作"高头讲章"的人,并无这种需要。相反地,在他们看来,李善注反而显得繁琐,倒不如五臣注更适合他们的需要。五代人丘光庭在《兼明书》中说到五臣注"遂乃盛行于代",宋苏轼也说"而世以为胜善",这都是当时的实情。因为在那个时代,真心想研究学问的人总只占少数,而想通过科举以求官的人却占多数。因此在那个时代,五臣注的流传比李善注更广,在那时,要找一部抄写较精的五臣注就比李善注要容易。所以我们现在把李善注本《文选》和六臣注本作个比较,就不难发现在版本上,六臣注本有优于李善注本的地方。像前面提到的《君子行》和陆机《挽歌诗》就是适例。不过,六臣注本也未必很完善。在有些地方,它又不如单五臣注本。如第四十一卷"书"类,六臣注本中的孔文举《论盛孝章书》在朱叔元《为幽州牧与彭宠书》之前，和李善注本相同。但现藏台湾省的宋陈八郎本单五臣注则相反，是朱文在前，孔文在后。我们知道，朱浮是东汉初年人，孔融则是东汉末年人，把孔融放在朱浮之前，显然是错误的。这样看来，单五臣注本又有胜于六臣注本和李善注本的地方。像这种例子，显然不能说五臣注浅陋，因此其版本亦不足据。相反地，像朱浮和孔融的先后问题，清代学者何焯早已作为《文选》的一个问题提出过，但他没有见单五臣注，所以无从知道这实际上只是传抄中的问题，不能叫萧统负责。

但是单五臣注的篇目次第，也不是没有可疑之处的，如李善注本或六臣注本卷二十三"诗类·咏怀"把西晋欧阳建的《临终诗》置于谢惠连的《秋怀诗》之后，同卷"哀伤"把嵇康《幽愤诗》放在曹植、王粲的《七哀诗》之前，卷四十三"书"类把孙楚《为石仲容与孙皓书》放在赵至《与嵇茂齐书》之前，卷五十三"论"类把嵇康《养生论》放在李康《运命论》之前，时代次序都不合理，而单五臣注本却与李善注、六臣注本并无不同。这些问题究竟是否传抄之误？如果是的话，其误始于何时，就难以确考。同时，《文选》的版本情况确实比较复杂，即以李善注本而论，中华书局影印的尤袤刊本李善注和胡克家刊本也不尽相同。屈守元先生在《跋日本古抄无注三十卷本〈文选〉》一文中指出，木华《海赋》中多"珊瑚琥珀，群产相连。砗磲马碯，渊积如山"十六字。这十六个字，尤刻本原来也有，与日本古抄本同，而五臣注本、六臣注本及胡克家刊李善注本都缺。从这点上说，李善注本也不尽不如六臣注和五臣注本，大抵在长期的传抄过程中，各本都有错误。这并非李善或五臣之过，而是抄写者的责任。从这个意义上说，我们目前不但对萧统《文选》当时的原貌已难确考，就是李善注和五臣注的原貌，也已很难确知了。

但是《文选》的篇目次第本来也存在着问题。有些作品的次序，在李善和五臣所见的本子中,已存在不少疑问。例如在"诗"这一类中,卷二十"公宴"、卷二十三"哀伤"是曹植居前,王粲居后;卷二十一"咏史"是王粲居前,曹植居后;卷二十三"赠答"是王粲、刘桢居前,曹植居后;卷二十九"杂诗"是王粲、刘桢居前,曹丕、曹植居后;卷二十二"招隐"是左思居前,陆机居后;卷二十九"杂诗"是陆机在前,左思居后;卷二十四"赠答"是陆机在前,潘岳在后;卷二十六"行旅"则是潘岳在前,陆机在后。又卷三十九"上书"一类,是司马相如在前,枚乘在后。这些问题是李善注已经指出的,可见李善所见的《文选》,有些次序已不很严格。李善的《文选》之学传自曹宪,曹宪据说卒于唐太宗贞观年间,寿逾百岁,当生于梁代,上距萧统之卒,不过几年或十几年。他所见的本子虽然不等于萧统原本,但毕竟不会有太大的出入,因此可以推想,李善所指出的问题,有些可能是原本如此,并非传抄之误。因为李善所指出的次序问题,有些也似可作别的解释。例如王粲、刘桢和曹丕、曹植的先后问题,如果严格地按生卒年排列,当然应该是刘、王在前,二曹居后。但在古人也未尝不可作另一种安排。因为在正史中,王粲、刘桢的传见于《三国志》,而不见《后汉书》,那么他们是可以被看作三国魏人的。如果作为魏人来对待,那么古人常常把皇帝和藩王放在一般人物之前。例如《三国志》中,曹植的传在第十九卷,而《王粲传》在第二十一卷(刘桢附见《王粲传》)。所以王粲、刘桢在曹丕、曹植之前,自然不算错,而有时把曹植放王粲之前,也未始没有理由。又如潘岳、左思和陆机的次序,也很难说。在一般人的心目中,他们是同时代人,谁先谁后,似不太重要。从卷十六把陆机《叹逝赋》放在潘岳《怀旧赋》、《寡妇赋》之前看来,萧统似是把陆机放在潘岳之前的;但从现有的材料看来,潘岳的生年和卒年都早于陆机,那么潘在陆前,就更不是错误。至于左思和陆机的先后问题,似乎更要复杂一些。因为左思的生卒年已难于考定;其卒年则《晋书》和《世说新语·文学》注引《左思别传》之说就不大一样。照《晋书》说,左思在"张方纵暴都邑,举家适冀州。数岁,以疾终"。按:"张方纵暴都邑"在晋惠帝太安二年(303),这年正是陆机的卒年。据此左思应在陆机之后。但《世说》注引《左思别传》:"齐王冏请为记室参军,不起,时为《三都赋》未成也。后数年,疾终。"齐王冏得势在永宁元年(301),"数年"是个不确定的数字,也可能左思之卒早于陆机。再说《文选》卷二十九"杂诗"部分,次序最为混乱,甚至把曹摅放在何劭、左思、张翰、张协之前,而曹摅卒于怀帝永嘉二年(308),肯定在何劭、左思之后。所以这些问题只能说是体例不一,还难于作出哪一处是错误的结论。在李善所提到的问题中,似乎只有"上书"类把司马相如放在枚乘之前,可以说是《文选》的安排失当。至于五臣刘良注认为何劭《赠张华》应在张华《答何劭》之前,这倒是未必有理的。因为《文选》一般以作者生卒年为序,并不管赠诗和答诗的关系。所以同卷陆机《答贾长渊》,也在潘岳《为贾谧作赠陆机》之前。这似乎还不能说《文选》的安排有何不当。

但是,既然李善所见的《文选》,作者的先后次序已经有互相矛盾之处,那么其原因何在,似颇可研究。笔者认为,李善之学既传自曹宪,而曹宪上距萧统不远,因此把这些问题全部归咎于传抄,恐亦未必妥当。这里有些问题,可能是《文选》的次序原来就这样。因为《文选》的成书时间,据日本清水凯夫教授和笔者本人的考证,是在大通元年底至中大通元年间(527~529)。以丁贵嫔死于普通七年(526)十一月算起,萧统服丧期满应为大通元年十一月(当时礼制,父在为母服丧一年);而具体担任编选工作的刘孝绰又在中大通元年丁母忧。那么真正进行编选工作的时间,不过一年多。这种选本恐怕不是萧、刘二人所能完全确定的,他们还会去征求一些东宫中文学之士的意见。这样,此书即使有梁武帝的《历代赋》和萧统所编《诗苑英华》、《正序》等书为基础，也需要一段时间。篇目选定以后，还要抄录、编排。这些事务性的事，当然不可能由萧统亲自动手，也不可能由刘孝绰去做，而完全可以分派给一些地位较低的人去做。这些人大约也是初入仕途的一些年轻文人。如宇文逌《庾信集序》说庾信"年十五，侍东宫讲读"。庾信十五岁时，正好是大通元年。当然，我们不能断定庾信一定参加了《文选》的抄写、编排工作。但这时在东宫的年轻文人应该不止一人，他们完全可以胜任这工作。这些人在抄录和编排时，未必有严格的规定，而可能是按照各人自己的想法去安排次序。如曹植和王粲，潘岳、左思和陆机究竟应该谁在前，谁居后，本可有不同的看法。因此抄写者在抄成以后，各卷的作者次序不一。这种情况，本来可以在统看全书体例时加以统一。但问题在于当时萧统和刘孝绰是否来得及做这番统一和整理的工作？因为萧统在丁贵嫔死后，因居丧哀毁，身体已很差，又加上《南史》本传所载的关于丁贵嫔葬地问题，曾引起梁武帝的不满。关于后一个问题，《南史》的记载，也许有所夸大，但总有一些影子。他可能很难仔细加以审阅。这个工作，本可由刘孝绰来做，但刘孝绰在中大通元年又丁母忧，也顾不上了。于是《文选》才出现了李善所指出的那些问题。

当然，今本《文选》的次第不当，有许多是由于后来的传抄之误，这用李善注、五臣注和六臣注比勘，便见出有互相矛盾之处，但有一种较为正确的情况，我们大致可以断定说另一种处理是出于传抄之误。但对李善所见的本子，恐怕不能这样说，而只能设想为原来的编排就存在着矛盾。

关于《文选》的篇目次第问题，其实还涉及了它的文体分类。在《文选》中，究竟把当时各种文体分为多少类？当前的研究者有不同的说法。大体而言，有三十七类、三十八类和三十九类三种不同的说法。其中三十七类说主要是根据现在最常见的胡刻李善注本及《四部丛刊》影宋本六臣注本。在这两种本子中,共分赋、诗、骚、七、诏、册、令、教、文、表、上书、启、弹事、笺、奏记、书、檄、对问、设论、辞、序、颂、赞、符命、史论、史述赞、论、连珠、箴、铭、诔、哀、碑、墓志、行状、吊文和祭文三十七类。主张三十八类说的,是在今本第四十三卷所载丘迟《与陈伯之书》和刘峻《重答刘秣陵沼书》之后,加上一个"移"类。原因是丘迟、刘峻都是梁代人,而在他们之后不当又出现西汉刘歆的《移书让太常博士》和南齐孔稚珪的《北山移文》,这两篇文章的性质又显然不同于"书"类,黄侃先生在《文选平点》中认为《移书让太常博士》一篇"题前以意补'移'字一行"。这就添加出一个"移"类,骆鸿凯先生的《文选学》一书,也是这样分类的。他说"《文选》次文之体凡三十有八",下面所列文体之名,即以"移"置于"书"下。我过去在《有关〈文选〉编纂中几个问题的拟测》一文中,就采用了黄、骆二先生的说法。但三十八类说并无版本根据,只是从文体上加以推测。相对于三十七类说和三十八类说,三十九类说似乎更可信从。这主要是根据南宋陈八郎刊五臣注《文选》。在这部《文选》中,不但在"书"类的刘孝标《重答刘秣陵沼书》之后添设一个"移"类,证实了黄先生和骆先生的推测,而且在"檄"类钟士季《檄蜀文》下,又添上一个"难"类,具体所收作品即司马相如《难蜀父老》。首先提出这个说法的是台湾省学者游志诚先生。近来傅刚同志对《文选》的各种版本及自东汉至六朝人关于文体分类的意见进行了研究,也很同意此说。我看,三十九类说是很有道理的。首先,如果我们承认"移"可以从"书"中分出来的话,那么"难"根据同样理由也应该分出。其次,在三十八类说提出的时候,人们还没有注意过陈八郎本,而现在这三十九类说的提出,却有陈八郎本作为版本根据。

但是,三十九类说到目前为止,似尚未被研究者所公认。这是因为陈八郎本五臣注《文选》过去很少有人见到;而它又是一部五臣注本，有些研究者往往认为五臣注"识见卑陋"而不肯相信。关于五臣注的评价，似乎可以姑置勿论，因为这是另一个问题。但即使我们承认五臣注确实"卑陋"，也不能说一部宋刊本的书籍在版本上毫无可取。我们现在已经无法知道萧统原本的面貌，也无从考知李善注、五臣注原本在文体分类上的状况，所能见到的李善注本最早是北宋天圣间刊本，但已残缺。若论完整的《文选》，则不论李善注本或五臣注本皆为南宋刊本，上距五臣注成书几乎四百年，距李善注成书则几乎五百年，其间辗转传抄、刻印，难免出现许多谬误。我们既然无法确定某一绝对可考的版本，那么根据情理来推测某一版本的样子似较可从，也不失为一种办法。在现有材料的条件下，我认为三十九类说应该是合理的。

南朝文风和《文选》

历来的各种文学作品选集,都有其一定的编选目的,特别是那些在文学史上起了较大影响,并且代表着一定的文学流派的选本更是如此。因为每一种选本,总是体现着编选者的文学主张,而这种主张又并不是完全取决于编选者个人的意志和偏爱,它还要受每个时代的历史条件及文学思潮的制约;同时,编选者又不得不在一定程度上考虑到读者的需要。因此当我们在论述和评价一部文学选本时,正像评价作家或作品时一样,也要做到"知人论世",才能得出比较允当的结论。这个道理对研究我国现存最早的一部文学选本——《文选》,也是适用的。因此在讨论《文选》的体例及其选录标准时,结合萧统及他周围一些文士们所生活的齐梁时代文学界的情况来加以探讨,应该说是必要的。在这里,我想就这个问题提几点粗浅的看法,请大家指正。

一

《文选》一书,根据历来的著录,都认为是梁昭明太子萧统所编。

近年来有些学者如日本的清水凯夫教授,则认为此书实出刘孝绰之手。像这样一部上起先秦下迄梁初,并且包罗了几乎当时所有文学体裁的选本,是否完全出于萧统或刘孝绰一人之手?这个问题早已有人提出过不同的说法。唐代来到中国的日本僧人空海在《文镜秘府论·南卷·集论》中说:"梁昭明太子萧统与刘孝绰等撰集《文选》。"宋王应麟《玉海》卷五十四引《中兴书目》讲到《文选》时云:"与何逊、刘孝绰等选集。"这两条记载中,《文镜秘府论》所说比较近乎事实。因为从刘孝绰和萧统的关系看,再说上述二书一致认为刘孝绰参加了这一工作,那么他至少是编纂之一当无疑问。但空海所说"刘孝绰等",当不止他一人。那么和萧统、刘孝绰一起从事这一工作的还有谁呢?照《中兴书目》的说法,还有何逊。但史籍中关于何逊的记载并未提到他曾在萧统手下任职,出入东宫,并且他卒于天监末年(518~519),而《文选》所录作品的作者,有些人卒于普通年间(520~527),较何逊为晚,所以何逊是不可能参与其事的。不过,从《文镜秘府论》和《中兴书目》二书中都说到了"等"字看来,可以推知协助萧统工作的恐怕还有其他人物。从一般情况来推测,和萧统关系最密切的"东宫学士"中,除刘孝绰外,至少还有一个王筠。当然,到目前为止,我们还没有发现王筠参加《文选》编纂工作的记载,只能说,在萧统周围的文士中,最有可能参加《文选》编纂工作的,除刘孝绰外,就只有王筠。至于萧统当时的"东宫学士",自然不止刘、王二人。从史籍中可以考知的姓名,至少还有像陆倕、张率、到溉、到洽和殷芸等人,其人数未必少于后来萧纲的"高斋学士"。像陆倕等人有些大约未必参加过工作,却不能说其中不可能还有人曾参与了其事。因此清代朱彝尊在《书〈玉台新咏〉后》一文中对《文选》进行指责时,把责任归于"文选楼中诸学士"。朱彝尊对《文选》的批评,笔者实在不敢苟同。不过,他说《文选》出于"文选楼中诸学士"之手,倒不无可能。因为像《文选》这样包含上下千余年的大量作品,要从中选出尤精者汇集成书,毕竟不易。因此,说《文选》有可能出于众手,而总其事者则为萧统、刘孝绰,也许还有王筠,应该是合乎情理的。

主持《文选》编纂工作的既然肯定有萧、刘二人,还可能加上一个王筠,那么我们不妨先来对这三个人的情况作一些考察。

大家知道,萧统(501~531)是梁武帝萧衍的长子,萧衍早年曾是南齐竟陵王萧子良的"竟陵八友"之一,和"永明体"的创始人沈约、谢朓和王融都有较深的交谊。萧统本人还直接受过沈约的影响。因为据《梁书·沈约传》,沈约在天监四至五年(505~506)就历任太子詹事、太子少傅诸职,直到天监十二年(513)去世。这个时期正是萧统刚由幼年步入少年之际,其作用自然不能低估。刘孝绰(481~539)是南齐文学家刘绘之子,又是王融的外甥,从小受到王融的赏识,王融甚至说:"天下文章,若无我当归阿士(刘孝绰小名)。"刘绘本是谢朓的朋友,刘孝绰本人后来又得到父友沈约、任昉和范云的奖掖。王筠(481~549)跟沈约的关系更非一般。《梁书·王筠传》载,沈约"每见筠文,咨嗟吟咏,以为不逮也"。据说沈约还曾对他说:"自谢朓诸贤零落已后,平生意好,殆将都绝,不谓疲暮,复逢于君。"这简直是把王筠看成了"永明体"作家一流人物。不管王筠有没有参加《文选》的编纂工作,他得萧统的推崇,与萧统在文学思想上颇为一致是肯定的。从《梁书·王筠传》记载萧统在一次宴会上"独执(王)筠袖,抚(刘)孝绰肩而言曰:'所谓左把浮丘袖,右拍洪崖肩'"看来,他特别欣赏的正是刘孝绰、王筠这样受"永明体"作家影响最深的人物。这也可以证明萧统自己的文学思想,基本上和刘孝绰、王筠一样,都是"永明体"作家的继承者。不论《文选》的编纂工作是由萧、刘二人主持抑或由三人一起主持,情况都是一样,这部书都不能不体现出某些"永明体"作家的文学观。

当然，出现于南齐永明时代的所谓"竟陵八友"，甚至"永明体"的三位创始人的文风也不完全相同。例如梁武帝萧衍就不大理解和赞同沈约所提倡的"四声说"；沈约据《颜氏家训·文章》中说，主张作诗要求"三易"，其中有一点是"易见事"，即要求所用典故不能太生僻，这和谢朓主张的"好诗圆美流转如弹丸"（见《南史·王昙首附王筠传》）比较一致；但任昉、王融据《诗品》说，却是"词不贵奇，竞须新事"，在他们的影响下，"尔来作者，寖以成俗"。不过，这种区别也只是相对而言。因为南朝诗人一般都讲究用典，即以沈约来说，他未始不重视典故。《梁书·沈约传》载，沈约晚年得罪梁武帝的起因，就由于他在一次宴会上和梁武帝比赛所记得的有关栗子的典故，他比梁武帝少了三条，出去对人说："此公护前，不让即羞死。"这话传到梁武帝耳中，竟几乎把他治罪。不过，沈约那句话也许倒是实话，梁武帝确实不愿意让别人在这方面胜过自己。《南史·刘怀珍附刘峻传》："武帝每集文士策经史事，时范云、沈约之徒皆引短推长，帝乃悦，加其赏赉。会策锦被事，咸言已罄，帝试呼问峻，峻时贫悴冗散，忽请纸笔，疏十余事，坐客皆惊，帝不觉失色，自是恶之，不复引见。"作诗用典，在当时也是一种比较普遍的风气。《梁书·王僧孺传》："僧孺好坟籍，聚书至万余卷，率多异本，与沈约、任昉家书相埒。少笃志精力，于书无所不睹。其文丽逸，多用新事，人所未见者，世重其富。"这说明作诗用典虽遭钟嵘的竭力反对，但其风不衰。再说钟嵘本人的反对用典，似也限于诗歌，对于骈文，特别是应用文，他认为不但可以而且应该用典。例如对于王融的诗，他评价不高，而对王融的骈文则颇为称赞。即使在论诗方面，钟嵘对好用典的作家也不绝对否定。例如对于陆机和左思的评价，钟嵘就扬陆抑左，而陆机诗用典多而且艰深的程度却超过了左思。钟嵘本人和萧统虽没有多少接触，但他跟永明时代作家谢朓、刘绘等都很有交往，他的文学观和萧统也常有一些类似之处。再说《诗品》评骘的作家到沈约为止，而《文选》所录作品，也基本上到天监十二年（513）沈约去世为限，此后的作家仅有刘峻、徐悱、陆倕等三个人物的总共不过五首诗文，而且其中陆倕也还是当年"竟陵八友"之一。这情况对我们了解《文选》的体例和取舍标准时，是应予适当考虑的。

二

当我们翻开《文选》一书时，首先就会感觉到的是此书选录的重点是在有韵之文，主要是赋和诗二体。这一点，在萧统自己的《文选序》中已经表现得很清楚。在这篇序中，他论到各种文体时，首先从《毛诗序》的"诗有六义"谈起，接着就以较多的篇幅论述了"赋"和"诗"两种文体的起源和发展概况，次之则略论了"颂"、"箴"、"铭"等文体，最后则用一两句话讲到了各种诏令、表奏、书檄、吊祭、碑志等应用文字。这就显出了他对后面那些文体的重视程度，显然远不如赋和诗。尤其是这篇序的最后，他又再次重申说："凡次文之体，各以汇聚，诗赋体既不一，又以类分，分类之中，各以时代相次。"这是因为诗赋二体入选的作品多，而其他文体就比较少，所以不再在一体之中再加分类了。《文选》一书的实际情况也确实如此，以我们现在所常见的李善注本或"六臣"注本而论，全书分为六十卷（"五臣"注本仍萧统之旧，作三十卷，但也不过是一卷相当于李注本或"六臣"本的两卷，事实并无多大差别），其中"赋"和"诗"二类共占三十一卷，已超过了全书的半数。如果再加上"骚"、"七"、"对问"、"设论"、"辞"以及"吊文"中的贾谊《吊屈原文》（实即《吊屈原赋》），其中除汉武帝《秋风辞》可以归入"诗"外，其他的都可以算"赋"。这样诗、赋两类已经占了全书的一大半。但《文选》中的"有韵之文"还远不止此，像"颂"、"箴"、"铭"以及"赞"和"诔"、"吊文"、"祭文"等各文体中也有不少篇幅是有韵的。这样，在《文选》中"无韵之文"实际所占比重很小。我们再以《文选》中分体情况而论，其中"赋"体分作十类，"诗"体也分作七类。至于其他的文体，有些往往一体只有一二篇，与此形成鲜明的对比。根据李善注本，《文选》各种文章共分三十七体；骆鸿凯先生《文选学》一书则认为是三十八体（笔者过去也根据骆先生的说法）；而据"五臣"注本（如现藏于台湾省的"陈八郎本"）则分为三十九体。即以李善注本论，其中像"对问"、"箴"、"墓志"、"行状"四体仅各收一篇；如果据"五臣"注本，则还有"移"和"难"二体，也只有一篇作品。这种强烈的反差体现了"有韵之文"和"无韵之文"在南朝不少文人心目中地位的悬殊。这种现象的出现，是与南朝所谓"文笔之分"有关系的。

我国文学史上关于文体分类的问题之提出，并不始于南朝，例如三国时曹丕作《典论·论文》、晋代陆机作《文赋》，就谈到了各种文体的不同要求，却没有认为"有韵之文"和"无韵之文"间有什么高下之分。西晋时代开始出现了选本，一般的说法是始于挚虞的《文章流别集》，此书久佚，无从知其详情。从一些类书中还能辑出挚虞《文章流别论》的若干佚文。这些"论"，大概原来是附在"集"中的。从这些佚文看来，似乎论诗、赋的文字较多，但这是唐、宋类书中的引文，并非挚虞的全文，能否看作挚虞认为诗、赋比其他文体重要，恐怕还很难下结论。可是也有人认为最早的选本是晋初杜预所编的《善文》。从《隋书·经籍志》著录的情况以及现在能辑到的此书内容看来，当是应用文的选本，可见在当时，"无韵之文"的地位还不算很低下。

把"有韵之文"和"无韵之文"分开的意见，似乎始于刘宋时代的范晔(398～445)和颜延之(384～456)二人。范晔在《狱中与诸甥侄书》中自称:"性别宫商,识清浊,斯自然也。观古今文人,多不全了此处;纵有会此者,不必从根本中来。言之皆有实证,非为空谈,年少中,谢庄最有其分。手笔差易,文不拘韵故也。"范晔确实是通晓音律的,他把从音乐中体会到的声韵规律运用于文学创作,因而取得了成功。所以钟嵘在《诗品》中也讲道:"齐有王元长(融)者,尝谓余云:'宫商与二仪俱生,自古词人不知之。惟颜宪子(颜延之)乃云"律吕音调",而其实大谬。惟见范晔、谢庄颇识之耳。'"《文镜秘府论·天卷·四声论》引隋刘善经的话说:"今读范侯赞论,谢公赋表,辞气流靡,罕有挂碍,斯盖独悟于一时,为知声之创首也。"范晔和谢庄确实都通音乐,能弹奏乐器,而他们的文章也得力于这种音律。然而刘善经所称赞的范晔、谢庄的文章,却多半不是韵文,可见"笔"也未始不讲音调,只是不用押韵,所以"差易"。比范晔年龄稍长而死得较晚的颜延之,也谈过"文笔之分"。他的著名论点是说在他几个儿子中"竣得臣笔,测得臣文"的话(见《南史》本传)。不过颜延之对音韵问题大约不甚深通,所以钟嵘引王融的话说他"其实大谬"。同样地,他对"文"和"笔"的区分,谈得也不大中肯,所以刘勰在《文心雕龙·总术》中对他的话做了批评。这大约不是巧合,而是"文笔之分"本就来自声律论,只有精通音律的人才能讲得清楚。关于这个问题,《文心雕龙·总术》中有一句话很值得注意:"夫文以足言,理兼诗书,别目两名,自近代耳。"《文心雕龙》作于齐末,刘勰所谓"近代",显然正是指从范晔、谢庄直到永明那个时代。

值得注意的是,所谓"文笔之分"的产生和"永明体"作家所提倡的"声律论"正好是同步发展的。讲究声律的王融,在前人中最推崇范晔和谢庄,而正是范晔首先提到了"手笔差易,文不拘韵故也"的话。颜延之讲"律吕声调"究竟有何主张,我们一时很难考明,但他和范晔是差不多同时代人,《文选》卷二十五有谢灵运《还旧园作见颜范二中书》诗,李善注认为"范中书,盖谓范泰也"。当时范泰已年逾七十,官位已至侍中、左光禄大夫,较中书侍郎为高;而范晔当时大约是从荆州别驾从事史被征召入都为秘书丞,地位又比中书侍郎要低。估计这位"范中书"当是范晔之兄范暠或范晏。这样的话,颜延之对范晔关于声律和"文笔之分"的见解,可能有所听闻。《文选》卷二十六又有颜延之《和谢监灵运》诗,李善注引沈约《宋书》,以为即元嘉三年(426)颜延之为中书侍郎时,那时范晔正好为秘书丞,是谢灵运的下级,因此二人在此时可能已经认识。不过颜延之对音乐不甚精通,于声律自然也乏深究,所以他的意见曾遭到后来刘勰的批驳。

范晔和颜延之都生活在刘宋元嘉时代,当时声律之说还刚被人提出,所以他们虽提到了"文笔之分",也还没有明确地说"文"高于"笔"。范晔说"手笔差易",然而他自己的作品,仍以"笔"为主,他的诗,仅有《文选》卷二十所录的一首《乐游应诏》。刘善经称扬他的文章,也限于《后汉书》中一些"赞论"。颜延之声称"竣得臣笔,测得臣文",也没有对二者做什么轩轾。可见重文轻笔之风尚未形成。稍后于范、颜的谢庄在赋的方面作有《月赋》这样的名篇,诗亦不失为当时名家之一;而刘善经推崇他的文章,也并提"赋"和"表",并不认为他"文"胜于"笔"。

真正强调"文"高于"笔"的论调则似乎始于南齐的永明年间。这时正是"四声说"正式产生的时代,这绝非偶合。现在我们所能见到的材料确以永明及此后的言论为多。《梁书·沈约传》:"谢玄晖善为诗,任彦昇工于文章,约兼而有之,然不能过也。"同书《任昉传》:"昉雅善属文,尤长载笔,才思无穷,当世王公表奏,莫不请焉。昉起草即成,不加点窜。沈约一代词宗,深所推挹。"即使像范云这样在当时文坛上颇有名声的作家,在应用文方面也要请任昉代笔。在

《文选》中就有任昉《为范尚书让吏部封侯第一表》、《为范始兴作求立太宰碑表》二文；此外还有给齐明帝等帝王和贵人代笔的文章，其文名不可称不高。但据《诗品》说："彦昇少年为诗不工，故世称沈诗任笔，昉深恨之。晚节爱好既笃，文亦遒变。"这说明即使像任昉这样的著名文人，尚且不甘于仅以"笔"闻名，非要在诗的方面与人争胜，这就可以看出在当时人心目中，"文"和"笔"的地位颇有不同。

齐梁时人的著作中，如沈约作《宋书》，并不立《文苑传》（其实在他之前，范晔《后汉书》已开先例），而把他对文学的见解写进了《谢灵运传论》，着重谈诗，也兼及赋，而于"无韵之文"则置诸勿论。后来萧子显作《南齐书·文学传》，其论赞部分也主要讲诗歌的变迁。文学批评方面，钟嵘《诗品》所论仅限诗歌，不必说了。刘勰《文心雕龙》是兼论"文"、"笔"的，但重点仍在于"文"，所以"赋"、"诗"、"乐府"等都专立一篇，其他文体往往是两种以上文体合在一篇论述，至于《情采》、《夸饰》、《丽辞》、《声律》以至《时序》这样总论文学发展的部分，也是以诗、赋二体的例子为主，轻重主次也很清楚。稍后的萧纲在给萧绎的信中虽兼论"文"、"笔"，既推崇"谢朓、沈约之诗"，也称赏"任昉、陆倕之笔"，但论到人们学谢灵运和裴子野时，就称"谢客吐言天拔，出于自然"，虽有缺点，主要只是"巧不可阶"，论裴子野则说他"了无篇什之美"，因此"质不宜慕"。议论之间，抑扬颇为分明。萧绎在《金楼子·立言》篇中，对"文"和"笔"的态度也很明显，他说："至如不便为诗如阎纂，善为章奏如伯松（汉张竦），若此之流，泛谓之笔。"又说："笔退则非谓成篇，进则不云取义，神其巧惠，笔端而已。"这些话其实也含有较多贬义。这种重"文"轻"笔"的见解，多少也影响了北朝。例如以爱慕任昉闻名的北齐作家魏收，在和温子昇、邢劭争胜时说："会须能作赋，始成大才士。唯以章表碑志自许，此外更同儿戏。"原因是"温子昇全不作赋，邢虽有一两首，又非所长"(见《北史·魏收传》)。这也可以看出他有重"文"轻"笔"的思想。这一切情况都说明《文选》之以诗、赋为重点,实际上是反映了"永明体"兴起以后人们对"文笔之分"的一种普遍的见解。

三

除了重"文"轻"笔"以外,《文选》中对各代作品的入选数量,也很可注意。在《文选序》中,萧统明确地说:"若夫椎轮为大辂之始,大辂宁有椎轮之质;增冰为积水所成,积水曾微增冰之凛。何哉?盖踵其事而增华,变其本而加厉,物既有之,文亦宜然。"这就是说,文学是发展的,后代作品势必超过前代。这一论点和东晋葛洪在《抱朴子·钧世》篇所提出的后世诏策、军书、章奏优于《尚书》,《上林》、《羽猎》等赋胜过《诗经》的论点一脉相承。从这个意义上说,《文选》和《文心雕龙》之主张"原道、征圣、宗经"确实不大一样。这一点,郭绍虞先生主编的《中国历代文论选》(第一册第 210 页)和日本清水凯夫教授的《〈文选〉与〈文心雕龙〉的相互关系》一文(见《六朝文学论文集》)都已谈到过。关于萧统和刘勰的文学观点的异同和评价,似非三言两语所能说清,我们姑且不去谈它。在这里,笔者只想就《文选》所录作品的产生年代做一个比较粗略的统计,就可以看出一些问题。据笔者初步统计,《文选》所收作品大约为 666 篇,秦以前(包括秦代)作品约 23 篇,其中"骚"17 篇,"赋"4 篇,"对问"1 篇,另有所谓"卜子夏"《毛诗序》1 篇,现代学者均不承认是先秦人所作;两汉之作共 100 篇,其中"赋"、"骚"和"七"占 33 篇,"诗"35 篇,其他作品 32 篇;三国作品 101 篇,其中"赋"5 篇,"七"8 篇,"诗"66 篇,其他 22 篇;西晋作品 171 篇,其中"赋"和"七"共 26 篇,"诗"122 篇(其中包括王康琚《反招隐》诗,不知究是西晋或东晋人),其他23篇(其中陆机《演连珠》在书中作50篇,这里仅算它1篇);东晋作品25篇,其中"赋"2篇,"诗"16篇,其他7篇(其中陶渊明《归去来》一篇实可归入"赋"中);南朝宋、齐、梁三代作品共246篇,其中"赋"7篇,"诗"185篇,其他54篇。在这个粗略的统计中,我们可以看出:《文选》中所收作品,实际上以西晋和南朝为最多;其次是三国和两汉;至于秦以前及东晋之作则所收甚少。但这样的统计还是不精确的,因为这几个阶段的时间跨度很不一样。例如:两汉合计起来可以超过400年,如果把建安元年(196)归入三国,也将近400年;三国即使从建安元年算起,到晋武帝太康元年(280)灭吴计也只有85年;西晋即使从晋武帝代魏的泰始元年(265)算起,到愍帝建兴四年(316)止也只有52年;东晋从元帝建武元年(317)到恭帝元熙元年(419)灭亡,有103年;宋、齐、梁三代从宋武帝永初元年(420)起,到《文选》中最后一位作家陆倕之卒即梁武帝普通七年(526)止共107年。这样,以两汉较之三国、西晋和南朝所收作品实极悬殊,东晋更不必说了。从这个统计数字中,我们还应指出的是秦以前作品绝大多数为"骚"和"赋";汉代作品中,"赋"、"骚"和"七"占了三分之一;"诗"和其他作品中还有可以存疑之作,如所谓"班婕妤"《怨歌行》、"苏李诗"7首,还有像"李少卿(陵)"《答苏武书》、"孔安国"《尚书序》等未必是汉代的产物。其实两汉的诗本来不多,即以钟嵘《诗品》而论,他所评到的汉代诗人就为数甚少,并且说到无名氏古诗时,也仅说有50多篇。颜延之在《庭诰》中已怀疑"苏李诗",刘勰在《文心雕龙·明诗》中也谈到班婕妤、李陵之作有疑问。这样看来,《文选》所录"汉诗",其数量并不算少。至于辞赋,本以汉代为盛,像司马相如、扬雄、班固、张衡等人的名篇,大多数已选入《文选》,可见《文选》对汉代的赋也并不轻视。那么《文选》中所收汉代作品为什么相对来说显得要少呢?

这当然和汉代作品本来存者较少有关,不过情况也不尽如此。汉人作品中,除诗和赋以外,其他的文章存者还是不少的。但这些文章,大抵不为萧统、刘孝绰所重视。试看《文选》中所收的汉代人文章,除诗、赋之外,大抵都可以在清代李兆洛的《骈体文钞》中找到,就多少说明了这个问题。在这些文章中,如贾谊《过秦论》本有三篇,《文选》仅录一篇,而这一篇却是最有骈俪气息的,其他像邹阳、司马相如、班固、蔡邕诸人的文章也是如此。《文选》中"史论"、"史述赞"两类,没有选用《史记》中一篇论赞,对《汉书》也仅取其有韵的"赞",对其中的"论"只取一篇,相反地所录《后汉书》的"论"凡四篇,《宋书》的"论"也录二篇。再看挚虞《文章流别论》的佚文和《文心雕龙》中所提两汉人的这类文章,《文选》中也有很多没有选录。这不能不说和南朝文风特别是"重文轻笔"的文学思潮有关。

《文选》中选录东晋作品特别稀少,似亦可以用这个原因来加以解释。东晋本是一个玄风盛行的时代,《诗品》评这个时期的诗风"理过其辞,淡乎寡味"。其实那个时期的赋和文章也往往平淡无奇,缺乏辞采。这种文章不合萧统、刘孝绰的口味,也是可以理解的。因为根据《文选序》说,对那些"盖以立意为本,不以能文为本"的"子书"和"所以褒贬是非,纪别异同"的"史书",都不加采择,只有那些"综缉辞采"、"错比文华"的"赞论"、"序述"之类,才适量选录。这就是说《文选》所着重的是既有内容,也必须讲究辞藻和技巧的文章。

在《文选》中,当然也有若干文采差一些的文章,如所谓《毛诗序》、《尚书序》和杜预的《春秋左氏传序》等。但那是特殊的情况。因为《文选》虽不选录"经部"的作品,那是因为"若夫姬公之籍,孔父之书,与日月俱悬,鬼神争奥,孝敬之准式,人伦之师友。岂可重以芟夷,加之剪截?"他却不能不承认《诗经》是诗赋的源头,《尚书》和《左传》是无韵之文的源头,这是当时文论家普遍的看法。因此萧、刘是想通过这三篇序叫人对这三部"经"籍有一定的理解。也许,在《文选》中还有一篇文章较少文采,那就是任昉的《奏弹刘整》中一段口供文字,这段文字据香港饶宗颐先生和日本斯波六郎等先生考订,认为并非任昉原文而系注者误入(参看日本佐竹保子先生《〈文选〉诸本任昉作品称呼混乱与〈奏弹刘整〉的原貌》,《文选学论集》,长春时代文艺出版社本)。这自然又当别论。

《文选》的取舍标准问题最令人感兴趣的则为此书收西晋作品特别多。以时间来说,西晋既短于南朝,也短于三国,但从绝对数量来说,竟超过三国70多篇,以相对的比例来说,也多于南朝,这既非详古略今,也非详近略远。这又是什么原因呢?笔者认为:《文选》之着重选录西晋作品,其原因比较复杂。一般来说,古代人选录作品,都喜取经过较长时间流传之作,因为这些作品经过更多的读者检验,易于取得定评。这个道理,萧统自己在给萧绎的信中讲到他编的《诗苑英华》时曾经讲过。他说:"又往年因暇,搜采英华,上下数十年间,未易详悉,犹有遗恨。"这部《诗苑英华》,日本清水凯夫教授和笔者都认为即《颜氏家训·文章》中提到的刘孝绰所编《诗苑》,此书曾收何逊的诗,但《文选》中却无何逊等人之作,原因即在时代越近的作品,争议越多。后来就索性把天监十二年(513)以后的作品基本删去,以致大体上和《诗品》的断限相当。如果我们再看《文心雕龙》中论到的作家,也基本上限于东晋,对入宋以后的具体人物,则不作评论,都属同一原因。所以《文选》较少收录南朝文人之作,这是一个重要因素。此外,南朝文人的创作,有些已受俗文学的影响,即使在文人中颇有影响,他也都弃而不录,如鲍照的《行路难》等杂言诗,沈约描写妇女姿态的《六忆诗》,以及谢朓、沈约、王融那些模仿《子夜歌》之作,和一时"殊以动俗"的汤惠休的全部作品。这就是骆鸿凯先生说的《文选》"崇雅黜靡"(《文选学》第32页),在一定程度上确实符合

《文选》的实际情况。

至于《文选》收录西晋作品多于三国,其原因似更需要探讨。因为历来的论者都认为我国文风发生丕变始于建安时代,而"三曹"、"七子"一直被视作后来诗人的典范。这个原因比较复杂,首先,据《隋书·经籍志》著录的别集数量来说,三国(包括卒于曹丕代汉以前的一些作家)人的集子约 40 种,而西晋人的集子则有 50 多种。这仅仅是据《隋书·经籍志》中所见存的数量而言,如果把《隋志》所记梁代书目中所存书名加进去统计,则相差的数量还会更大一些。其次,文学的兴盛虽发轫于建安,而人们普遍地重视文学作品的结集及文人事迹,则在入晋以后。以"正史"而论,晋初陈寿作《三国志》,还未设《文苑传》,只是把文学家都归入《王粲传》中,不过《王粲传》所记人物,并不都是作家,还包括了一些思想家如刘劭、仲长统、傅嘏、刘廙、卫觊、苏林等,甚至还有像韦诞这样的书法家。《三国志注》所引有关文学家的专门著作,也只有一部《文士传》,作者张骘大约亦是晋人。至于刘宋范晔作《后汉书》,却在班固、崔骃、张衡、蔡邕之外,别立《文苑传》,可见其重视程度很不相同。再看关于文学情况的记载,入晋以后《隋志》著录有荀勖《杂撰文章家集叙》十卷,挚虞《文章志》四卷。三国人的著作就不见著录。关于文学作品的选集,《隋书·经籍志》以为始于挚虞《文章流别集》,后人有认为以杜预《善文》始,其实并无不同,二人都是西晋人。所以西晋人对文学的重视,其实超过了三国。萧统、刘孝绰之着重选西晋人之作,这是一个因素。

《文选》所以选录西晋作品特多的另一个重要原因则在于南朝文学正处于文学的又一个转变时代。从刘宋初起诗文刚从东晋玄言诗的风气下解脱出来,为了改变玄言诗"淡乎寡味"的缺点,文人们都力求"俪采百字之偶,争价一句之奇"(《文心雕龙·明诗》语)。在这种条件下,效法建安诗人"造怀指事,不求纤密之巧;驱辞逐貌,唯取昭晰之能"的诗风,不如借鉴于"采缛于正始,力柔于建安"的西晋作家,更能取得预期的效果。所以谢灵运、颜延之和鲍照都从不同程度和不同方面有意识地模仿陆机。尽管谢灵运对陆机的评价不如曹植和左思、潘岳,他还不得不这样做。这一点,在南齐初年以前尤为明显,到"永明体"作家出来,由于尚清绮而不贵繁缛,已有所改变。但包括梁武帝在内的一些人还是特别推崇陆机(如《北史·温子昇传》记他称扬温子昇时,就把温比于曹植、陆机)。梁武帝、沈约等人喜欢以记典故角胜和梁武帝的叫文人编纂类书,务求压倒刘峻(见《南史·刘峻传》)的事实,也说明当时人讲究繁富的风尚。萧统本人作诗也多少有这种倾向。所以《文选》中选录西晋作品最多,而尤以陆机之作在全书中占第一位,都不能不说是这种风尚的反映。

四

关于《文选》的性质,还有一点是应予注意的,那就是它在某种程度上说,具有"官书"的性质。因此入选的作品有时不完全以编纂者的个人爱好来决定。例如萧统在《陶渊明集序》中,对陶渊明十分推重,刘孝绰据《颜氏家训·文章》说他"唯服谢朓",但《文选》中所录谢朓作品仅24首,占第5位,还不如颜延之多,而陶渊明之作入选者更少。它所录作品一般比较严肃、正统,所以不收《吴声》、《西曲》等当时的俗乐,也不取卞彬《蚤虱赋》一类游戏文字,甚至不取谢庄致江夏王刘义恭的信这类近于口语的文章。这和后来徐陵的《玉台新咏》可以专取艳歌,以至唐代出现了"玉台体"这名称大不相同。《文选》所录作品,几乎包括当时所有的"正宗"文体(当然,其范围比《文心雕龙》稍窄,《文心雕龙》中还有"史传"、"诸子",甚至《书记》中还讲到了"簿"、"录"、"谱"、"籍"以至占卜、医方)。因此个别入选的文章,并无多少实际的内容,如任昉的《刘先生夫人墓志》。此文所述的刘瓛妻王氏事迹,不但空泛,且和史籍所载不合。(刘瓛其实与其妻情好不终,详见《南齐书·刘瓛传》)但这种文章,其实是受人之托,又不能说实话,更要没话找话说,这在当时有名的文人,往往会遇到这种难题。后来庾信的《周上柱国齐王宪神道碑》,可以说是讳言事实的典型;韩愈的《殿中少监马君墓志》可以说是没话找话说的适例。这类文章对我们今天来说,原大可不作,而当时文人却难于避免。因此选录这样文章,聊备一格,亦有其必要。正如《文选》中所录任昉的章表等文实系为人代笔,在我们今天似亦无必要加以仿效。但古人的情况与此不同。像萧统这样身为太子的人,他现存的文章中还有《锦带书十二月启》这类文字,其中口气有的像寒士,有的像征夫,都和他的身份不合。这无非是一种模拟和习作,是古人提高文字技巧的一种途径。《文选》的编纂,本是继挚虞《文章流别集》之后,选取各家文章的英华使"属辞之士,以为覃奥,而取则焉"(《隋书·经籍志》论"总集"语),不能不包含各种各样的文章,使读者都能有所取法。古代文人所以特别重视《文选》,以至像李善在《上〈文选注〉表》中说"后进英髦,咸资准的",传说李白曾模拟《文选》三次,其故都由于此。

尤其隋唐以后,实行以科举取士,在应试诸科中,以"进士科"最受重视。"进士科"考试的项目有诗、赋、策论等。这些文体都可以在《文选》中找到学习的榜样。所以唐代《文选》之学大盛,此风到宋代仍未完全衰歇。陆游《老学庵笔记》中讲到"《文选》烂,秀才半",也出于这一原因。我们今天评价《文选》,往往用今天人对"文学"的概念去要求它,这样有些问题就不大好理解。其实在古代,人们看重的是"文章"而不是"文学",所以要求也会有所区别。但总的来说,《文选》对"文"的理解,比起前人(如撰《文心雕龙》的刘勰)来说,已多少更接近于我们的概念。这不能不说萧统、刘孝绰也许还有王筠,在我国文学史上留下了不朽的功勋。

昭明太子和梁武帝的建储问题

一

清赵翼《廿二史札记》卷十"《南史》增《梁书》有关系处"条,提到了丁贵嫔死后梁武帝和昭明太子关于墓地事件的纠纷,认为属于"多有关于人之善恶,事之成败者"之例。的确,这件事不但在梁代历史上有较大影响,而且对研究《文选》编者昭明太子的生平来说,也是一个重大问题。关于此事,《南史·昭明太子传》的原文如下:

> 初,丁贵嫔薨,太子遣人求得善墓地,将斩草,有卖地者因阉人俞三副求市,若得三百万,许以百万与之。三副密启武帝,言太子所得地不如今所得地于帝吉,帝末年多忌,便命市之。葬毕,有道士善图墓,云"地不利长子,若厌伏或可申延"。乃为蜡鹅及诸物埋墓侧长子位。有宫监鲍邈之、魏雅者,二人初并为太子所爱,邈之晚见疏于雅,密启武帝云:"雅为太子厌祷。"帝密遣检掘,果得鹅等物。大惊,将穷其事。徐勉固谏得止,于是唯诛道士,由是太子迄终以此惭慨,故其嗣不立。

关于这件事的发生时间，《南史》未作具体记载，以情理而论，当发生在大通年间（527~529）。因为据《梁书》，丁贵嫔之死是在普通七年（526）。至于昭明太子之死则在中大通三年（531）。当年，梁武帝就立简文帝萧纲为太子，而舍弃了昭明太子萧统之子萧欢。看来，《南史》说"故其嗣不立"的话，应该有一定的根据。但《南史·昭明太子传》讲到萧欢时又说：

> 欢前为南徐州，太子果薨，遣中书舍人臧厥追欢于崇正殿解发临哭。欢既嫡孙，次应嗣位，而迟疑未决。帝既新有天下，恐不可以少主主大业，又以心衔故，意在晋安王（即简文帝），犹豫自四月上旬至五月二十一日方决。欢止封豫章王还任。

从这段记载看来，梁武帝之舍萧欢而立萧纲，似乎既有对萧统的不满，又有着"恐不可以少主主大业"的考虑。这两种成分，究竟以哪种为重？当然只有梁武帝自己最清楚。但从情理而论，恐怕还是以后一种为主。因为若出于前一种原因，似乎无须从四月上旬一直犹豫到五月二十一日方做出决定。再说从丁贵嫔下葬后到昭明太子之死，梁武帝和昭明太子的关系，似乎还看不出多少紧张的迹象。据《梁书·昭明太子传》："吴兴郡屡以水灾失收，有上言当漕大渎以泻浙江。中大通二年春，诏遣前交州刺史王弇假节，发吴郡、吴兴、义兴三郡民丁就役。太子上疏曰……高祖优诏以喻焉。"（《南史》略同，文字稍有出入）这件事说明，昭明太子在发生丁贵嫔墓地事件以后，仍能议论政事，得到梁武帝称赏。可见他在这个时期所作的《文选序》中自称"余监抚余闲"的话，并非虚语。《梁书》本传称"太子自加元服，高祖便使省万机，内外百司奏事者填塞于前"的情况也未必在此时有所改变。又《南史》本传讲到昭明太子不好声色时说："未薨少时,敕赐太乐女伎一部,略非所好。"(《梁书》在"少时"上缺"未冠"二字,疑误夺。因为梁武帝深通儒家经典,明白"少之时,血气未定,戒之在色"的道理,不会在年少时就赐给儿子以女乐。)既然在昭明太子死前不久,梁武帝还以女乐赏赐给他,这也说明梁武帝对他还没有多大恶感。

从梁武帝一贯对待他的兄弟子侄的态度来看,似乎也可以说明他对昭明太子未必会有多大的厌恶。宋叶适《习学纪言》卷三十二论到临川王萧宏时说:

> 洛口非小败,而梁之君臣不以为意。自宋武始创用子弟,义贞(真)一举而丧关中。武陵(指宋孝武帝刘骏)闭城,敌越至瓜步几亡。然相承行之不悔也。梁武诸弟尚有可使,乃以甲乙用弘(宏),余故谓其守边无定规。虽立国数十年,特幸而已矣。至弘(宏)不肖反逆,而帝能容之,不失兄弟之恩,盖人情所难。本史阙不载,不知此乃梁所以亡者,何可讳也。

叶适在这里说的就是临川王萧宏天监五年(506)在与北魏作战中弃众逃跑致使军队大溃退的事。关于萧宏,《梁书》本传的记载和《南史》迥异。根据《梁书》,萧宏的一生,似乎并无什么罪过。连洛口之败,也只用"会征役久,有诏班师"八字掩饰了过去。但《南史》的记载就完全不同。《南史》不但详载了他在洛口溃败的经过,还记载了他在战败还朝后的种种劣迹和阴谋:

> 宏妾弟吴法寿性粗狡,恃宏无所畏忌,辄杀人。死家诉,有敕严讨。法寿在宏府内,无如之何。武帝制宏出之,即日偿辜。南司奏免宏司徒、骠骑、扬州刺史。武帝注曰:"爱宏者兄弟私

亲,免宏者王者正法,所奏可。"

宏自洛口之败,常怀愧愤,都下每有窃发,辄以宏为名,屡为有司所奏,帝每贳之。十七年,帝将幸光宅寺,有士伏于骠骑航待帝夜出。帝将行心动,乃于朱雀航过。事发,称为宏所使。帝泣谓宏曰:"我人才胜汝百倍,当此犹恐颠坠,汝何为者。我非不能为周公、汉文,念汝愚故。"宏顿首曰:"无是,无是。"于是以罪免。而纵恣不悛,奢侈过度,修第拟于帝宫,后庭数百千人,皆极天下之选。所幸江无畏服玩侔于齐东昏潘妃,宝屦直千万。好食鳝鱼头,常日进三百,其他珍膳盈溢,后房食之不尽,弃诸道路。江本吴氏女也,世有国色,亲从子女遍游王侯后宫,男免兄弟九人,因权势横于都下。

又说:

宏又与帝女永兴主私通,因是遂谋弑逆,许事捷以为皇后。帝尝为三日斋,诸主并豫。永兴乃使二僮衣以婢服。僮逾阃失屦,阁帅疑之,密言于丁贵嫔,欲上言惧或不信,乃使宫帅图之。帅令内舆人八人,缠以纯绵,立于幕下。斋坐散,主果请间,帝许之。主升阶,而僮先趣帝后。八人抱而擒之,帝惊坠于扆。搜僮得刀,辞为宏所使。帝秘之,杀二僮于内,以漆车载主出。主恚死,帝竟不临之。

《南史·临川王宏传》关于萧宏的种种劣迹,记载的还不止这些。这里所引主要是有关他横行不法及阴谋夺位,刺杀梁武帝的事件。对萧宏这些行为,梁武帝都能容忍,所以叶适认为是"人情所难"。如果说梁武帝对萧宏这样一再谋杀自己的行为尚能宽恕,那么他对昭明太子在墓地问题上的事又何至于一直记恨在心,直至"故其嗣不立"?

梁武帝对兄弟子侄的宽容,绝不止表现在萧宏一人身上。他对儿子一辈,也有这种情况。例如他对第二子萧综,更是这样。萧综之母吴淑媛,本齐东昏侯萧宝卷宠妃,所以萧综一直自疑为东昏侯的遗腹子,并且逃亡北魏,认投奔北魏的南齐藩王萧宝寅为叔父,公开为东昏侯服丧。梁武帝因此一度削去他的属籍,但不久即恢复。后来萧综死于北魏,梁武帝还是认他为儿子,派人盗他的柩返南,葬于梁皇室墓地。(见《魏书·萧赞传》及《南史·梁武帝诸子传》)梁武帝另一个儿子萧纶的情况比较复杂。据《梁书·邵陵王纶传》载,萧纶在中大通四年任扬州刺史时,"以侵渔细民,少府丞何智通以事启闻,纶知之,令客戴子高于都巷刺杀之。智通子诉于阙下。高祖令围纶第,捕子高,纶匿之,竟不出。坐免为庶人。顷之,复封爵"。《南史·梁武帝诸子传》则记载萧纶有种种不法行为,甚至说他有献毒酒谋害梁武帝之事。关于《南史》的这些记载,赵翼在《廿二史札记》卷十一"梁南二史歧互处"条,根据萧纶在抵抗侯景时的表现,认为是"此亦必《南史》好采异闻,而不究事之真伪也"。对于《南史》所记的情节,亦都应做具体的分析。谋杀梁武帝之事,也许出于传闻,或萧绎一伙人捏造。① 但有些情节,恐怕未必出于虚构,如:

> 普通五年,以西中郎将权摄南徐州事。在州轻险躁虐,喜怒不恒,车服僭拟,肆行非法。遂游市里,杂于厮隶。尝问卖鲊者曰:"刺史何如?"对者言其躁虐,纶怒,令吞鲊以死,自是百姓惶

---

① 《梁书》和《南史》对萧纶和萧纪均记载他们许多罪过。这些记载,恐出于元帝萧绎的捏造和夸大。如《梁书·武陵王纪传》说萧纪在侯景之乱中不发兵救援,即出于萧绎捏造。此点赵翼在《廿二史札记》中已说过。

骇,道路以目。尝逢丧车,夺孝子服而著之,匍匐号叫。签帅惧罪,密以闻。帝始严责,纶不能改,于是遣代。纶悖慢逾甚,乃取一老公短瘦类帝者,加以衮冕,置之高坐,朝以为君,自陈无罪。使就坐剥裸,捶之于庭。忽作新棺木,贮司马崔会意,以辒车挽歌为送葬之法,使姬乘车悲号。会意不堪,轻骑还都以闻。帝恐其奔逸,以禁兵取之,将于狱赐尽。昭明太子流涕固谏,得免,免官削爵土还第。

这些事不论有无夸大,但总有事实根据。因为《梁书》虽未载这些事,却也说到他普通五年"以西中郎将权摄南兖州,坐事免官夺爵"。这里"兖"字和《南史》"徐"字的差别两有一误。但说"免官夺爵"是一致的。如果没有较大的罪过,似不致如此处理。假设《南史》所载他穿孝子的衣服及鞭打短瘦老头的事属实,其情节显然比昭明太子埋蜡鹅之事更严重。而且他在中大通四年又出现了暗杀何智通事件。可是后来萧纶因饯别元庆和作诗,却又为梁武帝所称赏,甚至说他"汝人才如此,何虑无声",不久又委以官职。梁武帝对萧纶如此宽容,也很难想象他会对罪过远比萧纶为轻的昭明太子如此耿耿在心。

其实梁武帝对他的家族,一般比较宽容。这是因为他吸取了宋齐二代皇族自相屠杀的教训。所以他不但对弟弟和儿子是如此,对侄儿也是这样。据《梁书·临贺王正德传》载,萧宏之子萧正德在普通六年曾叛降北魏,又于次年逃归。梁武帝对此也未计较,还是"复其封爵"。(此事亦见《南史》及《魏书·萧正表传》)这更说明梁武帝在昭明太子死后,立简文帝萧纲为太子而舍弃萧欢,主要是因为"恐不可以少主主大业",而不是记恨昭明太子在墓地埋蜡鹅的事。

二

关于梁武帝对昭明太子的态度,我们似乎还可以从昭明太子死后人们写的一些文章中看出梁武帝对他的评价。例如王筠奉梁武帝诏所作的哀册文,除了歌颂昭明太子的学术和文学成就外,就特别强调他的德行,而其中更重要的则是他的孝。如:

> 宽绰居心,温恭成性,循时孝友,率由严敬。……
> 轩纬掩精,阴羲弛极;缠哀在疚,殷忧衔恤。孺泣无时,蔬馔不溢;禫遵逾月,哀号未毕。实惟监抚,亦嗣郊禋;问安肃肃,视膳恂恂。……

这些话应该是代表了梁武帝对昭明太子的看法。

我们再看简文帝萧纲的《上昭明太子集别传表》:

> 昭明太子禀仁圣之姿,纵生知之量,孝敬兼极,温恭在躬。明月西流,幼有文章之敏;羽籥东序,长备元良之德。蕴兹三善,弘此四聪。非假二疏,宁劳四皓。虎贲愿其经学,智囊惭其调护,岂止博望延宾,寿春能赋,问疑枣据,书戒马陵而已哉!玉折可追,星颓靡续。地尊虢嗣,外阳之术无征;位比周储,缑山之驾不反。臣以不肖,妄作明离,出入铜龙,瞻仰故实。思所以揄扬盛轨,宣记德音,谨撰昭明太子别传文集,请备之延阁,藏之广内,永彰茂实,式表洪徽。

在这里,简文帝对昭明太子也是推崇备至,而这表是上给梁武帝看的。如果梁武帝真的到昭明太子死后还怀恨在心,那么简文帝又何必写这样的章表?至于简文帝的《昭明太子集序》,则甚至说他"曰孝与仁,穷神尽圣","若夫嵩霍之峻,无以方其高,沧溟之深,不能比其大"。这种颂扬已极的话,似更难设想简文帝会用于一个为梁武帝所忌恨的人身上。在这篇文章中,简文帝还特别强调了昭明太子的十四种美德,而其中第一、第二两点,又突出地强调他的孝:

> 至如翠帟晨兴,斑轮晓鹜,胡香翼盖,葆吹从风。问安寝门之外,视膳东厢之侧。三朝有则,一日弗亏,恭承宸厉,陪赞颜色。化阙梓于商庭,既欣拜梦;望直城而结轨,有悦皇心。此一德也。地德褰帷,天鸡掩色,构倾椒殿,沴结尧门,水浆不入,圭溢军进,丧过乎哀,毁几乎灭。地泙既启,探擗摽之恸,陵园斯践,震中路之号。率由至要之道,以为生民之则。固已事彰朱草,理感图云。此二德也。

这里所列举的"十四德"也说明简文帝对昭明太子的评价。这种评价,显然也不会与梁武帝的看法大相径庭。这也多少证明了在昭明太子死后,梁武帝不可能还对他记恨在心。梁武帝在建储问题上的决策显然有其他的原因。

三

关于梁武帝在昭明太子死后选中简文帝做太子的原因,主要恐怕正如《南史》所说,是由于"新有天下,恐不可以少主主大业"的打算。梁武帝为什么有这样的考虑？这就和他吸取了齐代的历史教训以及他本人早年的经历有关。关于这一点，作为南齐宗室的萧子显在《南齐书》中因有所顾虑而没有记载，根据梁代国史修撰的《梁书》也讳莫如深。这段历史，只有《南史·梁本纪》上记载得比较详细：

> 及齐武帝不豫，竟陵王子良以帝及兄懿、王融、刘绘、王思远、顾暠之、范云等为帐内军主。融欲因帝（齐武帝）晏驾立子良，（梁武）帝曰："夫立非常之事，必待非常之人，融才非负图，视其败也。"范云曰："忧国家者，惟有王中书。"帝曰："忧国欲为周、召？欲为竖刁邪？"懿曰："直哉史鱼，何其木强也！"初，皇考之薨，不得志，事见《齐鱼复侯传》。至是，郁林失德，齐明帝作辅，将为废立计，帝欲助齐明，倾齐武之嗣，以雪心耻，齐明亦知之，每与帝谋。（据《南史·齐武帝诸子·鱼复侯子响传》，梁武帝父萧顺之奉文惠太子密嘱，缢杀齐武帝子萧子响，后来齐武帝思念子响，"顺之惭惧，成病，遂以忧卒"。）

这里写到的是齐武帝临死前的一场夺权斗争。关于这件事，《南齐书·王融传》也有记载，但写的好像是王融个人忽发奇想的行动：

> 世祖疾笃暂绝，子良在殿内，太孙未入，融戎服绛衫，于中书省阁口断东宫仗不得进，欲立子良。上既苏，太孙入殿，朝事委高宗。融知子良不得立，乃释服还省。

《南史·王融传》记此事较详，有些情节与《南齐书》不大一样。

> 武帝病笃暂绝，子良在殿内，太孙未入，融戎服绛衫，于中书

省阁口断东宫仗不得进,欲矫诏立子良。诏草已立,上重苏,朝事委西昌侯鸾(齐明帝)。梁武谓范云曰:"左手据天下图,右手刎其喉,愚夫不为。主上大渐,国家自有故事,道路籍籍,将有非常之举,卿闻之乎?"云不敢答。俄而帝崩,融乃处分以子良兵禁诸门,西昌侯闻,急驰到云龙门,不得进,乃曰:"有敕召我。"仍排而入,奉太孙登殿,命左右扶出子良,指麾音响如钟,殿内无不从命。融知不遂,乃释服还省。叹曰:"公误我。"

从这段记载看来,齐武帝临死时的这场争权斗争,发动者决非王融,至少和竟陵王萧子良有重要关系。所以最后王融要说"公误我"的话。再看《南史·王融传》还有这样的记载:

先是,太学生会稽魏准,以才学为融所赏,既欲奉子良,而准鼓成其事。太学生虞羲、丘国宾窃相谓曰:"竟陵才弱,王中书无断,败在眼中矣。"及融诛,召准入舍人省诘问,遂惧而死,举体皆青,时有以准胆破。

可见此事酝酿已久,已有不少人知道其中奥秘。但问题还不止于此。这场政变的主谋,恐怕还不是萧子良而是齐武帝本人。因为按照一般的常例,当皇帝临死时,入侍医药的大臣,大抵就是顾命大臣,而齐武帝临死时,在他身旁的既不是后来的明帝萧鸾,甚至也不是太孙萧昭业,而是萧子良。这一点,《南齐书·竟陵王子良传》已明确地说:"世祖不豫,诏子良甲仗入延昌殿视医药。"这里不但说明齐武帝病重时,萧子良一直在他身边,而且他带着"甲仗"去"视医药",也出于齐武帝的诏令,并非他自作主张。萧子良的召募军队,据《南齐书·王融传》载王融下狱后的供词说:

> 今段犬羊乍扰，纪僧真奉宣先敕，赐语北边动静，令囚草撰符诏，于时即因启闻，希侍銮舆。及司徒宣敕招募，同例非一，实以戎事不小，不敢承教。续蒙军号，赐使招集，衔敕而行，非敢虚扇。

这里一再提到齐武帝的"敕"，可见此事亦属齐武帝的命令。从这些情节看来，齐武帝和萧子良对这次政权斗争的策划已经很久，其目标可能就是针对明帝萧鸾的。因为早在武帝得病后，文惠太子已对明帝有怀疑。《南齐书·文惠太子传》："初，太子内怀恶明帝，密谓竟陵王子良曰：'我意色中殊不悦此人，当由其福德薄所致。'子良便苦救解。"齐武帝和萧子良后来可能也产生了类似的看法。至于他们后来要搞政变，目的是真的要立萧子良为帝，还是想要对付萧鸾，现在已弄不清。但说武帝临死突然把朝政大权委托给明帝萧鸾，则殊难令人置信。因为齐武帝时代，萧子良的地位远比萧鸾要高。我们再看当时目击这场斗争的人，在后来回忆此事时，都不认为萧子良和王融搞了什么阴谋。如任昉《为范始兴作求立太宰碑表》讲到萧子良就说他"体国端朝，出藩入守，进思必告之道，退无苟利之专"。沈约在《伤王融》中，也说他"眷言怀祖武，一篑望成峰；途艰行易跌，命舛志难逢"，只是感叹他"命舛"，对他在这件事情中的表现并无指责。这多少说明他们对这一事件之出于齐武帝授意都很清楚。

在齐武帝临死时的这场政变中，梁武帝其实扮演了很重要的角色。从《南史·梁本纪》所记载萧子良委任的"帐内军主"的名字看来，如王融、范云、王思远、顾暠之等大抵都是些文人，真正能够领兵打仗的，只有梁武帝及其哥哥萧懿。因此，这次斗争的成败，和梁武帝兄弟二人的向背有十分密切的关系。萧子良所以起用他们，显然也是借重他们的军事才能。但从《南史》所载他们说的话,就很明显地看出他们已站到了萧子良的敌对方面。范云等人本来是愿意支持萧子良的,但在梁武帝表态以后,就不敢有所举动,实际上瓦解了萧子良一方的军心。梁武帝所以这样做,就如《南史》所说:"欲助齐明,倾齐武之嗣。"其原因就是为了他父亲萧顺之晚年惭惧成病而死的事,"欲雪心耻"。据《梁书·武帝纪》上载,梁武帝在永明年间,"累迁随王镇西谘议参军,寻以皇考艰去职。隆昌初,明帝辅政,起高祖为宁朔将军,镇寿春。服阕,除太子庶子、给事黄门侍郎,入直殿省。预萧谌定策勋,封建阳县男,邑三百户"。这里所谓"预萧谌定策勋"是指参与隆昌元年(494)七月二十二日萧谌奉齐明帝之命入宫废杀郁林王萧昭业之事。此事上距齐武帝临死王融谋立萧子良事的时间正好是一年。当时梁武帝为父亲萧顺之服丧已经期满。根据古人服丧的制度,父母之丧为期二年零七十天,那么萧顺之的死,至晚也在永明十年(492)的四月。这说明齐武帝死时,梁武帝正在丧服之中。萧子良在这个时期内委任他为"帐内军主",显然是看中了他的军事才能,而不知道这位"竟陵八友"之一的梁武帝已经为了"欲雪心耻"而投入了他政敌的阵营。根据《南史·梁本纪》上,梁武帝后来又在帮齐明帝杀害随郡王萧子隆及招降齐武帝旧臣崔慧景的事件中都出了不少力。关于这问题,赵翼在《廿二史札记》卷十二"梁武存齐室子孙"条中已说得很清楚。这段历史对当时人都很清楚。《南史·文学·吴均传》载,吴均撰《齐春秋》,"书称帝为齐明帝佐命,帝恶其实录,以其书不实,使中书舍人刘之遴诘问数十条,竟支离无对,敕付省焚之,坐免职"。(《梁书》仅说"高祖以其书不实",回避了这个问题的实质。)这就触到了梁武帝的痛处。

正因为齐武帝死后的一系列事件都是梁武帝亲自参与了的,所以他有切身的体验,深知"恐不可以少主主大业",怕别人依样画葫芦,在他死后对萧欢再下毒手。他的选简文帝为太子,主要目的正在这里。因为当昭明太子去世时,长子萧欢的年龄显然较小。据《周书·萧詧传》载,昭明太子第三子萧詧卒于周武帝保定二年(562),享年四十四,当生于天监十八年(519),至昭明太子死时,年仅十三。那么作为昭明太子长子的萧欢,恐怕也不可能比萧詧大很多。昭明太子本人死时年仅三十一,即使他十六岁生子,那么萧欢当时也年仅十五岁。我们知道,齐武帝死时年五十四,而他的太孙萧昭业于次年被废杀时年二十二,已二十一岁的"少主"还是遭到了废杀,那么梁武帝如把十五岁的萧欢作为继承者,又怎能放心呢?何况梁武帝在这一年已经六十八岁,他当然无法预知自己能活到八十六岁的高龄。

再从当时梁皇朝的宗室情况来看,确实也存在着重演齐明帝事件的因素。早在临川王萧宏在时,已有谋杀和篡位的阴谋出现。并且据《南史·临川王宏传》载,梁武帝已经怀疑他家中藏有谋反的兵仗而去暗中访察。这时萧宏虽死,但其子萧正德的危险,甚至超过了他父亲。因为他在昭明太子出生前,曾当过梁武帝的养子,到后来梁武帝诸子出生后,他一直心怀怨望,并且在普通六年曾逃奔北魏,梁武帝对他自然不能不防。在这种情况下,梁武帝的选中简文帝为继承人,实有其深意。

从当时梁武帝对几个儿子的安排来说,用心是很深的。他把简文帝从扬州刺史立为太子时,接替的是第六子萧纶,这是当时的根本要地;又以丁贵嫔所生的萧续任雍州刺史,掌管当时精兵良将的地区和自己的发祥之地;元帝萧绎掌管荆州这一财粮所出的重镇;而下游的南徐州又交给昭明太子之子萧欢去任刺史。在他看来,这可以万无一失了。不幸的是,他到后来侯景之乱时,竟又起用萧正德领兵屯驻丹阳郡,致使萧正德得以引狼入室。这一措施未免昏聩。不过,在侯景之乱发生时,梁武帝君臣对敌情的估计不足也属事实,而如果以元帝萧绎为代表的上游诸军不是"但坐观于时变,本无情于急难"(庾信《哀江南赋》语)而是及时赴援,与坚持抵抗的萧纶通力合作,也未必会出现台城陷落的悲剧。这当然是梁武帝始料所不及的。

梁武帝和"竟陵八友"

"竟陵八友"是南齐竟陵王萧子良在齐武帝永明年间招集的"文学之士"。《梁书·武帝纪》上云:"竟陵王子良开西邸,招文学,高祖与沈约、谢朓、王融、萧琛、范云、任昉、陆倕等并游焉,号曰八友。"其实这八个人年辈相差很大,进入萧子良府邸有先后,他们和萧子良以及后来梁武帝的关系,也各各不同。事实上"竟陵八友"中尽管绝大多数能从事文学创作,但它本身并不是一个单纯的文人集团,其思想和才能也并不完全一样。其中有些人物如谢朓、陆倕等人,也许主要是个文人。谢朓后来虽卷进了政治漩涡而招杀身之祸,但那恐非他的本意。萧琛其人的才能大约在学术方面,至于文学创作,非其所长,与当时政治斗争的关系也较少。梁武帝本人则是"八友"中唯一的兼擅文武才能,并具有政治手腕的人物,所以最后做了皇帝。至于其他几位人物,虽然均属文人,有的却又与当时的政治有一定的关系。由于他们的表现各自不同,因此梁武帝对他们的态度也各各不同。这种不同,也多少能反映出这些人物的不同性格。

一

在"竟陵八友"中,死得最早的是王融和谢朓,他们都在南齐时被杀,并没有来得及见到梁武帝代齐。其中王融是第一个被杀的,他的死,和梁武帝还有着很大的关系。以出身而论,王融的门第在八人中可以说最高。他的曾祖是刘宋时太保王弘,王弘又是东晋初年宰相王导的曾孙,其家世的贵显,在南朝可以说罕有其比。王融的祖父王僧达虽因狂傲被宋孝武帝赐死,但死后宋孝武帝曾下诏让王弘的子孙"门爵国姻,一不贬绝",可见他家社会地位并未受太大影响。他的家人对他也抱有很高的期望。他的堂叔王俭曾认为"此儿至四十,名位自然及祖"。王融自己也很想在政治上出人头地,《南史》本传说他"以父官不通,弱年便欲绍兴家业"。在齐武帝时,他曾屡次上疏议政,得到武帝欣赏,他所写的《三月三日曲水诗序》,曾流传到北方,得到北朝士人的称赞。因此他很得齐武帝及萧子良的重视。如果不是永明末年的一场政治斗争,他是很可能飞黄腾达的。但事情却不是这样。原来,齐武帝死于永明十一年(493)。这时,齐武帝的太子萧长懋已在前一年死去,因此立了萧长懋之子萧昭业为太孙,作为皇位的继承人。这时,萧昭业虽已年逾二十,但在当时的政治形势下,很难肩负起帝位的重任。因为当时作为皇帝近亲的明帝萧鸾,正在觊觎着皇帝宝座,这一点,齐武帝原来的太子萧长懋在死前大约已经有所觉察。《南史·齐武帝诸子·文惠太子传》载,萧长懋曾"密谓竟陵王子良曰:'我意色中殊不悦此人,当由其福德薄所致。'子良便苦救解"。萧长懋说这话的时间已难确考,但从他死时到齐武帝病重还有半年时间,何况此语也未必是他死的那年所说。可能在萧长懋说话时,萧子良和齐武帝尚无觉察,而经过一段时间,齐武帝父子也多少感觉到了问题,才有改立萧子良的想法。这段历史由于史料缺乏,《南齐书》的作者萧子显又有所顾忌而不能直笔记载,现在已很难知其详情。但从《南齐书·王融传》所记当时王融要发动政变拥立萧子良的情节看来,实在很难令人置信。据《南齐书》说:"世祖(武帝)疾笃暂绝,子良在殿内,太孙未入,融戎服绛衫,于中书省阁口断东宫仗不得进,欲立子良。上既苏,太孙入殿,朝事委高宗。融知子良不得立,乃释服还省。叹曰:'公误我。'郁林深忿疾融,即位十余日,收下廷尉狱……诏于狱赐死。"从这段话看来,似乎这场未遂政变,完全是出于王融一人的策划,完全不合齐武帝的心意,而且齐武帝临死还把朝廷大政交给了齐明帝。但令人不解的是,齐武帝既然决意立萧昭业为继承人,而令明帝辅政,却在病重时并不叫萧昭业和明帝在身边奉侍医药。再说王融在当时不过是一个中书郎、宁朔将军,仅为四五品的中等官员,不管他怎样野心勃勃,也不可能有发动政变,改易皇位继承人的能力;而且即使政变成功,他也无成为执政大臣的可能。所以说王融自作主张要发动政变,完全是欺人之谈。值得注意的是,王融下狱以后,狱吏审讯他为什么招募兵卒时,他答辩说:"今段犬羊乍扰,纪僧真奉宣先敕,赐语北边动静,令囚草撰符诏,于时即因启闻,希侍銮舆。及司徒(萧子良)宣敕招募,同例非一,实以戎事不小,不敢承教。续蒙军号,赐使招集,衔敕而行,非敢虚扇。"这段话说得有根有据,当非捏造。这说明王融当时的行动,全是奉齐武帝命令行事。后来齐明帝夺取了政权,把罪名强加在他头上。齐明帝的这次夺权,梁武帝是帮了他很大的忙,难怪后来吴均作《齐春秋》,要把他作为齐明帝的"佐命"功臣。也正因为这样,到了梁代,人们对这场政变的真相,还不能直笔记载。只有在唐代,李延寿作《南史》,才多少能道出一些蛛丝马迹,但由于时代久远,史料散佚,再加上李延寿又是个北方人,所以也语焉不详。但从《梁书》和《南史》看来,梁武帝在这场政变中,其实是扮演了重要角色的。当齐武帝临死之际,梁武帝正遭其父萧顺之之丧,在家守孝。《梁书·武帝纪》上:"累迁随王镇西谘议参军,寻以皇考艰去职。隆昌初,明帝辅政,起高祖为宁朔将军,镇寿春。服阕……"按:梁武帝为随王镇西谘议参军在永明九年(491),就在此前一年,其父萧顺之奉齐武帝之命平荆州刺史萧子响之乱,在这次平乱中,萧子响自杀。但萧子响是齐武帝的儿子,齐武帝后来颇为反悔,对萧顺之不满,萧顺之因此忧惧而死。他的死,在齐武帝之前。《南史·梁本纪》上:"及齐武帝不豫,竟陵王子良以帝及兄懿、王融、刘绘、王思远、顾暠之、范云等为帐内军主。融欲因(齐武)帝晏驾立子良,(梁武)帝曰:'夫立非常之事,必待非常之人,融才非负图,视其败也。'范云曰:'忧国家者,惟有王中书。'帝曰:'忧国欲为周、召?欲为竖刁邪?'懿曰:'直哉史鱼,何其木强也!'初,皇考之薨,不得志,事见《齐鱼复侯传》。至是,郁林失德,齐明帝作辅,将为废立计,帝欲助齐明,倾齐武之嗣,以雪心耻,齐明亦知之,每与帝谋。"这段记载颇可注意。首先,这次被任命为"军主"的共有七人之多,王融仅是其中之一,他的地位和其他人并无高下之分,可见并非出于王融的意志。其次,据《南史》说,这次任命是出于萧子良的命令。但萧子良其人本非专擅朝政的跋扈之辈,相反地,据任昉《为范始兴作求立太宰碑表》称萧子良为人"进思必告之道,退无苟利之专",也就是说他不敢擅自做出这种安排。尤其此表是上给萧子良的政敌齐明帝看的,更加不能隐瞒真情,虚加称颂。况且南北朝甚至历代帝王在临死时,从来没有任命一批"帐内军主"的先例。这种反常措施,如果不是齐武帝昏迷以前的布置,萧子良也不见得敢做此决定。再次,梁武帝对此事的评论,前后也有矛盾。他起初似乎也不认为王融的行为不对,只是觉得这个举动不可能取得成功。当他权衡利弊以后,才决心站到齐明帝一边,把王融比作竖刁。当时在齐武帝和萧子良任命的七个"军主"中,只有梁武帝和他哥哥萧懿两人是懂得军事的,其余五人全是文人。这说明齐武帝的病来得很急促,萧子良在仓猝之际也找不到适当的人选,所以临时把守孝在家的萧懿和梁武帝作为主要的依靠力量。但萧懿和梁武帝这时与齐明帝可能早有勾结,所以梁武帝一表态把王融比作竖刁,范云等文人自然更不敢动,只能眼看齐明帝把大权夺去。齐明帝掌权以后,王融自然要遭杀害,萧子良也从此失势,忧惧而死。

永明末年的这场夺权斗争的性质,在当时人是很清楚的,《南史·王融传》载,当时的虞羲和丘国宾两人就私下议论说:"竟陵才弱,王中书无断,败在眼中矣。"他们并不认为王融有什么不对,只是叹其才能不足以成事。《南史》同传还说道:"融被收,朋友部曲,参问北寺,相继于道;请救于子良,子良不敢救;西昌侯(明帝)固争不得。"这更说明王融决非这场政变的祸首,所以朋友们都敢为他力争。至于萧子良,当然自身难保,不敢说话;而明帝当时,也不得不做出个"固争"的姿态,用以掩人耳目,平息舆论,因为他也明知王融只是奉命行事,并非其罪,同时为了把杀害王融的罪名转嫁到萧昭业头上。后来沈约在《伤王融》一诗中说,"眷言怀祖武,一篑望成峰;途艰行易跌,命舛志难逢",也曲折地道出了王融死非其罪,而只是由于"途艰"、"命舛",至于其"途艰"的内容,自然是不能直说的。

尽管王融之死,和梁武帝当时的倒戈有重大关系,但梁武帝对他并无私仇,斥之为"竖刁",只是出于当时斗争的需要。所以在梁武帝登上帝位以后,对王融并无多大成见。相反地,他登上帝位以后,曾对萧子恪兄弟称:"且建武(明帝年号)屠灭卿门,致卿兄弟涂炭。我起义兵,非惟自雪门耻,亦是为卿兄弟报仇。"他既自称为齐高帝、武帝子孙报仇,当然不会去指责为萧子良尽力而死的王融。所以萧统编《文选》,还选录了王融的文章。钟嵘作《诗品》,对王融的诗虽评价不高,而对其骈文则颇为称赞,梁武帝对此也并不认为不当。

和王融交情颇深的谢朓,也是在齐末的政治斗争中被杀害的。从谢朓的性格看来,他和王融不太一样。如果说王融是颇有志于在政治上做一番事业的话,谢朓却是以保全自身的性命和禄位为主。因为他虽出身于南渡以来的望族陈郡谢氏,但在宋文帝时,他的伯父和叔父因参与范晔等人的密谋被杀,他父亲虽然没有参加这集团,也被牵连而流放到广州。他是在父亲被赦回都后出生的。这时他家已经败落,不能不娶出身低微的武夫王敬则之女为妻,以结奥援。他虽然也出入萧子良之门,但永明末年这场政变发生时,他正奉命从荆州随王子隆幕下返回建康,他的被召回,是由于王秀之在齐武帝面前说了他坏话。因此在齐明帝看来,他和那场政变并无重大关系,所以当他回建康以后,仍加任用,而且官位还有所提升。这样,他对齐明帝就颇怀感激之心。但南齐后期的权力斗争层出不穷,为了保全自己,他不惜出卖了岳父王敬则,换来一个尚书吏部郎的官职。最后又出现萧遥光密谋夺位的事,他又想用向东昏侯萧宝卷的宠臣左兴盛告密来保全自己,却因此送了命。他的朋友沈约在《伤谢朓》中说,"尺璧尔何冤,一旦同丘壤",对他深表同情。但后人的评论却不是这样,明张溥说:"呜呼,康乐(谢灵运)、宣城(谢朓),其死等尔。康乐死于玩世,怜之世犹比于孔北海、嵇中散;宣城死于畏祸,天下疑其反覆,即与吕布、许攸同类而共笑也。"张溥对谢朓的批评是否妥当,可以姑置勿论。但由此来看谢朓之死,应该说和梁武帝没有多大关系。因为王敬则和萧遥光两次事件发生时,梁武帝都在襄阳,和他无关。但梁武帝和谢朓的关系,似很表现出世态的炎凉。《南史·谢朓传》:"朓及殷睿素与梁武以文章相得,帝以大女永兴公主适睿子钧,第二女永世公主适朓子谟。及帝为雍州,二女并随母向州。及武帝即位,二主始随内迁。武帝意薄谟,又以门单,欲更适张弘策子,弘策卒,又以与王志子諲。而谟不堪叹恨,为书状如诗赠主。主以呈帝,甚蒙矜叹,而妇终不得还。寻用谟为信安县,稍迁王府谘议。时以为沈约早与朓善,为制此书云。"谢谟写给梁武帝女儿的信,是否沈约手笔,乃出传闻,未必是事实。但梁武帝因为谢朓死后门户衰微而不愿将女儿嫁谢谟则是事实。在这个问题上,梁武帝的确表现得很势利。因为他原来曾想把女儿嫁给张弘策之子,张弘策一死,他就改变了主意。张弘策是梁武帝的隔房舅父,从小和梁武帝相亲近,他又是在和东昏侯余党斗争中被人杀死的,梁武帝对他儿子尚且不加照顾,何况谢朓?从这里可以看出梁武帝为人的一个方面。关于谢谟的事,当时既有书信出于沈约之手的传说,这也未始不会引起梁武帝的猜疑。因此梁武帝和沈约的关系弄得相当紧张,这也许是一个因素。当然,梁武帝对谢朓之子虽然有些势利,但基本上还没有别的成见,所以他见了谢谟的书信,还是有所哀矜,而他的几个儿子对谢朓的诗歌都很赞赏。这是因为谢朓毕竟和梁武帝并无利害冲突。

二

在"竟陵八友"中,死于梁武帝即位后不久的是范云和任昉。范云卒于天监二年(503),任昉卒于天监七年(508),年龄都比梁武帝大。从他们的出身来说,南乡舞阴范氏和乐安博昌任氏虽皆士族,却非高门。两人在南齐时代社会地位本来不高,仕途也不很得志。他们仕官不达的原因除了门第的原因外,都有其个人的因素。范云早年和萧子良的关系颇深,他对萧子良也敢于直谏。《梁书·范云传》:"子良尝启齐武帝论云为郡。帝曰:'庸人,闻其恒相卖弄,不复穷法,当宥之以远。'子良曰:'不然。云动相规诲,谏书具存,请取以奏。'既至,有百余纸,辞皆切直。帝叹息,因谓子良曰:'不谓云能尔。方使弼汝,何宜出守。'"据说他处理政务,也很有才能,被当时人所佩服。关于范云的生平,《梁书》本传的记载并不很清楚。例如他的出任零陵内史时间,本传说得很含糊,似乎在萧子良当政时,他已经赴任,其实情况并非如此。因为据《南史·梁本纪》、《王融传》,都说永明十一年齐武帝临死时,范云还在建康,而且曾被任命为"军主"。在现存的范云诗中有《饯谢文学离夜》一首,是送谢朓赴荆州萧子隆幕时所作。谢朓返建康是永明十一年秋天以后,谢诗中有一首《新亭渚别范零陵云》,系送范云赴任之作,说明范云的出任零陵太守,在齐武帝已死之后,大权已落入明帝之手。零陵地处今湖南南部偏西靠近广西之地,在当时是很荒僻之地。这次任命显然是明帝对他这样一位萧子良旧属的打击。后来虽被召还,不久又被调任始兴太守,其地在今广东北部山区,较之零陵,更为僻远,接着又调任广州刺史,名义上是升迁,其实是被调得越来越远,最后竟被征还下狱,免去官职。范云在南齐后期所遭受的打击,绝不是偶然的。据《梁书》本传记载,范云在零陵和始兴,政绩都很好。但他对当时朝廷的形势却很少清醒的认识,在他任始兴太守时,竟想到要为萧子良立碑,并请他的朋友任昉代作表章,请求齐明帝批准。他完全不理解像齐明帝这样阴狠猜忌的人,本是萧子良的政敌,所以请求为萧子良立碑,这不但绝无被允许的可能,而且只有招致进一步打击的可能,后来的事实也证明了这一点。从这个意义上说,范云的为人虽不失耿直,却也有点愚忠。

  对范云的为人,梁武帝当然很了解,他们是永明年间的老朋友。在齐武帝临死的那场政变中,范云显然站在萧子良和王融一边,这和梁武帝的用心自然不同。然而梁武帝当时也未尝不知道王融的举动是奉命行事，无可指责；而自己的倒戈却是出于私家恩怨及利害的考虑。因此他口头上虽然对范云做了驳斥，内心却并不归罪于他。相反地，作为一个封建社会的政治家，其衡量人物的标准往往是以"忠"字为主，他们认为能效忠故主的人，如被争取过来，也就会像过去对旧主一样忠于自己。所以范云的支持萧子良、王融，在某种程度上说，可能更增加了梁武帝的好感。因为梁武帝自己也绝非效忠齐明帝，而是为了达到自己的目的。梁武帝对范云有好感，大约早已被当时人所察觉。《梁书·范云传》："初，云与高祖遇于齐竟陵王子良邸，又尝接里闬，高祖深器之。"在梁武帝的军队攻到建康城下时，范云当时正在城内，他那时的官职只是一个小小的国子博士，但当张稷等人杀了东昏侯以后，却派范云去见梁武帝，梁武帝立即把他留在身边，"便参帷幄，仍拜黄门侍郎"。梁武帝进入建康后，范云升迁很快，正如任昉在《为范尚书让吏部封侯第一表》中所说："且去岁冬初，国学之老博士耳，今兹首夏，将亚冢司。虽千秋之一日九迁，荀爽之十旬远至，方之微臣，未为速达。"从梁武帝进入建康以后，范云和沈约的地位基本相等，但在此以前，沈约已官至征虏将军诸职，已属三品官，而范云却不过是一个六品的"博士"。这种超迁的迅速，在当时和历史上都很罕见。范云卒于天监二年（503）的五月，上距梁武帝即位，不过一年多一些，他已官至尚书右仆射，如果他活得久些，可能还要升迁到更高的职位。范云死后，梁武帝下诏说：范云"方骋远涂，永毗庶政；奄致丧殒，伤悼于怀"，这大约是实话。梁武帝本想对范云大加任用，只是由于范云早死，才没有实现。沈约在为范云所作的墓志中说，"合契兴王，匪劳物色，乘风郁起，化成龙翼"，这大体上符合范云的实际情况。

范云的朋友任昉在性格上也和范云相近。范云的一些章表，常由任昉来执笔。范云死后，任昉作诗哭他，有"生死一交情"之句，可见其交情之深。任昉和范云的差别,似在于他处理政务的才能不如范云,他更像一个纯粹的学者和文人,所以梁武帝封他的官并不很重要,但他的为人却颇耿直。例如永明末年那场政变,他并未被委任为"军主",本来可以置身事外。但当齐明帝萧鸾废黜郁林王昭业后,以海陵王昭文的名义封自己为骠骑大将军、宣城郡公。为了装点门面,他还得叫任昉代作让表,这本来是一种官样文章,任昉却假戏真做起来,把齐明帝没有很好辅佐郁林王,有负齐武帝托付的责任一一指出,把一篇假客气的让表写成了一篇自责的谢罪书。清人谭献评任昉这篇代笔文章说:"绝似血诚喷薄,而出自代言,反以获咎。颠危之世,不合以文字事人,君子慎之。"其实任昉又何尝不了解齐明帝的为人,他正是要借此来吐露其对明帝的不满。据《梁书》本传说:"(齐明)帝恶其辞斥,甚愠,昉由是终建武中,位不过列校。"后来范云要为萧子良立碑,这本是当时一个十分敏感而有很大风险的事,任昉竟也敢于代为作表。这无疑是向齐明帝表明范、任二人还是念念不忘萧子良的旧情。梁武帝对此也十分清楚。他和任昉,本来就有交情。《梁书·任昉传》载,任昉在萧子良西邸时,曾和梁武帝说过笑话,梁武帝说自己做了三公,要以任为记室,任昉也说自己做了三公要以梁武帝为骑兵。后来梁武帝进入建康,真的用任昉为记室,他即位的一些文告,均出任昉之手。梁武帝即位后,任昉曾任御史中丞、秘书监等要职,只是由于他并无做官的才能,才被调任新安太守,死在任上。他虽然不是一个办理政治的高手,行为却是端正的,居官清廉,又好提拔后进。他死后,梁武帝也很悲痛,曾"即日举哀,哭之甚恸"。任昉在做御史中丞时,行为颇刚直,从《文选》所录他的《奏弹曹景宗》、《奏弹刘整》来看,他不畏权势,敢于指斥梁武帝的功臣,也敢主持正义,同情弱者。所以他受到梁武帝尊重,也绝非偶然。这说明梁武帝早年,确有其励精图治和知人善任的长处。

三

和范云、任昉同为梁武帝西邸旧友,而死得较晚,官也做得更大的是沈约。他和梁武帝的关系比较特殊。早在南齐时代,他和齐武帝的太子萧长懋及竟陵王子良关系都很密切。永明末那场政变,他并未牵连进去。但既是萧子良的宾客,明帝执政后对他未始没有戒心,因此把他外放为东阳太守。但他很善于见风使舵,很快就转到了明帝一边。他的《贺齐明帝登祚启》,是在任东阳太守时作的。在这篇文章中,他把齐明帝这阴谋家比作尧舜,说他称帝是"狱讼允归,天人戴仰","虽中宗之兴殷道,宣后之隆汉德,异世同符,千载一揆",简直到了肉麻的地步。但这一篇谄媚文字,却使他立即受到重用,被征回建康,进号辅国将军、五兵尚书。从此成了齐明帝集团的人物。当范云、任昉冒着触怒皇帝的危险要为萧子良立碑时,他却为齐明帝的弟弟萧缅作起《齐故安陆昭王碑文》。这个萧缅在政治上并无建树,才德亦无足称,但碑文却虚夸功德,正如谭献所评"前后谀颂已甚",这分明是为了讨好明帝。但齐明帝死后,东昏侯继立,这时建康的内乱不停,梁武帝又在襄阳起兵反对朝廷,沈约在当时一度比较沉默,因为他一时还看不清哪一方面可以取得胜利。但到梁武帝军队攻到建康后,他就立即以西邸旧友的身份,积极向梁武帝建议取代南齐和杀害和帝。这些事在当时的历史条件下,本是事势所必然,并非出于任何个人的偶然想法。但沈约毕竟是一个善于鼓唇弄舌的人,竟把这些事说得令梁武帝十分欣赏,以致对范云说:"生平与沈休文群居,不觉有异人处;今日才智纵横,可谓明识。"这话虽属夸奖,但梁武帝这样富于心机的人物,也不免会对他有所提防。因为在帮助梁武帝取代南齐的过程中,沈约和范云起了很大的作用,但看来沈约比范云显得更积极。因为"禅位"的建议既是沈约首先提出的,事后梁武帝把这个意见告诉范云,"云对略同约旨"。梁武帝于是叫范云通知沈约第二天早上一起去见梁武帝合计,而沈约次早却不等范云,一个人先去,等范云来时,殿门已经关闭,范云竟不得入。这一做法,正说明了沈约的急于讨好梁武帝,竟至置范云于不顾。这种行径他虽自以为聪明,其实在政治斗争中老谋深算的梁武帝,岂有看不出的道理?其实在这个问题上,梁武帝显然有他的想法。因为取代南齐,虽已是大势所趋,但作为封建社会的政治家对这个问题由谁来提出,可以有不同的考虑。范云和沈约虽都主张取代南齐,而同一件事,对两人来说就可以有不同的理解。因为范云本来和萧长懋、萧子良关系密切,齐明帝即位后,他一再遭到打击,却还念念不忘要为萧子良立碑,他显然是乐意梁武帝取代齐和帝的,因为这样做,是为萧子良报了仇。至于沈约就不同了,他和萧长懋关系本来很深,明帝夺了政权,他就倒向明帝,等梁武帝得势后,他又积极劝梁武帝篡位,那么万一政局再发生变化,又焉知沈约不会再一次倒向别人的怀抱?这一点,梁武帝自然会考虑。再说梁武帝即位时已年近四十,在当时条件下,人们的寿命一般都不很长,梁武帝当然不能预知自己能活到八十六岁高龄。因此他对沈约也自然要采取韩非所说的"阳收其身而实疏之"的办法,尤其是梁武帝取代南齐以后,关于对齐和帝的安排,更显出沈约的阴狠。原来据《南史·齐本纪》下载,梁武帝本想把齐和帝迁到南海郡,保留他的性命,以此征求范云意见,范云"俯首未对",而沈约却力主杀掉,于是梁武帝就下了毒手。但他提出这种建议,梁武帝心里自然会有他的想法。所以沈约尽管比范云后死十年,而梁武帝却并没有委以重任。《梁书·沈约传》:"初,约久处端揆,有志台司,论者咸谓为宜,而帝终不用。"其中原因不能不说和梁武帝深知沈约为人有关。但沈约却不甘寂寞,还给徐勉写信,口称要求"归老",实则想要加官。《梁书》本传载,徐勉见了此信,也明白他的用意,"为言于高祖,请三司之仪,弗许,但加鼓吹而已"。这一事件更突出地表现了梁武帝和沈约的矛盾已很尖锐。因为所谓"三司之仪",只是一种形式的尊重,并不关系实权,但梁武帝仍然不许,"但加鼓吹",大约也不过是给徐勉一些面子而已。

尽管这时梁武帝对沈约已很不满意,但沈约却自恃其开国时的建议之功,意颇怏怏。因此君臣之间的成见越来越深。《梁书·沈约传》:"初,高祖有憾于张稷,及稷卒,因与约言之。约曰:'尚书左仆射出作边州刺史,已往之事,何足复论。'帝以为婚家相为,大怒曰:'卿言为此,是忠臣邪!'乃辇归内殿。约惧,不觉高祖起,犹坐如初。及还,未至床,而凭空顿于户下,因病,梦齐和帝以剑断其舌。召巫视之,巫言如梦。乃呼道士奏赤章于天,称禅代之事,不由己出。高祖遣上省医徐奘视约疾,还具以状闻。先此,约尝侍宴,值豫州献栗,径寸半,帝奇之,问曰:'栗事多少?'与约各疏所忆,少帝三事。出谓人曰:'此公护前,不让即羞死。'帝以其言不逊,欲抵其罪,徐勉固谏乃止。及闻赤章事,大怒,中使谴责者数焉,约惧遂卒。"按:《梁书·张稷传》中并无关于张稷得罪梁武帝的记载,只写到他任青、冀二州刺史,被州人徐道角所杀,"有司奏削爵土";《南史》则记他"醉后言多怨辞形于色"。按:张稷是杀死东昏侯向梁武帝献城的主谋,他的怨气大约是觉得梁武帝对他封赏不足,所以自称"至于陛下不得言无勋"。这里涉及一个对杀东昏侯问题的评价,其事与沈约论禅代相类似,所以沈约为张稷辩护,其实是怨恨梁武帝不念旧功,而梁武帝因此大怒,说他不是"忠臣"。这样一件偶然性的言语龃龉,其实是君臣之间长期矛盾的总爆发,所以梁武帝会发这么大的火,而沈约也会惊惶失措,以致失魂落魄。这次事件显然比有关栗子典故的事要重大得多。以沈约当时的官位来说,比范云、任昉死时都要高,但他死后,梁武帝却并无表示,当时官员主张给他谥作"文",梁武帝却要改作"隐",说明即使他死后,梁武帝还是余怒未消。从对待范云、任昉和沈约三人的态度上,可以看出梁武帝在用人问题上有一套看法。他毕竟是一位政治家,对三人的性格可以说了解得很透彻。沈约比之范、任是要圆滑得多,但比起梁武帝来,毕竟还是小巫见大巫,难怪他最后终于忧惧而死。

四

"竟陵八友"中还有两位人物——陆倕和萧琛,他们的年龄较小,陆倕生于宋明帝泰始六年(470),萧琛生于宋顺帝昇明二年(478)。在永明时代,他们年纪都较小,还没有卷入当时的政治斗争;后来又曾进入梁代的东宫,做昭明太子的宫僚。如陆倕曾做过太子中舍人、太子庶子、太子中庶子诸职。他的《新刻漏铭》、《石阙铭》二文均被《文选》收录。他和刘孝绰等文人曾有诗唱和。他在梁武帝眼中不过是一个文人,他作《石阙铭》后,梁武帝曾下敕说:"太子中舍人陆倕所判《石阙铭》,辞义典雅,足为佳作。"因此赐绢三十匹,又升迁了官职。但他的官职始终不高,这大约因为他并无从政的才干。从他死后萧统下令给萧纲说,"陆生资忠履贞,冰清玉洁,文该四始,学遍九流,高情胜气,贞然直上"(见《梁书·到洽传》)看来,梁武帝父子对他的人品评价甚高。后来简文帝萧纲对他的骈文也做了很高的评价,把他和任昉并提,认为"斯实文章之冠冕,述作以楷模"(《与湘东王书》,见《梁书·庾肩吾传》)。大抵梁武帝对这些士族文人的态度,正如《颜氏家训·涉务》篇所说,是既优待,又不委以重任。因为这些人大抵缺乏办事能力,梁武帝自然也可以置之度外。

萧琛在梁武帝以外的"八友"中,是唯一没有诗文集也没有作品被《文选》收录的人。不过,他绝不是没有才学,也不是不能写文章。现在我们还能看到他驳难范缜《神灭论》的文章。他自称少时好"音律、书、酒",老来"惟书籍不衰"。他似乎对礼制较熟悉,可以说是个学者而非文人。他是兰陵萧氏,和梁武帝是同宗,所以颇见优礼,尽管他在"八友"中年龄最小,但梁武帝在朝宴时称之为"宗老",死后还被赐"东园秘器,朝服一具"等,这是很特殊的礼遇。他性情通脱,大约也不是一个干练的人才,所以他的官职已至"金紫光禄大夫,加特进",在品级上很高,却并无实权。在"竟陵八友"中,陆倕和萧琛似乎跟南齐时代的政治斗争并无直接的关系,在梁代,他们也没有汲汲于富贵,所以梁武帝对他们既没有什么恶感,却也未加重用。这大约是梁武帝对士族文人的一贯政策,并不因为他们曾位"八友"之列而有所不同。

《北山移文》新证

南齐孔稚珪的《北山移文》是历代传诵的骈文名篇。关于这篇文章,据《文选》五臣吕向注说:

> 其先,周彦伦隐于此山,后应诏出为海盐县令,欲却过此山。孔生乃假山灵之意移之,使不许得至,故云《北山移文》。

后来的读者大抵信从其说,认为此文是一篇讽刺假隐士的文章。其实,"周彦伦"即周颙,是"四声说"的发明者,和孔稚珪是好朋友。从周颙和孔稚珪二人的生平看来,两人都一直在做官,并不存在假装隐居的问题。关于这一点,王运熙先生在《孔稚珪的〈北山移文〉》(见《汉魏六朝唐代文学论集》)中,已指出此文实系戏谑之文,可以视为定论。笔者和已故的沈玉成先生合著《南北朝文学史》时,已采用了王先生的意见,这里不想多讲。问题在于吕向说周颙曾任海盐县令的说法,是否可信?关于这一点,清代的文选学家如张云璈、梁章钜等都已表示过怀疑;笔者在《南北朝文学史》中,也曾认为"关于吕向注所说'海盐令'事,当是吕向误读'驰妙誉于浙右'句而致"。这是因为《南齐书》和《南史》的《周颙传》,都没有关于周颙做海盐令的记载,而且二传记载周颙仕历甚详,更难找到周颙有可能做海盐令的时间。再说根据《文选》的李善注,不但没有说周颙曾任海盐令,而且从"驰妙誉于浙右"句的注释看来,似乎李善只认为周颙做了剡令和会稽令。因为李注云:

《字书》曰:江水东至会稽山阴为浙右。

根据李善的说法,"浙右"指的是会稽一带,那就不必使"浙右"和海盐发生任何联系,而且周颙曾任剡令和山阴令的事,又是史有明文的。然而,李注所以没有引起后人的充分重视,原因在于在一般人心目中,"右"应该指西,而"左"则当指东;山阴在浙东,应是"左",而海盐在浙西,才是"右"。其实,这里涉及语义的不同。在唐以前,人们确曾把浙东称作"浙右",这不但有李注所引的《字书》可证,而且在梁释慧皎的《高僧传》中,也可以找到同样的例证。据《高僧传》卷三《昙摩密多传》云:

会稽太守平昌孟颛,深信正法,以三宝为己任,素好禅味,敬心殷重,及临浙右,请与同游,乃于鄮县之山,建立塔寺。东境旧俗,多趋巫祝,及妙化所移,比屋归正。

不但明确地把浙东称作"浙右",而且指出了"鄮县"、"东境",其视"浙右"为浙东是确切无疑的。不但如此,我们还可以举出唐以前人称浙西为"浙左"的旁证。如《高僧传》卷十五云:

凡此诸人,并齐代知名,其浙左、江西、荆陕、庸蜀,亦颇有转读。

这段话,见于《齐北多宝寺释慧忍传》后,这里讲的僧人,大抵在今江苏南部一带,以建康(今南京市)为中心,这里在唐代归"淮西观察使"统辖(见唐李吉甫《元和郡县图志》)。又《续高僧传》卷十一《释慧弼传》云:

> 年登弱冠,握锥淮海……天嘉元年,游诸讲肆……浙左钦德,更甚江东。

据《续高僧传》,释慧忍一生,主要在建康,足迹所至,最远不过"长城"(今浙江长兴),仍在浙西,可见南朝从宋至陈,都把浙西叫"浙左",浙东叫"浙右",和今人的概念正好相反。因为后代的人,大抵根据帝王之居坐北朝南,因此"左"为东,"右"为西。然而古人并不一定如此。南朝人把浙江称"浙右",是以浙江(钱塘江)的流向为根据的,钱塘江向东流,因此右为南,左为北,而浙东的位置,正在浙西之南,所以成了"浙右"。这种分别"左"、"右"的方法,在古书中也不少见。《韩非子·初见秦》篇:

> 昔者纣为天子,将率天下甲兵百万,左饮于淇溪,右饮于洹溪,淇水竭而洹水不流,以与周武王为难。

在这里,纣王是跟周武王作战,他的军队面向西方,因此洹水在他的北边,淇水在他的南边,在这里是北为右,南为左。又《史记·吴起列传》载吴起对魏武侯说的话:

> 昔三苗氏左洞庭,右彭蠡。

在这里"三苗氏"是在南方和中原的夏禹争强,他面向着北,因此洞庭反而在他之左,彭蠡(鄱阳湖)反而在他的右。此文关于"左右"和东西的概念,也正好和我们一般的理解相反。

至于五臣吕向注《文选》时,是不是完全不理解南朝人关于"浙右"一词的理解呢?从时代来说,可能还不一定如此。因为唐释道宣在作《续高僧传》时,还把淮西叫"浙右"。道宣的著作成于唐太宗贞观年间,下距五臣注完成时间玄宗开元六年(718)还不到一百年,而且吕向肯定见过李善注所引《字书》的材料。但他所以要说周颙曾任海盐令,未必由于他误读了"驰妙誉于浙右"一句,而是另有原因。在笔者看来,吕向可能是误解了周颙的朋友张融写给周颙的一封信。据《续高僧传》卷六《释法宠传》:

> 吴郡张融与周颙书曰:"古人遗族,故留儿女。法宠法师绝尘如弃唾,若斯之志,大矣远矣。"

这位法宠法师,据《续高僧传》,从祖上起就寓居海盐,他在永明六年(488)前一段时期,曾留居建康,后来又回到了海盐。张融的认识法宠,可能是在建康。但吕向可能因为见到了张融这封信,认为法宠既为海盐人,而张融向周颙介绍他,就猜测周颙曾为海盐令。所谓"海盐令"一说盖由于此。

在这里,还应该指出笔者在《南北朝文学史》中,曾推测说:"比较合理的解释应该是:周颙与孔稚珪是好友,可能周颙在任剡令或山阴令期满后返建康时,孔稚珪作此文以相戏谑",这说法是有待修正的。据《南齐书·周颙传》,周颙任剡令是在宋后废帝元徽初年。本传又云:"还历邵陵王南中朗三府参军。(齐)太祖辅政,引接颙……"这说明周颙罢剡令时,尚在宋末。又《南齐书·孔稚珪传》:"解褐宋安成王车骑法曹行参军,转尚书殿中郎。(齐)太祖为骠骑,以稚珪有文翰,取为记室参军,与江淹对掌辞笔。"据此,当周颙罢剡令时,孔稚珪刚出仕,不可能写这种文章去讽刺一位在宋明帝已出入殿内的官员。至于周颙任山阴令,当在齐高帝建元时代,其罢任时间,亦当在建元间,所以《南齐书·周颙传》云:"还为文惠太子中军录事参军,随府转征北。"据《南齐书·文惠太子传》,文惠太子萧长懋为中军将军在建元二年,而转为征北将军南徐州刺史则在建元四年。这时孔稚珪在哪里呢?据《南齐书·孔稚珪传》云:

父忧去官,与兄仲智还居父山舍。仲智妾李氏骄妒无礼,稚珪白太守王敬则杀之。

又同书《王敬则传》载,王敬则任会稽太守在建元末永明初,此时孔稚珪正遭父丧,在会稽守孝。这就说明孔稚珪在周颙罢山阴令时,既不在建康,而且根据当时的礼制,居丧期间也不允许写这种游戏文字。

现在看来,《北山移文》的写作时间应在齐武帝永明三年左右。因为《南齐书·周颙传》云:

颙于钟山西立隐舍,休沐则归之。转太子仆,兼著作,撰起居注。

又,同书《文惠太子传》:

永明三年,于崇正殿讲《孝经》,少傅王俭以擿句令太子仆周颙撰为义疏。

从这两段文字合看,周颙建隐舍时间正在永明三年任太子仆前后。当时孔稚珪已经服阕,回到建康,因为周颙在钟山建隐舍,才作文戏弄他,文中讲到了他出任县令的事,却并非说他是当时罢任。因为这种游戏文字,是完全可以说到过去的事的。例如:《北山移文》中还说周颙"谈空空于释部",当指周颙作《三宗论》的事。《三宗论》据《高僧传》卷八《齐高昌郡释智林传》,明确地说是作于宋明帝时,和他出任剡令和山阴令时间都相去好几年。像这种游戏文字,本来不一定要和他罢任县令的时间联系起来。至于此文的戏谑,不免有些过分,那是读者都能体会到的。因为文中所标榜的清高,不但周颙,从孔稚珪本人的生平看来,同样是相去甚远的。

关于乐府诗的几个问题

一、关于七言诗的起源

关于七言诗的产生时代问题,历来学者有不同的说法。其实我国历代传诵的许多名篇,很多都并非纯粹的七言句,但人们早已习惯于把它们视为七言诗了。现存诗歌中最早的一首纯七言句的诗歌,相传是汉武帝和他的臣下们所作的联句《柏梁台诗》,但它是出于后人伪造,已属定论,可以置诸勿论。于是大家常常把纯七言的诗上推到张衡《四愁诗》或曹丕的《燕歌行》。然而《四愁诗》的形式基本上仍是"骚体",每章首句第四字都为"兮"。至于曹丕的《燕歌行》虽纯为七言,但已经是三国时代之作了。如果我们按照通常的理解,只要其中有着较多的七言句,就可以视为七言诗的话,那么七言诗的出现时间就会早得多。如汉初唐山夫人所作的《安世房中歌》第六章("大海荡荡水所归")和《郊祀歌》中的《天地》、《景星》诸首,都是这种情况。这种现象,萧涤非先生在《汉魏六朝乐府文学史》中已经指出。但长期以来,多数文学史研究者对这些"郊庙歌辞"似仍少加以注意。这是和"五四"以来人们对"庙堂文学"的看法有关的。不错,所谓"庙堂文学"由于它的题材和写作目的,总是很难具有较高的艺术价值。不过,从文体的角度来看,则对这些作品仍有重视的必要。因为诗歌形式的形成和发展,总是和一定的语言有着密切的关系。不论古今中外的任何语种,就其性质而论都具有全民性,否则就不能成为人们互相交流思想的手段。古代的帝王和贵族所操的语言,其基本的语法和词汇与老百姓们不会有太大差别。因此"庙堂文学"的文体事实上不至于和民间作品及优秀的文人创作之间存在有不可逾越的鸿沟。一般来说,各种文体大抵都起源于民间,庙堂之作的文体也不例外。例如晋代到南北朝,在庙堂中使用的一些诗歌尚多有四言体,而在民歌及多数文人创作中已盛行五七言诗,但那些四言诗仍是承袭《诗经》的文体,而在周代则不论民歌或文人创作,本来就基本上都是四言体。比较地说,历来的"庙堂文学"中,只有南朝宋、齐二代的《明堂歌》中《歌白帝》的一首,据说是宋孝武帝刘骏叫谢庄依据"五行数"(认为"金数用九")作了九言诗。这在民歌或一般文人创作中均极罕见。但这种"九言诗"实际上不过是一句四言加一句五言所组成的。如:"百川如镜天地爽且明,云冲气举德盛在素精。"如果从文义而论在"镜"、"举"二字下加个逗号,是完全可以的。至于四言和五言起源于民歌则为大家公认的事实。即以音乐而论,历来虽有"雅"、"俗"之分,其实二者的关系也是辩证地发展的。往往前代的俗乐,到后代却成了雅乐。如汉魏的"相和歌辞",在当时本属"俗乐",到了南朝,王僧虔就把它视为"雅乐"而把"子夜歌"之类看作"俗乐"。因此笔者设想,某种文体出现于某个时代的"庙堂文学"中,那么这种文体的形成也许会更早些。像七言诗句的出现于《安世房中歌》和《郊祀歌》中,是否说明七言诗句的产生时间会在汉代以前呢?由于史料的缺乏,尚难确证,但也不妨做些推测。

　　七言诗句的形成和《楚辞》有密切关系。这一点,萧涤非先生在《汉魏六朝乐府文学史》中已有详尽论证,笔者完全同意,不必重复。

在这里,仅想做一些补充。如萧先生从《楚辞》的《招魂》和《大招》中找出不少例句,证明这些诗句都是上句四字,下句三字又加一个虚字(如"些"或"只"等)。他还把《九歌·山鬼》和《宋书·乐志》中所载的《陌上桑·楚辞钞》作了比较,证明后者中许多三言句只是从前者的七言句中删去一个"兮"字形成的。因此他联想到《安世房中歌》的第八章("丰草葽,女萝施")的三言句,如果在二句中加上一个"兮"字,也就成了骚体的七言诗。正如《郊祀歌》中的《天马》,《汉书·礼乐志》所载诗句均为三字句,而《史记·乐书》所录一些诗句则为七言的骚体,就是在二句之间加上了一个"兮"字。这些例证都很有力。其实类似的例证还有一些。如《楚辞·九章》中的《橘颂》,多数也是上句四言下句三言加一"兮"字;《水经注·河水》中所引"汉武帝《天马之歌》",也是对《汉书》文字的另外几句在两个三言句中加一"兮"字。像《天马》这情况,如果施诸《练时日》这样的三言诗,也完全可以成为如同《四愁诗》那样的骚体七言诗。这说明七言诗的起源,必然与楚文化特别是《楚辞》有关。因为在汉代,不论汉高祖还是其大臣大抵出生于战国时楚国旧境,因此朝廷上下盛行"楚声"。《安世房中歌》据《汉书·礼乐志》云:"凡乐,乐其所生,礼不忘本。高祖乐楚声,故《房中乐》楚声也。"《郊祀歌》据说是司马相如等人所造。司马相如是辞赋家,受《楚辞》影响本来很深。《郊祀歌》的内容和辞句,显然可以看出《楚辞·九歌》的影响,如诗中屡次提到"太一",当即《九歌》中的"东皇太一"。不过"楚声"对汉代诗歌的影响,恐怕不限于我们常说的"骚体"一种。因为从《楚辞》本身来看,《离骚》、《天问》、《九歌》、《九章》和《招魂》虽同是屈原所作,文体也很不同;《卜居》和《渔父》虽非屈原作,但属"楚声"则无问题,其体又更不同。刘邦喜爱"楚声",他的《大风歌》是骚体;但《史记·留侯世家》所载他作的《鸿鹄歌》,并非骚体,却明明说是"楚歌"。《安世房中歌》也是"楚声",文体也与"骚体"有较大的区别。这就使人想到:七言诗的兴起与《荀子·成相》篇是否也会有某种联系?因为《成相》篇使用的也是当时流行的一种说唱文学形式,而从《成相》篇的内容来看,当作于荀况的晚年,这时他久已流寓楚国,很可能采用一种楚国流行的演唱形式。"睡虎地秦简"中出现的某些文字与此颇相似,出土地点也在楚国旧境,可以作为佐证。《成相》篇那种固定的"三、三、七、四、七"的句式,虽然第一个三言句显然有韵,未必像汉《郊祀歌》那样可以任意在首二句间加上"兮"字,但值得注意的是这样的唱词在每一段中,只有那句四言句不押韵(也许有一段比较例外,即"上壅蔽,失辅执。任用谗夫不能制。郭公长父之难,厉王流于彘",变成了"三三七六五"的句式。但在演唱时是否也可以唱成"郭公长父,之难厉王流于彘",值得考虑,因为"之"可以作"此"解,如《庄子·逍遥游》中的"之二虫"、"之人也"、"之德也"的用法。但无论如何,还是第四句不押韵)。这是否也是"楚声"对七言诗形成的又一因素呢?大体上讲,在歌曲的发展中有时会受到政治、经济等方面的影响而使某一地区的曲调特别流行。汉初的盛行"楚声",自然是可以理解的。因此我们从《安世房中歌》及《郊祀歌》中的情况来看,不能不对"楚声"与"七言诗"形成的关系特别加以重视。

二、一些古诗中的"西"字

"西"字在六朝隋唐以来的诗歌中,一般属于"齐"韵,但在汉代直到刘宋的一些诗歌中,它常常与"真"、"文"、"寒"、"元"、"删"、"先"等韵通押。如《汉郊祀歌·象载瑜》云:"象载瑜,白集西。食甘露,饮荣泉。赤雁集,六纷员。殊翁离,五采文。"《相和歌辞·雁门太守行》第八解云:"天年不遂,早就奄昏。为君作祠,安阳亭西。欲令后世,莫不称传。"在这里,"西"字与"泉"、"员"、"文"、"昏"、"传"等字叶韵。曹丕《燕歌行》第二首有"耿耿伏枕不能眠,披衣出户步东西,仰看星月观云间"等句,"西"字与"眠"、"间"叶韵。曹植《吁嗟》篇有"谓东而反西"句,"西"字与"然"、"闲"、"阡"、"间"、"泉"、"田"、"存"、"山"、"艰"、"燔"、"连"叶韵。曹叡《步出夏门行》第二解有"随风东西"之句,"西"字与"蝉"、"连"、"天"、"翩"、"间"等字叶韵。魏左延年《从军行》有"二子诣陇西"之句,"西"字与"人"、"军"、"身"等字叶韵。刘宋袁淑《效曹子建乐府〈白马篇〉》有"留宴汾阴西"之句,"西"字与"翩"、"间"、"贤"、"年"、"权"、"廛"、"言"、"弦"、"捐"、"泉"、"悬"、"前"、"然"等字叶韵。这种现象到晋宋以后出现的《子夜歌》中,就有了改变。如第三十六首:"侬作北辰星,千年无转移。欢行白日心,朝东暮还西。"《神弦歌》中《湖就姑曲》第二首:"湖就赤山矶,大姑大湖东,仲姑居湖西。"这两首中的"西"字似都与后来的用法相同。因此,袁淑那首诗,很值得重视,他有意模仿曹植的《白马》篇,且以表示他的士族身分①。因为《子夜歌》产生的时代,未必晚于袁淑。"西"字与"真"、"文"等韵通押,大约是汉代和三国时的中原古音。按,《说文》:"茜,茅蒐也。从草西声。"徐铉据《唐韵》所加反切云"仓见切";而在"西"字下却注"先稽切",用的是今音。其实"茜"字从西声,正是用的古音,证明在许慎时,对"西"字的读音是和那些诗相同的。

---

① 据陈寅恪先生《东晋南朝之吴语》说,东晋南朝士大夫操中原语音,庶民则用吴语。袁淑是位士大夫,且祖籍陆郡阳夏;而民歌则多为南方平民所作。所以韵的差异正好反映了南北语音及士庶的区别。

三、乐府诗的曲调与歌辞

《宋书·乐志》一在论到汉魏时代的《相和歌辞》及晋宋以后的《吴声歌》等乐曲时说:"凡此诸曲,始皆徒哥,既而被之弦管。又有因弦管金石,造哥以被之,魏世三调哥词之类是也。"这段叙述大约适用于许多种乐曲。其中"因弦管金石,造哥以被之"的情况尤其值得注意。如《相和歌辞》中的《陌上桑·楚辞钞》,本是节录《九歌·山鬼》的原文而只做了少数文字的更动。至于曹操父子所作的一些歌诗,虽往往写作于一些曲调出现之后,但他们都是乐府诗的爱好者,其作品当然该是先有辞后有曲。但乐官们在把这些诗谱曲入乐时,却在文字上做了不少改动。如曹操那首著名的《短歌行》,本辞中"呦呦鹿鸣,食野之苹。我有嘉宾,鼓瑟吹笙"四句在前,而"晋乐所奏"曲辞则是"明明如月,何时可辍。忧从中来,不可断绝"四句居其前。本辞又有"月明星稀,乌鹊南飞。绕树三匝,何枝可依"四句,而"晋乐所奏"的那首被删去了。(至于《乐府诗集》所载本辞中缺"但为君故,沉吟至今"二句,据《文选》所载是本有的,当系误脱。)曹植的《七哀诗》,其本辞与"晋乐所奏"歌辞出入更大。"晋乐所奏"歌辞共分六解。其中第一解文字与本辞前四句全同。第二解文字稍有出入,但意思基本上相同。第三解作"念君过于渴,思君剧于饥。君为高山柏,妾为浊水泥",这和本辞的"君若清路尘,妾若浊水泥"二句出入就大了。第四解"北风行萧萧,烈烈入吾耳。心中念故人,泪堕不能止",则全是乐官所增入。第五解在内容上与本辞尚类似,文字则有出入,尤其是把"西南风"改作"东北风"不知有何考虑(因为晋代乐官生于周颙、沈约以前,大约还不会因"西南"是两个平声字而改为一平一仄)。第六解前二句和本辞末二句"君怀良不开,贱妾当何依"基本相同,只是"良"字被改为"常"字;至于"恩情中道绝,流止任东西"二句,又是被增添的文字。最后,"晋乐所奏"歌辞还有"我欲竟此曲,此曲悲且长。今日乐相乐,别后莫相忘"四句,则和"晋乐所奏"的另一首歌辞《怨歌行》(此诗有曹丕作、曹植作和无名氏古诗三种说法)的结尾完全一样,这大约是当时乐曲中一些习用的套语,与诗意并无多大关系。

至于原来是民歌或无名氏古诗的作品,入乐时也受到过很大的改动,如《相和歌辞》中的《白头吟》、《东门行》等。像《西门行》那样的情况更为特殊,此曲不但"晋乐所奏"与本辞不同,而且究竟是此曲改写古诗《生年不满百》抑或后者改写此曲,也很可研究。对此前人已多有论述。

现今所称《清商曲辞》的情况,也有许多问题值得注意。如果说《相和歌辞》中所谓"晋乐所奏"的歌辞,大抵是对本辞做了增删或文字上的改动,那么在《吴声歌》和《西曲歌》中,有些歌辞却只是从文人诗或汉魏旧曲中截取个别诗句,改编成新的曲调加以歌唱。这大约是东晋南朝的乐官们所为。如《西曲歌·来罗》第二首:"君子防未然,莫近嫌疑边。瓜田不蹑履,李下不正冠。"这显然采自《相和歌辞》中《君子行》的首四句,只是把"不处嫌疑间"改作了"莫近嫌疑边",但意思完全相同。这也许是当时传唱或缮写中造成的异文,不一定是有意识的改动。像《子夜四时歌·冬歌》第十四首:"白雪停阴冈,丹华耀阳林。何必丝与竹,山水有清音。"这四句显然采自晋左思的《招隐诗》第一首,但在前两句与后两句中间删去了"石泉漱琼瑶,纤鳞或浮沉"二句。这首歌辞的情况也许和上一首有所不同。其中第二句的"丹华",左思原诗作"丹葩",这关系不大,也许本有异文。但第一句的"白雪"二字,左思原诗作"白云",却似乐官有意改动的,因为从左思原诗看,似非专写冬景,乐官改"云"为"雪",似有意把它改编为"冬歌"。

在《吴声歌》和《西曲歌》中,也有文字完全相同而曲调分属两种的。如《读曲歌》第七十七首:"暂出白门前,杨柳可藏乌。欢作沉水香,侬作博山炉。"这首歌辞和《西曲歌·杨叛儿》的第二首全同。大约在南朝曾被人们用"吴声"和"西曲"两种乐调演奏。但从这首诗的内容看来,它最先应该是"吴声"而不是"西曲"。因为诗中女主人自称为"侬",这是"吴声歌"中最常见的词语。据《宋书·乐志》著录的曲名,有《读曲歌》而无《杨叛儿》。又据《乐府诗集》引《古今乐录》,认为《读曲歌》出现于宋文帝元嘉十七年(440)。此说虽未必可信,但至少它不会出现于这以后。《杨叛儿》的出现据云在南齐隆昌(494)时,其说虽亦未必可信,但出现于《读曲歌》以后当无疑问。所以在对待这首歌辞时,像《乐府诗集》这样着眼于音乐的,似不妨两处并见;但从文学角度看,似当归入《读曲歌》一类。因此我觉得余冠英先生《乐府诗选》对此诗的处理似较近年上海辞书出版社所编《汉魏六朝诗鉴赏辞典》为妥当。

关于乐官们改编古辞或文人诗入乐的现象,这是大家比较熟悉的。但这种改编,似还不止于一些乐官,有些帝王似也做过这样的事。如三国时的魏明帝曹叡,作过一首《步出夏门行》,其第二解中有"丹霞蔽日,彩虹带天。弱水潺潺,叶落翩翩。孤禽失群,悲鸣其间"等句,几乎全取其父曹丕《丹霞蔽日行》中文字,只有个别的字有所改变;其所谓"趋"的部分又有"月盈则冲,华不再繁,古来之说,嗟哉一言"出于曹丕《丹霞蔽日行》,"蹙迫日暮,乌鹊南飞。绕树三匝,何枝可依"四句,出自曹操《短歌行》,也只是对他父祖的原文做了个别字句的改动。特别是"蹙迫日暮"四句的出现,与"晋乐所奏"的曹操《短歌行》正好少了"月明星稀"等四句。这种种现象,都很可研究。

四、关于一些乐府诗的作者

在乐府诗中,有些作品的作者问题历来有多种不同的说法。如《相和歌辞》中的《塘上行》,据《玉台新咏》和《艺文类聚》说是曹丕前妻甄后所作。《宋书·乐志》则以为是曹操作。《文选》李善注引《歌录》则谓系"古辞",又说:"或云甄皇后造,或云魏文帝,或云武帝。"《乐府诗集》对此诗题"魏武帝(曹操)",却又引《邺都故事》等书,说是甄后作。但以情理而论,似只有"古辞"和曹操作二说较为可信。因为曹丕说只有《文选注》所引《歌录》提到,而称"或云",可见《歌录》作者本人已持怀疑态度,其他别无旁证,可以置于勿论。甄后说的情况比较复杂,因为从诗的内容看,和甄后晚年的遭遇颇为类似。但此说的主要根据是《乐府诗集》卷三十五所引《邺都故事》中的记载。《邺都故事》原书今已不存,此书大约是当时的稗官野史一类著作。从这段文字的末尾"后为郭皇后所谮,文帝赐死后宫,临终为诗曰"云云,这就很可疑。因为甄后之死的详情,王沈《魏书》全加隐讳,《三国志·文昭甄皇后传》则谓她因"郭后、李、阴贵人并爱幸,后愈失意,有怨言。帝大怒。(黄初)二年六月,遣使赐死,葬于邺"。据《文德郭皇后传》裴注引《魏略》及《汉晋春秋》所载,她死后竟是"被发覆面,以糠塞口"入殓的。在这种条件下,她临死时能否从容作诗,即使作诗是否有人敢记录和保存,都颇有疑问。假设此诗作于她临死以前,是所谓"有怨言"的内容之一,恐怕也未必能被乐官谱曲演唱。因为曹魏皇朝对这件事始终是隐讳的。前面提到的王沈《魏书》,据《晋书·王沈传》载,作于魏高贵乡公(曹髦)正元年间(254~256),对此就讳莫如深。曹叡对郭后的报复虽也很残忍,但他对父亲曹丕却不能不留有余地,未必会叫人演奏此曲,"以彰先帝之过"。此曲是"晋乐所奏",晋乐大多继承魏乐,既然此诗被晋代乐官所演奏,而《宋书·乐志》又说是曹操作,那么此诗为曹操作的可能性就很大。因为曹操是很喜爱汉乐府的,仿作一首这样的诗,颇有可能。当然,它也可能是"古辞",因为曹操现存的诗歌中写这种儿女之情的诗毕竟尚无其例。所以笔者认为对这首诗,不妨使《宋书·乐志》与《文选注》所引《歌录》的说法并存。至于甄后说,恐不足信。

除了《塘上行》以外,《乐府诗集》中《杂曲歌辞》的《东飞伯劳歌》和《杂歌谣辞》的《河中之水歌》二首,也有不同的说法。《玉台新咏》卷九把这二诗放在此卷之首,题作"歌词",置于《越人歌》及司马相如《琴歌》之前。《乐府诗集》卷六十八载《东飞伯劳歌》,作"古辞",而卷八十五载《河中之水歌》则据《文苑英华》以为是梁武帝萧衍作。后来不少总集与选本则索性将两诗都归到萧衍名下,其实这是很不妥的。因为《玉台新咏》是徐陵在梁代时奉尚为太子的梁简文帝萧纲之命而编的,当时萧衍还健在,萧纲和徐陵当不至于糊涂到把当朝皇帝的作品误作"古辞"的程度。《玉台新咏》一书虽然曾经后人窜乱,并不一定符合徐陵当时的原貌,但以现存的几种版本来看,不论明寒山赵氏覆宋本、明华氏活字本或通行的吴兆宜注本,对这两首诗的处理都是一样的。因此除非有人能切实论证徐陵编的《玉台新咏》早已亡佚,今本纯属后人重辑(迄今为止似尚未见到这样的说法),我们就没有理由判定二诗是萧衍所作。

五、从乐府诗看《毛诗序》

汉魏六朝的乐府诗其实和先秦时代《诗经》中的《国风》,其性质颇相类似。这一点,过去有一些学者早已指出过。现在看来,《晋书·乐志》、《宋书·乐志》以及《乐府诗集》中所引《古今乐录》等书对这些诗的解释也像《毛诗序》释诗那样,有时可信,有时不可信,还有一部分虽不全对,也有某些足资参考的成分。如《清商曲辞·长史变》,据《宋书·乐志》说是"晋司徒左长史王廞临败所制也"。我们试检《晋书·王廞传》,王廞确曾任司徒左长史,他起兵讨王恭,也是从吴地出发,而且他当时的处境也确如诗中所说的"徘徊戎马间,求罢不能得"。至于诗中自称"朱门前世荣,千载表忠烈"也很符合他的身份,因为他是王导的子孙,而在他看来起兵是出于忠义。像这样的例子,似乎应当信从前人之说。但如《相和歌辞》中的《平陵东》,据《乐府诗集》引崔豹《古今注》说是"东汉翟义门人所作也"。《乐府解题》则更认为:"义,丞相(翟)方进之少子,字文仲,为东郡太守,以王莽方篡汉,举兵诛之,不克,见害。门人作歌以怨之也。"其实此诗所以被人们联系到翟义身上,大约就因为有"义公"二字。其实这"义"字无非是当时对人的美称,正如《古诗为焦仲卿妻作》中刘兰芝之兄称太守的儿子为"义郎"一样。再说古人的习惯是对尊敬的人不能直呼其名。如果作者既为翟氏门客,又因怀念翟义而作,决无称他"义公"之理。又如《清商曲辞·乌夜啼》,《乐府诗集》引了《新唐书·乐志》说是"宋临川王义庆所作也。元嘉十七年,徙彭城王义康于豫章,义庆时为江州,至镇相见而哭,文帝闻而怪之,征还宅,大惧,伎妾夜闻乌夜啼声,扣斋阁云:'明日应有赦。'其年更为南兖州刺史"云云。按:据《宋书·文帝记》,刘义康被徙江州和刘义庆由江州刺史调任南兖州刺史同在元嘉十七年十月,中间并无刘义庆"被征还宅"事;又所谓大赦,则在此以前,再说今存《乌夜啼》八首,纯属情歌,与刘义康、义庆事并无关系。可见此说不可信。至于《乐府诗集》又引《教坊记》说"《乌夜啼》者,元嘉二十八年彭城王义康有罪放逐,行次浔阳。江州刺史衡阳王义季流连饮宴,历旬不去,帝闻而怒,皆囚之"云云,则更不可信。因为据《宋书》本传,元嘉二十八年是刘义康被赐死时间而非被放逐时间;刘义季则死于元嘉二十四年,根本不可能有上述的事。

比较复杂的也许是一些书中对《清商曲辞》中《丁督护歌》的论述。《乐府诗集》在介绍这乐曲时引了《宋书·乐志》和《新唐书·乐志》二书的话。据《宋书·乐志》说是宋武帝刘裕的女婿徐逵之被鲁轨所杀,刘裕派他的府内直督护丁旿去料理丧事,刘裕的女儿亲自询问丁旿关于殡殓的事,每次发问都悲叹地称呼"丁督护"。后人因取其调作此曲。《新唐书·乐志》则称"《丁督护》,晋宋间曲也。今歌是宋武帝所制云"。《玉台新咏》中也选录了《丁督护歌》二首,题为宋孝武帝刘骏作。三说各不相同。其中《新唐书·乐志》说是宋武帝刘裕所作,显然靠不住,因为据《宋书》记载,刘裕不但不喜爱而且也不愿意去理解音乐,怕因此耽误他的政务。但说此曲为晋宋间的音乐,大约是可信的。《宋书·乐志》所记刘裕女儿的故事可能有所根据,但与今存《丁督护歌》的歌辞内容很难联系,只是所载故事发生的时代,则与《新唐书·乐志》基本一致。这些诗是否曾经宋孝武帝润饰,已很难判断,可姑置勿论。看来这些诗产生于晋宋之交,大约没有疑问。再看其中的第一、二两首:"督护北征去,前锋无不平。朱门垂高盖,永世扬功名。""洛阳数千里,孟津流无极。辛苦戎马间,别易会难得。"这全是出征将士的家属或情人送别时的口吻。在这五首诗中有三首提到了"北征",第二首还提到洛阳、孟津等地名。这和刘裕北伐,特别是平后秦战役的路线是符合的。第三至五首还写到出征军人从水路北上,这也和刘裕伐后秦的史实相符,因为刘裕部将王镇恶正是由水路上溯黄河和渭水攻进了长安。再联系李白的《丁督护歌》首句"云阳上征去","云阳"即今江苏丹阳,正是晋宋时代"北府兵"的老家。刘裕自己就出身于"北府兵",他的部下也多为从北方移居今镇江、丹阳等地的一些人民。这些人虽祖籍北方而到江南既久,很可能已习惯用吴语。陈寅恪先生在《东晋南朝之吴语》中曾认为"盖江左士族操北语,而庶人操吴语"(《金明馆丛稿二》第268页)。他又举南齐王敬则为例,认为"敬则原籍临淮,后徙晋陵","其居晋陵既久,口操吴语,则不容疑"(同上第269页)。"北府兵"的成员,多数并非士族,他们久居南方,用吴语创作民歌本极自然。由此我们似乎还可推论到《乐府诗集》卷四十六所引《古今乐录》论《懊侬歌》的一段话:"《懊侬歌》者,晋石崇绿珠所作,唯'丝布涩难缝'一曲而已。后皆隆安初民间讹谣之曲。宋少帝更制新歌三十六曲。齐太祖常谓之'中朝曲'。梁天监十一年。武帝敕法云改为'相思曲'。"从现在所存的文字看来,第一首原文为:"丝布涩难缝,令侬十指穿。黄牛细犊车,游戏出孟津。"这诗既有北方的地名"孟津",又有吴语的"侬"字,是否此歌原出北方,而经过南迁以后的人修改,似很难说。但作为南朝陈代的智匠说齐太祖(萧道成)曾以"中朝曲"称之,当非无据。再看《来罗》中有《相和歌辞·君子行》的事实,更使我们不能轻易否定此说。

总之,古人关于汉魏六朝乐府诗的一些记载,虽未必全是,却确有可信的内容和许多值得重视的史料。因为他们毕竟离作品产生的时代要近得多,所见史料也远较我们为多。基于上述的理由,我们对《毛诗序》的解释《诗经》,恐亦当作如是观。目前有些人主张"废序"之论,不免失之偏激。

六、关于《董逃行》及《上留田》

乐府诗的曲名,一般都是可以理解的。但有一些则很难懂,并且和歌辞内容说不出有何联系。如《相和歌辞》中的《董逃行》、《上留田》,《清商曲辞》中的《来罗》。关于《来罗》,《乐府诗集》卷四十九所录仅四首,郭茂倩在说明中只引了《古今乐录》说"倚歌也"。在这些诗中也只有第三首末句云"听我歌《来罗》"一语,仍只能说明它是乐曲之名,其意仍无从知道,只能暂作阙疑。

关于《董逃行》和《上留田》这两个名目,似乎尚可做一些推测。《乐府诗集》卷三十四收录这些歌时引用了崔豹《古今注》、《后汉书·五行志》、《风俗通》、杨阜《董卓传》及《乐府解题》五部书中的话来做说明。其中所谓《后汉书·五行志》,实即司马彪《续汉书·五行志》,原文云:"灵帝中平中,京都歌曰:'承乐世,董逃。游四郭,董逃。蒙天恩,董逃。带金紫,董逃。行谢恩,董逃。整车骑,董逃。垂欲发,董逃。与中辞,董逃。出西门,董逃。瞻宫殿,董逃。望京城,董逃。日夜绝,董逃。心摧伤,董逃。'案:'董'谓董卓也。言虽跋扈纵其残暴,终归逃窜至于灭族也。"《风俗通》和杨阜(《续汉书注》作"孚")《董卓传》,均见刘昭《续汉书注》引。其中《风俗通》的话最可注意,因为应劭在灵帝时已任车骑将军何苗的掾属,中平二年就议论过讨伐羌族及边章、韩遂之事,他以建安年间卒于邺城(据《后汉书》本传),对此曲流行的情况最为清楚。他说:"卓以《董逃》之歌主为己发,大禁绝之,死者千数。"看来像董卓这样的军阀出于迷信心理,禁绝《董逃行》这歌曲是完全可能的。但从《续汉书·五行志》所载文字来看,与董卓并无任何关系。晋代陆机曾作过《董逃行》,本集作

《董桃行》,可见"逃"字亦可作"桃",本是声辞,并无实义。笔者设想这二字可能原为记录演唱时的伴奏乐器声。因为《相和歌》据《宋书·乐志》说:"凡乐章古词,今之存者,并汉世街的谣讴。"一般老百姓在歌唱时可能伴以某种简单的打击乐器,如李斯在《谏逐客书》中所谓"击瓮叩缶"之类,其声正如击鼓时发出的"咚嗒"之声。有时人们手头并无乐器,就用口发出类似的声音,正如现在人唱京剧,手头无胡琴时,就以"朗格里朗"的声音代替一样。后来出现的《董逃行》,不论《乐府诗集》所载"古辞"或傅玄、陆机的拟作,均无"董逃"字样。该是乐官们明知是声辞,所以不记。在这个问题上,还有一点很可注意,即据《三国志·魏志·袁绍传》裴注引《英雄记》载,曹操曾作有《董卓歌辞》云:"德行不亏缺,变故自难常,郑康成行酒,伏地气绝。郭景图命尽于园桑。"这段歌辞是否全文,已无可考。但所谓"董卓歌辞",疑即《董逃行》,因为在当时已经把此歌与董卓联系了起来。再看傅玄、陆机拟作的《董逃行》,也都有感叹命运无常,欢乐难久的用意,与《续汉书》所载的歌辞及曹操的拟作均有近似的成分。只有《乐府诗集》中的"古辞"却只讲游仙,可能倒是乐官另行创作的。因为此首末段说:"服尔神药,莫不欢喜,陛下长生老寿。四面肃肃,稽首天神,拥护左右。陛下长与天相保守。"全像官员祝颂之词。所以《乐府解题》把此首与傅、陆之作加以比较,说"未详"。此曲到了唐代,人们似乎只着眼"董逃"二字,而对曹操、傅玄、陆机所作以及所谓"古辞"不再注意。《乐府诗集》所录元稹、张籍的两首诗,显然都是在《续汉书》及《风俗通》和崔豹《古今注》的记载影响下写的。平心而论,傅玄、陆机之作虽非他们的名篇,其文学价值总比《五行志》与《风俗通》中文字要高,但对后世影响反不如这些书。可见文学题材的发展变化总得受多方面的影响。如果研究文学史仅仅强调文学价值而把眼光局限于鉴赏其技巧这一点,实际上是把这一种意识形态和别的方面割裂开来,加以孤立的理解。这纯粹是反辩证法的形而上学观点!

《上留田》的情况,和《董逃行》有类似处。这"上留田"三字,也很难理解。《乐府诗集》卷三十八引《乐府广题》曰:"盖汉世人也,云:'里中有啼儿,似类亲父子。回车问啼儿,慷慨不可止。'"这里所引歌辞,似无必要置疑,但和《上留田》曲名及后来的拟作,都看不出有什么联系。现在来看《乐府诗集》所载诸曲辞,就可以发现曹丕、陆机和谢灵运所作三首都是六言句。曹、谢二首每句间都有"上留田"三字,陆机那首则无;又谢作中第一句"薄游出彼东道",第四句"悠哉遐矣征夫",第七句"此别既久无适",第十句"秋冬迭相去就",第十三句"岁云暮矣增忧"都重复一遍。这就像"晋乐所奏"的曹操《苦寒行》对每解的首二句要做一定的重复(如"北上太行山,艰哉何巍巍"下加"太行山,艰哉何巍巍"八字)的情况相类似。据此可以推想,曹、陆二诗当是本辞,而谢诗则为入乐的歌辞,可能前二首演唱时也要像谢诗那样做一些重复。这个曲调据《乐府诗集》引《古今乐录》曰:"玉僧虔《技录》有《上留田行》,今不歌。"检《乐府诗集》卷三十六关于"瑟调曲"的说明中引《古今乐录》所载王僧虔《技录》提到"瑟调曲"的名目中确有《上留田行》之名。不过,据《南齐书·王僧虔传》载,王僧虔在刘宋末年已讲到这些汉魏以来旧曲"而情变听移,稍复销落,十数年间,亡者将半"。王僧虔说这话时,上距谢灵运的卒年(433)有四十多年,可见谢灵运当时是曾亲闻此曲的演唱的。至于此曲的停止演唱,当在齐梁时代。从《乐府诗集》所载梁简文帝萧纲所作的《上留田行》看来,不但形式上是七言,而内容则偏于欢乐,与曹、陆、谢三诗之情调忧伤大异其趣,可能他那时已不复演奏此曲。至于唐人所作的《上留田行》,则似乎都受了崔豹《古今注》的影响,如李白那首就把"上留田"作为地名,又有"昔之弟死兄不葬,他人于此举铭旌",僧贯休那首一开始就称"父不父,兄不兄",均依据《古今注》所述故事来写。这和曹丕等人之作迥异。从《乐府诗集》所引崔豹《古今注》中释《董逃行》、《上留田行》诸曲语看来,此书意见颇难征信。清代的《四库总目提要》曾怀疑今本《古今注》是后人杂采五代后唐人马缟《中华古今注》的部分内容而成。郭茂倩是南宋初人,他所引的《古今注》,恐即今所见伪作。当然,像李白等人自然不会见到五代人的著作,不过马缟在撰作《中华古今注》时,自然会杂采他以前人的典籍。所以李白等人所根据的关于《上留田行》的故事,或许与马缟所采同出于另一种已佚的记载中而非晋人崔豹的《古今注》,这也是很可能的。

七、对《地驱乐歌》首解的一点理解

《梁鼓角横吹曲》根据近代学者的研究,都一致认为是北朝的乐曲。其中《地驱乐歌》有四解:

> 青青黄黄,雀石颓唐。槌杀野牛,押杀野羊。
> 驱羊入谷,白羊在前。老女不嫁,蹋地唤天。
> 侧侧力力,念君无极。枕郎左臂,随郎转侧。
> 摩挲郎须,看郎颜色。郎不念女,不可与力。

《乐府诗集》卷二十五引《古今乐录》曰:"'侧侧力力'以下八句,是今歌有此曲。"按照智匠此说,则此四解中前二解与后二解还有不同。后二解是纯粹的情歌,在智匠时还在歌唱。前二解则智匠没有讲到,估计在当时已不及后二解流行。不过,从文义看来,前二解似乎更多游牧民族歌谣的特色,更足以代表北方民歌。不过第一解很不容易解释。笔者认为此诗最难确切训释的是"雀石"二字究竟是山名抑或山石的名称,其余部分大体可以理解。第一句"青青黄黄"四字,可能即"仓仓惶惶"的同音假借。因为"青"字据徐铉为《说文》所加反切作"仓经切",足见古音二字本属双声。再说古韵中"庚"、"青"韵往往被念成"阳"韵,这在古书中例子极多,而且现在赣南万安等地人的口语中仍有把"青"字念成"阳"韵的。"黄"、"惶"二字本同音。如果这样,"青青黄黄"一句只是说发生了突然而令人惊怖的事,故云"仓仓惶惶"。"颓唐"本有坠落或崩塌之意。"雀石颓唐"当指雀石崩塌或名叫"雀石"的山岩突然滚落。因此击毙了野牛,压死了野羊。这里的"押"字当为"压"的假借字。唐韩愈《游太平公主山庄》诗句"故将台榭压城闉",有的版本"压"作"押"。这样,这一解当是北方游牧民族在野外遇见了山崩或岩石下坠时唱出的歌。按:《水经注·河水》二云:"洮水在(狄道故)城西,北流,又北,陇水注之,即《山海经》所谓滥水也。水出鸟鼠山西北高城岭,西径陇坻,其山岸崩落者,声闻数百里。故扬雄称'响若坻颓'是也。"其地在今甘肃临洮一带,在十六国时代正是氐、羌、河西鲜卑诸游牧民族统辖的区域,不知和此曲的产生有无关系。

八、关于《绵州巴歌》

《绵州巴歌》确是一首写景的好诗,原文云:

豆子山,打瓦鼓。扬平山,撒白雨。下白雨,取龙女。织得绢,二丈五。一半属罗江,一半属玄武。

此诗不见于《乐府诗集》以及逯钦立辑《先秦汉魏晋南北朝诗》等书。清杜文澜《古谣谚》卷七十四辑自南宋僧普济所撰《五灯会元》卷十九"无为宗泰禅师"的传记中,说是"五祖"对宗泰所唱。这个"五祖"实为北宋的"五祖法演禅师"。据《五灯会元》同卷云:"蕲州五祖法演禅师,绵州邓氏子。"所以他会唱《绵州巴歌》。他的卒年为宋徽宗崇宁三年(1104)。他唱的是否汉魏六朝诗,是很有疑问的。但当地相传此诗为晋代作品。杜文澜在辑录此诗时引了明曹学佺《名胜志》、清李调元《罗江县志》等说认为是晋诗。此诗之被人们传诵,大约始于明人梅鼎祚的《古乐苑》和曹学佺的《石仓十二代诗选》。但明人治学有时不很严谨。清代的沈德潜《古诗源》、张玉榖《古诗赏析》等书中均作为晋诗入选。余冠英先生在《乐府诗选》中则作为"汉至隋歌谣"收入,并置于《敕勒歌》之后,《隋炀帝时挽舟者歌》之前,大约是作为隋代民歌来处理的。这样安排有一定道理。因为据《隋书·地理志》记载,"绵州"的设立始于隋文帝开皇五年(585)。当然不会在晋代就出现《绵州巴歌》之名。同时,余先生把此诗放在隋代,也许和杜文澜在《古谣谚》选录此诗只讲是"五祖"所唱有关。因为根据我们一般的习惯,常把唐代的弘忍和尚称为禅宗的"五祖"。据《宋高僧传》卷八(《习禅》篇一)记载,弘忍卒于唐高宗上元二年(675),享年七十四,当生于隋文帝仁寿二年(602),入唐时年已十三岁。如果"五祖"指的是弘忍,那么所唱民歌出现于隋代确实可能性很大。但从《五灯会元》的记载中可以清楚地看出,这"五祖"决非弘忍而是比他晚了四百二十多年的法演,那么此诗是否隋代作品,就很可疑了。

  从这首诗中的地名看来,它大约既不可能产生于晋代,也不可能出现于弘忍生前。因为其中有"玄武"和"罗江"两个县名。"玄武"应该是隋代的县名。据《隋书·地理志》:"(蜀郡)玄武,旧曰伍城,后周置玄武郡。开皇初郡废,改县名焉。"《旧唐书·地理志》则说:"汉底道县,属蜀郡。晋改为玄武。"但《新唐书·地理志》就没有说晋代改名玄武事。检之《晋书·地理志》,梁州广汉郡有"五城"县,而蜀、广汉二郡均无"玄武"县名。《宋书·州郡志》和《南齐书·州郡志》则均有"伍城",属广汉郡,而无"玄武"。《中国历史地图集》中从晋到南北朝的地图中也只标有"伍城"而无"玄武"。可见"玄武"作为县名应是隋代的事,而作为郡名,也只能始于西魏废帝二年(553)以后;《旧唐书》之说有误。因此这诗不可能为晋诗。再说"罗江",据《旧唐书·地理志》,绵州罗江汉涪县地。晋于梓潼水尾万安故城置万安县。后魏置万安郡,隋废。天宝元年(742),改万安为罗江。《新唐书·地理志》所载略同。清同治四年所修《罗江县志》:"秦属蜀郡,汉涪县地。晋置万安县,属梓潼郡。宋齐因之。梁末更名潺亭。西魏复曰万安,兼置万安郡。隋开皇初,郡废,属金山郡。唐属绵州,天宝元年,改曰罗江。"可见罗江县名的出现,是在唐高祖代隋(618)以后的一百二十五年,弘忍逝世后的六十八年。张玉穀在《古诗赏析》卷十五中曾认为罗江是指罗江城东的那条河流;玄武则作为当地一个湖名来解释。但《同治罗江县志》对此水之名并未说清,据说又叫罗纹江等名字。至于"玄武湖"究在何处,更难确考。因此把县名改释为河流、湖泊名,恐亦难说明此诗出现于晋代。再说张玉穀对此诗中地名是否很清楚也颇成问题。他自己说对此诗"绸绎数四,始得证入,为之一快"。如果他对这几个地名都很清楚,恐不会这样费劲,而他对这里的"豆子山"、"杨平山"及"罗江"、"玄武湖"只说了句"俱在蜀中",实在等于不说。因此还是不能消除人们对此诗出现于晋代说的怀疑。"罗江"、"玄武"恐怕还是作县名解为妥。

乐府诗二题

一、试论《长歌行》古辞"仙人骑白鹿"的下半首和建安曹氏父子的《诗经》学说

《乐府诗集》卷三十载有《长歌行》二首,其二"仙人骑白鹿"一首,凡二十二句,其中第一至十句写的是游仙,而第十一句"岩岩山上亭"至末句共十二句写的却是游子思乡的内容。从文字风格方面看,这两个部分也有显著的不同。前一部分比较质朴,像是汉代乐府民歌;后一部分则辞藻比较华美,且用了一些《诗经》中的典故,颇似出于建安以后文人的手笔。因此明冯惟讷《古诗纪》将此诗分为二首,并且说:"《类聚》载魏文帝《明津诗》与此大同而逸其半。"逯钦立先生《先秦汉魏晋南北朝诗》云:"逯案:乐府古辞,多杂他人诗歌,今仍从乐府作一首;另将'岩岩山上亭'以下列入《魏文帝集》。"在同书的"魏诗"部分,逯先生收了《艺文类聚》卷二十七所载曹丕《于明津作诗》,录入"遥遥山上亭"至"遥望河阳城"等六句。并且作按语说:"后六句(指'凯风吹长棘'以下)亦当为魏文帝作,应补入。《乐府诗集》所称'古辞'未必全为汉诗也。"笔者认为逯先生的看法是很有道理的。但《艺文类聚》所载,在文字上与《乐府诗集》稍有出入。如

《乐府诗集》中"岩岩"二字,《艺文类聚》作"遥遥";"遥观洛阳城"句,《艺文类聚》作"遥望河阳城"。对于这两处异文,似当分别论之。前文的"遥遥"与下面的"遥"字重复,恐当从《乐府诗集》作"岩岩"为佳。下句的"观"字和"望"字本身虽无太大区别,但联系到"洛"、"河"二字来观,情况就不同了。本来"洛阳"和"河阳"都是地名,单从文义说,都属可通。然而作此诗者似应身在洛阳,他出了北门去看洛阳城,只是郊游,未必能与思亲相联系。再说出城回望城内,那么出东、西南门均可,不一定非"北门"不可。至于作"河阳",那正在洛阳之北,隔黄河相望,所谓"遥望河阳城",恰好是出洛阳北门隔着黄河,眺望北岸的河阳,意思较"遥观洛阳城"贴切而又丰富。因此这异文,自当以《艺文类聚》为胜。

更重要的是《乐府诗集》以此为"古辞",而《艺文类聚》则以为是曹丕的《于明津作诗》。这个问题,逯钦立先生认为"乐府古辞,多杂他人诗歌"是很有见地的。如"魏晋乐所奏"《相和歌辞》的《鸡鸣》,其中不少句就和《相逢行》、《长安有狭邪行》相同;曹丕的《临高台》,下半首是古辞《艳歌何尝行》,曹叡的《步出夏门行》则杂有曹操《短歌行》、曹丕《丹霞蔽日行》中诗句。这大约都是魏晋时代的乐官在配乐演奏时拼凑的。因此就和古辞《长歌行》的"仙人骑白鹿"合成了一首。

曹丕此诗既题为《于明津作诗》,那么"明津"又当在何处,似难确考。其实此诗题有误字,从诗的本文中可以推知。这里的"明津"应为"盟津"之误。"盟津"即今孟津,在洛阳之北,黄河的南岸。传说周武王伐纣前,诸侯"不期而会盟津者八百"(《史记·周本纪》),"盟津"之名,即由此而来。"盟"和"孟"是一音之转。《文选》史孝山《出师颂》:"昔在孟津"已作"孟";伪《古文尚书·泰誓序》亦作"孟津"。但人们仍有把"孟津"写作"盟津"的。《艺文类聚》所载曹丕诗《于明津作诗》,疑本为《于盟津作诗》,后来因缮写脱误,或抄本烂坏,"盟"字下半部分的"皿"字失去,就变成了"明津"。如果说曹丕此诗作于盟津的话,那么他出了洛阳城的北门,到盟津遥望黄河北岸的河阳(今河南孟州一带),就完全合于情理。因为据《三国志·魏志·武帝纪》,曹操后来卒于洛阳,葬于邺(今河北临漳),皆是黄河以北。那么我们可以设想这首诗大约作于汉献帝延康元年(220)亦即曹丕黄初元年十月取代汉献帝以前。这时,曹丕尚未称帝,他的母亲卞氏,仍居邺城,而曹操的坟墓(西陵)也在邺城,曹丕当时身在洛阳,到盟津自应"驱车出北门";而所谓"遥望河阳城",实即举头北望,河阳正当洛阳至邺的必经之路,"望河阳"实即望邺。这样,此诗为曹丕在洛阳时思亲之作,是完全可以说通的。因此"岩岩山上亭"以下十二句,似乎可以从《艺文类聚》,来作为曹丕的作品对待。

但如果我们信从《艺文类聚》把这首诗当成曹丕所作的话,那么马上可以联想到另一个重要的经学问题,即建安曹氏父子所诵习的《诗经》,究竟是汉代所谓齐、鲁、韩、毛四家中的哪一家?因为,在现存的曹操及曹丕、曹植作品中,都曾多次引用《诗经》,而他们对《诗经》中篇义的理解,常与现存的《毛诗序》有所出入。因此他们当时所习《诗经》,当为"三家诗"而非《毛诗》。

在曹氏父子中,曹植所习实为《韩诗》,这是许多学者所早已论到的。例如他的《释思赋》佚文中有"彼翔友之离别,犹求思乎白驹"二句,用《诗经·小雅·白驹》典。此诗据《毛诗序》云:"《白驹》,大夫刺宣王也。"关于此诗究竟所刺何事,《毛传》作了说明,说是"刺其不能留贤也";"宣王之末,不能用贤,贤者有乘白驹而去者"。这说法和曹植赋的用意显然不同。今人赵幼文《曹植集校注》引了诗的末章,认为《毛传》谓不能用贤,与赋意不合,疑曹植本诸《韩诗》。又曹植《求通亲亲表》：" 其《诗》曰：'刑于寡妻，至于兄弟，以御于家邦。'是以雍雍穆穆，风人咏之。" 按：此处所引《诗经》为《大雅·思齐》中诗句，下文"是以雍雍穆穆"一句，当即指原诗中紧接引文的两句："雝雝在宫，肃肃在庙。" 赵幼文《曹植集校注》注意到了此处表文"穆穆"与《毛诗》"肃肃"的区别，认为"此表作'穆穆'疑本《韩诗》"。这看法显然是正确的。但表文的"雍雍"和《毛诗》的"雝雝"虽音义相同，而字形有别，当亦为《毛诗》与《韩诗》的异文。赵先生之判断曹植作品中引《诗经》与《毛诗》不同，当是据《韩诗》，其说可以信从。这不但是由于过去不少学者曾指出曹植所习为《韩诗》，更重要的是曹植在《洛神赋》中有"感交甫之弃言兮"句。关于这一句，赵氏虽仍用《文选》李善注引《神仙传》的说法来解释，其实郑交甫与汉水神女的故事，本出《韩诗》的"序"及《韩诗章句》，李善《文选》注中曹植《七启》、嵇康《琴赋》注均曾征引，比鲁、齐二家说之从《列女传》、《易林》中转引者更为确切。据此则曹植所习是《韩诗》，当无可疑。

除了曹植以外，曹操所习的《诗经》究竟属于哪一学派，这在他的《短歌行》中似可透露一些消息。在《短歌行》的本辞中有以下几句："青青子衿，悠悠我心。呦呦鹿鸣，食野之苹。我有嘉宾，鼓瑟吹笙。" 在"晋乐所奏"的曲辞中，"青青"二句和"呦呦"四句不相连接，但"青青"二句下多出"但为君故，沉吟至今"二句，思念故交中贤才的意思尤为突出。这里所引的六句诗，都是《诗经》的原文，前二句见《郑风·子衿》，后四句见《小雅·鹿鸣》。关于《小雅·鹿鸣》的篇义，根据清人王先谦《诗三家义集疏》所收各家的说法，似乎只有《鲁诗》认为是一首讥刺诗，而齐、韩二家，似与《毛诗序》并无太大区别。据《毛诗序》说："《鹿鸣》，燕群臣嘉宾也。即饮食之，又实币帛筐篚以将其意，然后忠臣嘉宾得尽其心矣。" 又《盐铁论·刺复》篇载，西汉昭帝时所招的"贤良"、"文学"与朝臣对当时政治展开了一场大争论,双方在言论中都引用了《诗经·鹿鸣》。其中"文学"说:"今当世在位者既无燕昭之下士,《鹿鸣》之乐贤。"御史也不示弱,认为当时招举了不少"贤良"、"文学"给以官职。"然而未睹功业所成,殆非龙蛇之才,而《鹿鸣》之所乐贤也。"关于《盐铁论》中这两段话,王先谦在《诗三家义集疏》中都判定为《齐诗》说,其实这未必妥帖。因为他的根据只是《盐铁论》作者桓宽为《齐诗》传人。然而《盐铁论》是一部记述当时那场争论的书。在这场争论中"贤良"、"文学"既来自四面八方,朝廷官员也只是政治主张一致,学业却未必相同。从《盐铁论》这两段话,我们只能做出这样的判断:(一)它们不是《鲁诗》说,因为它们对《鹿鸣》的解释与司马迁等《鲁诗》传人不同;(二)它们大约也非《毛诗》说,因为在西汉中叶,《毛诗》并未列于学官。一般官员和应"贤良"、"文学"之举的,大抵为"三家诗"的传人。因此我们只能说这两段话,应为齐、韩二家的学说。现在我们再来看曹操引用《诗经·鹿鸣》的意思,显然和齐、韩、毛三家符合而与《鲁诗》不合。不过到曹操那时,《毛诗》已经盛行起来,所以曹操所习究竟是《毛诗》、《齐诗》或《韩诗》,还须做进一步的考察。

关于曹操所习《诗经》究属哪一学派,似乎还须对他引用《郑风·子衿》的二句做一番考察。从曹操《短歌行》原文来看,他用这两句诗,当为思念故旧之意。这和《毛诗序》的说法很不相同。据《毛诗序》说:"《子衿》,刺学校废也。乱世则学校不修焉。"《毛传》对"青青子衿,悠悠我心"二句,只说了"青衿,青领也。学子之所服"。《郑笺》发挥《毛传》的意思说:"学子而俱在学校之中,己留彼去,故随而思之耳。"郑玄释《诗》,基本上宗毛说,虽有时稍有不同,但基本上还是《毛诗》一派。用《毛传》、《郑笺》来看待《子衿》,那显然难于和曹操的用意合拍。从曹操引用《子衿》的用意看来,倒很像后来宋代人王质《诗总闻》说的"此己在位而故人在野者也。青衿,野服。当是相思而有欲见之意,望其来而不肯至者也"的意思。曹操当然不会预知更不可能根据宋代人的论点。相反地,王质此论倒很可能是根据曹操引用的诗句去推测《子衿》的篇义。问题就在曹操对《子衿》的理解究竟从何而来。一般来说,曹操出生于东汉后期,当时人对"五经"的理解,一般都有所师承,不会像宋明以后人那样"以意逆志,自谓得之"。那么曹操引用《子衿》究据何说,尚待考定。据王先谦《诗三家义集疏》,他仅仅引用了《毛诗序》,而断言"三家无异义",似乎齐、鲁、韩三家都同毛说。可惜的是"三家诗"的原本业已散佚,无从对证。王先谦撰著《诗三家义集疏》,实际上很少能辑到"三家诗"著作的原文。他只能就两《汉书》等史籍中考出某些学者所习为某家《诗经》说,因此将他对《诗经》的见解归结为这一家的见解。例如:他认为司马迁习《鲁诗》,凡《史记》中论《诗经》的话为《鲁诗》说;桓宽习《齐诗》,凡《盐铁论》中论《诗经》的话为《齐诗》说等。这种方法,有时很难确切,例如他判断《汉书》作者班固为《齐诗》传人,就因为班固祖上有个班伯曾向《齐诗》学者师丹受《诗经》。在两汉三国时,也有些人引用《诗经》,其理解与今存的《毛诗序》和《毛传》不同,但因其人的学术源流难以考知,不能判断是出于齐、鲁、韩三家中的哪一家,因此只能弃而不顾,做出"三家无异义"的结论。像曹操这样一位政治人物,《三国志·魏志·武帝纪》并未记载他曾向何人学习《诗经》的事;他又是"赘阉遗丑"、"乞丐携养",并非学术世家,自然无从推知他属于哪一学派。因此纵使曹操此诗与《毛诗》的理解不同,也只能说"三家无异义"了。不过,曹操学《诗经》,应当也有其师承,只是我们尚无史料证明其派别而已。现在看来,曹操在《短歌行》中既然引了《鹿鸣》和《子衿》二诗,而他用《鹿鸣》不同于《鲁诗》,用《子衿》则又不同于《毛诗》,那么他的《诗经》学说应不出齐、韩二家。但从情理而论,似以习《韩诗》的可能性为较大。首先,我们前面谈到，曹植在《诗经》方面是习《韩诗》的，古代父子在学术上也往往相近。王先谦的由班伯推论班固，虽不够精确，毕竟也有一定的道理。其次，据陆德明《经典释文·序录》记《诗经》各派流传情况云："前汉，鲁、齐、韩三家《诗》列于学官。平帝世，《毛诗》始立。《齐诗》久亡；《鲁诗》不过江东；《韩诗》虽在，人无传者。唯《毛诗》、《郑笺》独立国学，今所遵用。"这里说到"《鲁诗》不过江东"，就是说《鲁诗》亡佚于东晋南渡（317）以前。又说"《齐诗》久亡"，这说明《齐诗》的亡佚更在《鲁诗》以前。那么《齐诗》究竟亡于何时？从现有史料看，《齐诗》在东汉后期还存在，因为郑玄注"三礼"在作《诗笺》以前，他当时作注凡涉及《诗经》，多用《齐诗》说。郑玄卒于汉献帝建安五年（200），应该说当时《齐诗》尚未亡佚。从郑玄之死到东晋南渡只有一百一十八年。在这一百一十八年中从建安五年（200）到建安二十四年（219）是曹操实际上统治着中原；从曹丕黄初元年（220）到魏元帝曹奂咸熙元年（264），曹操被视为开国皇帝，他如果习《齐诗》，那么这一学说本应得到尊重，而不见得会在此时衰微。然而《齐诗》却在《鲁诗》亡佚前已"久亡"，这时间很可能即在建安或魏代。同时，我们知道一种学说的亡佚，往往有一个长期的过程，它不会像一个人那样突然死亡。即使《齐诗》亡佚于西晋，那也说明这个学派在建安及曹魏时已经衰微不堪。这一现象也可以作为曹操习《韩诗》而非《齐诗》的一个旁证。

如果说曹操和曹植所习皆为《韩诗》，那么曹丕所习是否也属《韩诗》呢？从一般情理而论，似乎理当如此。但为了慎重起见，我们不妨从他现存诗文中引用《诗经》处做些考察。说到曹丕引用《诗经》的文字，恐怕以《三国志·魏志·文帝纪》所载黄初四年五月所作《鹈鹕集灵芝池诏》最为明显。原文云："此诗人所谓污泽者也。《曹诗》刺恭公远君子而近小人。今岂有贤智之士处于下位者乎？否则斯鸟何为而至哉！其博举天下俊德茂才独行君子,以答曹人之刺。"此文所云"《曹诗》",即指《诗经·曹风·候人》。据《毛诗序》云："刺近小人也。共公远君子而好近小人焉。"曹丕所用与《毛诗序》合,是否他用的就是《毛诗》,这倒不一定。因为据王先谦《诗三家义集疏》,认为此诗"三家无异义"。本来齐、鲁、韩、毛四家说诗,对有些篇的篇义本无不同,所以根据此文,还难于判定曹丕所习的《诗经》,究竟是《毛诗》还是"三家诗"。但从《于明津作诗》中,似乎可以推知曹丕所习当为"三家诗"。因为诗中有着"凯风吹长棘,夭夭枝叶倾。黄鸟飞相追,咬咬弄音声"四句。这四句中其实也用了两个《诗经》中的典故。"凯风"二句,原出《邶风·凯风》："凯风自南,吹彼棘心。棘心夭夭,母氏劬劳。"这首《凯风》的篇义,据《毛诗序》："美孝子也。卫之淫风流行,虽有七子之母,犹不能安其室,故美七子能尽其孝道,以慰其母心而成其志尔。"此说显然和《于明津作诗》之用意不合。王先谦《诗三家义集疏》引了《易林·咸之家人》中"《凯风》无母,何恃何怙。幼孤弱子,为人所苦"等语,认为是《齐诗》说。因为《易林》作者焦延寿是《齐诗》传人。他同时又举《后汉书》、《三国志》、《孟子注》(赵岐)以及不少汉碑所引《凯风》文字,证明"鲁韩说当与齐同"。的确,现在所见的汉碑,作者多无可考,他们所用的究竟是"三家诗"中的哪一家,自然更难判断。至于《后汉书·东平宪王苍传》所载汉章帝《赐东平王苍及琅邪王京书》中"以慰《凯风》寒泉之思"一语,虽常为人们所引用以示"三家诗"与《毛诗》之不同,但此文是否出于章帝本人之手以及章帝所习为哪一家《诗经》,亦难确考。在这里,笔者想提出一点臆测。据《后汉书·儒林·召驯传》载,召驯是《韩诗》传人。本传云："建初元年,稍迁骑都尉,侍讲肃宗(即章帝)。拜左中郎将,入授诸王,帝嘉其义学,恩宠甚崇。"建初是汉章帝第一个年号,章帝赐书给东平王苍,是建初三年的事,当时召驯正

"侍讲肃宗",深受优礼。那么这封赐书既可能出于召驯代笔,也可能是章帝在召驯影响下写成的,不妨可以说,此书所引《凯风》,是用了《韩诗》说。我们不妨就这一问题对皮锡瑞和王先谦所引用的魏晋以后的人引用《凯风》而意思与《毛诗》不同的例子再做一些研究。如潘岳《寡妇赋》:"览寒泉之遗叹兮,咏《蓼莪》之余音。"这里"寒泉"二字即用《凯风》第三章"爰有寒泉,在浚之下。有子七人,母氏劳苦"典。潘岳是西晋人,卒于晋惠帝永康元年,下距东晋南渡仅十八年。以《经典释文》所说"《齐诗》久亡,《鲁诗》不过江东"来看,他所用必非《齐诗》,而且属《韩诗》的可能性大大高于《鲁诗》。因为晋代正当《毛诗》兴盛之时,古人写作诗文凡涉及父母处尤须留意。《毛诗》既认为《凯风》有"犹不能安其室"之说,如果当时没有一种较盛行而又不同于《毛诗》的说法,潘岳是不敢贸然下笔的。这种学说自然不会是已经亡佚的《齐诗》和濒于亡佚的《鲁诗》,而是尚在流传的《韩诗》。因为三国时代,《韩诗》确实还占一定的势力,例如李善《文选注》中关于张衡《二京赋》,就采用三国吴薛综注。薛综作注就颇采"薛君《韩诗章句》"之说。"薛君"即东汉初年《韩诗》传人薛汉。可见三国时代的《诗经》学,除了《毛诗》外,只有《韩诗》仍有较大影响。至于皮锡瑞、王先谦所引陶渊明《晋故征西大将军长史孟府君传》、谢庄《宋孝武宣贵妃诔》、谢朓《齐敬皇后哀册文》以及《晋书·孝友列传序》中称引《诗经·凯风》而又不同于《毛诗》的用法,更可以说是依据的《韩诗》,因为据陆德明说,东晋南渡以后,"三家诗"只有《韩诗》尚存。陆德明其人由陈历隋,卒于唐贞观初。他明确地说到那时《韩诗》尚存在。所以我们不但可以判断陶渊明、谢庄、谢朓用的是《韩诗》,而且还可以说《晋书·孝友列传序》用的也是《韩诗》,因为唐修《晋书》去陆德明卒年甚近,而且李善在补充薛综《二京赋注》时,虽多用《毛诗》,也间或征引"薛君《韩诗章句》",可见《韩诗》在唐初尚存。由此我们可以推知曹丕《于明津作诗》中"凯风吹长棘,夭夭枝叶倾"二句,用的确为《韩诗》说。

至于诗中"黄鸟飞相追,咬咬弄音声"二句,显然取《诗经·秦风·黄鸟》的辞藻。但据《毛诗》,本作"交交黄鸟",字形与此诗不同。关于这一点,清人马瑞辰《毛诗传笺通释》中说:

> "交交黄鸟",《传》:"交交,小貌。"瑞辰按:"交交"通作"咬咬",谓鸟声也。《文选》嵇叔夜《赠秀才入军》诗:"咬咬黄鸟,顾畴弄音。"李善《注》引《诗》"交交黄鸟",又引古歌"黄鸟鸣相追,咬咬弄好音"。《玉篇》、《广韵》并曰:"咬,鸟声。"《毛诗》作"交交"者,省借字耳。

马瑞辰这段话,实际上是不同意《毛传》"交交,小貌"之说,而认为"交交"即"咬咬"的省文,应为鸟声。其所举例证,实际上均本《韩诗》说。因为《玉篇》是梁陈间人顾野王作,他那时所见的不同于《毛诗》的《诗经》只能是《韩诗》。《广韵》虽经唐孙愐、宋陈彭年等重修,其原本却是隋人陆法言的《切韵》。陆法言所能见的"三家诗",自然也是《韩诗》。其实嵇康时代与曹氏父子相去很近,其所习当亦《韩诗》。李善注《文选》,多据《毛诗》,因为那时国家规定的《诗经》学说应该是《毛诗》,不过,他在注嵇康诗时,所以要引证"古歌"(实即《于明津作诗》)中语,说明他其实在"咬咬"二字上是同意《韩诗》说的。这样说来,曹丕的《于明津作诗》用的篇义和文字皆据《韩诗》。那么他的《诗经》学说,应该和他父亲及弟弟一样,属于《韩诗》学派。如果我们再联系吴国薛综注《二京赋》的情况看,到三国时代,汉时盛行的"三家诗"中,齐、鲁二家均已衰微,稍能与《毛诗》相抗衡的,只有《韩诗》。因此到东晋南渡后,《齐诗》、《鲁诗》均佚,而《韩诗》却一直保存到唐初。《隋书·经籍志》所著录的《诗经》尚有"《韩诗》二十二卷",就绝非偶然的了。

二、从《挽歌》看《文选》与《乐府诗集》

在《文选》中,《挽歌》在诗歌中是独立一类,与《乐府》相并列的。但在《乐府诗集》中,"挽歌"只是《相和歌辞》的一个部分,附在《薤露》和《蒿里》之后。这大约是二书性质不同所造成的,可以暂置勿论。值得注意的是二书都选录了缪袭、陆机和陶渊明的作品。其中缪袭那首诗,二书并无出入,但陆、陶二人之作,则有些异同很需加以研究。例如陆机的三首《挽歌》,根据六臣注本《文选》和现存的陆机本集,都是以"卜择考休贞"为第一首,"流离亲友思"为第二首,"重阜何崔嵬"为第三首。但今存李善注本《文选》和《乐府诗集》中的次序却是以"重阜何崔嵬"为第二首,"流离亲友思"为第三首。关于这个差别,清人胡克家在《文选考异》中已经注意到了。他说:"'流离亲友思',袁本、茶陵本此一首在'重阜何崔巍'一首之前。案:尤所见不同,以文义订之,当倒在上。且此句与第一首末句相承接,尤非,二本是也。"胡克家所说的"袁本"、"茶陵本"指《文选》的六臣注本,"尤"指尤袤,南宋诗人,他所刊的李善注本《文选》,即胡克家刊本所据。尤刻本此,竟与《乐府诗集》相同,这很值得注意。从情理上说,郭茂倩的《乐府诗集》收录陆机作品,不应依据尤刻本《文选》。因为从郭、尤二人的生卒年看,郭茂倩应该早于尤袤。据宋陈振孙《直斋书录解题》卷十五载郭茂倩生平云:

今按:茂倩,侍读学士劝仲褒之孙,昭陵名臣也,本郓州须城人,有子曰源中、源明。茂倩,源中之子也。但未详其官位所至。

又清《四库全书总目提要》卷一百八十七云:

> 《乐府诗集》一百卷。宋郭茂倩撰。《建炎以来系年要录》载茂倩为侍读学士郭褒之孙,源中之子,其仕履未详。本浑州须城人,此本题曰"太原",盖署郡望也。

关于这两段记载,虽基本相同,但有几点需要说明。首先,《四库总目》说郭茂倩为郭褒之孙,源中之子,见于《建炎以来系年要录》,笔者曾通览这部史籍,并未见到有关的记载,可能是出于当时馆臣误记,将《直斋书录解题》当作了《建炎以来系年要录》。其次,《四库总目》中有两处疏误,一是"侍读学士郭褒",其实他名劝,字仲褒,《宋史》卷二百九十七有传,与《直斋书录解题》相符,当据以改正。最后,"浑州须城人"的"浑"字误,当从《宋史》及《直斋书录解题》改正。"郓州"在今山东郓城一带,须城就在今东平以东不远,不当作"浑"。这些也都说明《四库总目》的编撰者出于记忆,未核对原书出处。至于《直斋书录解题》所说的"昭陵名臣也",昭陵指永昭陵,是宋仁宗的陵墓,陈振孙是宋代人,以陵墓代指死去的皇帝,是古人的惯例。根据《宋史·郭劝传》看来,郭劝其人的事迹,都在北宋仁宗时代,他的卒年据《宋史》本传和《续资治通鉴》卷五十一记载,当为仁宗皇祐四年(1052),享年七十二岁。据《直斋书录解题》,郭劝有两个儿子:源中和源明。从行文来看,应该是源中居长。但郭源中似乎并未做官,所以《宋史·郭劝传》并没有记载他的名字,只说到了他的弟弟源明,但记载也很简略,只是说到郭源明在英宗治平年间(1064~1067),曾为太常博士,宋英宗要举行追尊他本生父亲濮王的典礼时，御史吕诲反对，因此被贬；朝廷就任命郭源明为监察御史，源明不受，还要求追还吕诲，因此被免官。后来卒于职方员外郎知单州任上。从这段记载看来，源明的卒年大约是在神宗的熙宁年间（1068~1077）或元丰年间（1078~1085）。即使源明之死在元丰末年，下距北宋之亡（1126）还有大约四十年。从郭劝卒年七十二来推测，郭源明的生年一般来说应在宋真宗后期或仁宗初年。郭茂倩的父亲源中是源明的哥哥，当然比源明出生更早一些。由此推想郭源中生郭茂倩的时间也不致太晚。因为我们如果假设郭劝在四十岁生源明，那么应为真宗天禧二年（1018），而源明死于元丰八年（1085），享年已当有六十八岁。源中比源明年长，至迟也应生于天禧元年（1017），那么这一年源中是六十九岁。即使源中在他弟弟死去的那年纳妾生子（这种可能性应该说是极小甚至没有的），那么郭茂倩在钦宗靖康元年（1126）北宋灭亡时已经四十二岁。但尤袤却生于宋高宗建炎元年（1127），至于他刊刻李善注《文选》于池阳郡斋的时间，则为宋孝宗淳熙八年（1181）。那时郭茂倩即使健在，也应年已九十七岁，不可能再有什么精力去编《乐府诗集》了。因此，郭茂倩编《乐府诗集》是根本不可能以尤袤刊本李善注《文选》为依据是确切无疑的。

但是，《乐府诗集》中所收的陆机《挽歌》偏偏既不同于本集，也不同于六臣注《文选》，却同于李善注《文选》。这又当作何理解呢？笔者认为：在这个问题上，我们首先要探讨一下今存的李善注本《文选》的来历。关于《文选》的李善注本，《四库总目》中曾提出过一种看法：

> 其书自南宋以来，皆与五臣注合刊，名曰《六臣注文选》。而（李）善注单行之本世遂罕传。此本为毛晋所刻，虽称从宋本校正，今考其第二十五卷陆云《答兄机诗》注中，有"向曰"一条，

> "济曰"一条。又《答张士然诗》注中,有"翰曰"、"锐曰"、"向曰"、"济曰"各一条。殆因六臣之本,削去五臣,独留善注,故刊除不尽,未必真见单行本也。

这段话后来被不少学者所接受,于是就产生了今本李善注是从六臣注《文选》中辑出的说法。但《四库总目》这段话明明指出"此本为毛晋所刻",指的只是明末汲古阁的刊本,并非指尤袤刊本和胡克家覆刻尤本而言。现在查检胡刻本《文选》,在陆云这二诗的注中,并无《四库总目》所提到的"向曰"、"济曰"等注文。可见此说并不适用于尤刻和胡刻二本。关于这一点,程毅中、白化文二先生在《略谈李善注〈文选〉的尤刻本》(《文物》1976 年第 11 期)中已有详论。日本冈村繁先生在《〈文选集注〉与宋明版本的李善注》(《文选学论集》,1992 年时代文艺出版社本)中也表示同意。笔者在这里不想赘论。问题在于尤袤刊本以前的李善注《文选》,我们现在已很难见其全貌。北京图书馆所藏的北宋刻递修本李善注《文选》残本,仅存二十一卷,其中并不包括陆机《挽歌》所在的第二十八卷,因此无法对这三首诗的次序进行核校。但我们应该相信,尤袤在刊刻李善注《文选》时,应当有一定的北宋刊本或抄本为依据,同时像他这样一位与陆游、范成大、杨万里齐名的诗人,更不会自作主张,颠倒陆机诗的次序,使之文义不顺,也不至于根据稍前的郭茂倩《乐府诗集》去更动李善注《文选》。最大的可能性倒是郭茂倩和尤袤所根据的是两个不同却又比较相近的李善注本《文选》版本。其所以说是"比较相近",是因为陆机诗的次序同样颠倒,而这种颠倒又显然是错误的。其所以说是两个不同的版本,则因为把今存李善注本《文选》和《乐府诗集》所载陆机这三首诗的文字加以比校,就可以发现不少出入。如:《文选》"夙驾惊徒御"句,《乐府诗集》"惊"作"警"。"中闱且勿欢"句,《乐府诗集》作"闹中且勿喧"。"旁薄立四极"句,《乐府诗集》"旁薄"作"磅礴"。"穹隆放苍天"句,《乐府诗集》作"穹崇效苍天"("效"下有"一作放"字样)。"侧听阴沟涌"句,《乐府诗集》"侧"作"测"(下有"一作侧"字样)。"广霄何寥廓"句,《乐府诗集》"广霄"作"圹宵"。"金玉素所佩"句,《乐府诗集》"素"作"昔"(下有"一作素"字样)。"悲风徽行轨"句,《乐府诗集》"徽"作"鼓"。同样地,二书所载陶渊明的《挽歌》,文字也有出入。如《文选》"马为仰天鸣"句,《乐府诗集》作"鸟为动哀鸣"(下有"一作'马为仰天鸣'"字样)。"风为自萧条"句,《乐府诗集》作"林风自萧条"。"各已归其家"句,《乐府诗集》"已"作"以"。上述的异文,互为优劣,未可一概而论。但一般来说,《文选》的文字与本集相同者较多。这是因为六朝以前各家文集原本多佚,今存各本大抵辑自《文选》等书之故。至于《乐府诗集》所附校文,究竟是郭茂倩自己所加或后来缮抄或刊刻者所加已很难弄清。但所校异文大抵同于李善注《文选》,因此虽校出了若干异文,却并未校出陆诗次序颠倒的问题。从这一情况看来,郭茂倩当时似乎并未见到五臣注本或六臣注本《文选》,也没有见到过宋刊的十卷本《陆机集》(据晁公武《郡斋读书志》、陈振孙《直斋书录解题》等著录有《陆机集》十卷。今存《四部丛刊》影明陆元大翻宋本和知不足斋藏影宋钞本皆从宋本而来)。因为这些版本中,陆机这三首诗的次序都没有被颠倒。

关于《乐府诗集》所收陆机《挽歌》即采自某一近似于尤刻底本的李善注《文选》,似乎还有一个旁证。那就是陶渊明所作的《挽歌》,原本也是三首,《文选》仅收了其第三首("荒草何茫茫"),而在《乐府诗集》中却把"荒草何茫茫"当作了第一首,而把"有生必有死"当作第二首,"在昔无酒饮"作为第三首。这和今存各本《陶渊明集》的次序也完全不同。从文义来说,陶渊明这三首诗,第一首写人刚死去,第二首写祭奠,第三首写出殡下葬。这次序是很清楚的。《乐府诗集》把第三首作为第一首,显然与陶诗原意相悖。这一情况颇似郭茂倩在着手编纂《乐府诗集》时,手头并没有《陶渊明集》,只能先从《文选》中录出所收那一首(即"荒草何茫茫"),后来又找到本集,才把前面两首补上,却又来不及调整次序,因此把第三首当成了第一首。

　　造成这种情况的原因,笔者认为可以从郭茂倩生活的时代及其具体从事编纂的时间来加以解释。因为根据我们前面对郭茂倩生卒年的推测,设使他叔父郭源明卒于神宗元丰八年,下距靖康之乱还有大约四十年,然而郭茂倩的实际生年,大约要比这早得多。因为前面的推测只有在郭劝四十岁生郭源明,郭源中在六十九岁时生郭茂倩才有可能。事实上古人一般都早婚早育,以常理推之,郭茂倩在靖康之乱时,已经四五十岁了。《乐府诗集》的成书,一般都认为在南宋初年。像《乐府诗集》这样一部卷帙浩繁的大书,大约不会是郭茂倩到六十岁以后才去动手编纂的。他也不会是什么大官,否则他的仕历就不会使同一朝代的陈振孙都弄不清楚。这一点又说明他不大可能有较多的助手来帮他完成这一工作。根据上述的种种条件,笔者认为郭茂倩从事《乐府诗集》的编纂工作,应该是在宋高宗绍兴初年(1131~1140)左右(因为建炎这四年是金兵屡次南下,干戈扰攘之时,很难安心从事编书工作)。这时南宋刚刚建立,像郭茂倩这样一位北方人才避难逃到南方不可能携带很多书籍。因此采录陆机、陶渊明的书,先从李善注本《文选》转录,亦属情理之常。

　　根据上述的情况,笔者认为在南北宋之交,已有两种以上单行的李善注本《文选》存在。尤袤刊本和郭茂倩所据的本子,可能还是稍接近而并不相同的两种。这也可以说明《四库总目》认为今存李善注《文选》是从六臣注本中辑出之说实不足信。

关于乐府民歌的产生和写定

长期以来,我们的文学史研究者们对一些乐府民歌中的名篇如《古诗为焦仲卿妻作》、《木兰诗》等的产生时代都有不同的看法。像《古诗为焦仲卿妻作》,就有产生于汉末和产生于东晋南朝的争论;《木兰诗》也存在着出现于北魏还是隋唐的分歧。从目前情况看来,多数学者似乎对前者倾向于汉末说,而对后者则又以主北魏说者为多。我个人认为关于这两首诗的争论,其实都存在着一个产生时间和最后写定时间的不同;不能断言东晋南朝说和隋唐说就完全没有道理。因为一首民歌从开始出现到被人们记录下来,往往要经历一段很长的口头流传过程。即使被记录下来,到被乐府官员正式配上乐器演奏时,又会经过文字上的加工。而且既经写定的文本,在缮抄和流传的过程中,有时往往也不免有所改动。我们姑以《相和歌辞·白头吟》为例,现在所见的"本辞"和"晋乐所奏"曲辞相较,文字出入很大。"本辞"全文共 16 句,而"晋乐所奏"则添加了 10 句。这首诗的产生年代颇难确考,据《西京杂记》说是西汉时卓文君和司马相如的事,但此书本身出于何时,争论很多,历来学者似很少有人相信这说法。不过《白头吟》是汉代的作品则并无疑问。即使说它出现于东汉中叶以后吧,到晋代编成乐曲时也经历了几十甚至上百年时间。再就"本辞"论,是否就是产生时的原貌,也很难说。何况"晋乐所奏"的歌辞,不光民歌如此,就是文人作品,在入乐时也会被乐官们做很大的改动。如曹植《七哀诗》的"本辞"与"晋乐所奏"歌辞就大不相同。可见乐府诗配曲时大抵都曾受到修改。其实有些古代诗歌在流传过程中,常常也会被人们有意识地加以修改。例如唐代王之涣的《凉州词》首句,历来就有"黄沙直上"和"黄河远上"两种版本。以事实而论,此诗既然提到"玉门关",又称"凉州词",当然是写今甘肃武威以西地区的景色。这里有很多地方是大沙漠,又非黄河流经之地,那么其原文应该是"黄沙直上";但现在通行的各本,大抵都作"黄河远上"。因为从艺术上来说,确以后一种版本为好。这说明异文的出现,有时是出于有意的修改。像《古诗为焦仲卿妻作》和《木兰诗》的现存文字,也有着个别的异文。这情况在前一首中,还不大令人注意;在后一首中,则有一般版本作"愿驰千里足",《酉阳杂俎》作"愿借明驼千里足"的区别,早已为人们所熟知。两本都文从字顺,显非缮写之误。

  当然,前面所举《白头吟》和曹植《七哀诗》在《乐府诗集》中是属于《相和歌辞》这一类,其"本辞"和"晋乐所奏"的曲辞都被并列一起,其修改的痕迹昭然若揭。至于《古诗为焦仲卿妻作》和《木兰诗》,则前者属于《杂曲歌辞》,后者属于《梁鼓角横吹曲》。郭茂倩对这些诗并未载录"本辞"和演奏曲辞的异同。我们现在所能见到的文本,除个别异文外,基本上就是这个面目。这是否意味着这些诗并未经过人们修改呢?笔者认为恐怕未必。因为一首民间流行的叙事诗,它必然受到故事梗概的制约,而流传于民间的故事,总是经历了很多人长期的修改、补充,变得越来越丰富完善。在这个过程中,添加进某些别的故事的情节以及吸取某些文人作品或其他民歌中的辞藻和手法,也是很常见的。例如大家熟知的孟姜女故事,起初时只是

《孟子·告子下》所提到的"华周、杞梁之妻善哭其夫,而变国俗"的事,后来汉魏六朝一些作品中常见这个典故,大抵据《列女传》,仍认为是春秋时战死于征伐莒国战役中的齐国官员的妻子,后来却和秦始皇筑长城的事联系了起来。所以《乐府诗集》卷七十三所载两首《杞梁妻》的情节就不一样,刘宋吴迈远那首中的杞梁妻还是春秋时齐国官员之妻,唐僧贯休那首就成了秦代筑长城的事。又如汉代王昭君远嫁匈奴的故事本是史实,经过历代增益,在唐代的一篇变文中,匈奴竟改成了"突厥",其实在汉代,还没有"突厥"之名。这种情况并不能据此认为"杞梁妻"是秦代人或这个故事起于唐以后,更不能说昭君这历史人物不存在。但又不能否认贯休之诗和那篇变文反映了唐代人的看法。至于民歌吸取文人作品中辞藻的情况,无论这些作品是出于民间一些知识分子所为,还是乐府官员们加工的结果,总之这情况是存在的。如《清商曲辞》中《西曲歌·拔蒲》第一首的"青蒲衔紫茸",显然化用谢灵运《于南山往北山经湖中瞻眺》中的"新蒲含紫茸";《子夜四时歌》中《冬歌》其十一的"愿欢攘皓腕"又借用了曹植《洛神赋》中的"攘皓腕于神浒兮"句。这种借鉴也并不改变民歌本身的性质。

具体到我们今天见到的《古诗为焦仲卿妻作》和《木兰诗》来说,是否就是当时的原貌,则尚可研究。前者首见于徐陵所编的《玉台新咏》,在诗的前面附有一篇短序说:

> 汉末建安中,庐江府小吏焦仲卿妻刘氏,为仲卿母所遣,自誓不嫁,其家逼之,乃没水而死。仲卿闻之,亦自缢于庭树。时伤之,为诗云尔。

历来认为此诗作于汉末,主要就根据这篇序。从《玉台新咏》和《乐府诗集》所载这篇序的文字来看,虽有个别出入,基本上相同。从"汉末"、"时伤之"等语的口气看来,序的出现应在曹丕取代汉朝以后。但序中所说诗歌出现时代,似尚无疑问。再说梁简文帝萧纲在《中妇织流黄》一诗中有"浮云西北起,孔雀东南飞"之句。其上句出于曹丕《杂诗》中的"西北有浮云",下句即《古诗为焦仲卿妻作》的首句。这说明这首民歌在萧纲时久已流行。但过去有些学者怀疑此诗作于东晋南朝,其所提理由,虽多已被别的学者所驳诘,并证明为汉代已有的名物或称呼(如"青庐"、"青雀白鹄幡"、"下官"等)。然而他们所以会对序中所说创作年代产生怀疑,也许是对诗中某些情节和词句感到更像后人所加。其实他们所据以存疑的理由,也不一定全都不能成立。诗中的"交广市鲑珍"句,据文学古籍刊行社影宋本《乐府诗集》、明寒山赵氏覆宋本《玉台新咏》都无异文,而有的学者却根据元人左克明的《古乐府》作"交用",而判断"广"字为误,就未必令人心服。因为《古乐府》大体上就依据《乐府诗集》,且多错误,其刊本最早也出现于元顺帝至正年间(1341~1368),比宋刊《乐府诗集》及赵刊《玉台新咏》所据底本至少迟了百年左右。后来梅鼎祚诸人的书中虽注明一作"用",似亦未据改。其实正如一位持作于汉末说的学者所讲:"按黄初五年上距建安,不过六年,为时甚近,与序云'时人为诗'之言,无甚不合,盖其事发生于汉末,而诗或作于汉末稍后如傅玄'庞氏有烈妇',即其例也。"这是通达之论,较之根据后起版本改字或违反一般五言诗的音节规律来避免"交广"二字作为地名出现,更合情实而具有说服力。同样地,对诗中"合葬华山傍"之句,与其把"华山"二字说成一座"今不可考"的庐江小山,却不如吴兆宜《玉台新咏注》那样用南朝民歌《华山畿》中的"华山"来解释为妥。因为《古诗为焦仲卿妻作》从汉魏间流传到梁朝中大通中叶以后被徐陵收入《玉台新咏》其间至少有三百年左右时间,在口头流传或文人记录的过程中,有人感到焦、刘故事与《华山畿》中的故事相近而增入这一地名,也并不足怪。这种情况不仅民歌中有之,就是古代某些典籍在个别情况下也会出现。如《盐铁论·散不足》篇中有"宣帝建学官"一语,当时说话的"贤良"自然不可能说出三十多年后才死去的汉宣帝谥号。这种情况也许像王利器先生说的是"皇帝"二字误,也可能是后人在缮写时窜入,总之不能因此否定《盐铁论》是桓宽所作。何况民歌的情况与《盐铁论》这样的子书还有更大的不同。其实《古诗为焦仲卿妻作》有些情节也和其他民间故事颇相类似。如关于焦、刘合葬一段写道:"东西植松柏,左右种梧桐。枝枝相覆盖,叶叶相交通。中有双飞鸟,自名为鸳鸯。仰头相向鸣,夜夜达五更。行人驻足听,寡妇起彷徨。"这种描述和《搜神记》中的韩凭夫妇故事很相像。韩凭夫妇故事亦系民间传说,虽是东晋干宝所记,但起源于何时不可考;究竟是这个故事影响了焦、刘故事还是相反,假若是前者,也难说是原作者就吸取了韩凭夫妇故事情节,抑为在流传中被后人据《搜神记》增入。但事实终归说明焦、刘的故事并非孤立的,它和其他民间故事确有相互影响处。如果从辞藻和手法上来讲,《古诗为焦仲卿妻作》中一些诗句和汉魏六朝的一些民歌或文人诗,也常有相似处。如诗中写刘兰芝被赶回娘家前去见婆母前一段描述:

足下蹑丝履,头上玳瑁光。腰若流纨素,耳著明月珰。

这几句和《相和歌辞·陌上桑》中的"头上倭堕髻,耳中明月珠"、辛延年《羽林郎》中的"头上蓝田玉,耳后大秦珠"、曹植《美女》篇中的"头上金爵钗,腰佩翠琅玕,明珠交玉体,珊瑚间木难"、傅玄《有女篇·艳歌行》中的"头安金步摇,耳系明月珰"等句都很相近。末段"枝枝相覆盖,叶叶相交通"二句,又类似宋子侯《董妖娆》中的"花花自相对,叶叶自相当"和曹植《艳歌》中的"枝枝自相植,叶叶自相当"。又如"红罗复斗帐"句亦见于《清商曲辞》中的《长乐佳》;"四角龙子幡"句亦见于《清商曲辞》中的《襄阳乐》第二首。其中《陌上桑》大抵可判定为汉末以前之作;辛延年、宋子侯的年代就不好确考,未知《古诗为焦仲卿妻作》的原作者能否见到这两首诗。《清商曲辞》也许是吸取《古诗为焦仲卿妻作》的原句。至于曹植和傅玄的生卒年正好和此诗序文所言年代相当,因此曹、傅未必就能见到此诗,而庐江的民间也未必已熟知曹、傅的创作。这些情况很难完全排除有后人在流传过程中增入别的民歌或文人创作中辞句使之益臻丰富的可能。出现这一情况并不改变原诗出现于汉末前后的事实,因此也不一定强调此诗产生以后其面貌就是一成不变的。

关于《木兰诗》,这里不想详论。此诗中很值得注意的其实是同时出现了"可汗"和"天子"字样。这个问题的关键在于"天子"和"可汗"究竟是指一个人还是两个人。和这问题相关的还有木兰从家出发是像我们一般所说的从黄河以南渡河北上到"黑山头",还是像清代个别学者设想的那样是从现今的宁夏或内蒙古西部渡过黄河向燕山一带进发。这样才能确切地考定故事产生的大致时间和地点以及作者究竟属于哪一民族。然而这些问题实际上并不容易得到确定无疑的结论。以前一个问题来说,《魏书》中的记载前后并不一致。据《蠕蠕传》说:"'可汗'犹魏言皇帝也。"《吐谷浑传》则载鲜卑慕容氏首领若洛廆(即慕容廆)的部下七那楼曾称若洛廆的庶兄吐谷浑为"可汗"。当时若洛廆并未称帝,仅是一个部落中的首领,吐谷浑则地位更低,却也被称作"可汗"。因此照《蠕蠕传》的说法,"可汗"与"天子"当为一人;照《吐谷浑传》所记的情况,则"可汗"又像是臣服于皇帝的某一少数民族的某级首领。第二个问题在本诗和有关史料中更难以考确。在目前条件下,只能根据《旧唐书·乐志》来推测此诗

"多'可汗'之辞",可能是"燕、魏之际"的鲜卑歌。后来流传到南朝,经南朝后期或隋唐人迻译润饰才成为今天的文字。所以诗中提到"对镜帖花黄",就是梁陈到唐代的妇女间流行的化妆方式;"万里赴戎机"以下六句,也近于唐代诗风,最早也只能出现于梁陈。至于有些学者从诗中"点兵"、自备鞍马等情节推论此诗与北周及唐代"府兵制"有关,也是很有见地的。这种情况的出现,恐怕也是在长期口头流传和最后被人用文字记录下来(包括翻译)过程中做了修改和补充的结果。

对于古代人民的口头创作,包括各类民歌和民间故事,大抵都有一个产生时间和写定时间之别。我们既不必因为作品中有些被添加的成分而判为晚出之作,也没有必要对某些很可能出于后人增添和修改的痕迹去另作别解,把现存的文字说成一定是最初出现时的原貌。

试论"铙歌"的演变

在《乐府诗集》所载各类歌辞中,最难理解的莫过于《鼓吹曲辞》中的一部分"铙歌"。其中产生时代最早,也最为人们所熟悉的是"汉铙歌",亦称"短箫铙歌"。这部分作品的情况很不一样,其中有文从字顺且具很高艺术价值的《上邪》等篇;也有很难断句且无法训释的如《石留》;其余大部分作品则有的基本可解、只有若干字句难于训释,有的则基本不可解,即使有些研究者提出过一定的解释,也只是根据其中基本可解的字句加以推测,尚难得出一致的认识。

造成"汉铙歌"如此难读的原因,历来的解释都认为是由于"字多讹误"(《乐府诗集》卷十六,引《古今乐录》),又:"凡古乐录皆大字是辞,细字是声;声辞合写,故致然尔。"(《乐府诗集》卷十九,引《古今乐录》)从现存"汉铙歌"中一些费解的字句看来,如《朱鹭》中的"鱼以乌路訾邪",《战城南》中的"梁筑室,何以南梁河北"的两个"梁"字,《有所思》中的"妃呼豨"等,都只能用声辞来解释。其他各篇之难于理解恐怕也是这个原因。

"汉铙歌"之所以费解,据有的学者说,还夹杂有某些少数民族的歌谣。(余冠英:《乐府诗选前言》,引朱谦之《音乐文学史》)这种推测也是有可能的。因为古人谈到"鼓吹",有时常和当时西北的某些少数民族相联系。如《乐府诗集》卷十六云:"鼓吹曲,一曰'短箫铙歌',刘瓛定军礼云:'鼓吹,未知其始也。汉班壹雄朔野而有之矣。鸣笳以和箫声,非八音也。骚人曰:鸣箎吹竽是也。'"按:班壹是《汉书》作者班固的祖先。《汉书·叙传》称"(秦)始皇之末,班壹避地于楼烦,致马牛羊数千群。值汉初定,与民无禁,当(汉)孝惠、高后时,以财雄边,出入弋猎,旌旗鼓吹"云云。颜师古注:"国家不设衣服车旗之禁。"楼烦据《汉书·地理志》属雁门郡,在今山西北部,应劭注说:"故楼烦胡地。"《史记》、《汉书》中都曾提到过楼烦族人有参加楚汉之战的事。这个地区又邻近当时的匈奴族。因此班壹所用的"鼓吹"杂有少数民族的音乐是完全可能的。再说刘瓛讲到了"鼓吹"所用乐器中有"笳"。这种乐器,据云即来自少数民族。《宋书·乐志》说:箛"(即笳),杜挚《笳赋》云:'李伯阳入西戎所造。'"此语大约是概括《北堂书钞》卷一百十一所引杜赋原文:"昔伯阳避乱西入戎,戎越之思,有怀土之风,遂为斯乐,边笳是崇。"杜挚乃三国魏人,他把笳的制作归于"伯阳"(老子),恐出于当时人附会,其实他自己也未必相信。因为同书同卷所引杜赋还有一段说:"客有听边亭之长箛者,美其出于戎、貉之俗,而有合夫箫管韶(孔刊本原作'绍',依苏晋仁、萧炼子《宋书乐志校注》引文改)夏之音也。"《艺文类聚》卷四十四还引杜赋有"乃命狄人,操笳扬清"语。同书同卷又引孙楚《笳赋》云:"奏胡马之悲思,咏北狄之遐征。"这都说明在魏晋时代,人们都认为笳这种乐器,来自少数民族,而"鼓吹"之起,亦与少数民族有关。萧涤非先生在《汉魏六朝乐府文学史》中,也同意这一说法。不过根据前面所引证的史料,似仅能像萧先生所强调的是乐曲的"声调",至于歌辞的费解,是否也和这情况有关,则尚待进一步确证。"鼓吹"或"短箫铙歌"受有少数民族音乐的影响,虽如上述,但它是否纯系少数民族音乐,或者是汉族原也有类似的乐曲与之互相融合的结果,这也值得思考。因为东汉蔡邕就认为它是军乐,黄帝时岐伯所作。此说见于他所撰《礼乐志》。《宋书·乐志》所引似较简略。引证蔡邕原文最详的则为《续汉书·礼仪志》中刘昭注,文中谈到了"汉乐四品",一曰"大予乐",二曰"周颂雅乐",接着说:"三曰'黄门鼓吹',天子所以宴乐群臣。《诗》所谓'坎坎鼓我,蹲蹲舞我'者也。其'短箫铙歌',军乐也。其传曰:'黄帝岐伯所作,以建威扬德,风劝士也。'盖《周官》所谓'王(师)大(献)(捷)则令凯乐,军大献则令凯歌也'……"这里明明说"汉乐四品",却只讲到三品,而《乐府诗集》卷十六所引,则云"其四曰'短箫铙歌'",下文与《续汉书注》同,只是"风劝士也"作"风敌劝德也"。二书所引文字的区别,涉及"黄门鼓吹"和"短箫铙歌"究竟是一个乐种还是两个乐种的问题。

看来,《乐府诗集》虽编定时间远较《续汉书注》为晚,但它显然依据了《隋书·音乐志》,而《隋书》虽未明说它对乐曲的分类依据蔡邕,但古人修史,后代往往沿袭前人之作而不加说明。《隋书》分类前三类全同于蔡邕,而"短箫铙歌"这一类,不是《续汉书注》引文所有,只是少了"四曰"二字,恐是缮抄时误夺。不管怎样,从蔡邕看来,"短箫铙歌"本是军乐,且是汉族古已有之。后来陆机在《鼓吹赋》中也强调"原鼓吹之攸始,盖禀命于黄轩",显然即据蔡邕说。在这篇赋中提到了"翁离"、"高台"、"君马"、"南城"、"巫山"、"芳树"等语,显然即指今《汉铙歌》十八曲中的《翁离》、《临高台》、《君马黄》、《战城南》、《巫山高》和《巫树》诸曲。可见"短箫铙歌"和"鼓吹"本非两种乐曲。至于它是否古已有之,或来自少数民族,则恐怕兼而有之。大抵一种意识形态,都很难不受别种文化的影响,亦不大可能纯系移植而来。这是一般的规律。蔡邕、陆机说是黄帝时就有,也许过早,但《周礼》、《左传》都有凯乐的记载,《礼记·乐记》也说到"听钟声则思武臣","听鼓鼙之声则思将帅之臣",这说明早在班壹之前,已有军乐。"鼓吹"可能是汉族原有军乐与北方少数民族音乐相融合的产物。不过在长期的发展中,它的作用已不限于军中。据《北堂书钞》卷一百〇八引三国西晋间人孙毓《东宫鼓吹赋》云:"鼓吹者盖古人之军声,振旅献捷之乐也。后稍用之朝会焉,用之道路焉。"《宋书·乐志》似乎对"用之朝会"和"用之道路"的乐曲还加以区别,其文云:

> 应劭《汉卤簿图》,唯有骑执笳。笳即箛,不云鼓吹。而汉世有黄门鼓吹,汉享宴食举乐十三曲,与魏世鼓吹长箫同。……又《建初录》云:《务成》、《黄爵》、《玄云》、《远期》皆骑吹曲,非鼓吹曲。此则列于殿庭者为鼓吹,今之从行鼓吹为骑吹,二曲异也。又孙权观魏武军,作鼓吹而还。此又应是今之鼓吹。魏晋世又假诸将帅及牙门曲盖鼓吹,斯则其时方谓之鼓吹矣。

这个说法,郭茂倩在《乐府诗集》卷十六的说明中曾有异议。他说:

> 按《西京杂记》,汉大驾祠甘泉、汾阴,备千乘万骑,有黄门前后部鼓吹,则不独列于殿庭者名鼓吹也。汉《远如期》曲辞有"雅乐陈"及"增寿万年"等语,[无]马上奏乐之意,则《远期》又非骑吹曲也。("无"字原缺,依《宋书乐志校注》补)

他又引证《晋中兴书》、《东观汉记》诸书,认为"短箫铙歌汉时已名鼓吹,不自魏晋始也"。他的结论是"然则黄门鼓吹、短箫铙歌与横吹曲得通名鼓吹,但所用异尔"。萧涤非先生在《汉魏六朝乐府文学史》中也主张"鼓吹与铙歌非二乐"。这说法是正确的。因为孙毓是由魏入晋的人,他说到鼓吹由军乐而后来"稍用之朝会","用之道路",并未说是当时才开始如此。

郭茂倩在《乐府诗集》卷二十一中又说:"故自汉已来,北狄乐总归鼓吹署,其后分为二部,有箫笳者为鼓吹,用之朝会道路,亦以给赐。汉武帝时南越七郡皆给鼓吹是也。有鼓角者为横吹,用之军中,马上所奏者是也。"这里讲到"有箫笳者为鼓吹,用之朝会道路"。那么《宋书·乐志》所引应劭《汉卤簿图》中有"骑执筑(笳)",也许即是鼓吹。如曹丕《与朝歌令吴质书》提到"从者鸣笳以启路",他当时已官至五官中郎将,秩为"比二千石",且有其特殊身份,当拥有鼓吹。至于"用之朝会"的"黄门鼓吹",使用"笳"更无疑问。①《艺文类聚》卷四十三引繁钦《与太子笺》中,说到"都尉薛访车子,年始十四,能喉啭引声,与笳同音"。又说他"声悲奋笳,曲美常均。乃与黄门鼓吹温和,迭唱迭和"云云。《笺》中还说到"咏北狄之遐征,奏胡马之长思",与孙楚《笳赋》略同,大约是孙赋所本。曹丕给吴质的信和繁钦致曹丕的笺均作于建安年间,当时的各种制度,应当仍属汉制。曹丕所说的"鸣笳",当属"用之道路";繁钦所述的情况,则为"用之朝会"。这两个例子,似乎都已与军乐无关。但"铙歌"之名,确实是从军乐而来。《说文》:"钲,铙也。似铃,柄中上下通。"又说:"铙,小钲也。军法,卒长执铙。"这大约就像《左传》僖公二十二年宋国的大夫子鱼所说:"三军以利用也,金鼓以声气也。"此是鼓舞斗志用的。《宋书·乐志》云:"铙,如铃而无舌,有柄,执而鸣之。《周礼》:'以金铙止鼓。'汉鼓吹曲曰铙哥。"因此"铙歌"在使用于军中时,可能和用于"朝会宴享"时有所不同,仍以打击乐器为主。所以《文选》所载陈

---

① 谢灵运《九日从宋公戏马台集送孔令》诗句"鸣葭戾朱宫",李善《文选注》就引曹丕这封信释"鸣葭"。这里的"宋公"是刘裕,他当时出行自然不会没有鼓吹开路。

琳《为袁绍檄豫州》说:"若回旆方徂,登高冈而击鼓吹,扬素挥以启降路,必土崩瓦解,不俟血刃。"(按:这几句《三国志·袁绍传》注所引檄文缺。)这里强调"击鼓吹",似与繁钦所说的歌唱"与筴同音"不一样。现在我们所见的汉代"铙歌"十八曲,就其性质而论,似均属于"黄门鼓吹"所奏。因为从现存可以理解的几首歌辞来看,像《战城南》、《有所思》、《上邪》诸首,既不能用于军中,也不适合用于行道时的仪仗,只能在宫中宴乐时演唱。(萧涤非先生曾认为皇帝在宫中私游时,演唱《战城南》就会"大杀风景",这是对的。但封建帝王和他的大臣有时在一定场合,也可以听这种乐曲,"以观风俗,知得失"。当然不是在所有场合都可唱。)至于像《上之回》、《圣人出》等曲,其歌辞似只适合皇帝使用。当时虽以鼓吹赐给官员,恐怕也仅限于使他们吹奏某些声调作为出行的仪仗。因为有些歌辞既不能增加官员本人的威仪,又不合其身份。

在探讨"铙歌"的声调及其歌辞的关系时,《宋书·乐志》所载那三首根本无法理解和断句的所谓"今鼓吹铙歌词",很值得注意。关于这些乐曲,沈约在《宋书》卷十一《律历志》前面所作的《志序》中说:

> 又案:今鼓吹铙歌,虽有章句,乐人传习,口相师祖,所务者声,不先训以义。今乐府铙歌校汉、魏旧曲,曲名时同,文字永异,寻文求义,无一可了。不知铙章何代曲也。

这部分乐曲,在《乐府诗集》中直接称作"宋鼓吹铙歌",大约是从沈约称这些乐曲为"今鼓吹铙歌"而来。其实根据《志序》来看,这些乐曲已是口耳相传很久,不过到刘宋时还在沿用。至于它们具体产生于什么时代,沈约明明说"不知铙章何代曲也"。沈约《宋书》的

"纪"、"传"部分完成于南齐永明中叶,各"志"稍迟,也不过齐末梁初,上距宋亡不过二十年左右。再说沈约在宋亡时已年近四十。他当时有何承天、徐爰等人的著作为根据,仍然弄不清这些乐曲产生的年代,可见由来已久。这个问题又可以和《隋书·音乐志》中一段话相联系来看。据《隋书》说:"鼓吹,宋、齐并用汉曲,又充庭用十六曲。(梁)高祖乃去四曲,留其十二,合四时也。更制新歌,以述功德。"这几句话很值得注意。根据《宋书·乐志》及《乐府诗集》,自汉以后代之而起的魏、吴和晋朝都有其自己的"铙歌"。这些铙歌分别是歌颂曹魏、孙吴以及司马氏"功德"的,所以刘宋无法沿用。但汉曲中如《上之回》、《上陵》等,又何尝适用于刘宋?所以《隋书》所谓"宋、齐并用汉曲",实际上只是指用《汉铙歌》的声调,而非其歌辞。这里所谓"汉曲",当即《宋书》所载那三首无法训释的"今鼓吹铙歌"。因为据沈约说这三首中有二首是《上邪》和《艾如张》,另一首叫《晚芝》的可能是《远如期》,所以《隋书》就以"汉曲"称之。但从这三首曲的文字中,根本看不出与那三首《汉铙歌》歌辞有何关系。所以它们究竟是何代的乐曲,连沈约也不清楚。

从《宋书·乐志》看来,还有一点也很可注意。那就是它载有何承天在晋末义熙年间所"私造"的《宋鼓吹铙歌十五》篇。据《乐府诗集》卷十九说:"按:此诸曲皆承天私作,疑未尝被于歌也。"这与《隋书》说的"宋、齐并用汉曲"可相印证。这就使我们不能不考虑到这样的问题:继汉而起的魏、吴、晋既然都造有自己的"鼓吹铙歌",而刘宋为什么有何承天所作而不用,南齐甚至根本无人写作?笔者认为:这问题还得从《汉铙歌》本身的性质来考虑。汉代的"铙歌"十八曲,其用途应该是多方面的。如《朱鹭》诸曲,其适用范围也许较广;《上之回》等曲,只适合于比较正式的场合;《有所思》和《上邪》等则仅适合于皇帝私游时所用。这些乐曲的歌辞大抵均产生于西汉。到了东汉以后,由于《相和歌辞》的大量被采集和谱曲,帝王们为娱乐而用的那部分"铙歌"就被《相和歌》所替代。所以缪袭、韦昭所制的魏、吴"铙歌",就仅仅适用于朝会等正式场合。到了晋代,又出现《四厢乐歌》等"燕射歌辞","铙歌"在朝会中的作用又进一步削弱。至于"铙歌"作为军乐,也被使用鼓角的"横吹曲"所替代。于是宋、齐二代的"铙歌",其实仅限于帝王及官员们出行时开道的仪仗所用,也就是前此所谓"骑吹"的作用。在这种场合,其实只需要用乐器奏出一种声调,并不需要演唱歌辞。现在我们看沈约所记的"今鼓吹铙歌",文字虽不可解,但其中多有"乌"、"吾"、"姑"、"路"、"卢"、"几"等音,当即模仿吹奏箫笳等乐器之声。这本是声调,所以无可训释。这种曲调大约和《汉铙歌》的调子相近,而与魏、晋等朝铙歌有别,所以《隋书·音乐志》说是汉曲。我们再看《宋书·乐志》:"魏晋世给鼓吹甚轻,牙门督将、五校,悉有鼓吹。"事实上魏、晋"铙歌",都是歌颂曹操、司马懿等人"功绩"的,本应视之甚重,不该让一些地位不高的人出行时都演奏这类歌曲。这只能说明当时的"鼓吹"用的是不同于魏、晋"铙歌"的《汉铙歌》声调。《南齐书·孔稚珪传》载孔稚珪把蛙鸣比作"两部鼓吹",大约也说明当时的鼓吹是有声无辞的。

在"铙歌"问题上还有一点也很值得注意,那就是《汉铙歌》和《魏铙歌》等在文体上的差别。《汉铙歌》一般是杂言,有的还杂有声辞,因此训释很困难。魏、吴、晋三种铙歌则句式都比较整齐。一般以三言、四言句为多,有时也有五言、六言或七言句,但也比《汉铙歌》显得整齐,且文从字顺,并不杂以声辞。从某种意义上说,魏以下的"铙歌"远比《汉铙歌》接近于《汉郊祀歌》及《安世房中歌》。这说明这些歌辞已完全适应了汉族的音乐特点,并且由于它们的内容改变,也更趋向雅乐化了。这里最使我们感兴趣的是《魏铙歌》第一首《初(楚)之平》,每句三字,共三十句;第二首《战荥阳》,凡二十句,十八句句三字,二句句四字;《吴铙歌》的第一首《炎精缺》、第二首《汉之季》也是如此。以下各首情况大致都这样,只有个别首长短有所不同或句式略有出入。从年龄来说,缪袭应长于韦昭十余岁,《魏铙歌》最后一首说到"惟太和元年",应该作于曹叡在世时。可能这些乐曲后来传入吴境,孙吴政权才叫韦昭仿作十二首,因此首数及句式基本相同。魏和吴本属敌国,在"铙歌"写作上竟如此蹈袭,这至少说明了缪袭所创造的这种形式既适合用汉语来写作歌辞,也易于显出庙堂乐章的雍容气派。我们试看《魏铙歌》第五首《旧邦》:

旧邦萧条,心伤悲。孤魂翩翩,当何依。游士恋故,涕如摧。兵起事大,令愿违。博求亲戚,在者谁。立庙置后,魂来归。

又《吴铙歌》第六首《克皖城》:

克灭皖城,过寇贼。恶此凶孽,阻奸愿。王师赫征,众倾覆。除秽去暴,戢兵革。民得就农,边境息。诛君吊臣,昭至德。

这两首诗,在我们今天读来,实际上都是七言六句,而沈约、郭茂倩都定要分成十二句,"其六句句三字,六句句四字",可能是出于音乐上的考虑。因为这样更近于《汉郊祀歌》、《安世房中歌》的句式。后来的仿作如《晋鼓吹曲》第五首《时运》,除"蠢尔吴蛮,虎视江湖"二句外,也基本是这种句式。梁代的《鼓吹曲》也是十二首,与魏、吴二代相同,其第五首《忧威》,也是使用了这种句式。这说明庙堂乐章的体制,实际上还是受到民歌及文人创作的影响,只是它受旧形式的束缚较大,才形成这种样子。因为直到齐梁时代,刘勰在《文心雕龙·明诗》中还认为四言是"正体",五言是"流调",根本不提七言。其实这些歌辞明明已属七言,却要硬分为四、三句式,这正说明庙堂之作受旧形式的束缚远比民歌和其他一些文人创作为重。也许庙堂之作所以常常缺乏艺术价值,除了内容的缘故之外,这也是原因之一吧。

乐府·古诗和民歌

一

在我国诗歌史上,"乐府诗"占有十分重要的地位。在梁代文学批评家刘勰所著的《文心雕龙》一书中,专门有《乐府》一篇,和《明诗》、《诠赋》等分论各种文学体裁的篇目并列,由此可见刘勰对这种诗体的重视。后来许多作家的诗文集中,也常常把"乐府诗"单列一类,和一般诗歌相区别。到了宋代郭茂倩更编集了一部《乐府诗集》,几乎囊括了从上古到宋以前所有的"乐府诗"。此书影响极大,我们现在所说的"乐府诗",其具体内容基本上都是依照它来确定其范围和分类的。

但是,就"乐府诗"本身的起源来看,其概念似乎与刘勰、郭茂倩等人的理解还不尽相同。"乐府诗"之得名,其实是来源于秦汉以来的一个名叫"乐府"的官署。关于这一点,清初学者顾炎武在他的《日知录》一书中早已说过。他认为是有了这个官署,"后人乃以乐府所采之诗名之曰乐府"。这句话是很对的。关于"乐府"这个官署的设置时间,过去都认为始于汉武帝时代,此说起于东汉的班固。他在《汉书·礼乐志》中说:

> 至武帝定郊祀之礼，乃立乐府，采诗夜诵。有赵、代、秦、楚之讴。

同书《艺文志》也说：

> 自孝武立乐府而采歌谣，于是有赵、代之讴，秦、楚之风，皆感于哀乐，缘事而发。亦可以观风俗，知薄厚云。

班固作《汉书》是根据了汉代朝廷中的藏书和档案的，尤其是《艺文志》，一般都认为以西汉末刘向、刘歆父子的《七略》和《别录》为依据。因此历来的研究者，大抵都信从此说。但这种说法其实不一定可靠。因为前几年考古学家发现了一只秦代的古钟，上面刻有"乐府"字样。这说明"乐府"这个官署，最晚也应设置于秦代。我们再看现存的古籍中，多少可以发现早在汉武帝以前，已有"乐府"这个名称。如《史记·乐书》中讲道：

> 高祖过沛诗《三侯之章》，令小儿歌之。高祖崩，令沛得以四时歌儛宗庙。孝惠、孝文、孝景无所增更，于乐府习常肆旧而已。

《汉书·礼乐志》谈到汉高祖时命"叔孙通因秦乐人制宗庙乐"，又令姬妾唐山夫人制《房中祠乐》："孝惠二年，使乐府令夏侯宽备其箫管，更名曰《安世乐》。"关于这两条记载，余冠英先生在《乐府诗选》的《前言》中认为"这也许是以后制追述前事"。这个解释在发现秦代有"乐府"官署以前，是合乎情理的。不过现在的学者，大抵以为"乐府"之官在秦代已经设置，因此这说法似乎要做一些修正。一般来说,汉代的官制大体上沿袭秦制,这是公认的结论。根据《汉书·百官公卿表》,汉代掌管音乐的官署至少有两个:一个叫"太乐",是"奉常"的属官。"奉常"是秦代的官名,汉景帝时改名"太常"。这"太乐"所职掌的是宗庙的乐曲。另一个就是"乐府",是"少府"的属官。"少府"这个官本是掌管"山海池泽之税"来供宫廷的开支以及一些皇家苑囿以至器物制造等事务。这说明"乐府"的职责是给帝王平时宴会及娱乐时奏乐,和"太乐"所掌的乐曲和它的用途都有很大的不同。不过两者虽有不同的职掌,但都是掌管音乐的官署,在汉武帝于"少府"下设立"乐府"之前,这部分音乐曾由"太乐"之官兼掌也是很可能的。因为上引《史记·乐书》和《汉书·礼乐志》中所谈到的情况,均属宗庙乐章;而《汉书·百官公卿表》所讲到的官制,只说到"九卿"等品位较高的官职在秦代和汉代名称的不同,至于像"太乐"这样的属官,在秦代是否曾称过"乐府",那就很难确考。《史记·乐书》在记载秦代情况时说:"秦二世尤以为娱(按:指"郑声"之类俗乐)。丞相李斯进谏曰:'放弃《诗》、《书》,极意声色,祖伊所以惧也;轻积细过,恣心长夜,纣所以亡也。'"再看李斯《上书秦始皇》中,讲到秦始皇娱心意、悦耳目的享受时,也有"郑卫桑间,韶虞武象"等乐曲。这里"韶虞武象"似应用于宗庙,但"郑卫桑间"当是用于娱乐。这说明秦代的乐官,除了宗庙乐曲外,本也兼奏俗乐,以供皇帝享乐。汉武帝之在"少府"属官中添设一个"乐府",可能是为了满足自己对声色之娱的需要,才把这一部分音乐从"太乐"的职掌中分了出来。

关于汉武帝的建立"乐府"之官,据《汉书·艺文志》说是为了"观风俗,知薄厚"。这种说法虽多少有点美化皇帝的意味,但也不是尽属杜撰。"乐府"的官员"采诗夜诵",这大约是仿效古代的"采诗"制度。关于这种制度,在一些典籍中都曾谈到过。其中最详尽的要算何休的《公羊传解诂·宣公十五年》:"男女有所怨恨,相从而歌,饥者歌其食,劳者歌其事。男年六十,女年五十无子者,官衣食之,使之民间求诗,乡移于邑,邑移于国,国以闻于天子。故王者不出牖户,尽知天下所苦,不下堂而知四方。"何休是东汉后期人,他的说法可能有根据儒家思想加以理想化的成分。但"采诗"制度在古代大约是有的,因为在先秦典籍中确有这方面的记载。如《国语·周语上》:"故天子听政,使公卿至于列士献诗,瞽献曲,史献书,师箴,瞍赋,矇诵。"吴韦昭注:"无眸子曰瞍,赋公卿列士所献诗也。"这里所说的"献诗",当然既包括他们自己所作的诗,也包括他们所搜集到的民间歌谣。这种听取民谣以考察时政的事,在《左传》中也有不少记载,如《僖公二十八年》记"城濮之战"时,晋文公曾"听舆人之诵";《襄公三十年》记郑子产在进行政治改革时,也听过当时的"舆人之诵"。现今我们所见的《诗经》,尤其是"十五国风"中,有一部分大致可以断定是民歌,大约就是经过这些采诗者的采集,然后由周代乐官加以润饰后的产物。所以各类"风"诗产生地域很不同,而文字基本上差不多,应该是有人加工的结果。

当然,历代的君主们所以要采诗,恐怕不完全是为了"观风俗,知薄厚",而且也有为着娱乐的目的。例如记载周朝官制的著作《周礼》,虽说可能出于战国人之手,却多少也能反映出一些周代官府的真实情况。如其中的《春官·大司乐》,讲到以音乐来教育贵族子弟的职责,这和其他儒家经典所说的情况基本相同。但在大司乐的属官中也有这样一些官员:"旄人,掌教舞散乐,舞夷乐,凡四方之以舞仕者属焉。凡祭祀宾客,舞其燕乐。""鞮鞻氏,掌四夷之乐与其声歌。祭祀则龡而歌之,燕亦如之。"古代的君主当然不会以"四夷之乐"来教育贵族子弟,那么设立这些专职乐人,显然是以燕会和平日的娱乐为目的。《周礼》中的"大司乐",相当于后来官制中的"太乐",但像

"旄人"、"鞮鞻氏"这样一些官员的职掌,至少到汉以后只能划归"少府"属下的"乐府"掌管,而不能再归"太乐"来管辖了。

从上述各种记载看来,不管"乐府"之官究竟始于何时,也不管自周至汉的朝廷采诗的目的是什么,至少采诗之事是确实存在的。即以《汉书·艺文志》所著录的诗歌而论,总共有二十八家,三百一十四篇。其中自然不尽为采自民间的歌谣,也有帝王及其群臣所作的诗,如"《高祖歌诗》二篇"、"《泰一杂甘泉寿宫歌诗》十四篇"等。但有的显然是采自民间的讴谣,如"《吴楚汝南歌诗》十五篇"、"《燕代讴雁门云中陇西歌诗》九篇"等。有些可能是乐官为采集来的民歌所谱的曲调,如"《周谣歌诗声曲折》七十五篇"之类。这些诗现在大部分已经散失,内容无可详考。但有一点是肯定的,即其中有很大一部分是"乐府"官署从各地搜集来的诗歌谣谚。这是因为《汉书·艺文志》旨在著录当时所有的歌诗,本不以"乐府"所掌的乐曲为限。当时的"乐府"中搜集到了这些诗歌,是否都一一配乐演唱,还是只选用其中一部分,现在已无法考知。从著录的情况看,备有曲折的只有上面提到的《周谣歌诗声曲折》一种。当然,其他歌诗也未必都没有谱过曲。至于现今所存的汉代"乐府诗",不仅数量较少,而且绝大多数还可能是东汉时代的产物。

当汉武帝设官采诗之时,许多民间的乐曲已经在社会上广泛流行,并且得到许多上层人物包括皇帝的欢迎。司马相如《上林赋》写到汉武帝在上林苑奏乐时说:

置酒乎颢天之台,张乐乎胶葛之宇。撞千石之钟,立万石之虡,建翠华之旗,树灵鼍之鼓。奏陶唐氏之舞,听葛天氏之歌。千人唱,万人和,山陵为之震动,川谷为之荡波。巴渝宋蔡,淮南于遮,文成颠歌。族居递奏,金鼓迭起,铿枪闛鞈,洞心骇耳。荆吴郑卫之声,韶濩武象之乐,阴淫案衍之音。郷郢缤纷,激楚结风,俳优侏儒,狄鞮之倡。所以娱耳目乐心意者,丽靡烂漫于前……

在这里,各地的"俗乐"已经取得和"韶"、"濩"、"武"、"象"这些"先王"的"雅乐"分庭抗礼的地位。同样地,在一些富裕人家,也普遍地喜爱这些"俗乐"。《盐铁论·散不足》篇云:

> 古者土鼓由枹,击木拊石,以尽其欢。及其后,卿大夫有管磬,士有琴瑟。往者民间酒会,各以党俗,弹筝鼓缶而已,无要妙之音,变羽之转。今富者钟鼓五乐,歌尔数曹。中者鸣竽调瑟,郑儛赵讴。

可见"俗乐"的流行是因大众的普遍爱好,且愈演愈烈。《汉书·礼乐志》说:"是时,郑声尤甚。黄门名倡丙彊、景武之属富显于世,贵戚五侯定陵、富平外戚之家淫侈过度,至与人主争女乐。"对待这种现象,历来的论者大抵取非议的态度。其实"俗乐"的盛行是音乐本身发展的必然趋势,不论帝王、贵族或富人的喜爱"俗乐",都不过是人之常情,和这些人的骄奢淫逸及品德恶劣不能混为一谈。

在当时的统治者中也有反对这些音乐的人,其中最突出的是汉哀帝刘欣。他本性不好音乐,即位后就下令撤销"乐府"这官署,裁减了许多乐官。但这种行政手段丝毫也改变不了人们的艺术趣味。"乐府"虽撤销了,而"俗乐"在社会上仍然盛行不衰。哀帝在位不久就死了,他死后政权落入王莽之手,西汉也就很快灭亡。不过,"乐府"这官署似乎直到东汉也没有恢复,至少,在《续汉书·百官志》中,"少府"的属官中,再没有出现"乐府"这一名目。然而,有没有这个官名和有没有人去主持其事,本不是一回事。不然,现存的"汉乐府"偏多出于东汉,就很难理解了。事实上东汉的帝王和士大夫们,也和西汉时代一样对"俗乐"很感兴趣。《后汉书·桓谭传》说桓谭"性嗜倡乐,简易不修威仪"。据《北堂书钞》卷五十五引《新论》佚文,桓谭自称他在西汉成帝时就任乐府令。《后汉书·宋弘传》载,东汉成立后,宋弘曾向光武帝引荐桓谭,光武帝每次燕会"辄令鼓琴,好其繁声"。宋弘知道后大为恼怒,指责桓谭"数进郑声,以乱雅颂,非忠正者也"。这位宋弘未免"道学气"太重。但这件事却说明了喜爱"俗乐"并不是坏事,因为像桓谭这样具有进步思想的学者和光武帝这样颇有作为的君主,也同样可以欣赏这些乐曲。

东汉的开国皇帝光武帝既然喜爱俗乐,那么当时有没有掌管这些乐曲的专门机构呢?从现有的史料来看,确实是有的。据《后汉书·安帝纪》载,安帝即位之初,就"罢鱼龙曼延百戏"。次年,即永初元年(107),又"诏太仆、少府,减黄门鼓吹,以补羽林士"。李贤注引《汉官仪》说:"黄门鼓吹百四十五人。"《唐六典》卷十四注文云:"后汉少府属官有承华令,典黄门鼓吹百三十五人,百戏师二十七人。"关于黄门鼓吹这个名称,《续汉书·礼仪志》注引蔡邕《礼乐志》也曾提到,说是"天子所以宴乐群臣"。现存的一些东汉时代的民间歌诗,很可能就是由这些人搜集的。

继东汉而起的魏晋以及后来偏安于南方的宋、齐、梁、陈四朝各自有人在搜集和整理俗乐,这是不成问题的。因为像魏国的建立者曹操就是一个俗乐的爱好者。《三国志·魏志·武帝纪》注引《魏书》说他"及造新诗,被之管弦,皆成乐章"。又引《曹瞒传》说他"为人佻易无威重,好音乐,倡优在侧,常以日达夕"。这两条记载对曹操持有截然不同的态度,但从说他好音乐这一点上而论则并无不同。曹操的儿子曹丕、曹植,孙子曹叡也无不爱好音乐。曹氏父子祖孙都曾亲自写过不少"乐府诗"。他们的继承者大约也有此爱好。《三国志·魏志·三少帝纪》注引《魏书》载,当时曾设置了"清商令"的官职。现在我们所见的《相和歌辞》中,有一部分被称为《清商三调歌诗》,这部分乐曲的歌辞,大多出于曹氏父子祖孙之手。所以南朝宋齐间人王僧虔在谈到"清商三调"时,就把它们和"魏三祖"联系起来。魏晋以后的"俗乐"确实有人专门职掌从事搜集和修改润饰歌辞、谱曲歌唱的事,只是其名称不一定叫"乐府"。但是那些被入乐歌唱或仿效乐歌体制所创作的诗,都被称作"乐府诗"。现在我们阅读《乐府诗集》,就可以发现有一些歌辞称"魏晋乐所奏"或"晋乐所奏",也有一些则称作"晋宋齐辞",说明这些民歌是经曹魏、西晋或东晋南朝乐官收集整理的产物。南朝后期的梁陈二代,其史籍都没有"志"的部分,但从《隋书·乐志》等书中可以看出整理和搜集民歌的工作仍在进行。梁陈二代的帝王、大臣们都是民歌的热烈爱好者。梁武帝经常以"吴声"、"西曲"的女乐赏赐大臣,他和他的儿子们大抵都能仿作南朝民歌,而且我们今天已经很难把他们的拟作和民间作品完全加以区别。陈代的情况依然如此,帝王中善于"造作新声"的大约只有陈后主,但群臣中作乐府的人数不少,并且有些武将也有此爱好,如章昭达即使在战时也离不了音乐,侯安都甚至自己也能作些诗歌。

北朝的情况和南朝有所不同,在"十六国"的各族军阀混战条件下,那些政权都无暇顾及文学和艺术。至于"以马上得天下"的鲜卑拓跋氏统一北方之初,也很少有人关心文艺,甚至文人创作也很少得到保存[①]。至于民歌的搜集与整理,似更无人从事。但到孝文帝元宏

[①] 如魏初崔宏的诗歌,写成后一直藏在家中,无人知道,直到他儿子崔浩被杀后,才被高允发现,但后来还是亡佚了。(见《魏书·崔玄伯(宏)传》)

以后则和以前并不一样。《魏书·乐志》载,当时的太乐令崔九龙曾向太常卿祖莹提到乐曲的事,祖莹依他的提议把他所录乐曲上奏朝廷。据云:"九龙所录,或雅或郑,至于谣俗、四夷杂歌,但记其声折而已,不能知其本意。又多谬舛,随其淫正而取之。乐署今见传习,其中复有所遗,至于古雅,尤多亡矣。"又《魏书·张彝传》载,张彝曾上表魏宣武帝,讲到他在孝文帝时奉命采诗之事:"高祖迁鼎成周,永兹八百,偃武修文,宪章斯改,实所谓加五帝、登三王,民无德而名焉。犹且虑独见之不明,欲广访于得失,乃命四使,观察风谣。臣时忝常伯,充一使之列,遂得仗节挥金,宣恩东夏,周历于齐鲁之间,遍驰于梁宋之域,询采诗颂,研捡狱情,实庶片言之不遗,美刺之俱显。而才轻任重,多不遂心。所采之诗,并始申目,而值銮舆南讨。问罪宛邓,臣复忝行军,枢机是务。及辇驾之返,膳御未和,续以大讳奄臻,四海崩慕,遂尔推迁,不及闻彻。未几,改牧秦藩,违离阙下,继以遣疾相缠,宁丁八岁。常恐所采之诗永沦丘壑,是臣夙夜所怀,以为深忧者也。"可见当时北魏官员确曾为朝廷采诗。到了宣武帝时,在夺取南朝的部分土地后,"收其声伎",又得到了部分"中原旧曲"及江南的"吴声"和"西曲",在宴会时演奏。北魏衰乱之后,北方一些乐官逃入梁朝,带去了北方乐歌,并被南朝乐官所采纳并加工,所以这些乐歌历来被称为《梁鼓角横吹曲》,此外还有一些燕魏之际的鲜卑歌,这些大约是由孝文帝以后的乐官们首先搜集的,也曾流入南方,但未被收入《梁鼓角横吹曲》中。过去研究者大抵不相信北朝曾经采诗,但葛晓音先生首先注意到了情况并不是这样,这是一个很大的贡献。

二

"乐府诗"的名称虽来自汉代或更早以前的乐府官署"采诗夜诵",但不等于说现存的"乐府诗"或没有主名的"乐府诗"都是民歌。因为即使采诗者收集的诗歌,其中也包括一些文人所作的诗,例如《诗经》中国风部分,也不全为民歌。在这个问题上,我们首先要说明的是声调和歌辞的关系问题。一般来说,"诗"和"乐"在起初本是同一种东西。最先的诗都同时是歌曲。先民在劳动时发出的举重劝力之声如"杭唷,杭唷"或"邪许,邪许"都同时是声和辞,无法分开。因此当时根本没有不能唱而只供阅读的诗,也不可能存在"有曲无辞"的乐章。这一点,我国的古人已经知道得很清楚。《尚书·舜典》说:"诗言志,歌永言,声依永,律和声。"《毛诗序》说:"在心为志,发言为诗。情动于中而形于言,言之不足,故嗟叹之,嗟叹之不足,故永歌之,永歌之不足,不知手之舞之,足之蹈之也。情发于声,声成文谓之音。"后来刘勰在这个问题上说得更清楚,他认为:"夫音律所始,本于人声者也。声含宫商,肇自血气,先王因之,以制乐歌。故知器写人声,声非学器者也。"(《文心雕龙·声律》)他又说:"诗为乐心,声为乐体。乐体在声,瞽师务调其器;乐心在诗,君子宜正其文。"(《乐府》)这就是说,最初一切乐曲的声调都决定于其歌辞的内容,而其歌诗,也就是诗。一首乐曲的产生,最早只是一个人或一些人因为要减轻某些劳动中的疲倦或抒发某种感情而唱出的歌谣,后来才被人们配上乐器演唱。所以最早的诗,无不可以吟唱或配乐,即以现今所存最早的诗歌总集《诗经》而论,就是这样。《史记·孔子世家》:"三百五篇,孔子皆弦歌之,以求合韶武雅颂之音。"其实早在孔子以前,这些诗都已被人谱成乐曲歌唱了。《左传·襄公二十九年》载,吴国派公子季札聘鲁,向鲁国要求观周乐,鲁国就派乐工们给他演奏了各种乐曲,其中包括了《诗经》几乎全部的"十五国风"、"小雅"、"大雅"和"颂"。这说明一部《诗经》实即乐曲。《诗经》以后出现的诗,也都是能唱的。如《史记·秦始皇本纪》中所说秦始皇命博士们作《仙真人诗》,就"传令乐人歌弦之"。汉高祖和武帝所作的诗歌,也曾配乐歌唱。就是像《戚夫人歌》、《赵王刘友歌》和刘章的《耕田歌》等,虽然没有配乐伴奏,也是唱的。当然,也有些诗在史籍中并无关于歌唱的记载,如韦孟的《讽谏诗》等,但也不能说它们只能供阅读而不能歌唱。现存西汉诗为数不多,我们现在所能见到的汉诗,据说绝大多数产生于东汉中期以后,而且大抵是无名氏的古诗。这些"古诗"能不能歌唱?我看大约也是能唱的。因为在当时,"古诗"和"乐府"并无严格的区别。《文选》卷二十七《乐府三首(古辞)》下李善注云:"言古诗,不知作者姓名,他皆类此。"所以像《文选》中的《古诗十九首》中《驱车上东门》、《冉冉孤生竹》、《青青陵上柏》、《迢迢牵牛星》以及《玉台新咏》中的"古诗"如《上山采蘼芜》等首,在一些类书中载录时都称之为"古乐府"。王粲的《从军诗》、曹植的《七哀诗》在《文选》中都没有列入"乐府"类,而《乐府诗集》则把前者作为《相和歌辞·平调曲》,把后者作为《相和歌辞·楚调曲》。《乐府诗集》中所载谢灵运的《折杨柳行》二首,其二实为曹丕的《见挽船士兄弟辞别诗》,这当然是郭茂倩弄错了,已经被逯钦立先生根据《艺文类聚》等书的引文考定。但郭氏所以会致误,恐怕是由于此诗确能用《折杨柳行》的曲调歌唱。反过来说,有些"乐府诗",也有被人称作"古诗"的,如《玉台新咏》中的《古诗为焦仲卿妻作》,历来都认为是"乐府诗",但据《史记·刺客列传》的索隐和正义都曾引吴韦昭说是"古诗"。可见"古诗"和"乐府诗"之间本无原则区别,只不过是有的被配了乐,有的未能配乐演唱罢了。但未被配乐的并不等于不能配乐或不能歌唱。事实上从"乐府诗"开始盛行不久,就出现过没有配乐歌唱的诗。《文心雕龙·乐府》篇:"观高祖之咏《大风》,孝武之叹'来迟'(指《李夫人歌》中的"偏何姗姗其来迟"),歌童被声,莫敢不协;子建、士衡,咸有佳篇,并无诏伶人,故事谢丝管,俗称乖调,盖未思也。"这是因为汉高祖和武帝都是皇帝,他们手下自有一批乐官给他们的诗歌谱曲,配上管弦乐器。至于曹植的晚年,名虽藩王,实同囚徒,他的创作当然只能写出来自我吟诵一番,抒发忧愤,不会有人去给他谱曲,他也未必敢让这些诗被之管弦流传出去。陆机的处境也许比曹植稍为自由些,但地位不过太守,而且晚年已进入干戈扰攘的"八王之乱"时代,自然也不可能具备叫人给他的作品配曲演唱的条件。这种情况恐怕不是个别的,像《乐府诗集》中所收的陶渊明、鲍照等社会地位较低、生活比较贫困的作家,他们的作品恐怕都不会有人去给他们谱曲。除非他们当时是奉某个帝王或贵族之命而作(如鲍照的《中兴歌》及上给始兴王濬的《白纻歌辞》),或者在他们身后由于某个帝王或大臣喜爱其诗的文采,或一些乐官认为这些歌辞适宜于谱成悦耳的曲调才会采用他们的作品配乐歌唱。例如:在《宋书·乐志》中所列《清商三调歌诗》,一般都采曹操、曹丕和曹叡之作,也收入少量"古辞",仅有一首《怨歌行》和一首《野田黄雀行·置酒》,用的是曹植之作。那首《野田黄雀行》本讲及时行乐,即使在魏时也可能被乐官收入谱曲演唱;至于《怨歌行》,情况就不同了,此诗显然是"托男女以喻君臣",吐露了他对曹丕的不满,魏朝的乐官是不大可能采用此诗入乐的。据《宋书·乐志》说,《清商三调歌诗》是"荀勖撰旧词施用者"。荀勖是西晋人,他用这些旧词时,有的可能承袭魏时曲谱,有的也可能是将"旧词"另行配曲。但这首《怨歌行》的文字和《文选》、《玉台新咏》所载曹植《七哀诗》的原文出入甚大。在

"晋乐所奏"的歌辞中有些情况很可注意,例如曹植的原诗中有两句"愿为西南风,长逝入君怀",在"晋乐所奏"的歌辞中,改作了"愿作东北风,吹我入君怀"。这个改动涉及了方位问题。本来在曹植原作中说"西南风",不过是随便说个风向(也可能暗用《周易·坤卦》中"西南得朋"典故),不一定有多大用意。《文选》五臣注认为西南方是坤位,坤象征妻,因此用"西南风"。其说不免有些迂曲,也不失为一解。但"晋乐所奏"把"西南"改成"东北",却是坐实了曹植的隐喻。因为曹植封"东阿王",正好在魏都洛阳的东北,改动者自以为更符合事实,其实反而使诗意浅露了。这种改动,显然出于曹植死后他人所为。更可注意的是,在"晋乐所奏"的歌辞中有这样几句:"君怀常不开,贱妾当何依;恩情中道绝,流止任东西。"在这里,"西"字与"依"为韵,属"齐"韵;而从汉魏到刘宋袁淑的《效曹子建乐府〈白马篇〉》,"西"字一律都和"先"韵同用,只有在"吴声歌"中才出现"西"字押"齐"韵之例。这说明这首"晋乐所奏"的歌辞,还可能是东晋南渡以后乐官所谱曲,所以用韵已有吴音。又如鲍照的《代淮南王》这首诗,现在我们并不确切知道在南朝曾被谱曲的事,只知《玉台新咏》已选录此首,但在北朝却曾被谱曲演唱过。此事见于《北史·魏本纪五》,是北魏孝武帝逃到关中以前的事。这时上距鲍照卒年已有七十年左右,其谱曲时间大致也在作者身后。

关于"乐府"和"古诗"的关系,历来的研究者早已注意到。例如《古诗十九首》中的《生年不满百》一首,清人朱彝尊在《书〈玉台新咏〉后》中认为是由《相和歌辞·西门行》的"古辞"而来。他说:

> 古辞:"夫为乐,为乐当及时,何能坐愁怫郁,当复来兹。"而《文选》更之曰:"为乐当及时,何能待来兹。"古辞:"贪财爱惜费,但为后世嗤。"而《文选》更之曰:"愚者爱惜费,但为后世

嗤。"古辞:"自非仙人王子乔,计会寿命难与期。"而《文选》更之曰:"仙人王子乔,难可与等期。"裁剪长短句作五言,移易其前后,杂糅置十九首中,没枚乘等姓名,概题曰"古诗",要之皆出文选楼中诸学士之手也。

其实朱彝尊这种说法,无非出于想象,并无确切根据。现在我们所见的《古诗十九首》中有十一首都有陆机的拟作(陆机《拟古诗》十二首,仅《拟兰若生朝阳》一首不在"十九首"中),这十一首全属五言。钟嵘《诗品》一再地强调他所论的限于五言诗,但他谈到"古诗"时讲到了"陆机所拟十四首",又说,"其外,《去者日以疏》四十五首",其中包括《客从远方来》。这样我们所知道"十九首"中,就有十三首肯定是五言。陆机是西晋人,钟嵘的年辈也长于萧统及刘孝绰、王筠等人,不可能反而误信《文选》。我们更不应该认为十九首中绝大多数都是五言,而偏偏这一首却是"文选楼中诸学士"故意将一首长短句改成五言诗插入其中凑数。我想实际的情况也许正好相反,倒是后来的乐官们为了音乐上的需要,把原来是五言诗的《生年不满百》改编成了《西门行》。现在我们所能见到的《西门行》共有二首,其一是所谓"晋乐所奏",这一首经过乐官加工的痕迹十分明显,包括郭茂倩在内的古代学者们都不认为它是《西门行》的本辞。朱彝尊所引的偏是这一首,那就更难令人信服。至于另一首号称"本辞"的歌词是否比《生年不满百》早,这也有疑问。因为这首歌词也像是乐官配乐后改过的作品。例如其中"逮为乐,逮为乐"这样的句法,在文人诗和民歌中都极为罕见,只有配乐歌唱时常见。如曹操的《苦寒行》。"本辞"仅"北上太行山,艰哉何巍巍"二句,"晋乐所奏"则下面又重复了"太行山,艰哉何巍巍"八字;下文"树木何萧萧,北风声正悲"等句也是这样。古辞《塘上行》的"本辞"中"蒲生我池中"、"念君去我时"

等句,都只有一句,而"晋乐所奏",则都要重复一遍。再说这首"本辞"《西门行》中"酿美酒,炙肥牛",显然和曹丕《艳歌何尝行》中"但当饮美酒,炙肥牛"相近。这种把另一首诗中的句子插入别的诗中,也是乐官们配乐时常用的手法。因此我认为与其说《生年不满百》是由《西门行》而来,还不如说《西门行》是根据《生年不满百》改写而谱成的曲辞。

一般来说,诗和声调总是互相配合的,但实际上总是先有诗或徒歌,然后才被配上管弦等乐器演唱。那些乐器所奏的声调自然是以徒歌原有的音调为基础。所以沈约在《宋书·乐志》中论到各种乐曲时说:"凡乐章古词,今之存者,并汉世街陌谣讴,《江南可采莲》、《乌生十五子》、《白头吟》之属也。吴哥杂曲,并出江东,晋宋以来,稍有增广。"他又说:"凡此诸曲,始皆徒哥,既而被之弦管。又有因弦管金石,造哥以被之,魏三调哥词之类是也。"沈约所说,自属事实,但他说到的仅仅是《清商三调歌诗》,其实在《宋书·乐志》中所载的其他《相和歌辞》也有这种情况。例如《蒿里》、《薤露》等曲,本是民间送葬的歌,本辞尚存,而《宋书·乐志》中所载,是为曹操悲叹东汉灭亡与汉末战乱之作。《陌上桑》原来是讲美女秦罗敷故事的民歌,而《宋书·乐志》所载则为曹操的《驾虹霓》、曹丕的《弃故乡》和另一首改写《楚辞·九歌·山鬼》的《今有人》。这三首诗不但和罗敷采桑毫无关系,而且三诗内容也截然不同。至于原来的《陌上桑》本辞,则被题为《大曲·艳歌罗敷行》。有些《清商三调歌诗》也不是没有民歌的本辞,如《董逃行》,原诗见《续汉书·五行志》一,但《宋书·乐志》所载则为一首讲游仙的"古辞"《上谒》。此诗既非本辞,亦未必是民歌,可能是乐官取一首无名氏的诗配以《董逃行》声调而成,甚至还可能是那些乐官自己"依声填辞"之作。至于《秋胡行》、《折杨柳行》、《棹歌行》等曲,《宋书·乐志》所录肯定也不是本辞,其中《秋胡行》乃曹操的两首游仙诗,《棹歌行》用曹叡写伐吴的诗,《折杨柳行》二首,一首是曹丕所作,有反对求仙之意,另一首虽称"古词",却是搬弄一套历史故事,意在训诫帝王,肯定是乐官或其他文人依声填辞之作。

至于《乐府诗集》中所谓《清商曲辞》,《宋书·乐志》并未载其歌辞,照《宋书》说,也是民歌,这部分歌辞从内容来说较之所谓"三调歌诗",似更近民歌原貌,但是否全为民歌,本来就存在争议,其中有些作品有人说是梁武帝萧衍作,还有一些据说是梁王金珠作等。像《团扇郎》、《桃叶歌》、《碧玉歌》等,《玉台新咏》和《乐府诗集》等书中谈到其作者还有不同的说法。这些很可能出于后人附会。但像《子夜四时歌》中有一首截取左思《招隐诗》中句子而成,有些作品截取汉魏旧曲《君子行》中的诗句,还有些诗中用了《诗经》和曹植《洛神赋》中词汇,这都说明这些歌辞也不尽为民歌,有的可能已经乐官加工润饰,有的则本为乐官或文人依声填辞之作。

《乐府诗集》中还有一部分称为《杂曲歌辞》的作品,情况也比较复杂,其中有一部分汉魏旧曲,也有一部分像《西洲曲》之类,大约产生于南朝。在这部分作品中,有的流行时间很早。《世说新语·任诞》:"张湛好于斋前种松柏;时袁山松出游,每好令左右作挽歌。"刘注引《续晋阳秋》曰:"袁山松善音乐。北人旧歌有《行路难曲》,辞颇疏质。山松好之,乃为文其章句,婉其节制。每因酒酣,从而歌之,听者莫不流涕。"这种《行路难曲》,据《艺文类聚》卷十九引《陈武别传》说"陈武字国本,休屠胡人,常骑驴牧羊,诸家牧竖十数人,或有知歌谣者,武遂学《泰山梁父吟》、《幽州马客吟》及《行路难》之属"。这里提到的三种歌曲,只有《泰山梁父吟》属《相和歌辞·楚调曲》,并有曹植等人拟作;《幽州马客吟》这曲调只有《梁鼓角横吹曲》中有之;《行路难》似是袁山松以后才得到文人重视。可是在民间,它们却是同时流行着。这一事实说明"乐府诗"虽来自民间,而被乐官采集并整理加工之后,所保存的仅为曲调,至于这些歌辞的原文,大部已散佚,保存到现代的像《东门行》、《孤儿行》、《妇病行》等大约为数不多。其原因即在文人们认为这些歌词"疏质"。相对来说,后来南朝的《吴声歌》和《西曲歌》的歌辞,也许较多地保存民歌的原貌。

这些情况都说明曲调之起,虽依附于某些民歌,而一旦谱成曲调后,又可以用它来另制新的歌辞或配上其他文人诗或民歌演唱。所以声调与歌辞之间,时常呈现出种种复杂的情况。于是同一曲调既可以演唱不同的歌辞,同一歌辞也可以谱成几种不同的声调。从这个意义上说,我们根据传统的方法把"乐府诗"分成《相和歌辞》、《清商曲辞》、《琴曲歌辞》、《舞曲歌辞》和《杂曲歌辞》等类,也仅有相对的意义。因为有些《相和歌辞》既可以用两种唱腔来演唱(如《棹歌行》与《白头吟》同调),也可以改变成《舞曲歌辞》(如曹操的《步出夏门行》)和《清商曲辞》(如《君子行》)。有些《清商曲辞》既可以用"吴声"也可以用"西曲"来唱(如《读曲歌》第七十六或《杨叛儿》第二)。尤其在"乐府诗"的唱腔久已失传的今天,更是如此。

从两首《折杨柳行》看
两晋间文人心态的变化

一

《乐府诗集》卷三十七录有陆机和谢灵运的《折杨柳行》共三首，其中陆诗一首，谢诗二首。但谢诗二首中，其一"郁郁河边树"实为曹丕的《见挽船士兄弟辞别诗》，并非谢灵运作，已经逯钦立先生在《先秦汉魏晋南北朝诗》中论定，可以置于勿论。至于谢灵运诗的其二"骚屑出穴风"的用意和笔法都与陆机之作颇为近似，显然是有意模仿陆机。这种情况，在谢灵运的乐府诗中很多，如《长歌行》、《燕歌行》、《鞠歌行》、《顺东西门行》、《上留田行》等都是这样。关于这两首《折杨柳行》，历来的论者大抵都不很重视，所以萧统的《文选》未入选，其他的诗歌选本，也几乎都未收录，可见二诗并不见得是这两位诗人的代表作。但值得注意的是：谢诗虽在很多方面有意模仿陆诗，而从诗中流露出来的心态却颇有区别。这种区别，正说明了三国西晋文人和东晋南朝文人在人生观和世界观方面的不同。这种不同还显示了"永嘉南渡"以后士大夫们生活态度的变化，并且还影响到后来南朝文人和北朝文人心态的差异。在这里，笔者想就这个问题提一些初步的看法,请大家指正。

陆机和谢灵运这两首诗,写作年代限于史料缺乏,都很难确考。但从诗的内容看来,至少陆机那首应作于晋武帝去世以后。因为陆机在吴亡时,年仅二十,对孙吴时代的政局变迁,还不可能有较深的感受;而他的入洛,据《晋书》本传为"太康末",事实上吴亡后陆机"退居旧里","积有十年",而吴亡是晋武帝太康元年(280)。到太熙元年(290),晋武帝就死了。这说明陆机入洛不久,就正逢晋武帝死,惠帝立。我们知道,西晋的政局在晋武帝死后,就趋于衰乱,而陆机这首《折杨柳行》,应该是有感于当时的政局变迁而发。试看此诗云:

> 邈矣垂天景,壮哉奋地雷。隆隆岂久响,华华恒西隤。日落似有竟,时逝恒若催。仰悲朗月运,坐观璇盖回。盛门无再入,衰房莫苦阎。人生固已短,出处鲜为谐。慷慨惟昔人,兴此千载怀。升龙悲绝处,葛藟变条枚。寤寐岂虚叹,曾是感与摧。弭意无足叹,愿言有余哀。

在这首诗中,陆机先从"景"(日)和"雷"的不能持久起兴,写到了世事的沧桑变迁。这就很值得注意。因为古人时常把日作为君主的象征,这是人所共知的。① 至于雷,其实也可以代指君主。《周易·说卦传》:"震为雷。"又说:"帝出乎震。"日和雷既然可以指君主,那么这位君主自然很可能指的晋武帝。诗中写到日落和雷的收声,当指晋武帝之死。晋武帝死后,西晋政权开始时落入武帝杨皇后之父杨

---

① 《三国志·魏志·程昱传》引《魏书》,程昱曾梦上泰山,两手捧日,别人告诉曹操,曹操说,他"当终为吾腹心"。又《吴志·孙破虏吴夫人传》注引《搜神记》,吴氏怀孙权时,"梦日入其怀"。曹操、孙权均被视为帝王。

骏之手,不久,惠帝皇后贾氏又发动政变,杀了杨骏,政权又落入贾谧为代表的贾氏之手。陆机在诗中说"仰悲朗月运",当即指此事。因为古人往往以月象征皇后或皇室的异姓人物。① 如《左传·成公十六年》:"姬姓,日也;异姓,月也,必楚王也。"因为春秋时周王姓姬,所以用日指姬姓,而以月指姓芈的楚王。陆机说"仰悲朗月运",正是指西晋的大权操在异姓大臣之手。更可以说明陆机此诗是写当时政局的该算"升龙悲绝处,葛虆变条枚"两句。在这里,陆机使用了两个典故。前一句是据《史记·封禅书》:"黄帝采首山铜,铸鼎于荆山下。鼎既成,有龙垂胡髯下迎黄帝。黄帝上骑,群臣后宫从上者七十余人,龙乃上去。余小臣不得上,乃悉持龙髯,龙髯拔,堕,堕黄帝之弓。百姓仰望黄帝既上天,乃抱其弓与胡髯号……"这个典故后来常被文人用来代指帝王的死。诗中"升龙"即指黄帝骑龙上天;"悲绝"指百姓号哭。这句诗说晋武帝死去,大约没有疑问。下一句则出于《诗经·大雅·旱麓》:"莫莫葛虆,施于条枚。"这里"葛虆"是葛的藤;"条枚"指大树的枝干。陆机说帝王一死,葛藤就要改变依附的树枝,这显然是象征某些朝臣起初依附一个权贵,晋武帝死后,原来的权贵失势,他们又去依附别人。陆机在诗中对这种现象显然很反感。他这首诗的用意既是感叹盛衰无常,也有愤世嫉俗之意。对于当时的现实,他丝毫不取淡漠的态度,他是积极的入世者,志在建功立业。因此他写过《辨亡论》等文章,总结孙吴灭亡的历史经验,他还作了《豪士赋》,对齐王司马冏得志后的骄纵专恣做了讽刺,这都说明他确实有志于在政治上做一番事业。

谢灵运那首《折杨柳行》,在构思方面确实步趋陆诗,也是从自然现象起兴,写到了人世的盛衰:

---

① 《汉书·元后传》载元帝王皇后母怀孕时,梦见月入其怀,遂生后。

骚屑出穴风,挥霍见日雪。飑飑无久摇,皎皎几时洁。未觉泮春冰,已复谢秋节。空对尺素迁,独视寸阴灭。否桑未易系,泰茅难重拔。桑茅迭生运,语默寄前哲。

谢灵运在遣辞造句方面,也和陆机一样,颇好使用"经书"和"子书"中的典故。例如此诗开首四句,以风、雪起兴,前者即取《老子》第二十三章的"飘风不终朝",后者即取《诗经·小雅·角弓》的"雨雪瀌瀌,见晛(日)曰消。"诗的最后四句,用的又是《周易》中的典故。"否桑"出于《否卦·九五爻辞》:"九五,休否,大人吉。其亡其亡,系于苞桑。""泰茅"出于《泰卦·初九爻辞》:"初九,拔茅茹以其汇。征吉。"这种诗风确如梁裴子野在《雕虫论》中所说:"宋初迄于元嘉,多为经史。"这和刘宋大明(457～464)以后的诗不同,和南齐"永明体"兴起以后的诗更不相同。永明诗人在沈约提出"三易"的"易见事"(见《颜氏家训·文章》)以后,就很少像陆机、谢灵运那样以《周易》入诗的例子了。这一例子说明以谢灵运为代表的"元嘉体",在技巧方面实在是继承了以陆机为代表的"太康体"的诗风。(据钟嵘《诗品》说:"陆机为太康之英","谢客为元嘉之雄"。)

如果从谢灵运的言论来看,他对陆机似乎并不很推崇。如《诗品》评左思时引谢灵运的话说,"左太冲诗,潘安仁诗,古今难比",却没有提到陆机。这也许是受他叔父谢混的影响。因为据《世说新语》注及《诗品》的记载,谢混对陆机和潘岳的评价是潘胜于陆。但事实上陆机的作品远较潘、左为多。据《隋书·经籍志》记载,《陆机集》在梁代时有四十七卷,《潘岳集》为十卷,《左思集》为五卷。二人的作品合起来还不及陆机的一半。即以现今所存的作品来说,陆机的诗也大大地多于潘、左。因此在经历了东晋以来"淡乎寡味"的"玄言诗"统治之后,要注重诗歌的雕藻,取法太康诗人"含英咀华"的特点,就不能不以陆机为主要的楷模,这本来不难理解。现在我们读元嘉诗人谢灵运、颜延之的作品,往往感到这是西晋"太康体"的复归。再说南北朝人谈论文学,经常以"潘陆颜谢"并称,这也绝非偶然。特别是就乐府诗来说,像萧统《文选》中的"乐府"这一类,录陆机诗十七首,占首位。可见当时人认为在"乐府"这一类诗中,成就最高的首推陆机,因此谢灵运的乐府诗多模拟陆诗也很自然。

但是,谢灵运作诗在技巧方面虽深受陆机影响,这仅是就形式和手法而言,至于所表现的思想,却大不相同。从上面所引谢灵运的《折杨柳行》看来,其主旨实为表达个人对待命运的态度,意在叙志而不在刺时。他认为在兴衰无常的变化中,像他这样一位出身高门士族的人物,如果遇上"否卦"(时运蹇劣),虽然有"休否,大人吉"(停止行动,对贵人来说,仍可得吉利)的可能,却并无把握;遇上"泰卦"(时运顺利),也未必能真正得到"征吉"之兆。因此他认为面对当时多变的时势,只能随机行事。他说的"语默寄前哲"就是用《周易·系辞传》上中"'同人先号咷而后笑'。子曰:'君子之道,或出或处,或默或语'"典故,指祸福无常,要根据形势,明哲保身。显然,这只是讲个人的处世态度,对政局则近于冷眼旁观,并没有引起他多大的感慨。这说明陆机在对待政治的态度方面还是积极的。他只是想有所作为而无能为力;谢灵运则关心的是个人安危荣辱,对晋末宋初的种种权力更替并不关心。这两种不同的生活态度,是由陆、谢二人所处的不同历史环境及不同的社会地位决定,也有他们各人所受的不同的思想影响。

陆机生活于西晋时代,这是从东汉末年的军阀混战到三国分立的七八十年后出现的一个短暂的统一时代。当时中国的士大夫们经历了两汉四百年左右的统一局面,已经认识到割据状态的种种弊端,而对西晋的统治抱有一定的幻想。即使像陆机这样作为孙吴政权重臣的后裔,也对晋武帝的统一并无反感,并且入洛做官。他和他的同乡顾荣等吴人都对晋王朝效忠尽力。关于这个问题,据《晋书》本传载,当他在河桥战败后,成都王司马颖派牵秀去杀害他,他临终对牵秀说:"自吴朝倾覆,吾兄弟宗族蒙国重恩,入侍帷幄,出剖符竹。成都命吾以重任,辞不获已。今日受诛,岂非命也!"在这时,他对晋皇朝还是感恩戴德。这不是别的,正是出于他对统一的太平政局的向往。后来唐太宗在《晋书》本传中评论他说:"自以智足安时,才堪佐命,庶保名位,无忝前基。不知世属未通,运钟方否,进不能辟昏匡乱,退不能屏迹全身;而奋力危邦,竭心庸主,忠抱实而难谅,谤缘虚而见疑,生在己而难长,死因人而易促。上蔡之犬,不诫于前;华亭之鹤,方悔于后。卒令覆宗绝祀,良可悲夫!"这个评语在后人看来当然有一定道理,但在陆机当时,作为一个"伏膺儒术,非礼不动"的士人,要他认识到晋朝是个"危邦",成都王颖是个"庸主",却并不容易。他一心维护的是一个七八十年来好不容易出现的大一统皇朝。再加上他又是一个孙吴旧臣的后代,在中原并无势力,想在政治上做一番事业,就更加要依靠司马氏皇朝。如果再从个人的教养来说,陆机更是一个儒家思想的信徒,他生长在江南,当时以王弼、何晏、嵇康、阮籍等人为代表的玄学思想只在洛阳一带流行,尚未波及南方;及晋平吴陆机入洛之后,虽然可能接触到某些玄学家及其学说,但他当时已过了"而立之年",思想基本上已经定型。因此他的主导思想必然如《晋书》本传所说的那样"伏膺儒术",而这种观点也必然使他倾向于"治国平天下"的人世态度。

　　谢灵运的情况则与陆机很不一样。首先,他生活在晋宋之交。他出生于晋孝武帝太元十年(385),安帝元兴二年(403)桓玄篡晋自立时他才十九岁;永初元年(420)宋武帝刘裕代晋时,他年三十六岁。

可见他刚到中年,已经见到了两次权臣篡位的史实。皇朝的更迭在当时人看来,已经"司空见惯",引不起士大夫们多大感慨了。再说谢灵运在刘裕篡晋前,就曾在其幕下任职,并曾作赋称颂过刘裕。对这位老上司做皇帝,更不会引起他的反对。① 只有刘裕次子庐陵王刘义真的被杀,也许能激起他一些悲愤(详见他的《庐陵王墓下作》一诗)。但这个事件,有他族兄谢晦参与。后来宋文帝诛杀徐羡之、傅亮和谢晦后,对谢灵运则仍加引用。这些统治集团内部的争权残杀,也引不起谢灵运太多的关心。因为刘裕的代晋,事实上并未侵犯到王、谢等高门士族的利益。《宋书·谢灵运传》称:"灵运因父祖之资,生业甚厚。奴僮既众,义故门生数百,凿山浚湖,功役无已。寻山陟岭,必造幽峻,岩嶂千重,莫不备尽。登蹑常著木履,上山则去前齿,下山去其后齿。尝自始宁南山伐木开径,直至临海,从者数百人。"又《宋书·谢弘微传》载,谢混因依附刘毅被杀,其妻为晋朝的晋陵公主,被迫改嫁,公主把谢混家产托付谢弘微掌管。"混仍世宰辅,一门两封,田业十余处,僮仆千人",其家产在谢弘微管理下"室宇修整,仓廪充盈,门徒业使,不异平日,田畴垦辟,有加于旧"。这些都说明刘裕对谢氏家族的经济利益丝毫没有侵犯。不但如此,在政治上,刘裕基本上还对他们采取优容态度。他杀谢混,也出于事势所不得不然。《晋书·谢混传》说:"及宋受禅,谢晦谓刘裕曰:'陛下应天受命,登坛日恨不得谢益寿奉玺绂。'裕亦叹曰:'吾甚恨之,使后生不得见其风流。'"可见刘裕对谢氏的社会地位,还很想借重。他对谢灵运也是这样,当他登上帝位后,立即起用谢灵运为散骑常侍,转太子

---

① 谢灵运后来被加上谋反罪名,曾作有"韩亡子房奋,秦帝鲁连耻"等诗句,并曾流行到北朝。那是被强加罪名,自知不免后的愤激之词,并非他真要反宋复晋。因为此时晋亡已经十三四年,他对刘宋一直没有什么敌对情绪。

左卫率;文帝刘义隆杀徐羡之等后,就征召谢灵运为秘书监,"再召不起,上使光禄大夫范泰与灵运书敦奖之,乃出就职"。谢灵运和刘宋皇帝之间确有一些矛盾,那是因为谢家在晋代本来官位很高,谢灵运本人又自恃其文学才能,而刘裕、刘义隆父子则认为他"性褊激,多愆礼度","唯以文义处之,不以应实相许"。谢则"自谓才能宜参权要,既不见知,常怀愤恨",尤其到了宋文帝时,开始被召,还幻想被重用,却落了空。他见到"王昙首、王华、殷景仁等,名位素不逾之,并见任遇","意不平,多称疾不朝直"。这种矛盾实际上只关系到个人的荣辱,不在于建功立业。事实上他也并无多大的政治抱负。他虽曾上书要求北伐,那只是投宋文帝所好。因为文帝当时确有北伐的意图,但朝廷中有识之士大抵不赞成,例如大将沈庆之,就考虑到刘宋的实力很难取得成功。因此他的建议也没有付诸实施。在谢灵运的欲望不得实现而一再碰壁之后,他的心情是复杂的,一方面,他想归隐,另一方面又不甘寂寞。在他的山水诗中一再流露了这种情绪。在《富春渚》一诗中,他自称:"平生协幽期,沦踬困微弱。久露干禄请,始果远游诺。"似乎对出仕颇有后悔之意。但在《登池上楼》中又自称"索居易永久,离群难处心",《游赤石进帆海》中还说到"仲连轻齐组,子牟恋魏阙",对弃官归隐始终不甘心。又想升官,又怕仕途的变故,这是谢灵运的主要思想矛盾。因此他的《折杨柳行》,关心的是个人的"否"和"泰",不像陆机那样旨在刺世。这种思想所以不同于陆机,除了两人社会地位的差别外,还有学术思想方面的不同。如果说陆机的思想基本属于儒家的话,谢灵运的情况要复杂得多。他除了受儒家思想影响外,还兼受老庄和佛教的影响,这在他的不少诗中,都可以清楚地看到。此外,他还受了"天师道"亦即后来的道教影响。据《诗品》说,谢灵运出生后,就被寄养在江南道教世家杜氏的"杜治"("奉道之家静室",据任继愈主编《中国道教史》第120页),至十五岁才还都。这些学说和儒家最为不同之处,就在于佛教讲"成佛"以求解脱,道教讲究修炼成仙,而老庄学说又力求清静,摒弃外物的干扰。总之,这都是为了追求个人的超脱凡尘,和儒家之主张"治国平天下"背道而驰。谢灵运尽管并不能真正超脱世情,但他思想中最重视的是"自我"而不是国家大事。这正是他与陆机思想的本质差别。我们今天来评价他们在文学史上的地位,当然应以作品的成就为主,不能简单地据此扬陆抑谢,而且这也是各人所处时代的原因,但这种区别,应加指出。

二

上面谈到陆机和谢灵运的思想差别,其实并不是他们两人特有的情况,而是代表着太康诗人和元嘉诗人的不同。如果我们考察一下和两人同时的一些作家,这个问题就很清楚。在陆机所代表的"太康诗人"中,最著名的应该是潘、陆、张、左诸家。其中左思对现实的关心程度似乎不亚于陆机,这在他的《咏史诗》中已经很清楚,至于著名的《三都赋》,最后归结为"成都迄已倾覆,建邺则亦颠沛。顾非累卵于叠棋,焉至观形而怀怛。权假日以余荣,比朝华而菴蔼。览《麦秀》与《黍离》,可作谣于吴会"。渴望统一和升平的心情,跃然纸上。张载和张协的情况,与左思也差不多。张载的《剑阁铭》表现了他坚持统一,反对割据的立场。他的《七哀诗》(其一)写到了东汉诸帝陵被发掘的惨状,含有以史为鉴的用意。张协的《七命》表现了他对西晋初年的统治抱有希望,认为天下已经太平,号召山林岩穴之士出来做官,辅佐晋朝。但这种幻想在后来破灭了,在《杂诗》十首其五中,写出了他内心的苦闷:"昔我资章甫,聊以适诸越。行行人幽荒,瓯骆从祝发。穷年非所用,此货将安设。瓴甋夸玙瑶,鱼目笑明月。不见郢中歌,能否居然别。《阳春》无和者,《巴人》皆下节。流俗多昏迷,此理谁能察。"张协是北方文人,他已经感染了玄风的影响。因此这首诗中用的是《庄子·逍遥游》中"宋人资章甫而适诸越,越人断发文身,无所用之"的典故。但这只是比喻,他所要说明的却是自己那套治国安民之术,得不到朝廷的重视。在这种情况下,他十分苦闷,在其四中说到"岁暮怀百忧,将从季主卜",表现出彷徨的心情。因此在其七中,他对统治者的兵戎相见表示反对。最后他终于选择了归隐的道路,在第九首中唱出了"养真尚无为,道胜贵陆沉"的歌声。这不是虚语,他后来确实离开了洛阳,避世冀州。他这一行动,显然出于不得已,决非甘心如此。陆机的弟弟陆云,在当时也是著名的文人。他的文虽不如陆机,但在政治上却也是颇具抱负的人。他现存的诗数量和质量都未见突出,但现存的文章中,可以看出他颇有政治见解。他上给吴王司马晏的一系列表启,都是用儒家的观点加以规谏。但这些表启似乎并没有打动司马晏。因此陆云曾仿屈原《九章》,作有《九愍》,抒发他内心的愤懑。最后,他也和乃兄一样,被无辜地杀害。在这些文士中,潘岳的人格一向受到人们非议。平心而论,他的为人,确实不太足称。不过,他一开始出仕,也未必像后来那样只图富贵而不惜去谄媚权贵。从他所作《关中诗》、《马汧督诔》等看来,他对维护西晋的政局安定,平息齐万年叛乱,还是拥护的。在这些作品中他对英勇作战的将吏做了歌颂,对玩忽职守的官吏做了鞭挞。他的《西征赋》写了许多史事,亦寓讽谏的用意。《世说新语·政事》所载当时有人作歌谣讥刺和峤、裴楷和王济,据刘孝标注引王隐《晋书》,就认为出于潘岳之手。因此,这个人物比较复杂,他后来依附贾谧以至"拜路尘"的行径,虽不容否认,却也有其复杂的社会原因,不能因此抹杀他出仕之初,还曾有过一定的政治抱负及对现实的关心。因此太康诗人的作品尽管被刘勰说成"采缛于正始,力柔于建安"(《文心雕龙·明诗》),但其基本倾向还保存着建安诗人有志于建功立业,对现实颇为关心的传统。《世说新语·文学》注引宋檀道鸾《续晋阳秋》云:"及至建安,而诗章大盛。逮乎西朝(指西晋)之末,潘、陆之徒虽时有质文,而宗归不异也。"这段话经常被研究者所引用,但《续晋阳秋》原书已佚,上下文无法考知。从《世说新语》注引文的下面几句看来,说到的是"玄言诗"的出现。不过,从"宗归不异"四字来看,檀道鸾所论,是否仅在于形式和技巧?笔者认为恐怕还涉及内容和生活态度。因为"玄言诗"的内容确如刘勰所说:"世极屯邅,而辞意夷泰"(《文心雕龙·明诗》)。至于太康诗人之作,则正如上面列举的情况,大抵都有用世之志,从这个意义上说,确乎是建安诗人"宗归不异"。

也许由于太康诗人的政治抱负都得不到实现,结果有的惨死,有的归隐,而他们的后继者如刘琨、郭璞也都没有得到善终,使东晋以后的文人对政治的热情大为减退。他们在创作中大抵很少关心现实,多数作品不是阐述玄理,就是寄情山水。现有的东晋诗中带有较强政治色彩的无过于庾阐的"志士痛朝危,忠臣哀主辱"两句。但这首诗业已亡佚,这两句只是由于晋简文帝引用而见于《世说新语·言语》,据刘孝标注,出于作者的《从征诗》。庾阐的诗,现今还保存有好几首,大抵以山水景物取胜,写这种题材大约非其所长。东晋一代诗歌主要是"玄言诗",其代表人物首推孙绰和许询。许询的诗,今已全佚,只能从《文选注》中辑到少数佚句。孙绰的诗还有一些,数量不多,质量也不算很高。他的创作中较为人们所传诵的是《游天台山赋》,从赋中看,他是一个对道教很有信仰的人。此外,他还作过《喻道论》,对佛教也很推崇。他也曾对政事发表过意见,那就是权臣桓温提议还都洛阳时,他曾上疏反对。但从他奏疏的主旨来看,是认为南渡的士人"植根于江外数十年矣",迁回洛阳,就等于"离坟墓,弃生业","田宅不可复售,舟车无从而得"。桓温见了他的奏疏很不满意,要他实践早年所作的《遂初赋》,不要来管国家大事。在这个问题上,桓温想迁还洛阳确有其个人的目的,但孙绰反对此议,亦无非是放弃不了在江南所置的田产。这大约是东晋许多士族共同的心理。正是由于南来的中原士族已经扎下了根,并且建立起了丰厚的产业,所以他们进可以做大官,退不失为富家翁,对于政局和社会现实就不再像前人那样关心。这种心态不但笼罩了整个东晋诗坛,甚至还影响到南朝绝大多数作家。我们现在阅读从"玄言诗"演变而来的"元嘉体"以及后来的"永明体"和"宫体诗",大抵都满足于表现个人的情绪以及游山玩水和儿女之情。真正想建立功业和关心社会现实的作品几如凤毛麟角。即以鲍照而论,他的许多乐府诗确实反映了许多重要的社会现象,并且对当时的一些政治事件也有所讥刺,这是他不同于南朝多数作家之处。但他的那些作品也只限于讥刺和指斥,并无积极从政去改变这种现实的意图。这当然不是鲍照自己的过错,在当时的社会条件下,像他这样出身低微的人,要求得一个幕僚之职,已经很不容易;至于像戴法兴、戴明宝等取得皇帝宠信能掌握朝廷实权的寒门人士,那毕竟是个别的,也不是像鲍照那样"孤且直"而且只能以文才胜人的人所能办到。其实不光寒门出身的鲍照,就是高门大族或一般较有地位的士人到刘宋时代,想要在政治上有所作为也不大容易。谢灵运的情况,我们已在上面讲到。和谢灵运齐名的颜延之,其情况也是这样。他曾经抱怨宋文帝时执政的刘湛、殷景仁说:"天下之务当与天下共之,岂一人之智所能独了。"(《宋书》本传)这是因为那些士族,在东晋王导、谢安等人去世后,已经出现不了什么政治人才。所以颜之推在《颜氏家训·涉务》中说到这些人"居承平之世,不知有丧乱之祸;处庙堂之下,不知有战阵之急;保俸禄之资,不知有耕稼之苦;肆吏民之上,不知有劳役之勤,故难以应世经务也"。颜之推还批评这些人"迂诞浮华,不涉世务"。这些人虽也想做大官,但帝王们却也明白他们的无能,只能以"文义处之"。这些士族文人其实也明知自己的短处,并不想做一番大事业。所以在谢灵运作品中,对刘宋时一系列重大社会事件很少提到,他所关心的只是个人的"无闷"(《登池上楼》)、"谢天伐"(《游赤石进帆海》),甚至想成仙成佛,如《登石室饭僧诗》中声称"望岭眷灵鹫,延心念净土;若乘四等观,永拔三界苦",在《登江中孤屿》中又说"始信安期术,得尽养生年"。这纯粹是关心个人的事。他的朋友颜延之,是晋代著名孝子颜含之后,何承天还说他"雅秉周礼",但他遇到危险时,却并不笃守儒家的学说。如宋文帝被太子刘劭所杀,他儿子颜竣为孝武帝刘骏作檄文声讨。刘劭用颜延之为光禄大夫。据《南史》本传载:"劭召延之示以檄文,问曰:'此笔谁造?'延之曰:'竣之笔也。'又问:'何以知之?'曰:'竣笔体,臣不容不识。'劭又曰:'言辞何至乃尔?'延之曰:'竣尚不顾老臣,何能为陛下。'"在封建社会里,以子弑父的逆伦事件,应该是最大的罪恶,但颜延之态度仍然这样平静,还可以受刘劭的官职。这说明经过东晋到南朝,士族们对"忠君爱民"的儒家学说已十分淡薄,而个人的安危荣辱则是他们首先关心的问题。在这个问题上,后来颜之推在《颜氏家训·文章》中有段话很可注意。颜之推是竭力鼓吹儒家学说,特别讲究孝道的,但他却说:"自春秋已来,家有奔亡,国有吞灭,君臣固无常分矣。"这句话正反映了南北朝的士族,其个人的命运决定于家门的阀阅,并不在朝廷,因此政局的兴衰,皇朝的更迭,对他们来说似乎并不重要。试看南朝的王、谢诸大族,不管政局如何变化,总可长保富贵。这和两汉以至三国西晋都不相同。因此元嘉诗人在艺术技巧方面,自不妨取法太康诗人,而其作品中表现的心态,却和太康诗人迥异。陆机和谢灵运这两首《折杨柳行》的区别也正在这里。

三

太康诗人和元嘉诗人心态的不同,其根本原因当然是由于魏晋以后"门阀制度"的形成。一些高门士族掌握了庞大的庄园田产,操纵着许多重要的官职。尤其是"九品中正制"实行以后,出现了"上品无寒门,下品无势族"的局面。高门士族出身的人,生来就享受富贵,而不必有求于帝王。清初顾炎武在《日知录》中早已指出,在南北朝时,士大夫之统和帝王之统是各不相干的。在当时的历史条件下,绝大多数文人和学者,大抵都出身于这些士族阶层,这种地位不能不影响到他们的思想。也正是在这个时候,以老庄玄学为特色的思潮,正好在思想界兴起。关于玄学的兴起,本来不是突然产生的,而是从两汉,特别是西汉、东汉之交的严君平、扬雄等人的学说中已露端倪,其后发展到三国时代的王弼、何晏、嵇康、阮籍等人,才正式形成各自完整的思想体系。多数学者都认为王、何的学说与嵇、阮并不相同。从本质上说,不论王、何还是嵇、阮,都未必忘情于世事。王弼、何晏实际上是总结汉魏的历史经验,向统治者提供一种新的统治方法,因此兼采儒道二家学说,主张"无为";嵇康、阮籍则不满魏末的统治者种种行径,转而崇尚老庄,倡言"无君",蔑弃"礼法"。这些人物都死于魏亡之前,他们的学说在当时也只流行于以洛阳为中心的一带地区。至于黄河以北及江南一带还没有受到多少影响。即使在洛阳附近,也不是所有的人都已接受。所以在太康诗人中,这些学说的影响并不明显。到东晋南渡以后,情况就不同了。从中原来到江南的士族领袖,大抵是玄学的信徒。《世说新语·文学》云:"王丞相(王导)

过江左,止道《声无哀乐》、《养生》、《言尽意》三理而已。"又《言语》载谢安和王羲之共登冶城,谢安"悠然远想,有高世之志",王羲之加以规劝,谢却说:"秦任商鞅,二世而亡,岂清言致患邪?"王导和谢安当时崇尚"无为",有其种种原因。但"上有好者,下必有甚焉者也",影响所及更使大多数人把关心政事视为"尘俗",而以玄谈废务为高超。这就是东晋南朝文人心态不同于汉魏西晋的又一重要原因。由于士族们的社会环境以及玄学的盛行,使他们的心态发生了巨大变化,这种变化并非仅仅表现在文学方面。以经学而论,不但东晋南朝人的学说与汉魏人有别,即以《隋书·经籍志》所载隋代存书而论,也可以看出当时人们对诸"经"的态度。例如:《周易》,著录的书共六十九种,除去汉魏以前人著作十一种,北朝人一种,两晋南朝人所作有五十七种;《尚书》三十二种,汉魏以前六种,两晋南朝人二十六种;《诗经》三十九种,汉魏十种,北魏及隋人五种,两晋南朝人二十四种;"三礼"(还包括《大戴礼记》)一百三十六种,汉魏人二十种,北魏人二种,两晋南朝人一百一十四种;《春秋》"三传"(还包括《国语》及《春秋繁露》)九十七种,其中汉魏人四十多种,隋人二种,两晋南朝人五十余种。(其中个别著作的作者时代有不同说法)"三礼"、"三传"都是大书,但分开计算的话,研究者实在不多,其实只有《周易》一书特盛。其中数量较多的"三礼",在一百三十六部中,有关"丧服"的占五十种以上。据《高僧传》卷六《释慧远传》载,晋宋间关于"丧服"的学说,却传自慧远和尚,这对东晋南朝的儒生,实在是一个讽刺。这种情况,还说明了一个问题,就是《周易》的内容,本多玄理,常可和《老子》相通;而历来认为对"治国平天下"关系较大的《春秋》和记述官制的《周礼》则最少有人究心。

同样地,东晋南朝的道教,也和东汉时代流行的道教颇为不同。我们试看出现于东汉时代的道教经典《太平经》中曾经谈到过"不死之法,不老之方"的问题。书中说:"天上不惜仙衣不死之方,难予人也。人无大功于天地,不能治理天地之大病,通阴阳之气,无益于三光四时五行天地神灵,故天不予其不死之方仙衣也。此者,乃以殊异有功之人也。"(卷四十七,《太平经合校》第138页)那么什么人才算"殊异有功之人"?书中又说:"是故上古三皇垂拱,无事无忧也。其臣谨良,忧其君,正常心痛,乃敢助君平天下也,尚复为其索得天上仙方以予其君也,故其君得寿也。或有大功,功大当得俱仙去,共治天上之事,天复衣食之,此明效也,不虚言也。"(同上第139页)但到了东晋时,以葛洪《抱朴子》为代表的道教徒,却有不同的看法。他认为:"且夫俗所谓圣人者,皆治世之圣人,非得道之圣人,得道之圣人,则黄老是也。治世之圣人,则周孔是也。黄帝先治世而后登仙,此是偶有能兼之才者也。"(《辨问》)他认为要长生不死,根本办法在"服药"和"行气"。在东晋南朝极为盛行的另一部道教典籍《黄庭内景经》和《黄庭外景经》所讲的长生不老之术,和《抱朴子》不同,但更强调所谓"存思炼形"之术,更不讲治国安民,立德建功的问题。这说明从汉魏直到西晋,人们关心的是济世救民,而东晋南朝以后,人们的兴趣却转而倾向到个人的修炼服食或游心太玄,以求精神上的解脱。这种转变,恰与文学及儒学方面的变化颇为类似。

在东晋南朝思想界还有一个重要流派,那就是佛教的盛行。在汉代和魏晋,佛教刚传入中国,对思想界影响不大。东晋以后,则与老庄玄学相结合而大盛。《世说新语·文学》:"《庄子·逍遥》篇,旧是难处,诸名贤所可钻味,而不能拔理于郭(象)、向(秀)之外。支道林在白马寺中,将冯太常共语,因及《逍遥》。支卓然标新理于二家之表,立异义于众贤之外,皆是诸名贤寻味之所不得。后遂用支理。"在《世说新语》中记载清谈名士之推崇佛理者事例甚多。这就对玄风的流行起了推波助澜的作用。除支遁外,晋末名僧慧远的影响也很大,他作《沙门不敬王者论》,公开认为和尚可以不敬皇帝。他还可以同样接待卢循并和桓玄及何无忌通信,这种对待政治的态度,对极为崇敬他的谢灵运显然会有影响。东晋南朝思想界的这种变化都能深刻地影响文人的心态,从而在整个东晋南朝的文学作品,确有如李谔所说的"连篇累牍,不出月露之形;积案盈箱,唯是风云之状"(《隋书》本传)的情况。对这种情况,我们可以和李谔做出完全不同的评价,但也得承认,他说的情况基本是符合事实的。

在东晋南朝的思想和文学发生变化的同时,在十六国和北朝统治下的北中国,情况却并不一样。从三国后期兴起于洛阳一带的玄风,还未推行到黄河以北,西晋皇朝已遭覆灭,玄谈之士大多随东晋逃往江南。因此北朝的经学据《隋书·儒林传》记载,流行的仍是汉儒旧说,与南方很不相同。可惜他们的学说,由于北朝很不注意搜罗图籍,而唐代学者又都崇奉南朝人的学说,因此很难了解其全貌。不过,从北朝诸史中,还可以看出当时北人的风尚与南方不同。如《魏书·崔浩传》所记崔浩论《周易》,就继承了汉人的象数之学,与南方流行的王弼注大异其趣。从同书《杨播传》所记弘农杨氏家庭生活的习惯看,北朝人还保持着古代的许多礼法,特别是宗法制度。例如北方人的族姓观念特别强,对同族的远亲,也必须热情接待(见《宋书·王懿传》),而南方不是这样。直到陈隋之际,卢思道出使南方,见南人兄弟分炊,还加以嘲笑。北朝人的如此重视家族关系,是和他们长期聚族而居,以抵抗入侵各族军阀的侵扰有关的,但儒学的传统在这里也有其作用。

如果说北朝的儒学不同于南朝,那么北方的道教也和南方很不一样。北方道教最著名的人物要算寇谦之。据《魏书·释老志》载,他的教义和儒学并不矛盾,而且断言要兼修儒术,辅佐"太平真君",因此激烈反对老庄思想的崔浩,也很支持他的学说。这和葛洪及《黄庭经》的思想实在不可等量齐观。至于佛教，在十六国时期曾出现过释道安、鸠摩罗什、僧肇等高僧，在哲理的探讨方面似不在南朝之下。但进入北魏以后，因为遭到太武帝拓跋焘的打击，一时颇见衰落。后来虽然重新兴起，却限于佛像和寺庙的修建，而对佛理的探讨则很少足称。据《洛阳伽蓝记》卷二载，北魏时僧人慧凝，自称死后复活，见过阎罗王。他说阎罗王让坐禅苦行和诵经的僧人升入天堂，而把讲经说成是"比丘中第一粗行"，将专事讲经的僧人加以惩罚。这故事表现了北朝人对南方僧人有关佛理的互相论难很不赞成，认为这是"心怀彼我，以骄凌物"。因此北朝文人高允在所作的《鹿苑赋》中，并未讲出多少佛教的教义，却只是对魏献文帝拓跋弘的颂扬。他们这种对待佛教的态度，也和儒者的笃守礼制一样，与南朝人有很大区别。北魏的《中书令秘书监兖州刺史郑羲碑》记载郑羲出使刘宋，听到了南朝的乐曲，就很不满意。这正反映了南北双方士人由于世界观、人生观不同，而对文艺的看法也大有区别。

据《周书·王褒庾信传论》说，十六国时期的文人"有永嘉之遗烈"。这就是说他们继承了西晋后期的文风。北魏以后的文学，又沿自十六国时期。他们的社会地位既然不同于南人、文学方面更没有经过玄风的洗礼，因此在文学创作中所表现的心态，也和南方人有很大区别。《颜氏家训·涉务》中对北方人在从政、治家等方面的长处，颇为嘉许。颜之推是一个由南方入北的士人，态度应该比较客观。但在很多文化领域里，北朝都长期无法与南朝相抗衡。这种状况的产生有其历史原因。因为北方在西晋灭亡后，长期陷入军阀混战中，士人们只能散居家乡（参看万绳楠《陈寅恪魏晋南北朝史讲演录》，黄山书社1987年版，第330页），学术上只能父子相传，很少互相交流的机会。《颜氏家训·文章》中说到北方文人作文不喜别人批评，就是这情况造成的。再加上长期战乱中，从十六国到北魏孝文帝以前,并未形成一个稳定的文化中心,学者和文人无法互相切磋与提高,书籍的交流和保存尤其困难。因此《隋书·经籍志》所著录的书籍,绝大部分出于南方。由此产生的后果是不但在北方原来缺乏基础的玄学远不如南方,即使像经学和文学,也颇萧条。在这同时,南方则由于多少摆脱了儒家说教与"礼法"的束缚可以比较自由活泼地在文学上描绘山水景物,直抒性情,并在形式和技巧方面不断进行探索和创新,且在经学上也能多少吸取玄学与佛学的某些长处。这致使北魏中期以后,北方的文学基本上只能模仿南朝,即使经学,也在很大程度上取法于刘芳等南朝人的后裔。但这种状态在孝文帝以后,就有所改变。这是因为北朝人在学到了南朝文学在技巧上的长处后,凭借其较多的社会实践经验,北齐末至隋的许多诗人之作,实已超过陈代多数文人那种笔力纤弱、内容空洞的作品。以至入唐以后,多数有成就的作家均为北人。只是玄学和经学,也许仍有逊色。其中玄学当然是由于缺乏传统的积累;而经学方面,恐怕也不如南朝。因为唐初主持《五经正义》的孔颖达本是冀州衡水人,又是北朝学者刘焯的弟子,但在学说上,却多采南朝的学说。这种现象当然不能说北朝人讲究"经世致用"有什么不对,倒是因为长期的村居生活局限了他们的成就。古人说:"独学而无友,则孤陋而寡闻。"恩格斯在《费尔巴哈与德国古典哲学的终结》中论费尔巴哈后来所受的局限,也提到了他的隐居乡村,和外界缺乏联系。这大约是古今中外的通例。

试论东晋文学的几个问题

长期以来,我们的文学史研究者对东晋一代的文学,似乎很少重视。以现有的一些文学史来说,讲到东晋文学,似乎仅限于初年的刘琨、郭璞和末年的陶渊明,此外就是干宝的《搜神记》,最多也不过约略地提到孙绰的《游天台山赋》和王羲之的《兰亭集序》。至于当时的多数作家及其创作的情况,一般都略而不谈。这是因为当时文坛上盛行的是"淡乎寡味"的玄言诗,很少传诵之作。所以从南朝的钟嵘、刘勰以来,论者对东晋文学,大抵都持批判的态度。他们的批评不能说没有道理,但作为文学史的研究来说,应该和单纯的艺术鉴赏或编纂选本有所区别。对后两者来说,可以而且应该主要着眼于杰出的作家和作品,并容许忽视某些在思想和艺术上成就不高的作家和作品。但对史家来说,情况就不同了。他们的任务本在探讨历史发展的过程及其因果关系,而历史本身的发展过程往往是曲折地呈螺旋式地演化的。所以他们不但对文学繁荣的时代应予充分的注意,对文学相对地不太繁荣的时代也不能忽略。某个时代的文学看似不太繁荣,有时却为下一个阶段的兴旺发达准备了条件;某些作家的创作成就好像并不突出,却为后来一些大作家所取法。这样的事实在文学史上不乏其例。如果我们不想割断历史而是从发展的观点来看待文学的演化过程,那么对于东晋这样一个历史阶段的文学,也应该适当予以注意。在这里,我想就鄙见所及,谈一些看法,请大家指正。

一

东晋是一个民族大迁徙和南北分裂的时代,也是一个各民族和南北文化大交流、大融合的时代。我们知道中华文明的主体发源于黄河流域,至于南方的长江流域和珠江流域,根据考古方面的发现,证明其文化起源甚早,但显然受到黄河流域文化的深刻影响。例如春秋战国时代称雄于南方的楚国,就以"蛮夷"自居,在政治上自称为"王",与中原的齐、晋等强国相抗衡,而在文化上则甘心向中原学习。据《国语·楚语上》记载,楚国统治者用来教育其子弟的教材,大部分采自中原典籍。《左传》中记楚国的君臣,大抵对《诗经》中的中原诗歌都很熟悉。尽管如此,中原人对楚和南方各诸侯国都有一定的歧视。《诗经·鲁颂·閟宫》有"戎狄是膺,荆舒是惩"的话;《孟子·滕文公》也记孟轲称楚人为"南蛮鴃舌"。这种地域的偏见显然还存在着种族的因素。在秦统一六国时,遭到当地居民最强烈反抗的地区就数楚地,后来起兵反秦的力量也首先发生在楚地,并且普遍地以兴复楚国作为号召。秦亡以后建立起来的汉朝,像皇族刘氏以及它的许多功臣大抵出身楚地,偏爱楚国文化。《汉书·礼乐志》:"凡乐,乐其所生,礼不忘本。高祖乐楚声,故《房中乐》楚声也。"汉高祖所作的《鸿鹄歌》,自称是"楚歌";《大风歌》亦属骚体。汉武帝和宣帝也都爱好《楚辞》,汉代的辞赋实际上是《楚辞》的变体。这可以说是南方文化的一次大规模的北渐。但是这种影响并未保持多久,因为当时的经济、政治和文化重心都在黄河流域,士人也都聚居于长安、洛阳等地,北方士人对南方人仍有某种程度的轻视。东汉王充在《论衡·超奇》篇中谈到自己家乡会稽的文人时说:"前世有严夫子,后有吴君高,末有周长生。白雉贡于越,畅草献于宛,雍州出玉,荆、扬生金。珍物产于四远幽辽之地,未可言无奇士也。"他认为周长生不受人重视的原因在于"长生家在会稽,生在今世"。这就意味着当时中原人士对南方的轻视。经过汉末的大动乱,中原许多士人逃亡到了南方,再经过三国鼎立和西晋的统一,中原人轻视南方人的偏见并未改变,甚至由于西晋的灭吴而有所加强。西晋的大臣对吴人常以征服者自居。《晋书·周处传》:"及吴平,王浑登建邺宫酾酒,既酣,谓吴人曰:'诸君亡国之余,得无戚乎?'处对曰:'汉末分崩,三国鼎立,魏灭于前,吴亡于后,亡国之戚,岂惟一人!'浑有惭色。"《世说新语·言语》:"蔡洪赴洛,洛中人问曰:'幕府初开,群公辟命,求英奇于仄陋,采贤俊于岩穴。君吴楚之士,亡国之余,有何异才而应斯举?'蔡答曰:'夜光之珠,不必出于孟津之河;盈握之璧,不必采于昆仑之山。大禹生于东夷,文王生于西羌。圣贤所出,何必常处。昔武王伐纣,迁顽民于洛邑,得无诸君是其苗裔乎?'"这种歧视南方人的偏见在当时相当普遍,即使像陆机这样出身南方高门,且以才名闻世的人也被人骂作"貉奴",而且骂他的人地位很低微(见《晋书·陆机传》),这说明那种偏见在社会上相当盛行。

经过"永嘉之乱"和晋皇朝的南渡,这种现象在表面上有所缓和,但南北士人间心理上的对立,仍然颇为尖锐。这种表面的缓和是由于中原士族南迁以后,"寄人国土"(《世说新语·言语》载晋元帝语),不得不笼络南方大族,借重他们的力量。这时南北士人间心理上的隔阂依然很普遍。号称"江左管夷吾"的王导是竭力团结南方士族的,他为了和吴人接近,曾学说吴地方言。据《世说新语·排调》

载,北来士人刘惔就对此采取讥讽的态度。这时南方士族对中原士族虽然大体上仍采取合作的态度,但有时也不免流露出一些偏见。如《世说新语·方正》载,王导"欲结援吴人,请婚陆太尉(玩)",陆玩加以拒绝,并且说:"培塿无松柏,薰莸不同器。玩虽不才,义不为乱伦之始。"这种表面上的谦恭,其实蕴含着不屑为伍的情绪。同书《排调》:"陆太尉诣王丞相(导)。王公食以酪。陆还,遂病。明日,与王笺云:'昨食酪小过,通夜委顿。民虽吴人,几为伧鬼。'"这里的"伧"字就是吴人对中原人的蔑称。吴中士人所以能这样嘲笑中原人,正是抓住了王导等人要借重他们的心理。然而,东晋一代的统治,大权实际上掌握在中原士族之手,一些要职,都由中原人把持。《南齐书·张绪传》载,齐高帝萧道成曾想任命张绪为右仆射,去问王俭,王俭说:"南士由来少居此职。"当时褚渊在座,曾举东晋陆玩、顾和为例来反驳,但王俭说:"晋氏衰政,不可以为准则。"于是这事就只能作罢。这种在用人问题上歧视南人的做法,实际上就沿自东晋。吴地士族对此怀恨在心。《晋书·周勰传》:"时中国亡官失守之士避乱来者,多居显位,驾御吴人,吴人颇怨。勰因之欲起兵,潜结吴兴郡功曹徐馥。馥家有部曲,勰使馥矫称叔父札命以合众,豪侠乐乱者翕然附之,以讨王导、刁协为名。孙皓族人弼亦起兵于广德以应之。"这次周勰的起兵,是由于他父亲周玘的遗命。因为周玘生前就密谋诛杀执政大臣,推奉戴渊等南人来取而代之,结果没有成功,临死时对周勰说:"杀我者诸伧子,能复之,乃吾子也。"值得注意的是,周勰起兵失败后,据《晋书》本传载:"元帝以周氏奕世豪望,吴人所宗,故不穷治,抚之如旧。"这一事例说明了南北两地的士族,在强大的少数民族南侵之际,虽然彼此间存在着深刻的矛盾,却又不能不保持表面上的团结以便抗御外敌。

正因为南北士人间既存在着矛盾,又必须维持一定的团结,就不能不经常交往,彼此接受对方的影响。《抱朴子》中的《疾谬》和《讥惑》两篇写到了当时吴人从礼俗到语音、书法等各方面处处仿效中原人的情况,并对此深表不满。这说明吴地士人虽然在政治上与中原士族存在矛盾,而在文化方面,却又深受其影响。中原士族虽然以征服者自居,掌握着政治大权,但既要和吴人和平相处,有时就不能不接受吴人的影响。在这方面,王导的学说吴语已启其端。令人感到有趣的是在南齐时逃奔北魏的王肃,据《洛阳伽蓝记》卷三载:"肃初入国(指北魏),不食羊肉及酪浆等物,常饭鲫鱼羹,渴饮茗汁",后来时间长了,在魏孝文帝的宴会上,"食羊肉酪粥甚多"。孝文帝的弟弟元勰问他为什么偏爱鱼羹、茗汁,他回答说:"乡曲所美,不得不好。"王肃本是琅邪王氏,是中原士族之后,但在南迁一百多年后,已经在生活习惯上完全被吴人所同化了。中原士族的接受吴人影响是多方面的,其中最突出的是在音乐方面。《乐府诗集》中的《清商曲辞》,如《子夜歌》、《子夜四时歌》、《上声歌》等曲辞,都称为"晋宋齐辞",可见在东晋时代已被朝廷的乐官所演奏。这一事实说明吴地的民歌已受到晋朝皇室及中原南迁士族的欣赏。如《乐府诗集》卷75引《乐府广题》:

> 谢尚为镇西将军,尝着紫罗襦,据胡床,在市中佛国门楼上弹琵琶,作《大道曲》,市人不知是三公也。

谢尚所作的《大道曲》就是一首五言四句的诗,《乐府诗集》把它归入《杂曲歌辞》,但它在形式上和南方的民歌《子夜歌》等没有什么区别。这说明像陈郡谢氏这样的中原望族的人,也已对吴歌发生了兴趣。更明显的是《北堂书钞》卷106引徐野民(广)《晋纪》曰:"王恭尝宴司马道子室,尚书令谢石为吴歌。恭曰:'居端右之重,集宰相之坐,为妖俗之音乎?'"在这里,王恭是太原王氏,谢石是陈郡谢氏,都是中原南迁的望族。但两人对吴歌的态度是如此不同。值得注意的是太原王氏后来在南方终于没落;而陈郡谢氏则和琅邪王氏一起长期贵盛,与南朝几相终始。这和他们能否与南人打成一片恐怕不无关系。从现有的史料看,当时流行的一些南方民歌,常被和一些中原的士族人物联系起来。如《长史变歌》,据《宋书·乐志》说是"晋司徒左长史王廞临败所制也";《碧玉歌》,据《玉台新咏》说是孙绰作;《团扇歌》据《玉台新咏》说是王献之作,《乐府诗集》引《古今乐录》则以为是王珉作。这些说法中,除《长史变歌》为王廞作的说法较可信以外,像《团扇歌》、《碧玉歌》的作者就很难确定。然而有一点是肯定的,即徐陵由梁入陈,智匠生活于陈代,两人距东晋时代不远,如果东晋时北方士族没有人仿作吴歌的例子,他们大约不会任意加以附会。这种文化上的大融合带来了文学艺术的大融合。现在我们看到的南方民歌,有的是将汉魏以来流行的《相和歌辞》中句子改编为《西曲歌》(如《来罗》第二首出于《君子行》古辞);有的是把左思《招隐诗》改为吴歌(如《子夜四时歌·冬歌》第十四首)。与此同时,《宋书·乐志》所载"晋乐所奏"的《怨歌行》(据曹植《七哀诗》改编)歌辞,用韵同于吴歌而与汉魏旧音不合。(详见拙作《论〈文选〉中乐府诗的几个问题》,北京大学《国学研究》第三期)这种现象说明中原旧曲和吴声、西曲之间正在相互影响。后来的"永明体"的出现,正是这种南北艺术交融的产物。"永明体"的创始人谢朓、王融本是中原望族,而沈约却是南人。他们的合作,正说明南北士族之间由矛盾而日趋融合。清人牟应震在《毛诗质疑·毛诗古韵杂论》中论为:"四声之分,始于周颙,而《切韵》类谱实始沈约,则今之所行即沈本也。或作《切韵》,切此者也。"他认为后来通行的诗韵,都出于沈约。沈约是吴兴武康人,但他的确定四声,并不能全用吴语,也不会全用汉魏时的洛阳旧音,而是根据当时朝廷和士族间流行的夹杂着吴音的中原语音。后来颜之推等人参加而由陆法言写定的《切韵》,用的就是这种语音,因此可以被留居北方的士族卢思道等人所认同。以后的《广韵》和更后的"平水韵"都出于《切韵》。从这个意义上说,我国流行了千余年的旧体诗韵和诗歌格律,都是东晋时代南北文化交融的产物。从这个意义上说,东晋的文学就有加以重视的必要。

二

东晋时代文学的变迁不光表现在形式方面,更主要的应该说是在内容方面。文学内容的这种变化,主要是由于思想界的变化。我们知道,东晋一代的思想潮流基本上继承魏晋,正如刘勰所说"中朝贵玄,江左称盛"(《文心雕龙·时序》)。一方面,现代的思想史研究者对东晋玄学大抵评价不高,认为他们对魏晋玄谈者的思想很少有所发展和创新,这大约是事实。但从另一方面来说,玄谈的影响却是大大地普及了,当时的士大夫几乎无不学着谈玄。玄学对文学的影响也以东晋为显著。三国和两晋的玄学家尽管在哲学方面有很多精深的论点,但对文学家的影响并不太大。即以玄言诗而论,大多产生于东晋,在此以前,仅有少数诗篇较有玄气,还不能构成一个强大的潮流。所以六朝的文学批评家,都认为玄言诗始于东晋。关于玄言诗的历史地位及其评价,笔者准备在下文详论,这里姑且不谈。但玄学,特别是老庄学说的盛行,确实对文学的发展起着很大的推动作用。在这里,我们不妨以诗人兼学者郭璞为例,他在《注〈山海经〉叙》中有这样一段话:

> 世之览《山海经》者，皆以其闳诞迂夸，多奇怪俶傥之莫不疑焉。尝试论之曰：庄生有云，"人之所知，莫若其所不知"，吾于《山海经》见之矣。夫以宇宙之寥廓，群生之纷纭，阴阳之煦蒸，万殊之区分，精气浑淆，自相濆薄，游魂灵怪，触象而构，流形于山川，丽状于木石者，恶可胜言乎！然则总其所以乖，鼓之于一响，成其所以变，混之于一象。世之所谓异，未知其所以异，世之所谓不异，未知其所以不异。何者，物不自异，待我而后异，异果在我，非物异也。

这段话虽然为神怪思想做了辩护，但郭璞承认了人们对客观世界的认识总有其局限性，人们所没有认识的事物总是比已经认识的要多。这种思想显然和汉代儒生们的思想大不相同。儒生们坚持孔子和六经已经穷尽了世界的真理，因此把一切精力集中于探索六经中的"奥义"，很少注意研究客观世界的种种事物。三国以后，人们的思想多少突破了儒家思想的束缚，但有些人还是用他们狭隘的经验和理性去看待客观存在的事物。例如：魏文帝曹丕就主观地否定火浣布（即石棉布）的存在。《三国志·魏志·三少帝纪》注引《搜神记》：

> 昆仑之墟，有炎火之山，山上有鸟兽草木，皆生于炎火之中，故有火浣布。非此山草木之皮枲，则其鸟兽之毛也。汉世西域旧献此布，中间久绝。至魏初时，人疑其无有。文帝以为火性酷烈，无含生之气，著之《典论》，明其不然之事，绝智者之听。及明帝立，诏三公曰："先帝昔著《典论》，不朽之格言，其刊石于庙门之外及太学，与石经并，以永示来世。"至是，西域使至，而献火浣布焉。于是刊灭此论，而天下笑之。

《搜神记》的作者干宝大约并未见过火浣布。这东西在当时应该是很少能见到的。所以干宝对它的解释也纯属猜测。但是魏晋时人大约由于火浣布问题,引起了对异域物产的注意及记录。相传为张华所作的《博物志》等书的出现,可能和人们眼界的扩大有关。《博物志》一书,虽不见著录于《隋书·经籍志》,但十六国人王嘉所撰《拾遗记》已讲到张华作《博物志》的事,《三国志注》和江淹的《古铜剑赞》等均曾称引,所以不管今本《博物志》是否出于张华之手,但张华曾作过《博物志》,大约不成问题。

《博物志》一书虽有志怪的内容,但它和后来的《搜神记》、《幽明录》及《异苑》等志怪小说还是有区别的。它主要是记载异物奇事,还不是专讲神鬼故事。这是因为魏晋的玄学家们虽然和儒家的思想有所不同,但其中不少人并不承认鬼神的存在。如西晋末年的阮瞻、阮孚就坚持无鬼论。所以今存的志怪小说,多数产生于东晋以后,西晋时代的作品为数甚少。值得注意的是在史学著作中这种情况也有所表现。例如西晋陈寿作《三国志》,很少写到鬼神等怪异的事情,但到刘宋裴松之作《三国志注》和范晔作《后汉书》,这种荒诞的内容就大量出现。更可以注意的是《后汉书》的作者范晔本人,据《宋书》本传记载,本是不信鬼的。他所以在《后汉书》中采入了这些内容,显然由于他所根据的史料所致。至于这些史料,很多是来源于东晋人的著作。例如《独行传》中关于温序死后灵异的故事,出于干宝《搜神记》;王忳逢女鬼的故事,出于常璩的《华阳国志》。《方术传》中关于王乔、左慈等人的故事也出于《搜神记》。这些都说明了东晋一代人士对鬼神的迷信,超过了魏晋及两汉。这种思想显然与儒家的"子不语:怪、力、乱、神"相反,而和郭璞在《注〈山海经〉叙》中的主张相同。后来《搜神记》以及《搜神后记》、《幽明录》、《异苑》、《续齐谐记》等志怪小说的大量出现,不能不说是东晋人始开其端。

东晋人不但好谈鬼神,而且他们对鬼神的态度,也和过去很不一样。儒家对鬼神的态度是"敬鬼神而远之",因此在汉人著作中,绝少有关人神恋爱的内容。只有《楚辞》中像《九歌》的一些篇章,可以做这样的解释。但这是南方文化的特色,和汉代以后儒家思想占统治地位的情况很不相同。到了魏晋时代,大约也只有曹植的《洛神赋》表现了对洛水女神宓妃的爱慕。但这篇赋本是模仿宋玉的《高唐》、《神女》二赋。后人把这篇赋附会为曹植和甄后曾有恋情的说法当然不足信。但人们所以会做这样的附会,大致也是觉得在汉魏人作品中出现"人神恋爱"的内容似乎较难理解。笔者认为此赋主要"托男女以喻君臣",其所以假托宓妃,无非因为屈原《离骚》中已有追求宓妃的情节,而此赋手法又多少受宋玉影响,所以和后来那些写"人神恋爱"的故事很不一样。

东晋以后的一些作品谈到"人神恋爱"的就要普遍得多。大抵这和南方文化有着密切的关系。以东晋南朝时代出现的《神弦歌》为例,其中《圣郎曲》中"酒无沙糖味,为他通颜色"二句,就多少有些"人神恋爱"的意味。《青溪小姑曲》据《乐府诗集》卷47引吴均《续齐谐记》,就以"人神恋爱"的故事为背景:

> 会稽赵文韶,宋元嘉中为东扶持,廨在青溪中桥。秋夜步月,怅然思归,乃倚门唱《乌飞曲》。忽有青衣,年可十五六许,诣门曰:"女郎闻歌声,有悦人者,逐月游戏,故遣相问。"文韶都不之疑,遂邀暂过。须臾,女郎至,年可十八九许,容色绝妙。谓文韶曰:"闻君善歌,能为作一曲否?"文韶即为歌"草生盘石下",声甚清美。女郎顾青衣,取箜篌鼓之,泠泠似楚曲。又令侍婢歌《繁霜》,自脱金簪,扣箜篌和之。婢乃歌曰:"歌繁霜,繁霜侵晓幕。伺意空相守,坐待繁霜落。"留连宴寝,将旦别去,以金簪遗

文韶。文韶亦赠以银碗及琉璃匕。明日,于清溪库中得之。乃知得所见青溪神女也。

从这个故事看来,东晋人对神的理解和汉以前人有很大不同。汉以前中原的人们大体认为神是聪明正直的,而且能降祸福于人。但是,他们对神的理解是十分抽象的。《诗经·大雅·抑》:"神之格思,不可度思,矧可射思。"《礼记·中庸》:"子曰:'鬼神之为德,其盛矣乎!视之而弗见,听之而弗闻,体物而不可遗。使天下之人齐明盛服,以承祭祀。洋洋乎,如在其上,如在其左右。'"孔子说过"祭如在,祭神如神在"(《论语·八佾》)的话,因此有人认为孔子对神的存在采取怀疑的态度。但是东晋以后人由于地处南方,受楚文化影响,在他们心目中的神却和人一样,有着七情六欲,是有血有肉的神。他(她)们可以和人相恋爱,如上引《续齐谐记》中青溪小姑的故事。他(她)们也可以和人建立婚姻关系,如《太平广记》卷292引《搜神记》中张璞故事。他(她)们也愿和人交往,如《异苑》卷六所载刘元遇吴王女紫玉故事。他(她)们也有其宠物,如《异苑》卷五载谢奂因射杀青溪小姑庙的鸟而被神祟死。但有些神也较善良,能寄居人家里,如《太平广记》卷294所引《幽明录》中陈绪故事。有些神不但能给人降福,也能送鲤鱼来报答人们为他立祠,如《太平广记》卷292所引《搜神记》中李宪故事。有些神甚至也会欺骗人,如《太平广记》卷293引《搜神记》和《幽明录》中的蒋子文故事。他们实际上是按照现实生活中的形形色色的人来塑造神的形象,因此显得尤为生动。

在东晋南朝人看来,人和各式各样的精灵都可以交往,可以恋爱。如《搜神记》中的《紫玉》是人鬼恋爱;《续齐谐记》中的《青溪小姑》是人神恋爱;《幽明录》中的《刘晨阮肇》是人和仙人恋爱;《太平广记》卷360《丁之华》故事则为人与妖怪相恋爱。这种情节为前此文学所罕见,开了后来唐传奇以至《聊斋志异》等作品的先河。

这种民间故事在东晋已深刻地影响到了士族文人,甚至从中原南迁的北方士族文人。如《搜神记》中所载神女杜兰香下降张硕的故事,据说当时文人曹毗曾作诗谈及此事,见《晋书》本传。关于曹毗的诗,历来认为就是《艺文类聚》卷79引《杜兰香别传》中的两首诗。这两首诗在《艺文类聚》本书中,并未说是曹毗所作。逯钦立先生在《先秦汉魏晋南北朝诗》中以为是当时道教徒们所作,托名曹毗。这说法是可信的。但道教徒们所以要附会到曹毗身上,恐怕有其原因。《世说新语·文学》载:"孙兴公(绰)道曹辅佐(毗)才如白地明光锦,裁为负版绔,非无文采,酷无裁制。""白地明光锦"当然是很华丽的丝织品,但"负版绔"则为下等人所穿着。这句话显然有讥笑曹毗之作流于"俗调"之意。这说明曹毗确曾向南方的民间作品中吸取营养。曹毗是三国魏大臣曹休曾孙,在晋代可以说是一个在中原士族中较有地位的人,连他也学习起南方民间文学来,这说明东晋虽是一个国土分裂的时代,但在南北文化的交融方面也曾起过重要的作用。

三

关于东晋诗歌在历史上的地位,我们过去的研究似乎还很不够。长期以来人们对东晋文学的评价不高,其重要原因之一恐怕就在于东晋诗歌是以玄言诗为主,而历来的评论家如钟嵘、刘勰等无不对玄言诗采取否定的态度。无可否认的事实是玄言诗确实缺乏优秀的篇章,大量存在的是一些空洞的玄学议论,很少鲜明的形象。然而这只是就大体而论,事实上东晋那些玄言诗人并不见得全无好诗,像孙绰的《秋日》、支遁的《咏怀诗》等作,也不乏写景的好句子。庾阐更是写了不少刻画山水景色之作,他的诗往往有一些写景的好句子,但从全诗看来,又不很完整,说明在艺术上还不很成熟。然而他已经开始注意了山水题材的写作。到了晋宋之际的帛道猷和宋初的宗炳,已趋成熟。关于这种现象,自清以来就有人注意到。如有人认为支遁的诗开了谢灵运的先河。现在的学者也多数承认山水诗是从玄言诗发展而来的。本来,玄言诗人大抵喜欢游山玩水,他们也指出过山水和文学创作有关。《世说新语·栖逸》:"许掾好游山水,而体便登陟。时人云:'许非徒有幽情,实有济胜之具。'"同篇又记"许玄度隐在永兴南幽穴中"。同书《赏誉》:"孙兴公为庾公参军,共游白石山,卫君长在坐。孙曰:'此子神情都不关山水,而能作文。'"在孙绰看来,能作文的人必然是爱游山水的。他自己的创作情况正是如此。他的传诵之作就是那篇《游天台山赋》。其实游山玩水正是东晋名士的普遍爱好。王羲之之兰亭之会,就因为"此地有崇山峻岭,茂林修竹,又有清流激水,映带左右"。这些名士爱好山水的名言极多。如王献之说,"从山阴道上行,山川自相映发,使人应接不暇。若秋冬之际,尤难为怀"(《世说新语·言语》);顾恺之"从会稽还,人问山川之美,顾云:'千岩竞秀,万壑争流,草木蒙笼其上,若云兴霞蔚'"(同上);王胡之"至吴兴印渚中看,叹曰:非唯使人情开涤,每觉日月清朗"。这些人物虽然并不以诗著名,却也都能诗并有少量作品传世。当时的诗僧如支遁、道壹、帛道猷等,也都有此好。依附慧远的庐山诸道人作《游石门诗并序》,不但有神仙气而且序文实为一篇优秀的写景文。

其实,东晋一代出现的地志一类书集甚多,其中也不乏写景的文章。据《隋书·经籍志》著录仅东晋人所撰地记就有十种以上,这些书大部分已散佚,但在《艺文类聚》等类书中还有一些佚文。此外,在《水经注》中可能也吸收了其中不少片段,如现今所知《江水·三峡》

的文字即取自宋盛弘之《荆州记》,那么其中描写南方一些地方的景色,显然取自别人的记载,其中有的就可能取自东晋人著作。如《湘水·衡山》中,曾不止一次地引用罗含(君章)的话,即出自东晋罗含的《湘中记》。《九疑山》一段谈到九疑山的命名,据《艺文类聚》卷七的引文可以考定亦采自《湘中记》。这说明东晋一代的山水散文已很盛行。山水散文的盛行,自然也会导致山水诗的兴盛。因此"庄老告退,而山水方滋"的现象,其实也滥觞于东晋。

在谈到从玄言诗向山水诗的发展过程时,我们对东晋时代产生的一些托名神仙口授的诗歌似乎很少注意。这部分诗歌见于陶弘景的《真诰》,凡八十多首,据说都是道教的神仙口授给杨羲、许谧、许翙等人的。这当然是一些道教徒捏造的,因为世界上决不会有什么神仙。然而这些托名神仙的诗本身确实是出现在东晋时代,应该承认是东晋时代的诗。关于这些诗,逯钦立先生在《先秦汉魏晋南北朝诗》中把大部分作品归结为杨羲所作,只有少数几首归结为许谧、许翙之作。这说法是很正确的。因为《真诰》虽出于陶弘景之手,但并非他臆造,而是根据前人著作编成的。关于这一点,任继愈先生主编的《中国道教史》依据《真诰》卷20《真经(始末)》,判断出一些道教经典的流布是在东晋中叶以后。书中引证《真诰》原文云:

> 伏寻《上清真经》出世之源,始于晋哀帝兴宁二年(364)太岁甲子,紫虚元君上真司命南岳魏夫人下降,授弟子琅琊王司徒公府舍人杨某(羲),使作隶字写出,以传护军长史句容许某(按:即许谧),并第三息某某(按:即许谧第三子许翙)。二许又更起写,修行得道。(《中国道教史》第134页)

根据一些史料如陶翊《华阳隐居先生本起录》等书载,陶弘景曾到不少地方访求杨羲、二许的手书真迹,并曾对当时所存杨、许手书的道经进行鉴别,区分真伪,这一切都说明那些所谓仙人口授的诗,实际上即出于杨羲等人之手。杨羲卒于晋孝武帝太元十一年(386),年五十七;许谧卒于太元元年(376);许翙早卒,死于晋废帝太和五年(370)。这些人都生活于东晋中叶,和玄言诗人许询、孙绰几乎同时或稍早。这些所谓"神仙口授"的诗,有些内容涉及道教修炼之事,很不好懂,也有些类似口诀,并无艺术价值,但也有一些则很有文采。如:

> 清静愿东山,荫景栖灵穴。愔愔闲庭虚,翳荟青林密。园曜映南轩,朱风扇幽室。拱袂闲房内,相期启妙术。寥朗远想玄,萧条神心逸。(《闰月三日夜右英作示许长史》)

这首诗描写一个隐居修道的人在炎夏中闲适的情趣,写景之句,刻画颇为细致,近似西晋一些文人的写景之作,较之玄言诗人之作,似更富形象性。在那些"神仙"诗中,这一首似颇突出。另一些作品在艺术上似不及此首完整,有些句子似费解,但也有些辞采绚丽的诗句。如:

> 控景始晖津,飞飚登上清。云台郁嵯峨,阊阖秀玉城。晨风鼓丹霞,朱烟洒金庭。绿蕊粲玄峰,紫华岩下生。庆云缠丹炉,炼玉飞八琼。晏眄广寒宫,万椿愈童婴。龙旂启灵电,虎旗征朱兵。高真回九曜,洞观均潜明。谁能步幽道,寻我无穷龄。(《紫微夫人作》)

这首诗比起前引那首,似乎道教中的术语较多,但其特点是色彩绚丽,几乎近于山水诗中一些句子,而且也很注意对仗,尽管在某种程度上说,还不像后来一些诗那样工整。但其形象生动,想象丰富,较之那些玄言诗更富于诗味。这种诗风显然深受郭璞《游仙诗》的影响。值得注意的是这种诗风和东晋另一些诗人之作,颇为类似。如庾阐《采药诗》:

采药灵山嶓,结驾登九嶷。悬岩溜石髓,芳谷挺丹芝。泠泠云珠落,漼漼石蜜滋。鲜景染冰颜,妙气翼冥期。霞光焕藿靡,虹景照参差。椿寿自有极,槿花何用疑。

从情调上说,庾阐此诗与那首《紫微夫人作》比较类似,也颇注意辞藻、对仗,较之孙绰等人的玄言诗,似与山水诗更为接近。事实上,以《真诰》为代表的"上清教"一派道教徒,其信奉者多属东晋南方士族,他们不但具有较高的文化修养,也竭力效法中原南迁的文人们的文风,因此他们所创作的道教诗歌,与某些西晋诗及郭璞的《游仙诗》都有明显的血缘关系。这些诗对宋齐以后的写景之作有不小的影响。这些道教诗可以说和玄言诗一样都是山水诗出现的先河。应该指出的是南朝的一些诗人的写景之作,有时还不免流露某些游仙的思想。如谢灵运的《入彭蠡湖口》、《入华子冈是麻源第三谷》,鲍照和江淹登庐山的一些诗都是这样。至于宋初宗炳的《登半山石》,在手法上和那些道教诗还十分相像。北朝诗人郑道昭那些石刻诗歌,既是写景,又有游仙的成分,也很可能受到这些诗的影响。至于李白一些诗中,道教思想成分尤浓重。如《梦游天姥吟留别》中"虎鼓瑟兮鸾回车"诸句,设想奇特,手法亦与东晋道教诗《紫微作》中的"八狼携绛旌,素虎吹角箫"相近。李白很可能就是由此得到启发。因此,东晋时代这些托名神仙的诗,在文学史上的影响,似亦不容忽视。

北朝文学六考

一、杜弼《檄梁文》

杜弼的《檄梁文》现存有二篇,见于《文苑英华》卷六百四十五和严可均《全北齐文》卷五。其中有一篇全文见《魏书·岛夷萧衍传》,另一篇则见《资治通鉴》卷一百六十,但有删节。《艺文类聚》卷五十八,作魏收撰。严可均在文的末尾说:"岂此檄魏收润色之,曾编入魏集邪?疑误也。"清李兆洛《骈体文钞》卷十七选录此文时径作魏收。钱锺书先生在《管锥编》中说:"窃意后篇(《通鉴》和《骈体文钞》所录)乃杜弼原文,前篇载在魏收所著《魏书》,当经其'润色',面目几乎全非;《类聚》题魏收,主名虽误,事出有因。两篇相较,以前为胜。"(见第四册第1509页)按:钱先生的看法似主要从文章的技巧着眼,但这两篇文字恐非一时之作。根据《魏书》的记载,前一篇文章应作于梁武帝太清元年(547)十二月以前。因为《萧衍传》记此事在慕容绍宗、高岳等大破萧渊明所率梁军之前,文中说到侯景时云:"乃闻将弃悬瓠,远赴彭城。老贼奸谋,复将作矣。固扬声赴助,计在图袭,吞渊明之众……"这说明萧渊明所率领的军队尚未溃散。至于后一篇文章则作于当年十二月萧渊明既败之后。这在《资治通鉴》卷一百六十中有明确的记载,文中说:"及其锋刃暂援,埃尘旦接,便已亡戟弃戈,土崩瓦解。贞阳以从子之亲,为戎首之任,非独力屈道穷,亦将无路还蜀。兼亦挟子垂翅,俱在笼樊。"这说明作于萧渊明既败之后。两篇文章虽有个别字句相同,应为后文沿袭前文。这是因为二文写作时间虽有不同,但梁与东魏的矛盾依旧存在,有些话还是可用的。至于究竟哪一篇曾经魏收"润色",似难确证。南北朝人的诗文被收入类书时,主名被弄错的例子是不少的。在缺乏确切证据时,似难得出一定的结论。

二、再论王褒的生卒年

前几年,我曾对北周作家王褒的生卒年做过推测,认为他卒于周武帝建德三年(574)左右,最迟也不得超过建德四年(575),据此他的生年应为梁武帝天监十至十一年(511~512),见拙著《关于王褒的生卒年问题》(《中古文学史论文集》,中华书局版第420~422页)。近年来国内外都有研究者对此发表不同看法,认为王褒应卒于建德六年(577)或更后。他们的主要根据是《周书·庾信传》中一段话:

> 时陈氏与朝廷通好,南北流寓之士,各许还其旧国。陈氏乃请王褒及信等十数人。高祖唯放王克、殷不害等,信及褒并留而不遣。

检《陈书·殷不害传》,殷不害从关中还到江南的时间为陈宣帝太建七年即周武帝建德四年(575)。因此一些研究者据此推想王褒卒年应在这一年之后,于是就提出了建德六年或更后的说法。其实《周书·庾信传》上述的话,乃综述好几年中的事,并非专言一时之事。因为据《陈书·沈炯传》载,沈炯江陵陷落时被俘入关,作《经汉武帝通天台表》,"少日,便与王克等并获东归。绍泰二年至都"。"绍泰"是梁敬帝年号,二年当西魏恭帝三年(556)。至于沈炯、王克被获准南归,甚至可能还是前一年的事。此时关中名义上还是西魏,掌实权的也还是宇文泰或宇文护,而不是"高祖"宇文邕;江南名义上还是梁朝,不是"陈氏",和《周书·庾信传》所言"高祖"、"陈氏"不相干。再说从王克南归到殷不害南归经历了将近二十个年头,绝不能看作一时之事,更不能据此论证王褒的卒年必在殷不害南归之后。至于王褒曾任宜州刺史一职,并卒于任上,这是肯定的。因为《周书》本传有明文记载。据学生吴先宁博士考证,王褒为北周宜州刺史的时间最大可能是在周武帝建德四年至宣政元年(575~578)间,因为此前和此后北周的宜州刺史都有姓名可考。这个结论是以"北周刺史任期一般为三年"计算的。吴先宁统计从周武帝保定元年的郑伟直到建德二年的丘乃敦崇,"各任宜州刺史的任期亦在一到三年之间"(见《王褒卒年及庾信〈哀王司徒褒〉作年考》,《北朝文学研究》,台湾文津出版社版第199~202页)。这个结论基本上是正确的。但丘乃敦崇出任宜州刺史时间据庾信《周使持节大将军广化郡开国公丘乃敦崇传》,为建德二年(573);而从传文看来,他是卒于宜州刺史任上的,未必做满三年。再从传中所引周武帝敕书提到"自夏季无雨,以迄于今"等语看来,他任宜州刺史时正值旱灾,而《周书·武帝纪》下也明确地说"自春末不雨,至于是(七)月",可见确为建德二年。再看庾信所作传文,下面就说"但令天假之年,时绥之福"等语,可见丘乃敦崇很可能当年就去世了,最多也不过活到次年。那么王褒就任宜州刺史时间有可能是建德三年(574)。

再看《梁书·王规传》所载王褒《幼训》,有"吾始乎幼学,及于知命"一语。《梁书·王规传》述王褒事迹,终于梁元帝承圣三年(554)入关以前,可知《幼训》当作于此年以前。"知命"二字出于《论语》"五十而知天命"的典故,当然不能机械地理解为五十岁,但至少也当年过四十,才能自称"知命"。我曾推论王褒卒于建德四年(575)以前。如果照建德四年算,王褒在江陵陷落时,年四十二;作三年算,当年四十三,因为王褒享年六十四是肯定的,《周书》本传有明文。如果说四十二三岁自称"知命",不免早了些。若以南齐武帝享年五十四,而自称"行年六十"例之,也还可通。但如果照国内外一些学者说的卒于建德六年(577)的话,在承圣三年时,年仅四十,那就只能自称"不惑",而不能称"知命"了。

此外,还有一个问题,即王褒和周弘让的交谊问题。王褒在给周弘让的信中,自称"弟昔因多疾,亟览九仙之方",周弘让答书亦云"昔吾壮日,及弟富年",可知二人是以兄弟相称的。考周弘让所说的"壮日",应指三十左右。《礼记·曲礼》上:"三十曰壮。"《礼记·曲礼》又曰:"年长以倍,则父事之;十年以长,则兄事之。"周弘让在答书中特地提到"壮日",是因为周、王定交是在这个年代。周弘让的生卒年史无明文,但据《陈书·周弘正传》,他是周弘正之弟,周弘直之兄。周弘正卒于陈宣帝太建六年(574),年七十九,当生于南齐明帝建武三年(496)。周弘直卒于太建七年(575),年七十六,当生于南齐东昏侯永元二年(500)。据此,周弘让的生年必在建武四年至永元元年(497~499)这三年之中,其壮年应在梁武帝大通元年至中大通元年(527~529)左右。假设王褒生于天监十至十一年,已少于周弘让十三至十五岁,自称曰"弟",已经够倨傲的了,如果照一些研究者说的那样,王褒卒于建德六年的话,当生于天监十三年(514),要比周弘让小十七岁左右。古人结婚早,年长十七岁以上,当属父辈,完全适用"年长以倍,则父事之"的规定,即使周弘让讲客气,王褒也不能以"弟"自称了。

我们如果再看有关王褒的史料,像《周书·杜杲传》记杜杲出使陈朝,陈宣帝提到"王褒、庾信之徒既羁旅关中,亦当有南枝之思耳"是建德初的事。王褒诗文中以现在确可考知其写作年代的,当以《太子太保中都公陆逞碑铭》为最晚,此文和庾信的《周太子太保步陆逞神道碑》作于同时。庾氏之文作于建德二年(573)。至少,从目前已有的史料看,尚难得出建德三年或四年以后王褒尚在的证据。因此我以为我过去的推测还是可以成立的。

三、颜之推生卒年

颜之推的生卒年,《北齐书》和《北史》本传均无明文记载。他自己所作的《颜氏家训·终制》中却透露了一点消息,原文云:"吾年十九,值梁家丧乱。"这里所谓"梁家丧乱",当指梁武帝末年的"侯景之乱"。从史实来看,侯景发动叛乱,进攻都城建康,是太清二年(548)的事;侯景攻破台城,梁武帝忧愤而死,是太清三年(549)的事。如果照此计算,颜之推的生年应该是梁武帝中大通二年(530)或中大通三年(531)。但从事实上看来,这说法是不能成立的。因为据《北史·文苑传》,颜之仪是颜之推的弟弟,卒于隋文帝开皇十一年(591)。《周书·颜之仪传》所载颜之仪卒年与《北史》同,但多出"年六十九"一语。据此推算,颜之仪当生于梁武帝普通四年(523)。这样,弟弟反而比哥哥大了七八岁,岂非怪事?然而,《颜氏家训》是颜之推自己的文字,还是值得注意的,其最大的可能应该是《颜氏家训》经过缮抄出现了错误。我们不妨假设:"吾年十九"一语或者"十"为"廿"之误;也可能"十"上脱一"二"字。那么,"侯景之乱"

时,颜之推为二十九岁,当生于普通元年(520)或二年(521),比颜之仪大二至三岁,似乎较近情理。当然,如果仅仅做这样的推测,还很难有说服力。不过,根据现有的史料,似乎还可以找到旁证。因为据《北齐书》本传云:

> 年十二,值(萧)绎(即梁元帝)自讲《庄》、《老》,便预门徒。虚谈非其所好,还习《礼》、《传》(按:据上文当指《左传》),博览群书,无不该洽,词情典丽,甚为西府所称。(《北史》本传同,惟"值绎"作"遇梁湘东王"、"群书"作"书史"。)

这里说"年十二",如果照今本《颜氏家训》说他在"侯景之乱"时"年十九"的话,那么十二岁时应为大同七年或八年(541或542)。检《梁书·元帝纪》,当时元帝萧绎正在任江州刺史。根据南朝的惯例,江州例称"南府",和《北齐书》、《北史》称"西府"不合。"西府"指的是荆州(江陵)。以萧绎本人为例,他任荆州刺史时,官号为"西中郎将",后来进升"平西将军"、"安西将军"、"镇西将军";调任江州刺史时改号"镇南",重新调回荆州时,又恢复"镇西"之号。这不仅梁代如此,整个南朝都是这样。谢朓的名篇《暂使下都夜发新林至京邑赠西府同僚》,指的也是荆州刺史的属官。但如果认为他在"侯景之乱"时年二十九的话,十二岁时为中大通三年(531)或四年(532),当时萧绎正任荆州刺史。可见这一假设不但与《周书·颜之仪传》符合,而且与《北齐书》、《北史》的《颜之推传》相合。

在《颜氏家训·终制》中还有两段话,亦颇可注意:一句是"吾已六十余";另一段是"今虽混一,家道馨穷,何由办此奉营资费?"根据前一句话,那么颜之推作此文时年已"六十余";根据后一段话,则此文作于隋文帝平陈之后。隋文帝平陈为开皇九年(589),如果颜之推生于中大通二年的话,他还刚六十岁,"余"字没有着落;生于中大通三年的话,还只有五十九岁。这样《终制》一文中就自相矛盾,还不仅和《周书》《北齐书》及《北史》不合。但若照他生于普通二年算的话,他正年六十九,可以符合"六十余"之说。又据《北齐书》本传云,颜之推"隋开皇中,太子召为学士,甚见礼重。寻以疾终"。我们现在根据陆法言的《切韵序》,称颜之推的官职为"外史"。此序所记为"开皇初"事,笔者曾考证其具体时间约为开皇四年(584,见《从〈切韵序〉推论隋代文人的几个问题》,台湾文津出版社版《中古文学史论文集续编》第368~378页)。那么废太子杨勇召颜之推为学士,最早当为开皇五年(585),由此下推到隋平陈凡四年,从《北齐书》和《北史》本传说"寻以疾终"来看,大约不会很晚,可能是开皇九年至十年(589~590)颜之推已去世,享年六十九或七十岁。

四、《隋书·李德林传》志误

《隋书·李德林传》云:

> 是时中书侍郎杜台卿上《世祖武成皇帝颂》,齐主以为未尽善,令和士开以颂示德林。宣旨云:"台卿此文,未当朕意。以卿有大才,须叙盛德,即宜速作,急进本也。"德林乃上颂十六章并序,文多不载。武成览颂善之,赐名马一匹。

这段文字不见于《北史·李德林传》,无从比勘。但李德林作颂事在后主武平年间。《隋书》本传叙其事在"武平初"李德林丁母忧及魏收与阳休之争议齐史起元之后,显然在北齐武成帝死后,而且文章称

"世祖武成皇帝",是死后所加的庙号及谥号。因此"武成览颂善之"句显然有误,称赏此文并赐以名马的帝王应为北齐后主而非武成帝。清殿本及中华书局标点本校记均漏校。

五、杨素《赠薛播州诗》

杨素《赠薛播州诗》,原见《文苑英华》卷二百四十八。逯钦立《先秦汉魏晋南北朝诗》引《北史》曰:"素尝以五言诗七百字赠播州刺史薛道衡,词气颖拔,风韵秀上,为一时盛作,未几而卒。道衡曰:'人之将死,其言也善,若是乎。'"按:此文见《北史·杨素传》,文字稍有出入。检清殿本及中华书局标点本《北史》,"播州"皆作"番州";又请殿本及中华书局本《隋书·杨素传》,亦均作"番州"。可见"播"字乃误从《文苑英华》。薛道衡当时是番州刺史,非播州。《隋书·薛道衡传》记他任番州刺史时,误为"潘州",中华书局标点本校记已指出其误。据《旧唐书·地理志》,播州是唐太宗贞观十一年所置,在今贵州遵义,隋时尚无此名,只是牂柯郡之牂柯县。《新唐书·地理志》则云:"本朗州。贞观九年以隋牂柯郡之牂柯县置,十一年废,十三年复置更名。"二说不同,但都认为"播州"是唐以后地名,非隋代所有。又据《隋书·地理志》:"南海郡,旧置广州,梁、陈并置都督府。平陈,置总管府。仁寿元年置番州,大业初府废。"这"番州"本从汉以来的番禺得名。"番禺"之"番",音潘,所以《隋书·薛道衡传》误作"潘州",乃音同而误。这样,薛道衡任刺史的"番州",应在今广东广州,而不在贵州遵义。这在薛氏的作品中也可以找到旁证。《初学记》卷六有他的《入郴江诗》,郴江在今湖南东南部的郴州,是北方去广东的必经之路。如果去贵州,就不会经过这里。尤其薛道衡去番州，是由襄州总管移任番州。襄州即今湖北襄阳。由襄阳去广东，古人一般是经江陵南下，再由江陵去广东，中间应经过郴州。试看韩愈的《祭河南张员外文》，说到韩愈在唐顺宗永贞元年(805)，由阳山(在今广东)令改任江陵法曹参军时，就经过郴州北上，所以有"郴山奇变，其水清写"诸语。韩愈这次北返和薛道衡的去番州，虽然方向相反，所经过的路线正好相同。由此我们可以考知，薛道衡的《入郴江诗》作于去番州的途中。如果结合《隋书·地理志》说的番州置于隋文帝仁寿元年，废于隋炀帝大业初的话和《隋书·薛道衡传》说的"炀帝嗣位，转番州刺史"的话看来，《入郴江诗》应作于仁寿四年(604)或大业元年(605)。杨素的《赠薛番州诗》，则作于此后不久。因为番州在大业初被废，而杨素本人也于大业二年(606)死去。

六、刘焯和刘炫被"枷送益州"

《隋书·儒林》中的《刘焯》、《刘炫》二传都载有两人均有一段被蜀王杨秀"枷送于蜀"的经历。如《刘焯传》云：

> 后因国子释奠，与(刘)炫二人论义，深挫诸儒，咸怀妒恨，遂为飞章所谤，除名为民。……废太子勇闻而召之，未及进谒，诏令事蜀王，非其好也，久之不至。王闻而大怒，遣人枷送于蜀，配之军防。其后典校书籍。王以罪废，焯又与诸儒修定礼律，除云骑尉。

又《刘炫传》记刘炫因伪造古书上献，被人告发：

> 经赦免死,坐除名,归于家,以教授为务。太子勇闻而召之,既至京师,敕令事蜀王秀,迁延不往。蜀王大怒,枷送益州。既而配为帐内,每使执杖为门卫。俄而释之,典校书史。炫因拟屈原《卜居》,为《筮涂》以自寄。及蜀王废,与诸儒修定《五礼》,授旅骑尉。

这两段记载写的虽然是两个人的遭遇,而事情十分相像,颇疑是在同一时期里发生的事。因为废太子杨勇征召学士,隋文帝叫他们事蜀王杨秀,两人都拖着不去,触怒杨秀,被枷送到蜀,在蜀王被废后,又都回到京城议礼,事情完全一样。这两人被枷送到蜀的时间,《隋书·儒林传》的记载很含糊。《刘焯传》记此事在开皇六年"运洛阳石经至京师"以后,《刘炫传》记此事在开皇二十年"废国子四门及州县学"之前,但从六年到二十年,中间有十四年之久,究竟在哪一时间似应进一步探索。

首先,把刘焯和刘炫枷送于蜀的人是蜀王杨秀,那么蜀王杨秀何时在蜀的问题是必须弄清的。检《隋书·文四子·庶人秀传》:

> 开皇元年,立为越王。未几,徙封于蜀,拜柱国、益州刺史、总管、二十四州诸军事。二年,进位上柱国、西南道行台尚书令,本官如故。岁余而罢。十二年,又为内史令、右领军大将军。寻复出镇于蜀。

根据这段记载,蜀王杨秀去蜀地前后凡两次。第一次是开皇元年前往,二年进位,再经"岁余而罢"。这里所谓"岁余而罢",大约指罢去官职,但罢官后是否回长安居住,却是有疑问的。因为《北史·隋宗室诸王传》也有上引《隋书·文四子传》中的文字,但"又为内史令"的"又"字作"入"。似乎杨秀既是蜀王,罢任后留居蜀地做藩王,也是很有可能的。所以"入"可以作入京城解。不过,说二刘在杨秀第一次在蜀时即被"枷送于蜀"恐怕不大可能。因为据《儒林传》,二刘被枷送到蜀地后,要到杨秀被废后才能回长安,而二刘在开皇六年还奉敕考定石经,并曾在乡里教书。还有,据《刘炫传》,刘炫曾经和吏部尚书牛弘争议二品官为傍亲服丧的问题;开皇二十年,又曾谏止隋文帝废国子四门及州县学问题。在这里,后一件事有确切时间;前一件事,也应发生在此前不久。因为据《隋书·牛弘传》,牛弘任吏部尚书是在杨素将兵击突厥之后,又据同书《杨素传》,杨素击突厥在开皇十八年。那么从开皇十八至二十年,刘炫尚未被枷送入蜀。二刘之被枷送当在杨秀第二次莅蜀之后。

　　杨秀的第二次入蜀,应在开皇十二年以后。因为《文四子传》已说到他在那一年任内史令。再看《隋书·高祖纪》,苏威、卢恺得罪罢官在这一年;而据《苏威传》,杨秀曾参加审理此案。此后不久,他又到蜀,直到仁寿二年被废前夕回长安。那么二刘之被枷送到蜀应在何时呢?在笔者看来,当在开皇二十年至仁寿元年(600~601)间。因为二刘都是应太子杨勇的征召而来,却又未谒见杨勇,就奉隋文帝之命去"事蜀王秀"。为什么隋文帝要他们去蜀王杨秀那里?很可能是因为当二刘应命来到长安时,杨勇已经被废,所以隋文帝改令他们去事蜀王杨秀。他们接到命令后,拖延时间没有立刻去蜀,在这期间,刘炫还曾和牛弘议论过二品官为傍亲服丧之事,还谏劝过隋文帝废国子四门及州县学的事。关于废国子四门及州县学之事,据《隋书·高祖纪》及《通鉴》卷一百七十九均谓是仁寿元年六月的事,与《刘炫传》所记不同。有可能是开皇二十年已有此打算而刘炫进谏,未被采纳,次年就付诸实施。这样,刘焯和刘炫在开皇二十年尚在长安,后来拖得时间长了,引起杨秀大怒,才有"枷送"之事。其"枷送"时间应在开皇二十年年末至仁寿元年。因此才有与牛弘议礼及谏废国子学的事。否则,在蜀王被废前,他们是不可能在长安议论这些事的。

论隋代诗歌

　　短暂的隋皇朝虽然仅仅维持了三十多年,却是我国文学史上一个南北文风融合的重要时期。我们知道,隋的统一结束了自西晋灭亡以来近三百年的南北分裂局面。这为南北文风的交流和融合创造了条件,并为唐诗的繁荣奠定了基础。

　　当然,南北文风的融合,并非自隋代始。早在魏孝文帝迁都洛阳推行汉化之际,就已经致力于吸收南方的文化。当时文人如常景、袁翻等在创作上已自觉地模仿南方文人。但由于南北疆界的分割,北方所能见到的南人著作毕竟有限。《魏书·崔鸿传》载,崔鸿撰《十六国春秋》时,上表给魏宣武帝,提到"唯常璩所撰李雄父子据蜀时书,寻访不获",认为"此书本江南撰录,恐中国所无",因此"乞敕缘边求采"。《北齐书·元文遥传》载,魏末济阴王元晖业曾大会宾客,恰好有人带着《何逊集》到洛阳,受到洛中文士赞赏。邢劭问元文遥:"诵之几遍可得?"文遥一览便诵。这两个例子都说明北方文人重视南人著述,而又很难得到。不但如此,北方所藏的典籍,也远不如南方丰富。《隋书·牛弘传》载牛弘上表隋文帝,曾提到北魏时"经籍阙如"的情况。《隋书·经籍志》称魏孝文帝时曾"假书于齐",使藏书稍见充实。但据《南齐书·王融传》,北魏当时虽曾向南齐借书,但南齐朝廷并未答应。然而王融曾向齐武帝建议,借书给北魏,可以引起北方士族高门与鲜卑贵族的矛盾。后来是否因为这原因曾借过一些书给北魏,已难确考。从《隋书·经籍志》的记载来看,北朝的魏、齐、周三代藏书的卷数很有限,比之南朝梁的藏书差得很远。这种情况造成了北方文人所能从前人著述中得到的借鉴就远不如南朝人之多。由于这个原因,使他们在创作技巧上较之南人总免不了有些差距。以现存一些北魏文人的诗歌较之当时南朝作品,这个文野之分、高低之别就非常明显。到了北齐时代,情况稍有变化。当时北方文人在艺术技巧方面由于竭力学习南方文人而有了很大进步。但总的来说,在艺术技巧方面还多少有些逊色。例如邢劭和魏收以爱慕梁朝的沈约和任昉闻名,还形成了各自的派系,但从现存邢、魏的作品看来,邢劭的诗远不如沈约那样清绮圆转,魏收也只有像《魏书》那样以纯粹的散体见长之文,至于骈文却仍难和任昉媲美。

一

北齐出身的文人在诗歌方面较有贡献的是卢思道和薛道衡,他们都活到了隋代,因此习惯上被看作隋代作家。其实两人的情况不完全相同。卢思道只活了五十二岁,入隋后不过六年就死了,他最传诵的诗如《从军行》,可能作于北齐时代,《听鸣蝉》篇也是北周灭北齐的次年所作,所以应该说是北朝作家。薛道衡年岁比卢略小,但活到七十以上,在隋代生活了差不多三十年,而他那些比较著名的诗篇又多作于入隋以后,所以应该说是典型的隋代诗人。他们的出现标志着北方诗人真正赶上了南方文人。《隋书·卢思道传》:"与同辈阳休之等数人作《听蝉鸣》篇。思道所为,词意清切,为时人所重。新野庾信遍览诸同作者,而深叹美之。"又同书《薛道衡传》载,陈朝使傅縡聘北齐,北齐派薛道衡接待他,"縡赠诗五十韵,道衡和之,南北称美,魏收曰:'傅縡所谓以蚓投鱼耳。'"入隋后,薛又奉命使陈,据说"每有所作,南人无不吟诵焉"。这些事例都说明出身北方的文士到隋朝建立前后,在艺术技巧上已经赶上了南方文人。

隋的统一,加强了南北文人的交流,这时那些文人的唱和,已不再是北人学习南人,而是具有彼此互相促进的意义了。例如隋文帝开皇十八年(598),突厥侵犯隋境,隋朝派杨素率军抗击,大获全胜,归来后,杨素作了乐府诗《出塞》,北人薛道衡、南人虞世基都作了和诗。其中杨、薛二人之作,在《采菽堂古诗选》、《古诗源》等著名选本中均未入选,却都选录了虞世基的两首。但这并不意味着南人虞世基之作超过了北人杨素和薛道衡。在我们今天看来,情况也许相反。杨素亲自参加并指挥了这场战争,他的那首诗饱含着生活体验,也很有一个军人的气概;薛道衡的和诗较之杨素原作,有一定逊色,因为他毕竟缺乏亲身的经历,但他生活于北方,对漠南北的状况理解还深一些,也略具北人的清刚之气;相比之下,倒是虞世基的两首和诗,仍是南朝文人写边塞诗的老调,只管搬弄两《汉书》和其他典籍中的典故,看来辞藻斑斓,细读时则感到空洞。我们应该承认,像陈祚明、沈德潜这些人还是具有较强的艺术感受能力的,他们不会觉察不到这事实,然而他们竟做了这样的取舍。但这也不难理解,因为杨、薛二人的好诗毕竟不少,不取《出塞》,仍可成为两位名家;至于虞世基,如果不选《出塞》,那么可以入选之作就不多了。为了避免同一题材的多次重复,舍杨、薛而取虞也不失为一种办法。从这个事实看来,正好证明出身北方的杨、薛在诗歌创作方面超过了南人虞世基。

与这个例子类似的还有薛道衡的《和许给事善心戏场转韵》一诗,见于《初学记》卷十五和《文苑英华》卷二百一十三。后来陈祚明的《采菽堂古诗选》也曾选录,而许善心的原作却早已散佚,因此我们今天已无从加以比较。然而我们无法否认,徐坚和李昉应该是能看到许善心原作的,但他们舍许取薛,显然是从艺术成就上来考虑的。他们的弃取也可以作为北方文人的诗超过南人的又一例证。

在隋代,这种南北文人共同唱和的例子并不少。例如:元行恭、薛道衡和江总都有一首《秋游昆明池》诗。其中薛诗在艺术上似少特色,所以陈祚明《采菽堂古诗选》没有选录是对的。至于元、江二人之作,应该说各有特色。元诗偏于写羁旅之情,有向往隐逸的想法,所以陈祚明说:"行恭殆未得仕隋,故其言如此。"江总那首诗似乎写到陈亡后的感慨,意义较深,艺术上较之元诗似更成熟,所以陈祚明评论说:"已有佳句,结意远。"但元、江二人作为朋友,在创作上也相互影响。如元行恭有一首《过故宅》,写到了他在北齐时旧居的残破,以"惟余一废井,尚夹两株桐"作结,用的是魏明帝曹叡《猛虎行》中"双桐生空井"的典故。这首诗写得颇为悲凉,陈祚明评云:"自是酸楚。"值得注意的是江总有一首《南还寻草市宅》诗,写的是他入隋南归,寻访他在陈代时的故居。诗中有"见桐犹识井,看柳尚知门"之句,和元行恭的诗写的是同一意境,用的是同一典故。稍后的段君彦有一首《过故邺》,也有"深潭直有菊,涸井半生桐"之句,和元、江之作亦颇类似。段君彦时代较晚,可以姑置勿论,问题是元、江二人之作,究竟哪个在先?我们知道,江总是南归以后于开皇十四年(594)卒于广陵的。他的南归大约在开皇十二年,南归后再没有去过北方。元行恭据《北齐书·元文遥附元行恭传》:"隋开皇中,位尚书郎,坐事徙瓜州而卒。"看来元行恭的诗很可能作于江总南归以前,江总正是看到了元行恭之作,在南归后作诗受到元诗启发而用了同一典故。后来段君彦之作,又可能是兼受元、江二人的影响。这个例子说明当时的南方文人在作诗时或多或少地也会从北方文人那里吸取营养。

这在南北朝时代本是很难想象的。因为当时南方文人往往以文学上高出北人而自傲。唐刘悚《隋唐嘉话》下卷载:"梁常侍徐陵聘于齐,时魏收文学北朝之秀,收录其文集以遗陵,令传之江左。陵还,济江而沉之,从者以问,陵曰:'吾为魏人藏拙。'"又张鷟《朝野佥载》卷六载,庾信在梁代时出使东魏,回南后有人问他:"北方文士何如?"他说:"唯有韩陵山一片石堪共语。薛道衡、卢思道少解把笔,自余驴鸣犬吠,聒耳而已!"这些唐人的笔记小说,有些出于传闻,具体事件未必可靠,但它们反映南人轻视北人的心理大致是真实的。因此江总之从元行恭诗作中得到启发,多少说明隋代的南北文人间的隔阂,已基本消除。

二

隋代北方文人在创作上取得的长足进步,不能否认是他们大力效法南方文人的结果。即以前面提到的几首唱和诗而论,也是取法南方的产物。我们知道,作诗互相唱和或者同咏一事一物的做法,在历史上出现很早。例如建安时代,王粲的《咏史》诗和曹植的《咏三良》诗,都是写春秋时秦穆公以子车氏的三位贤臣殉葬的故事,这很可能是王粲作之而曹植和之,近于后来文人同咏一事的例子。如果以赋而论,那么曹丕的《寡妇赋序》(见《文选》潘岳《寡妇赋》李注引)明明说:"陈留阮元瑜与余有旧,薄命早亡,每感存其遗孤,未尝不怆然伤心,故作斯赋,以叙其妻子悲苦之情,命王粲并作之。"至于诗人互相赠答也由来已久,最早的也许是东汉时代秦嘉、徐淑夫妇相赠答的诗,后来此风渐兴,如西晋初张华和何劭就有诗赠答。《玉台新咏》所录陆机《为顾彦先赠妇》二首和陆云《为顾彦先赠妇往返》四首虽属游戏之作,但也说明当时朋友、夫妇之间确有作诗唱和之风。此风到南朝时尤甚。至于北朝早期,这种唱和之风也偶有其例,如高允和宗钦、段承根等也有四言诗相唱和。但两个以上文人聚在一起同咏一物或一事的例子还是很少。现在所知道的,应以谢朓、沈约等人在一起,各咏座上所见之物(见《玉台新咏》)为较早。此风的盛行大致始于梁代中叶到陈代。当时以萧纲、萧绎为东道主的一些文人集团和陈代李爽、张正见、贺彻、阮卓等人组成的"文会之友"们在这方面表现也较突出。这种风气,由于庾信、王褒等人的入关也带到了北方。今存《庾子山集》中保存着他和北周赵王宇文招及王褒、李昶的多首同咏一事之作。到了隋代,此风仍得到隋炀帝的提倡。隋代诗人作这类诗的也不少,如薛道衡的《和许给事善心戏场转韵》就是一例。其他诗人如李孝贞的《奉和从叔光禄愔元日早朝》、孙万寿的《和周记室游旧京》等。此外还有一些专门和隋炀帝之作,如柳䛒的《奉和晚日扬子江应制》、虞世基的《奉和幸江都应诏》等,这些例子也举不胜举。值得注意的是,隋代文人在这种唱和中确实起到了相互影响的作用。例如前面提到的元行恭对江总的启发就是这样。但我们如果把卢思道的《赠李若》和薛道衡的《昔昔盐》作一番对比,就可发现二诗的用意颇有相似之处。首先,两诗用的都是"齐"韵。卢诗云:"今留素浐曲,夏木已成蹊。"薛诗云:"水溢芙蓉沼,花飞桃李蹊。"写的都是春夏景象。押的都是"蹊"字,这也许还可以说是偶合。但卢诗结句为"寄语当窗妇,非关惜马蹄";薛诗最后四句是"前年过代北,今岁往辽西;一去无消息,那能惜马蹄"。两诗写的既同是夫妻相思之情,用的又都是苏伯玉妻《盘中诗》(见《玉台新咏》卷九)的"何惜马蹄归不数"的典故,这说明卢、薛二人的诗应该有相互影响的关系。据事理推测,卢长于薛,卢诗作于周武帝平齐的次年(578);薛诗写作年代难于确定,但他死于大业五年(609),应以薛受卢的影响为近。据《隋书·薛道衡传》，卢、薛二人在北齐时代就"齐名友善"，那么在创作上相互影响，也是合乎情理的。元行恭与江总、卢思道与薛道衡之间的这种影响，说明诗人间的加强交流，对创作的进行起了推动作用，而这种相互酬唱的风气，归根结底来自南方。

三

由于南北的统一，原来保存于南方的典籍大量流入北方，使北方文人的"腹笥"大大地丰富起来，他们得以借鉴的前人作品大量增加，这对文学的进步也起着很大的推动作用。从现存的隋诗中可以看出，隋代文人化用前人诗句的例子，远远超过了统一以前的北方文人。这和统一前后书籍的大量流入北方显然有关。例如卢思道的《从军行》中"流水本自断人肠，坚冰旧来伤马骨"二句，上句是化用《梁鼓角横吹曲·陇头歌辞》中"陇头流水，鸣声幽咽；遥望秦川，心肝断绝"的诗句，下句是化用陈琳《饮马长城窟》中"水寒伤马骨"句意。"边庭节物与华异，冬霰秋霜春不歇"二句，乃取法于蔡琰《悲愤诗》中"边荒与华异，人俗少义理；处所多霜雪，胡风春夏起"的句意。他的《听鸣蝉》篇中"红尘早敝陆生衣"句，化用陆机《为顾彦先赠妇》中"京洛多风尘，素衣化为缁"句意，也可能兼受谢朓《酬王晋安德元》中"谁能久京洛，缁尘染素衣"的影响。同诗"归去来，青山下，秋菊离离日堪把"诸句，则显然是化用陶渊明的《归去来兮辞》和《饮酒·其五》的"采菊东篱下，悠然见南山"诗意。同样地，薛道衡的《敬酬杨仆射山斋独坐》中"遥原树若荠，远水舟如叶"二句，乃化用谢朓《之宣城郡出新林浦向板桥》中的"天际识归舟，云中辨江树"二句。另外，薛氏的这两句诗，又是唐孟浩然《秋登万山寄张五》中名句

"天边树若荠,江畔舟如月"所自出。至于杨素《赠薛播州十四章·其四》中"植林虽各树,开荣岂异春"二句,清陈祚明评为:"调古似晋人。"这种感觉是对的,关于杨素诗风近于晋人的问题,下面还要谈到。不过,笔者认为这两句恐怕多少受到了《洛阳伽蓝记》卷四所记"荆州秀才张斐"的诗句"异林花共色,别树鸟同声"的影响。可见隋人作诗,除取法古人及南方文人外,也多少从北朝诗人之作中汲取营养。

隋代诗人的作品受南朝诗歌的影响是比较明显的。如杨素的《山斋独坐赠薛内史》二首,陈祚明评其第一首"写景幽秀",其实此诗写景的手法就和南齐谢朓的一些写景诗颇为类似。至于第二首,陈祚明甚至说:"其源亦出于谢宣城,稍有静气。"至于和他唱和的薛道衡,如上面提到的"遥原树若荠"二句,即得力于谢朓。大抵自齐梁以后,南朝诗人无不仰慕和学习谢朓、沈约,即使萧纲、萧绎这些"宫体诗"的作者无不如此,萧纲曾经说"谢朓、沈约之诗"是"文章之冠冕"(见《与湘东王书》)。他们的一部分诗歌由于题材的原因而流于绮艳,与谢、沈有所不同,但另一部分写景之作,仍与谢、沈有着一脉相承的关系。这种情况到了陈代仍然如此。例如阴铿的诗,经常与何逊并提,而二人的诗风,都明显地效法谢朓。江总的情况也大致类似。陈祚明评江总云:"江总持诗,特有清气。"又云:"江总持诗如梧桐秋月,金井绿阴之间,自饶凉气。"这里的所谓"清气",自是从谢、沈的清丽诗风,而至于陈氏所谓"凉气",实即悲凄之感,乃江总早年经历侯景之乱的忧患,后来贵显之后,又处于陈代已近末路之时,他多少有一些无可奈何的心情。至于隋代的北方文人学习谢朓,情况就不大一样。其中薛道衡似更热衷于取法梁陈宫体,所以更多绮艳之风,和其他北人不大一样。至于杨素,更足以代表兼宗南北的诗风。陈祚明在评杨素时,除注意到他学谢朓外,更强调他受晋人影响。他说:"越公诗清远有气格,规摹西晋,不意武夫凶人有此雅调。"又如评《赠薛播州十四章·其四》中的"植林虽各树,开荣岂异春"二句,也认为"调古似晋人"。在这里,他一再提到"晋人",确实是从正确的感受出发的。杨素这些诗颇有些写景的好句,这些句子确实近乎西晋,具体地说,和张协的《杂诗》在手法上颇类似。这种情况出现在杨素身上,并不足怪。杨素本人虽是"武夫"、"凶人",但他出身于弘农华阴杨氏,这是东汉以来中原的一个望族。北魏的杨播兄弟以治家严整守礼闻名;《洛阳伽蓝记》卷二所记的杨元慎也以学问和口才见长。这种家族,一般都有门相传的家学。这种家学在经学方面大抵是汉儒以来的旧说,而在文学上则多继承西晋末年的文风。《周书·王褒庾信传论》论到北魏早年的文人时,称他们"声实俱茂,词义典正,有永嘉之遗烈焉"。这就是说他们的诗文保存有西晋末年的遗风。这论断是可信的。因为这些世家大族在战乱的年代中,虽然得不到战争爆发以后出现在南方的许多作家之作,但家世旧藏的西晋以前人的诗文,多少还有所保存。作为士族,他们总或多或少地要以文学教他们的子弟。在这种条件下,这些士族子弟在文学方面由于所见不广而不可能写出足以流传的作品。然而,一定的家学基础,仍然为他们的文学才能准备了一定的条件。一旦时局比较安定,文学创作再一次得到重视,而南方文人的创作大量传入以后,这些原来的家学也会发挥其作用。像杨素的诗,就是兼受晋代文学和以谢朓等人为代表的南方文人的影响。陈祚明读杨素诗的感受显然是正确的。又如卢思道的诗,刘师培在《南北文学不同论》中说他"长于歌词,发音刚劲,建安之逸响",也可以作如是观。因为范阳卢氏也是河朔的世家,与晋末和刘琨相唱和的卢谌本属一族,从北魏以来,也出了许多名人,而和他先后出现在文坛上的还有《剧鼠赋》的作者卢元明,写《筑长城赋》的卢询祖等,说明范阳卢氏也有其"家学"。笔者过去论北方文人的文风与南人不同,往往很强调他们的生活实践与南人不同,这自是问题的一个重要方面。但是家学传统的影响,恐怕也很值得重视。

四

关于隋代诗歌还有一个值得注意的问题就是当时的乐府诗。说到乐府,隋代诗人之作也主要取法南方文人。因为汉魏以来盛行的《相和歌辞》,到东晋以后似乎仅仅流行于南方,北朝只有北魏的高允写过一首《罗敷行》,但就是这一首诗,恐怕主要是模仿曹植的《美女》篇,是否有意写乐府诗或学民歌《陌上桑》都很成问题。至于《乐府诗集》中所谓《清商曲辞》则本是东晋以后流行于南方的乐曲,北朝文人自然很少仿作。只有被今人称作"北朝乐府"的《梁鼓角横吹曲》,倒是十六国以来产生于北方的乐曲。但这些乐曲中有一部分可能本是用少数民族语言创作的,笔者在《关于北朝乐府民歌》(见《中古文学史论文集》第133至146页)中曾认为其中至少有一部分是经过梁代乐官或文人翻译和润饰的。因此北朝文人仿作这类歌辞的也很少,较有名的也许只有温子昇的《白鼻䮫》,有些类似《高阳王乐人歌》。

现在我们所能见到的隋代诗人的乐府诗,则既有《相和歌辞》,也有《汉横吹曲》,甚至还有个别可以归入《清商曲辞》的《春江花月夜》之类,但这是隋炀帝和他的侍从文人诸葛颖之作,和炀帝的荒淫生活有关。这部分作品存在数量不多,也很少为历来读者重视,可以姑置勿论。

隋代文人的乐府诗一般以《汉横吹曲辞》为多。他们喜欢写这类乐府诗,可能和南朝文人的影响有关。因为从现存的南北朝诗歌看来,北朝文人写这类乐府诗的人很少,而南朝文人所作甚多,但这类歌辞的内容大半是有关边塞和战争的。南朝文人大抵生活在长江流域,不大可能到西北或漠南北一带地方去,他们也很少真正参加过军旅生活,因此他们的创作常常是从前人作品特别是《汉书》、《后汉书》中去寻找典故,往往缺乏切身的感受。隋代文人的情况就不大一样,不少出身北方的文人多少有过军旅生活的经历,有的还到过边塞。例如杨素本人就是一员大将,他的《出塞》中确实有自己的生活体验。其他人像卢思道也正如他自己在《劳生论》中所说,"若乃羊肠、句注之道,据鞍振策;武落、鸡田之外,栉风沐雨",有过一定的经历。他虽然没有写《汉横吹曲》,但所作《从军行》写的也是边塞战争题材,读起来较之南朝人之作就感亲切。南方文人写边塞诗就不是这样,即以虞世基的《出塞》为例,诗中写到边塞景色,有明显的地域错误。如第二首"誓将绝沙漠,悠然去玉门",把战事写到今甘肃敦煌的玉门关以西。又说"雪暗天山道,冰塞交河源",那就到了今新疆维吾尔自治区,而其实杨素和突厥那次交战却在灵州(今宁夏灵武一带)。所以相对于杨、薛之作来说,虞诗似有逊色。但像虞世基这类边塞诗,从梁代起就出现过不少。《颜氏家训·文章》:"文章地理,必须惬当。梁简文《雁门太守行》乃云:'鹈军攻日逐,燕骑荡康居,大宛归善马,小月送降书。'萧子晖《陇头水》云:'天寒陇水急,散漫俱分泻,北注徂黄龙,东流会白马。'此亦明珠之颣,美玉之瑕,宜慎之。"从梁至隋那些诗人写的边塞诗虽然常有地理上的失误,而且内容也显得空泛,但在辞藻和技巧方面仍有一定的长处,后来唐代的诗人写边塞诗也曾借鉴过这些作品。即以虞世基的《出塞》而论,其"霜旗冻不翻"句,即为唐岑参《白雪歌送武判官归京》中"风掣红旗冻不翻"所从出。这说明这些南人所写的边塞诗虽有缺点,在艺术上亦非全无可取。

隋代文人也写过一些诗以《相和歌辞》的曲名为题,但这些诗的内容和汉魏以至西晋诗人所作的这些歌辞迥然不同。例如:隋炀帝作《饮马长城窟行》,是写他自己发动筑长城之事。《隋书·炀帝纪》载,大业三年七月,"发丁男百余万筑长城,西距榆林,东至紫河,一旬而罢,死者十五六。"所以他在诗中说:"万里何所行,横漠筑长城,岂台小子智,先圣之所营。"这和古辞(一说蔡邕)的《饮马长城窟行》写"绵绵思远道"以及陈琳的《饮马长城窟行》写役夫之怨思都没有关系。同样地,薛道衡作《豫章行》起句为"江南地远接闽瓯,山东英妙屡经游",写的是今江西一带景色。薛道衡在隋统一以前,曾出使陈朝,可能到过这里;后来在平陈之后,据《隋书》本传载:"后坐抽擢人物,有言其党苏威,任人有意故者,除名,配防岭表。"此时可能又到了今江西一带,所以说"屡经游"。诗中"君行远度茱萸岭,妾住长依明月楼"分明是写自己被"配防岭表"时和妻子相思之情。这和《豫章行》的古辞内容也不相干。古辞《豫章行》写的是豫章山上的白杨树遭人砍伐,被修建"洛阳宫",叹息"何意万人巧,使我离根株"。后来曹植的《豫章行》写人生的"穷达",傅玄的《豫章行·苦相》篇写妇女的不幸遭遇,陆机的《豫章行》写旅途中叹惜时光的流失,这些内容与薛诗均不相同。这种情况说明汉魏直到两晋时代,那些《相和歌辞》的曲调还存在,那些作者都是采用歌辞的曲调写诗,至于诗的内容,有时可以各不相同。这就像后来的词人依声填词,同一曲调可以表现不同的内容。但这些汉魏旧曲经历晋宋到南齐,已逐渐衰歇,人们听惯了江南的"吴声"和"西曲",因此《南齐书·王僧虔传》载,这些旧曲由于"情变听移,稍复销落,十数年间,亡者将半"。尽管王僧虔等人竭力提倡,但旧曲仍在不断衰亡。到了梁代,已很少演奏,梁武帝用以赏赐大臣徐勉等人的,只有"吴声"与"西曲"的歌伎。所以梁、陈作者所作以《相和歌辞》为题的诗,好多也只和题目有关,与旧曲内容毫不相干。如梁简文帝的《陇西行》,成了出征陇西的诗,与古辞《陇西行》的"天上何所有"全不相干。《雁门太守行》也成了写戍守边关之事,与《后汉书·循吏·王涣传》注所载"古乐府歌"之思念好官王涣根本无关。即使沈约的《饮马长城窟行》,也与"古辞"及陈琳之作无关,而只是取其名称。所以隋代诗人写作以《相和歌辞》为题名的诗,其做法实沿袭南朝。而且,由于入隋以后,《相和歌辞》的曲调大部散失,《隋书·音乐志》中所记乐曲,其实已没有《相和歌辞》,《音乐志》的作者甚至把"清乐"和"清商三调"混为一谈,而所举例子竟是《阳伴》,其实即《西曲》中的《杨叛儿》。但隋文帝却认为这是"华夏正声","昔因永嘉,流于江外",可见当时人对汉魏旧曲已不大了解,所以仅取其名,而不再顾及声调。发展到唐代,就有像李白的《上留田》竟以"行至上留田,孤坟何峥嵘"起句,元稹的《董逃行》干脆称"董逃董逃董卓逃",全在名目上做文章,与普通的诗全无分别。正是这种变化,才使一些诗人完全摆脱了曲调的限制而写出"即事命题"的"新乐府"。从这个意义上说,这种对曲调的舍弃是诗歌的一大进步。

陆机的思想及其诗歌

提到陆机,人们往往会想起他是"二十四友"之一,因此对他的人格有所非议。例如南朝文学批评家刘勰在《文心雕龙》中说他是"文士之疵",北齐颜之推在《颜氏家训》中指责他"犯顺履险"。这些都是抓住他生平事迹中的一例用来概括他的全人,未免失诸偏颇。倒是后来唐太宗为《晋书·陆机传》所作的评论比较公正,他说陆机"自以智足安时,才堪佐命,庶保名位,无忝前基。不知世属未通,运钟方否,进不能辟昏匡乱,退不能屏迹全身,而奋力危邦,竭心庸主,忠抱实而不谅,谤缘虚而见疑,生在己而难长,死因人而易促。上蔡之犬,不诫于前;华亭之鹤,方悔于后。卒令覆宗绝祀,良可悲夫!"唐太宗并没有就个别事件立论,而是综观陆机一生的行为,指出他的悲剧性下场,其故在于自恃其才智,而不能审时度势,却为司马颖这样的"庸主"去尽忠竭力,终于招致杀身之祸。对他的思想品质并无贬斥。这是比较符合事实的。再说西晋在贾后专权的阶段,朝政在表面上还不算很乱。贾后其人虽有不少劣迹,但她肯委任张华,让他引用一些人才,使政局保持一定程度的安定。在这种情况下,陆机还不想退出仕途,也是可以理解的。至于他为司马颖领兵进攻司马乂,则在"八王之乱"发生之后,也许可以说是参与了军阀的混战。但这种争权的斗争,本无是非可言,即使以封建道德而论,也称不上"犯顺"。同时司马颖对陆机有过救命之恩,他此举也不必加以深责。

关于陆机在文学上的成就,大抵自晋迄隋,虽有少数人加以批评而大多数人则持赞扬的态度;从宋代以来,则批评的意见似乎占了上风。例如臧荣绪《晋书》载:"(陆)机誉流京华,声溢四表,被征为太子洗马,与弟云俱入洛,司徒张华素重其名,如旧相识,以文录呈,天才绮练,当时独绝,新声妙句,系踪张(衡)、蔡(邕)。"(《文选》陆机《文赋》李善注引)《世说新语·文学》注引《文章传》:"机善属文,司空张华见其文章,篇篇称善,犹讥其作文大冶,谓曰:'人之作文,患于不才,至子为文,乃患太多也。'"《北堂书钞》卷100引葛洪《抱朴子》佚文记载葛洪曾听到亲自见过陆机的嵇君道(含)说:"每读二陆之文,未尝不废书而叹,恐其卷尽。"葛洪自己也说:"吾见二陆之文百许卷,似未尽也。一手之中,不无利钝。方之他人,若江河之与潢污。及其精处,妙绝汉魏人也。"又说:"陆机之文犹玄圃之积玉,无非夜光。"当然,也有对他不甚称赏的,如《太平御览》卷599引《抱朴子》佚文载,欧阳生认为他的文章不及张华、潘尼和潘岳,并说"二陆文词源流,不出俗检"。这"欧阳生"疑即欧阳建,他是潘岳的朋友,潘陆本有文人相轻的情况,因此可能有偏见。后来南朝的批评家们对陆机虽有所指责,但仍认为瑕不掩瑜。如刘勰说:"陆机才欲窥深,辞务索广,故思能入巧而不制繁。"(《文心雕龙·才略》篇)钟嵘《诗品》把他列入上品,认为他"才高词赡,举体华美。气少于公幹,文劣于仲宣。尚规矩,不贵绮错,有伤直致之奇。然其咀嚼英华,厌饮膏泽,文章之渊泉也。张公叹其大才,信矣"。在《诗品序》中,钟嵘还肯定他是当时作家的杰出代表,所谓"太康之英",而潘岳、张协只能"为辅"。关于陆机和潘岳的高下,自东晋以来,就有争议,如孙绰、谢混就扬潘抑陆。所以江淹在《杂体诗三十首序》中就说到"安仁、士衡之评,人立矫抗"。钟嵘也提出了"陆才如海,潘才如江"的折中之论。到了隋代,王通对陆机却赞扬备至,他对许多文人都大加抨击,而认为陆机"文乎文乎,皆思过半矣"(《中说·事君》)。但到了宋代以后,对陆机进行贬抑的言论多起来了。如严羽《沧浪诗话》就说:"晋人舍陶渊明、阮嗣宗外,惟左太冲高出一时,陆士衡独在诸公之下。"清代的王士禛更发挥这种论点,认为《诗品》的评价不对,"上品之陆机、潘岳,宜在中品"(《古夫于亭杂录》卷五《诗品舛谬》)。其后黄子云、沈德潜又起而和之。在他们的影响下,直到近年来出版的一些文学史著作,在论到两晋文学时,对陆机的创作评价都不很高。对一个作家的具体看法,本来可以"仁者见仁,智者见智",笔者在这里不想做什么评说。只是陆机在文学史上地位的这种大幅度升降,一般比较少见。其原因颇可探讨。

陆机的思想品格

在具体谈论陆机的思想及其为人之前,我们首先应该强调一下"知人论世"的原则。正如马克思主义所坚持的那样:"人是社会关系的总和。"如果脱离了他生活的历史条件,那就无法对那个人物的思想及行为进行评说。陆机生活在三国末至西晋"八王之乱"已经爆发的时代,他的思想深深地打下了那个时代的烙印。陆机三岁时,魏兵灭蜀;五岁时,晋武帝司马炎代魏;二十岁时,晋灭吴,中国重新统一。西晋皇朝虽然是一个短暂的统一时代,司马炎也称不上什么"英主",但当时的人们对他无不抱有幻想。因为在我国历史上,从秦至汉,已经经历了四百年左右的大一统局面。人们通过长期的生活经历,已经深刻地体验到统一较之分裂割据要优越得多。尤其是三国时期的军阀混战,造成了像曹操的诗中所说"白骨露于野,千里无鸡鸣"的惨祸,对于陆机这个时代的人来说,实在是记忆犹新的。因此,对当时人来说,拥护和珍惜统一,认为分裂是不正常现象而加以反对,应该是各个地区人们的共识。尤其像陆机这样"伏膺儒术",有志于"申能展用,保誉流功"者,更是如此。

当然,对陆机来说,在对晋朝灭吴的问题上,也存在着一定的矛盾。他是孙吴的旧臣。祖父陆逊、父亲陆抗都是孙吴的将相。陆氏在吴地又是大族。在《吴趋行》中,他曾自夸家世,认为"八族未足侈,四姓实名家",不愿屈居中原高门之下。但入晋以后,吴人地位显然下降,以至《世说新语·方正》篇载,东晋初王导要求与陆玩结为姻亲,陆玩却加以拒绝说:"培塿无松柏,薰莸不同器。玩虽不才,义不为乱伦之始。"这是因为中原士族不但以征服者自居,而且自认为中原是文明发祥之地,看不起江南人士,这种心态更是由来已久。但这种心理上的隔阂毕竟是次要的,在维护国家的统一和政局的稳定面前,陆机和他同乡的士人都能放弃成见,顾全大局。所以直到他被害时,还自称:"自吴朝倾覆,吾兄弟宗族蒙国重恩,入侍帷幄,出剖符竹。成都命吾以重任,辞不获已。今日受诛,岂非命也!"对尽忠晋朝,并无后悔。唐太宗更说他在晋朝做官时"自以智足安时,才堪佐命",足见他并不以自己是吴人而另有他心。这大约是当时许多吴人的共同心态。例如周处,就是在平息氐人齐万年的战争中英勇献身的名将;陆机的友人顾荣更是为平定江南叛乱和建立东晋政权立了大功,所谓"昔每闻元公(顾荣)道公(王导)协赞中宗(晋元帝),保全江表"(《世说新语·言语》)。陆机向西晋举荐的人才如纪瞻、贺循、戴渊等,都各有其特长和功业。这说明他不但自己为晋朝效忠,而且也劝引别人为晋朝出力。弄清了这个问题,对陆机一系列诗文的解释才能迎刃而解。

在探讨陆机的思想及其创作时，我们首先会遇到一个难题，那就是他的集子已经散失，后人所辑的本子不但残缺不全，而且有着许多谬误和窜乱。据前引《抱朴子》的佚文看，陆机和陆云的集子，在葛洪时代，合起来有"百许卷"之多，其中《陆云集》的篇幅估计不会超过《陆机集》，而据《隋书·经籍志》记载，在梁代时，《陆机集》只有四十七卷，恐已非全帙。到隋时已只剩十四卷，不到梁时的三分之一。现在所见的《陆机集》是宋人搜辑的，仅十卷，而且疏误甚多。其中辑自类书的佚文已属残篇姑置勿论，即就首尾完整之作而言，也颇有可疑。如《晋平西将军孝侯周处碑》，显然是后人之作滥入，已有定论；《吴大帝诔》亦有问题，因为"诔"是人刚死时所用。《说文解字》云："诔，谥也。"《诗经·鄘风·定之方中》毛传："丧纪能诔。"《文心雕龙·诔碑》篇："大夫之材，临丧能诔。诔者累也，累其德行，旌之不朽也。"稽之史实，孙权死后八年，陆机才出生，不可能作此文。

即使从陆机现存的作品看来，他的拥护统一的思想亦颇显著。他所作的《汉高祖功臣颂》，称扬了辅佐汉高祖平定天下的功臣三十一人，说他们是"与定天下安社稷者也"。他在《汉高祖功臣颂》的末尾又说："明明众哲，同济天网。剑宣其利，鉴献其朗。文武四充，汉祚克广。悠悠遐风，千载是仰。"对汉高祖这样一位统一帝国的缔造者如此推崇，正表现了他对统一的拥戴。关于这一点，他弟弟陆云所作的《盛德颂》可以作为旁证。在那篇文章中，陆云甚至恨不得生于汉代，"抽锋咸阳之关，提铖项籍之领"。我们知道项籍正是从二陆的家乡吴中起兵，率江东子弟八千西征，战败时还自称"无面目见江东父老"。这正说明二陆虽为孙吴重臣的后代，却并不敌视晋的统一。在《吊魏武帝文》中，陆机对曹操的事业做了充分的肯定，尤其是"扫云物以贞观，要万涂而来归。丕大德以宏覆，援日月而齐晖。济元功于九有，固举世之所推"等语，更谓推崇备至。他作此文时，魏已灭亡很久，没有必要作谄谀之辞。他所以这样说，无非是肯定曹操为晋的统一奠定了基础。在他的《赠冯文罴迁斥丘令》、《答贾谧》等诗中都对晋的统一做了歌颂，当非违心之言。因为早从秦汉以来，每个正直有良心的中国人都是主张统一，反对分裂的。陆机兄弟也不例外。

在陆机的文章中确有像《辨亡论》等篇，认为吴国如果能任用贤人，本可长存的论点，似乎他对晋的统一并不心服。但《辨亡论》的宗旨只是盛夸其父祖的功业。在《辨亡论》下篇中，他说："或曰：'吴、蜀唇齿之国，蜀灭则吴亡，理则然矣。'夫蜀，盖藩援之与国，而非吴人之存亡也。"这段话似是对左思《魏都赋》中"成都迄已倾覆，建邺则亦颠沛"诸语的答复。其实陆机对左思《三都赋》还是肯定的（见《晋书·左思传》）。他在文中一再强调"陆公（陆抗）没而潜谋兆，吴衅深而六师骇"，"人之云亡，邦国殄瘁"，把吴的兴亡系于陆氏一门，并且认为"彼此之化殊，授任之才异也"（上篇），说明他还是认为晋朝灭吴是"应天顺人"，并不主张孙吴应永保其割据之势。

陆机还作过一篇《五等论》，似乎较赞成分封制。但这不是他个人的看法。据史籍记载，当时倡议实行分封制的是晋淮南相刘颂，他在太康十年上疏晋武帝论政事，其中有不少好的建议，但又说应分封亲属及贤能之士。这种建议看来颇有"开倒车"之嫌。然而在西晋统一之初，出现这一动议，并不奇怪。我国历史上不少统一皇朝建立之初，都有人这样主张。如秦始皇灭六国后和唐代统一中国后都有过这种争论。汉代统一之初，甚至还多少实行过一个时期，当时虽有其具体原因，而历史证明了这办法实在是利少弊多。但在中国古代，由于幅员辽阔，交通不发达，各地风俗人情殊异，为了施政方便，提出这种建议亦事出有因。陆机《五等论》的末段，就包含有因地制宜的用意。① 尤其是晋承魏后,司马氏政权吸取了曹魏猜忌宗室使异姓大臣很快攫取军政大权的教训,加强了诸王的兵权,结果造成"八王之乱",并招致了民族灾难,这是司马炎等人始料所不及的。这个历史事实自属人所共知,却非陆机这样初从江南入洛,人微言轻者和一篇文章所能造成的结果。

关于陆机和中原人士有矛盾的说法,主之最力者莫如清代人吴淇,他在《六朝选诗定论》中认为陆机的《为顾彦先赠妇二首》和陆云的《为顾彦先赠妇往反四首》都是讽刺顾荣与北人交好之作。其实这六首诗都不过是游戏之作,并无多大用意。陆机、陆云自己就和北方人交往甚密,吴淇所说顾荣所交往的北人中如冯文罴等,和陆氏兄弟同样有很深的交情。从二陆的诗中却看不出有什么不得与北人来往的意思,再说顾荣后来终于南归,二陆却卷进了政治漩涡,以致"华亭鹤唳,岂河桥之可闻"(庾信语)。以此看来,吴氏之说显然不妥。陆机和个别北人是有隔阂的,如卢志(见《世说新语·方正》)、刘道真(同上书《简傲》),但不能以此推及全部北人。

从陆机许多诗赋中反映出来的情绪看,他刚入洛做官时,确实不很热衷,甚至多少有点出于被动的情绪。这对他这样出身吴中豪门而且为孙吴重臣子孙的人,完全可以理解。因此,在他北上之初的一些诗中,就颇有感伤之情。如《赴洛道中作二首》其一云:"总辔登长路,鸣咽辞密亲;借问子何之,世网婴我身。"《赴洛二首》其二云:"忧苦欲何为,缠绵胸与臆;仰瞻凌霄鸟,羡尔归飞翼。"都有无可奈何的心情。但到了洛阳,他的态度似乎有所变化。这是因为他入洛之初,

---

① 这种意见,其实也不完全错。清人顾炎武提出"寓封建于郡县之中"(《郡县论》一),就是要发挥地方官的主动作用。当然,陆机此文的思想还不能如顾炎武那样明确。

晋武帝尚在，西晋的政局犹显承平，而像张华这样身居高位又享有盛誉的人对他颇为器重。《世说新语·赏誉》篇载，张华曾当面对他说："君兄弟龙跃云津。"同书《言语》篇注引《晋阳秋》载，张华还说到"平吴之利，在获二俊"（指二陆）的话。《三国志·吴志·陆逊传》裴注引《机云别传》："晋太康末，俱入洛，造司空张华，华一见而奇之，曰：'伐吴之役，利在获二俊。'遂为之延誉，荐之诸公。太傅杨骏辟机为祭酒，转太子洗马、尚书著作郎。云为吴王郎中令，出宰浚仪，甚有惠政，吏民怀之，生为立祠。后并历显位。"仕途上的顺利，促使陆机增长了在政治上做一番事业的雄心。所以唐太宗说他自以为"智足安时，才堪佐命"的思想，在他入洛之初的几年，确实是很强烈的。他在《长歌行》中唱出"但恨功名薄，竹帛无所宣。迨及岁未暮，长歌承我闲"，正是他心声的流露。然而好景不长，晋武帝死后，愚暗无知的惠帝继立，政局因此急转直下。杨骏、贾后等人的行径，在"伏膺儒术，非礼不动"的陆机眼里，当然很看不惯。他不免要产生许多感慨。他的《折杨柳行》就是这样的作品。关于这首诗和西晋政局的关系，首先看出这问题的是近人郝立权。他在《陆士衡诗注》中说："诗之作，其感于赵王伦篡位之事乎？"郝先生察觉了诗中的寄托，这是一大功绩。但他对诗中有些比较关键的句子，并未做确切的解释。如"升龙悲绝处"句，显然用《史记·封禅书》中黄帝骑龙上天，群臣在地下号哭的典故。"葛藟变条枚"句，郝注引了《诗经·周南·樛木》中"南有樛木，葛藟累之"二句，认为是"昔为葛藟，今则条枚"，似亦欠妥。此句乃用《大雅·旱麓》中"莫莫葛藟，施于条枚；岂弟君子，求福不回"四句的典故。"葛藟"是缠绕"条枚"（树的枝干）的葛藤，以喻攀附权势的人。帝王一死，原来的权臣失势，依附他们的人又去投靠新的权贵。"变"字的用法和谢灵运《登池上楼》中"园柳变鸣禽"句的"变"字相同。这正暗示当时一些人并不遵循"岂弟君子，求福不回"

的原则。再说诗的上文有"仰悲朗月运"之句,"月"本可象征皇后或异姓,当指杨骏和贾后专权之事。因此这诗应指晋武帝死后不久,接着发生两个后族先后掌权的事件。陆机从儒家正统思想出发,对此表示不满。所以《折杨柳行》当作于惠帝元康初年(291~292)贾后杀杨骏之初。不过,贾后刚掌权时,正像笔者在前面所说,政局在表面上还算过得去。陆机对朝廷还没有完全失望。他还想通过曲折的道路,实现自己的抱负。关于这一点,傅刚同志对《长安有狭斜行》的分析,我认为是很有见地的。他指出这首诗中"守一不足矜,歧路良可遵"诸句,表明陆机虽以"贾谧之门为歧路",但在正道不能达到目的时,不妨"寻找捷径",以实现其志向。他这一看法可谓读书得间,比《乐府解题》等旧说要精确得多。本来,对笃信儒学的陆机来说,这样做丝毫不算过错。因为《论语·阳货》载,孔子也曾想应公山弗扰、佛肸之召。陆机正是抱着这动机去参加"二十四友"之列。但他从此在变幻莫测的斗争中越陷越深。其实从他主观上说,倒不是谋什么个人的富贵,而是想维护晋皇朝的统治。

至于陆机为司马颖尽力,也是从这种思想出发的。司马颖曾救过他,他十分感激,这在他的《谢平原内史表》中谈到被司马冏所陷及获释时的情况,就很清楚。再加上司马颖在当时,确有其假象,《晋书·陆机传》说:"时成都王颖推功不居,劳谦下士。机既感全济之恩,又见朝廷屡有变难,谓颖必能康隆晋室,遂委身焉。"陆机从封建道德出发,没有识破司马颖的真相,反而帮他去发动战乱,制造分裂。从这个意义上说来,他是有过失的,但还不能说他是"倾仄"或"犯顺"。

陆机在诗歌史上的地位

关于陆机在文学史上的地位问题，情况更为复杂。历代论者对他的评价有着这样大的起伏，这在古代作家中可以说相当罕见，其原因颇可探讨。笔者认为要解释这个问题，必须从几个不同的角度来加以考察。首先，对一个作家或一部作品的评价，既关系到作家或作品本身的优劣，也和各代人们的文学思潮变化有密切联系。许多著名的作家在历代论者的眼中，本来不可能一成不变。历史上只有对少数大作家的评价一直没有什么太大的变化。但多数人在各时代的议论常有起伏，即使一致肯定，其赞扬的方面也有所不同。这种起伏的原因很复杂，这主要是和评论者本人的主张及当时文学界的情况有关，但也有些甚至和文学本身并无太大关系。至于评论者出于个人的爱好而对某些作家有所厚薄，更是常见的事，并且没有必要加以非难。

近年来的论者对他的文章和辞赋似乎肯定较多，对他的文学批评著作《文赋》也评价甚高；只是对他的诗歌，却很少赞扬。然而，众所周知，在古代，人们主要是把他作为一个诗人来看待的。对陆机诗歌的评价问题，笔者认为除了需要文学批评的眼光外，更重要的是还要有历史主义的眼光。陆机的诗从现存作品来看，其中有很大一部分属于乐府和拟古之作，此外，他一些其他作品如《赴洛二首》、《赴洛道中作二首》及《为顾彦先赠妇二首》等亦属名作。他的乐府和拟古诗大抵为模仿古代名篇，在篇义及结构方面，均力图步趋古人，而在排比铺张、辞藻对仗方面则力求华丽工整，遂开繁缛雕饰的风气。在这点上他的努力既有成功的一面，也有失败的一面。原来五言诗的兴起肇自汉代,而其大盛则实始于建安。《文心雕龙·明诗》篇论建安诗人云:"慷慨以任气,磊落以使才;造怀指事,不求纤密之巧,驱辞逐貌,唯取昭晰之能。"这是说当时诗人还是以达意为主,对技巧和雕藻还未充分重视。不过,从现存作品来看,建安诗人的情况并不都一样,例如"七子"中王粲的辞藻就优于刘桢,刘桢的笔力却胜于王粲。曹氏父子中,曹丕较诸曹操,已趋华美,而年龄更小的曹植又胜过父兄。可见建安诗人实际上已由质朴向华丽转化。继之而起的正始诗人阮籍,在辞采方面也较七子中多数诗人为胜。陆机生当这些诗人之后,继承了他们的传统,进一步向雕饰方面努力,想变化以出新意,遂开以繁富华赡见称的一体。他的尝试取得了新的成就,却也有着某些缺陷。这是由于他刻意求对,有时失于呆板;力图仿古,又有时失诸"粗悍"。(许学夷《诗源辨体》语)这是一个首创新路的人常常难免的情况。但如果因为出现了这些不足而认为他的努力全无积极意义则有失公允。

在文学史上,往往有许多这样的例子,即某些手法和技巧,本是前一代文人早已创造或尝试过的,但经过后人吸取和改进,成了名篇或名句,从此人们对后一作品传诵不止,而对前面的作者却不太重视甚至置于勿论。这样的例子很多。如张衡《二京赋》中写鱼龙百戏的文字是赋中的精彩部分,颇受好评。但这段文字实受李尤《平乐观赋》影响,而李尤其人在一般文学史中均未提及,《平乐观赋》更鲜为人知。王勃《滕王阁序》中"落霞与孤鹜齐飞,秋水共长天一色"之句,历来都认为出于庾信《三月三日林园马射赋》中"落花与芝盖齐飞,杨柳共春旗一色"。孟浩然《早寒江上有怀》中"木落雁南渡,北风江上寒"二句,出于鲍照《登黄鹤矶》中"木落江渡寒,雁还风送秋"。现在王文、孟诗的传诵程度都超过了庾、鲍二作。韩愈《平淮西碑》中"士饱而歌,马腾于皂"二句显然出于王粲《从军行》"军中多饫饶,人马皆溢肥",而论者乃谓韩文胜过王诗。对于文学爱好者来说,自然可以限于称赏后来人点化的名句;但对文学史研究者来说,则不可忽视前人开创之功。这个问题在陆机身上也有类似情况。如他的《为顾彦先赠妇二首》其一的"京洛多风尘,素衣化为缁"二句,历来传诵,颇为后人所仿效。谢朓的《酬王晋安德元》诗末二句"谁能久京洛,缁尘染素衣",即出于此。后人化用陆机这两句的例子更多,然而不论谢朓还是后来的作者都还未见能超出陆机原句。应该指出的是陆机的集子,从晋代到现在已散佚得如此严重,六朝迄唐诗人的集子亦多遭散佚,因此后人名句中受陆机影响的例子,实已无法做确切统计。以陆机在当时的名望和地位来说,这种例子应该不在少数。如果我们再把六朝人和陆机的作品加以比较,更可以看出他当时的影响之大。即以乐府诗而论,在《乐府诗集》中我们可以看到其中《相和歌辞》一类,绝大多数曲调都有陆机之作,而后来的作者如谢灵运、谢惠连、鲍照、沈约以至唐代某些作者所作同一曲调的诗歌,都无不或多或少地从陆机之作化出。其中有些诗在不同程度上超过陆机,也有一些还不如陆诗。《杂曲歌辞》中有一些曲调亦然。如《相和歌辞》中的《长歌行》、《折杨柳行》、《燕歌行》等曲,谢灵运之作就较陆机逊色。《猛虎行》、《塘上行》诸首,谢惠连所拟亦远不如陆机。《从军行》有颜延之的拟作,那是亦步亦趋地效法陆机,几乎像后人学习书法时临帖。鲍照的乐府诗是有特色的,但也不能排除陆机对他的影响。如《门有车马客行》,陆、鲍各有一首,内容颇相近,艺术成就亦难分高下。《杂曲歌辞》中的《君子有所思行》,鲍照有一首《代陆平原〈君子有所思行〉》。这两首诗的艺术成就亦在伯仲之间。像鲍诗中"筑山拟蓬壶,穿池类溟渤"二句对宋文帝为了个人享乐而大举兴修玄武湖做了尖锐的讥刺,思想意义确实令人瞩目;但陆诗中"廛里一何盛,街巷纷漠漠","曲池何湛湛,清川带华薄"诸句,对后来谢混《游西池》、谢朓《游东田》中名句的影响亦不可忽视。至于同一曲调中谢灵运、沈约二作,则远不足与陆、鲍相提并论。鲍照的乐府名篇很多,其中还有和陆机同题的如《代东武吟行》,自是感人至深的杰作,其胜于陆机《东武吟行》自不待言。然而总的来说鲍照乐府诗受陆机影响很深,且对六朝其他诗人的影响更大于鲍。这不仅由于陆机时代较早,也由于他在当时被公认为学习的楷模。值得注意的是即使像陶渊明这样与陆机诗风大相径庭的诗人,也多少受到陆机影响。例如陶渊明的《挽歌三首》,人们认为胜于陆诗。但三首的排列次序、各篇的构思都和陆机《挽歌三首》类似。① 幸亏萧统《文选》全录陆机这三首诗,才使我们能清楚地了解到陆、陶之间的继承关系。

至于乐府以外的诗歌,陆机对后人的影响也很明显,其中颜延之最为突出。他的《北使洛》等诗竭力模仿陆机的《赴洛道中作》是显而易见的。又如陆机的《赠弟士龙》诗中"行矣怨路长,怒焉伤别促"二句,实为谢朓《京路夜发》中"行矣倦路长,无由税归鞍"所本;"我若西流水,子为东峙岳"二句,又是何逊"复如东注水,未有西归日"所自出。

关于陆机在中国诗歌史上的贡献,我们在较长的一段时间内似乎估计不足。六十年代初,中国科学院文学研究所编写的《中国文学史》,笔者亦曾参加,其中对陆诗评价其低,认为"语言过于雕琢,有时强作对偶,流于板滞"(第一册第215页)。金涛声先生在八十年代初所作《陆机集前言》对陆机的贡献做了一些肯定,却又指责他"助长了当时诗坛上形式主义的倾向,对南朝绮丽诗风的形成产生了不良的影响"。这些批评的产生有着众所周知的历史背景,不必深论。但

---

① 陆诗三首次序,《文选》李善注本第二、第三两首互倒,当从六臣注本。《乐府诗集》亦误从李善注本。

对陆机当时诗坛情况及南朝绮丽诗风的评价,似乎应有新的评价。关于诗风的质朴和华丽究竟以何者为胜,本来难于一概而论,不必执此非彼。问题在于陆机当时以及后来南朝绮丽之风的盛行,都是诗歌本身发展中必然的现象。这一点笔者在前面已有论述。其实这种现象正是当时多数人的共同主张。例如早在建安时代的文学批评中,"尚文"之风已很流行。曹丕在《典论·论文》中就认为"诗赋欲丽";陆机在《文赋》中也提倡"诗缘情而绮靡",与曹丕如出一辙。曹丕的诗在建安诗人中还算不上绮丽,因此钟嵘对他评价不高。然而清人沈德潜已看出了他和曹操的区别,认为"孟德诗犹是汉音,子桓以下,纯乎魏响"。钟嵘评诗,以曹植为上品,曹丕为中品,曹操为下品;《文心雕龙·才略》论曹丕,说到"旧谈抑之,谓去植千里",这都反映着"尚文"倾向在当时已占统治地位。特别是到南朝以后,由于东晋一代"玄言诗"的盛行,诗歌大抵"淡乎寡味",缺乏诗意。为了改变这种诗风,人们必须取法建安、太康,着重在辞藻、对仗和声律等方面加强语言的文采。再加上当时文人对提高文学技巧的理解,往往着重于从古人作品中吸取营养。所以陆机《文赋》认为作文应该"颐情志于典坟";刘勰认为作文当"积学以储宝,酌理以富才,研阅以穷照,驯致以绎辞"(《文心雕龙·神思》)。这就使诗文中用典之风也日趋繁富。这种种对形式和技巧的讲求,虽然也产生过某些消极影响,但总的来说却使诗歌的语言日臻丰富,手法日趋多样,从而得到长足的进步,为后来唐诗的繁荣奠定了基础。如果没有魏晋六朝人这些努力,后来的"近体诗"的出现是不可想象的。决不能因为讲求形式,就斥之为"形式主义",更不能以此归罪陆机。

　　陆机对六朝作家影响甚大,这是当时文学发展的趋势造成的。他的影响不论是积极方面或消极方面都有其历史背景,不能完全归结为个人的作用。即以讲究对仗而言,这是汉语以单音词为主的特征所决定的。早在先秦时代的韵文和散文中,对偶句的出现就很多。清代的阮元曾以《周易》中的《文言传》为例说明古代人文章就讲究对仗。《文言传》的产生时代,今人虽有争论,却至少是战国人之作。《诗经》中像《小雅·采薇》中的名句"昔我往矣,杨柳依依;今我来思,雨雪霏霏",也是对仗工整的诗句。可见早在西周时代,已开了此风。后来汉代的散文和辞赋中,例子更多,不胜枚举。至于语言刻炼雕琢,更是很自然的趋势。这个道理连古代一些人已早有认识,如《抱朴子·钧世》篇:"且夫古者事事醇素,今则莫不雕饰,时移世改,理自然也。"萧统《文选序》:"若夫椎轮为大辂之始,大辂宁有椎轮之质;增冰为积水所成,积水曾微增冰之凛。何哉?盖踵其事而增华,变其本而加厉。物既有之,文亦宜然。随时变改,难可详悉。"这种"踵其事而增华"乃是一种进步,无可指责。当然,在人们进行这种技巧上的探索和创新时,并不可能做得处处完美无缺,有时也会有所不足甚至造成缺陷,那也势在难免。陆机诗中有些句子流于板滞或像许学夷说的那样失于"粗悍",虽属事实但亦不等于他根本不应做这种创新的尝试。又如讲究排比和用典,情况也是这样。排比的目的在于使诗篇更见富赡,用典的原因则在使诗句益显雅奥,其共同的作用都在加强诗的文采。这些手法如果用得好,确有其长处,当然用得不当也会失于冗长或晦涩,但也不能因噎废食,一概否定。

  魏晋以至南朝初年的诗人们为使诗歌的辞藻华美,往往从辞赋尤其是汉赋中汲取营养。因为在当时人看来,文章的华丽繁富莫如辞赋。《抱朴子·钧世》篇说:"然古书者虽多,未必尽美,要当以为学者之山渊,使属笔者得采伐渔猎其中。"他认为《尚书》的文章不如后代人"清富赡丽",《诗经》不及汉晋辞赋"汪濊博富"。甚至具体说,《鲁颂·閟宫》写宫室,不及汉王延寿《鲁灵光殿赋》,《郑风·叔于田》、《齐风·卢令》写田猎,不如司马相如的《子虚上林赋》。这正是当时诗人从辞赋中借鉴技巧、吸取词汇的主要原因。他们这样做当然取得了不少积极效果。但由于汉赋本身就有过于繁富以及板滞、艰涩之弊,这些缺点也多少影响了陆机及后来某些诗人。这情况要到沈约等人提倡"易见事"、"易识字"和"易读诵"后才逐步改变过来。后世的评论家习见了齐梁以至唐宋诗歌技巧取得更大发展后的作品再来看待陆机,自然会感到有所不足。

至于陆机在诗歌史上的地位所以如此重要,也是由于上述的情况。当南朝初年的诗人刚从"玄言诗"的风气下解脱出来时,他们首先注意到的是丰富的诗歌的辞采和技巧。这时以繁富华赡为特色的陆机就成为他们最适于取法的楷模,尤其是陆机的作品数量在当时存者又最多。因此元嘉诗人如谢灵运、颜延之和鲍照等都无不深受陆机影响。其中颜延之可以说完全是模仿陆机;谢灵运在言论中似更推崇左思和潘岳,但他的乐府诗学陆机者甚多,而学左、潘之作反而少见;鲍照也效法陆机,但受民歌影响较深,他的乐府诗显得更为自然活泼。后来的齐梁诗人除了取法潘陆外,也模仿元嘉诸诗人。总的说来,南朝诗人大抵都重文采,因此既摆脱不了陆机的影响,也不能不对他做很高的评价。齐高帝萧道成公开主张作诗当学潘陆。《诗品》对陆机的评价高于左思。梁武帝称赞北魏温子昇时,把陆机和曹植并称。萧统编《文选》选取的作品以陆机之作为最多。这大约是六朝文人一致的看法。

唐代以后,情况就发生了变化。唐代一些大作家如李白、杜甫等,推崇曹植和"建安七子"以及谢灵运、鲍照、谢朓、庾信甚至何逊和阴铿,却很少提及陆机。① 韩愈作《荐士》诗,也未谈及陆机。这一现象说明陆机在唐人心目中的地位,比六朝已有所下降。

---

① 杜甫说过"陆机二十作《文赋》"的话,却未及其诗。

至于宋以后的论者对陆机的评价大为降低,这也有其原因。例如严羽的贬低陆机,其实是反对宋代一些诗人之"以学问为诗",特别是反对以黄庭坚为首的"江西诗派"之主张"点铁成金",强调以化用前人诗句为能事。其实黄庭坚等人之作,也未必全无长处;至于陆机则处于五言诗传统尚未十分丰富的时代,喜欢向古人作品中汲取营养更不能苛责。比严羽稍后的北方诗人元好问在《论诗绝句三十首》中也说"陆文犹恨冗于潘"。金代诗人虽然受"江西诗派"熏染较少,但也不是全无影响。因此宗廷辅在《古今论诗绝句》中说:"此则借论潘、陆,以箴宋人也。夫诗以言志,志尽则言竭,自苏、黄创为长篇次韵,于是牵于韵脚,不得不借端生议,勾连比附,而辞费矣。"这似乎与陆机诗本身关系不大。后来王士祯在《古夫于亭杂录》中要把陆机由"上品"降为"中品",也有其原因。这是因为他反对明代"前后七子"之一味仿古,而借陆机之好拟古来针砭明人。另外,陆机的力求刻炼、工稳,当然和王士祯提倡的"神韵说"颇为不同。王士祯之不喜陆诗,也就不难理解了。至于黄子云《野鸿诗的》斥陆诗"一味排比敷衍","不能流露性情","实晋诗中之下乘也",沈德潜在《古诗源》中指责陆机"但工涂泽","遂开出排偶一家",以为梁陈诗的缺点均属陆机造成的过错,这些议论都是受了严羽的影响,未免脱离历史条件而加以苛责。其实陆机诗风华丽,正是代表当时的趋势,即使存在若干败笔,也是难于避免的。若说"不能流露性情",更显得粗暴,陆诗中像《赴洛》、《赴洛道中作》、《为顾彦先赠妇》及《赠弟士龙》、《赠从兄车骑》诸首,未尝无真情实感。他在当时得到如此众多的名家推重,后来又有许多人着意模仿,绝非偶然。如果像黄子云那样说只是由于"昭明(萧统)喜其平调,又多采录,后因沿袭而不觉",那么像张华、葛洪、刘勰、钟嵘诸人,年辈均长于萧统,他们的称赏陆诗又将作何解释呢?

陶渊明《述酒》诗臆解

陶渊明的《述酒》诗素称难读，历来的解释者大抵信从宋人韩子苍的观点，认为是写晋宋易代之事，其后汤汉又加以发挥，把诗中许多句子都说成是用典故影射当时史事，似乎每句都有所指。平心而论，韩子苍的说法是很有见地的，他给后人理解此诗开辟了一条蹊径，而且应该说比较符合《述酒》诗的原意。但像汤汉以及后来一些注家，似乎把这一观点强调过当，有时不免穿凿，而且句句比附史事，遂使一首诗成了哑谜或古代的图谶，不但迂曲，并且使人感到诗意全失，难以信服。例如汤汉等人解释"王子爱清吹，日中翔河汾"二句，竟认为："王子"指王子晋；"河汾"乃晋地，是暗示对晋朝的怀念；"日中"指午时，"午"即马，指晋朝皇帝姓司马氏。这样解释，恐怕过于迂曲，不近情理。再说历来学者对许多句子的解释又各各不同，有的甚至完全相反。如"鸣鸟声相闻"句，吴师道认为是用《尚书·君奭》中"我则鸣鸟不闻"句典，说"鸣鸟"指"凤"，喻贤臣，这样"鸣鸟"就成了隐喻东晋初年的名臣如王导等人。陶澍和近人逯钦立先生又认为"鸣鸟"句用屈原《离骚》中"恐鹈鴃之先鸣兮，使百草为之不芳"的典故，"鹈鴃鸟"乃恶鸟，指佞臣，因此"鸣鸟"又成为隐喻东晋末年的司马元显、王国宝等奸臣。这些说法不但含有太多的随意性，而且令人莫衷一是。如果诗中每句都可以这样随意附会,那么《述酒》诗究竟写什么内容就很难说,连它和晋宋易代之事究竟有无关系也成了疑问。所以宋代黄庭坚说"此篇有其辞而亡其义,似是读异书所作,其中多不可解"。近人罗根泽先生也怀疑此诗只是咏酒。他们的提出这些异议,恐怕不是没有原因的。

当然,从《述酒》诗的全文看来,笔者认为和晋宋易代之事应当有关,因为如果像黄庭坚和罗先生那样看法,那么本诗似乎更难讲通。只是历来的注家在解释上求之过深,才出现了上述的问题,事实上在此诗中有不少诗句并不一定要和晋宋易代的史事联系起来。在这里,笔者想提出一些不成熟的看法,请大家指正。

一

《述酒》一诗中的各句似乎都难与酒有什么直接的联系,但在各本的《陶渊明集》中,《述酒》诗的题目下一般都有"仪狄造,杜康润色之"八字,据有的人说是陶渊明的自注,但也有人加以怀疑。据汤汉说:"按:晋元熙二年六月,刘裕废恭帝为零陵王。明年以毒酒一罂授张伟(一作"祎")使鸩帝,伟自饮而卒。继又令兵人逾垣进药,王不肯饮,遂掩杀之。此诗所为作,故以'述酒'名篇也。"逯钦立先生则以为:"桓玄曾鸩杀司马道子,刘裕曾鸩杀晋安帝,都是用毒酒完成篡夺,所以陶以'述酒'为题。"两说虽然不同,但都和刘裕杀晋帝的事联系起来。其实晋恭帝之死,最后并非由于毒酒,而且古代统治集团中用毒酒杀人的事很多,因此用这些史事来解释陶渊明以"述酒"为诗题,似亦近附会。何况根据史实,晋安帝是被缢杀的,根本与酒无干。桓玄用毒酒杀司马道子,更属排除异己,并非篡夺帝位的必要手段。因此对于诗题,原不必比附史事。

那么,这首诗为什么要叫《述酒》呢?我想大约是陶渊明想借此诗说明他所以喜欢喝酒的原因。我们知道,陶渊明作诗,经常提到酒,这点前人早已注意到了。陶澍《靖节先生集》注引《莨江诗话》云:"事不可为,心复难任,故借酒以排之,醉则庶可忘也,凡集中云酒者多如此。"陶渊明自己在很多诗中也常常提出这种心态。他说,"泛此忘忧物,远我遗世情"(《饮酒》其五),"中觞纵遥情,忘彼千载忧"(《游斜川》),"酒能祛百虑"(《九日闲居》),"平生不止酒,止酒情无喜"(《止酒》),等等,不胜枚举。从《述酒》诗全文看来,写的大抵是他在晋宋易代之际的感慨和自己对时局的态度。可能正是他酒后观物兴情而作。因此对本诗的题目,似可不加深究。

二

关于《述酒》诗的全文,笔者认为并非全诗都有关史事。全诗似可分为三段或四段,第一段自开首至"南岳无余云"六句,其实只是写景,并无深意。"重离照南陆"句的"重离",前人释为"重黎"应该是正确的。但因"重黎"为司马氏之祖而把二字说成代指晋朝,就未免迂曲了。据《史记·太史公自序》《索隐》引"臣瓒"说:"是司天地之官。"这个说法是有根据的。《尚书·吕刑》:"乃命重黎,绝地天通。"孔颖达疏:"羲是重之子孙,和是黎之子孙,能不忘祖之旧业,故以重黎言之。"可见"重黎"即"羲和","羲和"乃尧舜时掌管时节的官,古人有时也以之为日神或代指太阳,如屈原《离骚》:"吾令羲和弭节兮,望崦嵫而勿迫";阮籍《咏怀》诗:"于心怀寸阴,羲阳将欲暝。""南陆",指夏天。据《隋书·天文志》,日行至南陆就是夏天。所以这一句实际上只是说时节到了夏天。下句"鸣鸟声相闻"其实只是写景，形容百鸟在夏天里欢唱。但时令是在不断变化的，所以下句说"秋草虽未黄，融风久已分"，描写夏天一到，秋天也就行将来临。紧接着"素砾皛修渚，南岳无余云"二句，写的就是秋景。"素砾"即白沙，这是鄱阳湖中的景色，并无深意。这一点我们可以从湛方生的诗中得到印证。湛方生的《帆入南湖》诗有"白沙净川路"句，《还都帆》有"白沙穷年洁"句，写的都是鄱阳湖景色。他和陶渊明差不多同时，也生活在庐山和鄱阳湖一带，因此他所说的"白沙"完全可以作为陶诗"素砾"二字的解释。至于"南岳无余云"，乃指秋高气爽，衡山等高山上的云雾也随之消失。我们知道衡山是有云雾的。唐韩愈《谒衡岳庙宿岳寺题门楼》诗中写到"喷云泄雾藏半腹"，但天气晴朗时，云也会消散，所以韩愈同诗又有"须臾静扫众峰出，仰见突兀撑青空"之句。陶渊明在家乡虽望不见衡山，但可以见到庐山，而庐山也有云雾，他望见庐山云散，自然也可想见衡山。这六句诗可以说和晋宋易代之事全不相干，只是写眼前所见景色。

"豫章抗高门，重华固灵坟"二句，才开始转入诗的本题。但旧说以为"豫章"指刘裕曾封豫章郡公，"重华"即舜指晋恭帝，恐值得商榷。据《文选》干令升《晋纪总论》："然怀帝初载，嘉禾生于南昌。望气者又云：'豫章有天子气。'"现在刘裕竟以豫章郡公逐渐执政，岂非应了这个谶语，要像舜受尧之天下一样来取代晋朝了？"高门"，当即"皋门"，《诗经·大雅·绵》："乃立皋门，皋门有伉。""抗高门"正用此典。《绵》本写周朝王业的始基。这里以此比喻刘宋以豫章郡公逐步登上帝位。所以"重华"指的还是刘裕而非恭帝。这两句其实还是承上二句来。"豫章"是地名，与鄱阳湖相接，乃由"素砾"联想而来；九疑山与衡山相近，《艺文类聚》卷七引《湘中记》曰"衡山、九疑，皆有舜庙"，可见"重华"句是由上文"南岳"句而来。陶渊明生当晋宋易代之际，目睹"豫章"、"南岳"的景色，自然会联想到一系列史事。因此"流泪抱中叹，倾耳听司晨"的悲愤情绪也很自然。

"神州献嘉粟"以下至"三趾显奇文"等十二句才真正转入了晋宋易代的问题。但这一段其实还可分为两小段，前八句是追叙过去的史事，后四句才正式讲到刘裕和晋恭帝。有些学者把这十二句都理解成刘裕代晋时史事并不妥当。笔者过去也有这种误解，如把"西灵"释为"西零"，代指羌族的后秦政权，就欠妥当。因为这样就会与后文"峡中纳遗薰"、"双陵甫云育"二句重复。"神州"等句的解释，陶澍的解释其实还是比较近乎事实的。他说：

> "神州嘉粟"、"西灵我驯"，此用《穆天子传》西王母诸国献禾献刍诸事，谓西晋全盛时，五胡未乱，四夷宾服也。今不可见矣。次则芊胜乱楚，而沈诸梁董师复之，谓东晋初有王敦、苏峻之乱，即有陶侃、温峤之功，国犹有人也。今亦不可见矣。

他认为前二句用的是《穆天子传》典故，应该是对的。因为陶渊明确实爱读《穆天子传》，他的《读山海经》诗第一首有"泛览周王传"之句，所谓"周王传"，当即此书。我个人认为他用这个典故也有一定的史实根据。因为《宋书·符瑞志》说到，晋初曾多次出现各地献"嘉禾"之事，其中晋武帝时凡五次，有的在北方，有的在南方；甚至愍帝时也有三次。《宋书·符瑞志》说："嘉禾，五谷之长，王者德盛，则二苗共秀。"可见古人是把"嘉禾"看作皇朝兴盛的象征的。至于"西灵为我驯"一句，似亦回忆西晋功业。晋朝建立以前，司马昭已经立功于西方，所以《文选》阮嗣宗《为郑冲劝晋王笺》中有"前者明公西征灵州，北临沙漠，榆中以西，望风震服，羌戎东驰，回首内向"。后来晋朝又平定了氐人齐万年之乱，也在西方。干宝《晋纪总论》："刘向之谶云:'灭亡之后,有少如水名者得之。起事者据秦川,西南乃得其朋。'案愍帝盖秦王之子也,得位于长安,长安固秦地也。"足见西方与晋朝有很密切的关系,这大约和古人认为晋朝得的是"金德",金在五行中属西方之故。"诸梁董师旅"二句,陶澍的解释也是对的。东晋初年平定王敦、苏峻之乱,陶渊明的祖先陶侃曾立过大功,因此以叶公子高平白公胜之乱来表彰温峤、陶侃之功,更是合情合理。

不过,陶澍对"山阳归下国,成名犹不勤"的解释似可商榷。"山阳"从韩子苍以来都认为指汉献帝,被曹丕取代以后封"山阳公",这应该是对的。但如陶澍那样认为"山阳禅魏,犹获令终",恐与诗义不合。从"成名犹不勤"句看来,当是惋惜而不是说汉献帝的命运比晋恭帝好些。这两句当是说像"山阳公"那样让出帝位,还是要得"亡国之君"的名声,所以说"成名犹不勤"。汤汉注引用《谥法》"不勤成名曰灵"作解是对的,不过他认为"古之人主不善终者,有灵若厉之号",恐太绝对。因为"灵"虽是君主的恶谥,但谥"灵"者亦并不都死于非命,如春秋时的周灵王、卫灵公、汉代的灵帝都是这样。这两句大约是感叹晋朝虽然得了祥瑞,又建立过不少功业,但最终仍不免被人所取代。"卜生善斯牧,安乐不为君"二句是承上文而来,认为虽帝王也难免厄运,所以一般士人就不愿从政。"卜生"二字,汤汉注以为指魏文侯、卜子夏事,前人已指出其错误。黄文焕认为是"自卜此生"的意思,恐亦不妥。逯钦立先生解释此诗认为指西汉的卜式,应该是对的。但他又用卜式说的"恶者辄去,毋令败群"来比喻刘裕之剪除异己,就使下句"安乐不为君"难于解通。这两句当是用《汉书·卜式传》中记汉武帝要给卜式做官,卜式自称"自小牧羊,不习仕官,不愿也"的典故,表示不愿出仕。

但是,卜式虽不愿做官,却并不是不关心国事,所以下面就说到了当时的政局。"平王去旧京,峡中纳遗薰。双陵甫云育,三趾显奇文"四句,据陶澍说:"'平王去旧京'以下,谓晋自迁江左,而中原没于鲜卑,刘裕平姚泓,修复晋五陵,置守卫,国耻甫雪,而篡弑已成也。'薰',獯鬻,《史记·五帝本纪》作'荤粥',《周本纪》作'薰育','荤'、'薰'、'獯'并通。'峡',盖郏鄏,成王定鼎于郏鄏,今洛阳。'峡'、'郏'通也。晋五陵在洛阳,不敢显言五陵,故曰'双陵',盖亦以崤之二陵乱其辞……"这解释基本上是对的。只是"双陵"似不必释为晋帝五陵,而可以径释为崤函,和唐崔曙诗"二陵风雨自东来"的"二陵"相同。因为"崤函"本可与关中之固并用。汉贾谊《过秦论》:"秦孝公据崤函之固,拥雍州之地。"所以"双陵"即指关中或雍州,是写刘裕平后秦后,就马上取代了晋朝。这和当时的史实完全符合。至于逯钦立先生以为"遗薰"用《庄子·让王》载越国的王子搜逃避君位,越民薰丹穴求之事来暗喻晋恭帝司马德文,未免迂曲。以"双陵"为"双阳"虽有个别版本做根据,而把"双阳"说成两个"日"字指晋孝武帝司马昌明,更为穿凿,且"昌"字根据《说文》,本来并非两个"日"字,所以难于令人信服。

"王子爱清吹,日中翔河汾"二句,有的注者认为应归属前面一段,但在笔者看来,恐应归下段。因为"王子"二句,实际上和下面"朱公练九齿,间居离世纷"是相对成文的。意谓像王子晋这样出身王族的人尚避世求仙,朱公(暗寓陶姓)这样的一般士人当然更要隐居以求长生了。"王子"两句,"王子"指王子晋是不错的。《文选》何敬宗《游仙诗》李善注引《列仙传》:"王乔者,周灵王太子晋也,好吹笙竹凤鸣,游伊洛之间,道人浮丘公接以上嵩高山。三十余年后,求之于山上,见桓良曰:'告我家,七月七日待我于缑山头。'果乘白鹤驻山头,望之不得到,举手谢时人,数日而去。"陶渊明用的正是此典,但这位仙人叫王子晋,与"晋"字偶合,似不必强作附会。至于诗中"日中"、"河汾"二字,也不必像旧注那样牵合对晋朝的思念。因为"日中"本是求名利的人奔竞的时候。鲍照的诗就可以作为证据,如《结客少年场行》"日中市朝满,车马若川流",《放歌行》"日中安能止,钟鸣犹未归"。可见"日中翔河汾",正说明求仙者的轻视名利,与"午"字、"马"字并无直接联系。至于"河汾"之"汾",也不必联系"晋"字。陶渊明之用"河汾"二字,其实是联系了《庄子·逍遥游》中"尧治天下之民,平海内之政,往见四子藐姑射之山,汾水之阳,窅然丧其天下焉"的典故。汾水在今山西境,在黄河之北,"水北曰阳"。汾水之南正与黄河相近。因此"河汾"完全可以指"汾水之阳",显然也是脱略名利的意思。

从"朱公练九齿"以下,历来论者都以为是讲陶渊明自己,所以不去比附史事,这些解释似乎也较合理,笔者对此并无多少异议。问题在于诗中"卜生善斯牧"二句和后面"王子"、"朱公"诸句语意上似乎有些重复。不过,这也不难解释,因为后一段话的意思比前两句是更深了一层。从陶渊明的诗中看,他在早期对刘裕并不是完全没有一点幻想的。如《赠羊长史》中,他写过"贤圣留余迹,事事在中都;岂忘游心目,关河不可逾;九域甫已一,逝将理舟舆"等句,对刘裕平后秦,也曾感到兴奋。但刘裕的代晋称帝,却使他大失所望,于是由"安乐不为君"的不愿出仕,发展到了脱离一切世事,想在求仙中找寻解脱了。这显然比不愿做官更深入了一步。

《述酒》诗的末段在解释方面,笔者和历来的注家基本相同,但有一点却必须指出的是:在这一部分里,其实已经暗示了他所以爱酒的原因。在诗的结句"天容自永固,彭殇非等伦"中已经谈到了夭寿的问题,而在陶渊明的思想中,寿命问题和酒是常常相关的。关于喝酒有伤身体的问题,在魏晋时人也早已清楚。《世说新语·任诞》载,刘伶妻曾对刘伶说:"君饮太过,非摄生之道。"王导也曾劝孔群说:"卿何为恒饮酒?不见酒家覆瓿布,日日糜烂?"但陶渊明之好酒,却另是一种想法。他认为喝酒可以忘忧,而忧虑之伤身更甚于酒。于是饮酒便成了他求长寿的一种手段。在《九日闲居》诗中,他说:"酒能祛百虑,菊解制颓龄",把饮酒和求长生联系起来。在《读山海经》中,他又说过"在世无所须,唯酒与长年"。这说明他认为饮酒忘忧正是自己求长寿的一法。这想法自然不合科学的道理,但陶渊明却持有这种想法。这也许正是他把那首抒发忧愤之情的诗命名为《述酒》的一个原因吧!

　　最后,还有一个问题也值得我们思考,即陶诗的系年由于材料缺乏,还难于考得很确切。据史载,刘裕代晋在晋恭帝元熙二年(420)的六月,而晋恭帝被害,则在次年(421)的九月,中间相距有一年零三个月。陶渊明听到易代的消息,当在刘裕代晋后不久,从诗中所写的秋天景象看,《述酒》诗很可能作于永初元年的七八月间,当时恭帝尚健在。如果我们没有确切证据考定《述酒》诗作于恭帝死后,那么像一些学者那样一定要把《述酒》和刘裕给恭帝喝的毒酒联系起来,就更难成立了。

从《雪赋》、《月赋》看南朝文风之流变

　　谢惠连的《雪赋》和谢庄的《月赋》是南朝小赋中的名篇。历来的选家和评论家往往把这两篇赋看作同一类型。如萧统《文选》在选录它们时,就把它们同入"物色"一类。近人瞿蜕园《汉魏六朝赋选》则仅收《月赋》,据编注者在《前言》中说,这是为了精简,"每一类型的赋,尽可能不重复入选"。这两篇赋之所以被视为同属一种类型,主要是因为它们写的都是自然景物,而且手法上又都是托诸古代文人之口。但是对这两篇赋的评价,历来也有不同看法。清人刘熙载在《艺概》中曾认为《雪赋》胜于《月赋》;瞿蜕园取《月赋》而不录《雪赋》则似以为前者更好。在我个人来说,也觉《月赋》稍胜。但这纯属个人的喜爱,恐怕很难有一致的看法。其实这种评价问题,往往反映着作品本身各自的特点。因为《雪赋》与《月赋》虽可归入同一类型,而从思想倾向到艺术特点都有较显著的区别。这种区别来源于作者们的历史环境、生活经历以及文学发展不同阶段。在这里,我想就这几个方面谈一些初步的看法,请大家指正。

一、关于谢惠连和谢庄的身世

谢惠连和谢庄同属陈郡谢氏,在南朝是著名的高门。谢惠连生于东晋安帝隆安元年(397),卒于宋文帝元嘉十年(433);谢庄生于宋武帝永初二年(421),卒于宋明帝泰始二年(466);两人生活的时代,相差最多不过三十多年,如果单纯从时间和两人的门第来看,似不应有太大的区别。然而我们只要仔细考察一下从东晋末到刘宋后期这半个世纪左右的历史,就可以发现陈郡谢氏在激烈的政治斗争中,遭受了一系列的变故。这些变故和教训不能不影响到作者的思想及创作。谢庄《月赋》和谢惠连《雪赋》的区别,恐怕也可以从中得到解释。

如果我们仅仅阅读这两篇赋,就不难发现它们的情调不很相同。《雪赋》是假托西汉的梁孝王在菟园赏雪,招来了邹阳、枚乘和司马相如等文人,一起咏雪。他们各逞文才,竭力铺陈雪的典故,刻画雪景。主要以写景见长,通篇的情调是写宾主相得,情调是乐观的。《月赋》则假托曹植在应玚、刘桢死后,情绪不佳,在月夜和王粲一起望月怀旧①,整篇赋都贯彻着凄凉寂寞的情调,尤其"隋纤轸其何托,诉皓月而长歌"一语,更烘托着两人的心境,一般来说,《雪赋》是景多于情,而《月赋》则情胜于景。这种差别正是有些读者更喜爱《雪赋》而另一些读者更欣赏《月赋》的原因。

要是我们探讨一下谢惠连和谢庄的生平,还可以发现一种矛盾

---

① 这篇赋当然纯属假托。事实上王粲比应玚、刘桢先死,而且他们去世时,曹植尚未封陈王。这些不合史实的情节,我们可以姑置勿论。

的现象。那就是谢惠连一生在仕途上很不得志,早年因居父丧时赠诗给会稽郡吏杜德灵,因此受到非议,不能出仕。后来因殷景仁向宋文帝说情,才被任为彭城王刘义康的法曹参军之职。这个官职本甚卑小,而且此时离他去世仅三年左右。谢庄的情况与此相反,他早年即以文才见赏于宋文帝,初为始兴王刘濬后军法曹行参军,又转太子舍人,他的文名在元嘉后期已传至北魏;到宋孝武帝时,他已官至吏部尚书的显职,最后做到散骑常侍、光禄大夫加金章紫绶,官位不为不高。从两人的生平来看,似乎谢惠连的赋应该有更多的牢骚,而谢庄则应较为乐观,而事实恰与此相反。这究竟是什么原因呢?

我们知道,陈郡谢氏作为南朝的高门大族,始于东晋中期以后。人们虽习惯于将"王谢"并称,其实在东晋初年,谢氏的地位,还不足与王氏并提。所以当时人有"王与马(指司马氏),共天下"之语。《世说新语·排调》篇:"诸葛令(恢)、王丞相(导)共争姓族先后。王曰:'何不言葛王,而云王葛?'令曰:'譬言驴马,不言马驴,驴宁胜马邪?'"这是一句玩笑话,却可见当时足以与琅邪王氏抗衡的高门是诸葛氏而非谢氏。《世说新语·方正》篇又载,谢裒(谢安之父)曾向诸葛恢提议结为儿女亲家,遭到拒绝,其主要原因即在诸葛恢认为谢家门第还不够与自己结亲。谢家的兴起主要是由于谢安在应付桓温的跋扈以及后来淝水之战中他和谢玄挫败前秦的大功。谢家贵显以后,也曾引起某些士人的不满。《世说新语·方正》篇载:"韩康伯病,柱杖前庭消摇,见诸谢皆富贵,轰隆道路,叹曰:'此复何异王莽时!'"

谢家的兴盛并不很久,在谢安和谢玄死后,这个家族就遭到了一系列的厄运。谢安之子谢琰在东晋末年镇压孙恩起义中兵败被杀。谢琰子谢混又在刘裕和刘毅的争权斗争中,因站在刘毅方面而被杀。谢安之兄谢据的曾孙谢晦,因参与杀害宋少帝刘义符、庐陵王刘义真的事,于元嘉初年被宋文帝所诛。谢玄的孙子谢灵运又在元嘉十年被人诬为造反而被杀。接着,谢据的曾孙谢综和谢约也在元嘉十二年因参与范晔密谋杀害宋文帝一案被杀。谢综之弟谢纬,虽未参与,也被流放到广州。这一系列事变,对谢庄来说,都是他所熟知有的甚至是目睹的。对于谢惠连来说他对晋末宋初的事虽然知道得很清楚,而后来谢灵运及谢综、谢约之死,至少在他写作《雪赋》时,尚未发生。这样的不同情况,对两人的思想及创作,自然会有一定的影响。在谢惠连生时,谢家虽已遭受了不少打击,但那些事件大抵与受害者自己卷入政治斗争有关,而像谢惠连这样的贵公子,连官场也没有进,当然感受不会很深。再说谢家当时虽已不像晋末时那样煊赫,但产业还是很雄厚的。《宋书·谢弘微传》说到谢混被杀后,他的产业交给谢弘微(谢庄之父)经管,有"田业十余处童仆千人"。《谢灵运传》也称"灵运父祖之资,生业甚厚,奴童既众,义故门生数百"。谢混和谢灵运是谢安、谢玄的直系后代,在谢氏门中最为富裕,这是无疑的。谢惠连的产业,也许较此稍逊,但生活显然也较优裕。他尽管仕途上不得志,却仍不失清贵的社会地位,也不会有什么忧生之嗟。谢庄的情况与此不同,他在谢氏家族中是唯一没有遭受打击的一支,他的子孙一直到梁陈时代,尚为南朝的高门。他在仕途上虽未受过大挫折,然而当他置身官场之际,却正是南朝政局变幻莫测之时。他亲历了谢灵运之死,彭城王刘义康之被废,范晔的密谋,刘劭的杀害宋文帝,孝武帝的入讨,刘义宣、臧质的叛乱,竟陵王刘诞之乱,孝武帝晚年的残杀,前废帝的诛杀功臣以及明帝杀前废帝和刘子勋的起兵等事件①,几乎无时不处于统治阶级内部争权斗争的惊风骇浪之

---

① 从《南史·谢庄传》记载颜延之曾讥笑《月赋》中"隔千里兮共明月"之句看,《月赋》写作年代至迟当在宋孝武帝初年。我这里只是说谢庄一生所见的事变。

中。他为了保全性命,只有以谦退为自全之计。试看他在被任为吏部尚书时,曾有笺与刘义恭,文中自称:"下官凡人,非有达概异识,俗外之志,实因羸疾,常恐奄忽,故来无意于人间,岂当有心于崇达邪!"(《宋书·谢庄传》)在这篇文章中他甚至自称:"今之所希,唯在小闲。下官微命,于天下至轻,在己不能不重,屡经披请,未蒙哀恕。良由诚浅辞讷,不足上感。"(同上)这种迫切要求辞官的心情,正是他目击当时政局,想以辞官为全身的手段。在南朝这样的历史环境中,置身仕途的人往往比在野者有更多的忧虑和牢骚,这似乎不足怪。所以《雪赋》的情调反而比《月赋》乐观,这应该从谢惠连和谢庄两人的具体处境来理解,才能得到较近情理的解释。

二、《雪赋》和《月赋》的艺术特色

《雪赋》和《月赋》在艺术上虽有其共同之点,但从形式到技巧也都有不同之处。大体上说,这两篇赋都是六朝小赋从"体物"为主向抒情为主的转变中的产物。六朝小赋虽然一般都可以称为"抒情小赋",但从赋的发展来看,早在汉末的王粲,就写了《登楼赋》这样以抒情为主的作品。但从现存的作品来看,从魏晋一直到南朝初年,大多数赋作仍以"体物"为主,谢惠连的《雪赋》最精彩处是司马相如那段对雪景的描写,但后面邹阳、枚乘作歌,已有很明显的抒情意味。谢庄的《月赋》从结构来看有不少地方都效法《雪赋》。例如开首述陈王(曹植)赏月和《雪赋》的梁王赏雪情节相同;王粲铺陈关于月亮的典故,亦与司马相如铺陈雪的典故相近,最后的结尾略有出入。只是《雪赋》中邹阳、枚乘作歌在《月赋》中却成了王粲一人作歌。这种变动似乎不算很大,而且谢庄《月赋》的写法,似亦有先例。如果说谢惠连《雪赋》这样托于三人之口的做法是模仿相传为宋玉所作的《大言赋》、《小言赋》等作品的话,那么谢庄的《月赋》该是受了晋代陆机《羽扇赋》的影响。陆机《羽扇赋》主要也只假托宋玉一人在咏扇,只是末尾加上了唐勒作"辞"(一作"乱")的情节,而那四句"唐勒"的话,在全赋中并不起重要作用。所以粗看起来,谢庄的《月赋》好像在抒情小赋的发展史上并没有增添多少新的成分,然而事实却并不如此。如果我们细读《月赋》,就可以发现这篇作品在写景方面是有匠心的,赋中的写景,其目的都是为了配合抒情,尽量使"情"和"景"融合起来。这样在赋中有"体物"之处,而"体物"的目的,却只是为了抒情。从这个角度来说,《月赋》比《雪赋》应该是一篇更纯粹的抒情小赋。试看此赋一开头就是"陈王初丧应刘,端忧多暇,绿苔生阁,芳尘凝榭,悄焉疚怀,不怡中夜"几句,与《雪赋》开头不大一样。《雪赋》虽然也写到了"寒风"、"愁云"和"梁王不悦",但这些字句和下文的描写并无必然的联系。《月赋》写曹植的"不怡中夜"却与下文有着密切的呼应。试看《雪赋》中写景的名句如"始缘甍而冒栋,终开帘而入隙。初便娟于墀庑,末萦盈于帷席。既因方而为珪,亦遇圆而成璧。眄隰则万顷同缟,瞻山则千岩俱白"等语,写景确很工致,而与"梁王不悦",毕竟没有内在关系。《月赋》中也有写景的佳句,如"若夫气霁地表,云敛天末,洞庭始波,木叶微脱。菊散芳于山椒,雁流哀于江濑。升清质之悠悠,降澄晖之蔼蔼。列宿掩缛,长河韬映,柔祇雪凝,圆灵水镜。连观霜缟,周除冰净"等语,这几句却是为了引出下面一段写曹植此时所感受的无非是"亲懿莫从,羁孤递进,聆皋禽之夕闻,听朔管之秋引"等悲凉景色,由此而生的情绪,当然是"情纡轸其何托,诉皓月而长歌"。《月赋》的两首歌,写得都很凄凉,尤其后一首"月既没兮露欲晞,岁方晏兮无与归。佳期可以还,微霜沾人衣"。更流露出无可奈何之感。谢庄在写作这段文字时,显然联想到了曹植《求通亲亲表》中"每四节之会,块然独处,左右惟仆隶,所对惟妻子,高谈无所与陈,发义无所与展,未尝不闻乐而拊心,临觞而叹息也"的话。从历史事实来说,却正是为了寄托他门庭零落,深感孤危的心情。再看《雪赋》结尾枚乘所作的歌:"白羽虽白,质以轻兮。白玉虽白,空守贞兮。未若兹雪,因时兴灭。玄阴凝不昧其洁,太阳曜不固其节。节岂我名,洁岂我贞。凭云升降,从风飘零。值物赋象,任地班形。素因遇立,污随染成。纵心皓然,何虑何营。"这首歌的情调是旷达的,而且偏于说理,从思想上说,近乎老庄的"和光同尘"、委运任命的论点。这与魏晋以后一些清谈家的思想比较一致。这首歌在全赋中的作用,恰似谢灵运的不少诗,在模山范水之后,必然要引出一些玄理来。其实谢灵运的诗所以传诵不衰,主要是由于其中写景的名句,而其中玄理却并未引起读者的共鸣。《雪赋》的情况也与此相同,此赋所以受到读者喜爱,主要也只在借司马相如之描写雪景的部分,而不在结尾那首歌上。这和《月赋》结尾所起的作用很不相同。《月赋》的两首歌,不但和上文是紧密联系的,而且正是由于这两首歌才使全赋的抒情意味更浓厚,令人产生"言有尽而意无穷"之感。《月赋》和《雪赋》的这种差别,与刘宋初年山水诗及齐梁山水诗差别颇有共同之点。试看刘宋初"元嘉体"的代表作家谢灵运和后来所谓"永明体"的代表作家谢朓的诗,也可以感到这种差别。谢灵运诗的特色在于刘勰所谓"俪采百字之偶,争价一句之奇,情必极貌以写物,辞必穷力而追新"(《文心雕龙·明诗》);谢朓诗的特色则正如沈约所述他自己的话:"好诗圆美流转如弹丸。"(《南史·王筠传》)谢灵运的写景名句,往往极为精工,出人意表;谢朓似更注意抒情意味及通篇的完整。因此前人论诗,有的认为大谢的"明月照积雪"胜于小谢的"澄江静如练",理由是形象更鲜明,这显然是有见地的。但我们也会感到大谢的一些诗,似乎抒情意味不如小谢强,通篇的完整也有所逊色。这正是元嘉诗风与永明诗风的差别。我们在阅读《雪赋》和《月赋》时，也会产生类似的感觉。如果就写景的生动而论，《雪赋》确有胜于《月赋》之处，如司马相如咏雪的部分，大抵都是"自铸伟辞"，像"昒曃"、"瞻山"两句，不但传神，且有气魄；而《月赋》中不少写景之句，则多化用《楚辞》等古人创造的意境，较之《雪赋》略逊一筹。所以刘熙载认为《雪赋》较好，不为无理。但从通篇完整来说，则《月赋》似又胜于《雪赋》，且多抒情意味。不少人更喜《月赋》也有一定道理。

当然，谢庄生活于刘宋中后期，和"永明体"作者还不完全一样。不过，元嘉与永明文风的因革，却正是在刘宋中后期开始的。梁代裴子野在《雕虫论》中曾经说："宋初迄于元嘉，多为经史。大明之代，实好斯文。高才逸韵，颇谢前哲，波流相尚，滋有笃焉。自是闾阎年少，贵游总角，罔不摈落六艺，吟咏情性。"裴子野作为一个力主儒学正统的文人，对这种变化持否定态度是可以理解的。不过，他道出了一个事实，就是齐梁"吟咏情性"的风气，始于刘宋的孝武帝时，而宋孝武帝时代，正是谢庄创作的旺盛时期。如果我们把与谢庄同时的作家鲍照的诗赋作一番考察，就不难发现在鲍照作品中，已出现了类似的变化。前人评鲍照与谢灵运的优劣时，往往认为鲍照不能像谢灵运那样综合《周易》、老庄与佛理入诗，而又认为他的诗较之谢诗更为自然活泼。这恐怕就是谢诗长处，多少体现了宋初"多为经史"的风尚，而鲍照已开"吟咏情性"的先声。鲍照的诗对"永明体"是有影响的，他的"归花先委露，别叶早辞风"等名句，已和谢朓颇相似。谢庄和鲍照同时，且有交谊，还曾联句作诗。谢庄的《月赋》和鲍照的《芜城赋》产生时间相近，两赋都有着偏重抒情和注意情景交融的特点。这说明在谢庄身上，也体现了文风转变的契机。

从刘宋中后期开始而大盛于齐梁的这种强调抒情的文学风尚，

在历史上遭到过不少非议。人们往往指责这些作品流于纤弱,偏于低沉。这种指责未始不能成立。像钟嵘在《诗品》中说谢朓诗"善自发诗端,而末篇多踬,此意锐而才弱也"。这里所谓"多踬",其实是指一些消极或伤感的情绪。这和谢灵运的一些诗的收尾,虽流于玄理,却总较旷达不大一样。小谢诗末篇若论与全首的联系紧密是超过大谢的,但情调较低因此被人们称为"多踬"。同样地,《月赋》与《雪赋》的对比,也有这种情况。《雪赋》全篇的联系,似亦不如《月赋》紧密,但结尾并没有流于感伤,而《月赋》则多少有这种倾向。当然,在六朝小赋中,情调较低沉,风格更纤弱的恐怕要数江淹的《恨赋》、《别赋》和庾信的《枯树赋》、《小园赋》诸作,相对来说,《月赋》还比较开朗。不过相对于《雪赋》来说,它已开了江淹、庾信之端。这种倾向的产生一方面是因为南朝的政局在宋初毕竟还有点承平的气象,而到了齐梁以后,更趋混乱,另一方面则由于江淹、庾信的处境也确实比谢惠连、谢庄更为困难。这些较为低沉的调子虽然受到了一些人的指责,但那也是当时社会现实的产物,何况江淹、庾信的赋,有时却更能写出人们的一些细致的心理状况,在艺术上亦有其贡献。因此我认为从刘宋中叶开始到齐梁完成的那种文风变革,还是应予以一定的评价,而不应一味指责。

三、谢惠连和谢庄的其他作品

前面我在分析《雪赋》和《月赋》的各自特色时,曾借用了陆机《文赋》论述诗和赋的话,认为《雪赋》偏于"体物"而《月赋》偏于"缘情"。其实,陆机在《文赋》中断言"诗缘情而绮靡,赋体物而浏亮"的话,在他那个时代,基本上是符合实际情况的。但到了东晋南朝,情况就有所改观。因为文学史上的各种文体,都不是相互孤立的。文学的发展除了受当时社会存在以及各种意识形态的影响以外,它本身也在不断发生变化。这种变化也包括各类文体间的相互影响。大体说来,东晋末南朝初的文学主要是以山水诗代替玄言诗为突出的标志。当时诗为了改变"淡乎寡味"、"平典似道德论"的诗风,力求用艳丽的辞藻和生动的语言来表现自然界的美景。他们要达到这个目的,势必向辞赋中去吸取技巧。因为在此以前的诗歌,虽然也有写景的名句,但毕竟较少。这不光在谢灵运的作品中有类似情况,在谢惠连的作品中也同样如此。谢惠连的许多名篇,长处正在于描写客观事物。如《泛湖归出楼中望月》中"哀鸿鸣沙渚,悲猿响山椒,亭亭映江风,飀飀出谷飙,斐斐气幂岫,泫泫露盈条"诸句,写景的手法均与谢灵运相近。钟嵘《诗品》评谢惠连时,最推崇他的《秋怀》、《捣衣》二诗。现在看来,《秋怀》诗的风格,也酷似谢灵运。其中"皎皎天月明,奕奕河宿烂,萧瑟含风蝉,寥唳度云雁,寒商动清闺,孤灯暧幽幔"诸句,以写景见长,前四句的风格也与谢灵运类似,而"寒商"两句,则稍见细腻,略有齐梁诗的意味;"虽好相如达,不同长卿慢,颇悦郑生偃,无取白衣宦"几句,以古人自比,亦为谢灵运诗中常见的手法。《捣衣》的题材接近东晋曹毗的《夜听捣衣》,但写得远比曹毗那首细致动人。这些诗的长处,主要在于刻画细致,而《秋怀》、《捣衣》之所以尤为人们所喜爱,则在于其写景名句,已多少带有抒情色彩。

主要生活在刘宋中期的谢庄,由于历史环境和个人经历不同,其作品的特点也与谢惠连有很大的差别。历来的评论家对谢庄的诗评价不高,例如钟嵘《诗品》把谢惠连列入中品而谢庄列入下品。这种做法应该说颇为合理。因为钟嵘论诗,仅限于五言诗,而谢庄对诗的贡献,主要不在于五言而在于杂言。他的五言诗如《游豫章四观洪崖井》、《北宅秘园》诸作,虽也有佳句,而在手法上基本没有超出谢灵运、谢惠连所达到的成就。其他作品则多属应制之作。这些作品大抵好搬弄典故,虽典雅庄重,但不免流于板滞。前人论诗往往把他与颜延之说成同一流派,这是很对的。像颜延之和谢庄这些人,长期置身官场之中,他们的身分使得他们不能不写一些应制之作,这是可以理解的。不过从现存的作品看,大量存在的是那些应制之作,自然会影响到对他们的评价。平心而论,这些人在创作方面还是有一定才华的,然而这种才华在应制诗中却难以发挥出来。如颜延之的《五君咏》,就未必可以受到"雕缋满眼"之讥。谢庄诗中像《北宅秘园》,就不能和他那些应制诗等量齐观。至于他在创作杂言诗方面的努力,尤其不应忽视。他的杂言诗数量虽然不多,但这些作品中,却多少可以看出作者的真情实感及其为创造诗歌新形式而做的努力。他的杂言诗现存四首,这四首诗从文体来说,大抵都介于诗和赋之间。其中《山夜忧》和《瑞雪咏》还较近于《楚辞》及赋体。这种杂言诗,东晋后期的湛方生已作过一些。然而湛方生的作品像《秋夜诗》,就有不少散文化的句法。谢庄之作则诗的意味较浓,如《山夜忧》中的一段:

涧鸟鸣兮夜蝉清,橘露靡兮蕙烟轻。凌别浦兮值泉跃,经齐林兮遇猿惊。跃泉屡环照,惊猿亟啼啸。徒芳酒而生伤,友尘琴而自吊。

这段文字既写景,又抒情,并且把情和景结合得很紧密,形式也显得很自由。这在南朝人的诗作中,也还是较难得的。他的《怀园引》,最可注意。这首诗除了后段稍带赋体外,基本上是综合了五言诗和一些七言以及杂言诗的形式。如:

去旧国,违旧乡,旧山旧海悠且长。回首瞻东路,延翩向秋方。登楚都,入楚关,楚地萧瑟楚山寒。岁去冰未已,春来雁不还。

这种句法,与鲍照《代淮南王》、《代雉朝飞》、《代北风凉行》近似,显然是吸取了民歌的形式,而从语言上说,也较通俗晓畅,与民歌相近。又如:

> 风肃幌兮露濡庭,汉水初绿柳叶青。朱光蔼蔼云英英,离禽嗟嗟又晨鸣。菊有秀兮松有蕤,忧来年去容发衰。流阴逝景不可追,临堂危坐怅欲悲。轩凫池鹤恋阶墀,岂忘河渚捐江湄。

这一段又纯属七言,形式也与东晋以来南方民歌《白纻歌》相似。这些诗句都没有搬弄典故的成分,通俗易晓,与作者一些应制的五言诗大异其趣。显然,作者是想通过综合诗赋二体来创造一种新的形式。值得注意的是谢庄那些五言诗很少流露过自己的真实感情,而在杂言诗中,却往往能见到真性情的流露。因此我们也许可以说,谢庄在诗歌方面的成就,主要在杂言而不在五言。谢庄这些杂言诗还有一个特点,就是从内容上说,抒情成分已多于写景成分。这些诗中也写景,而景与情已紧密结合,甚至可以说写景只是为了衬托人的心情。这种情况。正和他的《月赋》不同于谢惠连《雪赋》一样,反映了刘宋中叶以后,文学风尚已由偏重于"体物"转向偏重于抒情。如果说在前一个时期,诗和赋两种文体之间的相互影响主要是赋影响诗的话,这时恰好相反,倒是赋本身受到了诗的影响而增强了抒情性,这在谢庄的《月赋》和鲍照的《芜城赋》中都有所表现。更可注意的是,谢庄在杂言诗方面所做的尝试,对后代的影响虽然远不如鲍照之大,但还是在某些作家身上产生了影响。例如沈约的《八咏》,基本上正是沿着谢庄所开辟的道路创作的。《八咏》在艺术价值上不但超过了谢庄,而且较之沈约本人的其他诗歌也绝无逊色。然而谢庄那些杂言诗对后人的影响恐怕更多地表现在南北朝后期的小赋方面。例如梁代萧绎的《荡妇秋思赋》、《对烛赋》、《采莲赋》、《鸳鸯赋》、《秋风摇落》等,陈代徐陵的《鸳鸯赋》和北周庾信的《春赋》、《荡子赋》、《灯赋》、《对烛赋》、《鸳鸯赋》等①,在文体上都和谢庄的杂言诗相近。在这些小赋中,已有大量的五七言句存在,基本上已和诗体十分相似。至于庾信的《杨柳歌》,虽属七言歌行,但从排比铺陈的手法上来说,却又宛似辞赋。到了初唐的长篇歌行中,也有类似这样的写法。这说明从谢庄开始,小赋与诗正在逐步接近与融合。这种文学史现象说明了各种文体间不但会互相影响,有时也能融合起来。同时,正是这种融合,使在南北朝后期还比较兴盛的抒情小赋,到了唐以后就逐步衰落,代之而起的律赋,不过是应科举的作品,很难有真正的文学价值。唐人作品中较有真情实感的抒情赋作,当推韩愈的《进学解》、《送穷文》和柳宗元的《乞巧文》一类。然而这些作品毕竟更接近散文,与诗歌的关系就较少了。

---

① 徐陵由梁入陈,庾信由梁入西魏、北周。他们那些短赋,似为和萧绎而作,可能作于梁时。

江淹作品写作年代考

在南北朝作家中,江淹作品的写作年代还是较易考定的。这是因为他的事迹在《梁书》和《南史》的本传中记载得还算详细,而他自己所作的《自序传》对早年的经历讲得比史书更清楚。另外,他所交往的一些人物,多数属于上层,在史籍中有传,这就给我们考证他一些作品的年代带来方便。但是,这些有利条件毕竟也是相对而言,和他来往的人物,也不是每个人都有史料可查。例如:他在诗中涉及了他的舅父和"内弟"①,而根据《梁书·文学·刘昭传》,我们知道他是刘昭的表兄,刘昭的父亲刘彪、伯父刘彤都是他的舅父。关于刘彤,我们只知道他为干宝《晋纪》作过注,但其他事迹一无可考。关于刘彪,根据《南齐书·沈文季传》,可知他在齐武帝永明四年(486)唐寓之起事时,做钱塘令,战败后弃县逃遁,但因徐孝嗣认为他"相战不

---

① 据《梁书·文学·刘昭传》,江淹的母亲姓刘。此外,《江淹集》中有《伤内弟刘常侍》一诗。"内弟"据今人理解为"妻弟"。俞绍初、张亚新《江淹集校注》据此认为江淹妻姓刘,我过去亦从此说。按:古人说"内弟",恐非此意,《晋书·刘琨传》载温峤上表,称"内弟崔悦",又《温峤传》云"峤母崔氏",当是舅之子为内兄弟,姑之子为外兄弟。因此,江妻是否姓刘可疑。

敌",未受处罚。又《梁书·刘昭传》说他曾任"齐征虏晋安王记室"。考《南齐书·武十七王·晋安王子懋传》,萧子懋任征虏将军是永明四至五年的事。此外关于刘彤的事迹,也无从考知。因此江淹在集子中提到的"外兵舅"、"刑狱舅"、"无锡舅"等,究竟指谁,无法知道。以情理推测,"无锡舅"大约不是刘彤,因为南北朝人的习惯是父亲做过的官,儿子一般不做,以示孝敬;而《梁书·刘昭传》说到刘昭曾任无锡令,所以我怀疑这个"无锡舅"当系刘彤或另一个人。还有些作品,写作年代也比较难确定,如《清思诗》、《雪山赞》等,因为江淹一生对佛老和神仙都是信奉的,所以很难断定这些作品作于何时。

　　本文的目的虽在考证江淹作品的写作年代,但有些诗文却只能考出它作于某一时期,还不能具体地断定为某年所作,所以不称"系年"。另外,由于史料缺乏,在某些场合,也免不了要根据它的内容做一些大略的推测,因此主观臆测之处和错误的论点势必不免。我诚恳地期待着专家和读者们的指正。

【宋孝武帝大明七年(463)】

　　《侍始安王石头》　按:《宋书·孝武十四王·始安王子真传》:"(大明七年)迁征虏将军、南彭城太守,领石头戍事。"又江淹《自序传》:"弱冠以五经授宋始安王刘子真。"考《梁书·江淹传》,江淹卒于梁武帝天监四年,年六十二,则大明七年他正好二十岁。可见此诗作于本年。

【大明七至八年(463~464)】

　　《奏记诣南徐州新安王》　按:新安王刘子鸾是孝武帝刘骏之子,为前废帝刘子业所杀,明帝刘彧即位后改封始平王。据《宋书·孝武十四王·始平孝敬王子鸾传》:"大明四年,年五岁,封襄阳王……其年,改封新安王……五年迁北中郎将、南徐州刺史。"子鸾死于前废帝永光元年(465),见《宋书·前废帝纪》。考江淹《自序传》,江淹教始安王读书,不过"略传大义","为南徐州新安王从事"当亦在此期间,则本文可以定为这二年间之作。

【宋前废帝景和元年(465)】

《始安王拜征虏将军丹阳尹章》 按:《宋书·孝武十四王·始安王子真传》:"景和元年,为丹阳尹,将军如故。寻复为南兖州刺史,将军如故。"可知本文作于这一年。

《始安王拜征虏将军南兖州刺史章》 见同上。

《从征虏始安王道中》 按:《宋书·前废帝纪》:景和元年九月,"丹阳尹始安王子真为南兖州刺史"。此诗有"结轩首凉野,驱马傃寒城"之句,写的正是秋景,说明是从始安王去南兖州(治广陵)途中作。

【宋明帝泰始二至三年(466~467)】

《诣建平王上书》 按:江淹《自序传》云:"始安之薨也,建平王刘景素闻风而悦,待以布衣之礼,然少年尝倜傥不俗,或为世士所嫉,遂诬淹以受金者,将及抵罪,乃上书见意而免焉。"这里所说的"乃上书见意而免焉",即指《诣建平王上书》。此文今见《梁书》及《文选》。考《宋书·明帝纪》,始安王子真被赐死是在泰始二年十月。江淹到建平王幕下,当在该年冬天。因为他后来在元徽二年(474)所作的《被黜为吴兴令辞笺诣建平王》一文中有"窃思伏皁九载"一语,上推到泰始二年(466),正好是九个年头。至于被诬受金事则应是泰始二年至三年初的事,故知此文作于这两年之间。

【泰始三年(467)】

《望荆山》 按:此诗首二句为"奉义至江汉,始知楚塞长"(《文选》作"奉义"。李善注:"'奉义'犹慕义也。"本集作"奉谒",意近。《艺文类聚》作"奉诏",疑误)。《文选》李善注认为此诗是景素为荆州刺史时事,他又说:"江淹授景素五经。"显系谬误。江淹曾教始平王子真读书,却没有教过景素。再说江淹虽曾随从景素去荆州,那是以幕僚身份随行。当时他久已在景素手下,有《建平王让右将军荆州刺史表》《建平王拜右卫将军荆州刺史章》等文为证,不得称"奉义"或"奉谒"。他随从景素去荆州,系从湘州出发,不会经过远在长江以北的"桐柏"、"鲁阳"等地。所以此诗疑是他为巴陵王休若左常侍去襄阳时作。考江淹《自序传》,江淹上书建平王获释后,"寻举南徐州桂阳王秀才,对策上第,转巴陵王左常侍"。而《宋书·明帝纪》载,泰始二年九月,"卫将军巴陵王休若即本号为雍州刺史"。当时雍州治襄阳,江淹由建康或京口去襄阳很可能道经鄂北,提到"桐柏"、"鲁阳"就不难理解。至于称"奉义"、"奉谒"似更像初去休若幕下时口吻。故此诗当为去襄阳途中作,时间是泰始三年下半年。

《哀千里赋》 按:此赋写秋景,与《望荆山》相似。赋中有"自出国而辞友,永怀慕而抱哀"之句。古人往往以"国"代指京城,"出国辞友"当指初离京城而远行时作。赋中又云"及年岁之未晏",虽袭用《离骚》之句,亦说明是作者早年所作,当亦系泰始三年去襄阳时写的作品。

《秋至怀归》 按:此诗称"怅然集汉北,还望岨山田"。考刘宋时荆州治江陵,去"汉北"甚远,而襄阳则正在汉水之滨。《水经注·沔(汉)水》载,襄阳附近有马鞍山,"武陵王爱其峰秀,改曰'望楚山',溪水自湖两分,北渠即溪水所导也。北径汉阴台西,临流望远,按眺农圃,情邀灌蔬,意寄汉阴,故因名台矣。"所载与"还望"句正合。故疑是在巴陵王休若幕下思归之作。(江淹喜用《楚辞》典,"汉北"二字或用《九章·抽思》词汇,但此诗有"楚关带秦陇"句而刘宋雍州实治襄阳,疑作者确在雍州作。)江淹在休若幕下恐不会太久。因为《被黜为吴兴令辞笺诣建平王》中说:"窃思伏皂九载,齿录八年。"他在泰始二年曾入景素幕,旋即"举南徐州桂阳王秀才,对策上第,转巴陵王左常侍,右军建平王主簿"(见《自序传》)。以《辞笺》考之,疑泰始三年他就回建平王幕下,所以说"齿录八年"。

《到主簿日诣右军建平王》 按:前引"齿录八年"一语,当从任主簿时算起,到元徽二年刚好八个年头。《自序传》和本文称建平王为"右军",恐误。《宋书·文九王·建平王景素传》,景素在任湘州刺史期间(泰始五年至七年)进号"左将军",在此以前号"冠军将军"。《明帝纪》载,泰始五年十二月,"吴兴太守建平王景素为湘州刺史";七年二月"湘州刺史建平王景素为荆州刺史"(《景素传》作六年)。江淹重返景素幕下时间,不得迟于泰始三年,否则不合"八年"之数。景素去湘州前,江淹已回到他幕下,有《从冠军建平王登庐山香炉峰》一诗为证。因为"冠军"正是景素初任湘州刺史时称号,而庐山又是从吴兴或建康去湘州所必经之地。可见《自序传》是用后来称号追记前事,至于本文题目,疑后人在传抄中误据《自序传》所改,本当作"冠军"。

【泰始三至四年(467~468)】

《就谢主簿宿》 按:"谢主簿"当为谢超宗。《南齐书·谢超宗传》载,超宗于泰始三年"迁司徒主簿、丹阳丞"。又云:"建安王休仁引为司徒记室、正员郎兼御史左丞中郎"。我怀疑谢超宗任主簿时间不会太久。因为"司徒"指建安王休仁,他卒于泰始六年。而谢超宗任司徒主簿以后,又得到休仁提拔,升了一次官。这肯定在泰始六年以前。同时,江淹到建康的时间,只能是泰始三年回到景素幕下以后至泰始五年随景素去湘州前这一期间。此时景素历任南兖州刺史、丹阳尹、吴兴太守诸职。其中以景素任丹阳尹,谢超宗任丹阳丞时可能性最大。(当然,广陵、吴兴去建康不远,江淹有时到建康,寓谢超宗家,亦属可能。)所以本诗当作于泰始三至四年。江淹和谢超宗曾在新安王子鸾幕下共过事,所以"谢主簿"为谢超宗似无疑问。

《应谢主簿骚体》 按:此首和《就谢主簿宿》所写皆秋冬景色,当是同一时间之作,理由已见前。

《报袁叔明书》 按:"叔明",袁炳字。此书云"去岁迫名茂才,冬尽不获有报",知作于"举南徐州桂阳王秀才"之明年。"举秀才"事大约在泰始三年,最早不得在泰始二年底以前。所以此书最可能的写作时间是泰始四年,最早也不过是泰始三年末的事。信中又有"故拂衣于梁齐之馆,执手于楚赵之门,且十年矣"诸语。考江淹于大明七年授始安王"五经",至此时不过五六个年头,不可能有"十年"。但古人行文,常举约数而言。《南齐书·武帝纪》载武帝萧赜遗诏云"吾行年六十",其实他只活了五十四岁。所以"十年"二字,当非确数。否则和"去岁迫名茂才"中的时间不符。又按:宋齐间有两个袁叔明。袁炳是江淹的好友,见《袁友人传》。他和《南史·范云传》说到范云六岁从姑父袁叔明学《毛诗》的袁叔明不是一人。考范云生于元嘉二十八年(451),六岁时为孝建三年(456),当时江淹才十三岁。袁炳卒年二十八,见江淹《袁友人传》。考《伤友人赋》云:"余结谊兮梁门,复从官兮朱藩。"("朱藩"指景素为南徐州刺史,因为南徐州治丹徒,古名"朱方"。)景素任南徐州刺史时间是泰豫元年(472),假设袁炳卒于这一年,那么孝建三年时,他才十二岁,恐怕不能当范云的姑夫,也不能教范云读书。又考《梁书·范云传》说到范云"尝就亲人袁照学书","照"字按训诂说,也可以字"叔明"。因此袁炳与范云的姑夫袁叔明不是一个人。(《梁书》作于唐初,不避武后讳,故称"袁照"之名;《南史》因避"曌"字嫌讳,故改称表字,与唐人把鲍照写成"鲍昭"同一用意。)

【泰始四至五年(468~469)】

《贻袁常侍》 按:"袁常侍"即袁炳。江淹《袁友人传》说到袁炳"暂仕,历国常侍、员外郎、府功曹、临湘令",却没有说明任职的时间和哪国常侍、哪府功曹。但本诗有"昔我别楚水，秋月丽秋天；今君客吴阪，春色缥春泉"等句。据此，当是江淹自巴陵王休若幕下回到景素幕下后作。此时袁炳尚未去临湘，故称"今君客吴阪"。如果说是江淹自荆州回南徐州时作，那么袁炳已在临湘，不可能"客吴阪"了。所以此诗当作于泰始四至五年。又按：清闻人倓以为"袁常侍"是梁代的袁峻，显然错了。因为史籍中关于袁峻与江淹的交谊并无记载，而且袁峻在天监初方为鄱阳国侍郎（见《梁书·文学·袁峻传》），与江淹年辈相去甚远，而袁炳是江淹的知己朋友，却是江淹自己屡次讲到的。

《建平王谢赐石砚等启》　按：《宋书·文九王·建平王景素传》，景素死时年二十五岁，那么他当生于文帝元嘉二十九年（452），到泰始四至五年时，他正好十七八岁，恰是学习书法的时候。文中提到"又以臣书小进，更使勤习"，似乎以作于这一时代较近情理，但无确证。不过，景素在后废帝时已遭猜忌，而明帝即位以前江淹又不在他幕中，所以此文作于泰始时，似无可疑。

【泰始五至七年（469~471）】

《从冠军建平王登庐山香炉峰》　按：《宋书·明帝纪》，泰始五年十二月，"吴兴太守建平王景素为湘州刺史"。不论自吴兴赴湘州或还都后再去，都可溯长江而上，经过庐山。这首诗称景素官号为"冠军（将军）"，也与《宋书·文九王·建平王景素传》所载符合。景素是先任湘州刺史，后进号左将军的。故知此诗作于去湘州途中。景素调任湘州在五年十二月，从吴兴去湘州要一段时间，可能到六年初才到庐山。从诗中"籍兰素多意，临风默含情"等句来看，似写春景，江南春天来得早，正月里也可以有这种情景。

《渡西塞望江上诸山》　按：此诗疑为泰始七年在荆州作。"西塞"可以有二解：一指今湖北黄石的西塞山，即唐刘禹锡作"王濬楼船下益州"这首名诗之处;一在湖北江陵附近。但江淹从景素自湘州（治临湘）出发去江陵,似不必渡过长江,从陆路走,而最大可能却是溯江而上,所以作后者解释较好。《文选》郭景纯《江赋》李善注:"盛弘之《荆州记》曰:'郡西溯江六十里,南岸有山名曰荆门,北岸有山名曰虎牙,二山相对,楚之西塞也。'"《水经注·江水》亦有类似记载。我认为此诗是江淹抵达江陵以后的作品,因为诗的内容纯系游览,并无关于旅途的话。

《从建平王游纪南城》 按:景素于泰始七年为荆州刺史,纪南城去江陵甚近。《水经注·沔水》:"江陵西北有纪南城,楚文王自丹阳徙此,平王城之,班固言楚之郢都也。"故此诗亦在荆州时作。

《寄丘三公》 按:"丘三公"指丘灵鞠。《南齐书·文学·丘灵鞠传》:"泰始初,坐东贼党,锢数年……明帝使著《大驾南讨纪论》,久之,除太尉参军,转安北记室,带扶风太守,不就。为尚书三公郎、建康令。"可见丘灵鞠为尚书三公郎正当泰始后期,当时江淹正在江陵,所以此诗有"何意风雨激,一诀异东西"之语。结句又言,"安得明月珠,揽涕寄吴山",更可想见丘在建康,江在荆州。

《古意报袁功曹》 按:据《袁友人传》,袁炳做府功曹在任国常侍之后。《南齐书·文学·王智深传》云:"先是陈郡袁炳,字叔明,有文学,亦为袁粲所知,著《晋书》不成,卒。"所说姓名、表字及作《晋书》均与《袁友人传》相符。袁炳卒年最迟不得超过元徽二年,有《伤友人赋》可证,所以《南齐书》有"先是"二字,表示袁炳早已死去。考《宋书·袁粲传》,袁粲于泰始五年至明帝末为丹阳尹。"丹阳尹"的官属可以有功曹之职。《宋书·百官志下》:"郡官属如公府,无东西曹,有功曹史,主选举。"袁炳既然"为袁粲所知",他任功曹史可能即在袁粲幕下。所以此诗写作时间,当在泰始五至七年江淹在湘州或荆州时。

《学梁王兔园赋》　按:此赋盖以枚乘自比,以景素比梁王。赋中有"水鸟驾鹅,鹍鸨鸿雁,上飞衡阳,下宿沅汉"诸句,似是泰始五至七年初在湘州时作。

《建平王散五刑教》　按:此文有"吾税驾旧楚,憩乘汀潭"语,当亦是荆州时作。

《建平王让右将军荆州刺史表》　按:"右将军"《宋书·明帝纪》及《建平王景素传》作"左将军",未知孰是。考《明帝纪》,此表当为泰始七年初作于湘州。

《建平王拜右卫将军荆州刺史章》　按:南北朝官员惯例是先辞让,再受职。所以此文当作于泰始七年二月景素赴荆州刺史任时。

《建平王庆安成王拜封表》　按:"安成王"即后来的宋顺帝刘准。《宋书·顺帝纪》载,泰始七年封安成王。此文云:"臣涵悦楚边,魂驰关阙,不任下情。"可见景素当时正在荆州。

《建平王庆明帝疾和礼上表》　按:据《宋书·明帝纪》,泰始七年八月,"以疾愈大赦天下"。景素的贺表当作于八月或九月。

【泰豫元年(472)】

《建平王谢玉环刀等启》　按:据《宋书·礼志》及《武三王·江夏王义恭传》,宋孝武帝时,江夏王义恭和竟陵王诞上奏,诸王佩刀,"不得过银铜为饰"。"玉环刀"是很贵重的赏赐,泰豫元年明帝死后,景素已遭朝廷猜忌,不可能有这种赏赐。据《南齐书·何昌寓传》载何昌寓在景素死后给萧道成写信要求为景素昭雪时,提到"世祖(孝武帝)绸缪,太宗(明帝)眷异"。孝武帝时,江淹尚不在景素幕下,所以赐刀之事,当在明帝时代,但究属哪一年,不可确考。因明帝死于泰豫元年四月,所以暂系于此。

《建平王庆改号启》　按:此文有"五凤协年,甘露应号"诸语。凤凰和甘露都是古人心目中的祥瑞;而"五凤"、"甘露"又都是西汉宣帝的年号。宣帝时代在西汉是"盛世",所以带有称颂之意。其实泰豫改号不过是宋明帝有病,祈求痊愈而改元求福。此文当是改号时所作。

《建平王太妃周氏行状》 按:"太妃"是景素之母,卒于泰豫元年二月。景素在这一年闰七月方有改任南徐州刺史之命。文中说:"今祖行有期,泉夕无远。"但当时似未成行,可能因为那年四月明帝死了,因"国丧"延误。由此推测本文大约作于那年的二月至四月。

《建平王庆少帝登祚表》 按:"少帝"即后废帝刘昱。他是这一年明帝死后即位的。

《建平王庆王太后位章》 按:据《宋书·后废帝纪》,泰豫元年六月,"尊皇后曰皇太后"。文章即作于此时。

《建平王庆江皇后正位章》 按:"江皇后"即《宋书·后妃传》所称"后废帝江皇后"。《宋书·后废帝纪》,泰豫元年六月,"立皇后江氏"。此文当与前文同时作。

《建平王让镇南徐州刺史启》 按:据《宋书·后废帝纪》,泰豫元年闰七月,"新除太常建平王景素为镇军将军、南徐州刺史"。此文为景素以居周太妃之丧辞让,当作于任命之后,就任之前。

《建平王之南徐州刺史辞阙表》 按:此文是赴任时作。文中称"哀疾不获诣阙",说明景素自江陵赴丹徒,路经建康并未上岸朝见后废帝,此时他和朝廷的矛盾已很尖锐。本文这个内容,与《宋书·文九王·建平王景素传》可以互相印证。

《江上之山赋》 按:此赋称"潺湲濆溶兮,楚水而吴江",当是从景素自荆州顺流赴南徐州时作。赋中又云:"俗逐事而变化,心应物而回旋。既欻歙其未悟,亦纬繣而已迁。伊人寿兮几何,譬流星之殒天。怅日暮兮吾有念,临江上之断山。虽不敏而无操,愿从兰芳与玉坚。"这些话感慨颇深,似非一般的身世之感,而是担心景素的密谋。

因为据《自序传》说,景素在荆州时,已有"欲羽檄征天下兵,以求一旦之幸"的想法。

《金灯草赋》　按:此赋几乎全用"比兴"手法,赋的结尾说:"故植君玉台,生君椒室,炎萼耀天,朱英乱日。永绪根于君前,不遗风霜之萧瑟。籍绮帐与罗袿,信草木之愿毕。"这些话都是比喻自己和景素的关系。据《自序传》载,他在荆州时就对景素的密谋提出规劝,景素不纳,反而猜疑他。上面引文一方面表示对景素感恩,另一方面也流露出疑惧的心情。所以像是这个时期所作。

【泰豫元年至后废帝元徽二年(472~474)】

《灯赋》　按:此赋假托汉淮南王刘安和淮南小山的话,描绘"大王之灯"与"庶人之灯"的不同,写法全拟宋玉《风赋》。我们知道,淮南王刘安是密谋反对朝廷而死的。赋中又提到"屈原才华,宋玉英人";屈原是谏楚王而被放逐,宋玉是有所讽谕而不敢直谏。这些话都有自比的用意。赋的最后归结为"以爱国之有臣焉",更是画龙点睛地道出本意,所以当是泰豫至元徽初讽谏景素之作。

《邃古》　按:此文在乌程蒋氏密韵楼藏本等版本中均缺。唯"宣城本"有之。此文写法全学屈原《天问》。文章的末段有这样的话:"茫茫造化,理难循兮。圣者不测,况庸伦兮。笔墨之暇,为此文兮。薄暮雷电,聊以忘忧,又示君兮。"这段话说明他的用意与《自序传》所谓"赋诗十五首,略明性命之理,因以为讽"的用意颇相似。他说的"赋诗十五首",即现存的《效阮公诗》(见下)。此文既说到"又示君兮","君"当指景素,似是被贬前作,以为讽谏。屈原《天问》本属政治上失意后抒愤之作;后来柳宗元的《天对》也是失意后所作。江淹自称"聊以忘忧",似亦非一般的"忧",而是指谏景素不听的忧愤。所以此文应是与《效阮公诗》差不多时候的作品。

《效阮公诗十五首》　按:这十五首诗作于景素任南徐州刺史以

后,江淹被贬到建安吴兴以前。因为《自序传》所说的"赋诗十五首",显然即指这十五首诗。在现存江淹作品中以十五首为一组的,共两组。一组即《效阮公诗》,另一组是《草木颂》。但"颂"在南北朝人看来,另是一种文体,与诗有别,不论《文心雕龙》或《文选》都是这看法;而且《草木颂》的序言还有"恭承嘉惠,守职闽中"之语,证明是在建安吴兴之作。《效阮公诗》中讲的大抵有关天命、祸福之事,与"略言性合之理"相合。所以这十五首诗的写作时间可以断定为这一时期。

《扇上彩画赋》 按:此赋全用比兴,写的又多秋景,如:"促织兮始鸣,秋蛾兮载飞。识桂茎之就罢,知兰叶之行衰。愿解珮而捐玦,指黄墟而先归。"扇在秋天就弃置不用,这是古人常用的比喻。江淹自从谏劝景素的密谋以后,颇遭猜忌,与当初"待以布衣之礼"时大不一样,发出这种感叹,似较合情理。所以此赋大约作于这一时期。

《伤友人赋》 按:此赋是伤悼袁炳之作。赋中说道:"尔湘水兮深沉,我前山兮眇默。惟音华与书酒,伊楚越兮南北。余结谊兮梁门,复从官兮朱藩。"这几句话说明袁炳死于临湘,与《袁友人传》相符;而江淹自称"从官朱藩",正是在南徐州景素幕下时作。

《袁友人传》 按:此文和《伤友人赋》都是哀悼袁炳之作,主要是抒情文章,不像所谓"传状"一类文字。袁炳卒年不可能晚于元徽二年,亦不能早于泰豫元年。所以本文当在这一时期内作。

《伤爱子赋》 按:乌程蒋氏密韵楼藏本无此赋。这篇赋是哀悼江淹的次子江艽而作。赋中提到自己"爱守官于江浔"。这"守官"二字一般指做地方官而言,与充任幕僚不同,如《草木颂序》称"守职闽中",即指任建安吴兴令。《伤友人赋》中所谓"从官朱藩","从官"即指当幕僚。但他随景素在南徐州时,却有个兼职,即东海郡丞,见于《自序传》。当时东海郡在丹徒(今镇江一带),故称"江浔"。《宋书·州郡志一》："文帝元嘉八年,立南徐,以东海为治下郡,以丹徒属焉。"赋中又没有提到贬官之事,恐系在丹徒所作,所以应系于这一时期。

《悼室人十首》　按：这十首诗当作于《报袁叔明书》和《伤爱子赋》以后,而写作年代又不会太晚。理由是《报袁叔明书》中有"命保琴书而守妻子,其可得哉"语,《伤爱子赋》又有"尔母氏之丽人,屑丹泣于下壤,傺殷忧于上曼。视往端而擗栗,践遗绪而苦辛"等语,说明江妻尚在。但这十首诗也不会和《伤爱子赋》写作时间相去太远。因为诗中所称"佳人",与《伤爱子赋》中所称"丽人"意近。诗中也没有提到江淹被贬的苦辛,似作于贬官之前。考江淹在元徽二年,年三十一,江妻年龄不会相去太多,称之为"佳人"、"丽人"似较近理。如果贬官以后作,诗中当有相思之苦或随同贬黜所受的苦楚等内容。所以这十首诗,亦应是这一时期的作品。

《伤内弟刘常侍》　按："刘常侍"即刘乔。江淹有《宋故安成王右常侍刘乔墓铭》。安成王就是后来的顺帝。顺帝封安成王是泰始七年的事,前面已经讲过。所以刘乔任"安成王右常侍"最早当在泰始七年。当时江淹尚在荆州,有《建平王庆安成王拜封表》为证。江淹是泰豫元年闰七月以后随景素到南徐州的。元徽二年下半年他又被贬建安吴兴令。诗中有"长悲离短意,恻切吟空庭。注欷东郊外,流涕北山坰"等句,说明江淹曾为刘乔送葬,并到他家中吊唁。这种情况只有江淹在南徐州时才有可能。因为从丹徒到建康很近,而荆州或建安吴兴却离建康甚远。所以这诗当是这一时期作。

《陆东海谯山集》　按："陆东海"即陆澄。陆澄于当时任南东海太守,江淹任郡丞。据《梁书·江淹传》载,江淹被贬的导火线就是陆澄"丁艰",江淹援例要求代行郡事。这首诗可以断定是陆澄在职时作,当系于这时期。

《灯夜和殷长史》　按:清闻人倓《古诗笺》以"殷长史"为殷芸,其实殷芸为"长史"是梁武帝天监十年以后事,而江淹卒于天监四年。"殷长史"实即殷孚。江淹有《知己赋》即哀悼殷孚之作。《宋书·殷淳传》载,殷淳子孚"官至吏部郎、顺帝抚军长史"。江淹《知己赋序》称:"陈国之华者,故吏部郎殷孚其人也。""始于北府相值。""北府"即京口或丹徒。赋中又说:"伊邂逅之未遇,爰契阔于朱方。"说明两人在江淹在丹徒时过从最多。("契阔"二字照《诗经·击鼓》毛传说是勤苦的意思。清马瑞辰《毛诗传笺通释》说:"契阔与死生相对成文,犹云合离聚散耳。"在南朝人的文章中用"契阔"二字,未必指分别,倒是指会合的时候为多。如谢朓《拜中军记室辞隋王笺》:"契阔戎旃,从容宴语。"江淹和殷孚,一在建康,一在南徐,相去不远,正是时聚时散,和马瑞辰的解释相符。)又考《宋书·顺帝纪》,顺帝为抚军是泰始七年的事,元徽就进号车骑将军。江淹是泰豫元年下半年到丹徒的。这时顺帝任扬州刺史。殷孚随从他在建康,与丹徒很近,所以经常可以来往。元徽二年顺帝进号车骑将军后,殷孚是否仍任长史,史无明文;而这一年下半年,江淹已贬吴兴令,也不可能再和殷孚唱和。至于江淹从吴兴回来不久,据《知己赋》说,殷孚就死了。所以此诗应是本时期所作。

《赠炼丹法和殷长史》　按:此诗写作年代当和上首差不多,理由前面已经说过,但不知哪首在先,哪首在后。

《敕为朝贤答刘休范书》　按:《宋书·后废帝纪》记桂阳王休范之乱,是元徽二年五月的事,此书作于桂阳王叛乱已发生之后,当作于五六月间。

《刘仆射东山集》、《刘仆射东山集学骚》　按:"刘仆射"即刘秉。《宋书·宗室·长沙景王道怜传附刘秉传》载,刘秉于后废帝即位后(泰豫元年四月以后)为尚书左仆射,元徽四年进号中书令。《后废帝纪》则明确记载刘秉为尚书左仆射是泰豫元年十一月的事。诗称"萧萧云色滋,惟爱起长思,乔木啸山曲,征鸟怨水湄",是初秋景色。应作于元徽元年或二年,因二年秋冬间江淹已贬为建安吴兴令。

《无锡县历山集》 按:江淹生长苏南,其父为南沙令,南沙在今江苏常熟西北,去无锡甚近。但他出仕后去无锡的机会不多,只有从景素在南徐州时,无锡正在南徐州辖区以内。从诗的内容看,比较伤感,不像萧道成赏识他以后之作;而诗中又有迟暮感及自称"客子",亦非出仕前口吻。当是本时期之作。

《无锡舅相送衔涕别》 按:"无锡舅"是谁,不可确考,恐非刘彪,理由我在前面已说过。此诗起句说"心远路已迥",似为远别。"杯酒怜岁暮,志气非上春",也是经历了坎坷之后的口气。所以此诗疑是被贬为吴兴令时与"无锡舅"道别之作,应系于这一时期。

《被黜为吴兴令辞笺诣建平王》 按:此文根据《自序传》及《梁书》本传,可以确证为元徽二年被贬时作。

《与交友论隐书》 按:此文言:"而影然十载,竟不免衣食之败",从大明七年江淹入仕算起,至元徽元年共十一年,当时江淹正好三十岁;信中"况今年已三十",与实际年龄相符。即使古人行文好举约数,但两个数字如此符合,恐怕时间上不会有多大出入。

《赤亭渚》 按:赤亭渚在今浙江富春江边,富阳附近。《文选》谢灵运《富春渚》诗李善注:"《吴郡缘海四县记》曰:'钱塘西南五十里有定山,去富春又七十里,横出江中,涛迅迈以避山难。辰发钱塘,已达富春。'赤亭,定山东十余里。"这一带是由江苏和浙西到浙江南部各地的要道,当时许多文人都曾路过这里,写了诗篇。《文选》沈休文《早发定山》诗李善注:"《梁书》曰:约为东阳太守,然东阳道之所经也。"丘迟亦有《旦发渔浦潭》诗,提到"赤亭",而据《梁书·文学·丘迟传》说,他于"天监三年出为永嘉太守"。江淹谪居之建安吴兴,在今福建浦城,距浙江南部很近,江淹在去吴兴时,途经赤亭渚是很可能的。他的《游黄蘗山》诗:"长望竟何极,闽云连越边。"这里的"越边"即指浙南。所以我认为江淹去建安吴兴时,走的就是由赤亭南下的那条路。如果从《赤亭渚》原文看,也可以找到内证,说明此首乃被贬途中作。这首诗的末四句是:"一伤千里极,独望淮海风;远心何所类,云边有征鸿。""一伤千里极"是化用《楚辞·招魂》"目极千里兮伤春心"句意,和起首"吴江泛丘墟,饶桂复多枫"相呼应,暗用《招魂》"湛湛江水兮上有枫"的意境。"独望淮海风"句的"淮海",显然代指京都建康而言。因为南朝的京畿在扬州,而《尚书·禹贡》中有"淮海惟扬州"语,后人习惯以"淮海"代指扬州,尤其南朝人往往具体指建康一带,如庾信《哀江南赋》:"淮海维扬,三千余里。"南朝的"扬州",统辖范围在今江苏南部的南京一带,联系末二句思归的情绪,正是《招魂》"魂兮归来哀江南"的意思,和《渡泉峤出诸山之顶》的结句相同。他所以用《招魂》中这些名句,是否还联想到阮籍《咏怀诗》中"湛湛长江水,上有枫树林"那首,暗示景素的密谋一旦败露,就会"一为黄鹄哀,涕下谁能禁",虽难断言,但写的是被放逐思归之情,却比较明显。所以此诗应系于元徽二年去建安吴兴途中。

《去故乡赋》 按:这篇赋和《无锡舅相送衔涕别》、《赤亭渚》二诗,当是同一时期所作。赋中说:"日色暮兮,隐吴山之丘墟。北风析兮绛花落,流水散兮翠筠疏。""吴山之丘墟"与《赤亭渚》中"吴江泛丘墟"意近,"北风"二句与《无舅相送衔涕别》中"曾风漂别盖,北云竦征人"和《赤亭渚》中"路长寒光尽,鸟鸣秋草穷;瑶水虽未合,珠霜窃过中"等句写的都是秋冬景色,因而江淹被贬当在元徽二年的下半年。因为江淹有《敕为朝贤答刘休范书》,而桂阳王刘休范举兵反叛朝廷,据《宋书·后废帝纪》,是元徽二年五月的事。江淹起草的书信,则是朝廷已知刘休范反叛后所作,证明五六月间,江淹尚未被贬。

《待罪江南思北归赋》更明确地说"方仲春而遂徂"。所以这篇赋和那两首诗,均与江淹被贬时间相符合。赋中还有"愿使黄鹄兮报佳人"和"恐高台之易晏,与蝼蚁而为尘"等语,显然是写他对景素还有依恋,而且为之担忧。所以这篇赋也是元徽二年下半年所作。

《渡泉峤出诸山之顶》 按:此诗作于贬官途中比较清楚,可断定为元徽二年下半年作。

《迁阳亭》 按:此诗一开头说"揽泪访亭候,兹地乃闽城",属于被贬途中所作也很明显,当作于上诗同一时期。

《游黄蘗山》 按:"黄蘗山"疑即"黄蘗峤"。《宋书·谢方明传》:"孙恩重没会稽,谢琰见害,恩购求方明甚急。方明于上虞载母妹奔东阳,由黄蘗峤出鄱阳,附载还都。""黄蘗峤"当在今闽浙赣三省交界处。此诗称"闽云连越边"亦可为证。江淹入闽,只有贬为建安吴兴令期间有此可能。从情理推测,当是和《渡泉峤出诸山之顶》及《迁阳亭》属同一期间所作。

【元徽二年(474)冬至顺帝昇明元年(477)】

《草木颂》十五首 按:这十五首有一篇序,自称"爰乃恭承嘉惠,守职闽中",说明是在建安吴兴时作。

《采石上菖蒲》 按:《草木颂》十五首中,有一首《石上菖蒲》,说这种草可以"却疴卫福,蠲邪养正",而此诗也说,"冀采石上草,得以驻余颜",当作于同一时期。

《待罪江南思北归赋》 按:此赋多用《楚辞》中词汇,其中"带封狐兮上景,连雄虺兮苍梧"两句,明明出自《招魂》中的"蝮蛇蓁蓁,封狐千里些;雄虺九首,往来倏忽,吞入以益其心些",结论是南方不可以久居。这里所说的"南方",当然不是指长江流域,而是借指福建一带。"况北州之贱士,为炎土之流人,共魍魉而相偶,与蝾蜥而为邻",更说明是被贬后所作。这篇赋作于建安吴兴时,是可以肯定的,至于具体哪一年写的,则不好断定。但其中有"当青春而离散,方仲冬而遂徂"两句,却可以考知他动身去建安吴兴时间在元徽二年的十一月。

《泣赋》 按:此赋云"咏河兖之故俗,眷徐扬之遗风;眷徐扬兮阻关梁,咏河兖兮路未央"。"河兖"指他的原籍济阳考城;"徐扬"指他出生和长大的京口和建康一带。江淹虽曾到湘州、荆州等地,但只是一般游官,而在这赋中说的"虑尺折而寸断,魂十逝而九伤"的伤心话,只有被贬时才有。所以此赋当亦作于任建安吴兴令时期。

《赤虹赋》 按:此赋有序称"东南峤外,爰有九石之山",他所描写的"雄虹赫然",就是在那里出现的,他自称"仆迫而察之",还说:"又忆昔登炉峰上,手接白云;今行九石下,亲弄绛蜺,二奇难并,感而作赋。"这就很清楚地说明此赋作于任建安吴兴令时期。

《四时赋》 按:这篇赋中所说"忆上国之绮树,想金陵之蕙枝","何尝不梦帝城之阡陌,忆故都之台沼",都是被贬而思念都城的话。尤其是"北客长歔,深壁寂思,空床连流,圭窬淹滞"诸语,都是贬谪生活的写照,当为在建安吴兴时作。

《山中楚辞》五首 按:这五首骚体诗作于同一时间,而末首似是主旨所在。这一首也和《待罪江南思北归赋》一样,用的是《招魂》中竭力夸张"异方"的可怕景象,强调"魂兮归来"。显然也是在建安吴兴时作。

《杂三言》五首 按:这五首亦属骚体,序言说:"予上国不才,黜为中山长史,待罪三载,究识烟霞之状。"这里所谓"待罪三载",即指被黜为吴兴令的三年。其中《构象台》有"余归阻兮至南国"句,《访道经》有"挟兹心兮赴绝国"句,皆指闽中。《悦曲池》所写景色是山高水险,更是闽地状况。

《石劫赋》 按:此赋言"海人食石劫,一名紫䪥,蚌蛤类也。春而发华,有足异者",考南朝人食蚌蛤,本不足异。《南齐书·周颙传》载,何胤信佛,曾议论佛徒能否吃蟹和蚶蛎,钟岏认为蚶蛎不会动,与瓦砾无异,可以"长充庖厨"。但江淹这里说什么"春而发华",有点像植物,这当是出于传闻。他对江苏一带的蚌蛤,未必能有此种议论。恐是在福建时所见品种,根据传闻而来。这里所谓"海人"即指福建沿海的人。

《翡翠赋》 按:此赋所写翡翠鸟的产地"峰炎岩而蔽日,树静瞑而临泉,霞轻重而成彩,烟尺寸而作绪。热风翕而起涛,丹气赫而为暑",写的显然是华南气候。但江淹生平未去广东,当然还是描绘福建的景色。赋中有"嗟乎!鸡鹜以稻粱致忧,燕雀以堂构贻愁,既衔利之情近,又循害之无由",显然以鸟自比,故当为在建安吴兴时借鸟以自喻身世之作。

《青苔赋》 按:这篇赋的写作时间可以从前面所附的短序中看出来,他说:"余凿山楹为室,有青苔焉。"这里讲"凿山楹为室",当然指在福建山区,因为他在南徐州、荆州和湘州等地,都是刺史的幕僚,不会凿山而居。至于在建安吴兴,他曾居山中,《待罪江南思北归赋》之"凿山楹以为柱",《杂三言·〈镜论语〉》之"惟山中兮寂寞",可以为证。再说他在赋中写到"故其处石,则松栝交阴,泉雨长注,横绝涧俯视,崩壁仰顾,悲凹崄兮,唯流水而驰骛,遂能崎屈上生,班驳下布",这和《山中楚辞》、《待罪江南思北归赋》所写荒凉景色相似。这篇赋所以值得注意,还在于手法上直接受鲍照《芜城赋》的影响,而在有些地方,又表现类似《恨赋》与《别赋》的意境。如"若乃崩隍十仞"以下几句,很明显地模仿《芜城赋》,而内容又类似《恨赋》;"至于修台广厦"至"有美一人兮欷以伤"一段,从意境到手法都和《别赋》相似;"故其所诣必感,所感必哀"等句,连句法也接近于《别赋》。所以疑作于《恨赋》、《别赋》以前,理由见下面关于《别赋》的说明。

《恨赋》　按:此赋虽未说明写作年代,但从赋的内容看,作于建安吴兴时似无疑问。因为此赋共写古人六人,其中帝王、诸侯各一人(秦始皇与赵王迁),有才不遇者三人(李陵、冯衍和嵇康),美女一人(昭君)。其中秦始皇是胜利者,但功成之后,也不免"一旦魂断,宫车晚出",仍不能长保富贵;赵王迁是失败者,落得个当俘虏的下场,"千秋万岁,为怨难胜"。这两个例子,当是引古事以为景素的鉴诫,表示对景素仍抱有忠心。李陵、冯衍和嵇康三人,在我们今天看来,可以有很不同的评价;但在江淹心目中,却都是有才能、有抱负而不被理解,"名辱身怨"、"赍志没地"的,所以引以自比。至于"明妃"(昭君)之"望君王兮何期,终芜绝兮异域",也是以男女比君臣的常例,仍属自况之辞。特别是赋的后面所讲:"或有孤臣危涕,孽子坠心,迁客海上,流戍陇阴,此人但闻悲风汩起,血下沾衿,亦复含酸茹叹,销落湮沉",更是他贬官吴兴时心情的写照。

《别赋》　按:这篇赋写的是离情别绪,从内容看,似乎不易断定为什么时间的作品。但赋中意境却常有与《青苔赋》相同之处。如"见红兰之受露,望青楸之离霜",即《青苔赋》中"春禽悲兮兰茎紫,秋虫吟兮蕙实黄"的意思,而前者较有独创,后者则显然化用前人辞藻(如"兰茎紫"出自屈原《九歌·少司命》中的"秋兰兮青青,绿叶兮紫茎");"惭幽闺之琴瑟,晦高台之流黄",与《青苔赋》中"流黄乏织,琴瑟且鸣"意思相近;"夏簟清兮昼不暮,冬釭凝兮夜何长",与《青苔赋》中"昼遥遥而不暮,夜永永以空长"意同。这些意境相近的句子相比之下,总是《别赋》写得更生动,更富于形象性。我们可以设想,像江淹这样一位作家,对艺术创作的成功或失败,不可能没有鉴别能力。如果说他写作《别赋》以后,再来写《青苔赋》,似乎不太必要,写作《青苔赋》在前,《别赋》在后,那就很好理解。因为江淹可以把《青苔赋》中已经创造的意境更深化一步,把那些警句写得更完美,更感人。再说《青苔赋》中模仿前人的成分毕竟较多,除了前面提到的鲍照《芜城赋》外,还有些句子直接化用《楚辞·大招》等篇。相比之下,《别赋》就成熟得多,完全是自出机杼。因此我认为《别赋》当作于《青苔赋》之后,其写作时间,大约也不会在离开建安吴兴以后。因为赋的内容以悲苦为主,而他从建安吴兴回乡后一个时期,虽未做官,毕竟是刚从远地回乡,后来萧道成赏识他以后,官运亨通,就更不可能这样工于写怨苦之情了。

《倡妇自悲赋》 按:此赋纯属以"倡妇"自比,赋中"去柏梁以掩袂,出桂苑而敛眉,视朱殿以再暮,抚嫔华而一疑,于是怨帝关之遂岨,怅平原之何极",都是借喻自己被景素放逐的怨恨,当是被贬后所作。

【昇明元年(477)至齐高帝建元元年(479)】

《还故园》 按:江淹从建安吴兴回到家乡的时间,肯定为昇明元年。因为《自序传》称:"在邑(指建安吴兴)三载,朱方竟败焉,复还京师。值世道已昏,守志闲居,不交当轴之士,俄皇帝始有大功于四海,闻而召之。"《梁书·江淹传》也说:"淹在县三年。昇明初,齐帝辅政,闻其才,召为尚书驾部郎、骠骑参军事。"从元徽二年至昇明元年正好四年。据《宋书·后废帝纪》及《顺帝纪》载,景素败死于元徽四年七月;而刘宋政权落入萧道成手中,是元徽五年亦即昇明元年七月,后废帝被杀,萧道成拥立顺帝之时。江淹从建安吴兴回到家乡的时间,是景素失败以后,萧道成提拔他以前的事。此诗题为《还故园》,显然是到家后作。诗中说"汉臣泣长沙,楚客悲辰阳",就是以贾谊、屈原自比,指被黜为建安吴兴令之事。"北地三变露,南檐再逢霜",说明他在福建三年,与《自序传》及《梁书》符合。诗中还说,"窃值寰海辟,仄见圭纬昌",似指后废帝已死,朝政清明,有歌颂萧道成之意。"请学碧灵草,终岁自芬芳",则似是尚未再度出仕,有归隐之意。所以此诗当作于到萧道成幕下之前。

《外兵舅夜集》 按:"外兵舅"是谁,无法考知。此诗写的是初秋,末两句归结为"暮心亦谁寄,江皋桂有丛"。"江皋"语出屈原《九歌》的《湘君》和《湘夫人》,借指江边;而"桂有丛"则出淮南小山《招隐士》的"桂树丛生兮山之幽",借指归隐。这种思想和《自序传》所谓"守志闲居,不交当轴之士"相符,当是在从福建回乡到出仕期间所作。

《吴中礼石佛》 按:"石佛"在吴县(今苏州)的通玄寺,据梁简文帝萧纲《吴郡石像碑》及慧皎《高僧传》卷十三《竺慧达传》,说是西晋愍帝建兴元年(313)在吴淞江口发现,被迎至寺中的。此诗言"金光烁海湄",正和萧纲及慧皎所述相同。江淹生长在苏南一带,除在荆州、湘州和建安吴兴时机会较少外,其他时间均有可能去吴中拜佛。但此诗又说,"禅心暮不杂,寂行好无私。轩骑久已诀,亲爱不留迟",说明此诗不是少壮时所写,而且当时已不做官。考江淹生平除了从福建回家到萧道成召他去做官这一阶段外,都不是"轩骑久已诀"的情况。所以此诗当作于昇明元年。

《无为论》 按:此文称"吾曾回向正觉,归依福田,友人劝吾仕,吾志不改",这些话都说明江淹当时未做官,而事实上他一生不做官的时候很少。此文当是回乡不久,萧道成尚未提拔他时所作。从文中也可以看出他并非绝意仕进,他说:"富之与贵,谁不欲哉,乃运而不通也。"后来萧道成一赏识他,他就出去做官了。

《到功曹参军笺诣骠骑竟陵王》 按:"王"乃"公"之误。张溥《汉魏六朝百三名家集》本作"公"字,是;但张氏臆加"子良"二字,大谬。考江淹在昇明元年"为尚书驾部郎、骠骑竟陵公参军事",见于《自序传》。"骠骑竟陵公"是萧道成。《宋书·顺帝纪》载,昇明元年七月"尚书左仆射、中领军、镇军将军、南兖州刺史齐王为司空、录尚书事、骠骑大将军,刺史如故。"《南齐书·高帝纪》所载略同,而又说到"封竟陵郡公",说明骠骑竟陵公是萧道成昇明初的官爵。此文写作时间,可以考定为昇明元年七月前后,因为萧道成的受任奏章,即出江淹之手。

《萧领军拜侍中刺史章》 按:此文称:"即日诏书以臣为侍中、骠骑大将军、开府仪同三司,班剑三十人等,持节、都督如故。"考《南齐书·高帝纪》,昇明元年七月,顺帝即位,以萧道成为"侍中、司空、录尚书事、骠骑大将军,持节、都督、刺史如故"。萧道成"固辞上台,即骠骑大将军、开府仪同三司"。此表即任骠骑大将军等职时,由江淹代作。

《萧领军让司空并敦劝表》 按:此表当和前表同时所上,一是接受骠骑大将军的官职,一是辞让司空之位,和《南齐书·高帝纪》所载正合。

《萧骠骑让油幢表》 按:据《南齐书·高帝纪》,萧道成封竟陵郡公时,并"给油幢"。可见此文作于昇明元年七月。

《萧骠骑录尚书事到省表》 按:萧道成"录尚书事",见《南齐书·高帝纪》,为昇明元年七月之事,和前面几篇表当是同时作。

《拜正员郎表》 按:此表言:"不悟震离彻邃,阿景洞幽,复升清闱,列版严闼。"似是昇明元年江淹再度出仕后不久所上。

《萧骠骑让封第二表》 按:此表亦见《艺文类聚》卷四十七,题为《为齐高帝让司空表》。考《南齐书·高帝纪》,昇明元年七月,萧道成"进位侍中、司空、录尚书事、骠骑大将军、持节、都督、刺史如故,封竟陵郡公"。此文所说"祚开山河"即指封竟陵郡公而言;"矧乃三司业贵",指司空;"上将地崇"指骠骑大将军。可见既是让也是让司空之官。由此可以证明此文作于昇明元年七月之后不久。

《萧骠骑让封第三表》 按:此文当稍后于第二表,但时间相去不会太久。

《萧骠骑让豫司二州表》 按：据《南齐书·高帝纪》，昇明元年十月，萧道成"又进督豫司二州"，则此表当是此时所作。

《知己赋》 按：此赋为伤悼殷孚所作，前面已谈到过。赋中有"仆乃得罪峤外，遐路窈然，始还旧都，会君寻卒，故为兹赋"诸语，说明是昇明初江淹从建安吴兴回来后所作。

《尚书符》 按：此文亦见《宋书·沈攸之传》。沈攸之举兵在昇明元年十二月，则此文当是这一年底所作。

《萧骠骑发徐州三五教》 按：此文称"沈攸之背慢灵极，稽诛之日久矣，况称兵江汉之上，图衅庙阙之下"，又称，"宜广威防御，所统郡县，便普三五，咸依旧格，以赴戎麾"，显然是昇明元年底或二年初作。

《横吹赋》 按：此赋称"骠骑公以剑卒十万，御荆人于外郊"。"骠骑公"即萧道成，"荆人"指沈攸之。考《南齐书·高帝纪》，昇明元年闰（十二）月，萧道成"率大众出屯新亭中兴堂，治严筑垒"，此赋当作于这个时候。

《从萧骠骑新亭垒》 按：此诗亦作于昇明元年闰十二月，已见前《横吹赋》按语。

《萧骠骑祭石头战亡文》 按：昇明元年十二月，沈攸之起兵，袁粲、刘秉等据石头城乘机反对萧道成，被萧击败。此文是闰十二月萧道成祭战死士卒的文章，由江淹代笔。

《萧骠骑筑新亭垒埋枯骨表》 按：此文作于昇明二年末，文章亦见《南齐书·高帝纪》，文字略有出入。

《萧骠骑上顿表》 按：此表有"此月二十六日出次戎郊，故已望江源以轸叹，想荆山而增厉矣"等语，显系萧道成到新亭后作，"此月"当是昇明元年闰十二月。

《萧骠骑谢被侍中慰劳表》 按:此表言:"即日侍中秘书监臣戬至,奉宣诏旨慰劳。"考《南齐书·何戬传》,宋末时何戬任侍中秘书监,而此表又说"晦魂已掩,氛竖未悬",当是萧道成在新亭军中,沈攸之未平时事,所以应作于昇明元年末。

《萧骠骑庆平贼表》 按:据《宋书·顺帝纪》、《沈攸之传》及《南齐书·高帝纪》,沈攸之兵败被杀在昇明二年正月,此表即作于当时。

《慰劳雍州诏》 按:雍州刺史张敬儿在平沈攸之之役立了大功,此文即萧道成借宋顺帝名义慰劳张敬儿及其部下,当作于昇明二年初。

《萧骠骑解严输黄钺表》 按:据《南齐书·高帝纪》,昇明二年二月,萧道成曾"表送黄钺",此文即"送黄钺"之辞。

《卧疾怨别刘长史》 按:"刘长史"即刘休。《南齐书·刘休传》载,刘休曾为"邵陵王南中郎录事"。考《宋书·后废帝纪》,元徽二年七月,"立第七皇弟友为邵陵王"。《明四王传》载,元徽二年,"友年五岁,出为使持节,都督江州、豫州之西阳、新蔡、晋熙三郡诸军事,南中郎将,江州刺史,封邵陵王"。当时江淹在南徐州,但刘休尚不任"长史"。《南齐书·刘休传》又称他"随转左军府"云云,考《宋书·明四王传》,邵陵王友是"顺帝即位,进号左将军"的。而刘休之任寻阳太守和"迁长史"更在其后。但《南齐书·刘休传》载,刘休任寻阳太守和任长史在沈攸之反以前,当时江淹是否已再度出仕,尚难确考;即使已出仕,刘休也不在建康。《刘休传》又说到刘休任"前军长史","前军",指前军将军随阳王翙,而据《明四王传》,随阳王翙未离开建康,而且刘休在昇明时已任"齐台散骑常侍",说明昇明后期,刘休和江淹同在建康做官,也未必有"怨别"之诗。此诗当作于昇明元年底以后,三年邵陵王死以前(邵陵王死于昇明三年,见《明四王传》)。这个时期刘休任邵陵王安南长史,不在建康,可能是有事回都时与江淹分别,江淹作诗以赠。此诗《艺文类聚》作《临秋愁别》,诗中写的是秋景,应是昇明二年秋作。

《惜春晚应刘秘书》 按:"刘秘书"当是刘绘。《南齐书·刘绘传》:"解褐著作郎,太祖(萧道成)太尉行参军。"萧道成任太尉在昇明年间。"著作郎",当即"秘书著作郎",故称"秘书"。《宋书·百官志》:"汉东京图籍在东观,故使名儒硕学,著作东观,撰述国史。著作之名,自此始也。魏世隶中书。晋武世,缪徵为中书著作郎。元康中,改隶秘书,后别自为省,而犹隶秘书。"所以称"著作郎"为"秘书"。考刘姓而任职秘书省的,在宋末还有刘秉。据《宋书·宗室传》,刘秉于泰始五年"复为侍中,守秘书监"。但秘书监一般称"监",不称"秘书"。如谢灵运曾任秘书监,而颜延之和他唱和的诗作"和谢监灵运"。所以秘书当是秘书著作郎的简称。据此,此诗应作于昇明间。

《宋故安成王右常侍刘乔墓志铭》 按:刘乔卒年在顺帝即位以前,而墓志之作,必在昇明间,此文称"丹阳韫圣,丰乡降贤",以南朝宋武帝和汉高祖比顺帝,当是昇明年间所作。

《萧骠骑谢甲仗入殿表》 按:据《南齐书·高帝纪》,昇明二年三月,"增班剑为四十人,甲仗百人入殿"。又按:表中称"赐给甲仗五十人,入禁仪武殿",与史文有出入。但从时间及官职考之,当是一事。江淹集各本中如"左将军"、"左常侍"等,"左"往往作"右",与史传不同,可能是传写中致误。这里的"四"与"五"亦属此类。此文应是昇明二年作。

《萧太尉上便宜表》 按:此文主要讲取消一些奢侈之物,考《南齐书·高帝纪》,是昇明二年三月的事。

《萧骠骑让太尉增封第二表》 按:据《南齐书·高帝纪》,昇明二年二月,"进太祖太尉,增封三千户"。此表当作于增封后不久。

《萧骠骑让太尉增封第三表》 按:此文当稍后于第二表,亦昇明二年作。

《让太傅扬州牧表》 按:考《南齐书·高帝纪》,此文当作于昇明二年九月。

《萧重让扬州牧表》 按:此文当稍后于《让太傅扬州牧表》。

《后让太傅扬州牧表》 按:此文又稍后于《萧重让扬州牧表》。

《萧拜太尉扬州牧表》 按:据《南齐书·高帝纪》,昇明二年九月,萧道成为太傅扬州牧,此表当作于这时候。

《萧太傅谢追赠父祖表》 按:据《南齐书·高帝纪》,昇明二年九月,赠萧道成祖乐子为太常,父承之为散骑常侍金紫光禄大夫。此文即当时所作。

《萧太尉子侄为领军、江州、兖州、豫州、淮南、黄门谢启》 按:《南齐书·武帝纪》载,昇明二年沈攸之平后,齐武帝萧赜为江州刺史,"其年徵侍中领军将军,给鼓吹一部"。据《豫章文献王嶷传》,萧嶷于"世祖自寻阳还,嶷出为使持节,都督江州、豫州之新蔡、晋熙二郡诸军事,左将军,江州刺史,常侍如故,给鼓吹一部"。据《高祖十二王传》,临川献王映,当时为兖州刺史,长沙威王晃为豫州刺史。据《明帝纪》,萧鸾于昇明二年为淮南、宣城二郡太守。可见此文作于昇明二年。

《萧上铜钟芝草众瑞表》 按:据《南齐书·祥瑞志》:"(宋)昇明二年九月,建宁县建昌村民采药于万岁山,忽闻涧中有异响,得铜钟一枚,长二尺一寸。边有古字。"所载与表文正合。表中又提到十一月二十九日吴兴太守王奂称所统长城县降甘露事,则此表当作于昇明二年十一月底以后,年底以前。

《萧让剑履殊礼表》 按:《南齐书·高帝纪》,昇明二年九月,萧道成被宋顺帝"进位假黄钺、都督中外诸军事、太傅,领扬州牧,剑履上殿,入朝不趋,赞拜不名",他不受;昇明三年正月,重申前命。此表称"不悟复凝令诏",似是赐命后经过辞让,不许,又上的让表,当是昇明二年九月后所作。

《萧被侍中敦劝表》 按:此文称萧道成"今位冠朝端",当是已受"太傅"之号,而辞"殊礼"。据《南齐书·高帝纪》,昇明二年九月宋顺帝下令后,萧道成"固辞,(顺帝)诏遣敦劝,乃受黄钺,辞殊礼"。可以证明本文是九月后作。

《萧被尚书敦劝重让表》 按:此文称"况傅保之崇,殷周特贵,牧司之寄,魏晋称重"。可知即昇明二年九月进号太傅领扬州牧及赐以"剑履上殿"等殊礼时,所上让表。此文首称"臣五写丹翘,宜蒙凝照",当是固辞时口气,应在《萧被侍中敦劝表》以后作。

《萧让前部羽葆鼓吹表》 按:据《南齐书·高帝纪》,萧道成"加前部羽葆鼓吹"是昇明三年正月间事。此文当是昇明三年作。

《谢开府辟召表》 按:据《南齐书·高帝纪》,昇明三年正月,"命太傅(萧道成)府依旧辟召"。此表言:"近被诏旨,赐令臣府自辟僚贤。"据此可知是昇明三年初作。

《萧让太傅相国齐公十郡九锡表》 按:据《南齐书·高帝纪》,萧道成为相国,封齐公,加九锡是昇明三年三月之事,此表即当时作。

《第二表》 按:此表当作于前文之后不久。

《萧太傅辞舆驾亲幸表》 按:此文当是萧道成辞九锡时,宋顺帝曾有亲自去敦劝之事(当然,这些不过是形式,实权早已归萧道成之手)。萧在文章中,便以此为借口,辞皇帝劝而受九锡。所以《被百僚敦劝受表》说:"鸾舆玉驾,复许敦幸,重臣怨悔,无地自安,便当谨恭鸿命,竭身为限。"据此,当是萧道成接受"九锡"前夕所上,时间为昇明三年三月。

《被百僚敦劝受表》 按:此表当与前文作于同时,理由已见上。

《萧拜相国齐公十郡九锡章》 按:此文是受齐公九锡的正式章表,时间也在昇明三年三月。

《萧太傅东耕咒文》 按:萧道成为太傅是昇明二年九月的事,"东耕"乃春天的礼仪。昇明三年四月,萧道成已篡宋自立,所以此文当为昇明三年春天所作。

《萧相国让进爵为王第二表》 按:据《南齐书·高帝纪》,萧道成为齐王是昇明三年四月事。

《萧相国拜齐王表》 按:此表亦昇明三年四月事,当作于前文之后。

《齐王谢冕旒诸法物表》 按:此是萧道成为齐王以后,称帝以前作,时间亦在四月。

《齐王让禅表》 按:据《南齐书·高帝纪》,宋顺帝禅位于齐,及萧道成称帝,均昇明三年四月间事。

【齐高帝建元元年至建元四年(479~482)】

《断募士诏》 按:据《南齐书·高帝纪》,此诏是建元元年五月作。

《赐赦交州诏》 按:据《南齐书·高帝纪》,此诏是建元元年七月作。

《封江冠军等诏》 按:据《南齐书·高帝纪》,建元元年十一月,"封功臣骠骑长史江谧等十人爵户各有差"。《江谧传》载,江谧于是年为冠军将军,又封永新县伯四百户。本文所称"文仲假等"之"文仲"即崔文仲,附见《南史·崔祖思传》,以宋末附和加萧道成"九锡"之功,得与垣崇祖等同封侯。

《遣大使巡诏》 按:据《南齐书·高帝纪》,建元元年十二月,"诏遣大使分行四方,遣兼散骑常侍十二人巡行,以交、宁道远不遣使"。此诏即建元元年底作。

《大赦诏》　按:此诏称"今履端告始,群后执贽",当是元旦时大赦的诏令。考《南齐书·高帝纪》,萧道成称帝时,曾下诏大赦,建元二年正月,又大赦天下。所以此文当建元二年正月作。

《池上酬刘记室》　按:"刘记室"即刘俊。《南齐书·刘俊传》,"萧道成篡宋后,刘俊进号冠军将军",后"迁太子中庶子,领越骑校尉",时间在建元时,但不能确指为何年,故暂系于元年。

《何詹事为吏部尚书诏》　按:"何詹事"即何戢,《南齐书·何戢传》载,他于建元元年为太子詹事。至于任吏部尚书时间,当在为太子詹事以后,可能是建元元年至二年间事。

《拜中书郎表》　按:此文称"不悟遭社鸣之世,属河清之会",说明是齐初所作。考《南齐书·孔稚珪传》,孔稚珪曾为萧道成记室参军,"与江淹对掌辞笔,迁正员郎、中书郎、尚书右丞"。《丘灵鞠传》载,丘灵鞠在昇明时是正员郎,兼中书郎,建元元年"转中书郎",说明中书郎地位略高于正员郎。《南齐书·乐志》所载《凤皇衔书伎歌辞》,是"齐初诏中书郎江淹改"。可见此表作于建元时代。

《凤皇衔书伎歌辞》　此诗作于齐初,应是建元时代作品,已见上文。

《北伐诏》　按:据《南齐书·高帝纪》,建元二年正月,"诏:索虏寇淮泗,遣众军北伐,内外纂严",此诏即江淹所草。

《曲赦丹阳等四郡诏》　按:据《南齐书·高帝纪》,建元二年六月,"因昔岁水旱",下诏"曲赦丹阳、二吴、义兴四郡",此诏即江淹所作。

《王仆射为左仆射诏》　按:据《南齐书·王俭传》,王俭在昇明时已为尚书右仆射,建元二年,转左仆射。此诏是建元二年作。

《王抚军为安东吴兴诏》　按:据《南齐书·王敬则传》,建元二年,北魏进攻淮泗,王敬则弃镇还都,萧道成以功臣之故不加罪,"以为都官尚书、抚军。寻迁使持节、散骑常侍、安东将军、吴兴太守"。可见此表作于建元二年。

《王侍中为南蛮校尉诏》 按:《南齐书·王奂传》:"建元元年,进号左将军。明年,迁太常,领鄱阳王师,仍转侍中,秘书监,领骁骑将军,又迁征虏将军、临川王镇西长史,领南蛮校尉、南郡内史。奂一岁三迁……"这说明本文作于建元二年。

《萧冠军进号征虏诏》 按:《南齐书·明帝纪》:"建元二年,为持节,都督郢州、司州之义阳诸军事,冠军将军,郢州刺史,进号征虏将军。"此文当是建元二年作。

《王光禄为征南湘州诏》 按:《南齐书·王僧虔传》:"建元元年,转侍中、抚军将军、丹阳尹。二年,进号左卫将军,固让不拜,改授左光禄大夫,侍中、尹如故。……其年冬,迁持节、都督湘州诸军事、征南将军、湘州刺史,侍中如故。"此诏所言官职,与史传全合,说明为建元二年作。

《步桐台》 按:"桐台"在齐高帝子豫章王嶷宅内。《南史·齐高帝诸子传上》:"(永明末)嶷妃庾氏尝有疾,瘳,上(武帝)幸嶷邸,后堂设金石乐,宫人毕至,登桐台……"又《南齐书·豫章文献王嶷传》载,萧嶷曾上表武帝,自称"北第旧邸,本自甚华……东府又有斋,亦为华屋,而臣顿有二处住止"。考萧嶷居东府颇久,《南齐书·豫章文献王嶷传》:"沈攸之之难,太祖入朝堂,嶷出镇东府。"又云:"(建元三年)疾愈,上(高帝)幸东府,设金石乐。"可见萧嶷久居东府。"桐台"疑即在东府中。江淹在建元时,为骠骑豫章王记室参军,见《自序传》及《南史》本传。(《梁书》本传据"百衲本"为"建安王",误,中华书局标点本已改正。)豫章王萧嶷在昇明末,本为荆州刺史,建元初,北魏与齐交战,复以嶷为"都督荆湘雍益梁宁南北秦八州诸军事、南蛮校尉、荆湘二州刺史"。江淹并未随行,因登桐台而想念萧巘。所以诗中说"绮帷生网罗,宝刀积尘埃",指萧巘外出不在家;"思君出汉北,鞍马登楚台"二句,上句是讲萧巘兼督雍州诸军,下句则指他抚治荆州。故知此诗作于建元二年秋天。

《王仆射为太子詹事诏》　按:据《南齐书·王俭传》,"王俭于建元二年为左仆射,其年固请解选","寻以本官领太子詹事"。据此,本文当是建元二年作。

《王仆射加兵诏》　按:据《南齐书·王俭传》,建元二年王俭为太子詹事时,加兵二百人,与此文内容合,当是建元二年作。

《柳仆射为南兖州诏》　按:据《南齐书·柳世隆传》,建元二年,"寻授后将军、尚书右仆射,不拜……三年,出为使持节,督南兖、兖、徐、青、冀五州军事,安北将军,南兖州刺史"。可知此诏为建元三年作。

《立学诏》　按:此诏亦见《南齐书·高帝纪》,是建元四年正月所作。

《王镇军为中书令右光禄诏》　按:据《南齐书·高帝纪》,建元四年正月,"以江州刺史王延之为右光禄大夫"。考《王延之传》,王延之于建元二年进号"镇南将军",此文所叙官职亦为"镇南",非"镇军",疑本集题目有错字。《王延之传》又云,"(建元)四年,迁中书令右光禄大夫",与此文合,故知作于建元四年。

《张令为太常领国子祭酒诏》　按:《南齐书·张绪传》:"(建元)四年初立国学,以绪为太常卿,领国子祭酒。"本文即此时作。

《应刘豫章别》　按:"刘豫章"即刘休。《南齐书·刘休传》载,刘休于建元四年出为豫章内史(《南史·刘休传》同)。唐许嵩《建康实录》卷十六:"休卒豫章太守。"此诗当是刘休赴任时江淹作诗赠别。

《冬夜难离和丘长史》　按:《南齐书·文学·丘灵鞠传》载,丘灵鞠于建元元年"转中书郎……明年,出为镇南长史、寻阳相,迁尚书左丞"。可见此诗作于建元二年以后,但他什么时候"迁尚书左丞",史无明文,估计亦在建元时代。因不可确考,暂系建元之末。

《齐太祖高皇帝诔》 按:萧道成死于建元四年三月,此文即当年作。

【永明元年至齐武帝永明中叶(483～488)左右】

《感春冰遥和谢中书》二首 按:"谢中书"即谢瀹。《南齐书·谢瀹传》:"建元初,转桂阳王友,以母老须养,出为安成内史,还为中书郎,卫将军王俭引为长史,雅相礼遇。"考《王俭传》,王俭为卫将军,在永明元年。江淹于永明初,曾出为建武将军庐陵内史(见《梁书》本传),时谢瀹在建康,故称"遥寄"。

《褚侍中为征北长史诏》 按:"褚侍中"即褚炫。《南齐书·褚炫传》载,褚炫自昇明至建元年间,"凡三为侍中","出为竟陵王征北长史"。考《南齐书·武十七王传·竟陵文宣王子良传》,"永明元年,徙为侍中,都督南兖、兖、徐、青、冀五州,征北将军,南兖州刺史"。褚炫为竟陵王征北长史,当是永明元年或二年事。

《齐故司徒右长史檀超墓铭》 按:《南齐书·檀超传》及《南史·檀超传》、《建康实录》卷十六,皆不载檀超卒年。但言建元二年置史官,与江淹同掌史职,所上条例为左仆射王俭所驳。"超史功未就,卒官。"而据《梁书·江淹传》,江淹于永明初"出为建武将军、庐陵内史",当时江淹已初步完成史书的编写,可知檀超卒年大约是永明元年或二年。

《郊外望秋答殷博士》 按:"殷博士"是谁,史传无考。但据《梁书·江淹传》,江淹于永明时曾为国子博士。考《南齐书·王俭传》,当时国子祭酒是王俭。又:《南史·殷景仁传附殷孚传》载,殷孚子臻,在王俭为丹阳尹时,"引为郡丞"。王俭为丹阳尹和国子祭酒是同一时期的事。王俭有可能引殷臻为博士,与江淹同列。江淹与殷孚是朋友,所以用父执的口吻说:"属我兹景半,赏尔若光初。"据此,本诗当为永明三四年间作。

《自序传》 按:此文所叙官职为中书侍郎,又称"自少及长,未尝著书",疑是建元四年以后(文中已称萧道成为"高帝"),完成《齐史》以前作,当在永明初年。

《祀先农迎神升歌》 按:《南齐书·乐志》:"永明四年籍田,诏骁骑将军江淹造《籍田歌》。"

《飨神歌》 按:此诗与上首作于同一时期。

《铜剑赞》 按:此文称"永明初,始造旧宫,凿东北之地"。考《南齐书·武帝纪》,永明元年正月,"筑青溪旧宫"。本文即指此事,当是永明初年以后作,具体哪一年不可确考。

【年代无可确定的作品】

《莲华赋》

《丹砂可学赋》

《水上神女赋》

《丽色赋》

《空青赋》 按:以上几篇赋,皆难断定其写作年代,但从赋的内容、风格而论,似是得志前的作品,恐怕都成于宋亡以前。

《井赋》 按:此赋只剩几句佚文,难定写作时间。

《灵丘竹赋》 按:王俭亦有《灵丘竹赋》,内容相似,疑作于齐代,因为王俭在齐代时常侍宴。但究竟作于建元或永明,似难断定。

《铜爵妓》

《学魏文帝》 按:以上两首,皆拟古之作,时间难定,然内容颇悲凉,恐亦属刘宋后期之作。

《清思诗》五首

《秋夕纳凉奉和刑狱舅》

《采菱》

《当春四韵同□左丞》　按：以上八首诗，从内容看，很难确定是哪一时期之作。

《杂体诗》三十首　按：《杂体诗》共三十首，末首拟汤惠休的作品。汤惠休据《诗品》列于齐代，而其成名时间，据《宋书·徐湛之传》、《南齐书·谢超宗传》所载，当在宋文帝元嘉后期。江淹所拟三十家中，二十九家均卒于宋以前，惠休在江淹拟作时当亦已去世。因此《杂体诗》似当作于建元末，最迟恐亦在永明初年。

《雪山赞》四首　按：江淹平生信奉佛老，故从内容看，他什么时候都可能写这类作品。

《宋故尚书左丞孙夐墓志铭》　按：孙夐卒年不可考。唯《南齐书·江谧传》载，江谧与孙夐于宋明帝泰始四年因论江夏王义恭第十五女丧礼事受责。难于判断此文写作年代。

《宋故银青光禄大夫孙缅墓铭》　按：孙缅卒年无考。《宋书·礼志四》载，他于孝武帝大明二年曾为太常丞，议太后祭礼；至后废帝元徽二年，又曾参加议礼。

《齐故御史中丞孙诜墓志铭》　按：《南史·文学·丘巨源传》："（孙）诜字休群，太原中都人，爱文，尤赏泉石，卒于御史中丞。"《宋书·礼志一》载，宋明帝泰始五年，孙诜为太常丞。据本文称"齐故御史中丞"，则他当卒于齐代，具体年月无考。

江淹、沈约和南齐诗风

一、问题的提出

在南朝文学史上,有一个颇为奇怪而历来又很少人注意过的问题,这就是江淹和沈约的关系。如果从年龄来说,沈约生于宋文帝元嘉十八年(441),卒于梁武帝天监十二年(513);江淹生于元嘉二十一年(444),卒于天监四年(505):时代几乎相同。从两人的行踪来看,他们差不多有十八年左右的时间同在建康做官,齐高帝建元初,江淹为骠骑建安王记室,迁中书侍郎,永明迁骁骑将军,掌国史。沈约则于建元二年随齐文惠太子萧长懋来到建康。直到永明间江淹出任庐陵内史,其时至少有三四年之久。江淹任庐陵内史三年,即返建康任尚书左丞,直到齐明帝建武时,才又出任宣城太守。而沈约在齐武帝时始终未离建康。直到齐郁林王隆昌元年(494)才出任东阳太守。齐明帝即位不久,又把他征还建康。江淹在宣城共四年,就回建康。此后两人始终都未出建康。从建元二年到天监四年共二十六个年头,除去江淹出任庐陵内史宣城太守时间和沈约出任东阳太守外,至少在十八年时间是同在建康的。但值得注意的是在这两位作家的现存作品中几乎绝无交往的痕迹。在江淹集子中根本没有提到沈约。沈约也只是在《宋书·沈攸之传》中收录了一篇《尚书符》(乃江淹所作,还根本没有提及作者之名),在其作品中也根本未提到江淹。这确实是值得我们思考的。因为论官职、文学成就以至门第,两人的地位都基本相等,而在南北朝,同时的文人之间若在一地做官,完全不相来往的例子,毕竟很少,何况江淹、沈约都负有盛名呢?更令人感到奇怪的是,沈约虽长于江淹三岁,而成名远在江淹之后。从现存两人作品而论,江淹的诗有许多可考定为刘宋末年所作;只有像《铜剑赞》、《灵丘竹赋》等极少数文章可确知为作于南齐永明年间。沈约则相反,他的诗中较早的作品大抵作于南齐永明年间,而最传诵的几首如《早发定山》及《八咏》等大抵作于隆昌元年出任东阳太守时或以后。这说明沈约的成名,远在江淹之后,几乎可以说当江淹已到"才尽"之后,沈约才进入创作的旺盛时期。这就不能不使人产生如下的问题:为什么江淹的才藻大抵发挥于三十五六岁以前,而沈约则要到四十岁之后?而且当沈约成名之后,江淹在文学上又几乎销声匿迹了。

关于上述的一些问题,我们当然也可以用纯粹偶然的原因来加以解释。因为南朝人的集子,现在均已散佚,现存的作品,已远不足《隋书·经籍志》所著录的卷数。因此,假如我们设想江淹和沈约本有赠答的诗现已散佚,或江淹作品正好散佚了后期之作而沈约作品正好散佚了前期之作。这当然也非绝无可能。但这样的解释毕竟不够完满。因为像江淹和沈约这样负有盛名的人,如果互相有诗赠答,一般未必会散佚,而且在一些六朝和隋唐人的轶事小说中也不会全无反映。而且,作品的存佚也往往与它本身的艺术价值有一定关系,一般来说,某个作家的好作品总是流传较广,更容易被选本所选录和被评论者所提到,因此仍存在着江淹的诗才早熟而沈约的诗才晚成的问题。何况钟嵘《诗品》评论沈约时已说到"永明相王(指竟陵王萧子良)爱文,王元长(王融)等皆宗附之。约于时谢朓未遒,江淹才尽,范云名级故微,故约称独步"。钟嵘曾与谢朓(卒于499年)论诗,显然见过江淹、沈约的全部作品,而他还是断言江淹才尽于永明年间,而沈约的成名却也始于永明。可见用作品散佚来解释江、沈创作成熟的迟早问题,仍非圆满的答案。

当然,对于两个作家来说,有人成熟得较早,有人成熟得较晚,这有种种复杂的原因,其中包括人的禀赋、经历和努力等问题。但江淹的才尽和沈约的成名在同一时期,而两人的诗风确有显著不同。江、沈诗名的升降,恐怕并非全出于个人原因,还有一个诗坛风气的变化问题。在这里,我想就这个问题提一些初步的看法,请大家指正。

二、江淹和沈约诗风差别

江淹和沈约诗风差别比较明显,这是我们都能感觉得到的。江淹的诗风比较高古,用生僻字多,句法大抵取法汉魏至晋宋的文人诗,内容多写仕途失意及对人生的感叹,他的代表作如《渡泉峤出诸山之顶》、《迁阳亭》、《游黄檗山》等,立意奇险,遣辞古奥,不讲求声律,而且间有散文化句法,在诗风上较近鲍照,至于《望荆山》、《效阮公诗》等则寄托深沉,又类似阮籍。沈约诗如《新安江至清浅深见底贻京邑游好》、《早发定山》、《循役朱方道路》等以写景见长,手法类似谢灵运、谢朓,但和谢灵运的略带玄气及多用古字的作风不同,一般比较流畅,他这部分作品的艺术性较高,曾被《文选》所收录;另一部分如《六忆》、《少年新婚为之咏》及一些咏物诗,则为《玉台新咏》所收录。前一类诗由于《文选》从唐以来影响大,因此较为大家所熟悉;后一类诗也许较少为今天读者所喜爱,但它们在形式方面更近于律诗,也更适应于齐梁文人的要求。当时人之欣赏沈约的诗,也许更多地着眼于这后一类作品。但沈约的诗不论前一类或后一类,却有一个共同的特点,这就是《颜氏家训·文章》中所谓"三易":

  沈隐侯(即沈约)曰:"文章当从三易:易见事,一也;易识字,二也;易读诵,三也。"邢子才(劭)常曰:"沈侯文章用事,不使人觉,若胸臆语也。"深以此服之。

沈约不但在理论上提出了"三易",在创作中,也致力于这些要求。在他所有的诗中,用的多为"易见事"和"易识字",很少用奇字僻典,这是大家都可以感觉到的。至于"易读诵"这一点,似乎关系到声律问题,并非他所有的诗都符合"声病说"的要求,以致北魏的甄琛,曾抓住他早年之作中不符声律之句加以指责。但是,我们也应该看到,"声病说"之出现,据《南齐书·陆厥传》记载,是在永明时才提出的,在此以前,沈约显然尚未明确地提出这些要求。即使在永明以后,他虽有这主张,在实践中有时并未做到,也是可以理解的。因为诗的声律问题,他只是开始探索,这些要求又太严,一时做不到。但总的说,即使那些不符合"声病说"要求的诗,我们今天读起来声调也还是流畅的。至于南北朝人的语音,虽然有不少学者做过探索,但未必全部都能了解清楚。我相信,用当时人的语音来读沈约的诗,恐怕比汉魏诗或晋宋诗更能达到声调和谐的效果。不然,当时人是不会这样推崇他的"三易"之说的。

  江淹的诗风则与"三易"的要求相去较远。他有不少诗,诗中使用奇字、僻典较多,如果以"声病说"的要求来看待他的一些诗,就可以发现其不符合之处,尤多于沈诗。这是因为他的诗多半取法于汉魏晋宋的文人诗,所以钟嵘《诗品》说他"诗体总杂"。从他现存作品看来,他似乎对乐府诗方面远不如沈约那样下过功夫。他现存的乐府诗仅两首,一首是《铜雀妓》,一首是《采菱》。《铜雀妓》在《乐府诗集》中虽属《相和歌辞》,却非汉魏旧曲,乃后人悲曹操《遗命》之意而作。今存作品多出齐梁人所为,恐怕未必演唱。《采菱》虽属《清商曲辞·江南弄》,但它的体制,却与别人所作有别。这种曲调在《乐府诗集》中以鲍照所作为最早。鲍诗共七首,每首四句,首与首之间必换韵,意思各自独立。后来作者如萧纲、江洪之作,形式上也是这样。其他像陆罩、费昶和徐勉之作,都是一首八句,而且前四句是一层意思,后四句又是一层意思,仍有两首的痕迹。至于江淹那首,则为十四句,很难用四句分段。可见其体制与他人不同。这说明他对乐府诗的规律并不深究。乐府诗多少与音乐是有关的,江淹不注意乐府的体制,实际上就是对音乐性不大注意,这和沈约之致力于模仿乐府诗及极为重视声律很不一样。

如果从诗的题材方面讲,江淹所作"艳诗"甚少,《玉台新咏》选他的诗共四首,而且都是他的《杂体诗》,乃模拟《古离别》和班婕妤、张华、汤惠休等人之作。其实江淹也写过一些有关妇女的诗如《咏美人春游》、《征怨》、《悼室人》等。其所以未能入选,也许是因为《悼室人》是伉俪之情,与艳诗还是不太一样;《咏美人春游》等,应该是符合《玉台新咏》要求的,可能是出于其他方面的原因没有入选①。不过像这种诗,在江淹作品中,似难代表其特色。因为数量既不多,又非传诵之作,至于齐梁以后盛行的咏物诗,则在今本江淹集中已找不到,他是否写过这一类诗,很可怀疑。可见在题材方面,江淹的诗

---

① 今本《玉台新咏》是收了《咏美人春游》等诗的,但系后人所增。这里依据的是被学者公认为最近于徐陵本原貌的明寒山赵氏覆宋本。并且,《咏美人春游》等诗,明覆宋本《江文通集》亦不载,其是否江淹作亦可疑。

也是和齐代以后的作品有着很大的不同。在江淹作品中,比较多的是那些写仕途不得志之作,而这些作品,在齐梁以后,却为不少人所轻视。像颜之推,就认为何逊不如刘孝绰,原因是"饶贫寒气"。这些也许是齐代以后人们重视沈约诗而轻视江淹诗的一些原因。

三、南齐文风的变化

江淹和沈约的诗名盛衰,实际上反映了南齐一代人们对诗歌的要求发生了变化。在南齐初年,人们似乎重视江淹而几乎无人提到沈约。例如:《南齐书·谢瀹传》云:"世祖(齐武帝)尝问王俭:'当今谁能为五言诗?'俭对曰:'谢瀹得父膏腴,江淹有意。'"考王俭卒于永明七年(489),齐武帝发问当在此以前,说明永明初年的一些文人,大抵是看重江淹而不很重视沈约的。尤其像王俭这样由宋入齐的人,他所重视的还是江淹、谢庄(谢朓父)那些宋后期文人。我们知道,江淹以拟古见长而谢庄诗风则颇近颜延之。王俭在齐初文坛,颇有声望,他的见解很能代表一些文人的看法。王俭的诗存者甚少,钟嵘《诗品》把他和齐高帝、张永三人列在一起,并认为张永诗"文体颇有古意",说明是比较拘守古体的。王俭的诗论我们知之不多,但对萧道成和张永,我们还可以略知一二。张永是重视汉魏乐府的,《乐府诗集》中尚可见到他所作《元嘉正声伎录》的佚文。萧道成对诗的看法,我们在《南齐书·武陵昭王晔传》中,可略见一斑:

  晔刚颖俊出,工弈棋,与诸王共作短句诗,学谢灵运体以呈。上(萧道成)报曰:"见汝二十字,诸儿作中最为优者,但康乐放荡,作体不辨有首尾,安仁、士衡深可宗尚,颜延之抑其次也。"

可见他崇尚的是西晋诗风,对谢灵运也不满意,当然不欣赏那种新体了。在这种风气下,江淹取法古人的诗,自然比沈约诗更受重视。但是到了永明时代,情况有了变化。齐武帝萧赜本人就喜爱《西曲歌》;他曾仿作《西曲歌》中的《估客乐》。据《乐府诗集》卷四十八引《古今乐录》,说他曾令"乐府令刘瑶管弦被之教习",刘瑶对此颇感困难,幸得释宝月之助,才谱成了曲。这个释宝月也是善于作诗的,他的诗,今存五首,大抵是艳体,且系学"西曲"之作。《南齐书·乐志》:"《永平乐》者,竟陵王子良与诸文士造奏之,人为十曲。道人释宝月辞颇美,上常被之管弦,而不列于乐官也。"这里所谓"《永平乐》"实为《永明乐》,见《乐府诗集》卷七十五,作者除释宝月外,还有谢朓(十首)、王融(十首)和沈约(一首)。可见到永明时,萧赜、萧子良等人欣赏的已是在南朝民歌影响下的新体,即沈约等人的作品。江淹"才尽"据《诗品》说就在永明时代,不能不说和诗风的变化有关。到了齐末,刘勰作《文心雕龙》,已就正于沈约,而不去就正于江淹,说明江淹在文坛上的地位已远不如沈约。到了梁代,江淹的地位更远在沈约之下。《梁书·何逊传》:"世祖(梁元帝萧绎)曾著论论之云:'诗多而能者沈约,少而能者谢朓、何逊。'"根本不提江淹。这说明人们的艺术趣味发生的变化。齐梁作者崇尚的题材与形式,与沈约诗多数相同,而与江淹诗则迥异,他们对江淹当然无所取法。钟嵘《诗品》说当时人"笑曹刘为古拙,谓鲍照羲皇上人,谢朓今古独步"。江淹的诗,本是上承曹、刘、鲍照,而沈约则与谢朓同属一派。自唐以来,人们往往把"江鲍"并称,且把"沈谢"或"任(任昉)沈"并称,也说明江淹、沈约代表着不同时代的诗风,其才名升降即此之由。

四、诗风转变的社会原因

南朝诗风转变的社会原因应该上溯到东晋。我们知道东晋初年的统治阶级中,主要是由中原流亡到南方的士族掌权。晋元帝司马睿在建康称帝,本是由中原南逃的一些士族拥立的。《晋书·王导传》:

> 及(晋元帝)徙镇建康,吴人不附。居月余,士庶莫有至者,导患之。会(王)敦来朝,导谓之曰:"琅邪王仁德虽厚,而名论犹轻。兄威风已振,宜有以匡济者。"会三月上巳,帝亲观禊,乘肩舆,具威仪。敦、导及诸名胜皆骑从。吴人纪瞻、顾荣皆江南之望,窃觇之,见其如此,咸惊惧,乃相率拜于道左。导因进计曰:"古之王者莫不宾礼故老,存问风俗,虚己倾心,以招俊乂。况天下丧乱,九州分裂,大业草创,急于得人者乎!顾荣、贺循,此土之望,未若引之以结人心,二子既至,则无不来矣。"帝乃使导躬造循、荣,二人皆应命而至。由是吴会风靡,百姓归心焉。

当时的朝廷一方面靠中原南逃士族的支持,另一方面又不得不借重南方士族的力量。《世说新语·言语》:"元帝始过江,谓顾骠骑(荣)曰:'寄人国土,心常怀惭。'荣跪对曰:'臣闻王者以天下为家,是以耿、亳无定处,九鼎迁洛邑,愿陛下勿以迁都为念。'"顾荣在南方士族中,是支持朝廷最力,并最能与北方来的大族合作的人。所以他的族人顾和曾说他与王导一起"协赞中宗,保全江表"(同上)。但是总的来说,南方本是孙吴旧地,中原士族虽是在乱离中南逃,却仍以征服者自居。东晋初年的政权实际掌握在中原南来的王敦、王导等人手中,所以时人有"王与(司)马,共天下"这话(《晋书·王敦传》)。当时中原南来的士族和南方士族之间的矛盾相当尖锐。《晋书·周处传附周玘传》载,南方一些士族曾密谋发动政变,杀死执政的北来士人,"推玘及戴若思(渊)与诸南士共奉帝以经纬世事"。这个密谋后来被泄露,没有成功。周玘因此忧愤发病而死,将卒,谓子勰曰:"杀我者诸伧,子能复之,乃吾子也。"同书同卷《周勰传》:"时,中国亡官失守之士避乱来者,多居显位,驾御吴人。吴人颇怨。"周勰利用这种情绪,又与一些南方人潜谋起兵,"以讨王导、刁协为名",连孙皓的族人也起兵响应。这次密谋因周勰之叔周札反对而告失败,但朝廷因为"周氏奕世豪望,吴人所宗",并未穷加追究。这一事实说明了当时中原和南方士族之间矛盾的尖锐程度。

当时中原士族中也有一些人主张团结南方士族的,例如王导就是这样。他为了笼络南方人,曾向陆玩建议结为亲戚,却遭陆玩拒绝。陆说"培塿无松柏,薰莸不同器。玩虽不才,义不为乱伦之始"(《世说新语·方正》)。这几句话虽貌似谦恭,实际上表现了南北士人心理上的对立。这种对立情绪可能在西晋平吴之时已逐步形成。《晋书·刘颂传》载刘颂上书晋武帝说:"且自吴平以来,东南六州将士,更守江表,此时之至患也,又内兵外守,吴人有不自信之心。"陆机《吴趋行》也有"八族未足侈,四姓实名家"之句,认为南方士族并不低于中原士族。这种心理直到宋齐间某些人心中,还有所表现,《南齐书·文学·丘灵鞠传》载丘曾说:"我应还东掘顾荣冢,江南地方数千里,士子风流皆出此中,顾荣忽引诸伧渡,妨我辈涂辙,死有余罪!"可见这种心理对立维持之久。

中原士族和南方士族之间的心理隔阂,本是征服者与被征服者不同地位造成的。但是这种心理对立并不是一成不变的,实际上这种心理自东晋至南朝,随着这两部分士族的逐步融合以及中原大族在历次政治斗争中的削弱,在逐渐地淡下去。特别是在中原士族南迁以后,经过几代,对待南北地域的看法就发生了变化。在东晋初年,南渡的士族对中原沦陷还是很不甘心的,他们还想收复旧地。例如《世说新语·言语》所载"新亭对泣"的故事,多少反映了王导、周顗等人并没有忘记收复中原的事。但到了东晋后期,这些士族在南方定居已数十年之久,当桓温一度收复洛阳,向朝廷建议还都时,北方来的士族文人孙绰就上疏反对。他的理由是:"植根于江外数十年矣。一朝拔之,顿驱踧于空荒之地。提挈万里,逾险浮深,离坟墓,弃生业,富者无三年之粮,贫者无一餐之饭。田宅不可复售,舟车无从而得,舍安乐之国,适习乱之乡。"(《晋书·孙绰传》)这理论多少代表着一些南渡后中原士人的看法。他们这时候虽然还常有人以"克复中原"为号召,但全力去做的人既不多,而真正要还都洛阳的更无其人。如果说桓温的一度克复洛阳而建议还都只是一种觊觎政权的借口的话,后来刘裕连克洛阳与长安之后,除了祭扫一下西晋诸陵外,连还都之议都没有提出。他攻入长安后,虽有当地父老苦留,也未着意布防,不久便弃而不守。这说明偏安南方的局面,事实上已被南朝统治阶级所接受。此后像谢灵运的上疏要求北伐,宋文帝刘义隆的出兵伐魏,自称有"封狼居胥意",一则并未付诸实施,一则以失败告终。自从宋文帝在元嘉二十七年那次战争中以北魏军队饮马长江告终之后,南朝君臣已不再有人认真考虑过北伐的问题。像谢灵运的孙子谢超宗,曾在齐高帝萧道成面前论及北方的问题,竟认为"虏(指北魏)动来二十年矣,佛出亦无如何"。据《南齐书》本传载,他这话是酒醉时说的,但这倒是南朝不少士人的由衷之论。此后即使帝王也把中原之地置之度外。《梁书·侯景传》载,太清二年侯景归附梁朝时,梁武帝想接纳他而意犹未决,"曾夜出视事,至武德殿独言:'我家国犹若金瓯,无一伤缺。今便受地,讵是事宜?脱致纷纭,非可悔也。'"这话更说明他并不把中原之地看作自己应有的版图。

南朝的统治阶级既已放弃了北伐中原的意图,原籍中原的人也不再想念旧乡,相反在北方人看来,他们已算是南方人。如《洛阳伽蓝记》卷二载张景仁设宴请陈庆之,司农卿萧彪、尚书右丞张嵩并在其座。据杨衒之说"彪亦是南人",其实兰陵萧氏本籍也是北方,因迁居江南,在北方人看来,也成了"南人"。同书卷四又把祖籍济阳考城的江革,称为"吴人"。甚至像祖籍琅邪临沂的王肃,投奔北魏之初,"不食羊肉及酪浆等物,常饭鲫鱼羹,渴饮茗汁",北魏的彭城王问他为什么嗜鱼及茗,而不爱羊肉、酪浆,他说,"乡曲所美,不得不好"(《洛阳伽蓝记》卷三)。可见他已自认为南方人。从这种生活习惯来说,他确实是与南方人毫无区别了。因为在魏晋时代,羊酪是中原人爱好的食物。试看《世说新语·言语》:"陆机诣王武子,武子前置数斛羊酪,指以示陆曰:'卿江东何以敌此?'陆云:'有千里莼羹,但未下盐豉耳!'"又同书《排调》:"陆太尉(玩)诣王丞相(导)。王公食以酪,陆还遂病。明日,与王笺云:'昨食酪小过,通夜委顿。民虽吴人,几为伧鬼。'"这说明中原士族在南渡之初,多少还保存一些中原的生活习惯,而经过长期在南方定居之后,饮食习惯都已同于南人。这种生活方式的改变,多少会影响人们的心理状态,使南北士族之间的隔阂逐步趋于消融。

从中原南渡的高门士族,在东晋初年和中年曾出现过一些有才能的政治家如王导、谢安等,到了晋宋之交,情况稍有改变。宋武帝刘裕的佐命功臣中在政治上最有建树的要数刘穆之,他出身东莞刘氏,在社会地位上远不如王、谢诸族显贵,但也是"永嘉之乱"中南渡的北方人的后裔。到了宋孝武帝以后,南方士族在朝廷中的地位逐渐提高。如沈庆之等人即其适例。在南方士族的地位上升的同时,原来掌握大权的中原高门士族,有些家族已趋于没落,有些家族则也在一系列的政治斗争中受到削弱。例如:在东晋初年足以与琅邪王氏相颉颃的琅邪诸葛氏、鄢陵庾氏在东晋业已败落;太原王氏在东晋末年的内乱中也丧失了从前的地位。大体上说,从中原南渡的高门士族到南朝初年,只剩下琅邪王氏和陈郡谢氏两家。但事实上这两个家族中受到的打击也不少。以陈郡谢氏为例,这一家族中最煊赫一时的谢安、谢玄的后人,在刘宋时就先后遭打击而败落。像谢安之孙谢混,在刘裕和刘毅的争权斗争中被杀,这一支家族就趋于衰微。谢玄之孙谢灵运被杀以后,到他孙子谢超宗时,不能不和出身低微的新贵张敬儿结为儿女亲家。谢述之子谢约、谢综,在宋文帝元嘉年间因参与范晔等人的政变密谋被杀。另一个儿子谢纬虽未参与,也被流放到广州。谢纬之子谢朓因门荫中衰,不得不娶南齐开国功臣王敬则之女为妻,而王敬则也是出身低微的武夫。琅邪王氏的情况,也许比谢氏稍好,但在历次政治斗争中遭到的打击也不少。如刘宋初年大臣王弘少子王僧达,在宋孝武帝时因事下狱赐死;僧达子王融,曾有志重振家门,结果也被杀。正如沈约《怀旧诗·伤王融》所说:"眷言怀祖武,一篑望成峰;途艰行易跌,命舛志难逢。"王弘的长子王锡虽得善终,政治上无所作为。由于家族的衰落,不得不和出身南方士族的将领沈庆之结亲。沈庆之少子沈文季之妻,即王锡之女。吴兴沈氏在南朝也算大族,和王敬则、张敬儿并不一样,但这一家族在东晋时社会地位也不高,而到钟嵘作《诗品》时,却认为沈约和王融、谢朓一样是"贵公子孙"了。沈约在《奏弹王源》一文中讲道:"自宋氏失御,礼教凋衰,衣冠之族,日失其序,姻娅沦杂,罔计厮庶。"他认为东海王源嫁女与富阳满氏,"实骇听闻"。因为王源"胄实参华",只是"见告穷尽",而满氏"家计温足","下钱五万,以为聘礼"。沈约此文虽旨在维护门阀的等级,但他所讲的王满联姻的原因,却代表着当时的一种社会趋势。高门士族因为家道衰落而结亲新贵或富人；一些原来社会地位较低的显官或富翁则也愿与高门结亲来提高家庭的声望。这种趋势就促使中原旧族与南方人之间的界限日趋泯灭，南方士族的地位得以提高，两部分人之间的生活习惯的差别以及心理上的隔阂也渐趋消除。

随着从中原南渡的士族与南方人的联姻以及日常生活上的联系，在语言、音乐等现象上也渐趋融合。东晋初年，中原士族本来是歧视吴语的。《世说新语·排调》：

> 刘真长始见王丞相，时盛暑之月，丞相以腹熨弹棋局曰："何乃淘！"刘既出，人问："见王公云何？"刘曰："未见他异，惟闻作吴语耳。"

王导当时出于政治上笼络吴人的需要而讲吴语，在刘恢看来，却是有失身份的行为。这说明中原人对吴人的一种蔑视心理。但这种心理到了刘宋时就发生了改变。南方士族的举止和音辞，渐渐被人所欣赏和尊重。《宋书·张敷传》：

> （敷）善持音仪，尽详缓之致，与人别，执手曰："念相闻！"余响久之不绝。张氏后进皆慕之，其源起自敷也。

又同书五十九《张畅传》载，张畅在彭城与北魏李孝伯在阵前对答，"吐属如流，音韵详雅，风仪华润，孝伯及左右人并相视叹息"。同书又载，刘劭杀害宋文帝后，刘义宣举兵讨伐，张畅"出射堂简人，音姿容止，莫不瞩目，见之者皆愿为尽命"。这里所记的张敷、张畅都是吴人，他们的音辞已不再受人轻视，而被视作典范。

由于南北士人长期共居,就形成了一种共同的语音。《颜氏家训·音辞》云:"易服而与之谈,南方士庶数言可辨;隔垣而听共语,北方朝野终日难分。而南染吴越,北染夷虏,皆有深弊,不可具论。"同书又说:"南方水土和柔,其音清举而切诣,失在浮浅,其辞多鄙俗。北方山川深厚,其音沈浊而讹钝,得其质直,其辞多古语。"这说明南朝士族的语音,已不同于中原,也不同于原来的吴语,而是糅合两种方言的一种新语言。

随着社会生活和语言的变化,人们在音乐方面的好尚也逐步发生了变化。东晋时代由中原南来的士族欣赏的音乐,大抵为汉魏旧曲,亦即今《乐府诗集》中所谓"相和歌辞"(包括《宋书·乐志》所列"清商三调")。宋齐间人王僧虔在谈到"清商三调"时曾说:"今之清商,实由铜雀,魏氏三祖,风流可怀。京洛相高,江左弥甚。"(见《宋书·乐志》及《南齐书·王僧虔传》)这就是说东晋时最受重视的乐曲还是汉魏旧曲。至于南方歌曲则为上层社会所鄙视,认为"不登大雅之堂"。《晋书·王恭传》:会稽王司马道子"尝集朝士,置酒于东府。尚书令谢石因醉为委巷之歌。恭正色曰:'居端右之重,集藩王之第,而肆淫声,欲令群下何所取则!'"这故事亦见于《北堂书钞》卷一百六引徐野民(广)《晋记》,大同小异。值得注意的是"委巷之歌"作"吴歌","淫声"作"妖俗之音"。王恭已是晋末的人,可见上层士族对吴歌的敌视程度。

我们试以《晋书》和《宋书》的《乐志》相比较,就很能说明朝廷乐官所演奏的歌曲中,刘宋时南方民歌的地位比晋代要高,至于汉魏旧曲则两书所载似无太大区别。例如《宋书》所载南方民歌曲名多于《晋书》,这就说明刘宋一代乐官所奏乐曲中,南方民歌多于东晋。像《督护歌》、《读曲歌》等皆《晋书》所不载,而《宋书》又说明这些歌曲起于刘宋。至于汉魏旧曲的情况,《晋书》与《宋书》基本相同,但我们知道,《晋书》是唐初所修,基本上依据《宋书》,其实可能有些汉魏旧曲,不见于《宋书》的,在晋代可能还存在,而唐人修《晋书》时因为没有材料,所以没有记载。试看《宋书·乐志》中所录汉魏旧曲,常题"晋乐所奏",而据《乐府诗集》所引《古今乐录》中转述王僧虔《技录》的话,往往说一些汉魏旧曲"今不歌"。在《古今乐录》讲到汉魏旧曲时,有时也提到一些曲名不见《宋书·乐志》,说明《宋书》所载汉魏旧曲只限于宋时乐官所奏,表示这些乐曲在刘宋时已不再演奏,甚至演奏方法亦已失传。《宋书·乐志》载王僧虔在宋顺帝昇明二年所上章表论汉魏旧曲说:"情变听改,稍复零落,十数年间,亡者将半。自顷家竞新哇,人尚谣俗,务在谯危,不顾律纪,流宕无涯,未知所极,排斥典正,崇长烦淫。"这就是说,在汉魏旧曲衰落的同时,南方民歌却兴盛起来,王僧虔对此很看不惯,他认为这是:"喧丑之制,日盛于廛里,风味之韵,独尽于衣冠。"但是王僧虔这样个别人的看法,总是改变不了整个社会的艺术兴趣。南方民歌日益兴盛起来,到了齐初,沈文季在萧道成面前"歌《子夜来》"(见《南齐书·王俭传》),萧道成也不以为忤,这和东晋末的情况已成鲜明对比。不但如此,齐梁以后,南方乐曲的数量还在不断增加。从《乐府诗集》所录"清商曲辞"部分看,许多曲调均不见于《宋书·乐志》,显系齐梁以后乐官所增。特别值得注意的是其中的"西曲歌"部分。这些乐曲在《宋书·乐志》中基本不载,仅仅提到了《襄阳乐》等曲之名,还斥之为"不典正"。但《宋书·乐志》的作者沈约的作品,却显然地有拟作"西曲歌"的诗。这些诗大抵是梁初所作,而《宋书·乐志》成于齐代,说明沈约本人对"西曲歌"的态度前后有所改变。这一现象并不足为怪,因为"西曲歌"流行于荆襄一带,中原南渡的士族则大抵聚居于长江下游,而南方较有地位的家族,也多为吴中旧姓,他们较易接受"吴声",对"西曲歌"仍不免有偏见。但荆襄地区在南朝是军事重镇,齐、梁二代皇室大抵与此地有密切关系。萧道成在宋文帝元嘉后期曾在襄阳任职多年；武帝萧赜亦曾为襄阳太守；梁武帝萧衍更是从襄阳起兵取得的帝位。他们因为在荆襄时间较长，听惯了这种音乐，就试作起来，如萧赜作《估客乐》即"西曲歌"的一种。此后"西曲歌"的地位逐渐提高，渐渐与"吴声歌"相颉颃。

"吴声歌"和"西曲歌"的兴起大抵始于民间，这种乐曲又都产生于商业繁荣的城市中。历来学者论南朝乐府民歌的兴起，大抵征引《南史·循史传》中所载宋文帝时"凡百户之乡，有市之邑，歌谣舞蹈，触处成群"，而齐武帝时也是"都邑之盛，士女昌逸，歌声舞节，袨服华妆，桃花渌水之间，秋月春风之下，无往非适"。这两段话颇能反映"吴声歌"和"西曲歌"在南朝民间的盛行情况。社会上广大群众对这些歌曲的爱好，势必影响到统治者。所以经过宋齐两代，朝廷乐官所奏乐曲中"吴声歌"、"西曲歌"所占比重越来越大。所以《通典》卷一百四十一引梁裴子野《宋略·乐志叙》云："及周道衰微，音失其序。乱代先之以忿怒，亡国从之以哀思。优杂子女，荡目淫心。充庭广奏，则以鱼龙麾慢为瑰玮；会同飨觐，则以吴趋楚舞为妖妍。织罗雾縠侈其衣，疏金镂玉砥其器。在上班赐宠，群臣从风而靡。王侯将相，歌伎填室；鸿商富贾，舞女成群。竞相夸大，互有争夺，如恐不及，莫为禁令。伤风败俗，莫不在此。"裴子野在这里说的是刘宋以后的情况。这种风气，到了齐梁更是变本加厉。一些统治阶级人物对"吴声歌"、"西曲歌"也颇为欣赏。例如梁武帝萧衍虽然对"宫体诗"颇为不满，《梁书·徐摛传》："摛文体既别，春坊尽学之，'宫体'之号，自斯而起。高祖闻之怒，召摛加让。"但不妨他用"吴声、西曲女乐各一部"赐给大臣徐勉（见《南史·徐勉传》）。他自己也曾拟作过不少南朝民歌，以至今存的一些南朝民歌，有些题为萧氏父子。齐梁以迄陈代，朝廷中乐官所演奏的乐曲，基本上已多为"吴声"与"西曲"。

而"清商"之名本指汉魏的"清商三调",而到了《隋书·音乐志》中所举"清乐"的名目已半是《阳伴》等"吴声歌"和"西曲歌"。后来《乐府诗集》中把汉魏旧曲全部归入"相和歌辞",而把"吴声歌"、"西曲歌"算作"清商曲辞"就是沿袭了隋唐人的观点。其根本原因即在南朝乐官所奏乐曲中"吴声"与"西曲"早已取代汉魏旧曲的地位。

五、语言和音乐的变化与诗风的关系

南朝诗风的变化受语言、音乐的影响是无可忽视的。在这方面,美国作家乔治·桑塔雅纳在《诗歌的基础和使命》一文中有一段话,我认为颇有参考价值:"我们所操的语言之规律迫使我们接受基本语音,在这方面选择的余地是不大的,但词汇的选择还是相当自由的;而且我们可以不受讲话内容的限制在赋予我们的语言以节奏和韵律的同时,去加强它的音响。"(见《美国作家论文学》第119页)南齐永明时代兴起的新体诗和"吴声"、"西曲"之兴盛几乎是在同一时间,这不能不引起我们注意。如果从"吴声歌"和"西曲歌"的歌词本身看来,似乎与"永明体"的"声病说"很少关系。从今存的《子夜歌》、《采菱歌》等作品看来,绝大多数作品都不符合"四声八病"说的要求。这是因为到了南朝,诗歌与音乐早已分家。正如钟嵘《诗品》所说,诗歌已"不备管弦,亦何取于声律"。然而,正是钟嵘和他的同时人,都认为"四声八病"说与南朝民歌有密切关系。钟嵘在《诗品》中评论沈约的"声病说"时有"蜂腰鹤膝,里闾已具"之语。《文镜秘府论·四声论》引北齐李节(周维德点校本引罗根泽说当为李概,字季节)的话说:"平上去入,出行闾里,沈约取以和声之律吕相合。"这里所谓"里闾",指民间,亦即当时流行的民歌。钟嵘和李概离沈约时代甚近,其言当非无据。看来沈约的"声病说"虽受"吴声"、"西曲"的影响,却并非来自歌词,而是从这些乐曲的演唱节奏中得到启发。所以沈约在《宋书·谢灵运传论》中阐述他的"声病说"理论时,用的都是音乐的术语。他说:"夫五色相宣,八音协畅,由乎玄黄律吕,各适物宜。欲使宫羽相变,低昂互节,若前有浮声,则后须切响。一简之内,音韵尽殊;两句之中,轻重悉异。妙达此旨,始可言文。"和沈约一起开创"永明体"的王融也说:"宫商与二仪俱生,自古词人不知之。惟颜宪子(延之)乃云'律吕音调',而其实大谬。惟见范晔、谢庄颇识之耳。"范晔、谢庄都是深通音乐的人,尤善弹琴。范晔在临死时与诸甥侄书中也自称"性别宫商,识清浊"。又自以为"吾于音乐,听功不及自挥,但所精非雅声为可恨,然至于一绝处,亦复何异邪"(见《宋书·范晔传》)。可见"永明体"所讲的宫商、声律本起于音乐,而王融所推崇的熟知宫商的前辈范晔就自称"所精非雅声",说明声律说之起,和"俗乐"有着密切的关系。郭绍虞先生为周维德点校本《文镜秘府论》作序,曾讲到"四声说"之兴起,是由于诗歌和音乐分家以后,沈约等人想创造一种仅供诵读而不歌唱的诗歌的格律。这说法是很对的。不过,沈约等人在试图制定这种格律时,也不能不取法当时的音乐即"吴声"、"西曲"的演唱方法。过去一些研究者在探讨"声病说"起源时,往往认为与佛教徒的诵经有关,这是因为《南齐书·竟陵王子良传》有"招致名僧,讲语佛法,造经呗新声"等语。不过,我觉得佛教徒之"造经呗新声",恐怕也像前引桑塔雅纳说的那样离不开汉语的韵律。试看《高僧传》中记那些"经师"们悟出诵经之法的情况都很神秘,未必直接来自梵语。相反地,汤惠休作诗曾取法"吴声歌",释宝月精通"西曲歌",《乐府诗集》卷四十八引《古今乐录》载梁武帝天监十一年招集名僧,设乐,奏"西曲歌"《三洲歌》,问法云:"闻法师善解音律,此歌何如?"法云答:"古辞过质,未审可改否?"并说"应欢会而有别离,'啼将别'可改为'欢将乐'"。从这些事实来看,当时许多和尚都通音律,写情歌。和尚而写情歌,似很矛盾。我想他们写情歌而不被认为"犯戒",恐怕用意正在探讨音律,从民歌中探求诵经的声调。所以我认为僧人诵经与文人作诗,从声调上说,大约都取法于"吴声歌"及"西曲歌"。

如果我们再看一下永明作家的诗歌理论,也不难发现它们与南方民歌的关系。前引《颜氏家训·文章》篇载沈约的"三易"之说即与南朝民歌有一些关系。和沈约共同开创"永明体"的谢朓也说:

> 好诗圆美流转如弹丸。(《南史·王筠传》载沈约引谢朓语。)

他们的主张无非是要求自然,圆美无謇吃之弊。他们对诗歌的主张显然与《子夜吴歌》的特色相一致。《乐府诗集》卷四十五所载《大子夜歌》二首云:

> 歌谣数万种,子夜最可怜。慷慨吐清音,明转出天然。(其一)
> 丝竹为歌响,假器扬清音。不知歌谣妙,声势出口心。(其二)

这里讲"天然",讲"出口心",亦即强调"自然"或"天然",也就是邢劭所谓"若胸臆语"。"明转出天然"亦即谢朓所谓"圆美流转"。所以从永明诗人的创作特色及文学主张看,他们受"吴声"、"西曲"的影响实不容忽视。尽管从这些民歌的歌辞来看,也许与"声病说"很少直接关系。其实"声病说"在当时也只是作为一种理论被提出,而谢朓、沈约的不少名篇,其实也未必都符合"声病说"的要求。

六、南朝上层社会的风尚与诗风

从晋宋到齐梁,诗风的变迁不仅限于形式,也有题材、内容的变化。我们如果只是从"永明体"的出现来探讨南朝诗风的变化,那就仅仅涉及问题的一个方面。其实,齐梁以后的诗歌与晋宋不同之处,更重要的还在于题材的变化。这种变化,其实并不始于齐代,而是在刘宋后期已经开始。这个问题,裴子野在《雕虫论》中已经讲到。他说:

> 宋初迄于元嘉,多为经史。大明之代,实好斯文。高才逸韵,颇谢前哲,波流相尚,滋有笃焉。自是闾阎年少,贵游总角,罔不摈落六艺,吟咏情性。学者以博依为急务,谓章句为专鲁,淫文破典,斐尔为功。无被于管弦,非止乎礼义,深心主卉木,远致极风云,其兴浮,其志弱,巧而不要,隐而不深,讨其宗途,亦有宋之遗风也。

裴子野作为一个齐梁文风的反对者,对这种现象采取了明显的否定态度。他的观点虽不免偏颇,然而认为齐梁士人崇尚文学的风尚始于刘宋后期,应该是有根据的。因为刘宋一代继魏晋之后,是文学进一步走向自觉的时代,宋文帝和宋明帝设立学官时,都在儒学、玄学和史学之外,别立文学一科。刘宋时的上层人物把作诗视作高门士族的标志之一。因此一些达官贵人,虽系武职出身,贵显之后,也不能不学作诗。例如沈庆之虽"手不知书",却也能在皇帝面前要人口授作诗,并能使在座的人都服他辞义之美。刘宋一代许多将领的子孙,后来都逐步转化成文人。如柳元景本是武人,而他的侄儿柳世隆虽仍为将,晚年却"专以谈义自业,善弹琴",他自称"马槊第一,清谈第二,弹琴第三"(《南齐书·柳世隆传》)。他的儿子柳恽,更成了梁代的诗人。其他像到彦之、刘勔等武人的子孙,到齐梁时,都弃武学文,像到溉、到洽、刘绘及其子刘孝绰、刘孝仪、刘孝威等都以文学著名。这种崇尚作诗的风气,到齐梁尤盛,正如钟嵘所说:

> 今之士俗,斯风炽矣,才能胜衣,甫就小学,必甘心而驰骛焉。于是庸音杂体,人各为容,至使膏腴子弟,耻文不逮,终朝点缀,分夜呻吟,独观谓为警策,众睹终沦平钝。

钟嵘对这种风气也是不满意的。他看到了"膏腴子弟"们那种徒劳的呻吟,但是忽视了那种普遍重视诗歌的现象,也使诗歌技巧得到提高。像"声病说"的兴起即其一例。但总的来说,当时的士族往往脱离社会实践,因此反映的生活内容比较空泛。《颜氏家训·涉务》:

> 梁世士大夫,皆尚褒衣博带,大冠高履,出则车舆,入则扶侍,郊郭之内,无乘马者,周弘正为宣城王所爱,给一果下马,常服御之,举朝以为放达。至乃尚书郎乘马,则纠劾之,及侯景之乱,肤脆骨柔,不堪行步,体羸气弱,不耐寒暑,坐死仓猝者,往往而然。

这段话虽似专指梁代,其实南朝士大夫的这种风气,早在东晋南渡时就逐步形成,所以颜之推这篇文章屡次提到"晋朝南渡,优借士族";并说江南朝士们从南渡至梁经历八九代,从未见过农事,"不知几月当下,几月当收,安识世间余务乎？故治官则不了,管家则不办,皆优闲之过也"。这些"四体不勤五谷不分"而又"骨弱筋柔"的人,当然不可能了解下层人民的某些疾苦,写出像鲍照的那些乐府诗一类作品;也不可能学谢灵运登山涉水观赏奇景,写出那种山水诗。他们既无生活实践,而又要不断写诗,显然不易找到题材。于是大部分人就不能不在他们熟悉的眼前事物中去找寻吟咏的对象。因此模仿他们听惯了的"吴声歌"、"西曲歌"而写作艳诗以及咏日用家具杂物的诗就日益增加。由于多数读者和作者都注意着这种题材的作品,于是一些有才能的作家,也不免致力于此以趋时尚。以致谢朓、沈约那些杰出作家的诗集中,也出现了不少写这种题材的作品。尽管在我们今天看来,谢朓、沈约诗歌中的精华主要不是这些作品,但当时不少人似乎特别欣赏这类诗,如徐陵奉梁简文帝萧纲命所编的《玉台新咏》就是这样。谈到艳体诗的兴起,一般人常把它等同于梁陈的"宫体",其实这是一种误解。根据《梁书·简文帝纪》和《徐勉传》,"宫体"之名起于梁简文帝萧纲立为太子以后,亦即梁武帝统治的中期。"宫体诗"中确有艳诗,但并非所有的艳诗均为"宫体"。同时"宫体"中还有不少咏物诗,并非艳诗。至于艳诗的兴起,我认为也始于刘宋后期,而且与"吴声"、"西曲"之盛行确有关系。在刘宋以前,并非没有艳诗,但数量少,作家似乎并不着力于此,如谢灵运的《东阳溪中赠答二首》,谢惠连的《捣衣》、《七月七日夜咏牛女》等已有艳诗意味。但《东阳溪中赠答二首》历来没有人认为是谢灵运的代表作;《捣衣》似较有名,但在谢惠连作品中所占比重也不大。稍后于二谢的鲍照写了大量乐府诗,其中写弃妇、思妇之情的作品数量不少,但因风格高古,近似汉乐府,所以他受南朝民歌的影响还不大受人注意。但鲍照的妹妹鲍令晖、朋友汤惠休受南朝民歌的影响,就较明显。鲍令晖的诗,被陈胤倩说成"亦是《子夜》之诗"。汤惠休的据《南史·颜延之传》载,在当时已被颜延之称为"委巷中歌谣耳",当时所谓委巷中歌谣,当即《子夜歌》一类作品。从鲍令晖、汤惠休作品看来,受"吴声歌"影响似甚明显。据钟嵘《诗品》说刘宋后期的大明、泰始间,鲍照、汤惠休的作品"殊以动俗",而江淹的《杂体诗》最后也以汤惠休作结,说明他在当时的影响之大。

汤惠休的卒年已无可考,《诗品》把他算作齐代人,未知可信否。但齐代诗风显系继自宋末,则萧子显《南齐书·文学传论》业已讲到过。值得注意的是在南齐初年,不少作诗的人已在探索着新路,《南齐书·陆厥传》:"厥少有风概、好属文,五言诗体甚新变。永明九年,诏百官举士,同郡司徒左西掾顾暠之表荐焉。州举秀才,王晏少傅主簿,迁后军行参军。永明末,盛为文章,吴兴沈约、陈郡谢朓、琅邪王融以气类相推毂。汝南周颙善识声韵,约等文皆用宫商,以平上去入为四声,以此制韵,不可增减,世呼为'永明体'。"这段记载的下面几句颇为大家熟知,但前半段似亦可注意,因为陆厥"诗体甚新变",还在沈约等人之先。其实在永明时代,在诗歌方面探索新体的人,还不止陆厥和沈约,还有一位著名的"怪人"张融,他在永明间所作《问律自序》中曾自称:"吾文章之体,多为世所惊。"他还说:"吾之文章,体亦何异?何尝颠温凉而错寒暑,综哀乐而横歌哭哉!政以属辞多出,此事不羁不阡不陌,非途非路耳。然其传音振逸,鸣节疏韵,或当未极,亦已极其所矣。"他告诫儿子说:"汝若复得别体者,吾不拘也。"(见《南齐书·张融传》)可见两人都在探索新的诗体。张融的诗,存者甚少,也看不出多少艳体意味。陆厥诗则颇近艳体,如《中山王孺子妾歌》、《李夫人及贵人歌》均收入《玉台新咏》。其实他的《南郡歌》、《邯郸行》等诗,亦属艳体。至于谢朓、沈约等人之作,亦多艳诗。沈约的《六忆》,颇为论者所非议,但从艺术上说却有特色。稍后于沈约的何逊、吴均、刘孝绰等,都有不少艳诗。这些艳诗既与"吴声"、"西曲"的情调类似,也和后来的"宫体诗"有着一脉相承的关系。

除了艳体诗以外,咏物诗的大量出现也是南齐诗风的一大特色。这种咏物诗在刘宋诗人的作品中数量不多,而在永明体的代表人物沈约、谢朓和王融诗作中所占比重颇大。尤其沈约所作不下三十余首。其实南齐诗人中不写咏物诗的很少,年辈长于谢朓、王融的丘巨源、刘绘,年辈和谢朓等人相近的虞炎,尽管存诗不多,也有一些咏物诗,稍后的何逊、吴均、刘孝绰兄弟,也作一些类似的诗。直到梁代,被称为"属文好为新变,不拘旧体"而成为"宫体诗"代表人物之一的徐摛,现存的诗歌也基本是这一类居多。这说明从南齐初经过永明体到"宫体"实际上是诗歌发展中同一个潮流的不同发展阶段。在宫体诗人徐陵所编的《玉台新咏》中,收江淹诗仅四首,而收沈约诗仅卷五就有二十四首之多,加上卷九、卷十所收七首,已超过三十首。这就说明宫体诗人对江、沈二人评价之不同。唐代以来人反对六朝文风,经常把齐梁作为批评的目标,其实他们所反对的绮靡文风,主要是宫体诗人的特色,而宫体诗人的这些特点,又大抵在南齐诗中已肇其端。江淹晚年所谓"才尽",除了他主观的原因之外,他的诗风和当时文坛潮流相违反,因此不受人们喜爱,也是重要原因之一。对于南齐以后文风的这种变化,在我们今天看来,当然也应做具体分析。当时文人之脱离社会实践,较少反映社会现实,当然是很大的缺点,但在诗的技巧和格律上做了探索,对律诗的形成有一定贡献,则不可抹杀。

七、余论

最后,我们对沈约和江淹同在建康做官有十八年左右之久而没有任何交往的问题做一些解释。从文学上说,两人既属不同流派,

"道不同,不相为谋",可能是一个原因。但主要的,恐怕是在萧道成在位期间,江淹颇受重用,而沈约尚为大官幕僚,由于社会地位悬殊,未必有多大交往的可能。到了永明时代,江淹自以为官位已高,颇有满足之意,所以在《自序传》中讲到他不想再在文学上有所作为。再加上永明后期萧子良和萧鸾之间,有着虽未表面化而实际上颇为激烈的斗争。沈约等人作为"竟陵八友",江淹自然不想结交,以免卷入斗争漩涡。到了萧鸾登上皇帝宝座后,江淹不光在文学上,就是在政治上也消声匿迹。从他在齐末的言论看来,他变得只求全身免祸,自然不会去结交沈约等人,而沈约虽有志于用世,也无求于江淹这样一个自甘隐退的人。因此两人虽同在建康很久,却绝无交往。这种解释虽然只是推测,但我想也许还近于事实。

论任昉在文学史上的地位

一

在齐梁文坛上,任昉曾占有很重要的地位。在当时人看来,他的成就并不亚于谢朓、沈约,所谓"沈诗任笔"(《诗品》)或"谢玄晖善为诗,任彦昇工于文章"(《梁书·沈约传》),是当时人普遍的看法。梁简文帝萧纲在给湘东王(元帝萧绎)的信中曾称:"至如近世谢朓、沈约之诗,任昉、陆倕之笔,斯实文章之冠冕,述作之楷模。"(《梁书·文学·庾肩吾传》)即使在北朝,人们也认为他是梁代作家的代表人物之一。如北魏济阴王元晖业说:"江左文人,宋有颜延之、谢灵运,梁有沈约、任昉,我(温)子昇足以陵颜轹谢,含任吐沈。"(《魏书·文苑·温子昇传》)所以北齐文人邢劭和魏收,一个爱慕沈约,一个取法任昉,还成了当时邺城许多文人经常争论的问题。可是在现代许多文学史著作中,却很少提到任昉,至于有关任昉的研究论著,更是绝少见到。产生这种现象的原因,主要在于古今关于文学范畴的概念不同。在现代人看来,一些应用文字,一般不作为文学作品看待,而在古代从梁代萧统的《文选》起,直到清代姚鼐的《古文辞类纂》和李兆洛的《骈体文钞》,都大量地选录了这类文章。据《梁书·任昉传》说:"昉雅善属文,尤长载笔,才思无穷,当世王公表奏,莫不请焉。"可见任昉的文才,主要表现在应用文上。《隋书·经籍志》著录的《任昉集》有四十七卷之多,其中大部分可能都是这类文章。即以萧统《文选》而论,所收任昉之作有十九篇之多,如果以入选篇目数说,和沈约相等,但其中诗歌只占二首,其余的都是应用文。这种情况大约是任昉作品在现代很少受人注意的一个重要原因。

但是,像任昉这样一位文人,在文学史的作用似不限于他自己的创作,他还是某些文人的领袖,在提倡某种文风和奖掖后辈方面,有一定作用。《梁书》本传云:"昉好交结,奖进士友,得其延誉者,率多升擢,故衣冠贵游,莫不争与交好,座上宾客,恒有数十。"所以刘孝标在《广绝交论》中说他:"遒文丽藻,方驾曹王;英特俊迈,联衡许郭。类田文之爱客,同郑庄之好贤。见一善则盱衡扼腕,遇一才则扬眉抵掌。蹈其阃阈,若升阙里之堂;入其奥隅,谓登龙门之坂。"(见《文选》或《梁书·任昉传》)王僧孺在《太常敬子任府君传》(见《艺文类聚》卷四十九引)中说到任昉所交游的宾客们时云:"聿兹游客,朋来旅见,辞人才子,辩圃学林,莫不含毫咀思,争高竞敏。"宋朝人叶适在《习学纪言》中说:"任昉在齐梁之间,为一时宗主,然德义不足而文华有余。"(卷三十二)叶适对任昉颇有不满,但他并没有否定他在文坛上的地位。

从任昉所结交的朋友看来,有不少人颇享文名,而其成名也多少和任昉的奖掖有关。如到溉、到洽兄弟,其作品现在虽多已亡佚,而在当时,据《梁书·到溉传》载,梁元帝萧绎曾赠诗给他们,把他们比作三国时丁仪、丁廙兄弟和西晋陆机、陆云兄弟。《到溉传》又说到氏兄弟"早为任昉所知,由是声名益广"。殷芸作有小说。王僧孺诗文至今还存留不少,他自称"顾余不敏,厕夫君子之末,可称冥契,是为神交"(《太常敬子任府君传》)。任昉不但深受后辈文人爱戴,也被同时的大作家尊重,如范云一些章表就请他代笔;而作为"一代词宗"的沈约,也对他"深所推挹"(《梁书·任昉传》)。从这个意义上说,任昉在文学史上的地位也很值得重视。

二

任昉在文学史上既然有过较大影响,那么在当时的文坛上,他所代表的究竟是哪一种文风呢?关于这一点,《梁书》本传和萧纲《与湘东王书》都未具体谈到。至于钟嵘《诗品》的批评,似亦仅限于诗歌:

> 彦昇少年为诗不工,故世称沈诗任笔,昉深恨之。晚节爱好既笃,文亦遒变,若铨事理,拓体渊雅,得国士之风,致擢居中品。但昉既博物,动辄用事,所以诗不得奇。少年士子,效其如此,弊矣。

从这段话看来,钟嵘对他的骈文并无褒贬(钟嵘论诗时,偶尔也对一些人的骈文有所称赞,如对王融和刘绘),而对他的诗既有批评,也有所肯定。至于《诗品序》下,则纯为批评:

> 近任昉、王元长等,词不贵奇,竞须新事,尔来作者,寖以成俗,遂乃句无虚语,语无虚字,拘挛补衲,蠹文已甚。

他认为当时诗风的弊病,和任昉有较大关系。从钟嵘的话看来,任昉的诗风大致可以概括为两点:一是从思想内容方面说,似较近儒家的正统思想,不像沈约、谢朓等人有一部分作品稍入绮艳,已多少为后来的宫体诗导夫先路;一是他用典过多,曾有不良影响。这两个方面,在任昉的一些骈文中,似多少有些体现。但在当时人包括钟嵘看来,在骈文中用典,似乎不足为病,因此也没有人对他做过指责。

在对任昉文风的评论中,隋代王通在《中说·事君》篇中有几句话,似乎很值得注意。王通在这段文字中,列举了南北朝许多作家的名字如谢灵运、沈约、鲍照、江淹、吴均、孔稚珪、谢庄、王融、徐陵、庾信、刘孝绰兄弟、萧纲、萧绎兄弟、谢朓、江总等人,都一一做了抨击,指为"古之不利人也"。唯独认为"颜延之、王俭、任昉,有君子之心焉,其文约以则"。这段话,从表面上看来,似乎只是一个正统的儒者对文人们的偏见,和后来那些道学家之轻视文学并无不同。但王通这段话,并不完全是这样。从《中说·事君》篇看来,他对另一些古代作家并不完全抹煞。如他说:

> 子谓荀悦"史乎!史乎!"谓陆机"文乎!文乎!""皆思过半矣。"
>
> 子曰:"陈思王(曹植)可谓达理者也,以天下让,时人莫之知也。"
>
> 子曰:"君子哉思王也,其文深以典。"

在这里,王通对曹植、陆机做了充分的肯定,这似乎可以和他对颜延之、任昉的赞扬联系起来看。因为齐梁时代有一些人就是作诗取法陆机、颜延之,而又把曹植奉为共祖的。即如钟嵘《诗品》也认为:"晋平原相陆机,其源出于陈思。""宋光禄大夫颜延之,其源出于陆机。"至于任昉和颜延之的继承关系,钟嵘虽未明说,但在《诗品序》下篇中说到诗中用典之风,就先举颜延之、谢庄,后举任昉、王融为例，可见他认为颜延之对任昉曾有影响。这种看法有一定根据。事实上主张作诗取法陆机和颜延之是齐梁文坛上不少人的主张。例如齐高帝萧道成就是这样。《南齐书·武陵昭王晔传》载，齐高帝子武陵王萧晔作诗学谢灵运体，并把所作诗给齐高帝看，齐高帝回信说："见汝二十字，诸儿作中最为优者。但康乐放荡，作体不辨有首尾，安仁（潘岳）、士衡（陆机）深可宗尚，颜延之抑其次也。"齐高帝在信中所肯定的，正是陆机、颜延之诸人。这种意见在当时有一定的代表性。《诗品》卷下评南齐谢超宗等七人时说：

　　檀（超）谢（超宗）七君，并祖袭颜延，欣欣不倦，得士大夫之雅致乎！余从祖正员（钟宪）尝云："大明、泰始中，鲍（照）休（汤惠休）美文，殊已动俗，惟此诸人，傅颜陆体。用固执不移，颜诸暨（颜则）最荷家声。"

这些人的诗，现在大多数已散佚，但从钟嵘的论述看来，他们都和齐高帝一样，推崇陆机和颜延之。不但如此，《诗品》卷下还把齐高帝和张永、王俭放在一起论述，认为：

　　齐高帝诗，词藻意深，无所云少。张景云虽谢文体，颇有古意。至如王师文宪，既经国图远，或忽是雕虫。

钟嵘对这些人的诗，基本上是不赞成的，但他也说他们的作品"词藻意深"、"颇有古意"，与前面论谢超宗等人时所说的"得士大夫之雅致"颇有共通之处，并且在这里也提到了王俭。这说明王通的肯定任昉，并把他和颜延之、王俭放在一起，实际上是继承了齐梁以来某些人的意见。这派人物在当时曾有不小影响。《南齐书·文学传论》说到当时作家,认为大略有三派:一派取法谢灵运;一派学习鲍照;还有一派则并未明说其渊源所自,只说:"次则缉事比类,非对不发,博物可嘉,职成拘制。或全借古语,用申今情,崎岖牵引,直为偶说。唯睹事例,顿失清采。此则傅咸五经、应璩指事,虽不全似,可以类从。"这里所说的文风,大约就是指这些祖述陆机、颜延之的作家。这派人的诗现在存世者甚少。大约和当时一些批评家及选本的编者大抵不大欣赏他们的诗作有关。但不管我们今天怎样看待这个流派,他们在历史上曾有过一定影响,而且其中像任昉等人在骈文方面的成就,则是当时人一致推崇的。因此我们在探讨齐梁文风时,适当地对任昉做一定评价实在很有必要。

三

任昉的作品既然以骈文最为驰名,那么我们在评价他的文学成就时,自然也不能不首先探讨这一问题。但要评价这部分文章,又不能不对应用文算不算文学作品有个看法。一般来说,许多应用文与纯粹的文学散文是有区别的。然而把它们全部排斥于文学之外,有时也不免会遇到许多困难。因为在我国古代有许多骈文和散文家的集子中,这类文章占有很大的比重,有些历来传诵的名篇,其实就是应用文。如诸葛亮的《出师表》、李密的《陈情表》和丘迟的《与陈伯之书》,都是研究当时文学时都必须谈到的。再说一些比较有名的杂文如王褒《僮约》、袁淑《鸡九锡文》、孔稚珪《北山移文》、沈约《修竹弹甘蕉文》等,在形式上都采用了当时应用文的格式,而实质则为游戏文字。后来的散文家韩愈的《毛颖传》,甚至著名的《鳄鱼文》,也是这样。我们如果要研究这些杂文,似乎不能不对当时的应用文有一定的了解。应用文和文学散文的界线，本难截然划分。例如书信、祭文等文体，本来也属应用文的范畴，但古人有许多书信和祭文，都是绝妙的抒情文章，为文学史家所乐道。因此对于任昉的那些应用文，似亦可作具体的分析，看其中有没有一定的文学意味，在命篇、修辞方面，有没有作者的匠心。如果文章中确有这些成分，似乎应该当作文学作品来论述。

任昉的骈体应用文现在保存的还不少，内容也多种多样。其中很值得注意的是那些弹奏文章。这部分文章现在共存四篇：《奏弹曹景宗》和《奏弹刘整》见于《文选》；《弹萧颖达疏》和《弹范缜疏》见于《梁书》。《弹范缜疏》纯系趋附梁武帝的喜怒，用意不足道，文字技巧亦不见特色，所以不予讨论。《奏弹曹景宗》和《奏弹刘整》二文，一篇写的是有关梁魏战争的大事，一篇则为刘整叔嫂间的家庭纠纷，事由各异，风格也不相同。《奏弹曹景宗》可以说是情文并茂的名作。曹景宗是梁武帝在襄阳任雍州刺史时的旧部属，在梁武帝代齐后，被封为县侯，擢任平西将军郢州刺史等显职。在天监二至三年（503~504）梁魏间爆发战争时，魏军围攻梁司州刺史蔡道恭，曹景宗奉命率兵前往救援，他却逗留不进，坐视司州被围达十个月之久，以致蔡道恭病死围城之中，而司州亦因此失陷。曹景宗闻讯后，不但没有采取必要的补救措施，反而仓皇撤退，使梁军遭受了更大的损失。任昉的弹劾文章，即针对此事而发。在文中，他使用了强烈的对比，来突出曹景宗的罪责。他激昂慷慨地表彰了蔡道恭坚守孤城的功勋：

……而司部悬隔，斜临寇境，故使狡虏凭陵，淹移岁月。故司州刺史蔡道恭，率厉义勇，奋不顾命，全城守死，自冬徂秋，犹有转战无穷，亟摧丑虏。方之居延，则陵（西汉李陵）降而恭（蔡道恭）守；比之疏勒，则耿（东汉耿恭）存而蔡亡。若使郢部救兵,微接声援,则单于之首,久悬北阙,岂直受降可筑,涉安启土而已哉!

这里写蔡道恭的英勇抗敌,虽然着墨不多,却给人以深刻的印象,觉得与晋潘岳的《马汧督诔》写马敦之坚守汧城时具体描述战争经过很不一样,但一详一略,各尽其妙,使人读来同样虎虎有生气。此文写法显然得力于颜延之的《阳给事诔》。因为南朝宋初年的濮阳太守阳瓒,也是在与北魏作战中困守孤城而阵亡。事迹即与蔡道恭相类。任昉在诗风上既近于颜延之,那么在写作《奏弹曹景宗》时有意识地取法颜延之当属可能。试看《阳给事诔》中也是把阳瓒的"誓命沈城,佻身飞镞,兵尽器竭,毙于旗下"和其他将领之"列营缘戍,相望屠溃","士师奔扰,弃军争免"作了鲜明的对比。这种对比手法颇为相似。不过,颜延之这样写是为了歌颂阳瓒,任昉则意在表彰蔡道恭而反衬曹景宗的卑怯。所以颜延之这段文字仅叙事实,而任昉则夹杂议论。插上李陵、耿恭两个典故,起着画龙点睛的作用。钟嵘在反对作诗用典时曾说:"若乃经国文符,应资博古,撰德驳奏,宜穷往烈",表示不反对应用文中用典。像任昉此文,可以说是文章中用典比较成功的一例。

此文对曹景宗的揭露,确实毫不留情。任昉认为曹景宗的罪责不但是"按甲盘桓,缓救资敌",而且在司州失陷后,"犹应固守三关,更谋进取,而退师延颈,自贻亏衄"。这指责十分有理。接着他又指出曹景宗"擢自行间,遘兹多幸,指踪非拟,获兽何勤。赏茂通侯,荣高列将,负担裁弛,钟鼎遽列,和戎莫效,二八已陈。自顶至踵,功归造化,润草涂原,岂获自已。且道恭云逝,城守累旬;景宗之存,一朝弃甲。生曹死蔡,优劣若是,惟此人斯,有觍面目"。这种指责虽十分严厉,却毫不违反事实。任昉敢于这样痛快淋漓地斥责梁武帝宠信的旧属,表明他确有胆识。清人谭献评此文"可谓笔挟风霜",实非过誉。在任昉的骈文中,此文可算是代表作,在齐梁文中亦不失为优秀名篇。

《奏弹刘整》一文主要是弹劾刘整因争家产和寡嫂范氏争吵以致斗殴的事情。《文选》中所收此文,讲到了刘整家中口角的种种细节,奴仆们的证词,全用当时口语,与任昉其他文章的骈四俪六、辞藻繁富很不一样。据饶宗颐先生和日本斯波六郎、佐竹保子等先生考证,认为其中很大一部分是当时的案状文字,本非《文选》原有,而是被注家窜入的(参阅佐竹保子《〈文选〉诸本任昉作品称呼混乱与〈奏弹刘整〉的原貌》,见《文选学论集》,长春时代文艺出版社)。这几位先生关于文中哪些文字属于后人窜入的意见虽不完全一致,但此文有窜入的成分则可为定论。我们在这里只能就其中一些骈体的议论文字来谈。因为这些文字大家都公认为是任昉原作。如文中指责刘整:"理绝通问,而妄肆丑辞;终夕不寐,而谬加大杖。薛包分财,取其老弱;高凤自秽,争讼寡嫂。未见孟尝之深心,唯斅文通之伪迹。昔人睦亲,衣无常主;整之抚侄,食有故人。何其不能折契钟庾,而襜帷交质,人之无情,一何至此!实教义所不容,绅冕所共弃。"这段文字几乎每句一典,使人觉得晦涩。例如:以"理绝通问"代指叔嫂关系,已觉有欠醒豁;至于因东汉第五伦兄子有病、一夕十往的典故而把"终夕不寐"来代指叔侄,实在过于迂曲。骈文中一般不免要用典,但像这样的例子,就很难为读者称赏了。这篇《奏弹刘整》的内容,有同情弱者的一面,但所提倡的则为儒家的道德规范。同样地,在他的《弹萧颖达疏》中指责萧颖达"况乎伐冰之家,争鸡豚之利",与《礼记·大学》中"畜马乘不察于鸡豚,伐冰之家不畜牛羊"的教义一样。像这种文字,被王通誉为"有君子之心焉"就不足怪了。

四

任昉的不少骈文,是为人代笔而作。代人作文一般很难成为名篇,因为文章所要表达的不是作者本人的思想感情,很难写得自然真切。然而任昉有些文章却有其特殊性。例如他的《为齐明帝让宣城郡公第一表》,就是一篇很特别的文章。此文作于南齐海陵王延兴元年(494),当时齐明帝萧鸾已经通过政变手段夺取了南齐的大权,并废黜郁林王萧昭业,暂时拥立海陵王萧昭文为傀儡,并为自己登上帝位做好准备。他用朝廷的名义封自己为宣城公并任侍中中书监骠骑大将军等职,而又上表假意谦让,原是装点门面的一种手段。任昉作为当时著名文士,萧鸾要他代作让表,本是对他的拉拢。但任昉却从封建伦理出发,觉得朝廷中既然发生了如此重大的变故,萧鸾作为宗室大臣,理应自责。因此他写下了这样的话:

> 臣本庸才,智力浅短。太祖高皇帝笃犹子之爱,降家人之慈;世祖武帝情等布衣,寄深同气。武皇大渐,实奉诏言。虽自见之明,庸近所蔽,愚夫一至,偶识量己。实不忍自固于缀衣之辰,拒违于玉几之侧,遂荷顾托,导扬末命。虽嗣君弃常,获罪宣德,王室不造,职臣之尤。何者,亲则东牟,任惟博陆,徒怀子孟社稷之对,何救昌邑争臣之讥?四海之议,于何逃责。且陵土未干,训誓在耳,家国之事,一至于斯,非臣之尤,谁任其咎?将何以肃拜高寝,虔奉武园!

这段文字写得十分真切沉痛,但它绝非萧鸾本人的思想,而是任昉这样一个笃信儒家道德规范的人心目中萧鸾所应持的态度。这段文字出于代笔者之手，显然成了对萧鸾的公开指责。萧鸾要的是官样文章，而任昉却假戏真做，触到了他的痛处。所以《梁书》本传说："帝（齐明帝）恶其辞斥，甚愠，昉由是终建武中，位不过列校。"后来谭献评此文云："绝似血诚喷薄，而出自代言，反以获咎，颠危之世不合以文字事人，君子慎之。"在今天看来，这段文字虽不免有封建的伦理思想，而文章确有一种感人的力量，构思也很巧妙。唐代骆宾王的名文《为徐敬业讨武曌檄》中"言犹在耳，忠岂忘心？一抔之土未干，六尺之孤安在"诸名句，似即从此文"陵土未干"数语得到启发。在当时的环境中写出这些话来，也可见任昉为人刚直的一面。

任昉所作代笔文章很多，他的《为范始兴作求立太宰碑表》，也是一篇很值得注意的文章。"范始兴"即范云；"太宰"即南齐竟陵王萧子良。这篇表作于齐明帝建武年间。我们知道，萧子良和萧鸾是政敌。据《南齐书·王融传》记载，在齐武帝临死时，王融曾想拥立萧子良为帝，被萧鸾挫败，而萧鸾因此独揽大权，萧子良为之忧惧而死。萧鸾登上帝位后，又大肆屠杀齐高帝和武帝的子孙。在这种情况下要求为萧子良立碑，就很难措辞。尤其任昉当时曾为作《为齐明帝让宣城郡公第一表》已得罪了萧鸾，因此执笔时不能不多所顾虑。但任昉还是写出了一篇很出色的文章。他在文中对萧子良的政治经历谈得很简略，以免再引起萧鸾的猜忌，文中强调的是范云和萧子良的关系。他说：

> 臣里闾孤贱，才无可甄，值齐网之弘，弛宾客之禁，策名委质，忽焉二纪。虑先犬马，厚恩不答，而敝帷毁盖，未荐蝼蚁；珠襦玉匣，遽饰幽泉。陛下弘奖名教，不隔微物，使臣得骏奔南浦，长号北陵。既曲逢前施，实仰觊后泽。

在这段话中所抒发的范云对萧子良感恩图报之情,是很切合情理的。据《梁书·范云传》,范云在齐高帝建元初年就一直在萧子良身边,前后有十几年之久,并且关系非同一般。文中先颂扬萧鸾"弘奖名教,不隔微物",再自称"既曲逢前施,实仰觊后泽",纯是恳求的口吻,语气十分委婉。显然,任昉在写出这些话时,该是字斟句酌,颇费苦心的。谭献评此文云:"微婉之妙,任笔独擅。"近人骆鸿凯在《文选学》中讲到学古人文章时说,"喜辞令美妙之文,法任昉"(第331页),大约即指此类文章而言。这种"辞令美妙之文",在我国古人评论散文和骈文时,常常被看作很重要的一体,历来文人们对这种文章颇多效法。因此我们在文学史研究中,也不应完全忽视。

五

任昉除了那些弹奏、章表等纯属应用文性质的文章外,还有传状一类文章,虽亦有实用目的,却以写某个人物为主,文中如能写出这些人物的某些个性特点,就应该说具有一定的文学意味。例如他的《王文宪集序》,实际上是一篇王俭传,和他的《齐竟陵文宣王行状》题目虽然不同,性质却比较相近。王俭和萧子良都是南齐的大官,他们在政治上都很难说有什么值得夸耀的功业,但他们都曾提倡学术文化,奖掖后进,以文采风流自名。这两个人,一个出自于南朝第一流的名门望族;另一个则是南齐皇室的著名藩王。叙述他们的生平,当然要花较多笔墨去记他们历任的官职。但仅载这些内容,就无法使文章写得生动精彩,更无法吸引读者。因此任昉在写这两篇文章时,都很注意用简赅的文字去传达两人的性格特征,给人以较深的印象。如他写王俭：

> 公在物斯厚,居身以约,玩好绝于耳目,布素表于造次。室无姬姜,门多长者。立言必雅,未尝显其所长;持论从容,未尝言人所短。弘长风流,许与气类。虽单门后进,必加善诱,勖以丹霄之价,弘以青冥之期。公诠品人伦,各尽其用。居厚者不矜其多,处薄者不怨其少,穷涯而反,盈量知归。

这段话很形象地突出了王俭这样一个以"江左风流宰相"自名的高门士大夫的特点。"立言必雅"、"持论从容"等语,清楚地表现了魏晋六朝名士的风度和雅量。"在物斯厚"、"居身以约"等语,则具体地显示了《南齐书·王俭传》说王俭"寡嗜欲,唯以经国为务,车服尘素,家无遗财"的作风。"诠品人伦"数句,则专指王俭曾长期掌管吏部,主持官员的选拔事宜。文中又说到王俭"无是己之心,事隔于容谄;罕爱憎之情,理绝于毁誉。造理常若可干,临事每不可夺。约己不以廉物,弘量不以容非,攻乎异端,归之正义",又显示了王俭性格的另一个方面。王通所欣赏王俭的也许正在这里。历来对王俭曾有过不少非议,主要是他以宋臣仕齐,其实这本无可深责。但若论王俭有何建树却也谈不上。任昉此文对王俭虽旨在颂扬,尚无过多的虚美。所以谭献说此文"虽甚敷腴,语必傅质"。我们今天阅读此文,确能对王俭其人的性格有一个较深的印象。

同样地,在《齐竟陵文宣王行状》中,任昉也曾写到萧子良身上的某种名士风度,但其表现却与王俭有显著的不同：

> 公道识虚远,表里融通,渊然万顷,直上千仞。仆妾不睹其喜愠,近侍莫见其倾弛。他人之善,若己有之;民之不臧,公实贻

耻。诱接愃愃,降以颜色。方于事上,好下规己;而廉于殖财,施人不倦。

在这里,萧子良的性格在宽厚这一点上和王俭是类似的,但相比之下,王俭显得更风雅,而萧子良则似乎更乐善好施。这一方面是因为王俭本来受儒家影响较深而萧子良则笃信佛教;另一方面也因为萧子良是"帝子储季",曾经手握生杀予夺的大权,强调他有这种性格,实已达到了颂扬的目的。在《行状》中还有一段文字颇可注意:

良田广宅,符仲长之言;邙山洛水,协应叟之志。邱园东国,锱铢轩冕。乃依林构宇,傍岩拓架,清猿与壶人争旦,缇幕与素濑交辉,置之虚室,人野何辨。

这段文字写得很潇洒,文采也很华美,可谓妙笔。这种园林之乐,确也是萧子良生活的一个方面。任昉是"竟陵八友"之一,曾亲身经历过西邸的游宴,写来自然很有感情。南朝大贵族、大官僚们这种游乐,虽无足称,但在任昉等人看来,却是以此显示萧子良的风雅。

六

任昉除了骈文以外,也写过一些诗赋。他的赋,现在仅存一篇《报陆倕赋》,见《梁书·陆倕传》。这篇赋似很少特色。至于他的诗,现存者还有二十余首。据钟嵘《诗品》说,他的诗有用典过多的毛病。从现存的作品看,这缺点似不很明显,这也许是经过时间的淘汰,那些缺点较严重之作已经散佚之故。他诗歌中比较有名的当数

《文选》所录的《出郡传舍哭范仆射》。此诗在《文选》中作一首,而《诗纪》等书则分作三首。我们姑且引《诗纪》中作为第一首的部分为例:

> 平生礼数绝,式瞻在国桢。一朝万化尽,犹我故人情。待时属兴运,王佐俟民英。结欢三十载,生死一交情。携手遁衰孽,接景事休明。运阻衡言革,时泰玉阶平。浚冲得茂彦,夫子值狂生。伊人有泾渭,非余扬浊清。将乖不忍别,欲以遣离情。不忍一辰意,千龄万恨生。

这首诗感情很真挚,也较少刻意雕琢。其中用"结欢三十载,生死一交情"二句来概括他和范云的深厚友谊,尤属从肺腑中流出,自是名句。但前人已指出:在这首不太长的诗中,在押韵处用字颇多重复。如"情"字一共用了三次,"生"字用了两次。这不但在齐梁诗中,就是在不讲究声律的汉魏古诗中也很少类似之例。这或许是作者直吐胸臆,不去计较一些形式问题。萧统之有取于此,或亦此故。大体上说,任昉不少诗中不乏较好的写景之句,有时也颇注意对仗。如《落日泛舟东溪》:

> 黝黝桑柘繁,芃芃麻麦盛。交柯溪易阴,反景澄余映。吾生虽有待,乐天庶知命。不学梁甫吟,唯识沧浪咏。田荒我有役,秩满余谢病。

这首诗中有景,也有情。"交柯"二句写景生动,属对也很工整。"不学"二句从辞意来说是巧对,而声律方面却不很讲究。一般来说,诗至齐梁,虽尚未形成严格的律体,而平仄相对的要求,则大体都能做

到。任昉此诗似与当时诗体颇有差别。他的另一首写景诗《济浙江》也有这种情况:

> 昧旦乘轻风,江湖忽来往。或与归波送,乍逐翻流上。近岸无暇目,远峰更兴想。绿树悬宿根,丹崖颓久壤。

这些诗如果从构思和遣辞来说,都不无可称之处。诗中有些句子在追求对偶和色彩绚丽等方面,已与同时人的诗相近,如"或与"二句及"绿树"二句,都是这样,但对声律仍不讲究,尤其是"或与"二句,更为突出。至于他的《赠徐征君》一诗,则颇有点"笃意真古"的味道,近于晋诗风格:

> 促生悲永路,早交伤晚别。自我隔容徽,于焉徂岁月。情非山河阻,意似江湖悦。东皋有儒素,杳与荣名绝。曾是违赏心,曷用箴余缺。眇焉追平生,尘书废不阅。信此伊能已,怀抱岂暂辍。何以表相思,贞松擅严节。

这种诗风几乎使人感到有些模仿陶渊明的用意。

任昉诗歌所以会出现这种现象,是否和他想独辟一条蹊径有关,根据现有的史料,尚难得出这结论。但有一点却是肯定的,即任昉从年龄上虽较沈约为轻,但比谢朓、王融则要大四岁和七岁。在永明体出现时,他在创作方面已养成自己的习惯,正如刘勰所说:"器成彩定,难可翻移。"(《文心雕龙·体性》)

从任昉的经历来看,也多少说明这个问题。据《梁书》本传载,早在永明初年,他就被王俭所赏识,"俭雅钦重朓,以为当时无辈"。任昉自己在《王文宪集序》中,亦自称"朓尝以笔札见知"。关于王俭对诗歌的看法,据《南齐书·谢瀹传》云:"世祖(齐武帝)尝问王俭,当今谁能为五言诗?俭对曰'谢朓得父膏腴,江淹有意'。"这段对话的时间正在永明体兴起之时,而王俭所称赞的却是谢庄及其儿子,还有被视为"才尽"的江淹。其中谢庄尤其被钟嵘指为作诗用典的代表人物。这说明任昉作诗好用典,可能是受到王俭的影响。我们再看任昉的为人,除了擅长文学外,也以博览典籍著名。《梁书》本传说:"自齐永元以来,秘阁四部,篇卷纷杂,昉手自雠校,由是篇目定焉。"又说:"昉坟籍无所不见,家虽贫,聚书至万余卷,率多异本。昉卒后,高祖使学士贺踪共沈约勘其书目,官所无者,就昉家取之。"他这种治学经历,与王俭之"上表求校坟籍,依《七略》撰《七志》四十卷",又撰定《元徽四部书目》(见《南齐书·王俭传》),颇为类似。任昉所结交的朋友宾客以及当时推崇他的人,也都常有类似情况。如认任昉为"知己"的陆倕,据《梁书·陆倕传》载,就曾"杜绝往来,昼夜读书,如此者数载"。任昉在《报陆倕赋》中曾说他"冠众善而贻操,综群言而名学。折高戴于后台,异邹颜乎董㨇。采三诗于河间,访九师于淮曲。术兼口传之书,艺广铿锵之乐,时坐睡而梁悬,裁枝梧而锥握。既文过而意深,义理胜而辞缛"。可见是一个潜心典籍的人。《太常敬子任府君传》的作者王僧孺,史称"聚书万余卷,率多异本,与沈约、任昉家书相埒。少笃志精力,于书无所不睹。其文丽逸,多用新事,人所未见者,世重其富"(《梁书·王僧孺传》)。称任昉为"哲人"的殷芸,也是"励精勤学,博洽群书"(《梁书·殷芸传》)。任昉死后,作《广绝交论》对他备极推崇的刘孝标,也是当时被人目为"书淫"的学者。据刘之遴《与刘孝标书》说他所撰的《类苑》,"括综百家,驰骋千载,弥纶天地,缠络万品,撮道略之英华,搜群言之隐赜"(《艺文类聚》卷五十八引)。这些事实都说明任昉在当时文坛上是以学问为诗,以博见为文的一派人物的领袖之一。其特色既不同于趋向平易和强调声律的谢朓、沈约,也不同于一味复古的裴子野。所以从钟嵘到萧纲对他的诗有所非议,而对他的文又颇赞赏。这说明当时不少文人对诗和文的要求不大一样。再看那些推崇任昉的人中,除王僧孺至今存留的诗较多外,陆倕、刘孝标的骈文成就都超过了诗。这也多少能说明任昉在当时的地位和作用。值得注意的是,到了南北朝末期,像徐陵、庾信等人作诗绮艳而不失清新,与任昉之作迥异;但他们的骈文则用典繁富,仍与任昉有不少相似之处。金代王若虚曾批评庾信有些文句欠通顺,这种毛病似乎与任昉在《奏弹刘整》中的"理绝通问"、"终夕不寐"等句的语病不无类似之处。因此任昉作为当时一个著名作家,其作品中的优点和缺点,都曾对当时及后来某些文人有一定的影响。我们在探讨南北朝文学史时,对这个人物恐怕不应忽视。

读贾岱宗《大狗赋》兼论伪《古文尚书》流行北朝时间

《初学记》卷二十九,有一篇魏贾岱宗的《大狗赋》,放在西晋傅玄的《走狗赋》之前。显然,在《初学记》编者徐坚等人看来,这位贾岱宗当是三国魏人。所以清严可均《全上古三代秦汉三国六朝文》也把此赋收入《全三国文》中。不过从此赋内容看来,似非三国魏人口吻,倒像北朝魏后期人的作品。

首先,赋的起句说:"余生处大魏之祚政,遭王路之未辟。"这里所谓"大魏之祚政",本意味着作者生活于国号"魏"的皇朝;指为三国魏自然可以,指为北朝魏亦无不可。至于"遭王路之未辟"一语,则不像三国魏时人文章中所宜有。因为三国魏自文帝曹丕代汉,至明帝曹叡时,政治基本还算承平。正如《晋书·刘寔传》所说,这两个皇帝虽都是"倾殆之主",总算"事成克举,少有愆违",是因为"实赖前绪,以济勋业"。当时的情况,恐怕很难说"王路未辟",更不存在下文说到"蛮夷猾夏"的事例。到曹叡死后,齐王曹芳继立,政权逐渐落入司马氏之手,曹魏皇室虽趋向没落,但魏国的国力仍然强于吴、蜀。魏晋之际的"禅代",只不过是由一个姓司马的来代替一个姓曹的做皇帝。这对当时的政治体制、经济结构以至人民生活都没有起什么重大变化。政局大体上稳定,魏国对吴、蜀或边境各少数民族仍处于强者的地位。仍然不可能有"王路未辟"、"蛮夷猾夏"的情况。再说魏国自司马氏掌权以后,由于司马懿父子善弄阴谋,对名士深为猜忌,从何晏、夏侯玄到嵇康无不死于屠刀之下。当时的文人,有的噤若寒蝉,有的则"言皆玄远,未尝臧否人物"(《世说新语·德行》载司马昭论阮籍语)。在这种条件下,声称"王路未辟",那简直是触犯司马氏的忌讳。所以设使贾岱宗是三国魏人,恐怕不会写出这样的句子。但这样的文字如果出现在北朝魏后期的作品中,那倒是毫不足怪的。如《魏书》所载李骞《释情赋》、李谐《述身赋》诸作,有些话总该说比"王路未辟"一句要激烈得多。这是因为北朝魏后期确实战乱频仍,而且朝廷也失去了控制力,顾不得文人在辞赋中有讥刺语了。从这一点看,笔者颇疑这位贾岱宗是北朝魏人,非三国魏人,《初学记》编者对作品的时代,判断有误。

贾岱宗《大狗赋》还有"若乃蛮夷猾夏,列士异操。轻橾单集,人马衔枚。猛火先觉,音声正摧。竦耳侧听则恒山动,南向嘻嘻则霍山颓"等语。按:三国魏时,虽与吴、蜀为敌,但孙氏和刘氏均汉人,称不上"蛮夷猾夏"。三国魏时的战争主要是魏蜀间在今甘肃、陕西南部进行;魏、吴间的战争,远不如前者频繁,战场也不在霍山一带,至于地处今山西北部的恒山,更非三国魏时用兵之地。但这段话若指的是北朝魏后期的情况,则无一不合。首先,迁都洛阳以后的北魏统治者,是以中原正统自居的。在魏收《魏书》中,把南朝的宋、齐、梁三代称为"岛夷",并列有《岛夷传》;不但如此,他们把留居今山西北部及内蒙古一带的鲜卑族人,也以"胡人"目之。如《魏书·废太子(元恂)传》载,魏孝文帝废除太子元恂时曾说:"今恂欲远父背尊,跨据恒朔。天下未有无父国,何其包藏,心与身俱。此小儿今日不灭,乃是国家之大祸,脱待我无后,恐有永嘉之乱。"到了北魏后期,北方"六镇"军人,确曾有过破六韩拔陵、葛荣等人的起义,其发源地就在北魏旧都平城(今山西大同)附近,亦即恒山一带;至于当时梁、魏间的战事也很多,战场也在霍山附近。所以赋中所谓"蛮夷猾夏"和"恒山"、"霍山"在这里都可得到印证。因此说这篇《大狗赋》与其说是三国魏人所作,毋宁说更像北朝魏后期人所作。

当然,上述的理由还多少有推理的因素,并不足以证明此赋一定作于北朝而非三国。更值得注意的则是此赋中存在着一个经学问题,这就是赋中的"越彼西旅,大犬是获"二句。这两句虽然用的是《尚书序》中"西旅献獒,太保作《旅獒》"的典故,但《旅獒》一篇在三国时代是仅有《书序》,并无本文的。更值得注意的是当时的《尚书序》本作"旅敖",和狗根本联系不到一起。只有东晋以后流行的今本伪《古文尚书》和伪孔安国传才把"豪"改为"獒",作大狗解。我们知道三国人读《尚书》,都根据东汉学者马融、郑玄的解释。马、郑之书,今虽亡佚,但从唐人的著作中,还可见到一些佚文,如陆德明《经典释文·尚书音义下》说:"马(融)云:作'豪',酋豪也。"孔颖达《尚书正义》卷十三说:"郑(玄)云:'敖读曰豪。西戎无君名强大有政者为酋豪。国人遣其酋豪来献见于周。'良由不见古文妄为此说。"在这里,陆德明和孔颖达都是笃信伪古文的,他们认定了《旅獒》篇本字一定作"獒",所以臆断马、郑所见《尚书序》,也必是"獒"字,马、郑只是读"敖"作"豪"。其实这篇今本《旅獒》根本是赝品。马融、郑玄当然不会看到此文。但根据不少学者研究,马、郑倒有可能见过真《古文尚书》,而且他们所见的《尚书序》,大约本作"豪"字,现今流行的本子,倒是伪古文流行后据改的。试想贾岱宗如果是三国时人,为什么偏偏舍弃当时流行的马融、郑玄的学说,而偏要把"獒"释为"大狗",而这一改变恰恰又和半个多世纪以后才出现的伪《古文尚书》若合符契?由此而论笔者认为贾岱宗当为北朝魏人,《初学记》的编者误以为三国魏人，才把《大狗赋》放到了傅玄《走狗赋》之前，弄错作者时代的事，在《初学记》中并不罕见。例如卷十四录有应亨的《赠四王冠诗》，应亨是晋人，《晋书》有传，竟也被误作"后汉"人。何况像贾岱宗这样并不出名的人物呢？

我们从《旅獒》的"獒"字，论证了贾岱宗《大狗赋》不可能作于三国而只可能作于北魏。但还有一个问题需要解决，那就是东晋出现的伪《古文尚书》究竟何时传到北朝？在北朝是否流行？关于这两个问题，过去一些研究者常常含糊其词，不作正面回答。这是因为一些史籍和主要史料的记载，在这问题上有不少矛盾和费解之处。例如《隋书·经籍志》说：

> 至东晋，豫章内史梅赜，始得安国之传，奏之，时又阙《舜典》一篇。齐建武中，吴姚方兴，于大桁市得其书，奏上，比马郑所注多二十八字，于是始列国学。梁、陈所讲，有孔、郑二家，齐代唯传郑义。至隋，孔、郑并行，而郑氏甚微。

这里所谓"孔安国传"，即今本伪孔传；"齐代唯传郑义"，当指北齐，因为据《北齐书》和《北史·儒林传》，北魏和北齐的治《尚书》者，皆主郑义。根据此说，则伪孔传和伪《古文尚书》似乎至北齐时尚未流传北方，遑论北魏？和此说相似的还有《北史·儒林传》：

> 齐时，儒士罕传《尚书》之业，徐遵明兼通之。遵明受业于屯留王总，传授浮阳李周仁及勃海张文敬、李铉、河间权会，并郑康成所注，非古文也。下里诸生，略不见孔氏注解。武平末，刘光伯、刘士元始得费甝《义疏》，乃留意焉。

这段话基本与《隋书·经籍志》相符,只是《隋书》说终北齐一代,伪《古文尚书》及伪孔安国传均未流行,而《北史》则以为"武平末"(575左右)已经流行。不过"武平末"距北齐亡只有二三年,距隋文帝代周也仅六七年,所以大体上和《隋书》还是符合的。但据孔颖达的《尚书正义序》和刘知几的《史通·古今正史》所说,情况就不同了。孔颖达云:

> 但古文经虽然早出,晚始得流行。其辞富而备,其义弘而雅,故复而不厌,久而愈亮。江左学者,咸悉祖焉。近至隋初,始流河朔。

按照孔颖达之说,似乎不但伪孔传,连伪《古文尚书》文本,也是隋代时传到北方的。但据《隋书》和《北史》,似乎只是说伪孔传到北齐末或隋代才流行于北方,却未提伪《古文尚书》的文本。我们有一种习惯的看法,即认为伪孔传和伪《古文尚书》应该是相辅而行的,如果伪《古文尚书》在北方已经流行,那伪孔传当亦已流行[①]。其实在北朝人的文章和言行中,伪《古文尚书》已多次被引用,那么伪孔传在隋以前是否亦已流行北方? 关于这问题,刘知几《史通·古今正史》中说:

> 晋元帝时,豫章内史梅赜始以孔传奏上,而缺《舜典》一篇,乃取(王)肃之《尧典》,从"慎徽"以下分为《舜典》以续之。自是欧阳、大小夏侯家等学,马融、郑玄、王肃诸注废,而古文孔传独行,列于学官,永为世范。齐建武中,吴兴人姚方兴,采马、王之义,以造孔传《舜典》,云于大航购得,诣阙以献。举朝集议,咸

[①] 清毛奇龄《古文尚书冤词》以古文为真,孔传为伪,恐未妥。因为从现有史料看,二者总是相辅而行的。

以为非。及江陵板荡,其文入北,中原学者得而取之,隋学士刘炫遂取此一篇列诸本第。故今人所习《尚书·舜典》,元出姚氏者也。

这段话和孔颖达等人之说颇为不同,似乎今本《尚书·舜典》的伪孔传,在南朝尚未得到学者承认,只是到隋人刘炫才把它附入伪孔传中,显然根据刘知几说,伪《古文尚书》和伪孔传似在刘炫前已传入北方,刘炫只是做了附入《舜典》传一事。根据现有的材料,刘知几之说恐怕是合理的。因为史籍中所讲情况,往往指朝廷所设学官是否传授伪《古文尚书》而言,至于在士人中是否有人阅读,则是另一个问题。《北史·儒林传》所谓"下里诸生,略不见孔氏注解"一语,其实还意味着"下里诸生"以外,那些高门士族和王公贵戚,还是可以而且确有人见到的。因为从现有的史料来看,早在北魏中期就有人引用伪《古文尚书》中语句及内容,从魏至齐、周,也不断有此情况,而且引用者不限于文人学士,还包括某些鲜卑族的贵族、大臣。如果伪《古文尚书》在北方不甚流传,这种情况是很难设想的。

北朝人谈到伪《古文尚书》内容的,最早当推房法寿之族子房景先。他在所作的《五经疑问》中,对《胤征》的篇义和伪孔传的解释都提出了疑问。房景先的家族本在南朝统治下的今山东一带居住,后来才归附北魏,他见过伪《古文尚书》和伪孔传,当不足怪。但自从宋明帝初年,今山东及淮北一带并入北魏,许多南朝士人入北,自然会带去不少典籍,其中包括伪《古文尚书》和伪孔传。因此在魏孝文帝以后,引用伪《古文尚书》的人很多。如《魏书·郑道昭传》载,邢峦作歌曰"舜舞干戚兮天下归",即用《大禹谟》中典故。《韩显宗传》载韩显宗引用了《大禹谟》中"与其杀不辜,宁失不经"的话,并断言出于《尚书》。《张普惠传》载张普惠的言论中凡三次引到伪《古文尚书》:"咸有一德,殷汤所以革夏。"(见《咸有一德》)"官弗必备惟其人。"(见《周官》)"举能其官,惟尔之能,称非其人,惟尔弗任。"(见《周官》)《李骞传》载李骞《释情赋》有"若朽索而乘奔"句,用《五子之歌》典故。到了北齐和北周,引用者仍不乏人。如《北齐书·文宣帝纪》载文宣帝诏书有"开朕意,沃朕心"语,出《说命》。《周书》中例子更多。如《于谨传》载周武帝诏曰:"将以公为舟楫,弘济于艰难。"(见《说命》)于谨答曰:"木受绳则正,后从谏则圣。"(亦见《说命》)《苏绰传》载苏绰所引伪《古文尚书》语凡三见:"亶聪命作元后,元后作民父母。"(见《泰誓》)"故其彝训曰:'后克艰厥后,臣克艰厥臣,政乃乂。'"(见《大禹谟》)"《商书》曰:'终始如一,德延日新。'"(见《咸有一德》)《韦夐传》载韦夐对宇文护称引"酣酒嗜音,峻宇雕墙,有一于此,未或不亡"语,见《五子之歌》。这些例子说明伪《古文尚书》在魏、齐、周三代已在北方很流行,不但文人,连鲜卑贵族亦曾称引。从这些例子看来,至迟到北魏从南朝手中夺取今山东一带时,伪《古文尚书》已由那些"平齐民"带入北方。时间在隋文帝代周前一百多年。根据这一情况,我们设想贾岱宗的《大狗赋》作于北魏末,因而他引用了伪《古文尚书·旅獒》和伪孔传的解释,完全合乎情理。

《风俗通义》和魏晋六朝小说

一

在目前流行的一些文学史著作中,当论及魏晋六朝社会风气以及"志怪"、"轶事"两类小说的兴起时,往往较多地强调儒学的衰微,而究其原因,则又多归之于汉末社会的大变动及黄巾起义的影响。这个结论,当然不能说错,但未免过于简单。因为魏晋人的崇尚老庄以及任诞之风,其实在东汉时代已肇其端。汉末的党锢之祸及董卓之乱等政治事件,只是使士大夫们的处境日益险恶,使他们进一步对儒家的学说及其礼法失去信心而趋于狂放、消极。黄巾大起义摧毁了汉朝的政权,并没有动摇封建统治的基础;至于对士大夫们的影响,也不过是在一定程度上使他们对传统的信仰产生怀疑,但并没有也不可能为他们的哲学思想和文学创作准备某些思想材料。其实,魏晋人的哲学和文学思想的不少因素,却早在东汉建立之初,已在逐步形成和积累之中。试看《后汉书》中的《独行》、《逸民》诸传,就不难发现早在光武帝时代的某些隐士身上,已初具了魏晋名士那种思想性格的某些萌芽。这些思想因素在东汉近二百年的时间中,不断地有所发展。所以余嘉锡先生在《世说新语笺疏》中曾针对晋代王戎、和峤服丧期间的不同表现,引证《后汉书·逸民·戴良传》的记载加以类比,并且指出:"《抱朴子·汉过》篇曰:'反经诡圣,顺非而博者,谓之庄老之客。'是老庄之学,在后汉之末已盛行。《庄子·大宗师》曰:'子桑户、孟子反、子琴张三人相与友。子桑户死,未葬;孔子使子贡往待事焉。或编曲,或鼓琴,相和而歌。子贡趋而进曰:"敢问临尸而歌,礼乎?"二人相视而笑曰:"是恶知礼意?"'戴良之言,或出于此。居丧与王戎、和峤不谋而合。盖魏晋人一切风气,无不自后汉开之。"(见中华书局排印本第21页)在余嘉锡先生看来,不但魏晋人的狂放,其风肇自东汉,连他们那种"发言吐词"、"文采斐然",也是从东汉人开始的。(见同书第10页)如果我们通读《后汉书》及一些有关东汉的历史著作,就不难发现余先生的论断是很精确的。即以文学而论,不但魏晋诗歌的兴盛,实导源于两汉乐府和东汉无名氏的古诗;就是魏晋六朝的小说,也和东汉人的著作有着密切的关系。其中最显著的一例,也许就是应劭的《风俗通义》。

当然,应劭的《风俗通义》一书,在性质上和魏晋六朝小说并不完全相同。《隋书·经籍志》把这部分归入子部杂家类。唐代史学家刘知几在《史通·自叙》中则认为:"民者,冥也,冥然罔知,率彼愚蒙,墙面而视。或讹言鄙句,莫究本源,或守株胶柱,动多拘忌,故应劭《风俗通》生焉。"刘知几这番话,虽有轻视人民的偏见,但说应劭写《风俗通义》的目的在于破除当时人的一些拘忌和迷信,却是事实。从应劭的生平看来,他该是一位儒家的信徒,和魏晋名人大异其趣。据《后汉书·应奉附子劭传》,他出生于汝南应氏这样一个世代官宦的家庭,从小受的是正统的儒家教育。他官至泰山太守,晚年迁居邺城,依附袁绍,大约卒于曹操平邺以前。从《后汉书》本传所载他在建安元年给汉献帝的奏章看来,他是幻想恢复汉代的礼法传统,从而复兴汉代统治的。他的写作《风俗通义》,似乎也抱有这种目的。在

《风俗通义序》中,他说:"今王室大坏,九州幅裂,乱靡有定,生民无几。私惧后进益以迷昧,聊以不才,举尔所知,方似类聚,凡一十卷,谓之《风俗通义》,言通于流俗之过谬,而事该于义理也。"在他看来,"为政之要,辩风正俗,最其上也"。他这种思想显然与魏晋名士以及后来的《语林》作者裴启、《世说新语》作者刘义庆不同。因为裴、刘等人在多数场合,往往对魏晋名士的狂放持欣赏态度。在具体记载一些人物的轶事时,应劭在记载那些故事之后,就发表议论。这些议论又往往引据儒家经典,评论其得失。这种做法,也与《世说新语》等书很不一样。在《世说新语》等书中,对多数故事不加评论,即使有时对所记人物的行为有所评骘,也只是片言只语,绝不引经据典,而且其所持立场也和应劭很不一样。例如对东汉末年名士徐穉,《世说新语》总是加以推崇,而应劭则颇有微词。

然而不管《风俗通义》在思想倾向方面与《世说新语》等书有何不同,它们都记载了许多名士的狂放言行,充分显示了东汉时代一些人物的生活态度、思想作风与魏晋名士有许多共同之点,他们的思想可以说是一脉相承的。如《风俗通义·过誉》所载赵仲让的故事,其狂放程度,就不亚于魏晋名士:

江夏太守河内赵仲让,举司隶茂材,为高唐令,密乘舆车径至高唐,变易名姓,止都亭中十余日。默入市里,观省风俗,已,呼亭长问新令为谁,从何官来,何时到也。曰:"县已遣吏迎,垂有起居。"曰:"正我是也。"亭长怖,遽拜谒,竟,便具吏。其日入舍,乃谒府,数十日,无故便去。为郡功曹,所选颇有不用,因称狂,乱首走出府门。太守以其宿有重名,忍而不罪。后为大将军梁冀从事中郎,冬月坐庭中,向日解衣裘捕虱,已,因倾卧,厥形悉表露。将军夫人襄城君云:"不洁清,当亟推问。"将军叹曰:

"是赵从事,绝高士也。"他事若此非一也。

这段记载所以值得重视,是因为它是东汉末人记东汉时事,而所记的赵仲让事迹,几乎与魏末的阮籍等人很少区别。当然,在赵仲让生活的东汉顺帝至桓帝初期间,像他这种人还是不多的,远不像魏晋时代那样普遍。但至少说明魏晋人的任诞之风始于东汉。应劭在记述这个故事之后,对赵仲让的行为颇多指责,这是魏晋六朝轶事小说所没有的。但在记载这段故事时,其行文和手法则与《世说新语》很少区别。既然题材、文字都有共同之处,那就很难说《世说新语》等书没有受过《风俗通义》的影响。

如果说赵仲让的故事记的是他在三个阶段的表现,和《世说新语》等书基本上只记一件事或几句话的情况还有一定差别的话,那么下面两则故事,就几乎与《世说新语》等书的笔调十分相像了:

> 太原郝子廉,饥不得食,寒不得衣,一介不取诸人。曾过姊饭,留十五钱,默置席下去。每行饮水,常投一钱井中。(《愆礼》)

> 宗正南阳刘祖奉为郡属曹吏,左骑校尉薛丞君卓为户曹史,太守公孙庆当祠章陵,旧俗常以衣冠子孙,容止端严,学问通览,任顾问者,以为御史。时功曹白用刘祖,祖曰:"既托帝王肺腑,过闻前训,不能备光辉骨附之任,而当侧身陪乘,执策握革,有死而已,无能为役。"薛丞因前自白:"今明公垂出,未有御者,虽云不敏,敢充人乏。"周旋进对,补察时阙,言出成谟,大见敬重,亦以祖为高。岁尽,俱举孝廉。(《十反》)

这两则故事中,关于郝子廉的故事,只记其行事,并不记他的言论,寥寥数语,颇见人物狷介的性格。这种手法,在《世说新语》中颇常见,如《任诞》中记阮咸等人饮酒时的狂态,王戎、裴颜翁婿间不拘形迹地相处,阮修的以百钱挂杖头,至酒店独酌等片段的记事手法均与此相近。后一则故事用对比手法显示刘祖奉、薛君卓二人性格的不同,这也是《世说新语》中常用的手法之一,如《德行》中的"华歆、王朗俱乘船避难"、"王戎、和峤同时遭大丧",《雅量》中"祖士少好财"、"桓公伏甲设馔"等条,都用同一笔法。在这则故事中,不但记述了人物的行动,也记载了他们的言论。从这些记言的文字看来,《风俗通义》所记的人物言语,从富有文采这一点说来,与《世说新语》是颇为相似的。这两部书中所记东汉和魏晋士人的谈吐,都以雍容典雅为特色。人们经常强调《世说新语》中记言部分有当时口语如"馨"、"阿堵"等,其实这类话毕竟不多,大部分名士的言语,仍以典雅为特色,与《风俗通义》中所记言论相似。

《风俗通义》对《世说新语》的影响,不仅在于两者都写了名士们的轶事,而且手法上有某些共通之处。从现有的一些材料看来,《世说新语》中似曾采用过《风俗通义》中的某些材料。如《太平御览》卷三百三十八引《世说新语》佚文:

> 乐令有数客,阔不复来,乐问何以。答曰:"前在座,蒙赐酒,方欲饮,见杯中有蛇,意甚恶之,既饮而疾。"于时河南厅事壁有角,角边添画作蛇。乐疑是角影入杯中,复令置杯酒于前处,谓曰:"君更看酒中复有所见否?"答曰:"所见如初。"乐乃告其所以,客豁然意解,沉疴顿消。

这个故事的情节,其实出于《风俗通义·怪神》中"世间多有见怪惊怖以自伤者"条:

> 予之祖父郴,为汲令,以夏至日诣见主簿杜宣,赐酒。时北壁上有悬赤弩,照于杯,形如蛇。宣畏恶之,然不敢不饮,其日便得胸腹痛切,妨损饮食,大用羸露,攻治万端,不为愈,后郴因事过至宣家,窥视,问其变故,云畏此蛇,蛇入腹中。郴还听事,思惟良久,顾见悬弩,必是也。则使门下史将铃下侍徐扶辇载宣,于故处设酒,杯中故复有蛇。因谓宣:"此壁上弩影耳,非有他怪。"宣意遂解,甚夷怿,由是瘳平,官至尚书,历四郡,有威名焉。

这两段记载的主人公虽不相同,故事的情节则几乎相同。从情理来说,应劭自称记的是他祖父的事(此文或有误,古人似不当直呼祖名。姑存疑),当属真实;《世说新语》佚文则归之西晋的乐广,显然是出于传闻。遗憾的是,《风俗通义》和《世说新语》均已非全帙。《风俗通义》据应劭原序虽称十卷,与今本卷数相等,但据《隋书·经籍志》著录,至梁代已被分为三十卷,今所存者,仅原书的三分之一。《世说新语》经宋代晏殊等人删削以后,亦非旧貌,有许多佚文见于一些类书中。因此今存《世说新语》中直接采自《风俗通义》的成分似乎不大明显。但如果两书都完整地保存的话,也许能发现更多相同之处。

如果从《风俗通义》和《世说新语》二书所载材料的真实性看来,可信程度颇有区别。《风俗通义》中所载轶事,似多属事实,至少尚难证明其中有失实处;而《世说新语》中的故事,有些出于传闻,甚至刘孝标注中已指出其谬误,余嘉锡先生在《笺疏》中驳正的更多。《世说新语》虽题刘义庆撰,其实是他组织他的幕僚所编撰,其书出于众手,书中就有互相抵牾处。再说他的幕僚们亦非自作,大抵从前人书中采录,所以今所见《语林》佚文,往往与《世说新语》全同。刘义庆及其幕僚们对所集史料,未加考核,因此事实与传闻杂糅。这情况不但《世说新语》这样的轶事小说中有，连作为正史补注的裴松之《三国志注》中，亦在所不免。在裴松之看来，有些靠不住的传说，亦可收入史注，以广异闻。例如《三国志·魏书·王粲传》中关于阮瑀的记载，裴注引了《文士传》的材料，又加以驳诘，证明此事不可信。那么《世说新语》记录一些不可信的故事，就更不足为奇了。

《风俗通义》中所载故事，虽多系当时的真人真事，但其情节的曲折，有时大大超过了魏晋的一些轶事小说，甚至比某些志怪小说更为详细完整。可惜这些故事，大抵属于业已散佚的部分，只能在一些类书的引文中读到。如《太平御览》卷四百七十二引河南平阴庞俭买一老奴，实即其父的故事；同书卷二百五十九引蜀郡任嘉为长沙太守，他的父亲早年遭乱失散，成了他的属官，为其母认出的故事；同书卷五百引公孙志节及其苍头地余的故事，客观上表现了奴隶中不乏有才干的人。这些故事情节多少和后来的唐人传奇以及宋元话本相近。这些故事虽然描写比较简单，尚少鲜明的性格刻画，但已多少类似小说的情节。因此，当我们探讨魏晋六朝小说的形成和发展时，似乎有必要上溯到东汉人的一些著作。在这些著作中，应劭的《风俗通义》占有比较重的地位。

二

如果说应劭《风俗通义》中某些部分已具有魏晋六朝轶事小说的某些雏形的话，那么《风俗通义》与志怪小说的关系尤为密切。我在前面引用的刘知几《史通·自叙》中的话，已经说明他写作《风俗通义》的目的之一，是纠正当时流行的迷信和拘忌。从这个意义上说，《风俗通义》与王充《论衡》有些类似之处。所以刘知几在《史通·自叙》中把二书并提，而且认为王书反对人们"自相欺惑"而应书反对人们"动多拘忌"。在今天看来，应劭在思想上显然不如王充进步。他对儒家学说是谨守弗失的，因此不能写出《论衡》中《问孔》、《刺孟》等篇文章。但有一点，他和王充一致，即反对汉代流行的一些神仙传说。例如关于淮南王刘安及东方朔是神仙的传说，显然在汉代已经流行。在这两个问题上，王充和应劭都加以批驳。关于淮南王刘安得道升天的故事，王充在《论衡·道虚》篇中指出：刘安是与伍被等人谋反，事觉自杀的，并未升天。"世见其书深冥奇怪，又观八公之俦似若有效，则传称淮南王仙而升天，失其实也。"应劭在《风俗通义·正失》中引证了《汉书》，指出刘安"亲伏白刃，与众弃之，安在其能神仙乎？安所养士，或颇漏亡，耻其如此，因饰诈说，后人吠声，遂传行耳"。

关于东方朔，王充在《论衡·道虚》篇中提到："世言东方朔亦道人也，姓金氏，字曼倩，游官汉朝。外有仕官之名，内乃度世之人，此又虚也。"王充生活于东汉中期以前，那时关于东方朔，还只是说他是个姓金的仙人。到了东汉末，就传说得更离奇了。据《风俗通义·正失》："俗言：东方朔太白星精，黄帝时为风后，尧时为务成子，周时为老聃，在越为范蠡，在齐为鸱夷子皮，言其神圣能兴王霸之业，变化无常。"应劭对这种传说进行了批驳。他援引《汉书·东方朔传》，证明东方朔只是个普通的人，并非神仙。他对东方朔的评价是："然朔所以名过其实，以其诙诞多端，不名一行，应谐似优，不穷似智，正谏似直，秽德似隐，非夷齐，是柳惠，其滑稽之雄乎！朔之逢占射覆，其事浮浅，行于众，僮儿牧竖，莫不眩耀，而后之好事者，因取奇言怪语附著之耳，安在能神圣历世为辅佐哉？"关于刘安和东方朔的传说，在魏晋六朝志怪小说中是经常出现的故事，而且在某些作品中，形容得比王充、应劭所闻尤为离奇。可见王充、应劭所做的批判，对当时和后世，似乎并无多大影响。这一方面是由于王充、应劭的无神思想，并不彻底。王充不信鬼，但又承认妖怪的存在；应劭也是这样。另一个重要的原因是东汉至魏晋间正是方士、神仙及"五斗米道"等说流行之际，稍后又有佛教故事的大量传入。当时的社会大动乱，人民生活困苦，不少人接受了宗教迷信，以求死后慰藉；多数士大夫则对现实失望，为了全身免祸或追求解脱，也沉醉于玄谈或求仙中。因此他们乐于接受种种离奇的神怪故事，而对王充、应劭的议论，则很少有人注意。

由于上述的原因，在一些魏晋六朝人的著作中，对《风俗通义》中关于神怪传说的批驳往往置于不顾，而对那些故事本身则又大肆宣扬，如干宝《搜神记》、范晔《后汉书》对"王乔凫履"故事的做法就是如此。这故事大约是汉时传说，应劭记录它纯是为了批驳。干宝作《搜神记》仅取其故事梗概，大约旨在记异，而范晔《后汉书·方术传》则几乎照抄了《风俗通义》中故事全文，而把批驳的话删去，以此作为信史。范晔这种做法，显然与干宝还不很相同。干宝在思想上是个有神论者，但他在《搜神记序》中说："虽考先志于载籍，收遗逸于当时，盖非一耳一目之所亲闻睹也，又安敢谓无失实者哉！"但是，他仍然要记载这些故事，是因为"注记之官"所以不能废，在于"其所失者小，所存者大"。干宝作为一个史学家，在编撰《晋纪》时，似乎还是较谨严的。从刘知几《史通·采撰》中批评唐人所修《晋书》"夫以干（宝）、邓（粲）之所粪除，王（隐）、虞（预）之所糠秕，持为逸史，用补前传"等语看来，恐未必有很多神怪之说。这也许是因为在干宝看来二书性质不同之故。清人姚振宗《隋书·经籍志考证》认为梁武帝编《通史》，"凡不经之说为《通史》所不取者，皆令殷芸别集为《小说》"。干宝作《晋纪》和《搜神记》，恐怕亦有此用意。范晔据《宋书》本传记载，倒是倾向无神论的。然而在《后汉书》中，离奇的故事很多,《史通·采撰》篇中曾作尖锐的指责。显然这种指责是符合事实的。因为《后汉书》中神鬼故事极多。如《阴识传》载灶神现形故事,《独行·温序传》记温死后托梦给儿子的故事,《范式传》记张劭死后托梦告诉范式的故事,《王忳传》记王忳殡葬了一个书生,因此得绣衣、马匹之报及涪令妻鬼魂诉冤的故事等。在这些故事中,《阴识传》之故事见《风俗通义·祀典》;《王忳传》之故事见晋常璩《华阳国志》;《温序传》和《范式传》之故事见《搜神记》。这些故事的情节与他主张"死者神灭"的思想显然不合。产生这一矛盾现象的原因比较复杂。一方面,他作为一个文人,恐怕有想借修史以自炫其才华与渊博的用意。这从他在狱中给侄儿和外甥的信中自诩"至于《循吏》以下及六夷诸序论,笔势纵放,实天下之奇作"等语看来,即可知道。另一方面,恐怕和南朝以后史家的风气有关。我们知道,在范晔以前的史家,如司马迁、班固和陈寿等修史,一般是较谨严的,而且似乎后起的书,较之先辈,更少荒诞的成分。然而到了南朝,情况为之一变。例如和范晔差不多同时的裴松之所作《三国志注》中,就有许多志怪小说的材料。如《魏书·明帝纪注》中引用了两个坟中活人的故事,《钟繇传注》引用女鬼的故事,都与《三国志》本文及当时历史并无多大关系。裴松之是一位家世以史学著名的人,他对史料的鉴别一般比较精详,尚且不免有这种猎奇和炫博的习气,可见这并非全属范晔个人的责任。

南朝史学家们的好谈怪异,这当然与魏晋以来志怪小说盛行有关。但较早的志怪小说如张华《博物志》、陆氏《志林》皆作于西晋初,和《三国志》作者陈寿差不多同时,而两晋史家如司马彪、华峤、干宝、虞预等人的著作,从《史通》对他们的评论看来,似乎还较严谨。至于南朝史家如范晔、裴松之之所以不同于前人,恐怕和当时思想界的儒家、佛教以及"天师道"等各派间的激烈争论有关。由于这种争论,使当时社会上充满了种种神怪传说。同时,由于当时的典籍,在东晋南渡之初,本甚穷乏,经过东晋百余年的收集,日趋丰富。南朝宋初,在文学上又是崇尚繁富的时期,因此士大夫们又多好争奇炫博,这就多少影响了他们的史学著作。裴松之和范晔以后,现存的南朝人所作史书如沈约《宋书》和萧子显《南齐书》,由于作者都是文人,大抵都喜采神怪故事。唐初姚思廉作《梁书》和《陈书》,也有同样的情况。这种风气一直延续到唐代。所以刘知几《史通》对唐初所修《晋书》和朱熹对唐李延寿《南史》、《北史》的批评,应该说是很中肯的。

志怪小说之影响史书,在南北朝到唐代,似乎有着变本加厉的倾向。这大约与志怪小说的盛行和广泛流传有关。我们现在阅读李延寿《南史》时,就可以发现其中神怪故事较之《宋书》、《南齐书》、《梁书》和《陈书》是增加得更多了。(《北史》亦有神怪内容,但显然较《南史》为少。这是因为北朝作志怪小说的远较南朝为少。)例如:沈约作《宋书》,写到刘裕的事迹时,把关于他命定要当皇帝的种种迷信传说写进了《瑞符志》,而在《武帝纪》中却没有记载。唐李延寿作《南史·宋本纪》,大约由于《南史》无《志》,所以写进了《本纪》。两相比较,《南史》所记神怪故事更多。如《南史》中有如下的故事:

> 后伐荻新洲,见大蛇长数丈,射之,伤。明日复至洲,里闻有杵臼声,往觇之,见童子数人皆青衣,于榛中捣药。问其故,答曰:"我王为刘寄奴所射,合散傅之。"帝曰:"王神何不杀之?"答曰:"刘寄奴王者不死,不可杀。"帝叱之,皆散,仍收药而反。

这个故事始见于宋刘敬叔《异苑》卷四(见文末附注),其实《幽明录》中亦有类似故事,在沈约以前已出现。不过,据《太平御览》卷七百六十二引《幽明录》，得药者名刘松，情节与《异苑》、《南史》也有出入。同一故事也见于今本《鬼遗方》中题南齐龚庆宣所作的序（严可均《全齐文》未收）。《鬼遗方序》说得药者为刘涓子，是刘裕的部将。这些材料中，《异苑》本条内容实有可疑之处。《幽明录》是刘义庆作，他是刘裕侄儿，他说是刘松而非刘裕，可见此故事是后人附会在刘裕身上的，也许沈约时尚没有人将这个故事与刘裕联系起来。又如：《南史·后妃传》记梁武帝郗皇后死后化龙入后宫井中事，在《梁书》中并无记载，而唐中叶人许嵩所作《建康实录》，记此事则较《南史》更详。这说明由南北朝至唐代，史书中志怪成分还在增加。

史书中志怪成分的日益增多，说明当时社会上神怪故事还在不断出现，而且人们往往把一些故事附会到历史人物身上，或把后来人的意识和想法附会到过去的神话故事上去。如《太平御览》卷三百六十引裴启《语林》和南朝梁殷芸《小说》说东汉的张衡死后投胎为蔡邕。其实蔡邕生于132年，而张衡卒于139年，根本不存在张衡死后投胎为蔡邕的可能。关于刘宋大臣王懿从北方逃奔江南的故事，《宋书》本传记载了一些离奇的情节，但与佛教并无关系，而《法苑珠林》卷六十五引梁王琰《冥祥记》则说成王懿家世事佛，因此得到佛祐。这是佛教徒为了宣扬教义而利用了志怪故事。《高僧传》记佛教徒禅诵声调起于曹植的故事，始见于刘敬叔《异苑》卷五，而在《异苑》中另有一说谓曹植所传是道士的"步虚声"，可见同一故事，佛道二教可以争着利用。宋洪适《隶释》卷三所录汉《仙人唐公房碑》，据洪氏所引《神仙录》说，这位唐公房得道，是受仙人"李八百"指引。其实这"李八百"据《抱朴子·道意》篇记载，是三国孙权时代的蜀人李阿，显然晚于汉碑。而且据《抱朴子》说，后来又有个叫李宽的人曾冒充李阿，所以这故事还可能是李宽门徒所编造。又如《异苑》卷三所记"唐鼠"，当亦属附会汉人关于仙人唐公房的传说。这些情况，说明东晋南朝志怪小说兴盛,与宗教有关。

从志怪小说发展的历史看来,大致经过了两个阶段,在魏晋间志怪小说兴起时,大抵有采摭异闻以广见识的用意,如张华《博物志》,这种意图就较明确。东晋干宝作《搜神记》,似乎亦有此目的,《搜神记》原书已佚,从后人所辑的佚文看来,其书受《风俗通义》影响甚深。从体例方面说,如《艺文类聚》卷八十二等书所引"天有五气"一段文字,《荆楚岁时记》引作"干宝《变化论》",汪绍楹先生辑本认为这一段是《变化》篇的篇首序论(见中华书局排印本第147页)。这种序论,就和《风俗通义》的篇首序论相似。在《搜神记》中,有不少故事采自《风俗通义》,除前面提到的灶神现形、王乔凫履外,如《冯绲》、《臧仲英》、《汝南汝阳西门亭》、《到(郅)伯夷》、《乔玄》等,皆见于《风俗通义·怪神》,连文字也大体相同。《搜神记》中有不少关于灾异的故事,都援引京房等人的解说,思想接近史书中的《五行志》,与《风俗通义》的观点相类似。可见《搜神记》在思想与体例上,还带有《风俗通义》的某些影响。但这种影响,在志怪小说不断发展的过程中,已逐渐消失。如产生于南朝宋的《幽明录》和《异苑》,似乎更追求情节离奇,其文笔较《搜神记》有较大提高。然而在两书中,已难发现上述那些与《风俗通义》类似的成分。但《幽明录》、《异苑》以及稍后的吴均《续齐谐记》等书所记,仍以中国民间故事及道教神仙之说为主。如《幽明录》中关于刘晨、阮肇遇仙的故事,神仙还是饮酒、食牛肉及山羊肉,与佛教教义相悖。《幽明录》等书中,也有一些佛教故事,但为数不多。另一类志怪小说则似专为佛教徒传教而作,其旨趣与其他志怪小说不同。如题刘义庆所撰的《宣验记》,专讲佛教神通,但情节往往很简单,远不足与《幽明录》相比。梁代王琰的《冥祥记》,似较《宣验记》稍为曲折,但故事情节总显得单调,很少艺术价值。这些小说的目的,主要已在宣扬迷信,其用意与《风俗通义》

可谓完全相反了。

【附注】关于宋武帝刘裕射蛇故事,《异苑》卷四称"宋武帝刘裕,字德舆,小字寄奴"云云,文中屡用"寄奴"小字,不似南朝宋人口吻,疑此条非《异苑》原文,或经人窜改。今按:《异苑》一书,颇有可疑处。考本书卷三称"晋义熙十三年,余为长沙景王骠骑参军",则刘敬叔其人乃由晋入宋,在义熙十三年(417)为参军,当至少年二十。但同书同卷记东阳大水,蔡喜夫奴蓄大鼠事,乃云:"前废帝景和中。"既称"前废帝",则已知有后废帝,是作者已在宋亡之后,则敬叔著书时当年八十以上,而《隋志》当谓齐人,不得称"宋"也。又卷五"晋武太始初,萧惠朗为吴兴太守"条,考《南史》乃宋明帝泰始初人萧惠休事,疑后人不知宋有泰始年号妄改。又本书卷六记刘元事,不但屡称刘裕之名,且言吴王女紫玉劝刘元仕魏,并言刘元为魏青州刺史,但书中刘元遇紫玉时,何无忌尚在,至晚在晋义熙初年(至义熙中期中,刘裕势力已盛,何不得为害刘元)。此时南燕、后秦尚在,南人北逃,多投后秦,晋魏尚少交通,魏还未得青州(时属南燕),刘敬叔对于形势不当无知至此。且南朝人还无著书鼓吹投北之例,疑为后人窜入。然《异苑》中称刘裕名者,唯此二条,刘元条既不可信,刘裕射蛇事当亦后人误入。

论王琰和他的《冥祥记》

在六朝志怪小说中,王琰的《冥祥记》应该说是较有特色的一部作品。从思想内容方面讲,此书专门宣扬佛教的灵验,不像一般志怪小说那样只是记载神怪故事,并无明显的思想体系。从此书的艺术形式方面讲,长篇较多,情节比较复杂、曲折。更值得注意的是,此书虽记诞妄迷信之事,但在涉及一些历史人物和事件时,对故事发生的时间、地点记载往往比较准确,不像其他志怪小说那样任意编造。这就对我们考史有一定的参考意义。《冥祥记》所以具有这些特点,是和它产生的时代以及其写作动机有密切关系的。在这里,笔者想就这个问题提出一些初步看法,请大家指正。

一

关于王琰的生平,由于《南齐书》、《梁书》和《南史》均未立传,所以我们对他的生平所知不多。现在只能根据他的《冥祥记自序》,大致地了解他生于南朝宋时,卒于南齐或梁初。据梁释慧皎《高僧传序》和《南史·范缜传》都称他"太原王琰",知道他祖籍太原(今属山西)人。太原王氏在西晋和东晋初年,本属高门,但到东晋末年的争权斗争中,王恭、王国宝等人先后被杀,便趋向没落。到刘宋初年,已不再享有高门的特权。所以据《冥祥记自序》说:"琰稚年在交趾。"这一带在南北朝是荒僻之地,一般士族高门非身犯重罪、被迫流放是不会到这里去的。不过,王琰家族虽然丧失了高门士族的地位,但经济上还是过得去的。《冥祥记自序》说到他到都城建康时,"年在龆龀"。据云当时他曾目睹佛像放光的奇迹。"琰兄弟及仆役同睹者十余人。于时幼小,不即题记。比加撰录,忘其日月,是宋大明七年秋也。"这里说到"年在龆龀",又讲到"是宋大明七年",那么王琰的生年当是南朝宋孝武帝孝建末到大明初(456~457)左右。他七八岁时家里尚有"仆役",可见不甚贫困。《自序》还谈到他家"至泰始末,琰移居乌衣"。泰始(465~471)是宋明帝年号。当时乌衣巷是王、谢等门阀贵族聚居之地,王琰能移居于此,亦说明他家当时还有一定的经济条件。这就使他早年能究心典籍,获得较高的文化教养。

王琰的青壮年时代,据《自序》说,曾游历过"江都"和"荆楚"等地,后来又回到了建康。这是当时士人常有的游宦生涯。《自序》所记王琰经历,最后讲到了齐高帝的建元元年(479),此时王琰的年龄应为二十二三左右。据《南史·范缜传》载,范缜著《神灭论》后,"太原王琰乃著论讥缜曰:'呜呼范子,曾不知其先祖神灵所在。'欲杜缜后对。缜又对曰:'呜呼王子,知其祖先神灵所在,而不能杀身以从之。'"按:范缜发表《神灭论》在南齐武帝永明年间(483~493),当时王琰年当三十余岁,他亲身参与了这场论争。

关于王琰的卒年,亦难确切考定。不过,从一些史料看来,他大约活到了梁代。据《法苑珠林》卷九五引释慧进故事中说到"前齐永明中",则《冥祥记》至少有一部分文字作于梁代。又据《隋书·经籍志》"史部·杂传"有"《补续冥祥记》一卷,王曼颖撰"。王曼颖其人,史书亦无传。但据《梁书·南平王伟传》:"太原王曼颖卒,家贫无以殡敛,友人江革往哭之,其妻儿对革号诉。革曰:'建安王当知,必为营理。'言未讫而伟使至,给其丧事,得周济焉。"文中称南平王萧伟为"建安王",是因为萧伟本封建安王,后来改封。王曼颖的籍贯也属太原,他还写了《补续冥祥记》,他在给释慧皎的信(见《高僧传》附)中,评论了几乎所有被慧皎所引用的著作,偏不提《冥祥记》。这种现象使我们设想到王曼颖很可能即王琰之子。如果这种假设可以成立的话,那么据慧皎《高僧传序》称《高僧传》记事终于梁武帝天监十八年(519),此书当完成于此时。从王曼颖给慧皎的信中自称"孤子"看来,当是其父刚死不久,尚未满服。如果王曼颖确为王琰之子,那么王琰卒年当在梁武帝天监十七至十八年(518~519)左右,卒年六十三四岁。这种可能性是较大的。再看王曼颖与江革为友。江革据《梁书》本传,十六岁丧母,服阕,诣太学,为王融、谢朓所赏。按:王融卒于永明十一年(493)。设江革此时年十九左右,当生于宋后废帝元徽中期(474~475)。王曼颖与江革为友,年龄相差不大。依此推算,王琰比王曼颖大十八至二十岁。因此假设王琰为王曼颖之父,亦较近情理。

二

当我们初步推测出王琰大致的生卒年以后,就可以进一步探讨《冥祥记》的内容和此书产生的历史背景。不过,由于此书久已散佚,现在所见到的,只是研究者从《法苑珠林》、《太平广记》等书中辑出的佚文。其中较集中的还数鲁迅《古小说钩沉》中所辑的故事。鲁迅所辑的一百二十余条佚文,比起《隋书·经籍志》所说原书有十卷之多的数量来,当然还比较少,并不足以窥其全貌。然而这些文字大抵首尾完备,且多长篇,也多少可以据此看出作者的思想倾向和艺术特点。

当然,由于这些佚文是从《法苑珠林》、《太平广记》中辑出的,在辑佚、缮写的过程中,难免会产生一些脱漏和错误,这就会对研究者增加困难。例如鲁迅《古小说钩沉》中有一则故事:

> 一说云:周嵩妇胡母氏,有素书《大品》。素广五寸,而《大品》一部尽在焉。又并有舍利,银罂贮之,并缄于深箧。永嘉之乱,胡母将避兵南奔,经及舍利,自出箧外,因取怀之,以渡江东。又尝遇火,不暇取经。及屋尽火灭,得之灰烬之下,俨然如故。会稽王道子就嵩曾云求以供养。后尝暂在新渚寺。刘敬叔云,曾亲见此经,字如麻大,巧密分明。新渚寺,今天安是也。此经盖得道僧释慧则所写也。或云尝在简靖寺,靖首尼读。

这段文字据云原出《法苑珠林》卷一八和《太平广记》卷一一三。在这段文字中,显然存在着一个严重的时间错误。因为周嵩是西晋末东晋初人,他和他妻子确曾经历过"永嘉之乱"。但晋怀帝永嘉末是312年,而文中又提到会稽王(司马)道子向胡母氏要这部佛经的事。其实司马道子以晋安帝元兴元年(402)被桓玄所败,流放到安成郡,与周嵩及胡母氏相去有八九十年左右之久,司马道子决无见到胡母氏的可能。其实只要用汪绍楹先生校点本《太平广记》加以校勘,这疑问就可迎刃而解。原来《太平广记》讲到司马道子时原文为:

> 会稽王道子就嵩曾孙云求以供奉。

两相比较,《古小说钩沉》本在"曾"字下脱一"孙"字,意思就与原文迥异。因为周嵩与司马道子既然相去八九十年,那么道子向周嵩的曾孙求这部佛经,就完全合乎情理了。

这种校勘上的问题,有时还涉及故事究竟出于何书,是《冥祥记》采自其他志怪小说,还是《法苑珠林》、《太平广记》的编者误将《冥祥记》中故事说成出于他书?这种情况,在六朝志怪小说中是经常可以遇到的。产生这种情况的原因比较复杂。是由于后来的作者有时不免采取前人著作的内容;有些时候也许由于原书早已散佚,后人从《法苑珠林》等书中辑录佚文时,由于《法苑珠林》等书所注出处有误,于是甲书的内容,就被说成了见于乙书。这些情况,对现代的研究者来说,会增加很多麻烦。因为有时很难找到确切的证据,说明这一故事原本见于何书。还有一种情况是几本书所载故事情节虽基本相同,却又互有出入,而主人公的姓名也各有不同。如《太平御览》卷七六二引《幽明录》记载刘松拔剑斫鬼,并加追逐,因此取得鬼所遗失的药臼与余药,十分灵验的故事。刘敬叔《异苑》卷四说是宋武帝刘裕,《南史·宋本纪》亦同此说。相传为南齐龚景宣所作的《刘涓子〈鬼遗方〉序》则认为是刘涓子。这些类似的记载,大约出于同一故事的不同传说。在《冥祥记》的研究中,也有这种情况。例如:《古小说钩沉》中,有两则关于赵泰游冥府的故事。据说一则出于宋刘义庆《幽明录》,见《太平广记》卷一〇九(原文作"幽冥录");一则出《冥祥记》,见同书卷三七七。这两则故事的梗概虽然相同,但具体的情节和文字则略有出入。值得注意的是两处所述赵泰入冥时间有很大出入。《太平广记》卷一〇九所引《幽明录》作"宋太始五年七月十三日夜半"。卷三七七所引《冥祥记》文字则谓"时晋太始五年七月十三日也"。这两则故事的主人公都叫赵泰,入冥爵间都是"太始五年七月十三日",故事内容也基本相同,只是"晋太始"与"宋太始"有别。按:西晋武帝和南朝宋明帝确实都有"泰始"年号,晋泰始为265~274年,宋泰始为465~471年,相距二百年左右。值得注意的是《幽明录》这段文字,如果原文确系"宋"字的话,就不可能出于刘义庆之手,也不可能出于该书,因为刘义庆据《宋书》本传,卒于宋文帝元嘉二十一年(444),下距宋明帝泰始元年(465)凡二十二年之久,他不可能知道南朝宋会有这个年号。不过,这个"宋"字,恐是误字,因为《辨正论注》卷八引这个故事,原作"晋"字。所以不能因为一字之差,就断言《太平广记》卷一○九的文字是误以《冥祥记》为《幽明录》。至于卷三七七那段文字,笔者觉得应该是没有疑问的。因为此段文字既见《法苑珠林》卷七,又见《太平广记》,都作"晋太始"。更值得注意的是:《法苑珠林》卷五五所引《冥祥记》中另一则关于晋程道惠的故事。这故事记的也是入冥之事,其中有这样的话:"其余经见,与赵泰、屑荷大抵粗同,不复具载。"按:这里的"赵泰",当即《太平广记》卷三七七所引赵泰故事。"屑荷"当即"萨荷",指《法苑珠林》卷八六所引《冥祥记》中晋释慧达(即刘萨荷)入冥故事。从时代次序来看,赵泰事据云发生在晋泰始五年(269),刘萨荷据云"太元末(396)尚在京师",而程道惠据说卒于宋文帝元嘉六年(429)。至少在王琰的心目中,他认为赵泰和刘萨荷故事发生于程道惠之前。①根据这种情况,我们现在很难说《太平广记》卷一○九中的文字不出于刘义庆之手,从而排除王琰在写《冥祥记》时曾采用《幽明录》的内容。因为《冥祥记》中确有不少内容和前此志怪小说相同或相似。如《法苑珠林》卷二六所记晋羊祜幼时令乳母取东墙边桑树中指环的故

---

① 按:《冥祥记》的原本已经散佚。从现有佚文看来,王琰对时代的概念比较强。估计原本次序应是赵泰的故事在前,刘萨荷的故事次之,程道惠的故事又次之。今《古小说钩沉》列程道惠的故事于刘萨荷的故事前,恐非原本次序。

事,亦见《搜神记》和《晋书·羊祜传》,但情节较二书为详。疑是王琰采用《搜神记》故事加以敷演的结果。

三

王琰《冥祥记》是一部宣扬佛教威灵之作,这是人所共知的。这一特点就决定了它和其他志怪小说的不同。因为其他志怪小说的内容,往往只是搜罗一些神怪故事,至于这些故事反映了哪种人的思想,作者往往不加区别。例如晋干宝的《搜神记》中有一部分内容来自汉人的阴阳谶纬学说,有一部分则来自道教故事,也有若干故事则表现了佛教的"轮回说",还有一部分则采自民间传说。刘宋刘敬叔的《异苑》则兼具佛、道二教的故事,更多的则出自民间传说。即使像笃信佛教的刘义庆,在他主编的《幽明录》中故事内容也很复杂。其中像前面提到的赵泰故事,就表现了佛教思想。《太平御览》卷三七五所引"巴丘县有巫师舒礼"故事,所写冥间刑法是由中国传统所谓"太山府君"来审讯而不是由"阎罗王"来审讯,但故事中已出现了"牛头人身,捉铁叉"来执行酷刑的鬼卒,并且主张"勿复杀生淫祀",显然是为佛教张目而对"天师道"(道教)的巫师有所指责。但《太平广记》卷二九四所引"候官县常有阁下神"故事,却又宣扬杀牛祭神有益。至于《法苑珠林》卷三一所引刘晨、阮肇入天台山遇仙故事中的神仙,竟用"胡麻饭、山羊脯、牛肉"和酒招待刘、阮二人。这和佛教的戒杀生和戒酒的教义完全抵触。这说明这些志怪小说,似乎目的就在志怪,并无明确的主导思想。

上述那些情况,在《冥祥记》现存的佚文中则绝无其例。因此王琰之作此书,是有意识地在宣传佛教。这种主旨就在宣传佛教的书,似乎并非始于王琰。孙昌武先生《佛教与中国文学》一书中讲到，日本至今还保存着晋谢敷的《光世音应验记》、宋傅亮《续光世音应验记》和齐陆杲《系观世音应验记》三书（见第262页）。这三部书我们很难看到，对其内容无法加以评论。① 但就现存的古书来看，刘义庆的《宣验记》当亦属这一性质。此书现已散佚，但还有若干佚文见于《太平广记》、《辨正论注》等书中，鲁迅曾辑入《古小说钩沉》。刘义庆是一个佛教徒，又是刘宋的宗室藩王。他主持编纂了《世说新语》、《幽明录》等书。他在《幽明录》之外另编一部《宣验记》，可能即由于他认为《幽明录》一书未能起到大力宣传佛教的作用，才另编《宣验记》。因为刘义庆的时代正是佛教开始受到统治者大力提倡的时代。当时的大臣何尚之曾向宋文帝建议："百家之乡，十人持五戒，则十人淳谨矣；千室之邑，百人修十善，则百人和厚矣。传此风训，以遍寓内，编户千万则仁人百万矣。此举戒善之全具者耳。若持一戒一善，悉计为数者，抑将十有二三矣。夫能行一善，则去一恶，一恶既去，则息一刑。一刑息于家，则万刑息于国。四百之狱，何足难措；雅颂之兴，理宜倍速。即陛下所谓坐致太平者也。"（《全宋文》卷二八）这种主张得到了宋文帝的采纳。刘义庆这样的佛教徒自然把这情况作为传教的良机，而且要通过编著《宣验记》来达到目的。从《宣验记》的佚文看来，此书除了宣扬佛教外，也曾对当时和佛教争夺信徒的"天师道"有所贬抑。如《辨正论注》卷八引《宣验记》有这样一个故事。

　　程道慧，字文和，武昌人，因不信佛，世奉道法。沙门乞者，辄诘难之。论云：若穷理尽性，无过老庄。后因疾死，见阎罗王，

---

① 《法苑珠林》卷十七所载《冥祥记》中关于窦传的故事，末尾说："道山后过江，为谢敷居士具说其事。"不知此事是否见《光世音应验记》。

始知佛法可崇,遂即奉佛。

这个故事显然就是前面讲到过的《冥祥记》中程道惠故事,不过《宣验记》仅叙梗概,而《冥祥记》则充分描写了地狱阴森恐怖的情景。从这一点看,王琰作《冥祥记》,确实受过刘义庆《宣验记》的启发。

不过,王琰编撰《冥祥记》的目的,似乎还不仅在于宣传佛教的灵验和反对"天师道",而且还有与主张无神论者进行论争的用意。前面我们曾引证过《南史·范缜传》中关于王琰和范缜争论的记载,那么,《冥祥记》之作也许正是针对范缜的《神灭论》而发。从这个意义上说,王琰之作《冥祥记》,多少和干宝之作《搜神记》有些类似。干宝在《搜神记序》中自称"及其著述,亦足以发明神道之不诬也"。他的著述目的,显然是和略早于他的阮瞻等人所主张的无鬼论相争辩。到了王琰的时候,由于范缜《神灭论》的出现,在思想界掀起了轩然大波,许多人都著论加以反对,王琰作为一个虔诚的佛教徒,又亲自参加过这场论争,所以把《冥祥记》的写作目的看作反对范缜,应该说是近理的。问题在于范缜《神灭论》的思想意义显然超出了阮瞻等人的学说。最主要之点正在于范缜的论争锋芒直接针对着佛教的"轮回"、"报应"等说,而这些说法却是佛教徒诱胁人们信佛的主要手段。所以《冥祥记》中所记故事和《搜神记》在性质上有很大的区别。《搜神记》的主旨只在证明"神道之不诬",因此,只要有关鬼、神、仙以至妖怪、灾异等,能证明有鬼神存在的,都能入录,其内容亦颇显庞杂。至于《冥祥记》则不然,其故事很少针对《神灭论》中关于"形尽神灭"的学说。因为这种学说,是唯心论者很难用理论加以驳倒的。王琰采取的是专讲"轮回""确实存在"、"报应"如何灵验的事,用以证明神佛的存在。更主要的是他要编造出一些故事来"确证""轮回"之说。因为范缜在回答齐竟陵王萧子良关于"君不信因果,世间何得有富贵,何得有贱贫"的问题时说:"人之生譬如一树花,同发一枝,俱开一蒂,随风而堕,自有拂帘幌坠于茵席之上,自有关篱墙落于粪溷之侧。坠茵席者,殿下是也;落粪溷者,下官是也。贵贱虽复殊途,因果竟在何处?"(见《梁书·儒林·范缜传》)这种从偶然遭遇来解释人的命运不同之说,从根本上否定了"轮回"和"报应"。王琰对范缜的学说显然不敢正面驳斥,于是便用讲故事的方式来论证"轮回"、"报应"的"存在"。他采用《搜神记》中羊祜故事,就是想以此来证明"轮回"说。在赵泰故事中讲到赵泰问冥间的"主者"说:"人有何行,死得乐报?""主者"回答说:"奉法弟子,精进持戒,得乐报,无有谪罚也。"这显然是以此来说明报应。至于《太平广记》卷三七九所记李清故事中说李清在冥间见到一个和尚,"长跪请曰:'此人僧乎?宿世弟子,忘正失法,方将受苦。先缘所追,今得归命,愿垂慈愍。'答曰:'先是福人,当易拔济耳。'"又如程道惠入冥,见许多鬼魂都陷于荆棘中,只有他"行在平路,皆叹羡曰:'佛弟子行路,复胜人也。'"当程自称"我不奉法"时,鬼魂还笑说:"君忘之耳。"这些故事都认为奉佛的报应不但能福及来世,而且能影响到"轮回"几转之后。这些故事的出现,更证明了《冥祥记》之作有反对范缜《神灭论》的用意。

四

王琰《冥祥记》既然有反对范缜《神灭论》的意思,那么它是否只有消极意义而无积极方面可言呢?笔者认为并不是这样。因为一个作者在写作时的动机尽管可以是落后的和错误的,但为了说服和打动读者,他必然要力求自己所说的故事中有某些方面符合于一定的史实或生活的本来面貌,才能取信于人。这样就使他的作品虽然从整体倾向上看并无多大积极意义,但其中故事却多少有助于人们了解当时的历史事件和社会生活。《冥祥记》中就有不少故事具有这样的作用。

《冥祥记》不同于其他志怪小说的地方是其中涉及历史事件的时代,往往记载得比较精确。这和其他一些志怪小说很不一样。例如:《搜神记》中郭璞在避地江南途中曾为赵固救治爱马的故事。郭璞和赵固都是历史上实有的人物。但赵固本是前赵的将领,郭璞的南逃,本是逃避刘渊、石勒的侵扰,根本不可能反而跑向赵固那里。再说赵固后来虽归降晋朝,那是永嘉五年(311)的事,这时郭璞早已到了江南,不可能再去赵固的驻地徐州一带。又如:《太平广记》卷一六四引梁殷芸《小说》载:

> 张衡死月,蔡邕母始怀孕。此二人才貌甚相类。时人云邕是衡之后身。

这个故事本属宣传"轮回说",但有很大的漏洞。我们只要稍稍查一下《后汉书》,就可以知道:张衡卒于东汉顺帝永和四年(139);而蔡邕则卒于献帝初平三年(192),年六十一,蔡邕当生于顺帝阳嘉元年(132)。可见殷芸《小说》所记故事完全不合事实。如果用这样的故事来传教,显然起不到多大作用,反会被有识之士讪笑。《冥祥记》则绝无上述那种情况,其故事涉及历史人物的时间,往往非常精确。这也许正表现了王琰面临着范缜这样一位渊博的对手,在写作时不得不十分谨慎。

从《冥祥记》中所载历史人物及当时某些史事来看,其中颇有准确的记载。如:《法苑珠林》卷六三所引沙门竺昙盖故事中有如

下一段话:

> 卫将军刘毅闻其精苦,招来姑孰,深相爱遇。义熙五年,大旱,陂湖竭涸,苗稼焦枯,祈祭山川,累旬无应……

按:据《通鉴》卷一一四载,义熙元年(405)五月:"诏以(刘)毅为都督淮南等五郡军事,豫州刺史。"又据《宋书·州郡志》二:"安帝义熙二年,刺史刘毅戍姑孰。"证明当时刘毅的确是在姑孰。又《晋书·五行志》中:"义熙四年冬,不雨。"这就说明次年确有旱灾。这说明了《冥祥记》在记载史事年代方面,颇为精确。《法苑珠林》卷一七引《冥祥记》中释开达故事中说:

> 晋沙门释开达,隆安二年,登垄采甘草,为羌所执。时年大饥,羌胡相啖。

这则故事也讲到了灾荒,并且可以补史籍之缺。这次灾荒发生在后秦统治的今陕、甘一带,不属东晋统治的范围,所以《晋书·安帝纪》和《五行志》都未加记载。但此次灾荒却是史实。据《晋书·姚兴载记》云:

> 班命郡国,百姓因荒自卖为奴婢者,悉免为良人。

紧接此语的就是记姚兴"降号称王"事,并称"改元弘始"。按:姚兴弘始元年即晋安帝隆安三年(399)。姚兴在这一年下诏免因灾自卖为奴婢的百姓为平民,显然是因为上一年(398)发生了灾荒。这里讲到百姓"因荒自卖为奴婢"和《冥祥记》所讲"羌胡相啖"的情节是可以相互印证的。王琰生活于灾情发生后半个多世纪的江南,却能如此准确地记载这事件。这不能不使我们对他精博的史学知识感到钦佩。

在《冥祥记》所记的故事中,还有些材料更可以有助于考史。如著名作家江淹的好友袁炳,在《南齐书》和《南史》的《文学传》中只有寥寥数十字。像《南齐书》的原文是:"先是陈郡袁炳,字叔明,有文学,亦为袁粲所知。著《晋书》未成,卒。"其实袁炳是刘宋末人,并未活到齐代,而且此处的记载也很含糊,不能考知袁炳具体的行事和卒年。《冥祥记》中所记袁炳故事则较此要具体得多:

> 宋袁炳,字叔焕,陈郡人。泰始末,为临湘令。亡后积年,友人司马遜于晓间如梦,见炳来,陈叙阔别,讯问安否。……遜曰:"卿此相示,良不可言,当以语白尚书也。"炳曰:"甚善,亦请卿敬诣尚书。"时司空王僧虔为吏部。炳、遜世为其游宾,故及之。

按:关于袁炳的事迹,江淹的《袁友人传》、《报袁叔明书》、《自序传》等文及《伤友人赋》、《贻袁常侍诗》等作品中都曾提到。根据江淹《袁友人传》的记载,可知《冥祥记》中所说袁炳生平基本上是可信的。文中除了说袁炳字叔焕一语与江淹所说不同外,如袁曾任临湘令等事,都可以从江淹文中得到印证。但江淹的《袁友人传》只说到袁炳卒年二十八,未说明具体时间。从《伤友人赋》中"余结谊兮梁门,复从官兮朱藩"等语看来,袁炳的死大约在宋后废帝元徽年间(473~477)江淹从建平王刘景素在京口(今镇江)之时。江淹是在宋明帝泰豫元年(472)下半年到京口的,后废帝元徽二年(474)就被贬为建安吴兴(今福建浦城)令。因此袁炳之卒可能在后废帝元徽初。再看《冥祥记》中称王僧虔为"尚书",据《南齐书·王僧虔传》,王僧虔是"元徽中,迁吏部尚书。……僧虔寻加散骑常侍,转右仆射"。《冥祥记》说袁炳"亡后积年"托梦给司马逊,称王僧虔为"尚书"。那么这个神话应发生于元徽二三年间。而袁炳的卒年应在元徽元年(473)左右。因为在"元徽中"以前,王僧虔尚未为"吏部尚书";在此后他应是"仆射"而非"尚书"了。这样看来,《冥祥记》补充和证实了江淹的记载。这对研究刘宋末的历史和江淹作品有一定的史料价值。

如果说袁炳这位人物在历史上并无重大作用的话,那么《冥祥记》中关于窦传的故事就反映了较重要的史实。据《太平广记》卷一一〇引文说:

> 晋窦传者,河内人也。永和中,并州刺史高昌、冀州刺史吕护,各权部曲,相与不和。传为昌所用,作官长。护遣骑抄击,为所俘执。同伴六七人,共系一狱,锁械甚严,克日当杀之。

这里提到的高昌和吕护都是历史上实有的人,他们原本都是后赵末年冉闵的部将,在后赵乱亡之后,先后反复于前燕和东晋之间。关于他们的事迹,《晋书》和《通鉴》都有零星的记载。他们生活的年代在晋穆帝永和中期到升平年间(350~361)。高昌于升平三年(359)为前燕所迫,自白马逃奔荥阳;到了升平五年(361),高昌死后,当时任前燕河内太守的昌护"并其众",遣使降东晋,东晋任命他为冀州刺史,最后也被前燕所击破。这些利用着黄河流域一带的战乱而占地称霸的地方实力派,对东晋和十六国政权都是时降时叛,史书中不但不为他们立传,而且是在个别时候记载到他们的活动。但这种地方实力派确实存在着,并对中原人民的生活甚至几个政权的兴衰有着影响。他们相互间的矛盾和火拼应该是无可避免的。试看《通鉴》卷一〇一所说的"高昌卒,燕河内太守吕护并其众"一语,只是说了事件的结果。至于吕护如何并有高昌的部曲,史无明文。但《冥祥记》却告诉了我们,早在永和年间(345~356),高昌和吕护间就经常发生摩擦,抄掠对方的人员并加以杀害,这些历史上曾经发生的事情,我们现在只能通过《冥祥记》这样的小说,来了解其大致情况。同时由于《冥祥记》是一部小说,可以具体地写出吕护对被俘人员监禁的方式,这种情节在一般史书中更是较少写到的。

《法苑珠林》卷六五引《冥祥记》中关于张崇的故事(亦见《太平广记》卷一一〇,原注谓见《法苑珠林》),也是一条关于东晋十六国时代的重要政治和社会史料:

> 晋张崇者,京兆杜陵人,年少奉法。太元中,苻坚既败,长安百姓千有余家,南走归晋。为镇戍所拘,谓为游寇。崇与同等五人,手足杻械置坑中,埋筑至腰,各相去二十步。明日将驰马射之。崇虑望穷尽,唯洁心念观世音。夜中械忽自破,因得脱走。……崇至京师,发白虎樽,具列冤状。已为人所略卖者,皆赎为编户。

这则故事所以重要,在于它反映了东晋时襄樊一带驻军将领残害人民的事实。本来,前秦苻坚在淝水之战失败后,鲜卑慕容氏、羌族姚氏纷纷自立,关中连年混战,百姓流离,想南奔汉族的东晋政权,这对晋朝来说是件好事。因为这可以充实长江中上游的实力。事实上东晋后来在襄阳设立雍州,就成了南朝的军事重镇。但那时镇守在上游的将领,因为淝水之战主要是长江下游一带所谓"北府兵"的功劳,他们自己无甚功勋,就想用屠杀百姓的办法,虚报功劳;再加上当时镇守上游的桓冲在此时死去,没有统一的领导,就更加放肆。他们把人民当作"寇",滥加杀戮和掠卖为奴婢。尤其令人发指的是将人半身活埋后再用箭射死。这种惨酷的现实,在《晋书》等史籍中竟无一语道及,更不可能写得生动具体。倒是被看作"街谈巷议"的小说,真实地记下了这一史实。

除了关于战乱中人民所遭受的苦难外,《冥祥记》中还记录着有关晋宋时代"五斗米道"(亦即"天师道")的一些情况。如《法苑珠林》卷六二所引陈安居的故事,写到陈安居入冥,见到冥官审问一个"五斗米道"徒的鬼魂时情况:

> 其第一者云,昔娶妻之始,夫妇为誓,有子无子,终不相弃。而其人本是祭酒,妻亦奉道,共导化徒众,得士女弟子,因而奸之,遂弃本妻,妻常冤诉。府君曰:"汝夫妇违誓大义,不罪二,终罪一也;师资义著在三,而奸之,是父子相淫,无以异也。付法局详刑!"

这里所谓"祭酒",本指"五斗米道"的头头。《三国志·魏志·张鲁传》记"五斗米道"的组织说:"其来学道者,初皆名'鬼卒'。受本道已信,号'祭酒',各领部众,多者为'治头大祭酒'。"关于"五斗米道"及后来的"天师道"本来有着搞"男女合气之术"的秽行,这里所讲的"祭酒"奸淫女弟子,即指此事。所以后来北魏的寇谦之对"天师道"进行改革时,还特别提到此事。他自称遇见了"太上老君",赐给他《云中音诵新科之诫》二十卷,要他"清整道教,除去三张伪法,租米钱税,及男女合气之术"。据云"太上老君"还强调说:"大道清虚,岂有斯事?"(见《魏书·释老志》)这种假托神语的说教,反映了这一教派中有识之徒对秽行的愤慨。这种秽行如果再不除去,"天师道"本身确也难于维持下去。所以万绳楠先生在《魏晋南北朝史论稿》中称寇谦之为"道教史上的大功臣"(第348页)。《冥祥记》里说陈安居是南朝宋人,并未讲出他"入冥"的具体时间。不过,寇谦之虽活动于南朝宋文帝元嘉年间(424~453),但他所推行的新道教开始时还只在北方流行。所以《冥祥记》说南方的"天师道"在当时还有那些秽行,该是可信的,王琰抓住了对方的毛病。关于"天师道"曾经搞过"男女合气之术",后来的有关记载对此很少提及。通过《冥祥记》的揭发,使我们清楚地了解了这一秽行的事实。不管王琰的主观动机如何,他的描写对我们了解当时的某种社会现象,还是有益的。

像《冥祥记》这样的志怪小说,既然有着这样丰富的史料,那么过去的史学家为什么不予以足够的重视呢?这里应该指出的是唐以前的史家们对这些书确曾错误地加以采择。例如《隋书·经籍志》和《旧唐书·经籍志》中,把志怪小说都放在"史部·杂传"类中,认为"亦史官之末事",并认为作史者可加采择。但由于六朝及唐初一些史书的作者缺乏见识,往往把一些迷信怪诞的故事当作史实来宣扬,因此引起了刘知几的不满。他在《史通·采撰》中,曾针对唐修《晋书》之大量引用小说材料进行过批判。后来欧阳修、宋祁修《新唐书》才把这些书从"史部"移入"子部·小说类"。这应该说是一大进步。把迷信怪诞之言当作历史是会贻误读者的。甚至像清代赵翼那样有成就的考据家和诗人,竟也在读到《晋书》和南北各史中一些神怪故事后说"然则史所记诵经获报诸事,或当时实有之,非尽诬也"(《廿二史札记》卷一五),这当然是迂腐之论。我们今天强调《冥祥记》的史料价值,显然必须撇开其中迷信和诞妄的故事而言。如果在此书中发掘社会史料以及根据所记故事,考订史事的年代,则此书还不失为一部珍贵的典籍。

五

王琰《冥祥记》在艺术形式方面,似乎也有其特色,那就是其中故事一般比其他志怪小说为长。这一特点,多少表现了小说经过六朝人的努力,已在两晋的基础上提高一步,逐渐增加了细节描写,从而较前人之作更接近于后来的唐传奇。试看《冥祥记》和《搜神记》中同样写到羊祜,而两段文字就颇有差别。我们不妨先看《搜神记》:

> 羊祜五岁时,令乳母取所弄环。乳母曰:"汝先无此物。"祜即诣邻人李氏东垣桑树中,探得之。主人惊曰:"此吾亡儿所失物也,云何持去?"乳母具言之。李氏悲惋,时人异之。

再看《冥祥记》的描写:

> 晋太傅羊祜,字叔子,泰山人也。西晋名臣,声冠区夏。年五岁时,尝令乳母取先所弄指环。乳母曰:"汝本无此,于何取耶?"祜曰:"昔于东垣边弄之,落桑树中。"乳母曰:"汝可自觅。"祜曰:"此非先宅,儿不知处。"后因出门游望,径而东行。乳母随之。至李氏家,乃入,至东垣树下,探得小环。李氏惊怅曰:"吾子昔有此环,常爱弄之。七岁暴亡,亡后不知环处。此亡儿之物也,云何持去?"祜持环走,李氏逐问之。乳母既说祜言,李氏悲喜,遂欲求祜,还为其儿。里中解喻,然后得止。(见《法苑珠林》卷二六引)

从这两段文字看来,《冥祥记》的记载似更生动近理,富于细节描写。如羊祜起初说在自己庭院中,更说明是"前生"的记忆。后面加上李家在知道此事后要认羊祜为子,经里人譬解才作罢,那就更使情节逼真。这两处的修改,都说明王琰在改写时是花了一定的艺术匠心的。

但是,王琰所添加的文字,有时似亦非全出于艺术加工方面的考虑。例如:开头讲了羊祜的表字、官职以及籍贯,并称他为"西晋名臣,声冠区夏"。这些虽是事实,却与故事本身并无太大关系。因为不管羊祜是个著名人物也好,是个无名之辈也好,只要讲出他能记起"前生"之事,就可以证明"轮回"的存在。但王琰却要添上这一笔,恐怕有其原因。从《冥祥记》的作用来看,其主旨和读者似与《搜神记》不同。干宝写《搜神记》,面向的是一些上层士人。因为当时关于"鬼神"存在的问题,只是在一些清谈家中争论着。对于这些人,当然无须交代羊祜是什么人的问题。至于王琰写《冥祥记》则在佛教已经盛行之后。他不光要和范缜等人争辩"神灭"与"神不灭"的问题,更重要的是要为佛教争取更多的信徒。他所面向的除了上层士人外,还有不少普通百姓。对于这些人交代一下羊祜这人物,似乎就并非多余。我们再看书中程道惠故事最终要讲明此人官至广州刺史,"元嘉六年卒,六十九矣",刘萨荷故事也交代说刘萨荷"太元末,尚在京师,后往许昌,不知所终",恐怕都有这种用意。从《冥祥记》中故事一般比较长、细节描写较详来看,可能是为了能使故事更生动,更能打动读者。这和当时僧人们的"唱导"似有相同之处。据《高僧传》卷一五说到当时僧人"唱导"的情况:

> 至如八关初夕,旋绕周行,烟盖停氛,灯帷靖耀,四众专心,义指缄默。尔时导师则擎炉慷慨,含吐抑扬,辩出不穷,言应无尽,谈无常则令心形战栗,语地狱则使怖泪交零,征昔因则如见

往业,核当果则已示来报,谈怡乐则情抱畅悦,叙哀感则洒泣含酸。于是阖众倾心,举常恻怆,五体输席,碎首陈哀,各各弹指,人人唱佛。

"唱导"者要达到这目的,显然非有生动的情节和细致的描写不可。正如慧皎在同书中说"唱导"的要求是:"若为君王长者,则须兼引俗典,绮综成辞;若为悠悠凡庶,则须指事造形,直谈闻见;若为山民野处,则须近局言辞,陈斥罪目。凡此变态,与事而兴,可谓知时众,又能善说。"王琰写《冥祥记》似乎也注意到这些要求,首先,他尽量使自己的作品写得生动,对细节刻画颇为注意,例如《冥祥记》中的程道惠故事,篇幅超出了《宣验记》中文字好几倍,他所增加的,都是关于人冥中的种种经历和见闻,这显然是为了打动普通百姓。其次,他叙述历史人物的年代颇为精确,这似又能顾到"兼引俗典,绮综成辞"。这后一特点,确实也是从事"唱导"的僧人多加注意的。如《高僧传》卷一五说:南朝宋释道照"少善尺牍,兼博经史,众技多闲,而尤善唱导",宋释昙宗"少而好学,博通众典,唱说之功,独步当时"。齐释慧芬曾见袁粲,"袁先问三乘、四谛之理,却辩老庄儒墨之要。芬既素善经书,又音吐流便,自旦至夕,袁不能难"。这些都说明当时和尚的"唱导",与王琰《冥祥记》的手法,有不少共同之处。王琰生当宋齐时代,正是"唱导"盛行之际,他又笃信佛教,和僧人来往甚密。他的《冥祥记》写作动机既在传教,也和僧人"唱导"作用相同。那么他的作品,是否还可能受过"唱导"的影响? 这是很值得考虑的问题。历来的研究者多认为唐传奇与当时说话有密切联系,《李娃传》之作据说即取材于《一枝花》,那么《冥祥记》中的故事是否也有取材于"唱导"的呢? 似可进一步加以研究。

试论《毛诗序》

关于《毛诗序》，历来学者聚讼纷纭。信从它的以为是孔子弟子卜商(子夏)和毛公合作，因此奉若神明，对其中关于《诗经》篇义的解释，都奉为"孔门真传"，或认为毛公汉人，去古未远，必有依据，因此谨遵不失。另一些人则根据《后汉书·儒林传》，以为是东汉初年的卫宏所作，不过是他个人的见解，而且大多牵强附会于当时史事，不足征信。大体上说，从东汉至宋初，人们多持前一种看法。自北宋欧阳修等人对此提出怀疑以后，后一种说法渐占上风，从宋元迄于明代，学者大抵尊崇朱熹《诗集传》，对《毛诗序》颇多非议。到了清代，由于"朴学"的兴起，许多卓有成就的学者，都又推崇《毛诗序》而非议朱熹。但也有些人对这两派都不赞成，想自作主张，另立新说。"五四"以来，"疑古"之说盛行，人们甚至把毛公斥为"学究"，把郑玄讥为"呆子"，而对那些想自立新说的颇为推崇。从那时到现在，研究《诗经》的人大抵都好抨击《毛诗序》，而提出种种不同的新解。这样，就出现了《毛诗序》的"存废"问题。但也有些研究者对此有所疑虑，认为汉代以来，传授《诗经》的齐(辕固生)、鲁(申培)、韩(韩婴)三家早已失传，上古关于《诗经》的学说，只存《毛诗》一家，如果《毛诗序》被废，那就会人人各执己见，漫无准的，许多诗篇就此没法取得一致的看法了。

这些意见和疑虑,其实都没有什么必要。因为《毛诗序》作为古人对《诗经》的一种看法,它是客观存在着的,不论其中的意见正确与否,它毕竟在学术界存了千年以上,在古代人看来甚至是"绝对正确"的,因此我们即使认为它一无是处,也没有可废之理。因为《毛诗序》中许多论点,早为许多古代作家所熟习牢记,用作典故。如果不知道这些说法,就根本无法理解许多古代作品。例如《王风·黍离》,《毛诗序》说:"《黍离》,闵宗周也。周大夫行役,至于宗周,过故宗庙宫室,尽为禾黍,闵周室之颠覆,彷徨不忍去,而作是诗也。"这个解释,现在有许多人表示怀疑,而另立新说。但"黍离"二字,在许多作品中,却早已成了亡国之痛的代名词。不管你信不信《毛序》的说法,但对它总无法视而不见。又如《郑风·子衿》,《毛诗序》说:"《子衿》,刺学校废也。乱世则学校不修焉。"《毛传》又说:"青衿,青领也,学子之所服。"现代的研究者对此也不同意,他们多数主张是情诗,而各人解释又互相不同;至于过去的学者,也有许多大相径庭的说法。但在许多古代作品中把"青衿"代指学生,已是很普遍的现象。不管我们对此诗作何理解,但对《毛诗》这种说法,却不容缺乏了解。因此,《毛诗序》的存废,本不完全取决于它是否正确。

再说《毛诗序》作为研究《诗经》的一家言,其本身就需要具体分析,很难简单地说它是好是坏。应该说,像《毛诗序》这样流传千年以上的学术著作,其说诗既不可能每首都正确,却也不见得每首都错误。其他像齐、鲁、韩三家的遗说,以至朱熹《诗集传》及今人一些著名的研究著作,大致都有这情况。具体到《毛诗序》来说,一般讲,其中释《大雅》、《小雅》的部分,较多可信之说;释《国风》部分,则似多难于信从之论。但也非绝对,因为像《小雅·采薇》的《诗序》,论诗的创作时代就不正确;而其释《鄘风·载驰》、《郑风·清人》和《秦风》中《黄鸟》、《渭阳》等首,却又无可异议。

平心而论,《诗经》中有一些作品,确实是很难解释的。古人说"诗无达诂",这话未必没有道理。即使后来一些著名作家如李白的《蜀道难》、苏轼的《水调歌头·中秋》等传诵名篇,其中有没有"寄托",前几年还曾争论不决,何况年代更为久远,又无作者主名的《诗经》中的作品呢!像有些作品,一时难以得出结论,也只能仁者见仁,智者见智。不论《毛诗序》存或废,都无法得到共识,也不必强求共识。因此关于《毛诗序》的评价问题,似不应仅仅着眼于其对某些篇章的解说是否正确,而更应注意到它在两千多年来的《诗经》研究中,究竟起着什么作用,有什么历史地位。

一

我们今天来评价《毛诗序》的历史地位和作用,首先会面临一系列的经学问题,因为从汉武帝排斥百家、独尊儒术以来,《诗经》一书被奉为神圣的经典,人们对它的论述,常常是从"经学"的立场出发的。例如:《诗经》这部书,到底成书于何时,出于何人之手,至今尚无定论。传统的说法是古代的诗共有三千首之多,现在的三百零五篇,是经过孔子删定的。但这种看法现在已很少有人相信。因为据《左传·襄公二十九年》所载吴公子季札在鲁国观周乐时演奏的《国风》和《雅》、《颂》名目,已基本与今存《诗经》符合,而且《论语》中记载,孔子本人就多次提到"诗三百"。据此可知《诗经》的编定,恐怕应在孔子以前。这种看法,大约古人也早已有所觉察,如韩愈在《石鼓歌》中说"陋儒编诗不收入,二雅褊迫无委蛇。孔子西行不到秦,掎摭星宿遗羲娥",已经认为《诗经》的成书非出孔子之手。

又如《诗经》成书以后的传授源流,在《史记》和《汉书》的《儒林传》中,基本上只讲到入汉以后的情况。今文《鲁诗》的传人申培,据说曾受业于荀况的门人浮丘伯。那也只是战国后期的儒者。至于《毛诗》,据《汉书·艺文志》说"自谓子夏所传",却也只是疑似之说。后来也有人说《毛诗》由子夏传授曾申,又经过几代传授,由荀况传给了"鲁人大毛公(毛亨)"。但这种说法颇有疑问。因为根据今本《荀子》看来,荀况对子夏并不满意,他在《非十二子》篇中有"正其衣冠,齐其颜色,嗛然而终日不言,是子夏氏之贱儒也"的话。同时,据那种说法,荀况的诗学,还来自曾申,他是曾参的儿子,其学说应该近于子思(孔伋)和孟轲,而子思、孟轲,亦属于荀况在《非十二子》篇中所抨击之列。所以这种关于《毛诗》传授源流的说法,也很难信从。大抵汉代及以后的学者,都喜欢假托自己和孔门的关系,以此自重。其实他们的学说到底是否可取,并不取决于此。如果他们说得对,即使和孔门毫无关系,也是正确的;反之,即使是孔子自己所说,错的也还是错的。因此我们虽然对那种传授源流采取否定的态度,却并不影响对《毛诗序》的评价。我们今天来研讨《诗经》,正是要彻底摆脱儒家思想的束缚,实事求是地对待历来各种不同的学说。

关于《诗经》在秦以前的流传情况,由于史料缺乏,已很难说得清楚。大致说来,在《诗经》成书前后,列国的卿大夫在朝会聘享之时,常常赋诗言志。正因为如此,《诗》又是当时各国贵族学习的主要教材之一。《周礼·春官·大司乐》:"以乐语教国子兴道讽诵言语。"同书《大师》:"教六诗,曰风,曰赋,曰比,曰兴,曰雅,曰颂。"这大约和孔子所说的"不学诗,无以言"(《论语·季氏》)是一个意思。又《国语·楚语》载,楚大夫申叔时论对太子的教育,曾说:"教之《诗》则为导广显德,以耀明其志。"这些史料有些可能还说的是今本《诗经》成书以前的事。到了春秋后期,孔子从事私人教育以后,学习《诗经》的人已从少数上层贵族扩大到了众多的士人以至平民。到了战国时代,列国间的外交活动场合,虽已不大赋诗,被顾炎武在《日知录》中说成春秋和战国的一大区别,但在当时争鸣的诸子百家中,引证《诗经》的例子却很普遍。不但像儒家的孟轲、荀卿,而且像墨家的《墨子》、法家的《韩非子》、杂家的《吕氏春秋》以至《战国策》中所载纵横家的游说词中,有时也曾引证《诗经》中的句子。所以《诗经》在战国时,已普遍流行,不独属于儒家一派。而且据《韩非子·显学》说,当时儒家已分成八派,本身也不统一。由此可以推知,当时的传《诗》者,恐怕有着许多派别。

到了秦始皇焚书坑儒之后,据《汉书·艺文志》说:"遭秦而全者,以其讽诵,不独在竹帛故也。"这话应当是对的。因为根据现有的史料,在汉代流行的传《诗》者,有齐、鲁、韩、毛四家,而其篇目,似无不同。

关于汉代流行的齐、鲁、韩、毛四家学说,据《汉书·艺文志》,前三者被列于学官,而《毛诗》则"未得立"。因此人们习惯于把前三家称为"今文家",因为他们在传授《诗经》时,用的是汉代通用的隶书缮写。至于《毛诗》,因为没有在国家设立的学校中传授,大抵仍是口耳相传,其所据底本还是战国时人用当时的古体文字缮写,因此称为"古文家"。这四个学派对《诗经》的解释,当然常有不同。后来的经学家们,常常强调今文和古文之争,其实不光齐、鲁、韩三家与《毛诗》互异,就是今文的三家中,说法也各有不同。这四派都自认为是孔门的真传,其实他们的学说是否都来自儒家,颇有疑问。例如其中的《齐诗》一派,主张"五际六情之说",近人吴承仕先生认为它"纯为术数之学"(见《经典释文序录疏证》第83页),看来它和阴阳家的学说有很深的渊源关系。至于鲁、韩、毛三家的学说,是否纯属儒术也很难断定。

据《汉书·艺文志》评论齐、鲁、韩三家说:"或取《春秋》,采杂说,咸非其本义。与不得已,鲁最为近之。"《汉书·艺文志》是根据刘向《别录》而作。刘向和班固都是《鲁诗》的传人,但他们对《鲁诗》也没有充分的信心。至于齐、韩二家更不必说。至于未立学官的《毛诗》,情况也未必和三家有太大的不同。因此我们既不能把四家诗说奉为金科玉律,也不能说他们都是纯粹的儒家。不过,说诗是否正确和这种说法是否儒家学说是根本不同的两个问题,不容混为一谈。刘向和班固在这个问题上的立场,显然很难令人满意。事实证明在先秦古籍中,一些不被儒家认可的书,远比被儒家奉为经典的可信。例如《逸周书》中的《克殷》、《世俘》诸篇应被认定为商周之际的信史。而被奉为经典的《尚书》,其《洪范》、《金縢》诸篇,可信程度就远不足与之比拟。古本《竹书纪年》和先秦子书中除《庄子》以外的不少书中所记春秋时代史事,也较《公羊传》、《穀梁传》为可信。有时儒家为了维护自己的主张,可以全不顾事实,甚至颠倒是非。例如孟轲的名言:"尽信书,则不如无书。吾于《武成》,取二三策而已矣。仁人无敌于天下。以至仁伐至不仁,而何其血之流杵也?"(《孟子·尽心下》)这段话,只有前两句是对的。至于他完全不顾商、周两个部族间战争的史实,硬要把周武王打扮成"至仁"的圣人,商纣王说成"至不仁"的罪魁,而把古本《武成》(当然不是今本伪《武成》)斥为不可信,这就是硬叫史实去迁就自己的主观理想。又如清代的方苞因为《周礼·地官·媒氏》中有"中春之月,令会男女,于是时也,奔者不禁"的话,就斥《周礼》为"伪书"。其实《周礼》的成书年代虽难确定,但其为先秦古籍则毫无疑问。至于《媒氏》中这段话,正是古代民俗的珍贵史料,可以在现存一些少数民族的生活中得到印证。方苞从他迂腐冬烘的理学家立场出发,竟胡乱地审判古人。相反地,伪《古文尚书·大禹谟》中"人心惟危,道心惟微,惟精惟一,允执厥中"十六个字,早在阎若璩确证其出于伪作以前,宋元明三代已有人提出怀疑,但明代和清初某些理学家,却视而不见,仍奉为至高无上的"圣贤心诀"。因此我们要评价古人释《诗》的是非,首先要彻底排除儒家思想偏见,才能得出正确的结论。例如:刘向、班固因为齐、鲁、韩三家释诗,"采杂说",就断言"咸非其本义",就不能令人信服。因为儒家以外的典籍,同样保存着不少可贵的古代史料,不容抹煞。即使儒家学派的著作,在战国时代已出现"儒分为八"的条件下,也无从分别哪一派一定完全正确,哪一派一定错误。因此我们对汉代流行的齐、鲁、韩、毛四家学说,都要做具体分析。有时在这一问题上,应该信从甲说,而在那一问题上又应信从乙说;甚至在某些问题上对四家之说都采取否定的态度,也是完全可以的。在这里,盲目地信古和无根据地疑古,都不是正确的。

二

汉代的齐、鲁、韩、毛四派《诗经》学说,到现在已只剩《毛诗》一派的学说还完整地保存着,其他三派,均已散失,只有若干零星的佚文、遗说,经清代的陈乔枞、魏源、王先谦等人钩稽辑佚,也仅能存十一于千百,稍可窥其一斑而已。至于他们的学说体系,已难详论。因此《毛诗》的《大序》、《小序》和《诂训传》已成为从战国到西汉关于《诗经》学研究方面唯一完整的学说,因此在学术史和思想史上均有其特殊的重要性。当然,从某种意义上说,《大序》和《小序》的价值也许要逊于《诂训传》。因为《诂训传》不但为现存训释《诗经》的最早著作,同时已成了我国训诂学的奠基著作,而《毛诗序》,特别是《小序》,则还有齐、鲁、韩三家的一些遗说足资比勘。

关于《毛诗序》和"三家诗"的关系,过去有一些学者只是片面地强调其不同,有人甚至渲染成二者水火不能相容的样子。这些人还因为《毛诗》在汉代未立于学官,就硬说《毛诗》后出,据此又推论说"三家诗"既然较早,也就更近于古,其说也必然更可信。这实在是毫无根据的。根据《汉书·艺文志》和《儒林传》,毛公和辕固生、韩婴大抵都生活于汉景帝到武帝时,只有传《鲁诗》的申培,可能年辈较长,相差也不过三十年左右。至于他们所师承的学说,则无法判断其孰先孰后,但都承袭了先秦人的学说,则无可怀疑。

至于对这四个学派的评价问题,历来的学者往往只强调了他们的不同,而忽视了他们的相同方面。其实这四家如果只是人人异说,那就莫衷一是,很可能都出于各自的臆测,因此都没有什么正确的成分。其实情况远不是这样,我们只要读一下清王先谦的《诗三家义集疏》,就可以发现其中大部分诗篇,王氏只是引了毛说,并断言"三家无异义"。这恐怕不是王先谦随便下的结论。事实"三家诗"从汉初一直流传到魏晋甚至六朝《韩诗》,经过几百年,其不同于《毛诗》的说法,仅能找到有限的数量,这本身就说明他们和《毛诗》不同的说法,恐怕本来就不算很多。这个问题很值得注意,因为四个不同的流派,来自不同的源流,甚至很可能采用了许多不同学派的学说,竟得出这么多相同的说法,那么就很难设想他们的这些观点竟会都是些无根之谈。而且事实上,他们的那些说法,往往可以在某些先秦典籍中得到印证。这多少能说明他们的学说并非出于杜撰,而是记录了秦统一中国以前甚至更早一些时间的不少学者比较一致的看法。即使这些看法不一定完全符合作者的原意(事实上不论古今中外的作品,人们对他们的论述都很难说正好符合作者的本意),至少也代表了先秦一些学者的观点,而这种观点由于距原作者时代较近,应该说是比较接近事实。如果从作品本身中又找不出太大的破绽,在史籍中又找不出什么反证,那么对这些说法就应该采取比较审慎的态度,不应随意否定。因为在我国古代的文学作品中,比兴和暗喻的手法确实存在。即使这四家的说法稍有出入或与某些典籍的记载略有不同,只要在作品中没有反证,也可能是所谓的"传闻异辞",不应加以轻疑。例如清姚际恒对《毛诗序》关于《邶风·击鼓》解释的驳难,就未免是吹毛求疵,未必有什么道理。因为《击鼓》序释诗是根据《左传·隐公四年》所载宋、陈、蔡、卫四国伐郑的事,姚氏认为《左传》中既然说到四国,诗中为什么不提蔡国而只说"平陈与宋"?因此另立新说,认为是《左传·宣公十三年》所记"清丘之盟,晋以卫之救陈也,讨焉"的事。后来方玉润在《诗经原始》中也从而和之。其实,此诗如果是指四国伐郑事,应在鲁隐公四年(前719),如指晋国以卫国救陈而讨伐,则应在宣公十三年(前596),相差有一百多年。现在我们看《诗经·邶风》中排列的次第,《击鼓》和《绿衣》、《燕燕》、《日月》、《终风》诸诗放在一起。这些诗据《毛诗序》认为都作于卫庄公至州吁杀桓公自立前后,亦即鲁隐公四年及以前一段时期之作。"三家诗"对这几篇的说法只有《燕燕》一篇存在异说,认为是卫定公夫人姜氏送寡媳回娘家之作(王先谦《诗三家义集疏》据刘向《列女传》说);但治今文说的魏源,却又以为是卫庄姜送卫桓公之妻回娘家,则时代又与《毛诗序》说的"卫庄姜送归妾也"相同。支持姚说的方玉润,对《绿衣》等篇的解说,则基本同于《毛诗序》。并且在他书中所附《作诗时世图》中,又把《诗经》中最后一篇定为《陈风·株林》,实从毛说。但《株林》的年代,不可能晚于鲁宣公十一年(前598),这样方玉润就根本无法自圆其说。其实,《诗经》各篇,是否一定以《株林》为最晚,也未必确凿无疑(参考王先谦《诗三家义集疏·燕燕》和皮锡瑞《经学通论·论迹熄诗亡说者各异据三家诗变风亦不终于陈灵》)。更重要的是方氏认为此诗指卫国救陈后晋宋来讨伐,"不能不成戍防隘,久而不归,故至嗟怨",其实据《左传》,那次晋国来讨罪,卫国只由孔达一个承担责任,自杀以取悦晋国了事,根本没有派兵戍守,久而不归等事。方氏引证《左传》,却又歪曲《左传》,这种学风实在很难说有何求实的态度。

事实上《诗经》的编定者在编次各诗次第时,除了以地域、曲调为纲外,恐怕多少要考虑诗的创作年代和内容,不会随手排列。像《击鼓》一诗,其中提到了"土国城漕"之事,又有"从孙子仲"之语。我们今天对这件史事和"孙子仲"其人都不清楚,但生活于鲁襄公二十九年(前544)以前的编诗者,就很难说毫无所知。他把《击鼓》放在《绿衣》等诗附近,应该有他的考虑,未可随便否定。同样地,《邶风》中的《式微》和《旄丘》二诗,本在一起,《毛诗序》认为都是关于黎侯失国寓居于卫的事,"三家诗"意见也无太大出入。现代的研究者常常对《旄丘》采用毛说。而对《式微》则另立新说,认为与黎侯寓卫无关。其实在《旄丘》中也并未明确点出黎侯之事。这在取舍方面恐失于任意性太多,值得再考。

总之,《毛诗序》的说诗,有它的一套思路,对具体的解释,自然是"不信亦非,悉信亦非"(皮锡瑞引郑玄论纬书语)。但在对这些说法做出判断时,似乎只有对它的思想体系,以及前后各篇的解释联系起来考虑,才能更显审慎。

三

当然,我们强调了《毛诗序》与"三家诗"有相同或类似之处,并不意味着对它和"三家诗"的差别不必重视。事实上《毛诗》和"三家诗"的说法有许多不同,这是客观存在的事实。这些不同之处实际上关系到对《诗经》一系列问题的理解和《毛诗》本身的评价问题。从前的学者,往往抱着门户之见,未能加以正确的评价。例如皮锡瑞在《经学通论》中有《论〈诗序〉与〈书序〉同有可信有不可信今文可信古文不可尽信》。皮锡瑞是个今文家,有他的偏见,其实他说"古文不可尽信"是对的,至于说"今文可信"就未必正确了。我们在这问题上面临着这样一个问题:为什么两千多年来的事实是,古文的《毛诗》独得保存至今,而今文的"三家诗"却先后都失传了呢?一般来说,"优胜劣败"的客观规律在这里应该也是适用的。不能认为千余年的学者都是有目无珠的糊涂人。自然,我们也不能据此就说《毛诗》在一切方面都比"三家诗"高明。这还要做具体的分析。

我们生活于今天,要来详论《毛诗》和"三家诗"的得失,是很困难的。因为"三家诗"久已散佚,在很多问题上已无法把它们和《毛诗》进行比较。但对《毛诗》的情况,我们多少还知道其大概。前面我们讲到《毛诗》的传授源流,据说出于战国时的荀况。此说虽无确切证据,但从一些情况看来,恐怕是有一定道理的。我们不妨先从一个小问题说起,那就是关于《豳风·狼跋》的解释。关于这首诗的篇义,《毛诗》和"三家诗"其实并无多大出入,问题只在诗中"公孙硕肤,赤舄几几"二句的解释。关于这两句,《毛传》和《郑笺》就有分歧。《毛传》云:

> 公孙,成王也,豳公之孙也。硕,大;肤,美也。赤舄,人君之盛履也。几几,绚貌。

据此则"公孙"指周成王。《郑笺》则说:

> 公,周公也。孙,读当如"公孙于齐"之"孙"(逊),孙之言,

孙遁也。周公摄政七年，致太平，复成王之位，孙遁辟（避）此成公（功）之大美，欲老。成王又留之以为太师履赤舄几几然。

据此则"公孙"当指周公避位。二说不同，而《毛传》的说法，显然和《荀子·非相》篇互相符合，而《郑笺》则有明显的抵牾。《荀子》云："文王长，周公短。"又云："周公之状，身如断菑。"按："菑"同"椔"。《尔雅·释木》："木自毙，柛；立死，椔。"《诗经·大雅·皇矣》毛传："木立死曰菑，自毙为翳。"据此，"菑"是枯木的意思。这枯木的形状，自然和"硕肤"（大而且美）联系不上。《毛传》正是用指成王的办法摆脱了此诗与《荀子》的矛盾。但他这样做，却使诗中"狼跋其胡，载疐其尾"句与下文"公孙硕肤，赤舄几几"句成了分指二人，词气不顺。郑玄在讲《诗经》时是宗毛的，但他看到了《毛传》这个弱点，于是改为"公孙硕肤"二句指周公。这大约用的是《齐诗》说，因为郑玄本习《齐诗》，他注"三礼"时，就用的是《齐诗》说。但他这样一改，仍有难通之处，"公孙硕肤"被解释成了"公避位高大漂亮"，比起《毛传》更不通顺。这首诗，其实根本不能和周公、成王联系起来。

如果说这一具体的例子还不足以说明《毛诗》和荀况的渊源关系，那么在对待商周祖先出生的神话问题上，也可以作为另一佐证。关于这一点，皮锡瑞在《经学通论》中有《论〈诗〉齐鲁韩说圣人皆无父感天而生太史公褚先生郑君以为有父又感天乃调停之说》，专门论述今文的"三家诗"和古文的《毛诗》在这个问题上的不同。最近李少雍同志在《经学家对"怪"的态度》（《文学评论》1993年第3期）中就《毛传》和《郑笺》的分歧详论了"三家诗"和《毛诗》的不同立场。在这个问题上，《毛诗》和"三家诗"的是非得失是比较复杂的，应该放在汉代这一具体历史条件下加以评价。我们知道，在汉代由于董仲舒把儒家学说和阴阳谶纬等迷信相结合，制造了一套带有宗教色彩的"天人感应说",肯定了有意志的"天"的存在。今文学派的许多儒者都遵奉这一套说法。但《毛诗》学派等古文家却对此持有不同态度。他们继承荀况一派儒者的学说,不承认那些神怪的说法。正如荀况所说:"天行有常,不为尧存,不为桀亡。""星队(坠)、木鸣,国人皆恐。曰:是何也?曰:无何也,是天地之变,阴阳之化,物之罕至者也。怪之可也;而畏之非也。夫日月之有蚀,风雨之不时,怪星之党(傥)见,是无世而不常有之。上明而政平,则是虽并世起,无伤也;上暗而政险,则是虽无一至者,无益也。"(《荀子·天论》篇)例如汉代的著名思想家桓谭、王充等人,都是谶纬学说的反对者,同时又推崇古文学派。从这个意义上说,他们具有进步作用。后来的学者舍弃"三家诗"、《公羊传》等今文派学说,选择《毛诗》、《左传》等学说,应该说是理性的胜利,是有道理的。不过,他们由于反对谶纬迷信,对曾被谶纬家们利用过的一些古代神话也加以摒弃,却又对古代历史和民俗的研究造成了损失。这也是历史发展中常见的有所得却必然也有所失的现象。

关于《毛诗》和"三家诗"的分歧,有时还涉及一些重大的史学问题。例如关于《商颂》的创作时代问题,就是这样。《商颂》的写作年代,据《毛诗序》说:"微子至于戴公,其间礼乐废坏。有正考甫者,得《商颂》十二篇于周之大师,以《那》为首。"《毛传》又说:"自正考甫至孔子之时,又无七篇矣。"这就是《商颂》的来历。据此,《商颂》五篇,当为商代人所作。但现代不少学者,却信从了《史记·宋微子世家》中的一段话:"襄公之时,修行仁义,欲为盟主。其大夫正考父美之,故追道契、汤、高宗,殷所以兴,作《商颂》。"因此定为春秋时宋襄公年间(约前650至前637)之作。按:正考父的时代,大致是可考的。据《左传·昭公七年》载鲁大夫孟僖子的话说:"及正考父佐戴武宣。"按:宋戴公据《史记·十二诸侯年表》,卒于周平王五年(前

766),我们假设正考父在这一年踏上仕途,时年二十,那么到宋襄公即位之年,即周襄王元年(前650),共一百一十七年,此时正考父约一百三十七岁。但据《宋微子世家》:"八年,齐桓公卒,宋欲为盟会。"那么宋襄公的"欲为盟主"当在他即位的第八年,即周襄王九年(前643),那时正考父约一百四十四岁。如果这是真实的话,岂非奇迹?皮锡瑞也明知这个矛盾,却在《经学通论》中说"百龄以上之寿,古多有之"。其实个别的人活一百多岁是可能的,但说人到一百四十岁以上还能作诗,就难于令人信服。在这个问题上,笔者一直倾向于《毛诗》说,但又认为正考父从周太师那里得到《商颂》后,也许经过他本人(当然不是在宋襄公时)或其他人在文字上做过润饰甚至改写。因此在文字上不如《周颂》古奥,却又较《鲁颂》显得简朴。(参看拙作《谈谈商颂》,见《诗经鉴赏集》)

《毛诗》和"三家诗"对一些诗篇的篇义和年代的不同看法,恐怕是因为他们对《诗经》的看法存在着全局性的不同。例如《史记·十二诸侯年表序》中有一段话:

> 周道缺,诗人本之衽席,《关雎》作。仁义陵迟,《鹿鸣》刺焉。

根据这说法,《诗经》中《周南·关雎》和《小雅·鹿鸣》都是周朝衰乱之后的作品,且意在讥刺。《毛诗》则以为"《周南》、《召南》,正始之道,王化之基。是以《关雎》乐得淑女以配君子……"又说:"《鹿鸣》,燕群臣嘉宾也。既饮食之,又实币帛筐篚以将其厚意,然后忠臣嘉宾得尽其心矣。"这就是说《毛诗》认为《关雎》和《鹿鸣》都是歌颂先王盛德之诗。《毛诗大序》把《周南》、《召南》联系起周公和召公,因此把这些诗都归于周初文王、武王时所作。关于《史记》的说法,前人都认为本于《鲁诗》说。不过,根据刘向的《战国策叙》说:"周室自文、武始兴,崇道德,隆礼义,设辟雍、泮宫、庠序之教,陈礼乐、弦歌移风之化。叙人伦,正夫妇。天下莫不晓然论孝悌之义,惇笃之行。故仁义之道,满乎天下,卒致之刑错四十余年。远方慕义,莫不宾服,雅颂歌咏,以思其德。"似乎又与《毛诗》一致。刘向历来也被认为是《鲁诗》传人。因此《史记》的说法,是否《鲁诗》说,恐尚可讨论。不过,这是"三家诗"的观点却不成问题。《毛诗》和"三家诗"的这一分歧,在西汉时刘安主编的《淮南子》中也有反映。《淮南子》中《泛论训》论诗,就同于《史记》,而《泰族训》中却又同于《毛诗》。(详见拙作《淮南子和五经》,《河北师院学报》1987年第3期)

"三家诗"的说法想必有其根据,但业已无从考知。至于《毛诗》之说,基本可以断定是根据《左传·襄公二十九年》所载季札观周乐时所发议论。这一点,汉人服虔和唐人孔颖达早已看出。《毛诗大序》:"《周南》、《召南》,正始之道,王化之基。"《孔疏》曰:"季札见歌《周南》、《召南》,曰:'始基之矣,犹未也。'服虔云:'未有雅颂之成功,亦谓二南为王化基始。'序意出于彼文也。"这说法是有见地的。只是根据此说,我们仅能推知《毛诗》对《国风》中《周南》、《召南》和《豳风》的解释是本于季札,至于其他部分,由于史料不足,还很难确知详情。但《毛诗》在解释一些诗篇时曾参考过《左传》等书,这似无疑问。

关于《毛诗》用季札的话来判定《周南》、《召南》和《豳风》的篇义及时代,其做法有对的一面,也有错的一面。例如它说《关雎》"乐得淑女以配君子",至少点到了婚姻问题,这比"三家诗"说是讽刺周康王晏起,总要近于诗的本义。尤其像《周南·葛覃》之归结为"后妃之本也",与诗的内容也基本符合。这些不能不说有它一定的长处。但根本问题却在季札的话,是否可以概括某一类风诗的全部内容？因为季札是作为吴国使臣到鲁国去办外交的,他有他的事要办,"观乐"只能是中间抽空的事,估计时间不可能超过一天。再说古乐的节奏一般较缓慢,一天时间不可能把三百零五篇全部演奏一遍。大约鲁国的乐官也不过是从十五国风及二雅、《周颂》中各选若干首演奏给他听就是了。这只要把他的评语与各类乐曲的全部内容做一比较,就很清楚。如他论《周南》、《召南》说:"美哉,始基之矣,犹未也,然勤而不怨矣。"这话如果只是对《周南》中的《关雎》、《葛覃》,《召南》中的《采蘩》、《采蘋》而发,那么即使我们今天可以有不同看法,但他还能自成一家言。但以此概括"二南"全貌,就不同了。试想如《周南·兔罝》,讲的是"赳赳武夫,公侯干城",这和后妃根本无法联系,《毛诗序》却说是"后妃之化也",就不免陷于牵强附会。《召南》的《何彼襛矣》,明明说是"平王之孙,齐侯之子",《毛传》硬说:"平,正也。武王女,文王孙,适齐侯之子。"这个问题,清人惠周惕在《诗说》中,已根据《春秋》和《左传》加以驳正,指出是周平王之孙女下嫁齐襄公或桓公。《毛诗》把它归入周初之作,显然是错的。又如《豳风》,季札评论为"美哉荡乎,乐而不淫,其周公之东乎!"《毛诗》也据此把《豳风》中全部作品都联系到了周公和成王身上。其实《豳风》中像《东山》、《破斧》确实是讲周公东征之事;《鸱鸮》一篇,据《尚书·金縢》说,乃周公作。《金縢》虽不是周初作品,但大致不会晚于战国,据以立说,尚近情理。至于像《狼跋》,则正如前面讲到的,依毛、郑二说,从文理上讲都不可通。因为如从毛说,则全诗两章的前二句的主语,都只能是"狼",后二句"公孙"既指成王,又与周公何涉?如依郑说,则周公和成王的关系,应该很融洽。如果照《金縢》的说法,应是在成王悔悟以后作,那么周公还处于"跋前疐后"的困境也就难于说通了。其实《豳风》只是豳地(今陕西彬县、旬邑一带)的乐曲,不一定为一时所作。《毛诗》硬要根据季札评《东山》、《破斧》的话套在《狼跋》上，自然矛盾百出。其实把它释作一首讽刺一个不知名的贵族的诗，那就文从字顺，并无困难。其实《毛诗》一派学者，也明知季札的话不能用来概括《诗经》的全部。因此他们解释《淇奥》以外的《邶风》、《鄘风》、《卫风》，并不都联系"卫康叔、武公之德"。释《小雅》并不都归为怨刺，释《大雅》也不认为都是讲"文王之德"。但他们为了显得自己的学说更具系统性，就不免要强使某些作品去迁就他们主观设想的体系。这个主观设想出来的体系，主要就表现在托名卜商的那篇《诗大序》中，在这里首先于汉人经常讲的"美刺"外，又提出了"正变"的说法。文中写道：

> 至于王道衰，礼义废，政教失，国异政，家殊俗，而变风变雅作矣。国史明乎得失之迹，伤人伦之废，哀刑政之苛，吟咏情性，以风其上。达于事变，而怀其旧俗者也。故变风发乎情，止乎礼义。发乎情，民之性也；止乎礼义，先王之泽也。

根据这种理论，似乎风诗和雅诗，都因产生时代之不同而有"正"、"变"之分。郑玄在《毛诗谱》中做了发挥，他认为周朝自后稷开始直到文、武、成王时代的诗，叫"正经"，而懿王以后，由于政衰，就有了"下以风刺上"的怨刺之作，于是有了"变风"、"变雅"。根据此说，似乎"正风"、"正雅"就只有"美"而无"刺"；但"变风"、"变雅"则又既可以有"美"，也可以有"刺"。这种理论恐怕与《荀子·儒效》篇所说的周公之时，"四海之内，莫不变心易虑以化顺之。故外阖不闭，跨天下而无蕲（圻）。当是时也，夫又谁为戒矣哉"的说法有关。根据这种说法，那么照《毛诗》的说法，《豳风》作于周公时代，自然也当属"正风"之列；《召南·何彼襛矣》也就只能把"平王"释为"正也"而加在文王身上才能算"正风"。如果把《狼跋》、《何彼襛矣》说成懿王以后之作,那就会动摇《周南》、《召南》和《豳风》的"正风"地位。这样,"风诗"中有没有"正风"就会成为问题。《毛诗序》所以用季札说来论《周南》、《召南》和《豳风》,其用意盖在于此。同样地,论到《小雅》的《采薇》、《出车》时,《毛诗序》所以要把它们说成文王时之作,恐怕也与他旨在把《菁菁者莪》以前各篇列为"正小雅"有关。《毛诗》否认《鹿鸣》等篇为"刺"是对的,但归结为文王时诗就无确证。《毛诗大序》的出现,在经学史和文学批评史上均有其一定的地位,我们不想加以否定。但为了构筑这套理论,《毛诗》学派对一些作品提出了错误的说法则为事实。

当然,像《毛诗》这种错误,在"三家诗"中同样存在,如关于《关雎》、《芣苢》、《鹿鸣》等诗的解释就是这样。对《豳风》中各篇和《何彼襛矣》的产生时代问题,"三家诗"也和《毛诗》无甚区别。但《毛诗》毕竟有较完整的体系,而且对有些具体作品的解释也显得稍为合理。这就是《毛诗》战胜"三家诗"的原因。

四

《毛诗》在释诗时,特别是在释《国风》中不少诗时,有时不免有附会史事之弊,这是它和"三家诗"一样过于强调"美刺"的结果。所以到了宋代欧阳修等人,就对《毛诗序》提出了许多驳难。后来朱熹的《诗集传》正是总结和发挥了他们的看法。现在看来,朱熹不失为一个博学而有眼光的学者。他在解释一些诗时,不遵毛说而自立新说,往往是很有道理的。例如他把某些诗说成"淫奔之诗",听起来确很刺耳。其实如果撇开他的理学家立场不说,那不过是指出这些诗是情歌。从这个意义上说,他确有不少胜于《毛诗序》之处。至于在诗的训诂方面,他又基本上根据毛、郑,绝少臆解之例。因此对《诗集传》的功绩,完全不应低估。

但理学发展到后来,却也有不少人走入歧途。他们在哲学上并无多大创造,而治学态度又陷于"束书不观,游谈无根"。他们最大的毛病就在认定自己主观设想的"圣贤"应该如何,去强求古人和古书。不合他们心意的就一律斥之为"伪书"。不幸的是,五四以来的一些学者,为了推倒对古人的盲目崇拜,就把一切怀疑古书的言论都给予很高的评价。这种不加分析的"疑古"之风,对《诗经》研究也起到了消极作用。例如前面提到姚际恒、方玉润对《击鼓》的说法就纯属臆测。但这还远不是最严重的。我们不妨看看姚际恒对《周颂·潜》毛序的批评,他认为《毛诗序》说"季冬荐鱼,春献鲔也"是"大逆不道"。他说:"本(吕)不韦《月令》,明为汉人所作,奈何玷我西河(子夏)!"在他看来,对大贤人子夏不敬,简直死有余辜。其实,《月令》中文字,既见于《礼记》,也见于《吕氏春秋》和《淮南子》,究竟《礼记》和《淮南子》是抄了《吕氏春秋》,还是三者各自采于前人著作,本来无从断定。① 况且《吕氏春秋》的成书年代,据本书交代是在秦始皇即位的八年(前239),下距汉高祖称帝(前206)还有三十四年之久,却成了"明为汉人所作"。更不能同意的是,这话如果出于子夏之口,就是万世不易的真理,出于吕不韦之口就成了惑世误民的邪说。这种言论还存在什么起码的逻辑! 同样地,方玉润在讲到《豳风》诸诗时,援引了孟轲怀疑《武成》的先例,断定《金縢》是"伪书"。因为《金縢》中有"(周)公乃为诗以贻王,名之曰《鸱鸮》,王亦未敢诮公"语。认为

---

① 《礼记》本是杂取先秦及汉初人著作而成,和《战国策》、《说苑》、《新序》相类似,《吕氏春秋》、《淮南子》本属杂家,都可以取自前人著作。正如《韩非子·初见秦》未必是张仪作,却也不能说是《战国策》编者剽窃《韩非子》。

这样说有损于成王的"圣明",于是宣称:"吾不知诸儒之视成王为何如王,而论周朝为何如朝?"一副"卫道者"的面目。① 其实相对于方玉润来说,姚际恒还算是有些头脑的。至于方玉润,其实在学术上并不下切实功夫,他明知有顾炎武、江永、戴震等人对古韵的富有开创性且论证常多可采的研究,却斥为"各以私意自定古音",自己不明古韵,又胡乱否定别人的成果,却用考科举用的"平水韵"来讲《诗经》的韵。更离奇的是他在批评《毛诗序》和朱熹时,又自作主张,附会为某些古人的事。如他说《邶风·静女》是"刺卫宣公纳伋妻也";《卫风·新台》是"刺齐女之从卫宣公也";《鄘风·蝃蝀》是"代卫宣姜答《新台》也"。这些既无史料为依据,也在诗中找不出任何内证,纯属向壁虚造。至于《小雅·采薇》,《毛诗序》以为文王时,显然错误。姚际恒对此有怀疑而不知何时作。其实《汉书·匈奴传》,《后汉书·马融传》,《盐铁论》,《潜夫论》载"三家诗"说为宣王时诗,确为定论,而方玉润对此一无所知,仍承《毛诗》之误。他连前后《汉书》中材料也不知道,真所谓"不知三通、四史是何等文字"的八股家。但今人对方玉润似乎评价过高,对他的话,有时缺乏必要的思考。如关于《召南·江有汜》,他说是"商妇为夫所弃而无怨也"。妇女被遗弃而不怨恨,这本身就是荒谬的大男子主义。至于遗弃妻子的事,在旧社会本属常有,却并不限于商人有此恶迹。白居易《母别子》中的"关西骠骑大将军",难道也是商人?但就是这种根本不值一驳的话,却也有人认为"不为无据"。对这情况,真不知如何是好。

---

① 《金縢》不属"伪古文"是肯定的。它虽非周初人作,总还可参考。至少它没编造出永不会错怪人和受委屈也无怨的,根本没有七情六欲也没有缺点错误的"圣贤"。如果说古书经"秦火"后都不可信,那《诗经》又如何呢?方氏笃信的《论语》、《孟子》难道就未经"秦火"?

当然,方玉润用当时八股先生们评点时文的办法论《诗经》,对其中某些艺术技巧的说明,也偶有可取之处。我们对此也不必抹煞。但要是废序、斥朱而去推崇方玉润的著作,那就可能陷入更严重的迷魂阵中。这是必须注意的。

《盐铁论》与西汉《诗经》学

西汉桓宽的《盐铁论》一书，是记录昭帝始元六年朝廷官员和从各地所举荐的儒生们（"贤良"、"文学"）关于当时一系列政治措施的争论。在这场争论中，朝廷方面主要的参加者有御史大夫桑弘羊以及"御史"、"丞相史"等人；"贤良"、"文学"方面据本书《杂论》篇记载，有"贤良茂陵唐生、文学鲁万生之伦六十余人"，其中提及姓名的有"中山刘子雍"、"九江祝生"等人。关于这场争论，一般都认为是反映了儒法两家的分歧，其实，在这场争论中，双方所引证的先秦典籍甚多。持法家观点的桑弘羊等人，虽然引证过《管子》、《韩非子》等法家的言论，更多的则引用儒家的《易经》、《诗经》和《春秋》（主要为《春秋公羊传》）以及《论语》等书；同样的，那些"贤良"和"文学"们所引据的典籍，除了"五经"和《论语》、《孟子》以外，也曾多次地引用《老子》、《庄子》等书。这说明汉代的士大夫们自从武帝提出罢黜百家、独尊儒术以后，已经把儒家经典视为必读之书，即使像桑弘羊这样的人物，也常要引据儒家经典作为理论根据；当时的儒生们立论也不仅局限于"五经"及孔孟著作，有时也旁采诸子学说。这说明先秦诸家的学说，到西汉时已逐步趋向融合。因此严格地说，汉代所谓"儒家"，都已或多或少地接受了其他学派的影响。例如：战国时代的儒家和墨家本是互相对立的,但在《盐铁论·散不足》篇中,"贤良"发言就称:"孔子栖栖,疾固也;墨子遑遑,闵世也。"至于儒家中"传经"的各派学说,据《史记·儒林列传》等书记载,有些学者往往兼通几部经典,甚至兼习"古文经"和"今文经"。可见后来人所强调的汉人治经讲求什么"家法"或"师法",也只有相对的意义,并非绝对如此。尤其在《盐铁论》一书中,其基本性质近于一次讨论会的记录,发言者既分为两个不同的营垒,而这两大营垒中的成员,尽管在政治倾向上可以一致,而平时所接受的经学教育却未必相同。例如:当时参加争论的"御史"和"丞相史"所习的经书,就和桑弘羊未必出于一家。至于"贤良"、"文学"更是来自全国各地,我们只知道"贤良"们大抵来自关中地区,"文学"们则来自函谷关以东(《国疾》篇)。他们六十多人所学习的经典更未必一样。因此《盐铁论》中所援引的儒家经典,究竟出于当时哪一学派,往往很难断定。当然,也有些经典是大致可以判定的,如其中所引的《春秋》,大多属于《公羊传》一派的学说,也有一些为《穀梁传》一派的学说,至于《左传》学派之说,则无反映。至于其中引用《易经》和《诗经》的部分,究竟属于哪一派的经说,就已无法确知。如《遵道》篇引《易经》"小人处盛位,虽高必崩。不盈其道,不恒其德,而能以善终身,未之有也。是以初登于天,后入于地",这段话显然是传《易》者释经的话,但究竟是当时施、孟、梁等氏中哪一派的释经语已不可考。至于书中引《诗经》的文字,情况也是这样。清代王先谦作《诗三家义集疏》,把《盐铁论》中有关《诗经》的解释都看作《齐诗》学派之说,这看法似非定论。王先谦的根据是桓宽本人是《齐诗》传人,因此把书中有关的论点都归结为《齐诗》说。这种做法在不少场合自然是适用的。例如:王氏根据刘向为《鲁诗》传人而断定他用《鲁诗》说;匡衡为《齐诗》传人而断定他用《齐诗》说。但《盐铁论》的情况则与此不同。它不完全是桓宽个人的著作,而主要是记录别人的发言,而且发言者又并非一人。不过,从其中引《诗经》的文字与今本《毛诗》不同处来说,倒有可能代表了《齐诗》和《毛诗》的异文。因为桓宽既是《齐诗》传人,在他整理和记录别人的发言时,有可能根据他所熟习的《齐诗》做了一些统一工作。如《结和》篇载"文学"引《邶风·匏有苦叶》"雝雝鸣干,旭日始旦",《毛诗》作"雝雝鸣雁,旭日始旦"。《世务》篇载大夫(桑弘羊)引《大雅·抑》"诰尔民人,谨尔侯度,用戒不虞",《毛诗》"诰"作"质",《韩诗外传》六引作"告"。这说明《盐铁论》的文字只可能是《齐诗》或《鲁诗》,从桓宽的学术源流来说,当以《齐诗》为近。又如《繇役》篇大夫引《小雅·六月》"玁狁孔炽,我是用戒",《毛诗》"我是用戒"作"我是用急";《大雅·江汉》"武夫潢潢",《毛诗》"潢潢"作"洸洸";《周秦》篇"文学"引《小雅·正月》"哀今之人,胡为虺蜥",《毛诗》"胡为虺蜥"作"胡为虺蜴"。这些异文,大致可以说是根据《齐诗》。但有关一些诗篇的篇义,情况就比较复杂。其中有一些篇,似乎与《毛诗》或《鲁诗》等相同,但根据现有的材料来看,《毛诗》说和"三家诗"相同或"三家诗"虽与《毛诗》说不同,而这三派比较一致的例子都很不少,因此不能确定其是否《齐诗》说。如《未通》篇载"文学"的言论说:"《灵台》之诗,非或使之,民自为之,若斯,则君何不足之有乎?"按:此说与《毛诗序》合。《毛诗序》云:"《灵台》,民始附也。文王受命,而民乐其有灵德以及鸟兽昆虫焉。"齐、鲁、韩三家亦无异说。这种说法其实本于《孟子·梁惠王》所载孟子对齐宣王之言,汉代四个《诗经》学派皆宗其说。因此这位发言的"文学"究竟所习为哪一个学派之说,就很难判断。又如:《通有》篇载"大夫"的言论说:"昔孙叔敖相楚,妻不衣帛,马不秣粟,孔子曰:'不可,大俭极下。'此《蟋蟀》所为作也。"这段话基本上与《毛诗序》合。《毛诗序》云:"《蟋蟀》,刺晋僖公也。俭不中礼,故作是诗以闵之,欲其及时以礼自虞乐也。"清王先谦《诗三家义集疏》释此诗,列举了齐、鲁二家之说。他所谓"《齐诗》说",即根据《盐铁论》这段文字;而所谓"《鲁诗》说",则以张衡《西京赋》"徒恨不能以靡丽为国华,独俭啬以龌龊,忘《蟋蟀》之谓何"等语为据。其实《盐铁论》中这段话,出于桑弘羊之口,桑弘羊究竟学习了哪一派诗说,很难确考,若因见于《盐铁论》而断定为《齐诗》说,恐失于轻率。从桑弘羊的话看来,我们只能大致判断他依据的不是《毛诗》说。因为在西汉中叶,《毛诗》还没有在朝廷中得到重视。但究竟属于齐、鲁、韩中哪一家或另有所据,就无法判断。又如《国疾》篇载"文学"的话说:"今公卿处尊位,执天下之要十有余年,功德不施于天下,而勤劳于百姓,百姓贫陋困穷,而私家累万金。此君子所耻,而《伐檀》所刺也。"按:《毛诗序》云:"《伐檀》刺贪也。在位贪鄙,无功而受禄,君子不得仕进尔。"清王先谦《诗三家义集疏》引蔡邕《琴操》等书以为是《鲁诗》说,《汉书·王吉传》以为是《韩诗》说,又引《盐铁论》此文以为是《齐诗》说,论证"三家诗"的看法与《毛诗》基本相同。在这里,《琴操》本是有疑问的书,是否蔡邕作颇可疑;《盐铁论》的"文学"是否习《齐诗》也难断定,但像《伐檀》这样的诗,篇义比较明确,"三家诗"大约不致与《毛诗》有太大出入。又《取下》篇载"贤良"的话说:"及周之末涂,德惠塞而嗜欲众,君奢侈而上求多,怠于公事,是以有履亩之税,《硕鼠》之诗作也。"按:《毛诗序》云:"《硕鼠》,刺重敛也。国人刺其君重敛,蚕食于民,不修其政,贪而畏人,若大鼠也。"王先谦《诗三家义集疏》据汉王符《潜夫论·班禄》"履亩税而《硕鼠》作"语,以为是《鲁诗》说,又引《盐铁论》此文以为是《齐诗》说,并断言"《韩诗》当同"。看来"三家诗"对这首诗的解释也与《毛诗》大同小异。不过从史实而论,"履亩而税",当即《春秋》所记鲁宣公十五年的"初税亩",此事是公元前594年发生在鲁国,至于齐国在什么时候实行这政策,史无明文。不过,列国统治者剥削人民的手法,大约不会有多大不同,问题在于统治者的加重赋税,往往可以用多种手段,不一定在"履亩而税"以前或实行此制之后,就再无别种手段征取重税。从《硕鼠》一诗看来,也只能说明重敛,而未必确指这种征税方式。所以《毛诗》的说法虽大致与"三家诗"相似,毕竟更通达合理。

　　在对《诗经》中某些诗篇的解释方面,根据现有的材料,我们大致可以断定《毛诗》和"三家诗"中有的解释并不一样。但在《盐铁论》中引用那些诗时,则和《毛诗》的说法似乎分歧不大。如《刺复》篇载"文学"批评朝政云:"今当世在位者既无燕昭之下士,《鹿鸣》之乐贤,而行臧文、子椒之意,蔽贤妒能,自高其智,訾人之才,足己而不问,卑士而不友,以位尚贤,以禄骄士,而求士之用,亦难矣。"同篇又载"御史"反驳"文学"说,朝廷招致了许多"贤良"、"文学",授以官爵,"然而未睹功业所成",因此说这些儒生"殆非龙蛇之才,而《鹿鸣》之所乐贤也"。这里"文学"和"御史"发言的立场不同,但对《鹿鸣》篇义的理解是一样的。按:《毛诗序》:"《鹿鸣》,燕群臣嘉宾也。既饮食之,又实币帛筐篚以将其厚意,然后忠臣嘉宾得尽其心矣。"王先谦引用《仪礼》、郑注《后汉书·明帝纪》、曹植《求通亲亲表》等论证《齐诗》、《韩诗》说与《毛诗》相同。只有《鲁诗》说《鹿鸣》是首怨刺诗。如《史记·十二诸侯年表序》云:"仁义陵迟,《鹿鸣》刺也。"但其所讥刺的仍是君主的不能"厚养贤者",这在王氏所引《琴操》佚文、《潜夫论·班禄》篇的话中就很清楚。因此《鲁诗》对《鹿鸣》的解释虽与齐、韩、毛三家不同,而以此释《盐铁论》中两段话,亦无抵牾难通之处,不能排除"文学"和"御史"有习《鲁诗》的可能。又如《执务》篇载"贤良"的话说:"《诗》云:'求之不得,寤寐思服。'有求如《关雎》,好德如《河广》,何不济之有?"这里把《关雎》一诗的主旨说成是"求贤"。按:《毛诗序》云:"是以《关雎》乐得淑女以配君子,爱

(忧)在进贤,不淫其色,哀窈窕,思贤才,而无伤善之心焉,是《关雎》之义也。"其说与《盐铁论》此文可以互通。至于"三家诗",对《关雎》的解释有的与《毛诗序》不同,但仍有"求贤"之意,如《汉书·杜钦传》中有"故咏淑女,几以配上,忠孝之笃,仁厚之作也"诸语,《列女传·魏曲沃负传》有"周之康王夫人晏出朝,《关雎》豫见,思得淑女以配君子"等语,均与《盐铁论》中文字相合。据《汉书注》引"臣瓒"说,这是《鲁诗》说。至于《齐诗》似旨在强调妇女的"能致其贞淑,不贰其操"(见《汉书·匡衡传》);《韩诗》似旨在强调"说淑女,正容仪以刺时",其说和《盐铁论》中所引有较大距离。但现今所见"三家诗"的说法,大抵是从典籍中辑出的一些各诗派传人在文章中提到的篇义,并非"三家诗"说诗本义,因此也不能断言齐、韩二家本无"求贤"之意。所以从《盐铁论》中引《诗经》的话看来,很难做出某人的话代表某一《诗经》学派的结论。

  《盐铁论》中称引《诗经》时,也有与《毛诗》显然不同的例子。如《备胡》篇载"贤良"的话说:"此《兔罝》之所刺,故小人非公侯腹心也。"在这里,明确地将《兔罝》说成刺诗,这和《毛诗序》所说"《兔罝》,后妃之化也。《关雎》之化行,则莫不好德,贤人众多也"大异其趣。王先谦《诗三家义集疏》则仅依据《文选》五臣刘良注所说的"殷纣之贤人退处山林,网禽兽而食之"等语,根据唐时"三家诗"仅存《韩诗》一家的事实,推测为《韩诗》说。但这是否正确亦属疑问,因为此说本质上与《毛诗》无甚分歧。到唐时,《毛诗》已臻极盛,刘良注也许和同书的李善注一样仍采毛说,而在措辞上稍作变更而已。即使说刘良注确用《韩诗》说,那也只能说明《韩诗》在这首的篇义方面与《毛诗》类似,而与"贤良"所说不同。"贤良"所据当是《齐诗》或《鲁诗》。事实上在西汉中叶,朝廷中大官多习《齐诗》或《鲁诗》,因此影响也较大。《盐铁论》中这段文字,虽难确证为哪家诗说,但至少说明了"三家诗"中确有认《兔罝》为刺诗之说。

不过，从《盐铁论》中引证《诗经》的话看来，当时人引证《诗经》，似乎颇有"赋诗断章"的那种随意性，所以不同的人虽属同一《诗经》学派，在论到某些具体诗篇时，说法也不完全一样。例如：关于《小雅》中的《采薇》、《出车》、《杕杜》以及《六月》、《采芑》诸首的说法，不但《齐诗》、《鲁诗》之说与《毛诗》不同，而且主张《齐诗》或《鲁诗》说者，各人的说法也时有出入。照《毛诗序》说："《采薇》，遣戍役也。文王之时，西有昆夷之患，北有玁狁之难，以天子之命将率遣戍役以守卫中国。故歌《采薇》以遣之，《出车》以劳还，《杕杜》以勤归也。"显然是把这三首诗说成周文王时的作品，与《六月》等作于周宣王时的诗产生于不同时代。但根据现有的史料看来，在两汉时流行的"三家诗"的说法却与《毛诗》不同，总的说来，当时人大抵认为《采薇》等三首诗作于周朝衰落以后，不是文王时的诗。如《采薇》，据《史记·周本纪》说："懿王之时，王室遂衰，诗人作刺。"《汉书·匈奴传》说：周懿王时，"王室遂衰，戎狄交侵，暴虐中国。中国被其苦，诗人始作，疾而歌之曰：'靡室靡家，猃允之故。''岂不日戒，猃允孔棘。'"王先谦《诗三家义集疏》引了这两段话，认为前者是《鲁诗》说，后者是《齐诗》说，并断言齐、鲁二家的观点一致。但这种说法是否确切，则颇有疑问。因为他认定《汉书·匈奴传》的说法是《齐诗》说，仅仅根据班固的祖上曾从师丹学习《齐诗》，因此判断他为《齐诗》传人。这种设想未必确切。因为班固在《汉书·艺文志》中论到齐、鲁、韩三家诗说时，曾称"与不得已，鲁最为近之"的话，表示《鲁诗》比《齐诗》可信。同样，王先谦以为《史记·周本纪》的话代表《鲁诗》说，也颇有疑问。因为在《史记·匈奴列传》中讲到"戎狄"入侵"中国"的事时，认为那些诗多作于周襄王以后。书中说："于是戎狄或居于陆浑，东至于卫，侵盗暴虐中国。中国疾之，故诗人歌之曰'戎狄是应'（按：

见《鲁颂·閟宫》),'薄伐猃狁,至于大原'(按:见《小雅·六月》),'出舆彭彭,城彼朔方'(按:见《小雅·出车》)。"此说就与《周本纪》不同,那么究竟哪一说法代表了《鲁诗》说,也可怀疑。根据这种情况,我们再看《盐铁论》中引用这些诗的话,就很难判断这些话究竟代表了哪一派的学说。如《繇役》篇载大夫的话说:"及后戎狄猾夏,中国不宁,周宣王、仲山甫式遏寇虐。《诗》云:'薄伐猃狁,至于大原。''出车彭彭,城彼朔方。'自古明王不能无征伐而服不义,不能无城垒而御强暴也。"此说对《六月》、《出车》二诗的创作年代的看法与《汉书·匈奴传》相同,而且据《汉书》说这两首诗是"美大"周宣王"之功",也与"大夫"(桑弘羊)的说法相同。这种说法也与刘向的见解相类似。据《汉书·陈汤传》载,汉元帝时刘向曾上疏论陈汤斩杀匈奴郅支单于之功,文中说到"昔周大夫方叔、吉甫为宣王诛猃狁而百蛮从,其《诗》曰:'啴啴焞焞,如霆如雷,显允方叔,征伐猃狁,蛮荆来威'",下文又引了"吉甫燕喜,既多受祉,来归自镐,我行永久"等句。按:这两段《诗经》,前者引自《小雅·采芑》,后者引自《小雅·六月》,都对用兵取歌颂态度,与桑弘羊一样。至于反对桑弘羊的"贤良"、"文学",所称引的《诗经》,似亦据齐、鲁二家说。如《繇役》篇载"文学"的话说:"今近者数千里,远者过万里,历二期。长子不还,父母愁忧,妻子咏叹。愤懑之恨发动于心,慕思之积痛于骨髓。此《杕杜》、《采薇》之所为作也。"此说认为二诗是怨刺之作。这说法似也可从汉人著作中所引齐、鲁二家诗说中得到印证。例如:王先谦所引《史记·周本纪》"王室遂衰,诗人作刺"及《白虎通·征伐》篇认为"古者师出不逾时者为怨思也"等语时,引了《采薇》中"昔我往矣"等句。这些说法,据说是《鲁诗》说。王先谦还引证《汉书·匈奴传》"诗人始作疾而歌之"等语以及《易林·睽之小过》中"《采薇》、《出车》、《鱼丽》思初,上下促急,君子怀忧"诸语,认为是《齐诗》说。从这些话看来，似乎齐、鲁二家均认为《杕杜》、《采薇》是怨刺诗，与"文学"所说类似。这种情况如果粗粗一看，似乎王先谦把《盐铁论》中引《诗经》的话都说成《齐诗》说，有一定的道理。因为在《齐诗》看来，《采薇》、《杕杜》是怨刺之作，所以"文学"加以征引；《出车》及《六月》等诗是称赞出兵之作，所以"大夫"加以称道。但问题在于《易林》中的话，明明把《出车》、《鱼丽》也算作怨刺之作。这和《汉书·匈奴传》及《盐铁论》所载的话有出入。从现存的《诗经》来看，《鱼丽》一首似是歌颂物产丰盛的燕享之作，与"怨刺"无干，更和伐玁狁没有任何联系。至于《出车》则情况比较复杂，此诗确有歌颂用兵的内容，但其中"昔我往矣，黍稷方华；今我来思，雨雪载涂。王事多难，不遑启处。岂不怀归，畏此简书"等语，又与《采薇》的"昔我往矣，杨柳依依"几句十分相似。大抵周代抗玁狁的侵扰，在当时确有必要，但在战争中带来征戍之苦，亦势所难免。所以简单地判断这些诗为歌颂武功或怨刺，恐怕都有一定的片面性。在这方面，《毛诗序》把《采薇》等诗说成文王时代产物当然不对，但把三首诗看作一组，却有一定的见地。至于齐、鲁二家诗说是否把《采薇》、《杕杜》与《出车》看作完全不同的内容，也很难断定。因为《易林》的作者焦延寿据清代陈乔枞等人说，是主《齐诗》说的，王先谦也同意这看法，而在《易林》中，《采薇》又与《出车》并提。那么《齐诗》和《鲁诗》对《采薇》等篇的具体解释究竟如何，似尚可研究。至少各家所称引的话，都可能有断章取义之处。

至于《备胡》篇中"贤良"的一段话，似更可以研究。这段话说："今山东之戎马甲士戍边郡者，绝殊辽远，身在胡越，心怀老母。老母垂泣，室妇悲恨，推其饥渴，念其寒苦。《诗》云：'昔我往矣，杨柳依依；我今（《毛诗》作"今我"）来思，雨雪霏霏。行道迟迟，载渴载饥。我心伤悲，莫之（《毛诗》作"莫知"）我哀。'故圣人怜其如此，闵其久去父母妻子,暴露中野,居寒苦之地。故春使使者劳赐,举失职者,所以哀远民而慰抚老母也。德惠甚厚,而吏未称奉职承诏以存恤,或侵侮士卒,与之为市,并力兼作,使之不以理。故士卒失职,而老母妻子感恨也。"这段话宗旨还在说士卒的疾苦,似与前面"文学"所说近似,但这里有两点颇可注意:一是"故圣人怜其如此"一语的"圣人"究竟何指?从下文"而吏未称奉职承诏以存恤"句看来,似当指汉朝皇帝。但称皇帝为"圣人",乃唐人习用的称呼,汉人绝少使用,《盐铁论》中更无其例。至于据齐、鲁等家诗说以《采薇》为宣王时诗,则周宣王又从无被视为圣人之理。倒是像《毛诗》那样把《采薇》说成周文王时作品,这"圣人"才有着落。再说此文称"圣人怜其如此",又说"故春使使者劳赐,举失职者,所以哀远民而慰抚老母也",显指慰劳归家后的士兵。这和孔颖达《出车》篇正义所说"谓文王所遣伐玁狁西戎之将帅,以四年春行,五年春反。于其反也,述其行事之苦以慰劳之"相合,因为《出车》第六章确有"春日迟迟,卉木萋萋。仓庚喈喈,采蘩祁祁。执讯获丑,薄言还归。赫赫南仲,玁狁于夷"诸语。可见"春日使使者"似是释诗而非指时事。因此现在《盐铁论》中这段文字虽看来还较通顺,但"德惠甚厚"一句前,是否有脱误,似可怀疑。二是这里提到"故春使使者劳赐"语,也与《毛诗序》所说"劳还"相似。《繇役》篇"文学"引《采薇》、《杕杜》并举,《易林》则《采薇》和《出车》并提,似乎"三家诗"也认为这三首诗互相有着联系。根据这些情况,我们是否也可设想:那位发言的"贤良"是否曾学过《毛诗》?或齐、鲁等诗说中本来也有关于慰劳士兵的说法,而一些称引者出于自己的需要未加提及?这些都说明《盐铁论》中称引《诗经》,恐不限于《齐诗》一家之说,而清代一些学者从一些典籍中辑出"三家诗"传人引《诗经》的话作为那些诗说的本来面目,恐亦未必全面。

在《盐铁论》中还有一处引《诗经》的话颇使人费解，那就是《执务》篇中"贤良"发言中两次提到《卫风·河广》，认为"好德如《河广》"，并且引证孔子的话说："吾于《河广》，知德之至也。"从《河广》一诗中，我们似乎丝毫看不出"好德"的用意。此诗据《毛诗序》说："宋襄公母归于卫，思而不止，故作是诗也。"王先谦《诗三家义集疏》中并未辑出"三家诗"关于这篇的解释，但王先谦又认为《盐铁论》中谈到此诗的话是"推衍之义"。但这种说法究竟是怎样"推衍"而来，似乎较难确考。究竟"三家诗"对《河广》作何解释？抑或这位"贤良"所据既非《毛诗》亦非"三家诗"，而像近年阜阳出土的汉简那样"可能是未被《汉志》著录而流传于民间的另外一家"（胡平生、韩自强《阜阳汉简〈诗经〉简论》语）的说法，都很难断定。不过从"贤良"的发言中看，他引证了孔子的话，那么即使此语并非真属孔子所说，也总有所据。可能"好德如《河广》"的说法，在汉代以前就有其说，因此这种使人费解的论点，也许还是古代诗说的一条遗文。

《汉魏六朝辞赋与骈文精品》导论

一

把辞赋和骈文这两种不同的文体合编为一部选本,这在历代的总集中,也许很少其例。我国现存最早的一部文学作品总集是梁昭明太子萧统所编纂的《文选》。在这部书中,不光有赋,有骈文,而且还有诗,因为它是梁初以前各种文学形式的总结性选本,理应包括当时人心目中认为属于文学范畴的一切作品,因此其性质和我们现在呈献于读者面前的这部选本不同。后来出现的选本很多,但大体上有几种不同的类型。像《文苑英华》、《唐文粹》等,基本上是沿袭《文选》以来的传统,也属诗文兼采。不过前者乃继《文选》而作,亦有通代的性质;后者则为有唐一代的文学总集,以后的《宋文鉴》、《元文类》、《明文衡》等,都属于这一类。但多数的选本则主要限于一种文体,如诗、文、辞赋以及后来的词和曲等。至于把辞赋归入"文"的一类,虽属古已有之,但值得注意的是把辞赋和散体合选,确有先例,如清代姚鼐的《古文辞类纂》就是这样。但此书体现的是"桐城派"的文学思想,对魏晋六朝作品基本上不收,其辞赋也主要选录汉赋,对六朝人的作品,仅取了一篇鲍照《芜城赋》。这已经可以说是特例了。

至于和姚鼐同时稍后的李兆洛所编《骈体文钞》，多少有点和姚鼐唱对台戏的用意，但这部书却并没有选录辞赋。如果说前人的选本中有骈文和辞赋合抄的成例，大约就是清许梿的《六朝文絜》中选了几篇小赋。但此书所收，大抵限于短文，所以连庾信《哀江南赋》这样的名篇，也没有入选。这是由于编者本意是在六朝人文章中选取其简洁之作，故取名"文絜"，其不取长篇当然也可以理解。正由于上述的种种情况，当时代文艺出版社的先生们向我提议编选这部选本之初，我也曾经颇为迟疑，觉得也许会招致"不伦不类"之讥。现在想来，这种顾虑是不必要的。因为现在我们来做古典文学的选注工作，其出发点和古代人编选本是完全不同的。古人的选录作品，大抵是要从中选取作文的范本，以此供人们应科举或出入官场之用。所以陆游在《老学庵笔记》中提到了宋人有"《文选》烂，秀才半"的俗语；而姚鼐的编《古文辞类纂》，尤其注重像"奏议"、"书说"、"碑志"等应用文字。但对我们今天来说，根本就没有这种需要。今天的读者阅读古典文学作品，无非是为了理解我国古代瑰丽的文化遗产，继承和发扬我们民族的优秀传统；同时，也可以给文艺工作者提供某些借鉴。从这个目的出发，把辞赋和骈文这两种不同的文学体裁的代表作选录出来，合为一册，的确是无所不可的。问题只要泾渭分明，不致使人对文体的概念产生混乱就可以了。

如果从文学史的角度来考虑，把辞赋和骈文合为一册，也确有其合理性。因为在我们这本书里，选的都是汉魏六朝的作品，而且有些骈文和辞赋，还出于同一作者之手，例如：本书所选录的司马相如、班固、蔡邕、曹植、嵇康、阮籍、潘岳、陆机、谢惠连、颜延之、鲍照、江淹和庾信都是这样。这是因为不少作家本来就兼擅众体，所以不能有所偏废。如果更深一层从文学体裁的发展来讲，"文"和"赋"二者的骈俪化可以说是同步的，甚至还可以说严格意义上的骈文，更是深受辞赋的影响。因为"骈俪化"的倾向本来是由于汉语,特别是古代汉语中基本上都是以单音节词为主,所以人们在说话或作文时,都不免要使用字义两两相对的句子来加强其美感,这样就使文章中的对偶句日益增加。早在先秦时代的一些典籍中,不论是有韵之文或无韵之文,都有这种情况。所以骈文和散文分家究竟始于何代,这个问题历来就没有人能加以说清,事实上大约也无法真正说清。清代的"桐城派"散文家姚鼐是竭力提倡散文、排斥骈文的,但他在《古文辞类纂》中所选录的许多秦汉人的文章,被奉为"古文辞"的典范;而李兆洛的《骈体文钞》也同样可以采录这些文字,被指为骈体文的初祖。唐代的散文大师韩愈,号称"文起八代之衰"(苏轼《潮州韩文公庙碑》语),也是反对骈文的健将,他自称"非三代两汉之书不敢观"(《答李翊书》)。然而他在《进学解》中所推崇备至的"子云相如"(扬雄和司马相如)的作品,骈俪之句亦复不少。如:

丹水更其南,紫渊径其北。
置酒乎颢天之台,张乐乎胶葛之宇。

——司马相如《子虚上林赋》

炎炎者灭,隆隆者绝,观雷观火,为盈为实。天收其声,地藏其热。

——扬雄《解嘲》

这都是不折不扣的骈句。这种情况,连韩愈自己,也不能避免。他在《进学解》中说什么"业精于勤,荒于嬉;行成于思,毁于随","《春秋》谨严,《左氏》浮夸;《易》奇而法,《诗》正而葩",这些句子的对仗都很工整,可见"骈"和"散"的概念,本来只有一定的相对意义,绝对的"骈"和绝对的"散"的文章,即使不能说绝没有,也可说非常稀少。

我们今天更用不着再存那种门户之见,去加以强分优劣。

文学史的事实告诉我们,不论对"文"还是"赋"来说,"骈"、"散"本是同源的。清人孙梅在《四六丛话》卷三中曾经说:"屈子之词,其殆诗之流,赋之祖,古文之极致,骊体之先声乎!"这段话大凡论骈体文的人都喜加称引,可见这种看法已为广大研究者所采用。今人姜书阁先生在《骈文史论》中说:"秦、汉以后,骈文渐兴,而汉赋实启其端,故论骈文不能舍赋。自来言骈文之起源,皆谓始于东汉末季,又多举蔡邕、王粲、曹植等人的作品,而这些人又无一不是赋家。六朝骈文大盛,实亦仍以这时的骈赋为重要的代表。"(见人民文学出版社本第75页)为了说明这个观点,姜先生在这部著作中,还专门有《汉赋骈始》一章,加以详论。姜先生这些意见,笔者认为都是很有道理的。笔者过去在《汉魏六朝辞赋》一书的"结束语"中,也曾谈过类似的看法(见上海古籍出版社本第198页)。从这个意义上讲,本书把辞赋和骈文分作两个部分而合为一册出版,是完全可以的。

二

本书所选的辞赋上起汉代的贾谊,下迄周、隋之际的庾信,共选了近四十位作家之作,基本上与汉魏六朝相终始。在这里所录汉赋二十余篇,魏晋南北朝赋三十余篇。从选录的数量看来,魏晋南北朝赋的篇数似乎超过了汉赋。这和历来论者的看法似乎不太一样。这是因为汉赋文字过于艰涩,很难引起广大读者的兴趣。从研究者的角度来看,本书所选的汉赋,自然是大大地不够的。以扬雄为例,他的《河东》、《甘泉》、《羽猎》诸赋都没有入选,而仅取了他的《解嘲》和《逐贫》二赋。这就很难看出他和司马相如"同工异曲"的情况。

关于这一点,笔者曾反复地做过思考,看这样做是否妥当。最后终于决定割爱的原因是像扬雄这些赋,手法上大体效法司马相如,尽管在一些技巧和风格上略有不同,但这种细致的区别,对初学者来说,往往很难觉察出来。尤其是这些奇字特多的辞赋,读者往往望而却步,更何论去探讨两人手法上的异同?关于东汉京都大赋只取班固《两都赋》而未取张衡《二京赋》,也是出于同一原因。其实在笔者本人来说,对于班、张二人的赋,似乎更喜欢《二京赋》。但由于《二京赋》更为繁富,难读的片段更多,文字也更长,只能舍张而取班了。关于这种情况,在魏晋南北朝赋的选录方面也有类似的例子。例如西晋左思的《三都赋》,在历代都很有名,但由于篇幅过长而且艰涩难读的程度也不亚于汉赋,如果全部收录,则不但会显得太多,而且也会使读者的兴趣减退。好在汉晋两代写京都的大赋,大抵都是前面夸饰侈丽之文写得相当精彩,而后面"曲终奏雅",阐述作者正面观点的篇章往往显得空洞无力。司马相如的《子虚上林赋》已开其端,班固《两都赋》显得尤为突出,张衡《二京赋》较班固稍好;而左思《三都赋》的精彩部分则几乎集中于《蜀都》、《吴都》二赋,其《魏都赋》实在已成强弩之末,可称道处甚少了。如果仅选《蜀都》、《吴都》二赋,仍非全帙。好在已有瞿蜕园、毕万忱二先生的书在前,我们不妨取法,所以只选了《蜀都赋》。魏晋以后的大赋中仍有一些佳作,像木华的《海赋》就是一例。但这样的作品并不多。郭璞的《江赋》虽也有名,其艺术成就却远不如《海赋》,而且其怪僻的奇字之多,较之汉赋尤甚。笔者对这篇作品考虑再三,最后觉得还是不要入选。此外,同类的题材还有南齐张融的《海赋》。此赋在艺术上虽赶不上木华,却胜于郭璞《江赋》。只是这题材已有木华在前,而且此赋夺误甚多,收入《南齐书》本传时可能已非全文,所以没有选录。东晋以后的不少大赋,现在大抵已散佚,而且有些在当时已遭有识之士的讥评,概可从略。至于谢灵运的《山居赋》和沈约的《郊居赋》,都是刘勰说的"志深轩冕,而泛咏皋壤;心缠几务,而虚述人外"(《文心雕龙·情采》)之作,艺术上亦不见精彩。再加上谢赋因为艰涩,自己作注;沈赋甚至在当时就怕人读错。所以萧统编《文选》时把这两人的赋作一概弃而不录,实在是颇具卓识的。因为在那个时代,谢灵运、沈约在文坛上的地位极高,如果没有自己的真知灼见,很难做到这样。所以本书在选录辞赋时,比较注意选录《文选》中已经收录之作。因为《文选》在我国古代的总集中享有特别重要的地位,经过一千多年的考验,影响极大。对于本书的读者来说,有不少应该是大学的本科生或研究生,在参加硕士生或博士生的考试时,对其中的各篇应该已有所了解,所以对不少作家的作品,尽量选用《文选》中已有之作,而不另选其他作品。这当然并不意味着在《文选》所收的作品以外,没有佳作,但限于篇幅,只能做这样处理。

　　本书所选的辞赋,还有几篇是其他选本所很少选录的,如颜延之的《赭白马赋》即是。这也是笔者几经考虑过的。《赭白马赋》的内容颇有些歌功颂德的庙堂气息,内容不见得很好。但在文体上很见特色,其对仗之工整,在骈赋中颇少其例,姜书阁先生在《骈文史论》中曾特别加以论述。再说赋中写骏马之状,颇多佳句,其"旦刷幽燕,昼秣荆越"二句,更对李白、杜甫的诗有影响,值得重视。至于北朝辞赋,在艺术上也许比同时期的南方文人之作有所逊色,但为了使读者对北人赋作有个了解,也应择其较好之作,略取一二篇以见一斑,以免使人觉得当时北方文学只是一片空白。但其中像卢元明的《剧鼠赋》,带有俗赋的气息,这可以上继曹植《鹞雀赋》,下开敦煌俗赋,对理解俗赋的发展线索有一定帮助。何况此赋也确有其长处,钱锺书先生在《管锥编》中已有详论,这里不拟赘述。

　　关于骈文的选录,笔者同样有过不少思考。例如骈句的产生当然很早。姜书阁先生的《骈文史论》一直追溯到了《尚书》。但他所举的例子,多半出于东晋梅赜所献的伪《古文尚书》,恐难置信。然而先秦典籍中所见的骈句确实很多。至于本书采录的范围应限于汉魏六朝,所以这些先秦文章只能从略。至于西汉人的文章,究竟何者可以算骈文,本来争议很多。笔者考虑到历来人的见解,仍以东汉末年以后人之作为主。不过为了说明骈文的形成有一个发展过程,所以选录了邹阳、司马相如和班固的四篇骈句较多的文章,以见其大概。选录骈文时的困难和选赋不大一样。选赋之难在于怎样在使读者对各种赋的体裁特点有个大致了解的条件下,避免那些奇字太多,容易使读者望而生畏之作。骈文在这方面的问题较少,即使有些费解处,也只是由于用典较多,但这完全可以用注释来解决。因为一个典故,出现在某篇文章中,通过注释来理解以后,再次出现时往往就了然于心;不像汉赋中一大堆奇字,在这里看到过,到那里往往又已忘却。然而赋虽然比较艰涩,却没有人否认它是文学作品;骈文就不同了,在现代人的"文学"概念里,一般都不把应用文看作文学的范畴。古人的看法则与此不同,所以《文选》、《古文辞类纂》、《骈体文钞》等书所选录的不论散体或骈体的文章,都有很大一部分是应用文字。在这个问题上,如果完全按照今人的文学概念去要求古代人的文章,大约是行不通的。笔者参考过一些近年来出版的骈文和散文的选本,其中仍有不少是应用文。以骈文为例,像著名的丘迟《与陈伯之书》、吴均《与朱元思书》其实都是应用文;孔稚珪的《北山移文》,大约是朋友间的调侃之作,未必真是愤怒声讨,但它的文体总属于"檄移"一类,本属应用文的一种。因此这个矛盾看起来是解决了,然而事实上并没有完全解决。因为南北朝的骈文家中,有些本是以应用文著名的。像梁代的任昉,当时人有"任笔沈(约)诗"或"任笔谢(朓)诗"之说,对他的评价很高。《文选》中所收任昉之作,也以应用文为多。

但在近年以来出版的一些选本和文学史中,几乎都很少提到任昉,对他的文章更无人选录。这恐怕也有失公允。笔者在《论任昉在文学史上的地位》(见《齐鲁学刊》1993年第4期)一文中曾详谈过这个问题。因此这次选录了他那篇著名的《奏弹曹景宗》,此文不但义正词严,笔挟风霜,而且把蔡道恭的英勇奋战与曹景宗的畏怯不前做了鲜明的对比,给人以深刻的印象。读了此文,也许可以帮助读者对任昉在当时所以能享有盛名的原因有所理解。此外,如《拟连珠》这种简短而华美的短语,在古代文章中别具一格,历来作者虽多,但都不及陆机的精妙,所以选此一篇,使人对这一文体有所了解。在骈文部分中,最使笔者犹豫的也许是关于沈约的文章。因为在齐梁时代,沈约曾被人们视为"一代文宗",他的诗文在当时都颇享有盛名。但在他现存的骈文中究竟选录哪篇文章为宜?他最有名的文章应该是《宋书·谢灵运传论》,但那主要是一篇文章批评论文,应由文论家来选注。《文选》中所录沈约骈文像《奏弹王源》,充满了门阀观念的偏见,《齐安陆昭王碑》其实是为一个并无作为的萧缅树碑立传,真正目的在讨好齐明帝萧鸾,都不宜选录。最后的考虑还是采取了他那篇《陈情书与徐勉》。因为这篇文章倒是反映了沈约晚年的真实心情,其本意是想升官,而口气却又像在辞官,而字里行间热衷名位的心情又欲盖弥彰。这种文字就比《郊居赋》更易想见其为人。再加上"沈腰潘鬓"的典故,早已为历来文人所习用。这样才选录了这篇文章,以见其骈文的一斑。

总之,本书的意图是既要选录思想和艺术都较好,又要避免过于艰涩难读,还得多少反映出辞赋和骈文这两种文体发展的历史脉络。这三个方面有时确实颇难同时照顾到,因此在考虑选目时,笔者的确也曾费过一番苦心。然而,这毕竟不是一件易事,再加上自己的水平有限,颇感力不从心。现在只能把已经考虑到的,编成此册,以供大家指正。其中缺点一定不少,只能有待再版时加以改正。

另外,本文在选录作品时,对有些篇章的处理,和别的选本略有出入,这是因为吸收了近代以来一些专家的研究成果。例如司马相如的《子虚赋》和《上林赋》,一般都作为两篇作品,但据近人高步瀛《文选李注义疏》考证,司马相如原来的《子虚赋》已经散佚,现在见于《汉书》、《文选》等书的,实际上是献给汉武帝看的"《天子游猎赋》";现代不少研究者大抵同意此说,但称之为"《子虚上林赋》",我觉得为了使读者易于了解起见,还是合称《子虚上林赋》较好。又如木华的《海赋》,据屈守元先生转录的日本藏古钞无注本《文选》,多出十六个字。这是通行本《文选》误夺的文字,应予补入。但同样地,据《世说新语》注所载,左思《蜀都赋》也有佚文。然而这几句是否原来本有,还是后来已删,现在还弄不清楚,所以只能仍通行本之旧。这些问题也应该在这里顺便交代一下。

三

关于"赋"这种文体,究竟起于何时?为什么称之为"赋"?前一个问题大家的意见似乎比较一致,都认为始于战国。至于第二个问题就存在着不同的说法:一种认为它是种只供诵读而不加歌唱的文体,其根据是《汉书·艺文志》所说的"不歌而诵谓之赋";另一种认为"赋"是诗的一种,其根据是班固《两都赋序》中称:"或曰:'赋者,古诗之流也。'"后来的人就把此语和《周礼·春官·大师》中的"六诗"("风"、"赋"、"比"、"兴"、"雅"、"颂")联系起来,才产生了《文心雕龙·诠赋》所谓"六义附庸,蔚为大国"的说法。这两种说法究竟谁是谁非,笔者在《汉魏六朝辞赋》一书中已有论述,在这里不想重复。但最早的赋作者大约就是屈原、宋玉和荀况,这大约是人们比较一致的看法。最先提出此说的是《汉书·艺文志》:"春秋之后,周道浸坏,聘问歌咏不行于列国,学《诗》之士逸在布衣,而贤人失志之赋作矣。大儒孙卿及楚臣屈原离谗忧国,皆作赋以风,咸有恻隐古诗之义。其后宋玉、唐勒,汉兴枚乘、司马相如,下及扬子云,竞为侈丽闳衍之词,没其讽谕之义。"据《汉书·艺文志》的"诗赋略"记载,到西汉时代,赋家共分四派。即"屈原赋"、"陆贾赋"、"孙卿赋"和"杂赋"。这四类作品的篇数合计为一千零四篇。班固《两都赋序》则称"故孝成之世,论而录之,盖奏御者千有余篇,而后大汉之文章,炳焉与三代同风"。这两个数字看起来相当接近,但《两都赋序》说的都是汉人之作,《汉书·艺文志》所录有屈原、宋玉、唐勒、孙卿之作,还有所谓"秦时杂赋"九篇,总共有六十多篇不出汉人之手,还有"杂赋"一类,不著作者之名,也难保没有汉以前的作品。至于《两都赋序》中提到的董仲舒作赋,《汉书·艺文志》又不见著录。可见两者所据的统计数字并不符合。大抵古代印刷术发明以前,书籍的流传不广,随时都可能有散佚。因此我们可以推测到当时产生的辞赋大约还不止此数。(其实即使《汉书·艺文志》是国家藏书,也未必能把当时存书收集齐备。像董仲舒的赋,至少现在还能看到一篇《士不遇赋》。而扬雄死在王莽时代,成帝时统计的数字,也未必包括他的作品。)关于《汉书·艺文志》对辞赋的分类,我们现在已很难完全了解其根据。"屈原赋"和"孙卿赋"的区别,因为还有作品保存,尚可知道其文体上的不同。至于"陆贾赋",现在已全部散佚,无从知其面貌。但令人不解的是《汉书·艺文志》把"扬雄赋"归入了"陆贾赋"一类,正如章太炎先生所说:"扬雄赋本拟相如。《七略》相如赋与屈原同次。班生以扬雄赋隶陆贾下,盖误也。"(《国故论衡·辨诗》)这些问题都很复杂,由于史料缺乏,再加上古人处理典籍有时也不很精密，所以只能姑且存而不论。

　　从现存的汉赋来看，文体也不完全一样，有的显然仿效《楚辞》，仍属"骚体"；有的则多用四言句，但文辞华美，仍属《楚辞》的流变。因为屈原作品的句法也不完全一样，例如《天问》和《招魂》，就有不少四言句。所以像枚乘、司马相如等人的作品，归入"屈原赋"一类，还是合适的。关于汉赋那种铺张扬厉的手法，本来自屈、宋之作。已故的段熙仲先生曾经认为枚乘《七发》的手法是从《招魂》演化而来，这是很精辟的见解。根据这个说法，我们就可以清楚地看到从屈、宋到枚乘，从枚乘到司马相如、扬雄的一条发展脉络。沿着这条脉络，就可以看清汉赋发展的主要过程。

　　西汉是我国历史上刚形成大一统帝国不久时建立的皇朝。这个皇朝正处于封建社会的上升时期。当这个政权在秦末的农民大起义和楚汉交争的战乱中逐渐地恢复过来，经过高帝、惠帝和吕后等几代的休养生息之后，就有人向汉文帝提出了"改制度，易服饰"以兴文治的建议，其中主张最力的要算贾谊。但当时的形势还不大可能这样做。因为异姓的诸侯王虽已消灭，但同姓诸侯王还割据着大片土地，对朝廷阳奉阴违，像吴王刘濞等人还在暗中策划着叛乱的阴谋。对这种情况，汉文帝和贾谊都看得很清楚。贾谊所提出的改革措施，其中有一部分就是针对这些诸侯王而发。汉文帝对贾谊的才华颇为欣赏，起初也很想加以重用。但朝廷中的大臣对此却表示反对。因此贾谊就被谪为长沙王太傅。在前往长沙的途中，他经过了屈原所自沉的汨罗江，感到自己的身世与屈原颇有类似之处，因此作了《吊屈原赋》，后来到了长沙，正好遇见有鵩鸟（猫头鹰一类野鸟）飞进他的屋子，于是作了一篇《鵩鸟赋》。这两篇赋都是自悲身世之作，在文体上取法《楚辞》，但其思想倾向则带有汉初流行的"黄老学说"的色彩。这两篇赋在我国文学中都不失为名篇，但其基本性质还是属于

《楚辞》的系统,和后来出现的汉代大赋还不很一样。稍后于贾谊的赋家,大抵出现在当时的诸侯王国。因为汉景帝不好辞赋,而当时的藩王喜欢文学的却不少。在这些赋家中成就最高的是枚乘。他曾经上书吴王刘濞,谏阻其叛乱的阴谋,但不被采纳。《七发》的写作可能也有这个用意。《七发》在我国文学史上的地位十分重要,因为这不但是从《楚辞》向汉赋转变的枢机,而且是辞赋中极为出色的篇章,它不像后来司马相如、扬雄的作品那样过于艰涩和夸张。其中写观涛的一段,气势雄伟,写景生动,而且在写潮水从初来到极盛的发展时,用了许多形象的比喻来描写波涛起伏之状。如我们所经常引用的:

其始起也,洪淋淋焉,若白鹭之下翔。其少进也,浩浩溰溰,如素车白马帷盖之张。其波涌而云乱,扰扰焉如三军之腾装。其旁作而奔起也,飘飘焉如轻车之勒兵。

这种手法和后来的赋家很不一样,它并不使用冷僻的奇字,而只是借用人们常见的事物来作比喻,用种种不同的事物来显示潮水从初起到极盛一直到潮落的变化,各具特色。这种描写也烘托出了人在观潮时心情随之起伏的过程。这样的写景之作,在后来的汉赋中很少有能与之比拟的。

枚乘的生活和创作基本上是在西汉的文、景二帝时代,当时的朝廷对辞赋还不很重视。直到他的晚年,汉武帝即位以后,情况才发生变化。当时汉武帝派了安车蒲轮去迎接他,但未到长安,就在半途去世。汉赋极盛时代的到来,却在枚乘去世以后。不过,在贾谊和枚乘当时,思想还比较活跃,诸子百家的学说都可以在辞赋中表现出来。贾谊的《鹏鸟赋》,比较接近"道家"。枚乘《七发》中有一段讲"楚太子"得病的原因,其见解和《吕氏春秋·本生》篇基本一致;最后一段所举的善于辩说者的名字，几乎包括了先秦一切学派的人物，因此枚乘可以说是一位杂家。到了汉武帝时代，情况就不同了。汉武帝采纳董仲舒的建议，实行"罢黜百家，独尊儒术"的政策来进行思想统治。因此辞赋的写作也受到了这种影响。司马相如本人其实并不是一个儒家的信徒，他早年"好读书，学击剑"，后来又仰慕枚乘、邹阳、庄忌等"游说之士"，深受他们的影响。不过汉武帝的"尊儒"，也只是为了装点门面，骨子里正像汲黯所说的"内多欲而外施仁义"，所以司马相如的辞赋中往往是竭力夸饰宫室、田猎、声色、犬马之盛，而最后来个曲终奏雅，讲些仁义和节俭的大道理来作结，很能投合汉武帝的心理。据说司马相如早年曾作过一篇《子虚赋》，深得汉武帝称赏。后来经人推荐，见到了汉武帝。他又自称《子虚赋》讲的只是诸侯之事，还未臻极盛，他还能写天子游猎之赋，于是就写了现在我们所见到的《子虚上林赋》。这篇赋极尽铺张夸饰之能事，客观上反映了汉代国力的强盛、物产的丰富，气势雄伟，辞藻宏丽，成为汉大赋的典范之作，后来许多赋家之作，无不受其影响。和《子虚上林赋》同为司马相如代表作的，还有一篇《大人赋》。这是因为汉武帝迷信神仙方士，司马相如作此赋意在讽谏，但汉武帝读后，反而产生了飘飘欲仙的感觉。所以后来的扬雄批评他说"吾恐不免于劝也"（《法言·吾子》）。这就是说这种赋虽说旨在讽谏，实际上却起的是鼓励作用。后来的批评家，大抵从儒家强调文学服从于"政教"的观点出发，采用扬雄此说来看待司马相如及多数汉赋作家。现在看来，这种批评有一定的道理，但并不全面。司马相如的赋，确有"劝百讽一"的作用，但从其内容来说，确实反映了西汉盛时的繁荣景象，体现了奋发有为的精神；在技巧上也创造了一种雄肆奔放、绚丽多彩的风格，使描写和夸张的手法得到丰富，在语言上也增加了许多辞条，在文学史上有其不可磨灭的功绩。

司马相如不但善于写气势宏伟之作,他也能写一些细腻的抒情之作。例如他的《长门赋》,由于后人在前面窜入了一段话而使人产生怀疑。其实本文并无什么可疑之点。在这篇赋中写宫中失宠妇女的悲苦心情颇见工致,可以说是后来"宫怨"诗的初祖。司马相如的性格虽说比较放达,也有些傲骨,但他在作品中还没什么牢骚。同时的文人东方朔就不同了。他的《答客难》写到了大一统政权下士人的处境与战国时代很不一样,实际上是觉得士人的荣辱贵贱已完全掌握到了帝王手中,因此自己的才能不得施展。汉赋发展到这时,已臻极盛,此后的赋家大抵沿着这个传统发展。

武帝以后的赋家最著名的莫如王褒和扬雄,他们的籍贯都在今四川省境,可能都受了司马相如的影响,才去致力于辞赋的写作。他们的赋也确实是在司马相如影响下的产物。王褒的名作是《洞箫赋》,此赋用种种细腻笔法描写了乐声的美妙动听,是后来描写音乐的赋的"赋之祖"。扬雄的赋大抵模仿前人,他一些写帝王生活的辞赋如《河东赋》、《羽猎赋》等,明显地取法司马相如的《子虚上林赋》。但他最值得注意的却是那篇取法于东方朔《答客难》的《解嘲》。这两篇作品看来很相像,而其主旨是不同的。在《解嘲》中,写到了他对富贵的看法,认为高官厚禄、声势煊赫不过是过眼烟云,不久就会消散无踪。这种思想来源于《周易》和《老子》,已经显露出后来玄学思想的萌芽。和扬雄同时的刘歆,以及稍后的班彪、冯衍等人都在辞赋中吐露其仕途不得志的牢骚。

东汉皇朝的建立,使一些士人又产生了"武、宣盛世"重来的幻想。班固的《两都赋》正表现了这种思想。但《两都赋》毕竟与司马相如的赋不同,手法已渐趋写实,较少西汉赋家那些夸饰过度以及幻想式的内容。班固作《两都赋》,本意在颂扬东都(东汉首都洛阳)的节俭胜于西都(西汉首都长安)的奢华。但今天读这两篇赋往往使人感到精彩之笔全在《西都赋》中,《东都赋》则说教气太重,很难给人留下印象。和班固同时的傅毅作有《舞赋》,此赋开首假托为宋玉奉楚襄王之命而作。自傅毅后陆机《羽扇赋》之托于宋玉,谢惠连《雪赋》之托于枚乘、司马相如和邹阳,谢庄《月赋》之托于王粲,皆沿此习。《舞赋》之写舞姿的进退俯仰,变化万端,亦能曲尽其美,和王褒《洞箫赋》一样,其体物之精,实为那些写京都、田猎之赋所不及。大抵"赋"这文体,虽然以铺张为能事,但题材过大,包含内容过多,则很难详尽,倒不如《洞箫赋》、《舞赋》等作,写某一具体事物,更能刻画入微,尽其所长。

东汉的盛世较短,不过光武、明、章三帝,到和帝时,已露衰机,安帝以后,朝政日衰,所以生活在那个时代的张衡所作的《二京赋》,表面像是在和班固争胜,其富赡闳丽的确有超越班固之处。特别是他的《东京赋》,已不像《东都赋》那样纯属说教,例如写到宫廷中大傩(驱鬼的迷信活动)一段,就颇有声有色。不过《二京赋》在字里行间,已流露出对朝廷的隐忧,不像《两都赋》那样主要是歌颂汉朝的隆盛。《二京赋》之作据说是由于张衡看不起《两都赋》而另创新篇,它们的确也有胜于班作之处。我们所以没有选录《二京赋》,是因为它们和《两都赋》毕竟类似的地方较多,而张衡的《思玄赋》、《归田赋》在艺术上显得更为成熟,也更能显示出张衡所处的时代及其个性特点。其中《思玄赋》远继屈原《离骚》的传统,使用上天入地的幻想,表现其愤世嫉俗之情。《归田赋》笔法清新,富于写景的佳句,已有魏晋以后小赋那种笔调。与张衡同时的赋家还有王延寿和马融。王延寿的《鲁灵光殿赋》写宫室的建筑,颇见精妙。在这篇赋中,王延寿写到那座西汉的建筑时说:"自西京未央、建章之殿,皆见隳坏,而灵光岿然独存。"这种题材恐怕不仅是"发思古之幽情",也对东汉的政局有所担心。马融作《广成颂》,本意在讽谏东汉武备的废弛,却为大臣们所不满,而因此仕途上连年不得志。但他的辞赋中最有名的似乎还是《长笛赋》,这篇赋显然受王褒《洞箫赋》的影响,但两人身世不同,情调自然有别,如写竹子生长于荒山的景象,写得十分凄苦,曲折地表达了他自己的心境。

东汉后期赋家中,比较突出的是蔡邕、赵壹和祢衡。蔡邕的代表作是《述行赋》。赋中对东汉末年统治者的荒淫和百姓的痛苦做了有力的揭露,和《两都赋》的情调已大异其趣。赵壹和祢衡都是著名的狂士,他们的作风已近于魏晋的人物。赵壹的《刺世疾邪赋》比较通俗,是大声疾呼地痛斥当时的现实;祢衡的《鹦鹉赋》文字比较华美,乃借物喻人,以写自己不得志的痛苦。由于他的狂放,他为曹操、刘表所不容,最后又被黄祖所杀。

比赵壹、祢衡稍后的是所谓"建安七子"。"七子"这名目是曹丕在《典论·论文》中提出的。其实这七人的思想和文学才能都不大一样。其中孔融并不依附曹操,他擅长诗文,并不以辞赋著名。其他六位作家中,辞赋写得最好的首推王粲。他的《登楼赋》是千古传诵的名篇。赋中写到了思乡之情和追随明主建立功业的抱负。此赋乃汉末战乱中王粲避乱到荆州,依附刘表时所作。据说他后来归附曹操之后,也写过不少赋,却没有存留至今。除王粲外,七子中能作赋的据曹丕说,还有徐干,但他的赋也都散佚,只存零星佚句,不足见其全貌。此外一些人也有些佚句保存,但不见特色。曹植曾讥笑陈琳不长于辞赋,大约是事实。

三国赋家中成就最高的当然是曹植,他的《洛神赋》和王粲《登楼赋》标志着辞赋从铺张的体物之作向抒情之作的转变。《洛神赋》虽然从宋玉《高唐赋》、《神女赋》中受到启发,写的是人神之恋,但感情深挚,笔法细腻,确是十分动人之作。关于此赋,前人附会为曹植思念曹丕前妻甄后之事,纯属虚妄。因为甄后的年龄比曹植大得多,魏明帝曹叡又是甄后之子，曹植后期处境十分危殆，根本不可能写这种作品去招祸。不过古人的诗赋，常用"托男女以寓君臣"的传统，《洛神赋》中写曹植爱慕神女，却又无法亲近的情节，倒可能和他的《求自试表》一类作品的思想有类似之处。

三国后期的赋家以嵇康、阮籍和向秀为著名。他们都处在曹魏皇室和司马氏争权，斗争十分尖锐，名士罕能全身的情况下。这些人都想用老庄思想来全身远祸，却又看不惯当时的黑暗现实，有时不免有愤愤不平之情，结果嵇康被杀，而阮籍、向秀得以善终。嵇康的《琴赋》在写音乐的赋中是传诵的名篇，因为他自己就长于弹琴。阮籍作赋不少，亦颇有高妙之论，其中《清思赋》也许可以作为代表。向秀曾注《庄子》，应该是比较放达的，但他在《思旧赋》中写到嵇康、吕安的被害，仍极伤感。他后来为了全身，不得不到司马氏手下做官，其内心自然并不平静。

西晋皇朝的建立，使中国又一度出现了短暂的统一。当时涌现的文人甚多，有张华、傅玄、"三张（载、协、亢）、二陆（机、云）、两潘（岳、尼）、一左（思）"等。其中潘岳和左思的名篇较多；陆机《文赋》的价值在于文学批评；张华的《鹪鹩赋》写作时间较早，据说曾得到阮籍称赞。左思的《三都赋》系模仿《两都赋》、《二京赋》之作，他主张写实，反对夸饰，这与汉代作家有些不同，但其精彩部分，多在《蜀都》、《吴都》二赋，《魏都赋》其实不免说教成分太多。潘岳其人的品行有缺点，后人对他颇有微词。但平心而论，人的性格是复杂的。他早期写的《西征赋》，对当时的政局有所忧虑，恐怕并非虚饰。《秋兴赋》写自己年龄渐长，仕途无成，其感慨也很真实。《寡妇赋》更是写得哀感动人。只有《闲居赋》，曾被金代元好问讥评。其实潘岳曾谄事贾谧，对利禄有所贪求只是问题的一方面；这并不影响他在仕途不得志之后，转而向往隐逸的一面。从《闲居赋》本身看来，其艺术价值还是值得肯定的。不过限于篇幅，本书只能从略。

西晋初年的繁荣并未维持多久，不久又陷于藩王争权的斗争中。在这个时期，战乱虽然很多，文学之士却并未辍笔。惠帝时曾任太尉杨骏主簿的木华写了一篇《海赋》，可以说是描写大海之作的绝唱。后人写江海之作的诗文和辞赋不少，但罕有与这篇作品媲美的。钱锺书先生《管锥编》曾对此赋颇加赞赏。木华以后，辞赋作者虽仍不断，但体物的大赋已到了强弩之末，好作品实在不多。郭璞据说是东晋初年的辞赋家之首，但早年在北方所作的几篇赋，都无特色可言，最多只能作为了解当时历史和作者生平的史料；到南方后的作品，《江赋》的名气最大，但所述长江水域，已有失实之处，为后人所批评。此赋用奇僻的怪字太多，较之汉代大赋更为严重。比较能显示郭璞个性的，也许是《晋书》本传所载的那篇《客傲》。这篇作品写他的生活态度，可以看出他受《庄子》的影响极深。《世说新语》注引《续晋阳秋》把郭璞和玄言诗人联系起来，从这篇作品看来，大约是不无根据的。除了郭璞之外，东晋的大赋如庾阐《扬都赋》、袁宏《北征赋》等，都只存片段，亦无太大长处，且存而不论。当时的玄言诗人中，只有孙绰的《游天台山赋》是赋中名作。他自称此赋"掷地作金石声"（见《世说新语·文学》）。现在看来，它确是写景的名作，如"赤城霞起而建标，瀑布飞流以界道"诸句，都是名句。孙绰是玄言诗的著名诗人，但他的诗很少有人爱读，而此赋则传诵不衰。

东晋一代在文学上很少有杰出的名家，但到晋宋之际，却出现了大诗人陶渊明。陶诗中名篇极多，而其辞赋数量虽少，却多为精品。《归去来兮辞》最为传诵，这篇赋表现了他对仕途黑暗和人情险诈的厌恶，语气比较平和，却显示出他耿介的情操，文字也以平易恬淡取胜，所以宋代人认为晋朝一代除了陶渊明《归去来兮辞》外没有文章。这话当然有点过火，也说明了后人对此人的赞赏。《感士不遇赋》在陶渊明的辞赋中,也许没有其他两篇成熟,但这篇赋中很有些愤愤不平之情,说明他的赋也和诗一样,正如鲁迅所说,并非浑身静穆的。他的《闲情赋》曾被萧统批评过,认为是陶集中的"白璧微瑕"。其实这未免是道学先生的看法,此赋写的是真挚的爱情,对女性毫无轻视和玩弄的意味,较之前此的宋玉的《高唐赋》、《神女赋》,后此的一些"宫体诗"都显得更健康,而且从其艺术上的细致和感人来看,此赋亦为罕见的精品。

陶渊明以后,就到了"颜谢腾声"的时代。颜延之和谢灵运齐名,谢诗远胜于颜,在当时已有定评,而赋的情况却相反,谢灵运的文和赋实乏佳作,所以《文选》不录,钱锺书先生在《管锥编》中也对谢灵运的文和赋评价不高,颜延之在文和赋方面都不乏佳作。他的《赭白马赋》充分体现了他力求对仗工整、辞藻华美而又显得凝练的特色。这虽是一篇庙堂之作,但写骏马的文字颇具特色。也许,赋的作用多少具有体物的特点,颜延之那种讲究辞藻对仗的手法用之于诗,会显得"雕绘满眼",用之于"赋"则反而能展示其特色。和颜延之差不多同时的作家中,谢惠连的《雪赋》比较有名。此赋实际上分为三个部分,假托为枚乘、司马相如和邹阳之作。此赋写雪景颇为精工,颇能显示元嘉诗人"情必极貌以写物,辞必穷力而追新"(《文心雕龙·明诗》)的特色。但有时刻画得过甚,反而陷于呆板,如"既因方而为璞,亦遇圆而成璧"等句就是这样。相对于《雪赋》而言,谢庄的《月赋》在艺术上显得更为成熟。如"若夫气雾地表,云敛天末,洞庭始波,木叶微脱。菊散芳于山椒,雁流哀于江濑。升清质之悠悠,降澄晖之蔼蔼。列宿掩缛,长河韬映。柔祇雪凝,圆灵水镜。连观霜缟,周除冰净",这样精妙的写景之作,确属少见,并且此赋写景,处处寓情于景,情景交融,充满诗意。这篇赋可以说是赋开始"诗化"的代表。笔者早年读《雪赋》和《月赋》,颇感《月赋》胜于《雪赋》,而清刘熙载《艺概》却以《雪赋》为更好，后来读瞿蜕园的《汉魏六朝赋选》，见瞿先生似亦更喜《月赋》，可见各人的兴趣可以不同，不妨并存，让读者自己去判断。南朝的辞赋中把情和景结合得最好的要数鲍照和江淹。鲍照的《芜城赋》、《舞鹤赋》和江淹的《恨赋》、《别赋》可以说是南朝辞赋的绝唱。不过二人的文风也有区别。鲍照的赋既能体现南朝赋抒情气息浓、辞藻华美的特色，又能充分利用汉赋的传统，具有一种清刚遒劲之气。江淹赋似更偏重于细腻和绮丽，更多六朝气息。"江鲍"从来被并称，江淹诗赋受鲍照影响最深，却又有自己的特色。他们的赋，历来极为传诵，所以在这里似不必再举例说明了。南朝赋发展到"江鲍"，似乎达到了顶峰。此后齐梁一些后起作家，在诗歌方面做出了很大的贡献，而对赋却似乎较少努力，因此佳作不多。直到梁中叶以后，萧纲和徐陵、庾信创造出一些使用五七言句较多的短赋，才体现出一些特色。这些赋的长处是清新绮丽，抒情意味很重，缺点却是不免失之纤弱。只有陈代沈炯的《归魂赋》略有苍凉之气，那是生活经历造成的。

和南朝相比，北朝的辞赋毕竟要显得逊色。《演赜赋》、《蝇赋》和《剧鼠赋》，在当时北方赋中较有特点。《演赜赋》有点模仿张衡《思玄赋》，但较张作逊色。《蝇赋》出于鲜卑族文人之手，可以看出鲜卑人汉化初期在文学上的成就。《剧鼠赋》带有俗赋色彩，其中有些句子颇受钱锺书先生称赞。

当然，北朝辞赋中成就最高的是由南入北的庾信。这里所选的《小园赋》、《枯树赋》和《哀江南赋》都是他入北以后所作，也是庾信辞赋中艺术成就最高，历来最为传诵之作。这些赋也是大家所熟知的，而且全文已见本书，不想举例详论。庾信的创作是有前、后期之分的，他入北以前之作不但在内容，而且在文体上与后来的作品都有区别。按理论，本书也应选一二篇来作个对照，但限于篇幅，只能从略。好在他前期之作,和萧纲、萧绎二人差别不大,读了二萧的小赋,也就大致可以了解所谓"宫体诗人"的赋大致是什么样子了。

四

骈文的形成和发展,历来是有争论的。李兆洛的《骈体文钞》一直上溯到秦始皇并吞六国以前所作的《谏逐客书》,这未免超出了我们选录的范围。其实文章的骈俪化,应该说是始于东汉后期。本书选了四篇西汉及东汉初的文章,不过是告诉读者骈句的出现很早。这一点在上文已作交代。骈化的过程在东汉一代是逐渐地加强的。姚鼐的《古文辞类纂》对班固以后的文章除辞赋外很少选录,就是因为这个缘故。但直到东汉末,骈散界线还不很清楚。蔡邕和孔融均有很多骈文色彩,但曹操就多散句。沈德潜评曹氏父子的诗说:"孟德诗犹是汉音,子桓以下,纯乎魏响。"这话用来评文,也有些适用性。不过,从文来说,汉代已有骈化倾向,不过曹丕、曹植确与曹操不同。然而相比之下,曹植的文章骈化的特点尤为明显,如《求自试表》、《求通亲亲表》中有些句子,简直很像成熟的骈文了。骈文的发展在三国以后,其过程也和诗有点相像。西晋潘岳、陆机之作,和曹植等人相似,文笔华美,对仗工整,也好用典故,似乎已渐趋成熟。然而到了东晋,玄谈盛行,用骈体文来表达深奥的哲理,毕竟不大方便,所以文体一度趋向平淡,而骈化过程也随之延迟。骈化的复盛,始于晋宋之交的颜延之、谢灵运,所以古人常以"潘陆颜谢"并称。但谢灵运对文不很擅长,颜延之的文,仍富古气,所以骆鸿凯把"潘陆颜谢"之文称为"高文典册",与柳恽、吴均等梁代文人对立起来。骈体文在颜、谢时代,还不脱古气,甚至稍后的鲍照也是这样。鲍照的《登大雷岸与妹书》等文,仍有汉人的雄肆古奥的特色。在文风上深受鲍照影响的江淹,也是这样,他的《诣建平王上书》,颇有模仿邹阳《狱中上梁王书》的痕迹。但他后来为齐高帝萧道成代笔的一些檄文和章表,就稍近后来那些成熟的骈文了。

骈文的真正成熟,应该是和诗歌中"永明体"的出现同步的。这些骈文大多是应用文,其中谢朓的《拜中军记室辞随王笺》、孔稚珪的《北山移文》和丘迟的《与陈伯之书》最为脍炙人口。任昉是骈文大家,他的《奏弹曹景宗》应该说是其代表作。齐梁骈文中有两篇名作,历来很受称赞,那就是王巾的《头陀寺碑》和陆倕的《石阙铭》。前者用华美的骈文阐释佛理,且颇多写景好句,后者写梁武帝平齐东昏侯的武功,亦多辞藻绚丽之句,但其内容似不适于向今天读者普及,所以没有入选。有志研究骈文者可以在《文选》中找到参看。南朝骈文的压卷之作应推刘孝标的《广绝交论》,北朝则数隋卢思道的《劳生论》,这两篇文章写尽当时的人情世态,思想的深刻、艺术的成熟都足令人叫绝。

在南北朝后期的骈文中,徐陵和庾信自成一派,历来有"徐庾体"之称。庾信的《哀江南赋序》,是骈文中杰出之作。徐陵之文,历来最有名的是《玉台新咏序》,不过也有人认为徐陵之文"逸而不遒",不如庾信。但在笔者看来,他的《在齐与仆射杨道彦书》这样的文章,辞令之美妙、感情之深挚,实在比庾信并无逊色。骈文本来多为应用文字,不过这里所选的一些作品,恐怕都无法否认其具有很高的文学价值。由于篇幅的限制,我们在本节中只能择其尤者,以见一斑,自然难免有遗珠之憾。

后 记

1983年,我曾把自己的一些文章收集成册,起名为《中古文学史论文集》,蒙中华书局在1986年惠予出版。此后,又陆续地写过一些文章,编成《中古文学史论文集续编》,蒙台湾文津出版社在1994年出版。从那时到现在忽忽又是好几年了,在这几年中,虽然由于自己努力不够,在学问上很少长进,但也多少写了几篇文章。去年夏天有机会到桂林,承广西师范大学张明非教授介绍,得到广西师范大学出版社的先生们不弃,允予出版。在目前这种学术著作很难有出版机会之际,他们这种明扬仄陋的高情厚谊,不能不使我衷心地感谢!

在这一时期中,我所写的文章有不少是关于《文选》的。这是因为近几年来由国家古籍整理出版规划小组许逸民先生和郑州大学古籍所俞绍初先生等发起组织了中国文选学研究会,我也参加了部分工作。但是,我从事《文选》研究,有着先天的不足。在我手头只有一部胡刻《文选》的影印本和四部丛刊影宋本。至于其他善本,只能在郑大古籍所中见到,也仅能略观其大致情况,毕竟是京郑遥隔,无法细读。所以关于《文选》的版本情况,我了解甚少,不敢妄谈。好在学生傅刚博士已做了专门的研究,得到不少可喜的成果,足以使我感到欣慰。应该引为遗憾的倒是我限于水平,对《文选》的研究还很不深入,今后应继续努力。

除了《文选》之外,我这几年来的文章有一部分是关于乐府诗和北朝文学这两个问题的。这和我近年来曾编注《汉魏六朝乐府诗选注》(将由人民文学出版社出版)和《南朝文学和北朝文学》(将由江苏古籍出版社出版),最近又从事北朝文学的编年史写作有关。在这些研究工作中,我越来越感觉自己知识的贫乏。有些学术问题我过去曾提出过自己的看法,但后来又觉得需要修正;有些典籍,过去曾读过好几遍,重新去读,又会发现一些新问题。更多的问题是过去已经想到,至今还不得其解。回想当年从师辈学习,他们对典籍的精熟是十分惊人的。比起这些前辈来,自己所掌握的知识实在是太少了。岁月如流,时不我待,七十之年,忽焉已至,在编成这本小书之际,我实在不敢自满,而是更感到惭愧。但愿通过自己的努力,在我的余年中,还能有一些进步!

曹道衡

1998 年春节于北京